KB237036

한국 현대문학의 미학

한국 현대문학의 미학

김영철·이강언 외 지음

도서출판 역락

해방 60주년을 맞이하여 학계 각 분야에서 지나온 역사에 대한 재조명 작업이 이루어지고 있는 마당에 이 책을 출간하게 되어 기쁘다. 이 책은 개화기부터 한국 전쟁기까지 주목되는 작가와 작품에 대해 연구한 논문들로 구성되어 있다.

제1부에는 한국시를 분석한 다섯 편의 논문을 수록하였다. 김영철의 논문은 개화기 사설시조의 창작 양상과 장르적 특성을 고찰한 것이다. 주목받지 못했던 개화기 사설시조의 문학사적 위상을 재정립한 데 의의가 있는 논문이다. 「신한민보」 수록 작품을 중심으로 일제 강점기 유이민 시조에 대해 연구한 문무학의 논문은 일제강점기 유이민 시조의 특징을 종장 파괴, 고시조의 개작, 연작시조 창작 지향으로 밝혔으며, 이는 국권회복이라는 시대정신을 반영하기 위한 시적 장치라고 해석하고 있다. 조두섭의 논문에서는 기존의 방법론적 안목과는 달리 김소월 시의 사유구조를 존재론적 관점에서 접근하고 있다. 오늘날까지 김소월의 시가 많은 독자을 확보하고 있는 근거가 정성위음(鄭聲衛音)이 만들어내는, 타자와 주체가 하나 되는 원초적 상호주관성 때문이라는 주장은 눈여겨 볼만하다.

제2부는 현대소설에 관한 논문으로 구성되었다. 특히 1930년대 소설을 집중적으로 조명하고 있는데, 정인택, 이기영, 박태원, 이태준, 이효석, 김동인, KAPF계열의 작가, 현진건, 안회남 등의 작품을 다양한 시각에서 분석하고 있다.

이강언의 논문은 1930년대 소설사의 흐름을 세밀하게 분석하면서, KAPF계열의 이념 편향적 작품과 거리가 먼, '구인회' 작가들과 유사한 안회남의 작품을 초기와 후기로 나누어 그 특징을 규명하고 있다. 또한 안회남의 작품들을 1930년대 이상, 박태원의 작품과 비교하면서 그 공통점과 차이점을 밝히면서 1930년대 일인칭 사소설 내지 신변소설의 특징을 일목요연하게 정리하고 있다는 점에서 의의가 있다.

양진오의 논문은 현진건의 1930년대 작품인 「흑치상지」에 관한 연구인데, 특히 남성 흑치상지와 여성 창화부인의 삶을 분석하면서 당시 가부장적 공동체라는 전통적 제도의 문제점을 깊이 있게 천착하고 있어 관심 있게 보아야할 글이라 생각된다.

서경석의 논문에서는 카프의 주도세력과 주변부 인물들 간의 상호 역학관계를 세밀하게 분석하고 있다. 김선규의 논문에서는 해방 이전 카프 농민소설의 기념비적 작품으로 일컬어지는 이기영의 「고향」을 다른 카프작가의 작품과 비교하면서, 타자성 미학이 이기영의 「고향」을 민중적 리얼리즘의 대표작으로 만들었음을 규명하고 있다.

김종건의 논문은 구인회 작가들의 작품에 대한 공간설정과 작가의식의 상관성을 밝히고 있다는 점에서 기존 소설연구와는 방법론적인 면에서 색다른 논문이다. 그리고 김문수의 논문은 방대한 자료를 유형별로 나누고 자세하게 분석·정리하여 한국 전쟁기소설의 특징을 밝히고 있다는 점이 돋보인다.

앞에서 언급한 바와 같이 이 책에 수록한 논문들은 개화기에서 한국 전쟁기 소설에 이르기까지, 특히 1930년대의 주요 작가들의 작품을 다양한 방법론적 안목에서 접근하여 세밀하게 분석한 연구물이다. 1930년대 문학의 정체성 확립과 이해에 조그마한 보탬이 되길 바란다.

어려운 여건 속에서도 출판을 맡아 주신 역락 출판사 이대현 사장님, 원고 청탁서의 발송과 원고 수합에 이르기까지 어려운 일을 도맡아 해주신 박호관, 김종건님께도 심심한 사의를 표한다.

2005년 8월
필자들을 대신하여 김영철 씀

┃ 목 차

제1부 **현대시의 미학적 원리**

■ 개화기 사설시조 연구   金榮喆 / 3

■ 해방기 권태응 동시의 담론구성체 연구   김종헌 / 31

■ 일제강점기 流移民 시조 연구 -『新韓民報』를 중심으로-   문무학 / 59

■ 김소월 시의 상호주관성 원리   조두섭 / 89

■ 김영랑 시의 서정화 방식과 순수성의 사회학적 의미   최승호 / 117

제2부 현대소설의 내적 형식

■ 정인택의 후반기 소설 연구　　　　　　　　　　　　　　　김강진 / 145

■ 한국전쟁기 소설 연구 – 적치 삶을 다룬 작품을 중심으로 –　　김문수 / 201

■ 농민소설의 내적 형식과 서사전략 – 이기영의 「고향」론 –　　김선규 / 247

■ 1930년대 소설의 공간설정과 작가의식

　　– 박태원과 이태준을 중심으로 –　　　　　　　　　　　김종건 / 269

■ 1930년대 서정소설의 미학적 특징　　　　　　　　　　　　도춘길 / 305

■ 이원조 문학비평의 원점　　　　　　　　　　　　　　　　박규준 / 339

■ 김동인의 미적 담론과 소설주체의 변화　　　　　　　　　　박종렬 / 363

■ 카프(KAPF)에 대한 카프 주변부의 비판과 그 가능성　　　서경석 / 395

■ 『흑치상지』론 – 민족을 상상하는 방식에 관하여 –　　　　양진오 / 415

■ 박태원의 「소설가 구보씨의 일일」 연구

　　– 의식과 무의식의 순환 과정을 중심으로 –　　　　　　　오병기 / 441

■ 일인칭 서술상황과 신변 체험소설 – 안회남소설의 서사법 –　이강언 / 473

■ 한설야 소설의 갈등의 성격과 의미　　　　　　　　　　　　이재춘 / 499

■ 이문구 초기작 연구　　　　　　　　　　　　　　　　　　이철환 / 535

제1부
현대시의 미학적 원리

■ 개화기 사설시조 연구 / 金榮喆

■ 해방기 권태응 동시의 담론구성체 연구 / 김종헌

■ 일제강점기 流移民 시조 연구 / 문무학

■ 김소월 시의 상호주관성 원리 / 조두섭

■ 김영랑 시의 서정화 방식과 순수성의 사회학적 의미 / 최승호

개화기 사설시조 연구

金 榮 喆

I. 서 론

개화기 시가연구에서 시조에 관한 연구는 창가, 신시, 가사에 비해서 다소 零星한 느낌을 주고 있다. 하지만 여러 논자들에 의해 일반적인 정리와 평가는 이루어진 것으로 보인다. 그러나 개화기 사설시조에 대해서는 본격적인 논의가 전무한 상태이다. 심지어 사설시조가 개화기 때 완전 소멸한 것으로 판단하고 그에 대한 해명까지 하고 있는 경우도 발견된다. 권영민의 所論이 그것인데, 그는 개화기에 와서 사설시조는 완전히 소멸되었다고 단정하고 그 이유로서 사회계층의 변화와 唱曲과의 분리를 들고 있다. 班常制度가 붕괴되고 음악과 분리되면서 이에 기초하였던 사설시조가 사라진 것으로 본 것이다.[1]

그러나 이에 반하여 개화기의 사설시조의 존재를 인정하고 그를 평가한 견해들도 있다. 이동철은 개화기에 22편의 사설시조를 확인한 바 있고,[2] 오세영도 개화기 사설시조에 주목하여 고전의 평시조와의 대비를 통해 그 특징을 언급하기도 했다.[3] 서벌은 "이땅 최초의 현대시조는 사

---

1) 권영민, 「개화기 시조에 대한 검토」, 『학술원 논문집』, 1976, p.177.
   권영민, 「개화기 시조의 시적 형식에 대하여」, 『한국학보』15, 1976, pp.158~159.
2) 이동철, 「개화기 시조의 일고찰」, 『어문학』44, 한국어문학회, 1984.
3) 오세영, 『20세기 한국시 연구』, 새문사, 1989, p.53.

실상 사설시조였고, 육당의 「국풍 사수」가 그것이다"라고 言明한 바 있다.4) 그러나 이러한 연구가들도 개화기 사설시조의 존재여부 자체를 확인하는 수준에 그칠 뿐 본격적인 자료정리나 체계적인 분석은 시도하지 않았다. 실로 개화기 사설시조 연구는 全無한 셈이다.

지금까지 필자가 수집한 개화기 사설시조는 74편에 이른다. 「여학도 애국가」(1906.8.13)를 필두로 해서 「지사 더듸 늙게」(1917.6.28)에 이르기까지 상당수의 사설시조가 발표되었음이 확인된다. 개화기 이전에 창작된 사설시조 400여 수에 비해5) 74수는 그렇게 적은 양이 아니며 개화기에 발표된 전체시조 660여 수의 11%가 넘는 분량이다. 분명 사설시조는 개화기에 엄존했던 역사적 장르였던 것이다. 특히 미국에서 발행되던 『신한민보』에 4편의 사설시조가 발표된 것을 볼 때 사설시조 창작은 개화기의 보편적 현상이었음이 확인된다. 개화기는 실로 시조의 開花시대인 동시에 사설시조의 開花期이기도 했던 것이다.

따라서 시조 문학사의 흐름과 개화기의 시가문학의 올바른 평가를 위해서라도 개화기 사설시조 연구는 필수적인 선결과제이다. 더구나 개화기 사설시조는 『대한매일신보』 및 『대한민보』, 『신한민보』의 경우에서 보듯이 당대 사회구조에 대한 비판적 기능을 적극적으로 수행하고 있다는 점에서 주목되는 바, 이는 조선후기 사회구조에 대응한 英正朝의 사설시조와 克明한 대비를 이룬다. 19세기에 영성했던 사설시조가 개화기에 다시 부활하여, 사설시조에 내장됐던 비판적 기능이 극대화되고 있는 것이다. 개화기 사설시조가 갖는 비판의식의 潑剌性은 전대 사설시조의

---

4) 서벌, 「사설시조는 다시 성취될 것인가」, 『현대시학』75호, 1980, p.96.
  물론 최초의 근대시조는 「국풍사수」(1907. 3)가 아니라 「혈죽가 3수」(대한매일신보, 1906.7.21)이다. 또한 최초의 사설시조도 「여학도 애국가」(제국신문, 1906.8.13)로 확인된다.
5) 서원섭은 고시조 중 사설시조가 차지하는 비율을 14.3%로 분석했는데 개화기 시조에서 사설시조가 차지하는 비율도 이에 버금간다.
  서원섭, 『시조문학연구』, 형설출판사, 1977, p.388.

효용론적 기능과 밀접하게 連繫되어 있다.

또한 많은 논자들이 주목하고 있듯이 사설시조는 자유시의 母胎的 양식으로 인식되고 있다. 근대 자유시의 原形的 모태를 바로 英正朝의 사설시조에서 찾고자 하는 것이다. 고정옥·조윤제·김열규·박철희·오세영 등의 견해가 그것인 바, 박철희는 아예 사설시조를 '우리의 자유시'라고 선언한 바 있다.6) 이렇게 볼 때 자유시의 발생 단계였던 개화기에 창작된 사설시조에 더욱 주목할 수밖에 없다. 영정조의 사설시조가 자유시의 모태적 원형성을 보인 것은 사실이나 시기적으로 볼 때 그 영향관계 및 相互交涉은 개화기의 사설시조가 더욱 직접적이기 때문이다. 다시 말해 자유시의 장르적 親緣性은 영정조 사설시조보다 개화기 사설시조에 더 강하게 내포되어 있는 것이다. 자유시의 嚆矢가 되는 「태백산의 四時」를7) 발표한 최남선이 다수의 사설시조를 발표하고 있는 것은 이러한 가능성을 시사하는 현상이다.

본고는 이러한 사실들에 주목하여 1차적인 자료정리와 문헌분석, 그리고 이를 토대로 장르 비평적 관점에서 개화기 사설시조의 양식 및 이념지향, 그리고 나아가 자유시와의 相同關係를 분석하고자 한다. 이러한 작업을 통하여 개화기 시가의 특성, 근대 자유시의 형성과정, 나아가 한국시조사의 재조명에 一助를 기할 것으로 기대한다.

II. 자료정리 및 문헌적 고찰

개화기 사설시조는 개화기 저널리즘 전반에 걸쳐 분포되어 있는 것으

---

6) 박철희, 「사설시조는 자유시다」, 제 19회 국어국문학 전국 발표대회 요지, 1976.
7) 필자가 확인한 바로는 최남선의 「태백산의 4시」, 「태백산부」(소년, 1910.2) 두 편이 최초의 자유시로 보인다.
　　졸고, 『『소년』지 시가의 장르론적 고찰」, 『국어국문학』116호, 1996.

로 확인된다. 『대한매일신보』·『대한민보』·『신한민보』 등의 신문 외에 『대한유학생학보』·『소년』·『신문세계』·『신문계』 등 잡지에도 다수 창작되었다. 사설시조가 전통적인 시가 장르였음에도 불구하고 보수적인 저널리즘 뿐 아니라 개화지향적인 文獻에도 발표되고 있는 것이다.

개화기 사설시조를 분류, 정리하기 위해서는 당연히 사설시조의 양식 기준을 마련할 필요가 있다. 사설시조의 양식적 개념에 대해서는 先學들의 다양한 견해가 제시된 바 있다.8) 본고에서는 사설시조 자체의 양식적 특질을 논하는 자리가 아닌 만큼, 일반적인 通說에 따르고자 한다. 즉 3장 6구의 평시조 중에서 종장 첫 구를 제외한 구절 중에서 한 구가 10자 이상 길어진 엇시조와, 두 구 이상이 길어진 사설시조를 포함하는 長型시조로 보고자 한다. 또한 개화기의 범위를 『독립신문』창간(1896)에서 『창조』창간(1919)까지 폭넓게 잡고자 한다. 이러한 기준을 적용해 볼 때 개화기 사설시조의 효시로 보이는 「여학도 애국가」에서 마지막 작품 「지사 더듸 늙게」까지 총 74수의 사설시조가 발견된다. 이는 개화기에 발표된 660수의 시조 중 11%에 해당되는 분량이다.

개화기에 발표된 자료를 문헌별로 정리해 보면 다음과 같다.

1. 신문 매체별 사설시조

<대한민보>

제목	발표년도	작자	특징
霜令	1909.10.10		4행시조
守錢奴	1909.10.12		5행시조
大韓民國	1909.10.17		5행시조
秋雨孤燈	1909.10.27		

---

8) 대표적인 사례를 보면, '대략 51자 이상의 시조'(조윤제), '초중종장이 두 구절 이상 긴 것'(이병기), '단시조의 규칙에서 어느 두 구 이상이 각각 10자 이상으로 길어진 것'(이태극) '3장 6구 중에서 2구 이상이 원수율에서 길어진 것'(장사훈) 등이다.

羨候鴈	1909.11.06		
勢力勢力	1909.11.24		
調琴待月	1909.12.03		
江船	1910.01.25		
啄木鳥	1910.01.30		
立春	1910.02.05		
痛罵	1910.02.20		
曠感	1910.03.09		
北岳	1910.03.10		

〈대한매일신보〉

제목	발표년도	작자	특징
血竹歌十絶	1907.07.27		10수의 연시조 중 2수
丈夫吟	1908.12.03		
警醒力	1908.12.11		
華容道	1908.12.12		
忍耐力	1908.12.19		
造時機	1908.12.30		
大丈夫	1909.01.07		
長恨	1909.01.27		
頌祝大韓每日申報	1909.04.16	美國留 望西生	
快丈夫	1909.04.21		
快男兒	1909.07.04		
回生方	1909.07.06		
與爾同	1909.07.07		완전장형화
殺狗	1909.07.13		완전장형화
前轍鑑	1909.07.20		완전장형화
志士吟	1909.07.21		완전장형화
二斧詞	1909.07.26		
力拔山	1909.08.05		완전장형화
換腸術	1909.09.05		
戒不義	1909.09.14		
丈夫歌	1909.09.16	白頭青年	
送鴈	1909.09.18	感秋生	
山影樓	1909.09.21	感物生	

疊出魔	1909.10.05		
聾盲歌	1909.10.14		
牛耳經	1909.10.24		
無情世月	1909.10.26	惟我生	
내世間	1909.10.28		
千大峯	1909.01.03		
椎碎	1909.12.10		
擊日	1910.01.12		
더욱 밧비	1910.02.03	長吁生	
老益壯	1910.02.15		
男兒로	1910.02.16		
一段精神	1910.03.01		

〈제국신문〉

제목	발표년도	작자	특징
여학도 애국가	1906.08.13		5행시조

〈신한민보〉

제목	발표년도	작자	특징
短歌	1909.08.25	盤龍山少年	
短歌	1909.09.29	〃	
短歌	1909.09.29	貞齋	
지사 더듸 늙게	1917.06.28		

2. 잡지 매체별 사설시조

제목	문헌 및 발표년도	작자	특징
國風四首	〈대한유학생학보〉2권, 1907.04	樂天子	4수
病中	〈대한유학생학보〉3권, 1907.05	夢夢	

新國風三首	〈소년〉3년 6권, 1910.06	六堂	4행시조, 3수
盛世樂	〈신문세계〉1호, 1913.02		
綠陰	〈신문계〉3호, 1913.06	CS 生	
惜春	〈신문계〉3호, 1913.06		
種菊	〈신문계〉3호, 1913.06		
秋風	〈신문계〉7호, 1913.10		
滿庭黃葉	〈신문계〉8호, 1913.11		
春遊樂	〈신문계〉2권 5호, 1914.05	紫霞山人	
金剛山	〃		
花信風	〃		
採藥翁	〃		
從地理	〃		
白髮嘆	〃		

신문매체별 창작편수는 『대한매일신보』 35수·『대한민보』 14수·『제국신문』 1수·『신한민보』 4수·도합 54수이다. 잡지의 경우는 20수가 보이는데 『신문계』 11수·『신문세계』 1수·『소년』 3수·『대한유학생학보』 5수이다. 대체로 신문매체가 창작의 중심 역할을 했고, 특히 『대한매일신보』·『대한민보』가 사설시조의 産室이었음이 확인된다.

개화기 시가의 경우 발표매체의 성격에 따라 장르선택이 이루어지는 특징을 보인다. 가령 개화사상을 지향했던 『독립신문』에는 新興장르인 창가가 많이 발표되었고, 斥邪사상을 기초로 한 『대한매일신보』에는 전통장르인 가사가 주로 선택되었다. 따라서 斥邪사상을 근간으로 했던 『대한매일신보』와 『대한민보』에 사설시조가 많이 창작된 것은 이러한 발표매체에 따른 장르의 귀속현상으로 이해할 수 있다. 그러나 漸進開化를 내세웠던 육당의 『소년』이나 일본 유학파들의 잡지였던 『대한유학생학보』에 상당수의 사설시조가 실린 것은 주목되는 부분이다. 또한 미국에서 발행되던 『신한민보』의 창작도 눈여겨 볼 대목이다. 그만큼 사설시조의 창작이 특수계층의 관심사로 국한된 것이 아니라 당대 저널리즘의 보편적인 현상이었음을 반증하는 것이다. 사설시조가 갖는 장르적 기능을 적극 활용코자 했던 것이다.

창작주체를 볼 때 『대한매일신보』, 『대한민보』 등 대부분의 신문은 집필진이 중심이 되고, 간혹 독자들의 참여가 병행되고 있다. 독자들의 투고는 대부분 아호나 필명으로 되어 있어 신분을 밝히기가 어렵다. 新島玉, 白頭靑年, 感秋生, 惟我生, 長吁生, 夢夢, CS 生, 紫霞山人 등등이 그것이다. 美國留 望西生이란 필명도 있어 미국 유학생까지 사설시조 창작에 참여하고 있다. 이는 이미 『신한민보』의 창작에서도 확인된 바다. 신문에 투고된 작품들은 필명 그대로 憂國忠情을 드러내는 내용으로 되어있다. 즉 작품내용을 바탕으로 아펠레이션(appellation)을 선택했던 것이다.

잡지의 경우 최남선의 창작이 주목된다. 최남선은 『대학유학생학보』와 『소년』에 7수의 사설시조를 창작하고 있다. 『대한유학생학보』에 실린 「국풍 4수」는 '樂天子'라는 필명을 사용하고 있는데 그가 누구인가에 대해 학계에 다소 논란이 있다. 낙천자가 최남선이라는 입장과 그렇지 않다는 입장으로 나뉘고 있다.9) 하지만 임종찬이 주장한 바 '국풍'이라는 명칭이 육당 개인이 사용한 독특한 장르명칭이었고, 뒤에 4행시조를 특별히 '新國風'시조라 칭하여 이를 의식적으로 구분한 것을 볼 때 「國風 4수」는 육당의 所作일 가능성이 크다. 게다가 육당은 『대한학회월보』 등에 公六, 大夢崔 등 다양한 필명으로 작품을 게재했던 것이다. 육당이

---

9) 아니라는 입장은 임선묵의 주장인 바, 이에 대한 구체적인 반증은 없다. (임선묵, 『근대시조대전』 홍성사, p.6.) 이에 반해 임종찬은 육당시조의 대부분이 '국풍'이라는 명칭을 갖고 있는 것으로 보아 '낙천자'는 육당일 것으로 본다. (임종찬, 「육당시조의 성격」, 〈동의전문논문집〉2, p.36.) 박철희 (『최남선과 이광수의 문학』, 새문사 p. I-37), 서벌(〈현대시학〉 75호, p.96.)도 이에 동조하고 있다.

여러 필명을 사용하는 관습을 볼 때 그 蓋然性은 더욱 높다.10) 이렇게 볼 때 현대시조 및 사설시조의 개혁자는 역시 최남선이었던 것이다. 특히 그는 '신국풍'이라는 4행시조를 창안하여 시조의 行聯法을 과감하게 혁신하였던 것이다. '新'이라는 에피세트는 현대시조에 대한 육당의 改新意慾을 드러내는 상징적 표현이었다. 아울러 후술되겠지만 육당이 「태백산의 四時」, 「太白山賦」와 같은 자유시를 같은 시기에 창작한 것도 사설시조와의 장르적 相同性을 암시하는 부분이라 주목을 요한다.

Ⅲ. 개화기 사설시조의 장르성격과 특성

1. 양식의 諸類型

사설시조도 시조인 만큼 시조의 기본 틀을 유지하고 있다. 3장의 分章형식이나 종장 첫 구의 3음절 원칙은 그대로 지키고 있다. 이 기본형을 유지하면서 어느 한 구가 10자 이상 확대되어 산문성을 띠게 되는 것이다. 이병기가 시조는 定型이 아니라 整型이라 했던 바11) 사설시조는 '定型而非定型'의 특성을 극대화한 양식이라 볼 수 있다. 조동일은 사설시조의 특성을 다음과 같이 언급하고 있다.

사설시조에는 평시조에서 물려받은 정형시적 특징과 사설시조의 작품마다 다르게 나타나는 자유시적인 특징이 함께 나타나는 것을 쉽사리 발견할 수 있다. 사설시조도 초장, 중장, 종장의 세 부분으로 이루어져 있으며, 이 중에서 초장과 중장은 엇시조에서 볼 수 있는 바와 같이 평시

---

10) 육당은 大夢崔, 六堂, 흰샘, 公六 등의 필명을 사용한 바 있다. 따라서 '樂天子'가 누구인가 분명히 밝혀지지 않는 한 육당으로 추정함이 옳을 듯하다.
11) 이병기, 『가람문선』, 신구문화사, 1976.

조의 초장, 종장은 그리 심하게 파괴되지는 않았다.12)

조동일은 이처럼 사설시조의 특징을 3장 원칙을 지키면서 초장, 종장
보다는 중장이 길어진 것으로 보고 있다. 개화기 사설시조는 이러한 기
존 사설시조의 특성을 보이면서 4행 및 5행의 分行방식과 종결어미 생
략과 같은 새로운 변화를 보여주고 있다. 대체로 개화기 사설시조의 형
태적 특징은 중장의 長型化·종장 2구의 長型化·4장 구조·종결어미
생략 등으로 요약된다. 이 중에서 종결어미 생략현상은 개화기 시조의
일반적 특징에 해당된다.

1) 중장의 장형화

조동일이 앞서 지적했듯이 사설시조는 대체로 중장이 길어지는 것이
보통이다. 이병기가 『국문학개론』에서 초·중장이 너무 길지 않은 것으
로 사설시조를 논한 것도 이러한 맥락에서이다. 중장의 長型化는 개화기
사설시조의 보편적인 현상인데 대표적인 예를 보면 다음과 같다.

    時事가 乘亂ㅎ여, 層生疊出惡魔로다.
    북치며 나나리불고 일본 관광단을 歡迎하는 者, 留聲器둘러메고 附日
主義로 演說하는 者.
    언제나, 壹陣大풍 모러다가, 쓰러낼고.

                                「疊出魔」

    사는 것은 重하지만, 義아니면 取치마라
    不義로셔 富貴한들 生前報應웨업스며, 正義로셔 貧寒한들 名수竹錦
업슬소냐.
    至今에, 不義코셔 臥席終身, 뉘잇스리.

                                「戒不義」

____

12) 조동일, 「시조의 율격과 변형규칙」, 〈국어국문학연구〉18집, 영남대, 1978, p.59.

예시한 두 작품 모두 3장 형태를 유지하면서 초·중장은 평시조의 기본틀을 유지하고 있다. 다만 중장의 2구가 10자 이상으로 길어지고 있다. 즉 중장의 장형화가 나타나는 것이다. 이러한 중장의 장형화 현상은 어디서 기인하는 것일까. 주지하다시피 시조는 3장 구조로 된 시양식이다. 이 3장은 단순한 형태상의 구분이 아니라 의미전개의 맥락과 일치한다. 즉 序詞-本詞-結詞의 의미구조가 초장-중장-종장의 형태구조와 대응하는 것이다. 따라서 전개 부분에 해당되는 중장에서 敍事의 진폭이 확대될 수 있는 것이다. 말하고자 하는 내용과 사실의 구체적 言述이 중장의 장형화를 초래하고 있는 것이다. 예시한 작품들은 한일합방 직전의 사회적 병폐를 고발하는 내용으로 되어있다. 親日 賣國에 앞장서는 인사들의 附日행위를 낱낱이 적시하기 위해서 서사의 振幅은 확대될 수밖에 없다. 기존의 사설시조가 조선후기 사회의 구조적 모순을 드러내기 위해 서사적 長型化를 추구했던 것과 동일한 원리가 작동되고 있는 것이다.

2) 종장 제2구의 장형화

종장 2구의 장형화는 기존 사설시조 양식에서는 보편적인 것이 아니었다. 대체로 초장 및 중장이 길어지는 것이 일반적인 通例였다. '초중장이 모두 제한 없이 길고, 종장도 어느 정도 길어진 것'이라는 김사엽의 주장도(『국문학사』) 이러한 현상을 뒷받침한 분석이다. 종장은 어느 정도 길어지나 초중장은 무제한으로 길어진 것으로 보고 있는 것이다.

종장 2구의 장형화가 이루어진 몇 예를 보면 다음과 같다.

雷聲이 振動해도, 귀먹으면 못드르며
白日이 中天해도, 소경이면 못보나니
슯흐다, 耳目이 聰明한들 時局事에 눈어둡고 귀먹으면, 쓸데무삼
「聾盲歌」

분쥬하게 하는달도, 왕하면 웃둑셔며
한거하게 셧난쇼도 이랴하면 급히간다
엇지타, 政府의 當局者들은 勸告論駁이 無數遝至하여도, 눈도 아니깜짝.
「牛耳經」

　예시와 같이 초중장은 평시조 형식을 지키고 있으나 종장의 제 2구가 길어지고 있다. 그러나 종장의 1구는 3음절로 고정되어 있다. 많은 논자들이 지적했듯이 사설시조라 하더라도 종장 첫 구의 3음절은 반드시 지키게 되어 있는 것이다.

　문제는 2구의 長型化이다. 이 현상은 분명 기존의 사설시조의 보편적 양식은 아니었고 개화기 사설시조에서 눈에 띄게 보이는 양상이다. 예시에서 보다시피 종장 2구는 각각 19자, 20자로 늘어나 있다. 쉼표를 찍어 분리된 독립구 임을 분명하게 명시하고 있다. 결국 이 양식은 終章末句의 생략현상과 밀접한 관련이 있다. 주지하다시피 개화기 시조는 종장 말구의 생략이 보편적인 현상이다. '이노라·하더라·하도다' 등의 虛辭를 제거하고 '自主獨立·富國强兵·國權回復' 등 주제어로 끝맺음하고 있는 것이다. 悠長한 감탄조 허사의 제거를 통해 강렬한 주제의 전달 효과를 노리고 있는 것이다.13) 결국 1장 4구에서 끝부분의 1구가 생략됨으로써 전체 음절수가 줄어드는 결과를 빚게 된다. 이 음보 및 음절수의 공백을 메꾸기 위해 자연스럽게 2구의 장형화가 이루어진 것이다. 이는 비록 10자 이상이 아니더라도 대체로 5음절 이상이 길어지는 평시조의 일반적 현상이 이를 뒷받침해 준다. 즉 사설시조가 아니더라도 평시조에서 종장의 2구는 5음절 이상으로 확대되어 있는 것이다. 이렇게 해서 종장 말구의 생략에서 오는 자수의 불균형을 어느 정도 해소할 수 있었던 것이다.

---

13) 졸고, 「개화기 시조의 구조와 변이」, 『한국시가의 재조명』, 형설출판사, 1984.

아울러 초중장에서 언급된 내용을 다시 한 번 확인하고 강조하는 敷術의 효과를 거둘 수도 있다. 비판과 고발의 내용을 다시 한 번 부연 강조함으로써 주제효과를 극대화시키는 결과를 가져올 수 있는 것이다. 이처럼 종장 2구의 장형화는 형태미학적 측면과 주제미학적 측면이 공동으로 작용한 결과물로 볼 수 있다.

3) 완전 장형화

앞서 살핀 중장의 장형화, 종장 2구의 장형화 현상이 重疊되어 장형화의 극대화를 이룬 사설시조도 발견된다. 사설시조가 갖는 장형성·산문성의 특성을 克明하게 보여주고 있다. 다음이 그 예이다.

개를 여러마리나기르되, 요일곱마리갓치얄밉고 잣미우랴.
낫선타쳐사람오게되면꼬리를회회치며반겨라고내다러요리납즉죠리납즉 개웃하되,
낫닉은집안사람보며는두발을벗드듸고코쌀을찡고리고니빠리를엉떵거리고컹컹짓는일곱마리요박살할개야.
보아라, 근일에새로개규칙반포되야개임자의성명을개목애채우지아니하면박살을당한다하니, 自然박살.

「殺狗」

산문화·장형화된 시조지만 3장 구분은 분명하게 되어 있다. 장이 끝날 때마다 마침표를 찍고 있으며, 시각적인 행구분도 하고 있다. 또한 종장 첫구의 3음절 원칙도 준수하고 있다. 단지 중장이 대량으로 장형화되어 있고, 종장 2구도 37자로 길게 확대되어 있다. 얼핏보면 산문 및 자유시로 보여지나 시조의 일반 원칙이 준수되는 사설시조임에 틀림없다. 이러한 현상은 중장의 장형화가 갖는 叙事의 증폭효과와, 종장 2구의 장형화에 의한 敷術의 효과를 극대화하고자 한 시도로 보여진다.

예시한 작품은 을사조약에 앞장선 매국노 7인을 개에 비유하여 형상화한 諷刺詩이다. '낫선타쳐사람'(日人)에게 충성하고, '낫닉은 집안사람'(조선인)을 냉대하는 親日走狗들의 의식구조를 신랄하게 비판하고 있다. 이러한 풍자적 기능을 극대화하기 위하여 부연과 강조의 시적 전략을 동원케 되고 그 결과로 장형화의 양식을 빚어냈던 것이다. 아울러 후술되겠지만 이러한 사설시조의 장형화 및 산문화는 자유시 양식과 장르적 隣接性을 드러내면서 근대 자유시 형성에 일정한 영향을 끼치고 있는 것이다.

4) 4장구조

시조는 전통적으로 3장 구조가 기본이다. 그런데 개화기에 들어 4장 구조의 시조가 선보인다. 이른바 육당이 창안한 신국풍시조가 그것이다. 육당은 기존의 3장시조를 '國風'이라 칭했고 4장시조를 이를 구별하기 위해 '新國風'시조라 불렀다. 4장시조의 독창성을 기존양식과 구별하기 위해 따로 '新'자를 덧붙였던 것이다. 아무튼 4장구조의 신국풍 시조는 육당의 독창적인 改新意慾의 산물로 평가된다. 다음이 그 예이다.

① 말한다고 뜻다하며 뜻잇다고 말다하랴
② 애고답답 이가슴은 어느名醫가 풀어주나
③ 눈물이 속으로 흘럿스면 뚤키나 하련마는
④ 命門에 불만나니 더욱 燥鬱

「신국풍 3수」

예시된 작품은 시조의 기본형을 지키면서 장이 하나 추가된 4장 형식을 취하고 있다. 행구분도 뚜렷하고 율격구조도 일반시조의 형태를 답습하고 있다. 물론 이 형태를 중장이 길어진 사설시조로 간주할 수도 있

다. 하지만 앞서 살핀 중장이 장형화된 시조와 다르게 문장 및 分行의식
이 뚜렷하다는 점에 차이가 있다. ②와 ③은 분명 독립된 시행으로서 저
마다 역할을 수행하고 있다. 즉 ②는 敷衍의 역할을, ③은 전환의 역할
을 맡고 있는 것이다. 형태구조와 의미 구조가 일정한 대응관계를 갖고
있는 이상, 이를 단순히 중장이 늘어난 형태로 보아서는 안 될 것이다.
육당도 이를 의식하고 특별히 新國風시조라 칭했던 것이다.

　신국풍 시조의 개념을 이해하기 위해 여기서 잠시 그 어의와 연원을
살펴보기로 하겠다. 국풍은 원래 지방의 민요를 가리키는 노래 명칭이었
다. 『시경』에 따르면 주나라 때 각국에 흩어져 있는 민요를 각 제후들이
모아서 천자에게 바쳤는데 이를 국풍이라 칭했다는 기록이 나온다.14)
국풍의 풍은 '風, 雅, 頌' 등, 중국의 전통적인 시분류법의 한 장르로서
'윗사람은 아랫사람을 감화시키고, 아랫사람은 윗사람을 풍자하는' 역할
을 한 것이 풍이라고 규정하고 있다.15) 雅는 조정의 지식인들이 제작한
樂歌임에 비해 風은 지방특색을 지닌 지방의 가요였던 것이다. 따라서
국풍은 우리나라의 고유노래라는 뜻을 갖는다.16) 육당은 우리나라의
고유노래라는 측면에서 향가를 국풍으로 풀이한 바가 있다.

> 먼저 향가란 것은 말하자면 국풍이라 할 것이니, 조정의 雅, 頌으로부
> 터 서민의 풍요에 비하여 그 종목이 많고, 소용이 넓었음을 『삼국유사』
> 에 실려있는 것만 봐도 짐작할 수 있다.17)

　이처럼 그는 향가를 우리의 노래, 즉 국풍으로 본 것이다. 이러한 국
풍개념을 개화기에 되살려 육당은 개화기 시조를 국풍으로 칭했던 것이

---

14) 『詩經』 集傳 國風條
15) '上以 風化下 下以 諷刺上 主文面譎諫 言之者無罪 間之者足以戒 故曰風', 『시경』 毛詩序
16) 권영민, 「개화기 시조에 대한 일고찰」, 『학술원 논문집』, 1976, p.192.
17) 최남선, 『삼국유사해제』, 최남선 전집 8권, p.30.

다. 그리고 이와 구분되는 4장시조를 신국풍으로 부른 것이다. 국풍은 고문헌에 나오는 고유명칭이지만 신국풍은 육당이 개인적으로 창안한 독창적 명칭인 것이다. 그만큼 신국풍에는 육당의 시조 양식에 대한 개신의욕이 내재해 있었던 것이다.

아무튼 4장시조는 육당의 독창적 양식이었으며 근대시조의 새로운 모습이었다. 단순히 형태를 늘이는 것으로 끝남이 아니라 의미구조를 좀 더 견고히 양식화함으로써 시조의 기능성을 提高했다는 점에 그 의의를 찾을 수 있다.

아쉬운 것은 이러한 시조가 육당 개인으로 국한되고,18) 육당 스스로도 지속적인 작업을 더 이루지 못했다는 점이다. 비록 육당 개인의 실험적 소산으로 끝난 역사적 장르였으나 시조의 창조적 계승과 근대시조의 혁신을 위해 중요한 시금석 역할을 했던 것이다.

2. 의식 및 이념 지향성

개화기 사설시조의 의식성향은 발표매체의 이념지향에 긴밀히 연계되어 있다. 保守斥邪 계열의 신문 즉『대한매일신보』·『대한민보』에 게재된 시조는 항일비판의식이 두드러지고, 開化進步 계열의 잡지인『대한유학생학보』·『소년』의 시조는 계몽·서정의 차원에 머물고 있다. 이러한 현상은 개화기 시가전반의 공통적 특질에 해당되는 것으로 일종의 이념의 매체귀속성으로 평가할 수 있다. 개화기 저널리즘이 당대에 風靡하던 사상조류인 척사와 개화의 시대이념에 편향됐던 만큼 그를 매개로 한 문예창작도 동일한 속성을 드러냈던 것이다. 더구나 전문문인이 부재한 상황에서 언론의 편집진과 일부 독자, 회원들의 참여로 창작이 이루어진 만큼 이념적 편향성은 피할 수 없는 일이었다.

---

18) 4행시조의 다른 자료로는「霜鬢」이 보이고,「수전노」,「대한민국」은 5행 구조를 갖고 있다.

특히 1910년 합방이전까지는 척사, 개화사상의 첨예한 대립양상을 보였으나 이후로는 개화계몽 위주의 사상운동이 개진된다. 따라서 시조 역시 1910년을 기점으로 사상적 변모를 보이고 있다. 1910년 이후에는 강렬한 저항 비판의식은 소멸되고, 윤리도덕적 차원에서 인격수양을 도모하는 계몽의식이나, 자연서정을 노래하는 吟風弄月조의 시조가 등장하는 것이다. 앞서 정리한 바 『신문세계』·『신문계』 같은 잡지에 실린 시조들이 이에 해당된다.

아무튼 개화기 사설시조는 대체로 항일비판 의식이 기조를 이루고 있다. 특히 보수척사의 선봉에 선 『대한매일신보』와 『대한민보』·『신한민보』에 게재된 시조들이 주류를 이룬다. 이들 시조에 나타난 현실 및 역사인식은 대체로 국권의식·상황인식·투쟁의지·친일세력 비판 등으로 구체화된다. 이러한 제양상을 살펴보기로 하자.

> 三千里 錦繡江山, 天府金湯 이아닌가
> ▲荒山谷 깁흔밤에 風雲이 杳沒하고
> 韓半島 져믄날에 波濤가 洶湧하다
> ▲決斷코, 大韓國管理는, 大韓國民
> 　　　　　　　　「大韓民國」

이 시조는 먼저 삼천리 금수강산에 터를 닦은 우리나라를 하늘이 내린 '天府金湯'이라고 규정하고, 이 아름다운 한반도에 어두운 그림자가 깔리어 '풍운이 杳沒하고' '파도가 洶湧하다'고 비통해하고 있다. 이 시조가 발표되던 1909년 10월은 합방을 1년 앞둔 때였다. 국권이 風前燈火 앞에 놓인 絶體絶命의 위기의 시기였다. 이러한 위기상황을 이 시조는 '한반도 져믄날'로 묘파하고 있다. 그리고 끝내 종결부분에서 '결단코, 대한국 관리는, 대한국민'이라고 선언하고 있다. 대한민국의 정체성과 주체성을 분명하게 천명하고 있는 것이다. 이러한 국가 정체성, 자주독립에 대한 열망은 개화기 사설시조의 主潮音으로 나타나는데, 「입춘」·「북악」·「추우고등」·「조금대월」·「산영루」·「무정세월」 등도 동궤에 선다.

　이러한 국권 위기 상황을 제대로 인식하지 못하고 역사의 흐름을 읽지 못하는 지도자들에 대한 경각심을 불러 일으키는 작품도 발견된다.

> 雷聲이 振動해도, 귀먹으면 못드르며
> 白日이 中天해도, 소경이면 못보나니
> 슮흐다, 耳目이 聰明한들 時局事에 눈어둡고 귀먹으면, 쓸데무삼
> 　　　　　　　　　　　　　　　　　　「聾盲歌」

　시대 및 현실인식에 소홀하거나 외면하는 일부 몰지각한 인사들을 소경과 귀머거리로 비유하고 있다. 역사의 '뇌성'이 치고 있는 상황에서 귀머거리로 처신하는 인사들에 대한 경고를 보내고 있는 것이다. '時局事에 눈어둡고 귀먹은' 상황은 필경 국권 상실을 초래할 일이었다. 風前燈火의 위기 앞에서 국민 모두가 대오각성할 것을 강력히 촉구하고 있다.

　이러한 시대인식에 대한 경고와 각성은 끝내 강렬한 투쟁의지로 승화된다. 시대인식이라는 소극적 차원을 넘어 좀 더 적극적으로 상황 타개에 나설 것을 촉구하고 있다.

> 至誠이면感天이오, 合力하면拔山이라.
> 南美全大洲가西班牙의領地되야 悲慘酷禍밧을격에
> 國民들이合力하야빼앗겻든 三萬長山을몽창뽑아엽헤끼고
> 大西洋을건너뛰여제자리에 도로노앗스니.
> 快흐다, 우리도 熱心合力하야, 뎌와갓치
> 　　　　　　　　　　　　　　　　　　「역발산」

　이 시조에 나타난 국권의식은 세계사적 역사인식에 기초를 두고 있다.

우리의 현실상황을 남미의 식민지 지배상황에 대입시키고 있는 것이다. 남미가 오랫동안 스페인, 포르투갈 등 유럽제국의 식민통치를 받고 있는 사실을 환기시키며 우리나라가 일본제국주의의 속박에 놓여 있음을 시사하고 있는 것이다. 남미 전대주가 帝國主義 폭압에 과감히 맞섰듯이 우리도 일제에 과감히 떨쳐 나설 것을 촉구하고 있다. '至誠이면 感天이오, 合力하면 拔山하는' 기개와 용맹으로 투쟁의 선봉에 나설 것을 강조하고 있다. 이러한 투쟁의지는 「쾌장부」·「지사음」·「장부가」에서도 확인되며 미국에서 발행되던 『신한민보』에서도 발견된다. 「단가」 두 편이 그것인 바, 爲國獻身의 자세로 과감히 조국의 독립투쟁에 나설 것을 촉구하고 있다. '오추마 급히 몰아, 오강변 당도하는'(「단가」) 장사의 기개를 과감히 펼칠 것을 주장하고 있다.

무엇보다 개화기 사설시조에 두드러지게 나타나는 것은 親日賣國奴에 대한 비판과 척결의지이다. 『대한민보』·『대한매일신보』할 것 없이 이들에 대해 필봉을 날카롭게 세우고 있으며, 그 양도 압도적이다.

> 팔낭갑이라하늘로 날며, 두더지라따흐로들냐.
> 鐵網에걸닌더금종다리새야, 풀떡풀떡푸드덕인들, 날따길따너어듸로갈따.
> 우리난, 어인일인지五장六부에잇는피잇는데로버적버적밧작밧작끌코끌어
> 더끌을것업셔너잡어먹어야, 나 살겠다.
>
> 「回生方」

친일매국노들을 '팔낭갑, 두더지, 금종다리'로 비유하고 있다. 을사조약 체결에 앞장선 을사오적이나 일진회 회원과 같은 친일 주구 세력에 대한 경멸과 적개심이 적나라하게 노출되어 있다. 親日走狗에 대한 국민들의 분노는 오장육부에 피가 있는 대로 끓는다는 사실적 표현으로 묘사되어 있다. 이 치명적 火病을 고치는 길은 오직 이들을 '잡어 먹는' 일이다. 이러한 원색적인 표현과 비유는 당대 친일세력에 대한 민중들의 분

노가 어떠했는가를 짐작케 해 준다. 직설적이고 원색적인 감정의 분출 속에 당대 민중의 원한과 분노가 서려있다. 이러한 친일매국노에 대한 비판은 「신령」·「세력세력」·「탁목조」·「통매」·「쾌남아」·「여이동」·「살구」·「전철감」·「환장술」·「첩출마」·「椎碎」·「내셰간」 등에서 여실하게 표출되고 있다.

이상 논한 바와 같이 개화기 사설시조에 나타나는 예리한 현실인식과 비판의식은 英正朝에 풍미한 사설시조의 비판적 기능을 연상시킨다. 영정조의 사설시조가 조선후기 사회에 내재한 구조적 모순을 직시하고, 그 것을 폭로 비판하는 데 앞장섰던 것은 주지의 사실이다. 조선 봉건사회의 구조적 諸矛盾이 사설시조를 통하여 적나라하게 노출되고, 통렬히 비판됐던 것이다. 이러한 비판적 무기로서의 사설시조의 기능이 국권상실기인 개화기에 와서 다시 부활하고 있는 것이다. 국권 상실이라는 絶體絶命의 시대상황이었기에 사설시조는 비판과 저항의 예각을 날카롭게 세울 수밖에 없었던 것이다. 문학과 사회의 접합이 가장 첨예하게 이루어지던 시기에 비판과 저항의 선봉에 선 것이 바로 개화기 사설시조였던 것이다.

3. 자유시와의 상동관계

주지하다시피 근대자유시의 형성에 대해서는 대체로 傳統承繼論과 西歐移入論으로 대별되고 있다. 전통승계론은 자유시의 모태를 사설시조에서 찾는 입장이고, 서구이입론은 서구 자유시의 번역과 수용과정에서 파생된 것으로 보는 입장이다. 전통승계론자들은 영정조의 사설시조에서 산문조에 가까운 자유율을 발견하고 이를 주체적인 관점에서 자유시의 형성 문제를 거론했던 것이다. 박철희·오세영·김열규·조윤제·고정옥 등의 주장이 이에 해당된다.

먼저 고전학자들의 주장을 보자. 고정옥은 신문학사의 자유시가 산문 문학의 절대적 우세에 눌려 파생된 것이라면 그 징후는 이미 肅宗 이후의 시조에 소설적(산문적)요소가 흘러 들어간 데서 찾을 수 있다고 주장하고 있다.19) 결국 肅宗 후의 사설시조에서 자유시의 모태를 찾을 수 있다는 견해이다. 또한 조윤제는 사설시조의 출현이 근본적으로 정형시의 이탈에 기초한 것이고, 이러한 정형성의 逸脫정신이 근대 자유시로 파급되어 산문시 운동이 전개된 것으로 보고 있다.20) 즉 그는 정형성의 일탈정신을 사설시조와 자유시의 공통점으로 보고 있는 것이다. 김열규 역시 사설시조가 갖고 있는 산문성에 주목하고, 이 산문성이 1920년대 자유시 창작의 미학적 기반이 됐음을 지적하고 있다.21) 하지만 이들이 散文性, 脫定型性에 주목하여 자유시의 모태를 사설시조에서 찾고자 했으나 구체적인 정황이나 실증적인 분석은 배제되고 추론의 단계에 머물고 있다.

이를 좀 더 구체화하고 이론화시킨 사람은 박철희였다. 그는 아예 사설시조를 '우리의 자유시'로 못박고 있다.

> 우리의 자유시에서 우리라고 했을 때 그것은 사설시조와 같은 것이다. 사설시조 중에서도 특히 중장의 음보가 제한없이 중첩되는 시도는 근대 이후의 자유시보다 그 리듬 패턴은 더 자유로운 것이다.22)

그는 이처럼 서구의 자유시와 구분하여 우리의 자유시를 사설시조로 못박고 있다. 그의 주장에 따르면 서구 자유시와 전통 자유시가 함께 존재하는 것이다. 나아가 사설시조는 근대의 자유시보다 리듬패턴이 더 자

---

19) 고정옥, 『국어국문학요강』, 1949, p.43.
20) 조윤제, 『한국문학사』, 탐구당, 1970, p.445.
21) 김열규, 『한국문학의 전통과 변혁』, 서강대, 인문과학연구소, 1976, p.37.
22) 박철희, 「시조의 방법과 인식의 방법」, 『한국학보』15, 1979, p.149

유럽다고까지 주장하고 있다.

이러한 자유시의 사설시조 기원론의 이론적 준거로서 그는 自說的 리듬론을 내세우고 있다. 사설시조는 유교 이념이라는 他說的 요소와 민중의 각성이라는 자설적 요소가 공존하는데 이중 민중의 각성이 자아의 발견으로 확대된 것이 근대의 자유시라는 것이다. 사설시조가 강렬한 애욕, 육감의 표출에 기초한 것은 자기고백, 낭만적 정열, 감정과잉에 기초한 자유시와 동궤를 이루는데 그 공통점이 바로 개성의 표출이었다. 또한 구어체·형식성 거부·산문화·無形詩라는 양식상의 공통점도 함께 갖고 있다.23)

이러한 제반 특질이 바로 그가 주장하는 바 자설적 요소이다. 이런 점에서 박철희의 사설시조 기원설은 앞서 논한 학자들에 비해 진전된 모습으로 볼 수 있다. 하지만 아쉽게도 그는 개화기에 엄존했던 사설시조의 실체는 파악하지 못했다.

오세영 역시 자유시 형성의 첫 단계를 19C 사설시조의 출현으로 보고 있다. 그는 평시조로부터 사설시조가 파생된 것은 일종의 정형시형에 대한 반동이며 자유시형을 지향코자 하는 노력이라고 주장하고 있다.24) 나아가 19세기 사설시조의 등장은 전통장르 자체에서 일어난 자유시 운동의 일환으로 파악하고 있다. 오세영의 경우 여타 논자들이 소홀히 했던 개화기 사설시조에 주목하고 있다.

이상 자유시의 사설시조 淵源論의 대강을 살펴보았다. 필자 역시 이들의 기본 입장에는 동의하는 편이다. 하지만 사설시조가 곧 자유시이고, 영정조 사설시조 자체에서 자유시가 파생됐다는 주장은 재고의 여지를 남긴다. 분명 사설시조는 하나의 시조양식으로서 형식적 특질을 具有하고 있다. 3장 구조라든지 종장 첫구의 3음절 원칙 같은 것이 그대로

---

23) 박철희, 『한국시사연구』, 일조각, 1980, pp.62~71.
24) 오세영, 『20세기 한국시 연구』, 새문사, 1989, p.53.

준용되고 있는 것이다. 말하자면 사설시조는 시조로서 정형의 큰 틀을 유지하고 있는 것이다. 또한 18세기 사설시조에서 20세기 자유시에 이르기까지 장르의 지속성과 영향 관계의 구체성이 확보돼야 한다. 주지하다시피 사설시조는 영정조 이후로 소멸된 것으로 알려져 있다.25) 그 오랜 공백기간이 지난 후 자유시가 등장한 것이다. 그 공백기간은 자유시의 갑작스런 출현을 이해하는 데 걸림돌이 된다. 또한 실제의 영향관계의 구체성을 확보하기가 쉽지 않다. 단지 양식상의 유사성이 드러난다 해서 承繼관계로 보는 것은 무리일 수밖에 없다. 분명 사설시조 연원설은 임화류의 移植文化論을 불식하고 주체적인 관점에서 우리 문학사를 조명하는 중요한 관점이 된다. 그런 점에서 사설시조 연원설의 의의가 있다. 분명 자유시의 리듬패턴은 사설시조에서 그 징후를 찾을 수 있다. 장르적 유사성에서 오는 가능태 그것만은 분명한 것이다. 그러나 영향 관계의 직접성과 구체성이 반드시 전제되어야 한다.

이런 점에서 볼 때 개화기 사설시조는 자유시 형성에 좀 더 친연성을 갖는다. 두 양식이 동시대에 창작된 역사적 장르였고, 때로는 동일 작자에 의해서 창작되기도 했기 때문이다. 시대·발표매체 및 작자의 동질성이 두 장르의 친연성을 확보해 주는 중요한 요소이다. 개화기 사설시조의 주요 창작매체였던 『대한매일신보』에는 變調體 가사 및 자유시형의 시가들이 많이 발표되고 있다.26) 이들 작품이 신문의27) 편집 및 제작진의 손에 이루어진 것이라면 동일 작자의 작품일 蓋然性이 커진다. 즉 같은 작자가 사설시조도 쓰고, 자유시형의 시가도 제작할 수 있는 것이다. 신문의 경우 대부분 무기명으로 발표되었기에 이를 확인할 수는 없

---

25) 장덕순은 사설시조를 '이조 후기에 와서 산문화의 풍조에 편승하여 일시적으로 유행했던 한 양식'으로 규정한다.
　　　장덕순, 『한국문학사』, 동화문화사, 1977, pp.388~391.
26) 졸저, 『한국 개화기 시가연구』, 새문사, 2004.
27) 정명숙, 「한국 개화기 해외 유이민 시가연구」, 대구대 대학원 석사학위 논문, 1988.

으나 그 가능성은 충분하다. 『신한민보』 역시 4편의 사설시조를 게재하면서 동시에 또한 상당수의 자유시가 실려 있다.

　최남선의 경우는 좀 더 실체적인 접근이 가능하다. 육당은 '신국풍'의 사설시조를 『소년』에 발표하는 동시에 최초의 자유시 「태백산의 사시」를 발표하고 있다. 「신국풍 3수」와, 「태백산의 사시」 1910년, 거의 같은 시기에 창작이 이루어지고 있다. 「국풍 4수」를 발표하던 비슷한 시기에 그는 변조체 시가를 大夢崔의 이름으로 『대한학회월보』 등에 발표하기도 했다.28) 이렇게 최남선은 사설시조와 자유시 창작을 동시에 병행했던 것이다. 이러한 창작체험은 양 장르의 相互交互의 개연성을 높여 준다.

　이렇게 본다면 영정조 사설시조에 내재해 있던 자유시와의 장르적 상동성은 개화기 사설시조에 와서 좀 더 구체성을 띤 것으로 볼 수 있다. 말하자면 영정조 사설시조의 자유시적 징후가 개화기에 와서 활짝 開花한 것이다. 그것의 촉매 역할을 한 것이 바로 개화기 사설시조였던 것이다.

　물론 이러한 주장에서 서구 자유시의 영향성을 완전히 배제하자는 것은 아니다. 서구의 근대 자유시를 번역수용하는 과정에서 직접적으로 영향받은 것은 분명하다. 그것이 하나의 변화의 축이라면, 또 하나의 지속의 축, 그것이 바로 개화기 사설시조였던 것이다. 이 두 축에 의해 근대 자유시는 탄생할 수 있었던 것이다.

Ⅳ. 결 론

　이상으로 개화기 사설시조의 창작 양상과 장르적 특성을 고찰해 보았

---

28) 정한모, 『한국현대시문학사』, 일지사, 1974, pp.180~190.

다. 사설시조는 개화기 문학의 역사적 장르로서의 위치를 분명히 하고 있다. 개화기의 각종 언론 매체에 74수의 창작을 남기고 있다. 진보, 보수의 언론매체 뿐 아니라 해외에서 발행되던 『신한민보』에 이르기까지 다양한 계층의 지속적인 참여가 확인된다.

양식면에서 중장의 長型化, 종장 2구의 장형화, 4장구조가 눈에 띄는데, 이들은 각각 敍事의 확대, 敷衍 및 강조, 의미구조의 外延 등의 효과를 위해서 선택된 시적 전략이다. 형태미학과 주제미학의 조화와 균형을 위해서 다양한 전략을 구사하고 있다. 특히 4장으로 확장된 신국풍 시조는 육당의 근대시조 개신을 위한 독창적 양식이었음에 주목된다.

이념 지향면에서는 대체로 斥邪사상을 바탕으로 한 현실비판의식이 주류를 이루고 있고, 이러한 주제의식의 극대화를 위하여 은유·풍자·과장·引喩의 수사법이 동원되고 있다. 이러한 상황인식과 극복이라는 주제의식의 결과 미의식 역시 숭고미와 비장미를 표출하고 있다. 희극미의 소멸은 전대 사설시조와 비교된다. 영웅주의 사관에 기초하여 현실상황에 대처코자 하는 심리적 防禦기제가 작동했던 것이다.

사설시조와 자유시가 갖는 장르적 親緣性은 영정조에서보다 개화기에서 좀 더 구체적 상관성을 갖는다. 시대·발표매체·창작주체의 동질성은 두 장르간의 相互交互의 개연성을 높여주고 있기 때문이다. 분명 영정조 사설시조에 자유시의 모태적 원형이 내재해 있긴 했으나, 이것을 창작적 실험으로 매개한 것은 개화기의 사설시조였던 것이다. 최남선의 사설시조 창작과 자유시 창작은 이러한 가능성의 구체적 실례이다.

개화기 사설시조는 전형기적 장르·민중적 장르·비판적 장르의 속성을 具有하고 있다. 이점은 영정조 사설시조의 대두와 일정한 대응을 이룬다. 영정조 사설시조가 壬丙 양란 후의 급격한 사회구조의 변동을 배경으로 발생하여 일반 민중과 비판적 지성인들에 의해 조선후기 봉건사회의 구조적 제모순을 비판하는 데 기능했음은 주지의 사실이다. 개화기 사설시조 역시 개화기라는 역사적 변동기에 태동하여 비판적 저널리스트와 일반 민중의 참여로 사회적 제모순을 고발하는 데 앞장서고 있다. 이런 점에서 사설시조의 문학과 사회의 相同관계를 다시 한 번 재확인할 수 있다.

사설시조는 18세기 '일시 유행으로 끝난' 죽은 장르가 아니었다. 개화기에 다시 부활하여 다양한 양식과 기법을 동원하여 문학의 효용론적 기능을 극대화하는 동시에 근대 자유시의 형성을 위하여 중요한 衝擊素로 작용했던 것이다.

❚ 건국대학교 국어국문학과 교수

▌참고문헌

권영민, 「개화기 시조에 대한 재검토」, 『학술원 논문집』, 1976.

권영민, 「개화기 시조의 시적 형식에 대하여」, 『한국학보』, 1977.

김열규, 『한국문학의 전통과 변혁』, 인문과학연구소, 서강대, 1976.

서　벌, 「사설시조는 다시 성취될 것인가」, 『현대시학』 75호, 1980.

오세영, 『20세기 한국시 연구』, 새문사, 1989.

이동철, 「개화기 시조의 일고찰」, 『어문학』 44, 한국어문학회, 1976.

이병기, 『가람문선』, 신구문화사, 1976.

임선묵, 『근대시조대전』, 홍성사, 1981.

임종찬, 「육당시조의 성격」, 『동의전문논문집』 2, 1977.

정한모, 『한국현대시문학사』, 일지사, 1974.

조동일, 「시조의 율격과 변형규칙」, 『국어국문학 연구』 19권, 영남대, 1978.

조윤제, 『한국문학사』, 탐구당, 1970.

해방기 권태응 동시의 담론구성체 연구

김 종 헌

1. 문제 제기

흔히 아동문학을 수혜자의 입장에 따른 분류에 의해 '어린이를 대상으로 하는' 특수 문학으로만 취급하고 있다. 이러한 인식은 아동에 대한 인식 뿐 아니라 동시의 주체 형성에도 많은 문제를 불러일으킨다. 즉 아동을 주체적인 관점에서 파악하지 못한 채, 늘 계몽과 훈육의 대상으로만 인식하고 작품 속에서도 아동의 심성을 제대로 표현하지 못했다고 볼 수 있다.

아동문학은 문학으로서의 보편성과 눈앞에 존재하는 객관적인 아동을 대상으로 하는 특수성을 함께 고려해야 한다. 이때 문학의 보편성이란 개인적 정서의 변화를 바탕으로 독자에게 감동을 주는 문학의 특성을 말한다. 이러한 문학적 특성은 아동문학에서도 예외일 수는 없다. 그러나 대개 아동문학에 대한 인식은 가르치는 문학, 지식의 문학으로 생각되어 온 것이 사실이다. 그 이유는 동심의 근원을 단순성과 동일성으로 이해하기 때문이다. 물활론적인 세계인식을 바탕으로 자아와 세계가 일치하는 유토피아적 공간을 설정하고 그 속에서 순진함을 강조한 기표에 고착된 관점 때문이다. 이는 집단무의식 속의 동심을 동일자의 논리로 받아들여 이해한 결과이다. 이 관점으로 아동문학을 본다면 여전히 계몽적인 문학의 오류에 빠지게 된다. 이는 아동을 주체로 인정하는 것이 아니라 미성숙의 아동을 훈육하는 아동관으로 이어지는 문제를 야기한다.

그 동안 우리문단에서는 아동을 방정환에 의해서 관념화된 '천사적 아동'으로 인식하거나 혹은 윤석중처럼 계몽의 대상으로만 파악해 왔다. 또 한편에서는 계급의식에 의해서 아동을 계급적 투사로 만들려는 의도를 가지고 대했던 것이 사실이다. 그러나 이러한 아동은 모두 지식인의 자의식에 의해 설정된 관념적 아동이며 현실적인 아동과는 거리가 있는 것이 사실이다. 즉 아동은 예전부터 존재했지만 우리가 생각하는, 대상화된 아동은 어느 시기까지는 존재하지 않았던1) 것이 사실이다.

권태응2)은 '지식인의 자의식이 만들어 낸'3) 아동과는 다른 '아이와 어른'의 분할 이전의 아동을 보려 했다. 따라서 이 논문에서는 권태응의 해방기 작품을 대상으로 동시의 주체 형성을 살펴 그의 아동에 대한 이해와 동심의 시적 형상화가 어떻게 이루어졌는가를 살펴보고자 한다. 앞으로 밝혀지겠지만 권태응은 물활론적 세계인식을 수용하면서도 이를 역구성하여 동심비동일화의 과정으로 나아간다. 그래서 시기적으로 해방의 혼란을 안고 있지만 해방기의 이데올로기가 날 것으로 동시에 투여되지 않고 있다.

비동일화의 시적사유는 타자의 이미지에 편승하면서 그에 저항하는 시적사유이다. 이는 폐쇄가 알튀세르의 이데올로기 호출의 동일화 기제를 역동적으로 구성하는 의미로 사용하였다.4) 필자는 이 개념을 이데올

---

1) 가라타니 고진, 『일본 근대문학의 기원』, 민음사, 1999, p.156.
2) 동천(同泉) 권태응은 1918년에 태어나서 6·25전쟁 이듬해인 1951년까지 짧은 생을 산 동시인이다. 일본 유학시절(1939년) '독서회'사건으로 옥고를 치른 뒤 1940년 고국으로 돌아왔으나 이때부터 폐결핵으로 투병생활을 했다. 따라서 동천은 젊은 시절을 결핵과 싸우면서 지냈다. 그의 구체적인 시작활동은 손수 쓴 첫 시집 『송아지』에 적힌 1947년 3월로 보아 1946년 전후로 짐작된다.
3) 가라타니 고진, 위의 책, p.161.
4) 조두섭, 『비동일화의 시학』, 국학자료원, 2002. pp.12~14.

로기와 주체구성의 관계를 넘어서 세계와 자아의 동일화되는 동시의 서정성에서 벗어나 세계와 자아의 역동적인 관계를 구성하는 시적사유로 이해하고 논리를 전개하려한다. 그러나 지금까지 권태응에 대한 연구는 이러한 시적사유 구조를 밝히려 하지도 않았을 뿐만 아니라, 연구 자체가 미흡한 상황이다. 기존의 연구는 주명자[5], 김태석[6] 등이 전부였고, 2001년 대구아동문학회 연간집에 이재철이 권태응의 아들로부터 받은 육필원고 복사본 검토와 같은 해 이오덕에 의한 권태응 동시의 해설집[7]이 발간되었을 뿐이다. 이처럼 지금까지 권태응 동시에 대한 연구는 작품의 전체를 살피지도 못했고 그나마 해설 중심이었다는 점에서 한계를 지니고 있다. 그래서 이 연구에서는 무엇이 권태응으로 하여 현실의 아동을 동시의 주체로 형성할 수 있게 하였는가에 주목할 것이다.

이를 위해서 담론구성체로서의 동심을 파악하고 시적 주체를 구성하는 체계를 검토하고자 한다. 담론구성체는 미셸푸코에서 출발하여 페쇠에 의해 정리된 개념으로, 인식된 대상을 일정한 방향으로 의미를 재구성하는 체계이다.[8] 이는 주체가 대상의 의미를 생산하는 체계이면서 주체를 구성하는 체계이다. 따라서 담론구성체는 담론의 의미 생산에 간여할 뿐만 아니라 시적 주체 차원에서도 기능한다. 즉 담론의 차이에서 오는 동시의 독특한 생산방식을 찾는 것은 아동의 인격과 개성을 인정하는 새로운 담론을 찾을 수 있다고 생각하기 때문이다. 이러한 시도는 기존 동시 연구의 소재주의적 분석에서 벗어나 담론으로서 동심에 접근한다는 점에서 차이가 있다.

한편 이 연구의 범위는 우선 권태응이 해방기 아동잡지 『소학생』, 『소

---

5) 주명자, 「동요 작가 권태응론」, 단국대학교 대학원 석사학위 논문, 1995.
6) 김태석, 「동심으로 일궈 낸 민족애와 지킴의 미학」, 『한국 현대 아동문학 작가 작품론』, 집문당, 1997.
7) 이오덕, 『농사꾼 아이들의 노래』, 소년한길, 2001. 여기서 이오덕은 동시에 대한 해설과 함께 운율, 우리말 등에 대한 분석을 해 놓았다.
8) Macdonell, D., 임상훈 역, 『담론이란 무엇인가』, 한울, 1999.

년』, 『진달래』 등에 발표하였으나 1995년에 유종호가 엮은 권태응 동시집 『감자꽃』9)에 누락된 작품을 중심으로 살펴보고자 한다. 이 연구에서는 권태응의 미발표 작품집 여덟 권에 대해서는 연구자의 한계로 다음으로 미루어 둔다.

2. 자아와 세계의 상호동화

1) 물활론적 동심의 역구성

우리가 주목할 것은 권태응이 해방 이후 이데올로기의 사상적 혼란으로 아동문학이 지향점을 잃고 있을 때 그는 농촌을 배경으로 새롭게 아동상을 제시했다는 것이다. 그의 동시는 해방기에 나온 잡지 『소학생』, 『소년』, 『진달래』 등에 수록되어 있다. 이중 『소학생』에 18편, 『소년』과 『진달래』에 각각 1편 씩 수록되어 있다. 이 동시들을 내용에 따라 새 나라 건설에 대한 희망, 자연과 농촌의 일하는 모습 그리고 자연 속에서

---

9) 1995년 유종호가 창작과비평사에서 권태응의 동시를 모아서 『감자꽃』이라는 동시집을 발간했다. 여기에는 1948년에 권태응이 글벗집에서 간행한 『감자꽃』에 실린 작품 전체와 1947~50년에 씌어진 작품 일부를 추가하여 실었다. ; 권태응, 유종호 엮음, 『감자꽃』, 창작과비평사, 2001, p. 8.
　이외에 이재철과 이오덕에 의해서 미발표 작품집 8권(1947년의 『송아지』(46편), 『우리 시골』(44편), 『어린 나무꾼』(36편), 『하늘과 바다』(45편), 1948년의 『물동우』(30편), 『우리 동무』(37편), 1949년의 『작품』(69편), 1950년의 『또와 또』(59편))과 해방기 아동잡지 『소학생』 등에 발표한 6편(「무럭무럭 자라고」, 「한 밤 자곤」, 「두멧골 애들」, 「미루 남기에」, 「어린 보리 싹」, 「떠나 보고야」)이 추가 발굴되었다. ; 이오덕, 위의 책, 이재철, 「해방공간의 비판적 리얼리즘」, 『아름다운 길』 제43호, 대구아동문학회, 2001.
　여기에 연구자는 『진달래』 3월호(1949년)에서 「동네 앞길」이라는 동시를 추가로 발굴하여 분석 소개 한 바 있다. ; 졸고, 「해방기 동시의 담론 연구」, 대구대학교 대학원 박사학위 논문, 2004. 12.

노는 아이들의 놀이로 크게 나눌 수 있다. 그러나 그의 동시 대부분은 공간적인 분리가 없으며, 물활론적 세계인식을 수용하고 있다.

주제	동시 제목	출처
새 나라의 희망	무럭무럭 자라고	소학생 68호, 1949. 6.
	한 밤 자곤	소학생 69호, 1949. 7.
	우리 동무	소학생 50호, 1947. 9.
	코록 코록 밤새도록	소학생 52호, 1947. 11.
	동네 앞길	진달래 3월호, 1949. 3.
자연과 농촌(농사 일)	산골물	소학생 72호, 1949. 11.
	오리	소학생 47호, 1947. 6.
	두멧골 애들	소학생 76호, 1950. 3.
	미루남ㄱ에	소학생 56호, 1948. 4.
	고추잠자리	소학생 51호, 1947. 10.
	논밭으로	소학생 70호, 1949. 9.
	어린 보리 싹	소학생 74호, 1950. 1.
	감자 꽃	소학생 55호, 1948. 3.
	율무	소학생 62호, 1948. 11.
놀이	풀밭에 놀 때는	소학생 77호, 1950. 4.
	서울 구경	소학생 48호, 1947. 7.
	장마비 개인 날	소학생 59호, 1948. 7.
	어린 고기들	소학생 45호, 1947. 4.
기타	땅감나무	소학생 46호, 1947. 5.
	고개 숙이고 오니까	소년 13호, 1949. 8.
	떠나 보고야	아동구락부, 1950. 1.

<표> 해방기 아동 잡지에 발표된 권태응의 동시

물활론적 세계 인식은 자연을 운명공동체 또는 사회공동체 그리고 생활공동체의 상태로 변화시켜 보게 된다. 그래서 낯선 자연계의 공포감이나 불안, 고독을 해소시키려는 심리적인 상태를 유지한다.10) 어린이들은 이 물활론적 세계 인식으로 자아와 세계를 구분하지 않고 잘 조화되

---

10) 권기호, 『현대시론』, 경북대 출판부, 1998, pp.65~69.

는 동일성의 경지에 이르게 된다. 이 동일성의 회복은 세계를 유기적 통일체로 인식하는 것이다. 이러한 세계 인식을 동심으로 이해하고 이를 바탕으로 아동과 사물의 여러 관계를 친밀한 의식으로 처리하여 대상의 본질에 접근하고자 한다. 이는 뒤숭숭하고 압박 받는 것이 없어지고 자아와 자연계(외계)가 잘 조화롭게 표현되어 나타난다. 그래서 아동은 작고 보잘것없는 것에서도 생명의 소중함을 발견하는 순진무구함이 있다. 이처럼 동일화의 시적사유는 동심을 아동에 대한 실체보다는 자연적 순수함이라는 재현된 가치 속에서 이해하기 때문에 현실적이지 못한 아동을 설정하고, 아동의 자주성을 존중하지 않고 객관적인 세계로 끌어내지 못하는 한계를 가지고 있다.

동시 「땅감 나무」는 어린이의 단순성을 그대로 엿볼 수 있다. 땅감나무는 토마토를 일컫는 우리말이다. 생긴 모양이 마치 감처럼 생겼는데 그 나무는 실제 감나무처럼 크지가 않아서 붙여진 이름이다.

키가 너무 높으면 / 까마귀 떼 날아 와 따 먹을까봐 / 키 작은 땅감나무 되었답니다. // 키가 너무 높으면 / 아기들 올라가다 떨어질까 봐 / 키 작은 땅감나무 되었답니다.

- 「땅감나무」11) 전문

'까마귀 떼가 따 먹을까 봐' 또 '아기들이 올라가다 떨어질까 봐' 키 작은 땅감나무가 되었다는 이야기는 물활론적 세계인식의 단순함과 동일성의 순수함을 바탕으로 하는 어린이들의 편견 없는 말투 그대로이다. 이러한 이해는 자아와 세계가 자기 중심적으로 잘 조화되는 동일성의 경지에 서지 않고는 표현할 수 없는 말이다. 그러나 권태응은 이러한 한계를 스스로 극복하고 아동을 주체로 객관적인 세계를 끌어내고 있다. 그

---

11)『소학생』제46호, 1947. 5.

는 동심에 대한 동경과 형이상학적 사유의 위계질서에서 벗어나 있다. 즉 물활론적 세계인식을 동심의 순수성과 결합하여 역구성함으로써 동심을 주체로 형성하고 있다.

> ① 아기 토끼 흰 토끼 / 풀을 먹고 자라고, // 어른 토끼 될 때까지 / 깡충깡충 자라고, // 아기 소 황송아지 / 여물 먹고 자라고, // 어른 소 될 때까지 / 겅중겅중 자라고, // 우리 아기 세 살바기 / 맘마 먹고 자라고, // 나라 일군 될 때까지 / 무럭무럭 자라고
>
> — 「무럭무럭 자라고」12) 전문

> ② 박덩굴이 오늘도 길었습니다. / 한 밤 자곤 조금씩 자라납니다. // 조각달이 오늘도 커졌습니다. / 한 밤 자곤 조금씩 자라납니다. // 귀염둥이 아가야 우리 아가야 / 한 밤 자곤 조금씩 너도 자라라.
>
> — 「한 밤 자곤」13) 전문

유토피아적인 해방의 기대는 어린이에 대한 기대로 이어졌다. 이러한 시인의 의지는 인용 동시에서 보듯이 간곡한 당부로 이어지고 있다. 인용 동시 ①에서 '나라 일군 될 때까지 / 무럭무럭 자라고.'는 동시 ②에서 '조금씩 너도 자라라.'와 똑같이 어린이를 바라보며 당부하는 시적화자가 나타나고 있다. 동시 ①은 1연에서 '토끼', 2연에서 '황송아지', 3연에서 '세 살 바기 아기'로 연결함으로써 고통 없는 자람을 갈등 없이 표현하고 있다. 특히 마지막 연의 '나라 일군 될 때까지 / 무럭무럭 자라고.'는 해방된 조국의 재건을 위한 분위기를 잘 전달하고 있는 듯하다. 이러한 유토피아적 세계는 초월적 이상세계가 아니라 현실에 바탕을 둔 자연 순응적인 시인의 태도에서 비롯된 것이라 할 수 있다. 이와 똑 같은 형식이 동시 ②이다. '박 덩굴'에서 '조각달' 그리고 '귀염둥이 아가'로

---

12) 『소학생』 제68호, 1949. 6.
13) 『소학생』 제69호, 1949. 7.

이어지는 시어와 '조금씩 너도 자라라.'라는 병렬적 구조의 간절함은 시인이 어린이들을 바라보는 시각을 담고 있다. 여기에서 보듯이 권태응은 아동의 순진함과 물활론적인 세계인식을 바탕으로 하여 관찰자의 입장에 선 시적화자를 통해서 동시를 이끌고 있다. 이러한 관찰자의 입장에 있는 시적화자는 많은 부분을 어린이들에게 강요하거나 당위적인 현실을 어린이들에게 들려주려는 것이 일반적이다. 그러나 권태응은 관찰자의 입장에 선 어른의 목소리로 어린이를 바라보지만 결코 강요되는 교훈이나 메시지가 없다는 것이다. 어머니의 심정으로 자연의 변화를 순응적으로 받아들이고 있다. 이는 물활론적인 인식을 바탕으로 하면서도 아동을 관념적으로 추상화시키지 않았기 때문에 가능한 표현들이다.

　한편 그의 이러한 세계인식은 단순성과 소박성을 바탕으로 한 건강한 동심을 주체로 세우기 위한 시적 장치이기도 하다. 이 단순성과 소박성 역시 어린이의 중요한 특징이다. 이처럼 권태응은 어린이를 관찰자의 입장에서 살피거나 피상적으로 이해하지 않고 직접 어린이가 되어 어린이의 마음을 노래하고 있다.

> 혼자서 떠 헤매는 / 고추잠자리. / 어디서 서리 찬 밤 / 잠을 잤느냐?
> // 빨갛게 익어 버린 / 구기자 열매 / 하나만 따 먹고서 / 동무 찾아라.
> 　　　　　　　　　　　　　　　　　－「고추잠자리」[14) 전문

역시 관찰자의 입장에 선 시적 화자는 혼자 날아다니는 고추잠자리를 보고 동무들의 무리를 떨어져서 혼자 다니는 것으로 생각하고 있다. '혼자서 떠 헤매는 고추잠자리'를 친구를 잃어버린 '나'에 비유하여 안타까운 마음이 투사되고 있다. 그래서 시적화자는 친구들을 얼른 찾아갔으면 하는 바람과 염려를 함께 지니고 있다. 이 시적 화자는 1연에서는 대상

---

14) 『소학생』 제51호, 1947. 10.

에게 물음을 통해 관심을 보이고, 2연에서는 당부를 함으로써 자신의 감
정을 이입시키고 있다. 즉 투사의 방법으로 대상과 동일화되어 안타까운
자신의 마음을 전달하고 있다. 이런 발상은 어린이의 물활론적 발상이
아니고선 불가능하다. 또 구기자 열매와 고추잠자리를 비교한 것은 어린
이의 단순성을 살린 부분이다. 이처럼 권태응은 동심을 놓치지 않기 위
해서 어린이의 고유한 심리적인 특성을 동시에 넣고 있다. 그러나 근원
에 고착된 채 자연적 순수함을 재현한 것에 그치지 않고 시적화자(관찰자
인 어린이)를 동시의 주체로 세우고 있다.

2) 어른과 아동의 상호주체

근대 이후 전통적인 사회의 자본주의적 재편성 과정에서 나타난 '놀이
와 일'의 분리는 '아이와 어른'의 분할을 초래했다. 그러나 권태응은 근대
의 담론으로 나타난 '추상적인 아동'을 거부했다. 그래서 아이들의 천성
에 부합하는 리듬과 내용을 바탕으로 하면서도 어른과 변별적 관계로 인
식하여 아동을 시적 주체로 세울 수 있었다. 이로써 권태응은 자연 속에
서 노는 어린이를 발견했다. 해방기는 시기적으로 어린이 사랑과 보호의
구호가 외쳐졌고, 해방된 조국의 앞날을 짊어질 기둥이라는 민족주의적
시각과 어린이도 현실의 고통과 계급적 갈등을 직시하고 모순의 해결을
위해서 프롤레타리아 투쟁의 전위에 나서야 한다는 이데올로기가 만연
하던 때였다. 이런 시기에 그가 골목골목 모여 노는 어린이를 발견한 것
은 관념 속의 '대상화된 어린이'가 아니라 촌락 공동체 속의 현실의 어린
이의 모습이었다. 이러한 어린이는 스스로 찾아낸 놀이를 통해서 자신들
을 성장시키는 적극적인 아이들이다. 가라타니 코오진의 말을 빌리지 않
더라도 '관찰 대상으로서의 아이는 전통적인 생활 세계로부터 격리되고
추상된 존재'일 뿐이다. 그러나 아이와 어른의 미분할은 아이가 어른으

로 성숙해 가는 '변신'의 연속적인 과정이며 따라서 '변신' 대신에 서서히 발전하고 성숙해 가는 '자기'가 있는 어린이이다.15) 권태응은 바로 이런 연속선상에서 '자기'를 분명히 하는 아동을 노래한 것이다. 이렇게 하여 형성된 동심은 세계와 일치하는 천사적 아동에 대해서 비판적 시각이며 해방이후 동심의 담론 속에 의도적으로 은폐된 아동의 문제를 제기함으로써 현실적인 아동상을 정립하려는 시인의 의도로 볼 수 있다. 즉 교육, 문학, 이데올로기 등으로 '은폐된 아동'에 대한 문제를 해소함으로써 눈앞에 존재하는 아동을 역사성 속에서 찾고자 했던 것이다. 문제는 물활론적 이미지를 근원적인 동심으로 오해하고 있는 것을 이데올로기의 호출에 응하지 않으면서도 어떻게 담론 구성체를 관장하는 대주체를 찾도록 하느냐 하는 것이다. 그것은 세계와 자아의 상호소통과 어른과 아동의 변별성을 인정하는 것이다. 여기서 권태응은 동시의 공간적 배경으로 생활현장을 설정하게 된다. 즉 자연 전체가 아이들의 놀이터라는 시적 발상과 어른과 아이의 생활공간이 분리되지 않는 시적 설정으로 발전하게 되는 것이다.

어른의 일하는 공간과 아이들의 놀이공간이 같은 장소에서 일어나는 일을 사실적으로 묘사한 동시 「율무」는 율무를 타작하는 어른들 옆에서 튀어나온 율무를 줍는 동심을 잘 나타내고 있다. 율무를 타작하는 일은 어른들의 노동이지만 타작 과정에서 튀어나온 율무는 아이들의 장난감이 될 수 있다.

율무를 떱니다 / 오돌돌돌 / 동네아기 모입니다 / 마당 그뜩 / 율무가

---

15) 코오진은 대상화되기 이전의 아동을 세 가지 특성으로 설명하고 있다. 첫째는 '돌보기'이다. 좀더 자란 어린이는 자기보다 어린아이를 돌보면서 큰다는 것이다. 다음은 자치적인 행위나 스스로 생각해 내고 고안한 놀이 방법에 의해서 논다는 것이다. 마지막은 어른의 흉내 내기이다. 이는 어른의 옆에서 지켜보고 그 기분을 느낄 만한 일들을 따라서 흉내 낸다는 것이다. 앞의 책, pp.158~159.

> 튑니다 / 오돌돌돌 / 아기들은 줍습니다 / 서로 먼점 / 율무를 주서다가
> / 무엇 하나? / 실에 꿰어 매달아 / 염주 놀지
>
> — 「율무」16) 전문.

율무를 타작하는 옆에서 튀어나온 율무를 줍고 실에 꿰는 아이들의 모습이 선명하게 묘사되어 있다. 이처럼 일과 놀이가 혼재된 상태에서 어린이들이 노는 모습을 표현함은 어른의 시각에서 어린이를 분리하여 관찰하고 보호하려는 의도가 아니라, 생활 속에서 사회 구성원인 인간으로 인정하는 가운데 어린이의 차이성을 인정했기에 가능한 것이다. 이 동시는 율무 타작을 매우 단순한 장면 처리로 간결하게 순간 포착하고 있다. 이런 단순성은 아동의 심리적 특성을 바탕으로 한 시적 진실로 볼 수 있다. 특히 튀어나오는 율무를 먼저 줍겠다고 달려드는 모습이 보일 듯하게 묘사되어 있으며 그 율무를 실에 꿰어 염주를 만들어 노는 아이들의 뒷모습까지 상상할 수 있어 시적 긴장을 더해 준다. 이처럼 아이들의 천성에 부합하면서도 변별성을 인정하는 시적 상상력은 아동을 주체로 세우는 동시의 담론구성체가 되는 것이다. 이렇게 하여 설정된 동심은 세계에 일방적으로 동일화 되지 않고 자아와 세계의 상호소통 속에서 스스로를 돌보는 성숙된 자아를 형성하는 등 적극성을 띠게 된다.

권태응 동시의 특징은 어린이들이 어른의 흉내내기를 통해서 어른으로 변신해 가는 과정을 고스란히 동시에 담고 있다. 시적 화자인 농촌 아이의 눈에 비친 바쁜 가을걷이의 풍경이다.

> 우리 식구 모두다 / 논밭으로 / 춥기 전에 곡식 걷기 / 논밭으로 / 날
> 만 새면 바뻐요 / 논밭으로 // 우리 식구 모두 다 / 논밭으로 / 삽작문만
> 닫아 놓고 / 논밭으로 / 송아지도 어미 따라 / 논밭으로
>
> — 「논밭으로」17) 전문.

---

16) 『소학생』 제62호, 1948. 11.

‘삽작문만 닫아 놓고’ 그냥 논밭으로 나가버린 어른의 행동을 문제 삼기보다 바쁜 농사철의 분위기를 전해 주고 있다. ‘송아지도 어미 따라 논밭으로’ 간 표현은 빈집의 쓸쓸함보다는 무척이나 바쁜 농사일을 실감케 한다. 이 가운데 어린이들은 저마다 할 일이 있음을 스스로 터득하는 성숙된 동심이 있다. 따라서 이 동시에는 매우 바쁜 농사일이 잘 시각화되어 있다. 이러한 모습은 어린이들이 농경 사회의 공동체적인 삶을 배우는 계기를 나타내고 있다. 이는 어린이를 보호의 대상으로 인식하고 어린이의 자율적인 행동이나 사고보다는 어른에 의해 많은 가치를 날것으로 주입하려는 계몽주의적 시각과는 엄청나게 차이를 보이고 있다. 공동으로 노동력이 투입되어야 하는 농사일의 특징은 아버지에게 많은 부분을 물어야 한다. 이는 어른과 아이의 구분을 하지 않고 아이들은 어른의 흉내를 내고 또 어른은 장차 해야 할 일을 아이들에게 의도적으로 노출하거나 묵인했다고 볼 수 있다. 이러한 어린이들의 어른 흉내 내기는 사회를 배우는 과정이며 아이에서 어른으로 ‘변신’되는 과정인 것이다. 이처럼 그는 주관적인 경험을 바탕으로 해서 농촌 생활을 나타냈지만 객관성을 얻고 있으며 그 속에 대처하는 적극적인 어린이인 동시에 가족의 구성원으로서 할 일이 분명히 주어진 아동을 그려내고 있다. 바로 이런 점이 권태응 동시의 특징이다. 즉 세계로부터 고립된 채 비밀스런 동심을 구축하려는 의도가 아니라 세계 속에 노출된 상태에서 있는 그대로의 아동이 나타나고 있다. 그 이유는 그가 아동을 해방기의 이데올로기에 동일화되지도 않고 또 훈육의 대상으로 여기지도 않았기 때문이며, 한편으로는 동심의 순수성과 단순성 등에 고착된 세계관을 가지고 있지 않았기 때문이기도 하다. 그래서 그는 객관적인 동심을 찾았다고 볼 수 있다. 이처럼 권태응은 그의 동시에서 해방 이후의 농촌 생활을 중심으로 그 속에서 생활하고 노는 아이들의 생생한 모습을 담고 있다. 이는 해방

---

17) 『소학생』 제70호, 1949. 9.

기의 이념의 혼란에서 벗어나 권태응 나름대로의 아동에 대한 이해를 고집했기에 가능했다. 이는 윤석중이 계급적 이데올로기에서 벗어나려고 한 반동일적 양상의 현실 대응과 구별된다.

> 다 저녁때 배 고파서 / 고개 숙이고 오니까, / 들판에 나가시던 언니가 보고 / "애 너 선생님께 / 걱정 들었구나!" // 다 저녁때 배 고파서 / 고개 숙이고 오니까, / 동넷샘 앞에서 누나가 보고 / "애 너 동무하고 / 쌈 했구나!" // 다 저녁때 배 고파서 / 고개 숙이고 오니까, / 삽작문 밖에서 아버지가 보고 / "애 너 어디가 / 아픈가 보구나!" // 북에서 밥짓던 어머니가 보고 / "애 너 몹시 / 시장한가 보구나!"
>
> — 「고개 숙이고 오니까」[18] 전문.

아이들이 고개를 숙이고 시무룩한 표정으로 올 때는 나름대로 이유가 있는데, 인용 동시는 그 이유들을 언니, 누나, 아버지, 어머니가 차례로 물어 보고 있다. 많은 관심을 가지고 주위 사람들이 시적화자에게 묻고 있다. 그러나 자기 기준에 의해서 주관적인 물음을 물어 볼 뿐이다. 이런 관심은 배가 고픈 시적화자에게는 아무런 도움이 안 된다. 이때 화자의 행동 변화와 심정을 잘 알아낸 사람은 어머니뿐이다. 실제로 어머니는 자식의 행동 변화에 대한 원인을 금방 눈치로 알아낸다. 선생님께 꾸중을 듣고, 친구들과 싸움을 하는 것은 어린이들의 세계에서는 흔한 일이다. 따라서 이 동시에서 시적화자에 대한 관심은 있을 수 있는 고민거리를 다 물어 본 것이다. 이처럼 어린이에 대한 막연한 관심은 화자의 고민을 해결하는데 아무런 도움이 되지 않는다. 1연과 2연에서 화자에게 고민거리를 물어 보는 언니와 누나는 같은 어린이 입장에서 건성으로 물어 본 것뿐이다. 그러면서 그 속에는 걱정보다는 부모님께 꾸중 들을 짓을 했다는 것에 대한 놀림이 들어 있을 수 있는 물음이다. 한편 3연에

---

18) 『소년』 제13호, 1949. 8.

나오는 아버지 역시 걱정 반 나무람의 반의 의미가 들어 있다. 이는 시적화자의 '고개 숙이고 오'는 모습만을 관습적으로 보았기 때문에 그렇다. 그러나 4연에 나오는 어머니는 고민에 빠진 시적화자를 끌어안는 자세가 물음 속에 들어있다. 어머니는 시적화자가 집으로 오는 행동에 앞서 '저녁때'가 다 된 것에 초점을 맞추고 있기 때문에 다른 사람과 달리 금방 화자의 고민거리를 알아 챌 수 있다. 그러나 이 어머니는 평소 일하던 부엌에서 일상적인 밥 짓기를 멈추지 않은 채 화자에게 묻고 있다. 이는 권태응의 동시에서 어린이를 보호의 개념으로만 본 것이 아니라는 한 단서가 된다. 흔히 어머니가 등장하는 많은 동시들이 어른의 목소리로 아이를 교육시키거나 이끌어 가려는 강제가 있는 반동일화의 동시이거나 아니면 보호와 떠받듦의 동심동일화의 동시들이 대부분이다. 그러나 인용 동시는 이와는 다른 차원에서 고민에 빠져있는 어린이를 이해하고 있다. 즉 권태응은 관찰자의 입장에서 본 아동을 대상으로 동시를 쓴 것이 아니라, 함께 놀아주는 친구의 입장에서 때로는 어떤 사실을 들려주는 부모의 입장에서 아이들과 함께 호흡한 결과라 볼 수 있다. 이러한 인식은 권태응의 아동을 보는 태도이며, 시적 사유 방법의 차이라 할 수 있다.

3. 자아와 세계의 소멸과 동심의 통전

1) 사회 구성원으로서의 아동

권태응의 동시에 나타나는 어린이는 자연의 모습, 일하는 사람의 모습, 식구들의 끼니나 농사일을 걱정하는 화자 등이다. 또 동시의 공간적 배경은 당연히 어른들의 노동 공간과 분리되지 않은 채 삶의 공간이다. 그래서 그는 어린이를 별도로 대접한 '비현실의 아동'이 아닌 어른 옆에 늘 따라 다니는 '현실의 아동'을 나타낼 수 있었다. 어른들이 "새 세상 짓는 새 살림집 / 장단 맞춰 즐겁게 터를 다질" 때 그 옆에는 "수수팥떡 콩볶이도 나올게다 / 졸려움도 잊고서 뛰노는 애들"19)이 권태응에게는 늘 있는 것이다. 이런 시인의 인식은 어른과 아동, 일과 놀이의 구분을 짓고 그 속에서 아동을 찾으려 한 것이 아니라, "동네가 있는 곳엔 / 조모래기 있구요 / 조모래기 노는 곳엔 / 노래가" 있다는 생각에 이르게 한다. 이 어린이들은 현실의 불안한 상황을 어른들에게 듣거나 교육 받아서 아는 것이 아니라 어른들과 함께 생활하면서 그 속에서 심부름하고 어린 동생 돌보기 등을 통해서 스스로 철이 들어가는 것이다. 즉 어른과 아이가 같은 공간에서 함께 생활하면서 공동체 의식을 키우고 어른의 흉내 내기를 통해서 현실에 적응하는 준비를 하는 어린이를 동시의 주체로 설정하고 있다.

> 아가야 울지 마라 시장 참어라. / 저녁할 때 다 됐으니 엄마 오겠지. / 퉁퉁 부른 두통 젖 갖고 오겠지. // (중략) // 아가야 울지 마라 들어 보아라. / 쓰로라미 노래 소리 맑고 곱구나. / 한참만 더 참으면 엄마 오겠지.
>
> — 「아가야 울지 마라」20) 일부.

들에 나간 엄마를 대신해서 동생을 돌보는 시적 화자는 어른과 어린이의 이분법적인 구분에 의한 비현실적인 어린이가 아니라 생활에 존재하는 현실적인 어린이이다. 연령으로는 시적 화자도 어린이이지만 나보다 어린 동생 앞에서는 '돌보기'를 하는 성숙된 어린이인 것이다. 즉 자

---

19) 권태응, 「집터」, 이오덕, 앞의 책, p.38, 재인용.
20) 이오덕, 같은 책, pp.28~29. 재인용.

아 중심적인 사고에서 벗어나 탈중심적 단계의 아동이다. 상대의 입장을 고려하여 말의 속도나 목소리를 조정할 줄 아는 아동의 모습이다. 이런 모습은 방정환의 구분에 의해 설정된 어린이의 관점에서는 도저히 있을 수 없는 어린이이다. 아기(동생)를 돌보는 일은 마땅히 어머니가 맡아야 할 몫이지만 이 동시에서는 어린이가 맡고 있다. 배고파 칭얼대는 아기를 쓰르라미 울음소리로 달래는 시적화자는 어머니가 없는 상태에서 어머니의 역할을 함으로 외적 세계를 인식하고 있다. 여기서 권태응의 동심이 구체화됨을 알 수 있다. 그는 현실에 다가가기 위해서 '우는 아기'를 타자로 설정하고 있다. 이를 극복함으로써 시적화자는 주변에서 중심으로 자리를 옮겨오게 된다. 권태응이 '돌보기'를 통해서 발견한 동심은 가족 구성원으로서의 어린이인 것이다.

그의 이러한 시적 사유는 생활공간에서 사회의 구성원으로 자리 잡아가는 아이들을 만나게 된다. 바쁜 농사철에는 어린이들을 따로 놀게 할 수 없는 현실이고 보면, 아이들은 집안일을 도우며 그들 스스로 '돌보기'를 할 수밖에 없다. 그러나 이 어린이들은 동심을 탈주하여 나타난 '수염 난 아동'이 되는 것이 아니라 그들만의 세계를 확보하게 된다. 즉 어른의 일을 거들면서 그 일감을 자기들의 놀이감으로 만들 줄 아는 역동적인 동심이라는 것이다. 참깨를 터는 막대기가 벼 멍석에 뛰어드는 닭을 쫓기도 하고 대추를 따는 도구도 된다. 늘려 있는 농사일은 자연히 아이들에게 자질구레한 심부름거리이게 마련이지만 이때마다 아이들은 일을 일로서 하는 것이 아니라 놀이 반 일 반으로 행하기 마련이다. 이런 속에서 어린이들은 그들 스스로 놀이 법을 생각하여 노랫말을 붙이기도 하고 게임의 법칙을 만들어 내게 된다.

> 풀밭에 놀때는 / 풀밭에 재밌고 / 뻼빅 쏙쏙 찾아 뽑기 / 네잎 달린 크로바 찾아내기 // 모래밭에 놀때는 / 모래밭이 재밌고 / 두껍이 집짓기

꼰우 묻기 / 맨발 벗고 씨름하기 재주 넘기 // 돌밭에 놀때는 / 돌밭이
재밌고 / 공깃돌 비식돌 골라 갖기 / 장독대에 고여놀 예쁜 돌 찾기.
-「풀밭에 놀 때는」21) 전문.

　인용 시에서 어린이들의 놀이 공간은 '풀밭', '모래밭', '돌밭' 등 생활
공간에 흩어져 있는 자연 그대로이다. 이 속에서 어린이들이 가지고 노
는 도구 역시 '뻠빅(풀)', '크로바', '돌멩이(비식, 공기, 밑받침 돌)' 등 자연
의 일부이다. 이처럼 특별한 놀이기구 없이 놀아도 어린이들은 노는 곳
마다 동무만 있으면 모두 재미있다. 그래서 이 동시에는 아무런 외침도
훈계도 없다. 다만 재미있게 노는 어린이들만 있을 뿐이다. 여기는 시적
화자가 어린이이며 어른의 목소리가 배제되어 있다. 또 아이들의 놀이가
놀이로 그치는 것이 아니라 생활 속에 있다는 것을 알 수 있다. 즉 '장독
대를 고여 놓을' 돌을 찾는 것은 생활 속에서 무엇이 필요한지를 구분할
수 있는 성숙된 어린이들이다. 즉 놀이만을 생각하는 것이 아니라 생활
속에 필요한 부분을 어린이들이 무의식적으로 인식하고 있다. 이것은 타
자에 존재하는 주체성을 찾은 것이라 볼 수 있다. 이러한 놀이의 발견으
로 현실 속에서 일과 놀이가 분리되지 않은 아동의 모습이 구체화되고
있다.22) 장독대에 고여 놓을 돌은 어른들의 생활도구이지만 아이들에
게는 놀이도구이다. 다시 말해서 돌밭에 있을 때는 쓸모없던 것이 아이
들 손을 거치면 공깃돌, 비식돌, 받침돌 등으로 그 용도가 결정된다. 이
러한 돌의 쓰임새 결정은 어른과 아동을 분리하고 그들의 놀이공간을 별
개로 보았을 때는 결코 찾을 수 없게 된다. 따라서 이 동시의 마지막 행
은 근원원적인 동심이 소멸되고 다른 담론으로 옮겨가는 시적 주체의 논

---

21)『소학생』제77호, 1950. 4.
22) 필립 아리에스에 의하면 어린이의 장남감은 어른들의 공정(工程)을 자기들에게 맞게 축
　　소시켜 모방하려는 아이들의 경쟁심에서 비롯된 것들이었다. 그 예로 말이 교통의 주요
　　수단이었을 때 장난감 목마나 중세의 풍차를 모방한 바람개비 등을 들고 있다. 필립 아
　　리에스, 문지영 역,『아동의 탄생』, 새물결, 2003, p.140.

리가 드러난다. 이는 어린이를 추상적으로 발견한 근대적 개념과는 달리 권태응이 어린이를 하나의 인격체로 인정하는 가운데 차이성을 재발견했기에 가능했다.

한편 이 동시는 각 연이 반복적으로 전개되고 있다. 즉 공간만 바뀔 뿐 동일한 유형의 놀이를 제시함으로써 어린이들만의 세계를 확보하고 있다. 이런 시적 구조와 구체적인 놀이 이름의 나열은 동네 여기저기를 뛰어노는 아이들의 생동감을 더하고 있다. 반복적인 패턴으로 어린이들의 놀이를 노래한 동시는 윤석중의 동시에서도 나타난다. 그러나 윤석중의 동시에 나타난 '놀이'는 놀이 자체를 중심으로 밝게 뛰어 노는 아이들의 모습만 있다. 그 이유는 윤석중이 해방기의 이데올로기로부터 탈출하기 위해서 의도적으로 분리된 공간, 즉 당위적 유토피아 공간에서의 아이들 놀이를 동시로 표현했기 때문이다. 이에 비해서 권태응의 동시는 아이들의 놀이 공간이 어른들의 일하는 생활공간과 분리되지 않고 있다. 이 시기 농사일이라는 것이 어른의 입장에서 볼 때는 생계를 꾸리기 위한 생산의 개념이지만, 어린이들의 입장에서는 심부름하면서 노는 놀이 공간이다. 놀이터가 별도로 없는 농촌에서 아이들끼리만 일정한 공간에 모여 신나게 노는 일이란 극히 드문 현상이었다. 그래서 어린이들의 놀이공간은 마당, 골목, 들판, 개울물 등 생활공간일 수밖에 없다. 그 옆에 있는 어른들은 농사일을 하기 마련이다. 어린이들의 놀이는 어른들의 공정(工程)을 자기들에게 맞게 축소시켜 모방하려는 아이들의 경쟁심에서 비롯된 것이다. 이러한 어린이들은 공동체의 질서를 자연스럽게 익혀 가며 순간순간의 상황에 대처하게 된다. 현실 속에 존재하는 어린이는 이처럼 매사에 적극성을 띠고 살아가는 어린이들이라는 것이 권태응의 아동관이다. 즉 자아가 타자에 포섭되지 않고 유아적 인식으로 보호 받기를 바라지도 않는 아동을 동시의 주체로 형성하고 있다. 이것이 권태응의 동시가 여타의 동시와 분명히 구분되는 점이다. 당시의 많은 작가들은 실제로 존재하지 않는 비현실의 추상적인 아동을 노래하였는데, 이러한 동심관은 아동을 지극히 수동적이고 무능력한 아이로 만들었으며 철부지 아이를 양산했다는 비판을 면하기 어렵다.

사실 '놀이와 노동'의 분할은 '아이와 어른'의 분할과 깊이 연관되어 있다. '아동의 발견'이라는 사태는 그것만 분리해서 보지 말고 전통적인 사회의 자본주의적 재편성의 일환으로 보아야 한다23)는 가라타니 코오진의 말은 아동을 어떻게 이데올로기로 묶고 있는가에 대한 반성으로 생각된다. 그러나 권태응은 타자로서 아동을 인정하고, 그 타자의 차이성을 주체의 구성적 요인으로 수용하였다. 따라서 당시의 계몽적인 동심에 일방적으로 동일화되지 않고 현실에 있는 인간으로서의 아동을 찾게 된다. 이는 어른과 아동의 상호 주체구성을 위한 비동일화의 시적 사유에서 가능했다고 볼 수 있다. 그래서 그는 동심을 주체로 설정 할 수 있었던 것이다.

2) 현실 대응의 역동적 동심

해방은 어린이들에게도 분명히 신나는 일이었을 것이다. 특히 무엇보다도 우리말을 자유롭게 쓸 수 있다는 것이 그것이다. 따라서 일제 잔재를 청산하고 새로운 나라의 건설은 비단 일반 문단의 일만은 아니었다. 아동문단에서는 우리말의 보급 운동과 함께 어린이들에게 희망을 안겨주려는 노력이 이어졌다. 이러한 아이들에 대한 기대는 해방된 조국에서 누구나 생각할 수 있는 일이었다. 그러나 해방된 지가 몇 해가 되어도 기대한 세상이 될 가능이 희박했다. 가난과 혼란은 계속되었다. 이에 권태응은 불안의식을 느꼈는지도 모른다. 그러나 그는 소극적으로 안주하는 염세적인 태도는 보이지 않고 미래지향적이며 역동적인 아동을 주체

---

23) 가라타니 코오진, 앞의 책, p.161.

로 하고 있다.

> 곡식을 다 걷어간 텅 빈 들판에 / 찬 바람 우수수 쓸쓸도 한데 / 뾰족뾰족 새파란 어린 보리싹 / 햇볕 쬐며 소곤소곤 의논이지요. // 닥쳐오는 겨울을 추운 겨울을 / 그 어떻게 견딜까 이겨 나갈까? / 까마귀도 밭고랑에 모여 앉아서 / 서로 같이 근심스레 의논이지요.
>
> — 「어린 보리 싹」24) 전문

　관찰자의 입장에 선 화자는 찬바람 부는 텅 빈 들판에서 어린 보리 싹들이나 밭고랑에 모여 앉은 까마귀가 추운 겨울을 어떻게 지낼지 걱정이다. 그래서 늦가을 텅 빈 들판의 을씨년스러움을 동시의 배경으로 구체화 하고 있다. 그러나 관찰자인 시적화자는 어머니의 심정이면서도 자신의 목소리를 개입하지 않고 있다. 보리 싹 스스로 '햇볕 쬐며 소곤소곤 의논'하고 또 까마귀들은 그들대로 '밭고랑에 모여 앉아서' 서로 근심하며 격려하는 모습을 보이고 있다. 권태응은 찬바람 부는 텅 빈 들판 같은 현실을 부정하거나 거부하지 않았다. 그 속에서 까마귀가 모이고 어린 보리 싹이 돋는 상황을 설정하고 있다. 즉 이데올로기의 호출에 부응하지도 않고 세계와 자아화 된 동일자의 목소리도 내지 않고 있다. 한편 세계의 이미지로부터 탈주하려는 몸부림도 없다. 다만 텅 빈 들판에서 어린 보리 싹을 틔우는 세계를 새롭게 재구성하는 주체가 있을 뿐이다. 이는 권태응의 아동관을 보여주는 대목이다. 아동을 어른과 분리해서 파악한 근원적인 동심에 얽매이지 않고 동심을 주체로 새롭게 인식하고 있다. 이는 동심을 탈주하여 '수염 난 아동'으로 이어지지도 않고 그렇다고 동심에 안주하여 '천사적인 아동'으로 떠받들지도 않는다. 무의식이 의식과 상호구성적인 관계를 형성하여 인간을 온전한 주체로 거듭나게 하듯

---

24) 『소학생』 제72호, 1950. 1.

이 동심을 역구성하여 어른과 아동의 변별성을 중시하는 상호구성적인 관계에서 주체를 형성하고 있다. 따라서 그의 동시에서는 생활 속에 어른과 함께 공존하는 객관적인 생활인으로서의 아동이 나타나게 된다.

  이러한 그의 아동관은 당시의 계몽적인 시각으로 어린이를 이해하지도 않고 또 교훈적·지시적 언어를 통해서 강한 메시지를 전달하지도 않고 있다. 그러면서도 어린이들이 주변의 환경을 스스로 이겨낼 궁리를 하고 있는 어린 화자를 설정함으로써 동시로써 승화되어 나타나고 있다. 이것이 권태응 동시의 한 특징이다. 야콥슨이 이야기한 언어의 여섯 가지 기능 중에서 언어적 기능을 중시하여 전언자체의 상상력을 확대하여 교훈적이거나 메시지 전달을 목적으로 하는 당시의 계몽적 아동관과 계급적 아동관을 넘어서고 있다. 즉 제재 중심의 동시로 강한 전달력에 치중한 사회적 분위기에서 벗어나 동심을 중심으로 시적 기능을 중시했다고 볼 수 있다.

  다음 동시에서는 해방 이후의 정국에 대해서 다소 객관적인 현실 판단을 하게 된다.

> 누덕 옷은 입고 / 나물 죽은 먹어도, // 동무 동무 우리 동무 / 기운 난다 불끈. // 두 주먹 힘껏 쥐고 / 노래 노래 부르며 // 살기 좋은 새 나라 / 새로 다시 꿈 꾼다. // 점심 밥 못 싸고 / 월사금은 밀려도, // 동무 동무 우리 동무 / 정다웁다 다 같이. // 어깨동무 굳게 짜고 / 노래 노래 부르며 // 살기 좋은 새 나라 / 새로 다시 찾는다.
>
> — 「우리 동무」[25] 전문.

  이 동시는 해방의 막연한 감격과 기쁨에서 벗어나 혼란스러운 현실을 그대로 보여 주고 있다. 시적 화자는 기대한 세상이 오지 않자 '새로 다시 살기 좋은 새 나라'를 찾고 있다. 권태응은 어린이들이 동무끼리 두

---

25)『소학생』제50호, 1947. 9.

주먹 불끈 쥐고 어깨동무 굳게 짜고 노래 부르기를 희망한다. 잔뜩 기대한 해방이 몰고 온 가난 속에서 어린이들은 '누덕 옷은 입고 나물죽은 먹'지만 동무와 함께 있으며 '월사금은 밀려도' '살기 좋은 새 나라'를 찾는 등 적극성과 희망을 버리지 않고 있다. 이 동시는 크게 두 문단으로 나눌 수 있다. 1연부터 4연까지를 한 문단, 그리고 5연부터 8연까지를 또 한 문단으로 나누고 보면, 이 동시는 대칭적인 구조를 지니고 있다. 그래서 ①1연-5연, ②2연-6연, ③3연-7연, ④4연-8연이 짝을 이루고 있다. ①은 가난한 현실적 배경을, ②는 그 속에 함께 있는 동무들, ③은 어려움을 이겨내고자 하는 의지와 용기를, ④는 안정된 새 나라를 제시하고 있다. 한편 각 연의 반복적인 패턴은 단순한 시어의 반복과는 차이가 있다. 이러한 반복적인 패턴은 어린이들에게 앞으로 일어날 일(사건)에 대한 상상을 가능하게 하며 주어진 문제를 스스로 극복할 수 있는 길을 열어 주고 있다. ①에서 가난한 현실을 맞이한 어린이는 '나물 죽'을 먹고 '월사금'이 밀리는 내적 갈등은 있지만 겉으로는 전혀 개의치 않는 어린이를 볼 수 있다. 이런 갈등은 ②에서 해소된다. 동무들과 함께 기운을 내고 정답게 의지하는 가운데 가난한 현실을 극복하는 어린이이다. 이러한 의지는 ③에서 구체화되어 '두 주먹 힘껏 쥐고' '어깨동무 굳게 짜고' 당당하게 맞서고 있다. 이 동시는 현실을 역동적으로 받아들이는 어린이들이 친구들과 함께 문제를 해결하고자 하는 힘이 있다. 여기에는 동일화 동시에서 나타나는 동심의 고립화도 없고 반동일화 동시에서 나타나는 어른의 강요도 없다. 그래서 ④에 오면 꿈꾸었던 새 나라를 다시 찾게 된다. 이는 어른에 끌려가서 사회현상을 비판적으로 보는 투사적 어린이도 아니며, 관념에 머문 나약한 동심도 아니다. 어린이들의 현실과 꿈을 역동적으로 구성하는 주체적인 동심이 있다. 따라서 같은 시기의 다른 동시들이 의성어와 의태어의 반복으로 언어 유희적이라는 비판을 받는 것에 비해, 권태응의 동시는 대치를 이용한 구조의 반복으로 이를 벗어나면서 어린이들 속으로 들어간 것이다.

　권태응의 동시는 시적 화자가 모두 어린이이다. 그런데 이 어린이의 목소리는 두 가지로 나뉘어 진다. 그 하나는 청자로서의 어린이이고, 다른 하나는 독백의 퍼소나이다. 대개 어른이 들려주는 이야기를 듣는 어린이는 화자인 어른에게 자기의 생각과 꿈을 맞추려 하거나 어른의 생각대로 수정하려는 경향이 많다. 그러나 권태응의 동시에서는 화자가 어른이지만 일방의 강요나 설득은 없다. 늘 어린이 청자를 중심에 두고 있다. 농촌의 토속적인 분위기 속에서 소박한 언어로 전달되는 어른의 목소리는 결코 계몽적이지 않다. 오히려 세심한 배려와 어린이들을 이해하는 마음이 들어 있다. 여기서 우리는 해방기의 이념에서 벗어나 객관적 아동을 대상으로 동시를 쓰려는 시인의 의지를 읽을 수 있다. 이는 이데올로기로 얼룩진 현실에서 벗어나 '새 나라'의 희망 속에서 건강한 객관적인 동심을 표현하고자 한 시인의 의지로 볼 수 있다.

　이러한 시적 사유구조는 작가의 선언이나 외침보다는 현실을 주체적으로 느끼는 아동을 나타냈기에 가능한 것이다. '어깨동무 굳게 짜고 노래 노래 부르며' 아이들이 기다리는 미래는 비장미는 없지만 소극적으로 안주하거나 염세적이지도 않다. 오히려 미래지향적이며 낙관적이다.

> 아침 때면 활기스런 동네 앞길. / 학교로 일터로 나가는 길. / 힘에 찹니다, 기쁩니다. // 저녁 때면 다정스런 동네 앞길. / 모두들 집으로 돌아오는 길. / 포근합니다, 즐겁습니다.
>
> 　　　　　　　　　　　　　　－「동네 앞길」26) 전문.

　위의 동시에서 어느 부분에서도 해방 정국의 혼란스런 양상을 읽을 수 없다. 또 가난과 불행의 모습도 보이지 않는다. 아침 출근길이 즐겁

---

26 『진달래』 3월호, 상문당, 1949. 3.

고 저녁 퇴근길이 보람되기만 하다. 이러한 현실 인식은 해방에 대한 기대를 지나치게 한 시인의 독백으로 볼 수 있다. 이러한 낙관적인 미래에 대한 기대는 당면한 현실적 문제를 새롭게 구성하려는 갈등으로 이어진다. 즉 파편적인 현실의 리얼리티를 그대로 인정하는 환유가 아닌 세계와 자아를 통합적으로 구성하려는 상호구성적인 세계 인식의 전략이다. 즉 어린이들에게 현실을 은폐하거나 계몽적으로 전유하는 것이 아니라 세계와 자아의 상호 관계성 속에서 어린이들을 주체로 세우려는 시적 전략으로 볼 수 있다. 1연과 2연이 출근과 퇴근의 대조를 이루며 기쁨과 포근함 감정을 전달하고 있다. 권태응은 이 당시 "병은 자꾸 늘어가구 셈은 자꾸 줄어들고 각오는 한 바이지만 한심타 않을 수 없다"27)고 심경을 밝히고 있다. 실제 그는 병의 악화로 인해서 "다 귀찮다. 그러나 어찌하랴!"할 정도로 지쳐 있었다. 이런 가운데서도 활기찬 출근길과 포근한 퇴근길을 노래한 것은 새 나라에 대한 기대만은 버리지 않았으며 그 속에서 동심을 매개 항으로 세상과 소통하고 싶었던 것이다. 바로 이러한 시인의 현실 인식이 아동을 계몽의 대상으로만 보지 않고 또 나약한 아동으로 인식하지도 않았던 것이다. 그는 주어진 공간 안에서 뛰놀고 노래하고 공부하는 어린이를 기대했던 것이다. 따라서 그의 동시에는 기표와 기의의 대립적 관계 아닌 상대편의 주체성을 인정하는 상호성의 시적 전략이 들어 있는 것이다.

4. 결 론

　권태응은 해방이후에서 6 · 25 전쟁이 일어나던 해까지 짧은 기간동

---

27) 권태응이 1949년에 손수 쓴 동시집 『작품』의 머리말. 위의 책, p.414, 재인용.

안 동시를 쓴 동시인이다. 지금까지 권태응의 해방기 미발표 동시를 중심으로 그의 시적 주체를 구성하는 체계를 살펴보았다. 이를 위해서 필자는 동심을 하나의 담론으로 이해하고 권태응의 시적사유구조를 밝히는 데 주목하였다. 그의 주된 시적사유는 물활론적 세계인식을 바탕으로 하면서도 이를 역구성한 상호소통과 변별성에 있음을 확인할 수 있었다. 이러한 시적 사유구조의 구체화는 단순성과 모방성 그리고 돌보기의 동심으로 나타나 그의 동시에서 주체를 형성하고 있다. 이는 당시의 아동에 대한 계몽적인 시각과 계급적인 이데올로기에서 벗어나 현실의 아동을 찾을 수 있는 원천이 되었다. 따라서 그의 동시에는 교훈적·지시적 언어를 통한 직접적인 메시지 전달이 없다. 다만 그의 동시는 어른과 같은 공간을 배경으로 생활하면서도 나름대로 자기의 영역을 확보하고 뛰어 노는 활기찬 아동이 나타나고 있을 뿐이다. 또 가족과 사회의 구성원으로 당당한 위치를 확보하여 자기의 일을 확대하여 경험하는 성숙한 아동과 주변의 환경을 스스로 이겨낼 궁리를 하고 있는 적극적인 화자가 동시의 주체를 형성하고 있다. 이것이 권태응 동시의 한 특징이다. 즉 근원적인 동심에 동일화 되어 고착화 되지 않고 오히려 역구성하는 주체를 세움으로써 당시 사회적 분위기에서 벗어나 동심의 차이성을 인정하여 시적 주체로 형성하였다.

우선 그의 동시는 대상을 바라보는 시각이 동심의 단순함에 있다. 그러나 이 단순함 속에는 인간과 짐승이 함께 살아야 한다는 강한 공동체적 메시지가 들어 있다. 어린이들의 공간과 어른의 공간이 분리되어 따로 있는 것이 아니라 생활 속에 함께하고 있다. 사실 '놀이와 노동'의 분할은 '아이와 어른'의 분할과 깊이 연관되어 있다. 권태응에게 있어 현실적인 아동의 발견은 당시의 계몽적인 분위기 속에 젖어 있는 아동에 동일화되지 않고 현실에 있는 인간으로서의 아동을 찾기 위한 비동일의 시적 사유구조에서 가능했다. 그래서 그는 객관적인 동심을 찾을 수 있었으며 이러한 동심의 눈으로 세계를 인식했던 것이다. 이처럼 권태응은 단순함을 강조한 가운데 아이들의 세계에 그대로 들어와 있다. 그래서 하나의 공동체 속에서 살아가는 아이들의 생활이 있다. 그 가운데 그들의 놀이와 노래가 동네(공동체의 생활공간)에 있는 것이다. 즉 그는 사회를 구성하는 요소 중에 어린이가 있음을 분명히 하고 있다. 이러한 권태응의 시적 사유구조는 윤석중이 현실의 개연성을 중심으로 한 '당위적 아동'과 구분되며 이원수의 현실 인식을 통한 미래를 기약하는 '주체적 아동'과도 차이가 있다. 한편 방정환의 지나친 사랑 속에 떠받들어지는 '천사적 아동'도 아니다. 이런 아동관은 시인의 주관적 인식이 아니라 아동의 심리적인 특성을 고려한 현실의 아동을 사실적으로 그려낸 객관적인 아동인 것이다.

이처럼 권태응은 그의 동시에서 해방이후의 농촌 생활을 중심으로 동시를 썼지만 그 속에서 생활하고 노는 아이들의 생생한 모습을 담고 있다. 이는 해방기의 중심 담론에서 벗어나 권태응 나름대로의 아동에 대한 이해를 고집했기에 가능했다고 볼 수 있다. 이러한 권태응의 시적 사유구조는 윤석중이 계급 담론으로부터 벗어나려고 한 반동일적 양상의 현실 대응과도 구별되며 갈등과 역동적 과정에서 형성된 이원수의 주체적 아동관과도 차이가 있는 것이다. 즉 권태응의 동시에 나타난 아동은 해방정국의 이데올로기와 어린이문화운동의 계몽적인 의식에 호출되는 것이 아니라 타자가 가지고 있는 차이성을 주체로 하였다. 따라서 해방의 소용돌이 속에서 어린이의 특성을 중심으로 실제로 삶 속에 있는 어린이를 찾아내 동심을 주체로 형성했다고 볼 수 있다.

▌ 대구대학교 국어국문학과 강사

▌참고문헌

1. 기본자료

『소년』 창간호~5호, 문화당 소년편집부, 1948.
『소년』 6월 호~12월 호, 문화당 소년편집부, 1949.
『소학생』 35~34호, 조선아동문화협회, 1947~1950.
『진달래』 3월호, 상문당, 1949.
『주간 소학생』 1호~34호, 조선아동문화협회, 1946.

2. 논문 및 단행본

강내희, 『문화론의 문제 설정』, 문화과학사, 1999.
공재동, 「이원수 동시 연구」, 동아대 교육대학원 석사학위 논문, 1987.
권기호, 『현대시론』, 경북대 출판부, 1998.
권영민, 『한국현대문학사2』, 민음사, 2002.
권태응, 『감자 꽃』, 창작과비평사, 1995.
김용희, 『동심의 숲에서 길 찾기』, 청동거울, 1999.
김윤식, 『한국근대문학사상연구2』, 아세아문화사, 1993.
김윤식, 『해방공간의 문학사론』, 서울대출판부, 1993.
김윤식 외, 『한국현대문학사』, 현대문학, 1999.
김자연, 『한국 동화 문학연구』, 서문당, 2002.
김종헌, 「해방기 이원수 동시 연구」, 『우리말글』, 제25호, 우리말글학회, 2002.
김종헌, 「해방기 윤석중 동시 연구」, 『우리말글』, 제28호, 우리말글학회, 2003.
김종헌, 「해방기 동시의 담론 연구」, 대구대학교 대학원 박사학위 논문, 2004.
김준오, 『시론』, 삼지원, 2002.
노원호, 「명쾌한 동심 의식과 시적 서정」, 『한국 아동문학 작가·작품론 전편』, 서문당, 1991.
노원호, 「윤석중 연구」, 한국 외국어대 교육대학원 석사학위 논문, 1991.
문선희, 「윤석중 동요 동시 연구」, 경희대 대학원 석사학위 논문, 1997.
문학이론연구회, 『담론 분석의 이론과 실제』, 문학과지성사, 2002.
윤효녕 외, 『주체 개념의 비판』, 서울대 출판부, 1996.
이오덕, 『농사꾼 아이들의 노래』, 소년한길, 2001.
이재철, 『한국 현대 아동문학사』, 일지사, 1978.
이재철, 『아동문학개론』, 서문당, 1982.

이재철, 『세계 아동문학 사전』, 계몽사, 1996.
석용원, 『아동문학원론』, 학연사, 1986.
조두섭, 『한국 근대시의 이념과 형식』, 다운샘, 1999.
조두섭, 『비동일화의 시학』, 국학 자료원, 2001.
조두섭, 「이병철의 삶과 시」, 『우리말글』 제24호, 우리말글학회, 2002.
조두섭, 「1920년대 한국 상징주의 시의 아나키즘과 연속성 연구」, 『우리말글』 제26호, 우리말
    글학회, 2002.
최승호, 『서정시의 이데올로기와 수사학』, 국학자료원, 2002.
최지훈, 「아동문학의 새로운 이해」, 『아동문학담론』, 청동거울, 1999.
가라타니 코오진(柄谷行人), 박유하 역, 『일본 근대문학의 기원』, 민음사, 1999.
Aries, P., 문지영 역, 『아동의 탄생』, 새물결, 2003.
Childers, J., 황종연 역, 『현대문학 문화 비평용어 사전』, 문학동네, 1999.
Jakobson, R., 신문수 편역, 『문학 속의 언어학』, 문학과지성사, 1989.
Lukacs, G., 박정호 외 역, 『역사와 계급의식』, 거름, 1997.
Macdonell, D., 임상훈 역, 『담론이란 무엇인가』, 한울, 1999.
Merquiro, J. G. , 이종인 역, 『푸코』, 시공사, 1999.
Nikolajeva, M., 김서정 역, 『용의 아이들』, 문학과지성사, 1998.
Zima, P. V., 허창훈·김태환 공역, 『이데올로기와 이론』, 문학과지성사, 1996.

일제강점기 流移民 시조 연구

— 『新韓民報』를 중심으로 —

문 무 학

1. 논점의 제기

　'유이민 시조'란 일제 강점기 한일 합방을 계기로 대규모의 국외 유이민이 발생하였는데, 이들 즉, 국외 이주자들이 현지에서 쓴 시조 작품을 가리킨다. 일제 강점기에는 만주, 시베리아, 멕시코, 하와이, 사할린, 일본 등 많은 지역에 유이민이 있었다. 본고는 이 유이민 중에서 미주 유이민이 교민단체를 조직하고 그 단체에서 발행한 『신한민보』에 게재한 시조 작품을 대상으로 하여 유이민 시조의 특징을 살펴보고자 하는 목적을 가진다.

　미주 쪽의 유이민은 한·미 양국간의 수호통상조약이 체결된 때로부터 시작되었지만 약 20년간 한국인의 미국 진출은 외교관, 유학생, 그리고 정변에 실패해 망명한 정치인들로 극소수에 불과했다. 그러나 20세기에 접어들어 미국이 하와이 개척을 하면서 해외 역부를 모집하게 되었는데 이에 응해 1902년 12월 23일 하와이로 121명이 이민 간 이후 1905년까지 65차례에 걸쳐 7.026명의 한국인이 하와이에 정착했다. 따라서 미주에서 한국인 단체들이 생겨나게 되었는데, 1902년 안창호가 유학을 목적으로 샌프란시스코로 와 한인 사회를 이끄는 주도적 인물이 되었다. 안창호가 현지 한인들의 처참한 생활을 보고 유학을 포기하고 친목회를 조직했고, 그 친목회가 공립협회가 되고, 그 사이 내분이 있긴 했지만 1909년 통합기구인 「국민회」가 발족되어 항일운동에 나섰다. 그 운동의 방안으로 『신한민보』가 간행되었다. 따라서 『신한민보』는 '국민회'의 기관지였다.

지금까지 유이민 문학에 관한 연구는 상당한 성과를 거양했다.[1] 그러나 유이민 시 연구에서 시조를 따로 살핀 연구는 없었고, 시가 연구에서 부분적으로 취급하였다. 또 『신한민보』 소재의 시가를 고찰한 연구[2]에서도 연구대상 기간 중의 시가의 특징을 드러내긴 했지만, 시조에 대해서는 그 정체성을 밝혔다고 보기는 어려운 실정이다. 또 연구 시기도 주로 개화기에 한정시킴으로써 일제 강점기 전반에 걸친 작품의 특성은 밝혀내지 못하였다.

따라서 일제 강점기의 유이민 시조의 특성을 살피는 연구는 시조문학사와 한국문학사의 보완을 위하여 반드시 연구되어야 할 영역으로 떠오르게 되었다고 본다. 본고는 이 같은 목적을 달성하기 위하여 1909년 2월 10일부터 1945년 8월 15일 해방까지를 연구 대상 기간으로 하여, 이 기간 중 『신한민보』에 게재된 시조 작품의 일람표를 만들고, 이 시조 작품들의 형식적 운용과 창작 기법, 그리고 그 주제를 살피고, 같은 시기 국내에서 창작된 시조와 비교하여 『신한민보』에 게재된 유이민 시조의 특성을 밝히고자 한다.

---

1) 윤영천, 『한국의 유민시』, 실천문학사, 1987.
2) 김영철, 「개화기항일망명시가연구」-신한민보를 중심으로-, 영광문화 9집, 1986.
   정명숙, 「한국개화기해외유이민시가연구」-신한민보를 중심으로-, 대구대 대학원 석사학위논문, 1987.

2. 『신한민보』의 서지적 고찰

『新韓民報』는 1909년 2월 10일 미국 샌프란시스코의 교민단체인 '國民會'의 기관지로 창간된 신문이다. '국민회'는 하와이의 교포단체인 한민합성협회와 캘리포니아의 및 公立協會가 통합하여 발족되었는데 그에 따라 공립협회의 기관지 『公立新報』가 흡수 통합되어 『공립신보』의 지령 제119호를 계승하여 『신한민보』로 改題, 국문으로 매주 수요일에 발간된 주간 신문이다. 편집 겸 발행인은 崔正益이었다. 개제 발행된 제1호 사설에서 과거의 『공립신보』가 일개 단체의 대변지에 지나지 않았던 것에 비해서 새롭게 출발하는 이 신문은 민족 전체의 대변기관이라고 자처하며,

> "신한민보는 글자 뜻과 같이 우리 대한을 새롭게 하는 우리 국민의 신보라. 어이하여 새롭게 함이뇨. 십년 적병을 공격 조리하여 기혈의 강건을 회복함이요… 본보를 사랑하여 읽으시는 모든 군자들이여 의뢰심을 버리시고 자주력을 새롭게 하시며, 노예심을 버리시고 독립력을 새 롭게 하시오"[3]

라고 한 것에서 알 수 있듯이 이 신문은 국권회복운동에 관련된 논설과 기사를 싣고 국내 소식과 재외동포에 대한 소식도 광범위하게 실었으며, 일본제국주의의 침략정책에 대한 비판도 끊임없이 행하였다. 그 예를 찾아보면,

> "멕시코에 있는 천여 동포가 과거 사오년 동안에 무진한 고초를 당하여 홍일염천(紅日炎天) 가시 밭에 뼈가 졸고 피가 말라 살빛은 흑인에

---

3) 『신한민보』, 1909년 2월 10일, 사설.

가까우며 손바닥은 톱날과 비등하여, 찔리나니 가시며 만지나니 가시로
되 등 뒤에 따라오는 농주의 채찍은 가시 돋은 어저귀라 혁편(革鞭)보다
더 독하니 열대지방 더운 바람기가 턱턱 막히우되 감히 돌아서서 숨 한
번 쉬지 못하였으며… 신체에는 살가리우는 의복이 없었고 구복(口腹)
에는 비위에 맞는 음식이 없었으니 … 인간 지옥이 이 아닌가. (우리는)
일인의 간계에 빠져 팔리운 바 되었으니… 1909년 5월 12일 … 우리
동포가 노예의 계약을 해면하고 …"4)

하여 재외 동포의 참담한 삶을 전하고 있다. 이 신문은 국내에도 일부
유입되어 독자들에게 많은 영향을 주기도 하였으나 일제의 철저한 감시
로 압수되어 국력을 완전히 상실한 1910년 이후에는 국내 독자에게는
거의 배포되지 못하였다. 1910년 5월14일 李恒愚가 편집인이 되어 영
문난을 신설하였으나 경영난으로 폐지하고 최정익이 다시 편집을 맡았
으며 그 뒤 朴容萬, 洪宗杓 등이 맡았으나 휴간이 빈번하였다. 1915년
3월 11일부터 李大爲가 고안한 인터 타입의 식자기로 최초의 신식국문
활자를 사용하여 신문을 제작하기도 하였다. 1913년 4월 13일에 전하
는 고국 소식의 한 예를 보면,

"서울 남대문 구리개 큰 거리는 말끔 다 일인의 집이 되고 말았습니다.
좋은 도로는 무엇에 쓰며, 전차 자동차는 무엇 합니까. 전동 전화는 누가
씁니까. 여기 살던 사람은 다 어디 갔읍니까. 종로서 밀려서 북촌으로,
북촌서 밀려 인왕산 밑으로, 인왕산 밑에서 밀려서는 어로 가오리까 …
농사를 하자니 논밭도 일인의 것. 산에 들어가 감자를 심읍시다. 거기서
또 쫓기거든 산을 파고 땅 속으로 들어갈 수밖에 있읍니까."5)

라고 쓰고 있음에서 알 수 있듯이 핍박받는 일제강점기 한국인의 생활상

---

4) 『신한민보』, 1909년 5월 19일, 하재묵동포지자유(賀在墨同抱之自有)
5) 『신한민보』, 1916년 4월 13일.

을 적나라하게 전하고 있다.

1919년 3월 20일부터는 국내에서 3.1운동의 발발로 궁금한 국내소
식을 신속하게 전달하기 위하여 주간으로 발행되던 것을 격일간으로 발
행하기도 하는 등 유이민들에게 고국 소식을 전하는 데 많은 노력을 쏟
았다. 국민회는 1922년 하와이 지방총회가 분리, 독립하는 등 우여곡절
을 겪었으며 이에 『신한민보』도 4월 10일부터 8월 10일까지 휴간하기
도 하였다. 그 뒤에 다시 속간되어 꾸준히 발행되어 독립운동을 고취하
고 교민의 권익을 옹호하는 등의 언론 활동을 전개하였으며 1937년 3
월 4일자부터는 4면에 영문 기사를 게재하여 미국에서 자라난 자녀들의
구독 편의를 제공하였으며, 해방 이후에도 발간되고 있다.

3. 『신한민보』의 유이민 시조

3.1. 게재 양상

『신한민보』에 게재된 시조는 크게 세 부류로 나누어진다. 가장 많은
분량을 차지하는 것이 창작시조이며, 그 다음 「고금시됴」란을 두어 고시
조를 수록한 것이며, 다른 하나는 국내의 잡지에 발표된 작품을 전재한
것이 그것이다. 창작시조는 187편이며, 고금시조는 1918년 6월 27일
부터 14편이 실리고 있는데, 성충, 을파소, 우탁, 최충, 이조년, 이존오,
원천석, 이생, 성삼문, 성혼, 정몽주 어머니, 정몽주, 길재, 곽여의 작품
이 각각 1편씩 실려 있다. 이 작품들은 모두 시조사의 초기에 해당되는
작품들이다. 그리고 국내에서 발표된 작품을 재수록한 작품은 公六의
「봄마지」(『소년』1910년 4월호), 시목에야에의 「고궁단시」(『동광』1927년 7

월) 두 편이다. 본고에서는 고금시조를 제외하고 나머지 작품 189편을 분석 대상으로 한다. 그러나 이 작품들이 연구 대상 기간 중 『신한민보』에 게재된 작품의 전부라고 말하기는 어렵다. 1981년 아세아문화사에서 영인한 『신한민보』가 결락이 많기 때문이다. 그러나 이 작품들로도 『신한민보』게재 시조의 특성을 살피는 데는 부족함이 없을 것으로 판단된다.

『신한민보』에 게재된 시조 작품 일람은 〔부록 1〕로 정리 첨부한다.

3.2. 형식 운용과 창작 기법

『신한민보』에 게재된 시조 189편의 형식은 장형과 단형으로 구분해 보면 장형은 단지 4편에 불과하고, 연시조 20편, 나머지 165편은 단형이다. 연시조는 2수 8편, 3수 3편, 4수 2편, 9수 1편이다. 따라서 단형이 압도적이며, 『신한민보』에 게재된 시조는 종장 파괴, 고시조의 개작, 연시조 창작 등의 형식 운용 특성을 드러내고 있다.

3.2.1. 종장 파괴

1909년부터 1918년까지의 게재 작품 29편에서 온전한 종장을 가진 시조는 한편도 없다. 모두 종장이 파괴된 양상으로 드러난다. 종장 파괴 양상은 크게 세 가지로 드러나는데 그 첫째가 종장 첫 음보와 둘째 음보의 파괴 양상, 둘째, 종장의 끝 음보가 생략된 것, 셋째 종장의 전체 음보수가 4음보를 넘는 것이 뒤섞여 나타난다.

「졀망병 ᄒ고 지도강동 ᄒ얏들면 텬하사를」 – 단가란에서 –6)

---

6) 『신한민보』, 1909년 8월 25일.

「아마도 人生에 萬福之源은 爲國獻신」 – 단가란에서 –7)

「의지업난 이내, 몸이 너와 나와 뜻이갓다.」 – 북국소리 – 종장8)

「이졔옴에 시긔를 일치말고 우리들도.」 – 츈소식 – 종장9)

「지금까지 우름 울어 후인을 경계.」 – 두견새 – 종장 –10)

「하로밤에 급한풍우 나려치면 너는 어이.」 – 탁목됴 – 종장 –11)

「저 원슈의 머리로다 어 아–이말이 씨원.」 – 충무노래 – 종장12)

『신한민보』에 게재된 시조의 이 같은 종장 파괴 양상은 국내 창작 시조와 맥락을 같이 하는 것이다. 1876년 이후 30년간 창작 시조가 발표되지 않다가 1906년 『대한매일신보』에 신시조 「血竹歌」가 발표되는 데 이 시조가 종장 파괴 양상을 보이고 있다. 즉 종장의 끝음보를 생략하고 있는 것이다. 이 같은 종장 끝음보의 생략 현상은 "개화기에 국한된 특유의 현상으로, 이것의 의미 해명은 두 가지 방향의 접근이 가능한데 그 하나는 사회계몽적 수단으로 경직화된, 개화기 시가의 문학 저널리즘화 현상이고, 또 하나는 전대 시조창과의 관련성 문제이다."13) 따라서 『신한민보』소재 시조 작품의 종장 파괴 양상은 이 신문이 가진 사회 계몽적 수단으로 이해하는 것이 옳을 것으로 본다. 종장 끝 음보 생략 이외의 다른 양상도 주제를 확연히 드러내기 위해서 시조의 전통적 양식을 파괴한 것으로 보인다. 이는 형식에 충실하면 내용을 제대로 전달하지 못하

---

7) 『신한민보』, 1909년 9월 29일.
8) 『신한민보』, 1917년 4월 12일.
9) 『신한민보』, 1917년 5월 3일.
10) 『신한민보』, 1917년 5월 31일.
11) 『신한민보』, 1917년 6월 14일.
12) 『신한민보』, 1918년 3월 28일.
13) 김영철・박진태・이규호, 『한국시가의 재조명』, 형설출판사, 1984, 543쪽.

는 한계를 시조 자체가 갖고 있는 것으로 해석할 수 있기 때문이다. 따라서 이 시기 시조는 시조의 미학적 차원보다 사회 계몽 수단으로서의 목적이 우선되었다.

3.2.2. 고시조의 개작

『신한민보』 게재 시조의 또 한 특징은 고시조의 부분 개작이라는 형식 운용이다.

> 눈녹인 바람
>   (시됴의 옛곡조)
>
> 츈산의 눈녹인 바람, 건듯불고 간
> 곳업다.
> 져근 듯 빌어다가이내백발녹여볼가,
> 늙기는슬치 안컨만은국사를참아[14]

위 시조는 禹倬(1262-1342)의 다음 시조를 부분적으로 개작한 것이다.

> 春山에 눈 노기는 ㅂ람 건듯 불고 간 대업다
> 져근듯 비러다가 ㅁ리 우희 불이고저
> 귀밋태 해 무근 서리를 녹여볼까 ㅎ노라.

이 같은 방법으로 쓰여진 시조는 위 외에도 「춘소식」, 「두견새」 등의 작품이 있는데 이런 형식은 1917년과 1918년에 나타난다. 그리고 위에서 예시한 바와 같이 제목 밑에 (시조의 옛곡조) (녯곡조 시노래) 또는 (새노리녜ㅅ 곡조), (시곡됴녯노리) 등으로 표기하여 싣고 있는데 모

---

14) 『신한민보』, 1917년 5월 17일.

두 일곱 편이다. 이와 같은 시조 창작의 방법은 이미 알려져 있는 시조를 부분적으로 개작한 것이며, 주제 전달에 관심을 기울이기 위한 것이었다.

3.2.3. 연작 지향의 창작 기법

『신한민보』소재의 시조는 거의 단형이라는 사실을 앞에서 밝힌 바 있다. 그러나 40년 이후에는 같은 제목에 번호를 붙여 발표한 작품이 많다. 그 작품들은 「금장미」1-2, 「낭자군」1-13, 「'비스막' 해외전첩을 듯고」1-3, 「국화」1-2, 「련화」1-2, 「티쁘라운바다가에서」1-3, 등이다.

이 같은 경향은 1939년 7월 27일 이후 등장하는 「동희수부」라는 필명의 한 사람에게서 드러나는데 단수 시조가 가진 형식적 한계를 벗어나려는 의도로 해석할 수 있다. 가장 긴 연작인 「낭자군」을 예로 들어보면,

랑자군(一)

연지분 다씨첫다/얼골이 더 고흐며

갑옷을 덜 데리니/랑자군 녜로구나

련애를 나라에 매고/셩큼셩큼 가더라[15]

랑자군(十三)

밤깁허 닐어섯다/달빗이 고요하고

사장에 곤한 군사/창베고 누엇스며

긔발은 바람에 펄쳐/쉬지안코 날니니[16]

---

15)『신한민보』, 1942년 8월 20일.

　이와 같은 시조에서 짐작되듯이 「낭자군」에 관한 할 말 많은 이야기를 단수에 다 표한하기는 어려웠다. 따라서 연작의 형태를 취함으로써 시조의 형식을 버리지 않고 내용을 소화할 수 있게 된 것이다. 이런 창작 기법은 시조를 현대화하는 작업이었다. 그리고 이런 연작 지향의 창작 기법은 국내에서 이병기의 「시조는 혁신하자」17)의 영향이 있었을 것으로 보이며, 이병기의 "연작을 쓰자"는 주장은 시조의 형식이 복잡한 시대 삶을 담기에는 부족하다고 생각했기 때문에 시조의 현대화를 위한 한 방안으로 제시되었던 것이다. 연작으로 쓰여진 작품들이 서사적 내용을 담고 있다는 점에서도 이 같은 연작 지향의 기법은 단형시조가 갖는 한계를 극복하려는 의도에서 쓰여진 것이라는 해석을 가능하게 한다. 『신한민보』 게재 시조에서 주목되는 사실 하나는 시조의 표기법에 관한 것이다. 1916년 4월 27일에 다음과 같이 표기된 작품이 게재되었다.

바	
쟝람	○넷
이부아	시곡
심시간부	됴됴
운쟝지	. 새
소마도이다마	. 노
원도　져녹라	평래
셩이챵러이	됴
취마련하다	량
음하니	구
을다	

---

16) 『신한민보』, 1943년 1월 21일.
17) 『동아일보』, 1932년 1월 23일부터 31일까지 연재.

　　　　　　　　　　생
위
로
키
난

　이 같은 시조의 표기는 시조사적으로 처음 나타나는 것이다. 지금까지 시조의 6행 표기는 1926년 『백팔번뇌』에서 "최남선이 처음 시도한 방법"18)이라고 알려져 왔지만 이보다 10년이나 먼저 『신한민보』에서 쓰여진 것이다. 필자의 조사로는 국내에서 발간된 신문의 경우는 『每日新報』1917년 3월 23일 현상 시조 모집에 입선한 崔光淵의 「양춘곡」이, 이 표기법으로 쓰여졌으며, 답지로는 1922년 1월 발행된 『百潮 』창간호에 春園의 「樂付」가 이 방법으로 표기되었다. 따라서 시조의 구별 6행 표기는 『신한민보』에서 가장 먼저 표기된 것이다. 최남선의 『백팔번뇌』 이후는 일반화된 것일 뿐 이 방법은 처음 시도한 것이 아니었다.

　『신한민보』소재 작품의 형식과 창작 기법은 시조미학적인 고뇌에서 고려된 것이 아니라 일제강점기에 처한 국가적 시대상에 충실하기 위한 수단으로 이루어졌던 것이다. 이러한 창작 기법은 국내의 창작 시조 경향과 큰 차이를 드러내지 않는 것이다.

3.3 작자와 주제의 특성

3.3.1. 작자 고찰

　『신한민보』에 게재된 작품은 189편이 되지만 작자는 몇 사람에 불과

---

18) 이우종, 『한국현대시조시의 이해』, 국제출판사, 1980, 66쪽.

하다. 반용산소년,정제, 문무자, 공육, 량구생, 신해영산, 살음, 김병옥, 룡홍강인, 시목에야에, 리정두, 허연, 김태수, 한돌, 동희수부, 홍윤식, 홍으리찬, 리차드홍 등이다. 대부분 한편씩 발표하고 있고, 2편 이상인 사람이 반용산 소년, 문무자, 리정두에 불과하며, 39년 이후 발표된 작품은 동희수부 한 사람이 135편을 발표하고 있다. 이 중에는 국내에서 작품을 발표한 것을 전재한 것도 2편이 있다. 이렇게 시조 창작의 작자가 소수에 불과한 이유는 외면적으로 이 신문이 국외 유이민을 독자로 하고 그들을 중심으로 발행되었기 때문이라는 것을 그 이유로 들 수 있다. 작가명의 표기에서는 본명으로 작품을 발표한 경우도 있지만 대부분 필명을 주로 쓰고 있는데, 본명으로 발표된 작품과 필명으로 발표된 작품의 내용성에 큰 변별점이 없는 것으로 보아 국내에서 일제 강점기에 신문과 잡지에서 가명을 쓰는 관례를 따른 것으로 보인다.

그리고 이 작자들의 신분은 신문은 제작과 관련된 사람으로 추측된다. 2편 이상을 발표한 사람인 반용산소년의 경우 이 신문에 다른 글들을 발표하고 있고, 동희수부의 경우 계속적으로 작품을 발표하고 있는 것으로 보아 신문 제작진이 아니면 불가능했던 일로 보이기 때문이다.

3.3.2. 주제의 특성

『신한민보』에 게재된 189편의 시조를 주제별로 분류해보면 다음과 같은 결과로 나타난다. 첫째로 일본의 학정을 알리는 주제 14편, 국권 회복을 위한 우리 국민의 단결을 호소하는 주제 17편, 전쟁에 참여하는 사람에 대한 주제 22편, 애국지사 및 전쟁영웅에 대한 헌시 20편, 고국에 대한 그리움의 주제 225편, 유이민 생활을 주제로 한 작품 11편, 그 외 생활 주변의 서정을 읊은 시조 61편이다. 이상의 주제를 항일정신과 독립정신, 전쟁과 참전, 애국헌시, 그리고 유이민 생활과 향수로 나누어 살피고 생활 주변의 서정을 담은 61편의 시조는 논외로 한다.

3.3.2.1. 항일과 독립정신

유이민들에게 항일 정신을 고취시키기 위하여 쓰여진 시조는 주로 일제의 학정을 비난하고 있는 작품들이다.

> 정청 정로 ᄒ고 보니 방약무인 너 섄이가
> 여바라 이등아 네아모리 무도한들
> 오천년 예의동방[19)

이 작품에서 보는 바와 같이 이등을 직접적으로 비난하고 있다. 이 작품은 시조로서는 완전한 파격이지만 전하고자 하는 메시지는 아주 분명하다. 이 작품은 일제 강점 초기에 쓰여진 작품이지만 1940년대 이후에도

> 금강산의 취ㅅ 삼
> 불질은 금강산에 /옥석이 재가되고
> 거긔서 나온취가 창희를 건너왔다
> 취ㅅ 삼은 갓다하옵건 이강산이 달으니
> (주)지작년 겨울에 왜적이 한국 문화 박멸과 전시에 요구하는 중석을
> 치굴하기 위하야 금강산에
> 불을 노아 이 세상에서 가장 거룩한 령봉을 다티윗다.[20)

라는 작품을 실어 일제의 학정을 유이민에게 전하며 항일 정신을 북돋우었다.

이런 작품들과 함께 독립을 위한 우리 동포의 결사 단결을 촉구하는 많은 작품을 싣고 있는데, 이는 곧 독립 쟁취를 위해 유이민들의 결속을 호소하는 작품들이다.

---

19) 『신한민보』, 1909년 9월 8일.
20) 『신한민보』, 1941년 6월 5일.

尙武魂

文武子

나물먹고 물마시며 락을 숨/아 글넑으니 그 쯧이 장ᄒ/다만은 나의 한말
너듯거라/ᄋ희··야 대장부 평생ᄉ업 칼과챵도

보던칙 덥허노코 칼쌔배아/놉히드고 닷는맑에 쒸여/올나 압흐로나아가니
어됴/타 견양총소리 사나히몸을21)

　이 작품에서 드러나듯이 이 시기 급한 일은 독립하는 것이라고 주장
하고 있다. 사나이의 할 일이 빼앗긴 나라를 찾는 것이란 것이다. 이런
주제의 작품이 일제강점 말기까지 나타난다.

청평검을 가노라

동희수부

풍류난 검문고요/곡죠난 청산류수
벽도화 부용월계/고운정 미엿건만
동영의 원수가 깊어/청평검을 가노라22)

　이 작품도 위의 작품에서 드러난 것처럼 모든 것 다 제쳐두고 독립을
쟁취해야 한다는 사실을 말하고 있다. 淸平劍을 세상을 태평하게 하는
칼로 해석하고, 東營을 창경궁과 경희궁의 동쪽에 있던 어영청의 분영이
라고 푼다면 이 시조의 뜻을 알 수 있다. 따라서 일제강점기『신한민보』
는 그 창간의 목적에 맞게 항일정신과 독립정신을 고취하기 위해 이 주
제를 가진 시조를 게재해온 것이다.

---

21)『신한민보』, 1911년 6월 7일.
22)『신한민보』, 1939년 12월 21일.

3.3.2.2. 전쟁과 참전

이 주제의 작품도 넓게 보면 항일 정신에 포함될 수 있는 것이지만 『신한민보』가 2차 대전의 전황을 시조 작품을 통해 알리고 있다는 점에서 분류해서 살피는데 일본이 피해를 입거나 일본이 불리한 전황을 전함으로써 독립 정신을 견지하려는 의도를 드러내고 있다.

동경작격
동희수부

꿈에도 생각못한/쇠새가 날아왓다
와직근 청턴벽력/동경이 불속이니
진쥬항 깁흔원수를/너도 응당 알니라[23]

와 같은 내용으로 「솔로몬 미군의 승첩을 듯고」[24], 「북미주 젼텹을 듯고」[25], 「'비스막' 해외전첩을 듯고」[26] 등 여러 편이 실리고 있다.

참전을 주제로 한 시조는 연작시조 「랑자군」을 중심으로 외아들과 남편을 전쟁으로 보내며, 또는 어머니를 떠나 전쟁으로 나가는 심정을 시조로 표현한 작품들이다.

어머니를 더나 젼장으로 나가며
동희수부

어머니 품을 더나/칼차고 가옵니다
은혜가 크옵거늘/못갑고 가옵니다
나라에 츙성으로나/갑흐려고 하오니[27]

---

23) 『신한민보』, 42년 6월 18일.
24) 『신한민보』, 42년 11월 26일.
25) 『신한민보』, 43년 5월 20일.
26) 『신한민보』, 43년 3월 11일.

이러한 참전의 시는 다음과 같은 작품에서 조국 광복에 생명을 바치는 각오를 하는 것으로 보아 자유의 소중함이 얼마나 큰가를 깨우쳐주고 이로써 독립정신을 더욱 가열시키고 있음을 알 수 있다.

하나인 생명

동희수부

하나인 늬 생명을/엇다가 밧치오리
사랑도 하나오니/닉사랑 자유법국
자유를 그리올적에/밧치려고 합니다[28]

3.3.2.3. 애국 헌시

본고에서 애국 헌시로 분류한 것은 독립 운동가나 2차대전에 참가 공로를 세운 사람이나 일반 병사들에게 바친 시를 말한다. 이 주제의 20편 중 리경두가 채상해 선생님께, 옥중에 있는 신채호 선생께 바치는 두 편을 제외하고는 모두 동희수부가 썼다. 동희수부는 안도산 선생, 백범 형에게 3편, 아이슨하워 장군께 바치는 헌시가 있고, 그의 전쟁에서 목숨을 잃은 사람들의 신세를 슬퍼한다는 시를 바치고 있는 것들이다. 이를테면 석오 선생, 김순권 군, 신광희 군, 순국한 미국 비행원, 김계춘 소위, 리원규 중위, 루통령 천세헌 군 등의 서세에 바치는 시다.

백범형에게

한국 뎨1로군 조직을 듯고

동희수부

최고봉 올라 셔니/풍운이 닐어나고

---

27) 『신한민보』, 42년 5월 7일.
28) 『신한민보』, 44년 6월 1일.

데1로 열린 곳에/장사가 오난구나
지난길 도라를 보니/까마아득 하옵건…29)

아이슨하워 장군
동희수부

범갓흔 텬하장사/양갓치 착하고나
강적이 항복하고/어린이 싸라오니
아마도 당대 위인은/장군인가 하노라30)

리원규 중위의 젼사를 익도함
동희수부

장사의 가는령혼/만사를 다니겨도
자모의 우는양을/못니겨 방황하니
처량히 날니는 낙엽/도라써러 지더라31)

이런 작품들이 게재된 것은 국권회복 염원과 애국심의 발로이다. 이 주제는 단순히 어떤 개인에게 바치는 것이 아니라 나라와 세계 평화에 바치는 시라고 볼 때 『신한민보』 게재 시조가 갖는 하나의 특징이 되는 것이다.

3.3.3.3. 유이민 생활과 향수

충분히 짐작되는 일이기도 하지만 『신한민보』에는 유이민 생활의 고달픔과 고향 그리움이 강하게 표출되고 있다.

---

29) 『신한민보』, 1942년 6월 4일.
30) 『신한민보』, 1945년 7월 12일.
31) 『신한민보』, 1944년 9월 21일.

고학

피스픽대학 리 정 듀

고학의 압길이/웨 이리 험한지고
산넘어 또 산이요/물 건너 또 물이라
두어라 아모리 험하기론/가보올가 하노라[32]
一九二七.二十三 밤

유학을 하고 있는 학생의 생활을 읊은 작품이다.

유이민들의 삶이 얼마나 막막했던가는 다음과 같은 작품들로 알 수 있다.

이몸을 엇다두랴

동희수부

이몸을 엇다 두랴/청산에 숨겨 두랴?
백련화 피는아례/그린 듯 안쳐두랴?
안이다 길가에 두어/가는 사람 보고져[33]

유이민 생활에서 고향 그리움을 읊은 작품에는 애절함과 간절함이 배어있다. 이 작품들은 유이민 생활의 고달픔을 함께 내포하고 있으며, 애국심 또한 깊이 배어있는 것들이다.

동포가슴 늬가슴에 련화줄을 미여노코
구곡에 밎친 사랑 피차간에 전하고져
그중에 전키어려울손 사랑인가[34]

---

32) 『신한민보』, 1928년 3월 1일.
33) 『신한민보』, 1943년 4월 15일.
34) 『신한민보』, 1916년 8월 24일.

고국싱각

한돌

낯설은 지붕밑에 이발길 멈추고서
애달프게 여인이맘 하늘끗 달려간다
님업는 고향이오니 어느누가 반기리 (3수중 첫째 수)[35]

4. 국내 창작 시조와의 비교

『신한민보』에 게재된 시조와, 같은 시기 국내에서 창작된 시조를 비교해 보면, 형식적인 축면에서는 큰 변별점이 보이지 않는다. 개화기에 일어났던 종장 파괴 양상도 20년대에 복귀되어 시조의 형식을 온전하게 갖추어 지속된다.

그러나 시조의 내용적인 측면에서는 변별점을 보이고 있다. 『대한 매일신보』에 게재된 시조, 385수를 분석한 논문[36]에 따르면 그 주제가 "1. 망국민의 통한. 위국충정과 자주독립에의 염원 215수, 2. 일제에 대한 저항과 친일매국집단에 대한 규탄,108수, 3. 문명개화와의 열망과 내적 폐습. 비리에 대한 자성 49수, 4. 자연에 대한 예찬과 농언. 취락의 한정 13수 등으로 나타나"는 것으로 본다.

이를 본고가 살핀 주제 양상과 비교해보면 그 차이점이 드러난다. 본고가 살핀 『신한민보』 게재의 게재 시조의 주제는, 1. 일제의 학정을 알리는 주제 14편, 2. 국권 회복을 위한 단결 호소 주제 22편, 3. 2차 대전의 소식을 알리는 주제 17편, 4. 전쟁에 참여하는 사람의 주제 22

---

35) 『신한민보』, 1939년 3월 9일.
36) 박을수, 『한국개화기저항시가연구』, 성문각, 1995(3판), 145~193쪽.

편, 5. 애국지사 및 전쟁 영웅에 바치는 헌시 20편, 6. 고국 그리움과 향수의 주제 22편, 7. 고달픈 유이민 생활의 주제 11편 8. 생활 주변의 서정 61편으로 분석한 바가 있는데 이것을 통해 비교될 수 있다. 그러나 언론 자유의 유무에 따라 차이가 있을 수 있는 것은 당연한 결과다. 따라서 그러한 관점에서 볼 때 드러나는 현상은 항일에 대한 강도의 차이가 그 하나이고, 국내 신문이 개화기 이후는 저항성 있는 작품을 싣기가 어려운 상황이 전개되었으므로 저항시가 거의 없지만 『신한민보』는 해방이 될 때까지 강도 높은 저항성을 견지해 왔다. 이 사실을 작품으로 확인해 본다.

『신한민보』에 실린 작품

「졍쳥 졍로 ᄒ고 보니 방약무인/너뿐인가 여바라 이등아 네아/
모리 무도ᄒᆫ들 오천년 예의동방」[37)

을 보면 이등방문을 방약무인 무도한 사람으로 강도 높게 비난하고 있지만 국내 창작시조는 이렇게 강하게 드러내지 않고 비유법으로 표현하고 있다. 즉,

「仁旺山 범아 무러보자 네가 山中豪傑로서
層岩絶壁間에 어이 홀로 주려 잇노
到處에 無數ᄒᆫ 여호 토끼들은 揚揚自得[38)

해방이 될 때까지 저항시를 게재해 왔다는 사실도, 1945년 7월 5일 게재한 다음 작품을 보면 알 수 있다.

---

37) 『신한민보』, 1909년 9월 8일.
38) 박을수, 앞의 책, 169쪽 재인용.

　　　일본의 핏빗 「혈치」
　　　　　　동히수부

「핏빗을 지노라고/창생을 죽이더니
핏빗을 갑노라고/스스로 죽는고나
핏빗을 갑흔 후에는 「국파 가망」하나니

　따라서 이런 현상으로 작품의 미학적 축면에서는 국내 창작 시조가 우위를 점하지만 저항성의 표출에는 유이민 시조가 우위를 점하는 양상으로 나타났다.

5. 결 론

　『신한민보』에 게재된 시조 189편을 대상으로 유이민 시조를 고찰한 본고는 다음과 같은 결론을 얻을 수 있었다.

　첫째, 일제강점기 『신한민보』에는 창작 시조 187편, 고금시조 14편, 국내 잡지 발표 작품을 전재한 작품 2편이 실려 있다. 이 같은 작품 게재는 일제강점기 시조문학사를 더욱 풍부하게 해 주는 것이며 특히, 1910년대 작품사를 풍성하게 한다.

　둘째, 일제강점기 『신한민보』 게재 시조의 형식 운용은 종장 파괴, 고시조의 개작, 연작 시조 창작 지향의 특징을 가지며, 시조 작품의 표기에서 구별 6행 표기를 시조사에서 처음 시도하였다. 이러한 형식 운용은 국권 회복을 위한 시대정신에 충실하기 위한 방안으로 이용되었던 것이다.

　셋째, 일제강점기 『신한민보』 게재 시조의 주제는 일제의 학정을 알리는 주제, 국권 회복을 위한 결 호소, 2차 대전의 소식, 전쟁에 참여하는 사람에 대한 시, 애국지사 및 전쟁 영웅에 바치는 시, 고국 그리움과 향수 그리고 고달픈 유이민 생활을 다룬 주제를 다루고 있다. 이와 같은 주제의 양상도 시대정신에 투철한 것이다.

넷째, 일제강점기『신한민보』게재 시조와 국내 창작 시조와의 차이점은 형식 운용 면에서는 변별력을 보이지 않지만 주제 면에서는 국권회복 염원이라는 대주제는 같지만 유이민이 처한 환경과 관련하여 차이가 있고, 일제의 직접적인 탄압을 받지 않는 외지에서 작품을 발표할 수 있었기 때문에 저항성이 더 강하다. 그러나 직접적인 탄압을 받는 국내 창작 시조는 비유적으로 표현되고 있다.

이상과 같이 일제강점기『신한민보』에 게재된 유이민 시조는 형식과 내용에서 시대정신에 밀착한 양상을 드러내고 있는데, 이는 시조사의 빛나는 유산이다. 그러나『신한민보』이외의 유이민 시조가 연구될 때 그 빛남은 더해질 것이다. 따라서 이 문제를 다음의 연구 과제로 삼는다.

▎대구대학교 겸임교수

▌참고문헌

1. 『신한민보』, 영인본, 1981, 아세아 문화사.
2. 임선묵 편 『근대시조집총람』, 경인문화사, 1995.
3. 김영철 · 박진태 · 이규호, 『한국시가의 재조명』, 형설출판사, 1984.
4. 박을수, 『한국개화기저항시가연구』, 성문각, 1995.
5. 윤영천, 『한국의 유민시』, 실천문학사, 1987.
6. 김영철, 「개화기 항일망명시가연구」 - 『신한민보』를 중심으로, 영광문화 9집, 1986.
7. 정명숙, 「한국개화기해외유이민시가연구」 - 『신한민보』를 중심으로, 대구대 대학원 석사학위 논문, 1987.

▶ 부록 1.『신한민보』게재 시조 목록표

연번	일자	제목	작자	형식	특징
001	09.08.25	단가란	반용산소년	단형	종장파격
002	09.09.08	단가란	반용산소년	장형	종장파격
003	09.09.29	단가란	반용산소년	장형	중,종장파격
004			정제	단형	중,종장파격
005	11.02.15	가사란		2수	고시조 부분 개작, 파격
006	11.02.22	신문학시대시조		2수	종장 끝음보 생략
007	11.03.15	신한문학시대시조		3수	종장 끝음보 생략
008	11.03.22	신한문학시대시조		2수	종장 끝음보 생략
009	11.06.07	상무혼	문무자	2수	종장 끝음보 생략
010	11.06.14	전필승	문무자	2수	종장 끝음보 생략
011	12.02.12	봄마지	공육	2수	소년지 게재 작품 수록
012	13.10.10	笑說란	동해	단형	종장 끝음보 생략
013	16.04.27	옛곡조새노래	량구생	단형	6행 표기
014	16.08.17	사조난		단형	종장 끝음보 생략
015	16.08.24	사조난		단형	종장 끝음보 생략
016	16.11.09	사조난		단형	종장파격
017	16.11.16	새노래옛곡조		장형	종장 끝음보 생략
018	16.11.23	새곡조옛노래		장형	종장 끝음보 생략
019	17.04.12	북국소래	신해영산	단형	종장파격, 6행 표기
020	17.02.19	잠자리섬		단형	종장 끝음보 생략
021		난쟁이들		단형	종장 끝음보 생략
021	17.05.03	춘소식		단형	종장 끝음보 생략 (시조의 옛곡조)
022	17.05.17	눈녹인바람		단형	고시조 개작 (시조의 옛곡조)
023	17.05.31	두견새		단형	고시조 개작 (시조의 옛곡조)
024	17.06.07	목덕디		단형	종장파격 및 끝음보 생략
025	17.06.14	탁목됴		단형	종장파격 끝음보 생략
026	17.06.21	늙기전에		단형	종장 끝음보 생략
027	17.06.28	지사더듸늙게		단형	종장 끝음보 생략
028	18.03.28	충무노래	충무공	단형	충무공시 개작
029	18.03.28		살음	단수	이후 18년 10월까지 고시조 14편 게재
030	26.06.10		김병옥	2수	정격
031	26.11.04	시됴한수	룡홍강인	단형	6행 표기

032	27.08.11	고궁단시	시목에야에	4수	동강 7월호에서 옮겨 실음
033	27.09.22	석음		단형	정격
034	28.03.01	고학	리경두	단형	필자명 앞에 퍼스핏대학명기
035		추야	리경두	단형	
036	29.02.21	채상해 선생님에게	리경두	4수	
037	29.05.16	춘심	허 연	3수	
038	29.10.03	옥중에 있는 신채호 선생님께	리경두	2수	
039	29.11.21	가을의 잡감	리경두	9수	21일자 4수, 28일자 5수발표
040	34.04.05	시조二수, 시비	김태선	단형	
041		천한사람	김태선	단형	
042	39.03.09	고국생각	한 돌	3수	
043	39.07.27	황해도 산천	동희수부	단형	작품 앞에 해설이 있음
044	39.08.24	문	동희수부	단형	
045	39.08.31	길	동희수부	단형	
046	39.09.21	쇼니 진주에게		단형	
047	39.10.05	창업혜 버들닢	동희수부	단형	
048	39.10.12	명월을 손에 쥐고	동희수부	단형	
049	39.10.26	어리쇠를 그려요	동희수부	단형	작품 끝에 어리쇠를 옛거울로 설명
050	39.11.16	아미가 용맹하면	동희수부	단형	
051	39.11.30	버들의 푸른 실이	동희수부	단형	
052	39.12.21	청평검을 가노라	동희수부	단형	
053	39.12.28	가을밤	동희수부	단형	
054	40.03.21	안도산선생대상에	동희수부	단형	
055	40.04.04	이리로 가난 길에	동희수부	단형	
056	40.04.18	갈곳업셔어이리	동희수부	단형	
057	40.05.02	바다에 풍우대작	동희수부	단형	
058	40.05.09	환상	홍윤식	단형	
059	40.05.30	석오선생의 서세를 슯허함	동희수부	단형	
060	40.06.30	안수산에게	동희수부	단형	
061	40.07.25	책상에떨어진꽃	동희수부	단형	
062	40.08.01	금장미	동희수부	단형	
063	40.08.08	금장미 뎨2장	동희수부	단형	
064	40.08.29	화잍포인트에서	동희수부	단형	
065	40.11.28	국화를보고	동희수부	단형	
066	40.12.12	느진 국화	동희수부	단형	

067	41.03.20	홍도화받아쥐고	동희수부	단형	
068	41.03.27	흰머리만남겻노라	동희수부	단형	
069	41.04.10	락화	동희수부	단형	
070	41.04.17	대표계군을보내며	동희수부	단형	
071	41.04.24	석양	동희수부	단형	
072	41.05.01	청풍교	동희수부	단형	
073	41.05.08	태산	동희수부	단형	
074	41.05.15	고심순권군의 서세를 슯허함	동희수부	단형	
075	41.05.22	미나리강회감고	동희수부	단형	
076	41.05.29	고사리격다가	동희수부	단형	
077	41.06.05	금강산의취ㅅ삼	동희수부	단형	작품 끝에 해설
078	41.06.12	무궁화	동희수부	단형	
079	41.06.19	황란화	동희수부	단형	
080	41.06.26	문전―수 홍도화	동희수부	단형	
081	41.07.03	말숙한연안청포	동희수부	단형	
082	41.07.10	푸른물소슨부용	동희수부	단형	
083	41.07.17	창압헤 푸른버들	동희수부	단형	
084	41.07.24	녀름온줄앏니다	동희수부	단형	
085	41.07.31	녀름에 고향	동희수부	단형	
086	41.08.07	신광회군의 서세를 슯허함	동희수부	단형	
087	41.08.14	백범형에게	동희수부	단형	
088	41.08.21	련화는다시피고	동희수부	단형	
089	41.08.28	그 누가 말하기를	동희수부	단형	
090	41.09.04	향일화	동희수부	단형	작품 끝에 시 내용 설명 붙임
091	41.09.11	향일화	동희수부	단형	작품 끝에 향일화 설명
092	41.09.18	어린 솔나무	동희수부	단형	작품 끝에 시 내용 설명
093	41.09.25	추풍의 봉선화	동희수부	단형	작품 끝에 주를 붙임
094	41.10.02	기럭이	동희수부	단형	
095	41.10.09	가을부채	동희수부	단형	
096	41.10.16	단풍구경	동희수부	단형	
097	41.10.23	석류	동희수부	단형	
098	41.10.30	가을밤	동희수부	단형	
099	41.11.06	국화도꽃이어늘	동희수부	단형	
100	41.11.13	외로히 피는 국화	동희수부	단형	
101	41.11.27	□□의 풍경	동희수부	단형	
102	41.12.04	백범형에게	동희수부	단형	

103	41.12.11	춘광이다시오나니	동희수부	단형	
104	42.04.16	고리기도의광영	동희수부	단형	작품 끝에 해설 붙임
105	42.04.23	태극기에떨어진앵화	동희수부	단형	작품 끝에 해설 붙임
106	42.04.30	외아들을젼장으로보내며	동희수부	단형	
107	42.05.07	어머니를떠나젼장으로나가며	동희수부	단형	
108	42.05.21	남편을전장으로보내며	동희수부	단형	
109	42.05.28	어머니의 눈물	동희수부	단형	
110	42.06.04	백범형에게	동희수부	단형	제목 다음에 한국제1로군 조직을 듣고
111	42.06.11	씽가포 전쟁	동희수부	단형	
112	42.06.18	동경작격	동희수부	단형	
113	42.06.25	태평양해전	동희수부	단형	
114	42.07.02	젼장의 꿈	동희수부	단형	
115	42.07.09	귀관총 녑헤누워	동희수부	단형	작품 끝에 창작 동기 설명
116	42.07.16	마즈막 도라보니	동희수부	단형	
117	42.07.23	내용맹을안다면	동희수부	단형	
118	42.08.06	전시에나온국화	동희수부	단형	
119	42.08.20	랑자군	동희수부	단형	랑자군:여자로 종군한자라설명
120	42.08.27	랑자군(二)	동희수부	단형	
121	42.09.03	긔달엇다	동희수부	단형	
122	42.09.10	랑자군(三)	동희수부	단형	
123	42.09.17	종군가	동희수부	단형	
124	42.09.24	광복군성립뎨2년긔념에	동희수부	단형	
125	42.10.01	랑자군(四)	동희수부	단형	
126	42.10.08	랑자군(五)	동희수부	단형	
127	42.10.15	랑자군(六)	동희수부	단형	
128	42.10.22	에스터를시집보내며	동희수부	단형	
129	42.10.29	랑자군(六)	동희수부	단형	랑자군 연번 6이 중복됨
130	42.11.05	랑자군(七)	동희수부	단형	
131	42.11.12	랑자군(八)	동희수부	단형	
132	42.11.19	준령	동희수부	단형	
133	42.11.26	솔로몬미군의 승첩을듯고	동희수부	단형	작품 끝에 주를 담.
134	42.12.03	랑자군(九)	동희수부	단형	

135	42.12.10	랑자군(十)	동희수부	단형	
136	42.12.17	안수산을견디로보내며	동희수부	단형	작품 끝에 주를 담.
137	42.12.24	랑자군(十二)	동희수부	단형	랑자군 연번11이나 12로 오식
138	42.12.31	랑자군(十二)	동희수부	단형	
139	43.01.21	랑자군(十三)	동희수부	단형	
140	43.03.11	「비스막」해외전첩을듯고(一)	동희수부	단형	
141	43.03.18	〃 (二)	동희수부	단형	
142	43.03.25	〃 (三)	동희수부	단형	
143	43.04.08	군자화를옴기며	동희수부	단형	
144	43.04.15	이몸을엇다두랴	동희수부	단형	
145	43.04.29	우리임계시건만	동희수부	단형	
146	43.05.06	순국한비행원을추도함	동희수부	단형	
147	43.05.13	옥란화	동희수부	단형	
148	43.05.20	북비주전첩을듯고	동희수부	단형	
149	43.11.25	국화	동희수부	단형	
150	43.12.02	국화(二)	동희수부	단형	
151	44.02.17	태산	동희수부	단형	
152	44.03.09	도화탄	동희수부	단형	
153	44.03.16	비마즌홍도화	동희수부	단형	
154	44.04.20	떨어진홍도화	동희수부	단형	
155	44.05.11	꿈속의 꿈	동희수부	단형	
156	44.05.18	졍ᄉ데시의순난을슬퍼함	동희수부	단형	
157	44.06.01	하나인 생명	동희수부	단형	
158	44.06.08	김계춘소위를애도함	동희수부	단형	
159	44.07.06	투필종군	동희수부	단형	
160	44.06.20	화쟁발	동희수부	단형	
161	44.06.27	해빛에익는과실	동희수부	단형	
162	44.08.03	련화二수(一)	동희수부	단형	
163	44.06.10	련화二수(二)	동희수부	단형	
164	44.06.31	신선	동희수부	단형	
165	44.09.07	안수산해군소위에게련화를꺽거주며	동희수부	단형	
166	44.09.14	모란	동희수부	단형	

167	44.09.21	리원규중위의전사를애도함	동희수부	단형	
168	45.03.15	문압혜 홍도화	동희수부	단형	
169	45.03.22	홍매화	동희수부	단형	
170	45.03.29	청춘	동희수부	단형	
171	45.04.05	앵화탄	동희수부	단형	
172	45.04.12	사랑은 잇건만은	동희수부	단형	
173	45.04.19	루통령의서셰를슬퍼함	동희수부	단형	
174	45.04.26	차죽	동희수부	단형	
175	45.05.03	청춘은발서잣고나	동희수부	단형	
176	45.05.10	늙지 안는 청춘	동희수부	단형	
177	45.05.17	우리집 수간초옥	동희수부	단형	
178	45.05.24	초당	동희수부	단형	
179	45.05.31	화죠	동희수부	단형	
180	45.06.07	동곁에붓는물	동희수부	단형	
181	45.06.14	락화	동희수부	단형	
182	45.06.21	쳔셰헌군의서셰를 슬퍼함	동희수부	단형	
183	45.06.28	네죄로홀린피	동희수부	단형	
184	45.07.05	일본의 핏빗 혈채	동희수부	단형	
185	45.07.07	아이슨하워장군	동희수부	단형	
186	45.07.19	모하베산을지나며	동희수부	단형	
187	45.07.26	「티쁘라운」바다가에서(一)	동희수부	단형	
188	45.08.02	〃　(二)	동희수부	단형	
189	45.08.09	〃　(三)	동희수부	단형	

김소월 시의 상호주관성 원리

조 두 섭

Ⅰ. 머리말

이 글의 목적은 김소월 시의 사유구조를 존재론의 관점에서 밝혀보려는 데 있다. 김소월 시에 대하여 존재론적 관심은 그의 시에 넘쳐나는 사랑·이별·고독·비애의 낭만성에 주목하는 것이기도 하다. 김소월 시는, 1923년 박종화가 기교와 율조의 우수성을 언급한 이후 율격·언어·정서·장르·사조·전기 등이 다양하게 연구되어 그 성과를 총체적으로 정리할 단계에 이르렀다.[1] 사정이 이렇다고 하더라도 김소월 시에서 가장 핵심이라 할 수 있는 시적 사유구조가 무엇인가 하는 점은 아직까지 명확하게 드러나지 않았다. 김소월 시의 낭만적 사유는 흔히 말하는 '부재'·'상실'·'단절'에 기인된 것이나, 그 사유의 근본이 존재론에 있다는 데 이 글은 관심을 집중한다.

김소월 시 전체를 검토하여 보면 가족과 님을 그리워하는 낭만적 시

---

1) 조동일, 『우리문학과의 만남』, 홍성사, 1978.
　　오세영, 『한국낭만주의시연구』, 일지사, 1980.
　　신동욱 편, 『김소월』, 문학과지성사, 1980.
　　신동욱 편, 『김소월 연구』, 새문사, 1982.
　　김영철, 『김소월』, 건국대학교 출판부, 1994.
　　김정구 편, 『소월 김정식 전집』, 한국문화사, 1993, 이 자료를 텍스트로 삼아『전집』 3 등으로 표기한다.

라는 것을 쉽게 알 수 있다. 이 문제는, 그 낭만성이 서구적 의미의 창조
적 자아의 낭만성이 아니라 가족과 님이 함께 하기를 그리워하는, 그들
과 함께 함으로써 정서적 안정감을 갖는, 타자와의 조화로운 삶을 희원
(希願)하는 상호주관성2)의 존재론에 있는 것이다. 김소월의 시적 사유
구조를 존재론의 차원에서 밝히려는 근본 이유는 화자가 주체를 구성하
는 이러한 방식에서 출발된다. 이 글은 이러한 과제를 보다 분명히 하기
위하여, 상호주관성의 의미를 타자와 조화를 중시하는 상호 구성적인 시
적 원리로 사용한다. 즉 상호주관성은 동일자의 논리에 의하여 타자와
주체가 구별이 없어지는 동일화가 아니라 타자와 주체의 역동적인 조화
이다. 분명히 할 것은, 김소월 시의 상호주관성이 가부장제의 권위에 의
한 일방적 동일화가 아니라 타자와 주체 사이의 경계를 해체하여 역동적
으로 구성하는 비동일화3)의 원리라는 점이다. 그러므로 상호주관성은
타자와 주체의 경계를 해체하여 조화로운 세계를 꿈꾸는 시학의 근본원
리와 동일하다. 여기서 김소월 시를 존재론적으로 해명해야 할 입점이
분명하게 되는데, 그것은 그의 시를 가로지르는 서정적 낭만성에서 찾아
진다.

　김소월 시의 상호주관성의 원리를 해명함으로써 이상화 · 한용운 시를
연구할 수 있는 단초를 마련할 수 있다. 대체적으로 이상화 시의 화자는
주관적 존재인 데 비하여, 한용운의 시의 화자는 초월적 존재이다. 이에

---

2) 함재봉, 『탈근대와 유교』, 나남출판사, 1998, p. 260. 함재봉은 상호주관성을 간주관성
　이라는 용어로 사용한다. 주장의 핵심은 유교의 존재론적인 특징이 간주관성이고, 그 점
　에서 인간을 존중하는 존재론으로서 의미가 있다는 것이다.
3) 조두섭, 『한국근대시의 이념과 형식』, 다운샘, 1999, p. 22.
　Diane Macdonell, *Theories of Discourse, Basil Blackwell*, 1986, pp. 39~42.
　비동일화는 폐쇠의 용어로서 주체가 구성되는 기제의 한 방식이다. 그 방식은 타자의 이
　미지에 자유롭게 동의하는 동일화, 타자의 이미지를 거부하는 반동일화, 타자의 이미지에
　역동적인 비동일화로 나누어진다. 폐쇠가 말하는 비동일화는 헤겔의 유산에 자유롭지 못
　한 담론이다. 이 비동일화와 상호주관성의 상관성은 가다머가 말하는 질문과 응답의 '상
　호대화'라는 변증법에 있다.

비하여 김소월 시의 화자는 타자와 간극을 부정하고 과거의 님이 현재에도 함께 하기를 염원하는 상호주관적 존재이다. 이러한 존재론은 결국 그들의 동일한 시적 기반이 되는 낭만성을 변별할 수 있는 준거점이 될 것이다.

　김소월 시의 상호주관성의 낭만성을 밝힘으로써, 지금까지 1920년대 낭만적인 시들을 서구 낭만주의 영향으로 정리하던 것에서 다른 줄기를 새롭게 짚어갈 수 있을 것이다. 그러므로 이 글은 김소월 시의 어머니와 님을 그의 실존적 개인으로, 혹은 환유적 의미로 확대하거나, 더 나아가 인간이 갈구하는 유토피아의 상징으로서 거론하는 차원의 문제가 아니다. 이 글의 핵심은 김소월 시의 화자가 존재하는 방식 자체를 주목하는 것이다. 이 관심은 김소월 시의 상호주관성이 타자와 조화롭게 살아가는 삶의 원리이자 서정적 낭만시의 원리라는 데 있다. 이러한 김소월 시의 원리 한가운데에 님이 있는데, 님은 그가 "예전에 미처 몰랐어요"하고 노래하였듯이 상징계의 표상체계이다.4) 이 상징계의 표상체계는 "선적인 역사 위에 존재하는 것이 아니라 일종의 왜곡되고 전도된 시간성 위에5)" 존재하는 인식틀이다.

　앞으로 밝혀지겠지만 김소월의 이러한 시적 인식틀은 잡가의 정성위음(鄭聲衛音)에서 발견한 것인데, 그것은 관념화된 전근대적 적격을 전도한 것이다. 다시 말해, 그것은 시적 원리로서 비동일화의 낭만성이다. 이와 같은 관점에서 본다면 1920년대 우리 시의 낭만주의는 백조파의 서구적 낭만주의와 잡가류에서 이어지는 전통적 낭만주의의 두 줄기로 나누어진다고 할 수 있다. 이 글이 목적하는 김소월 시의 정체가 밝혀진다면 이러한 시사적인 의미도 함께 드러날 것이다.

---

4) 권택영 편, 『자크 라캉 욕망의 이론』, 문예출판사, 1994, p. 20.
5) 가라타니 고진, 박유하 역, 『일본근대문학의 기원』, 민음사, 1997, p. 28.

II. 상호주관성의 시적 사유구조

  김소월 시를 일별해 보면, 그의 시를 관통하는 시적 사유가 가족에 기
초하고 있다는 것을 발견하게 된다.6) 그러나 김소월이 산마루나 개여울
에서, 꿈속에서 숨이 넘어갈듯이 애절히 님을 그리워하는 낭만적 목소리
가 너무 강렬하기 때문에 가족을 그리워하는 정서는 가려지게 된다. 문
제는 김소월이 숨이 넘어갈 듯이 그리워하는 님의 시가 가족을 그리워하
는 시들과 다르지 않다는 데 있다. 지금까지 간과된 이 문제가 김소월
시의 중심 원리라는 데서 이 글은 출발한다.

  김소월의 「우리집」·「훗길」·「집생각」·「나의 집」 등의 시가 아니더
라도 대부분 삶의 터전을 상실한 시대에 가족과 함께 하기를 그리워하는
유토피아적 사유가 그의 시를 관통한다. 김소월이 가족과 님을 간절히
그리워하는 시적 사유는 기본적으로 존재론의 문제다. 김소월 시의 유토
피아적 사유를 추동하는 근간이 되는 것은, 인간이 상호 조화에 의하여
존재가 의미 있게 된다는 상호주관성의 믿음이다. 그렇기 때문에 김소월
이 애틋하게 가족과 님을 부르는 소리는 무덤 앞에서도 멈추지 않는다.
그것은 자신이 타자를 떠나서 존재할 수 없다는 상호주관성의 삶의 원리
가 시적 원리로 전이된 현상이다. 김소월 시의 화자가 개별 주체로서 기
능하지 못하고 항상 어머니·아내·누나·벗, 그리고 님과 연결되어 있
는 것은 이러한 이유이다.

---

6) 서정주, 「소월에 있어서의 육친·붕우·연인·스승의 의미」, 『현대문학』, 1960. 12.
   김윤식, 『한국현대문학사상비판』, 일지사, 1978, p. 149.
   신범순, 『한국현대시의 퇴폐와 작은 주체』, 신구문화사, 1998, p. 165.
   서정주는 김소월시가 육친이나 붕우에 집중된 특징을 고도(古道)라는 의미로 설명했다.
   같은 맥락에서 김윤식도 그의 가족과 님의 시편들에서 그러한 의미를 부여하였다. 신범순
   은 김상훈·백석·오장환 등과 현대시인의 시에서 가족의 기호와 상징의 의미를 통시적
   으로 논하는 가운데 소월시의 가족의 의미를 다루었다.

 김소월 시의 이러한 점은 1920년대 이상화와 한용운의 시를 함께 비교함으로써 쉽게 확인된다. 이 글은 이상화와 한용운 시를 김소월 시와 함께 분석하여 비교하는 것을 목적으로 삼지 않았기 때문에, 단지 이 글을 전개하기 위하여 개략적으로 님을 존재론적으로 살펴본다. 두루 알다시피 김소월 시의 님은 한용운 시의 님처럼 국가나 민족의 제유적 의미나 절대자라는 상징적 의미를 부여할 수 없다. 그렇다고 이상화가 애타게 부르던 '마돈나'와 같은 절대개인이 아니다. 김소월이 "선 채로 이 자리에 돌이 되어도/ 부르다가 내가 죽을 이름이여"하고 목놓아 부르는 화자는 초월적 대상이 아니라 오직 돌이 되어도 그들과 분리될 수 없는 상호주관적 존재이다.

 세 시인의 님이 이렇게 차별화되는 것은 존재론적 사유구조의 차이이다. 한용운 시의 님은 시·공간을 초월하여 존재하는 데 비하여 이상화 시의 님은 오직 주체와 분리되는 타자로서의 개인이다. 그러나 김소월의 님은 죽어서도 불러야 하는, 그 행위에 의하여 자신의 존재가 가능하게 되는 상호주관적 존재이다. 즉 김소월 시의 님은 타자로 존재하는 것이 아니라 자신의 주관 내부에 존재하는 자신과 구분되지 않는 타자이다. 이 점을 더 분명히 하자면, 한용운 시의 님은 만남과 이별, 삶과 죽음의 대승적 지양을 도모하여 현실을 초월한다. 이상화 시의 님은 화자에 대응되는 타자로서 존재한다. 그러나 김소월 시의 님은 화자와 상호주관적 역동적으로 존재한다. 여기서 김소월의 님은 자신을 구성하는 타자라는 점이 명확하게 된다. 즉 김소월 시의 님은 자신을 초월하게 하는 존재가 아니고 역시 자신에 대응되는 존재도 아니라 자신을 구성하는 주관적 타자이다.

 문제는 김소월의 상호주관성이 삶의 원리이고 시의 원리이며, 더 직접적으로 서정적 낭만성의 원리라는 데 있다. 그 핵심은 타자와 자신이 조화되게 하는 서정적 낭만이다. 상호주관성이 삶의 원리라는 것은 스승

김안서에게 보낸 편지글에서 확인된다. 김소월은 "정이 업시 사라 가는 사람의 생활의 추잡(醜雜)하고도 암담(暗澹)함을 다시 어듸 말할 곳도 업습니다"[7] 하고 스승에게 하소연한다. 근대성의 자리에서 '정(情)'이 많은 인간은 비이성적이고 비합리적이며 미분화된 인간상이다. '정(情)'은 지극히 주관적인 정서로 합리적인 판단을 저해하기 때문에 배제되어야 한다. 반면에 정은 인간과 인간 사이를 연결하는 물질적 상상력으로[8] 인간성을 고양시킨다. '정'은 타자와 주체 경계를 허무는 물질적 상상력으로 상생의 조화를 구성하는 에너지이다. 김소월이 말하는 '정'은 '이지(理智)'와 '감정'의 조화를 바탕으로 하고 있는 점에서 타자와 주체의 경계를 해체하는 상호주관적이다. 그러므로 김소월의 상호주관성은 주체가 타자를 일방적으로 동일화하는 가부장제적 질서가 아니다. 가부장제 질서는 임금은 신하를, 아버지는 아들을, 남편은 아내를 일방적으로 자신에 환원한다. 그러므로 타자의 이미지는 주체의 이미지에 환원되어 주체의 이미지로 존재한다. 김소월이 말하는 '정'은 주체와 타자가 함께 조화하는 상호 대화적 상상력이다. 김소월의 이러한 삶의 원리가 시에 그대로 반영된다. 김소월 시의 상호주관성의 시적 원리는 타자와 자신이 하나가 되는 서정적 혼융으로 낭만적 세계관이다. 이것은 상호주관성의 원초적 장(場)인 가족에서 원초적 부부 사이를 통하여 형상화된다.

> 오오 안해여, 나의사랑!
> 하늘이 무어준짝라고
> 밋고사름이 맛당치안이한가
> 아직다시그러랴, 안그러랴?
> 이상하고 별납은사람의맘

---

7) 『전집』 3, 「도라오시는 길로」, p. 56.
8) 곽광수, 『가스통 바슐라르』, 민음사, 1995, p. 16.
　이 글에서 사용하는 물질적 상상력은 바슐라르의 의미를 차용하여 주체와 타자의 경계선을 해체하여 조화에 이르는 의미로 사용한다.

저물나라, 참인지 거즛인지?
정분으로얼근 짠두몸이라면
서로 어그점인들 쪼잇스랴.
한평생이라도 반백년
못사는이인생에!
연분의긴실이 그무엇이랴?
나는 말하려노라, 아무러나,
죽어서도 한곳에 무치더라.
          - 「부부」 전문

　이 시는 지극히 단순하며 말하고자 하는 내용이 형상화되지 못한 점을 지적할 수 있다. 그러나 김소월 시적 사유가 가족주의적인 상호주관성이라는 점을 구체적으로 확인할 수 있는 점, 남편과 아내의 목소리가 나란히 대화주의를 구성하고 있다는 점에서 주목할 이유가 있다. 이 시의 발상은 부부의 인연이 소중하기 때문에 죽어서도 한 곳에 묻히어야 하고, 죽어서도 결코 인연을 끊을 수 없다는 전근대적 질서에 있다. 이 질서에 의하여 부부가 연분의 긴 실에 얽매어 살아가는 것이 조금도 불편하지 않고 오히려 당연하다는 것이다. 이러한 태도는 그 질서가 자신의 존재를 존재되게 하고, 자신을 온전하게 한다는 믿음이다. 그러나 남편의 믿음이 일방적이거나 권위적이지 않고 아내와 나란히 한다는 데서 새롭다. 또 아내가 남편에 환원되거나 남편이 아내에 환원되는 것이 아니라 상호 주관적이다. 이것은 남편과 아내가 동일화되는 전근대적 질서를 전도한 김소월만의 새로운 구성이다.

　이러한 전근대적 질서를 전도한 질문과 대답의 대화적 관계는 전경화된 설의법이 반영된다. 설의법은 양반 시조에서 유가적 윤리를 강조하는 데 자주 사용되는 상투적 수사법이다. 그런데, "믿고 살아가는 것이 마땅하지 아니한가"라는 설의법은 단순히 당위성을 강조하기 위한 수사법이 아니다. 물론, 그와 같은 강조의 기능이 전부 배제되었다고 할 수 없으나 남편과 아내와 상호 소통하는 대화적 기능에 중점이 있다고 할 수 있다. 즉 화자가 주장하는 윤리적 가치를 아내의 동의에 의해서, 그러한 내용을 함께 공유하려는 의도라 할 수 있다. 그리고 '～더라', '있으랴'하는 종결어미에 나타나는 어조는 시조의 관습적 어조도, 이와 같은 의미로 이해할 수 있다.

김소월이 하늘이 맺어준 짝이라고 무조건 믿고 살아야 한다는 전근대적 가족주의 질서에 맹목하는 것이 아니라는 것에서, 즉 상호 대화적 소통구조라는 점에서 상호주관성의 성격이 분명하게 된다. 이러한 태도는, 상호주관성이 자신을 억압하는 기제가 아니라 오히려 편안하게 하는 마땅하게 지켜짐으로써 타자와 조화로운 관계를 구성할 수 있다는 변증법적인 상상력이다. 그러므로 화자는 "죽어서도 한곳에 묻히더라"고 그 사실을 강조하며 부부간에 '어거짐'이 있을 수 없다고 다시 다짐한다. 이 다짐은, 부부 관계가 허물어지면 그들의 실존도 허물어진다는, 존재론적인 위기감 때문이다. 즉 존재 방식의 위기가 자신의 위기일 수 있다는 것이다. 그렇기 때문에 부부는 마땅히 신성하고 의무화되어 무조건 긍정해야 하는 관계이다. 이 긍정은 전근대적 질서의 동일화가 아니라 '정분'이라는 인간의 원초적 물질적 상상력이 밑받침된 것이다. 이 '정분'은 "돈주면 게집이야 사지"라고 탄식하는 식민지 근대성에 의하여 타락한 윤리에 대한 비판일 수 있지만, 그보다는 "정업시 사라가는 사람"의 삭막한 현실에 대한 비판이며, 그러한 인간에 대한 비판이다. 그러므로 김소월의 시적 상호주관성의 원리는 전근대적 가족주의에 대한 맹목이 아니다. 그것은 인간이 인간으로서 조화롭게 살아가는 삶의 원리이다.

> 낙엽이 우수수 쩌러질째,
> 겨울의 기나긴밤,
> 어머님하고 둘이안자

옛니야기 드러라.
나는 어째면 생겨나와
이니야기 듯는가?
뭇지도마라라, 내일날에
내가부모되여서 알아보랴?

-「부모」 전문

전근대적 가족은 부자 관계를 축으로 하여 그 질서를 강조한다. 그런데 위의 시에서처럼 김소월 시에는 아버지가 가족의 중심에 있지 않다. 그의 시에는 아버지가 중심에 없는 것이 아니라 아예 부재한다. '어버이'를 노래한 「훗길」이 있지만 이 작품에도 아버지가 아니라 그저 부모일 뿐이다. 거기에 비하여 「엄마야 누나」, 「부모」 등의 작품에서처럼 어머니는 구체적으로 명시되어 있다. 이것은 김소월의 전기에 나타나는 아버지에 대한 정신적 외상 때문이라는 심리적 현상으로 설명할 수 있다. 그러나 그것은, 김소월의 전기적 사실이 간접적이라는 점에서 더구나 그가 시인으로서 확고하게 자리한 사후에 구성되었기 때문에 신뢰성이 부족하다는 문제가 있다.

아버지에 대한 정신적 외상으로 긴 겨울밤을 어머니와 정답게 이야기하는 곡진한 마음이 있을 수 있다. 그 문제의 핵심은 겨울밤 어머니와 둘이 앉아 옛이야기를 나누는, 자신의 존재에 대하여 거슬러 올라가 근원적 물음을 하는 데 있다. 이 물음을 이야기하여 주는 대상이 아버지가 아니라 어머니다. 전근대적 가족 관계에 의한다면 그것은 마땅하게 아버지가 맡아야 할 몫인데도 이 시에서는 어머니가 담당하고 있다. 이 몫을 담당하는 어머니는 상징계의 표상체계로 자신의 주체를 생산한다. 다르게 이것을 말하면 화자는 어머니를 통하여 외적 세계를 인식한다고 할 수 있다. 여기서 김소월의 시적 인식틀이 여성이라는, 구체적으로 어머니와 님이라는 것이 확인된다.

그러므로 아버지는 그를 호출하여 주체로 구성하는 공식적 담론도 아니고 가부장제적인 권위도 아니며 그렇다고 극복하여야 할 대상도 아니다. 김소월은 현실에 다가가기 위하여 어머니의 '이야기'라는 타자의 담론을 지나가야 한다. 그렇기 때문에 어머니는 "겨울의 기나긴 밤" 존재의 근원적인 물음의 대상이 된다. 이 점은 결국, 어머니가 현실에 다가가는 표상체계라는 의미이기도 하다.

그런데 화자는 내가 어떻게 출생하여 어머니의 다정한 이야기를 듣는지 현재로는 확실하게 알 수 없으나 부모가 되어 자식을 기를 때 알 수 있다고 한다. 이것은 어머니에 대한 일방적 동일화가 아니다. 화자는 존재의 근원에 대한 물음을 풀어내기 위하여 어머니의 이야기를 거쳐가면서도 그 담론으로 자신의 깨달음을 자리하게 한다.

이러한 시적 깨달음은 기교에도 그대로 나타난다. 한용운은 은유를 매우 다채롭게 사용하고, 이상화도 시각적 이미지를 동반하는 은유를 다양하게 사용하는데, 김소월은 그렇지 않다. 그의 시를 지탱하고 있는 것은 은유나 이미지와 같은 방법적인 차원이 아니다. 그의 시를 받치고 있는 기둥은 "이제금 져달이 서름인줄은/ 예전엔 밋처몰낫서요."라고 고백하는 바와 같이 주체의 깨달음 자체이다. 더 분명히 하자면, "니젓던 그 사람"(「눈오는 저녁」), "그립던 우리 님"(「풀따기」)의 무수히 찾을 수 있는 예에서처럼, 보조관념을 매개하지 않고 정서적으로 파악한 '잊었던', '그립던' 님일 뿐이다. 김소월 시의 이 점은, 한용운이 님을 "바람도 없는 공중에 수직의 파문을 내며 고요히 떨어지는 오동잎은 누구의 발자취입니까"라는 은유에 의해 구체적으로 님을 형상화한 방식과 다르다. 은유는 보조관념에 의하여 원관념이 형상화된다. 이것을 다르게 말하면 보조관념은 보조관념이 아니라 원관념을 강제적으로 억압하는 힘이다. 그런데 김소월은 이러한 시적 기교를 사용하지 않고 정서적 느낌 자체를 그대로 제시할 뿐이다.

앞서 말하였듯이 이 시의 핵심은 어머니에 있다. 화자는 자신 존재의 근원에 대한 물음으로써 삶에 대한 물음을 대신하는 고달프고 나약한 존재이다. 거기에 비하여 어머니는 그러한 물음에 답을 할 수 있고 화자의 나약함을 감싸주는 존재이다. 이 둘이 함께 함으로써 즉 상호주관성을 맺음으로써, 고달픔과 물음은 사라지게 된다.

김소월의 이러한 시적 원리는 이미 지적하였듯이 부자 관계를 중심으로 하는 전근대적 가족 조직과 다르다는 데 있다. 일반적으로 유가에서는 부자 관계가 부부 관계, 자매 관계 등의 다른 관계보다 우위에 있는데 김소월의 시적 사유는 그렇지 않다. 여기에 김소월의 님의 미학이 탄생한다. 부자 관계의 상징은 권위와 위엄에 대한 복종이다. 그런데 김소월 시는 이러한 권위와 복종이 배제된 부부 관계, 모자 관계, 자매 관계를 중심 축으로 하고 있다. 이 가족 구조는 김소월 시의 님을 해명할 수 있는 단서가 된다. 김소월 시의 가족 중심의 상호주관성은 아버지로 상징되는 권위가 아니라 가족 체계가 존재하게 하는 이념을 구성한다. 그러므로 김소월이 가족을 통하여 발견한 것은 가족 중심의 질서가 아니라 그 조직이 만들어 내는, 그것을 존재하게 하는 원리로서의 상호주관성이다. 그 상호주관성의 핵심은 비동일화이다.

Ⅲ. 분열된 화자의 아이러니

김소월 시적 사유구조는 이미 앞에서 밝혔듯이, 핵심은 상호주관성의 존재론이다. 이를 통하여, 님이 어머니·아내·누이 등의 가족 계열체내에 자리하는, 이들과 대등한 상호주관성의 존재라는 사실도 확인할 수 있다.

김소월의 님은 전기적 여인 오순이, 그리고 익명의 연인과 동일시되기도 한다. 그러나 님이 오순이와 익명의 연인만이 아니라 다른 실명일 수 있는 단서는 여러 곳에서 찾아진다. 김소월이 안서의 편지를 받고 자신의 외로운 심정을 담아 노래한 「차 안서선생 삼수갑산운」에서, 그는 자신의 조상을 그리운 님이라 불렀다.9) 또 다른 님은 그가 존경하는 스승이다. 김소월은 스승 조만식 선생을 애절히 그리워하며 「제이, 엠, 에쓰」에서 그를 '님'이라 간절하게 불렀다. 또 오산학교 시절 맺어진 스승 안서를 역시 님이라 불렀다. 또 다른 님은 기생 채란이가 부르던 잡가에 나오는 허구적 여인이며, 익명성의 연인이다. 김소월 시의 님은 오순이라는 전기적 여인에 한정되는 것이 아니라 조상과 스승도 님이며, 그리고 잡가의 노래 대목에 나오는 기구한 운명의 허구적 여인도 님이자 그가 그리워하던 익명성의 여인도 님이기도 하다.

김소월에게 님은 이처럼 조상과 스승, 그리고 익명의 이성이라는 두 개의 층위로 나누어진다. 그런데 이 두 층위가 김소월에서 확연하게 구분되지 않는다. 조상과 스승은 가부장제의 권위의 상징이나 어떤 역사와 이념의 상징이 아니라 다만 상호주관성의 원초적 매개일 뿐이다. 김소월의 익명적 님의 정체를 밝힐 수 있는 단서는 이 상호주관성의 원초성인데, 그것은 채란이가 부르던 잡가에 대한 그의 생각에서 찾아진다.

김소월은 「팔벼개조 노래」를 시단에 소개하면서 시인들의 시적 안목을 욕되게 하고 정성위음(鄭聲衛音)이라고 비난할 수 있는 점을 염려하였다. 두루 알다시피 정성위음은 난세의 음악으로 사람의 마음을 음란하게 하는 음기(淫氣)의 음악이다.10) 그는 「팔벼개조 노래」가 음기로 인하여 "비속한 세속의 부경(浮輕)한 일단을 칭도(稱道)함에 지내지 못한다는 비

---

9) 그가 노래하는 "님 계신 곳 내 고향"의 님은 "오늘이 열 사흘날 저는 십년 만에 선조의 무덤을 찾아 명일고향 곽산으로 뵈려 가려 하옵니다"하고 부연 서술한 대목에서 조상이라는 것이 쉽게 확인된다.
10) 여기현 편역, 『중국고대악론』, 태학사, 1995, p. 121.

난을"11) 받을지라도 소개한다고 했다. 그가 이렇게 비난을 받을 각오로 이 노래를 완강하게 소개하려는 의도는, 사실 소개하려는 것이 아니라 자신의 가슴속에 새겨두려는 의도는, 역설적으로 정성위음에서 시적 정서를 발견한 것이다. 여기에 김소월 시의 낭만적 성격이 드러난다. 중요한 점은 정성위음이 전근대적 관습화된 사유구조에 대한 전도라는 것이다. 전근대적 상호주관성을 지탱하고 있는 것은 보편적 질서이다. 그런데 상기할 점은, 김소월에게 어머니가 상징계의 표상체계이었다는 것, 이것을 다르게 말하면 세계를 모성적 감정으로 인식한다는 것과 같다. 그러므로 김소월이 정성위음에서 발견한 것은 전근대적 상호주관성의 질서가 억압한 감정이다.

이 단서는 노래의 배경이 되는 채란이의 기구한 운명을 말하는 시인의 감동에 있다. 채란이는, 그의 말로 한다면 "고향은 진주요, 아버지는 정신나간 사람되어 간 곳을 모르고 제 나이가 열세살에 어머니가 제 몸을 어떤 호남행상에게 팔아 당신의 후살이의 밑천으로 삼으니" 그로부터 뿌리 없이 홍콩, 천진, 대련으로 떠돌다가 영변까지 흘러온 기생이다. 채란이가 자신의 비극적 신세를 잡가에 패러디한 형식의 「팔벼개조 노래」의 내용은 고향(부모)을 상실한 떠돌이 여인의 사랑이다.

문제는 채란이가 부른 잡가의 정성위음인데, "영남의 진주는/ 자라난 내 고향/ 부모 없는/ 고향이라우"하며 탄식하는 상실에 대한 그리움이며, 동시에 "가장(家長)님만 님이랴/ 오다가다 만나도/ 정붙들면 님이지" 하는 전근대적 상호주관성을 전도한 여인의 감정이다. 이러한 감정은 신파극에서 흔히 볼 수 있는 감상주의적인 위안의 눈물일 수 있다. 그러나 이 감정은 연민과 사랑에 연유하는 감정적 전이이다.12) 즉 채란이의 떠돌이 내력에서 느껴지는 공감적 연민이다. 그러므로 김소월이 말하는

---

11) 『전집』 3, 「팔벼개 노래조」, p. 51.
12) 오세영, 「낭만주의」, 『문예사조』, 고려원, 1983, p. 89.

정성위음은 기생 채란이가 부르는 잡가에 넘쳐나는 자연스러운 감정인데, 그것은 전근대적 상호주관성의 질서를 새롭게 전도하는 낭만이다.

정성위음의 낭만은 상호주관성을 부정하는 것이 아니다. 채란이가 부르던 잡가를 「팔벼개조의 노래」라고 이름을 붙인 것 자체는 사랑의 애틋함을 강조하기 위한 것이며, 동시에 "화문석 돗자리/ 놋촛대 그늘엔/ 칠십년 고락을/ 다짐둔 팔벼개"라는 대목이 함축하는, 인간은 절대적 존재가 아니라는 것이다. 팔벼개는 절대 개인의 상징이 아니라 두 사람이 연결되어 하나가 된 상호주관적 존재의 상징으로, 그것도 한 평생 고락을 다짐한 결코 나누어질 수 없는 타자와 자신의 혼융이다. 정성위음의 핵심은 전근대적 상호주관적 보편적 질서를 주관적 감정으로 전이한 것이다.

여기서 김소월이 채란이가 부른 잡가에서 발견한 가장(家長)에 대응되는 님의 존재가 무엇인지를 알 수 있게 된다. 님은, 김소월이 "사내드리 「돈주면 게집이야 사지」, 게집은 「몸주면 돈이야 생기지」"13)라고 비판하는, 사랑을 상품으로 소비하는 대상으로서 여인이 아니다. 님은 타자와 자신을 하나 되게 하는 근원적인 존재의 표상이다.

> 봄가을업시 밤마다 돗는달도
> 「예젼엔 밋처몰낫서요.」
> 이렇게 사뭇치게 그리울줄도
> 「예젼엔 밋처몰낫서요.」
> 달이 암만밝아도 쳐다볼줄을
> 「예젼엔 밋처몰낫서요.」
> 이제금 져달이 서름인줄은
> 「예젼엔 밋처몰낫서요.」
>
>   – 「예전엔 밋처몰낫섯요」

---

13) 『전집』 3, 「팔벼개 노래조」, p. 51.

김소월이 발견한 님은 이처럼 시의 전면에서 거침없이 그리움의 정조를 유로하는 여성이다. 김소월 자신을 여성으로 전도함으로써 님에 대한 그리움이 분명하게 드러나게 된다. 여성화자의 고백은 전근대적 가치관으로 본다면 마땅히 정성위음으로 부경(浮輕)하다고 비판할 수 있다. 채란이가 부른 잡가와 상호 텍스트성으로 인하여, 잡가와 동일한 화자가 사랑을 노래함으로써 더 비판적일 수 있다. 그런데 화자가 보름달을 바라보며 "예전에 미처 몰랐어요"하고 거듭 말하는, 정성위음의 낭만은 김소월의 시적 전략이다. 그 장치의 비밀은 아이러니에 있다.

화자가 "예전에 미처 몰랐어요"하는 깨달음은 자신을 두 개의 화자로 분열시킴으로써 가능하다. 즉 화자가 자신을 숨어 있는 과거의 화자와 표면적으로 나타나는 현재의 화자로 분열시킴으로써 님을 발견하게 된다. 이 분열된 화자의 정서를 연결하는 매개가 작품 한가운데 있는 달이다. 달은 과거에는 하나의 자연물에 지나지 않았지만 현재는 정서적 상관물이다. 그리고 달은 이별한 님이며 과거의 화자와 현재의 화자를 비추어주는 거울이다. 현재의 화자는 바라보며 말하는 화자이고 과거의 화자는 보여지며 말해지는 화자이다. 이 바라봄과 보여짐이라는 분열된 화자에14) 의하여 실재로 존재했지만 의식하지 못했던 님이 발견된다.15)

이렇게 과거와 현재의 분열된 화자는 결국 그리움과 서러움의 정서에

---

14) 권택영 편, 앞의 책, p. 20.

15) 고전시가나 현대시나 님과 이별한 세계는 언제나 그리움과 서러운, 예전의 그것과 사뭇 다른 애틋한 정서로 가득하게 된다. 달을 매개로 하는 님과 이별한 그리움의 정서는 「원왕생가」・「찬기파랑가」 등의 향가에서부터 조선시대 사대부의 시조에서 흔하게 나타난다. 그런데 향가나 시조의 달은 불교나 유교의 관념을 표상하는, 즉 서방정토나 청정한 군자의 덕을 표상하는 상관물이다. 그들은 님과 이별을 매개로 하여 달을 노래하면서도 선험적인 인식틀로서 달을 노래한다. 그 예로서 「정과정곡」・「사미인곡」을 들 수 있는데, 여기서 님과 이별을 매개하는 달은 형이상학으로서 군신간의 관계를 표상하는 하나의 유가적 알레고리이다. 그러므로 달은 실체가 아니라 불교나 유교가 표상하는 형이상학적 관념표상이다. 그런데 김소월 시의 달이나 님은 이러한 고전시가의 관념을 전도한 인간의 근원적 사랑의 타자로서 님이다.

의하여 구분된다. 즉 애틋한 정서는 과거와 현재의 화자를 구분하는 경계이다. 님과 이별한 후 발견한 그리움의 애틋한 정서가 중요하다고 할 수 있다. 그런데 이것을 역으로 생각한다면 화자가 봄가을 없이 밤마다 돋는 달을 모르고 살던 과거가, 즉 자신과 님이 혼용되어 서러움과 그리움을 느끼지 못하던 상태가 오히려 더 소중하다.

이 문제는 김소월의 시적 사유구조가 원초적 상호주관성에 토대하고 있다는 점에 있다. 이러한 김소월의 존재론적 측면에서 생각한다면, 화자가 "예전엔 밋처몰낫서요"하는 깨달음은 시적 전략으로서 아이러니다. 그러므로 표면에 나타나지 않는 숨어있는 과거의 화자가 침묵하는 부분에 주목할 필요가 있다. 숨어있는 화자는 시간의 변화와 정서의 변화를 느끼지 못하고 자연과 인간사에 무관심하다. 그런데 비하여 표면에 나타난 화자는 변화에 다정다감하게 반응한다.

중요한 것은 바라봄을 당하는 과거의 순진한 화자가, 바라보는 현재의 명민한 화자가 말하지 못한 부분을 말하고 있다는 것이다. 화자의 초점이 과거에 있다는 데서 그것을 짐작하게 된다. 현재의 화자가 달을 쳐다보며 자신의 감동을 말하고 있는 것 같지만 실은 과거의 화자가 달을 바라볼 줄도 몰랐던 그 사실에 초점이 맞추어져 있다. 이것은 달이 아무리 밝아도 쳐다볼 줄 모르는 세계와 자아가 분리되지 않는 과거이며 또 님이 서러움인 줄을 모르는 타자와 자신의 정서가 분리되지 않는 과거이다. 시인의 의도는, 숨어 있는 과거의 화자가 말하는 사람과 사람 사이가 단절되지 않은 상호주관성에 있다. 달이 뜨고 지는 줄도 모르고 달이 아무리 밝아도 쳐다보지 않고 자연과 인간이 구분되지 않는 하나인 세계다. 그것은 님과 함께 하는 원초적 사랑이 있는 곳이다. 그러므로 김소월의 님은 세계와 자아가 혼용된 세계를 가능하게 하는 원초적인 상호주관성의 표상이다.

김소월 님의 시들은 대부분 과거와 현재의 분열된 화자가 현재의 그리움의 정서를 노래하고 있는 것 같지만 사실은 과거의 조화로운 세계의 관심을 노래하는 아이러니이다. 이것은 님으로 표상되는 타자의 정서와 자신의 정서가 구분되지 않는 미분화된 서정적인 세계에서만 가능한 비현실적인 집착이다. 또한 과거의 집착은 퇴영적이라고 비판받을 수 있다.

그러나 김소월이 님에 집착하는 것은 전근대적 유가적 법도의 균형이 무너진 불균형에 의하여 부부관계나 님에 집착16)하는 상호주관성의 새로운 변화로 볼 수 있다. 김소월이 님에게 "병적 집착"17)은 타자와의 관계 내에서 인간다워지고 인간으로서 완성될 수 있다는 상호주관성의 존재론적인 집착이다. 정확하게 말하여 김소월이 집착하는 것은 "돈주면 게집이야 사지"18)하고 인간을 상품으로 거래하는 사랑이 아니라 인간과 인간이 조화롭게 맺어진 근원적인 상호주관성이다. 김소월이 님에 집착하는 것은 인간이 서로 조화로운 관계를 님을 통하여 실현할 수 있다는 믿음에서다. 그러므로 김소월 시의 님은 원초적 상호주관성의 표상체계이게 된다. 타자와 자신이 구분되지 않는 원초적 상호주관성은 정성위음의 시적 낭만과 다르지 않다. 그런데 이 상호주관성은 일방적 동일화가 아니라 화자의 깨달음을 동반하는 비동일화라는 데 시적 의미가 있다.

Ⅳ. 상호주관성의 시적 형식

지금까지 논의를 통하여 본다면 김소월이 이별한 님을 그리워하고 어머니와 함께 강변에 살기를 희원(希願)하는 것은 결국 인간과 인간의 거리 좁히기다. 이 거리는 정서적 거리이며, 낭만적 이분법 사이의 거리이

---

16) 김윤식, 앞의 책, p. 150.
17) 위의 책, p. 150.
18) 『전집』 3, p. 57.

고, 또 꿈과 현실의 거리다.

　김소월 시에서 화자와 타자가 분리되지 않은 상호주관성은 가장 원초적 상호주관성의 장(場)인 가족을 매개하는 시에서 가능하다. 위에서 살펴본 시 가운데 「부모」가 이에 속하는데, 겨울밤 어머니와 둘이 앉아 옛이야기를 나누는 모자(母子) 사이의 다정함에서. 세계는 어머니와 화자가, 옛이야기와 현재의 삶이, 현재와 미래가 구분되지 않는 하나로 혼융(混融)된다. 어머니는 상호주관성의 원초적 존재로 겨울밤을 포근한 분위기로 만들어 더욱 자신과 세계를 구분되지 않게 하는데, 문득 자신의 존재에 대한 근원적인 물음이 있게 된다. 그 물음은 자신의 존재에 대한 문제를 제기하는 것이 아니다. 물음과 동시에 단호하게 묻지도 말라고 자신의 물음을 거두어들이는 데에서 알 수 있듯이, 그 물음은 내가 부모되어 저절로 알 수 있기 때문이다. 이처럼 자신과 타자와 구분되지 않는 원초적 상호주관성의 감정은 부드럽다. 이것은 현실의 고통을 처리하는 가장 근원적인 타자와 자신이 구분되지 않는 가족을 매개함으로써 가능하다, 김소월 시에서 상호주관성은 자연을 매개함으로써 시적 성공을 가져온다.

　　　산에는 꽃피네
　　　꽃이 피네
　　　갈 봄 여름 없이 꽃이 피네
　　　산에
　　　산에
　　　피는 꽃은
　　　저만치 혼자서 피어 있네
　　　산에서 사는
　　　작은 새여
　　　꽃이 좋아 산에서 사노라네
　　　산에는 꽃지네

꽃이 지네
갈 봄 여름없이 꽃이 지네
- 「산유화」 전문

김소월의 시 가운데 인간의 모습이 비치어지지 않으면서도, 인간 존재론의 특징을 가장 잘 드러내는 것이 「산유화」이다. 이 시에서 주목되는 점은 각 연 첫머리마다 '산에는', '산에', '산에서', '산에는'처럼 반복 강조되는 '산'이다. 이것은 1연과 4연이 시 전체를 감싸 액자 구실을 하는 것과 무관하지 않다. 산은 꽃과 새와 모든 생명체들이 조화롭게 살아가는 장(場)이다. 산은 계절의 순환을 자신의 육신으로 드러내는 공간이다. 산은 꽃이 피고 지는 삶의 공간이며 죽음의 공간이다. 또 산은 새와 꽃이 어우러지는 공동체의 장이며 동시에 꽃이 혼자서 피어나는 개별적인 장이다. 이 모두를 아우른다면 산은 자연의 조화를 대신하는 객관적 상관물이라 할 수 있다. 1연과 4연이 액자가 되어 이 시를 감싸고 있듯이, 이 시를 지배하는 하는 것은 자연의 조화이다. 자연의 조화에 의하여 꽃은 자신의 생명을 온전하게 보존할 수 있으며 타자와 조화롭게 살아갈 수 있다.

그런데 저만치 혼자서 피어 있는 꽃은 고독한 존재다. 꽃은 고독과 슬픔을 스스로 위무(慰撫)할 능동적 주체가 아니다. 그렇지만 꽃은 계절의 순환에 따라 꽃을 피움으로써 고독과 슬픔을 넘어서게 된다. 즉 꽃이 계절의 순환에 따라 피고 짐으로써 비로소 꽃다워지고 꽃으로서 완성을 꾀할 수 있다. 김소월이 '산'에서 발견한 것은 "저만치 혼자서 피어 있는" 꽃의 실존적 고독이 아니고 자연과 인간의 거리도 아니다. 그가 발견한 것은 꽃이 피고 지는, 생명체들이 살아가는 하나의 질서이다. 그러므로 꽃은 저만치 혼자서 피어 있지만 '산'이라는 큰 타자의 표상체계를 벗어날 수 없다. 꽃은 '산'에 조화됨으로써 그 존재를 더 빛낼 수 있다.

문제는 거리와 정황을 나타내는 '저만치'와 강한 개성을 나타내는 '혼자서'이다. 이 문제를 풀 수 있는 단서는 '혼자서 피어 있네'하는 '피어 있네'에 있다. 이 상태는 1연과 같은 꽃이 피어나는 과정이 아니라 꽃이 꽃으로 피어난 삶의 정점이다. 산이 몸으로 현현(顯現)한 계절의 순환을 거스르고 꽃은 이 절정에 도달할 수 없다. 그렇다면 '혼자서'는 고립된 존재를 의미하는 것이 아니라, '산'의 표상체계에 반동일화를 의미하는 것도 아니다. '혼자서'는 꽃이 꽃으로 피어난 지점에서 타자의 표상체계를 재구성하는 비동일화이다. 즉 타자의 표상체계와 자신의 욕망을 역동적으로 구성하는 비동일화다. 그렇다면 자연스럽게 '저만치'는 타자의 표상체계에 대한 주체의 거리이게 된다.

이러한 관계는 "꽃이 좋아 산에서 사노라네"라는 다음 연에서 명확히 드러난다. 꽃은 혼자서 피어 있지만 새에 의하여 다시 피어나게 된다. 새에 의하여 그 존재의 의미가 드러나기 때문이다. 여기서 '혼자서'가 결코 고립된 존재의 의미가 아닌 것을 알 수 있다. 이숭원은 이를 "저만치 홀로 피어 있는 듯 보이는 꽃이지만, 그 꽃은 새에게 의미 있는 존재가 될 수 있는 것이며 그를 통해 꽃은 자신의 홀로 있음에서 벗어날 수 있는 것이다"[19]고 새와 꽃의 교호작용으로 설명한다. 꽃과 새의 교호작용은 예리한 관찰인데, 이것은 '혼자서'가 어떤 의미로 사용되었음을 말하는 것이기도 하다.

지금까지 살펴본 바에 의하면 이 시는 전체적인 표상체계로서의 '산'과 이 표상체계 내의 꽃과 새의 관계로 구성되어 있음을 알게 된다. 꽃은 산 속에 있으면서 "저만치 혼자서"있다. 이것은 명백한 것을 명백한 것으로 받아들이는 존재가 아니다. 그렇다고 문제의 본질을 헤아리지 못하는 도피가 아니다. 꽃은 산 속에 "저만치 혼자서" 피어 있는, 즉 타자의 표상과 자신의 욕망을 역동적으로 구성하는 존재다. 이 꽃이 좋아 작은 새는 산에서 산다. 이것을 다르게 말하면 비동일화의 역동적 관계이

---

19) 이숭원, 『20세기 한국시인론』, 국학자료원, 1997, p. 15.

다. 그러므로 '저만치'는 타자의 표상체계와 주체의 거리이게 된다.

이러한 분석을 통하여 이 시의 시적 사유구조가 가족과 님을 매개하는 상호주관성의 시와 다르지 않다는 것이다. 그것은 꽃과 새의 원초적 상호주관성의 관계이다. 꽃이 혼자서 피어 있지만 '산'과 '새'의 관계에 의하여 그 존재가 가능하며 확인되는 상호주관적인 존재이기 때문이다. 중요한 것은 이 시에서 '좋아서'라는 부사어 하나가 감정을 드러낼 뿐이고, 감정은 극도로 절제되어 있다. 이 원인은 김소월의 시적 사유구조의 핵심인 상호주관성에 있다. 김소월 시는 온전한 상호주관성의 관계를 유지하는 상황에서는 감정이 극도로 절제되며 시적 형상화가 우수하다. 이 반대의 상호주관성이 훼손된 경우는 감정이 격렬하게 된다. 「산유화」는 꽃과 새는 교호작용을 하는, 꽃은 새에 의하여 그 존재가 드러나고 새는 꽃에 의하여 삶의 의미가 있게 되는 상호주관성의 조화다. 그 조화는 '저만치'라는 거리에 의하여 감정은 조절된다. 이에 비하여 「초혼」은 "저만치 혼자서" 감정을 다스릴 수 없는 죽음이 가로놓여 있다. 이승과 저승의 죽음을 넘어서 하나가 되고, 또 상호주관성의 관계를 단절하지 않는 것은 혼신을 다하는 절규뿐이다. 이 외침은 님과 나의 존재 확인이다.

산산히 부서진이름이어!
허공중에 헤여진이름이어!
불너도 주인업는이름이어!

심중에남아잇는 말한마듸는
끗끗내 마자하지 못하엿구나.
사랑하든 그사람이어!
사랑하든 그사람이어!
붉은해는 서산마루에 걸니윗다.
사슴의무리도 슬피운다.
떠러저나가안즌 산우헤서

나는 그대의이름을 부르노라.
서름에겹도록 부르노라.
서름에겹도록 부르노라.
부르는소리는 빗겨가지만
하늘과짱사이가 넘우넓구나.
선채로 이 자리에 돌이되여도
부르다가 내가 죽을이름이어!
사랑하든 그사람이어!
사랑하든 그사람이어!
- 「초혼(招魂)」

　이 시의 정서는 「산유화」와 다르게 매우 격정적이다. 그 원인은 "하늘과 땅 사이의 거리가 너무 넓구나" 하고 화자가 느끼는 하늘과 땅 사이의 거리 때문이다. 「산유화」에서 꽃과 새의 거리는 화자가 "저만치 혼자서 피어 있네"하고 걱정스럽게 느껴지지만 꽃을 좋아하는 산새가 언제든지 날아가 닿을 수 있는 거리다. 꽃이 저만치 혼자서 피어 있어도, 그 피어 있는 자체가 새에 의하여 의미 있게 되고 자신의 존재는 그를 통하여 확인하게 된다. 결국 산 속의 모든 것은 상호 교응하며 그 관계에 의하여 존재의 의미를 발견한다. 그런데 「초혼」에서 님의 이름은 산산히 부서져 허공중에 헤어진 이름이다. 더욱더 화자는 붉은 해가 서산마루에 걸린 그 시간에 떨어져나간 산 위에 서 있다. 님과 자신의 거리가 하늘과 땅 사이일 뿐만 아니라 자신을 둘러싼 시간과 공간도 단절되어 있다. 중요한 것은 화자가 님을 통하여, 넘어가는 해를 통하여, 발 딛고 있는 산을 통하여서도 자신의 존재를 확인할 수 없다는 데 있다. 화자는 타자의 존재와 타자의 질서에, 그 무엇으로도 자신의 존재를 확인할 수 없다는 데 숨 넘어갈 듯한 외침이 있다. 현실적으로 불가능한 상호주관적 존재론의 단절은 허공에 울려나는 소리 속에서 가능하다.

　「산유화」와 「초혼」을 비교하여 볼 때 화자가 타자와 존재론적 거리감을 멀게 느끼면 느낄수록 거기에 비례하여 감정은 고조되고 반대로 존재론적 거리감이 느껴지지 않으면 감정은 극도로 절제된다. 이처럼 김소월 시는 상호주관성의 존재론적 사유구조가 만들어내는 형식이다. 이러한 상호주관성의 양극단의 중간 형태의 시가 「진달래꽃」이다. 언젠가는 님이 떠나간다는 것을 전제하면서도 아직 떠나가지 않는 님에 의하여 자신의 존재 확인이 가능하다. 그 확인의 방식이 「초혼」에서 화자가 부르는 소리가 빗겨나가도 서러움에 겹도록 님을 부르는 것이며 「진달래꽃」에서 화자는 죽어도 눈물을 흘리지 않겠다고 다짐하는 것이다. 님이 가는 길에 진달래꽃을 한아름 따다가 뿌리겠다고 감정을 억누르는 반어법은 자신의 존재를 떠나갈 님을 통하여 확인하는 방식이다. 다르게 말하면 「초혼」에서 외침은 그 외침을 통하여 자신과 님의 관계를 확인하는 것과 같은 방식이다. 김소월은 산 자를 통하여 자신의 존재를 확인할 뿐만 아니라 죽은 자의 무덤 앞에서 죽은 자를 통하여 자신의 존재를 확인한다. 그것은 무덤을 부르는 소리로 청각화하거나(「무덤」), 무덤을 타오르는 불로 시각화하여(「금잔듸」), 또 무덤을 정월 대보름 달맞이를 함께 하는 벗으로(「달마지」) 자신의 존재를 다시 확인한다.

  문제는 김소월의 시적 양식을 양극화하는 상호주관적 존재론의 의미가 무엇인가 하는 것이다. 가부장제가 무너진 시대적 상황으로 보아도 상호주관적 존재론은 그 자리가 협소하다. 그런데 김소월이 집착하는 것은 인간과 인간의 경계를 해체하는 상호주관성이 인간의 실존 자체를 보존하는 원리라는 데 있다. 김소월이 매춘에 대하여 "다른 나라도 이러한지는 모르되, 이곳이 확실히 이러합니다"라는 진단이 마침내 "「조선에 대한 희망」이 미들수업게 되엿습니다"[20]라는 탄식으로 나아가는 것은 현실을 비판하는 것이 아니다. 김소월의 어머니, 누나, 님을 매개로 하는 시에서 이미 밝혔듯이 인간을 조화롭게 하는 상호주관성의 복원이다.

---

20) 『전집』 3, p. 57.

그러므로 김소월 시의 어머니와 님은 가부장제의 질서가 아니고 더구나 이광수 자유연애론의 핵심인 절대개인의 사랑도 아니다. 어머니와 님은 인간의 근원적인 상호주관성이며 이 정서의 본질은 "정성위음(鄭聲衛音)"의 원초적인 낭만성이다. 그러므로 김소월 시의 낭만적 경향은 백조파로 대표되는 서구 낭만주의 영향이라기보다는 감정의 자유로운 유로를 중시하는 잡가와 무관하지 않다고 할 수 있다.

정성위음의 낭만은 인간과 인간의 경계를 해체하여 하나되게 하지만 현실적 감각을 마비시킨다. 김소월 시가 후기 몇 편을 제외하면 현실을 깊이 인식하지 못하는 원인은 현실과 자신의 경계를 해체하는 정성위음의 낭만성이다. 김소월이 상호주관성의 정체를 알았을 때 그는 「나는 세상 모르고 살았노라」하고 노래하게 된다. 그러나 김소월은 "고락에 겨운 입술로는/ 갓튼 말도 죠금 더 냉철하게/ 말하게도 지금은 되엿건만/ 오히려 세상 모르고 사랏스면"한다. 김소월 시의 특징을 그의 말로 한다면 "세상 모르고 사는" 자족적인 감정이며, 그것이 한계이기도 하다. 그 한계는 정성위음의 감정이 현실을 인식하는 수단이 아니라 오히려 그것이 위안의 수단이었다는 데 있다.

문제는 상호주관적 존재론의 인간적 조화와 정성위음의 자유로운 개성이 상반된다는 것이다. 김소월은 이 둘을 별개의 것으로 생각하지 않고 하나로 통합 매개하는 것이 님이다. 인간과 인간 사이의 경계를 해체하여 하나가 되게 하는 원초적 감정이 정성위음이고 그 원초적 상호주관성의 관계가 님에서 가능하다는 것이다.

V. 결 론

김소월 시를 존재론적 관점에서 지금까지 살펴본 핵심은, 타자와 주체의 경계를 해체하는 상호주관성이 그의 시적 사유구조라는 것이다. 김소월 시는 인간의 상호주관성이 부정될 때 인간 자체가 부정된다는 이 상호주관성을 중심에 놓고 양극화된다. 그 하나가 타자와 주체의 구별이 없는, 가족을 매개하는 「부모」·「부부」 연장선상에 있는 「산유화」의 계열이다. 타자와의 관계가 온전하기 때문에 정서적 파탄이 있을 수 없고 감정이 극도로 절제되고 인간 존재의 근원적인 탐구에 이른다. 다른 하나가 타자와 자신의 관계가 단절될 것을 예감하거나, 이별과 사별한 경우인데, 이 계열의 시는 님을 소재로 하는 대부분의 시들이다. 대표적인 것이 「초혼」으로 화자가 느끼는 하늘과 땅 사이 거리만큼 그 사이를 복원하는 것이 불가능하다는 것을 알면서도 그 사이를 메우기 위하여 절규한다. 김소월 시는 타자와 거리만큼 감정이 고조되며 이 감정이 타자와 간극을 메우는 구실을 하는 낭만적 정서이다. 이러한 계열의 시는 대부분 과거와 현재의 분열된 화자가 예전에는 미처 몰랐다는 현재의 인식을 중요시하는 것 같지만, 사실 이것은 아이러니로 세계와 자신이 구분되지 않고 혼융된 과거를 중심에 놓고 의미를 부여한다. 그렇기 때문에 김소월 시는 현실의 구체적 인식은 생략되고 오직 타자와 경계가 해체된 자족적인 과거의 조화로운 세계가 꿈이나 그리움으로 나타나게 된다. 김소월 시를 이렇게 두 유형으로 구별짓게 하는 것이 타자와 화자의 존재가 훼손되지 않고 인간으로서 조화로운 세계를 구축할 수 있다는, 인간 존재의 보존을 위한 시적 전략이라 할 수 있다. 그러나 그가 스스로 "나는 세상 모르고 사랏노라" 하듯이, 또 "오히려 세상 모르고 사랏스면" 하고 노래하였듯이, 상호주관성을 보다 적절한 현실 인식의 수단으로 삼지 못하였다는 데 한계가 있다.

그러나 김소월 시적 사유구조의 상호주관성이 전근대적 가부장제의 아버지로 상징되는 권위나 위엄에 대한 복종이 아니라 어머니와 님을 매개로 하는 모성의 원초적 정서를 중심으로 하고 있다는 데 다른 의미를 갖고 있다. 김소월이 인간의 근원적인 사랑을 매개하지 않은 매춘을 비판하며 그 대안으로 제시한 것이 채란이가 부른 잡가의 정성위음(鄭聲衛音)이다. 김소월은 정성위음을 근원적인 사랑을 생성하는 낭만적 정서이며 인간 사이의 경계를 해체할 수 있는 힘으로 인식하고 있었다. 그러므로 김소월 시의 낭만은 정성위음의 흐름에 이어진 낭만성과 무관하지 않다고 할 수 있다. 그는 무엇보다 정성위음의 본질을 누구보다 잘 이해하고 그것을 옹호하며 그것이 인간 사이를 연결하여 하나되게 하는 상호주관성의 본질로 파악하였다. 정성위음을 중심으로 하는 상호주관성은 가부장제의 권위가 아니라 타자와 주체를 조화롭게 구성하는 비동일화의 시적 원리이다. 김소월 시에서 상호주관성 존재론의 의미가 아직도 유효한 것은 인간의 원초적 정서의 교감을 바탕으로 하고 있는 점이다. 인간의 정신을 어지럽게 하고 음란하기 때문에 배제해야 한다는 정성위음을 그는 당연하게 시로 자리하게 하였다. 김소월이 정성위음에서 발견한 것은 전근대적 상호주관성이 억압한 육신의 소리다. 그 울림은 님으로 표상되는 상징체계의 상호주관성이다. 김소월의 시가 아직도 많은 독자를 확보하고 있는 힘은 정성위음이 만들어내는 타자와 주체가 하나되는 원초적 상호주관성 때문이라 할 수 있다. 상호주관성이 일방적 동일화가 아니라 깨달음을 동반한 비동일화라는 데 그 의미가 있다.

김소월 시의 시사적 자리는 백조파로 대표되는 서구 낭만주의 수용에 대응되는 정성위음의 흐름에 있는 잡가의 낭만성을 발견한 데 있다. 지금까지 대부분 연구자들이 1920년대 낭만주의를 서구 수용의 관점에서 논한 것을 김소월에게서 재고할 수 있는 단초가 마련되었다. 이 점을 구체적으로 밝히기 위하여 김소월 시의 정성위음이 청대의 낭만적인 문학이론인 성령설에 닿아 있을 가능성은, 또 다른 연구과제로 남게 된다.

▌ 대구대학교 국어국문학과 교수

▌참고문헌

곽광수, 『가스통 바슐라르』, 민음사, 1995.

권국명, 「'진달래꽃'의 의미분석」, 『어문학』71, 2000.

권기호, 「작품 '산유화'의 있음의 문제」, 『한국문학』, 1976. 6.

권택영 편, 『자크 라캉 욕망의 이론』, 문예출판사, 1994.

김영철, 『김소월』, 건국대학교 출판부, 1994.

김용직 편, 『김소월전집』, 서울대출판부, 1996.

김윤식, 『한국현대문학사상비판』, 일지사, 1978.

김정구 편, 『소월 김정식 전집』, 한국문화사, 1993.

서정주, 「소월에 있어서의 육친·붕우·연인·스승의 의미」, 『현대문학』, 1960. 12.

신동욱 편, 『김소월』, 문학과지성사, 1980.

신동욱 편, 『김소월 연구』, 새문사, 1982.

신범순, 『한국현대시의 퇴폐와 작은 주체』, 신구문화사, 1998.

여기현 편역, 『중국고대악론』, 태학사, 1995.

오세영, 『한국낭만주의시연구』, 일지사, 1980.

오세영 편, 『문예사조』, 고려원, 1983.

이기철, 『작가연구의 실천』, 영남대출판부, 1986.

이동순, 『민족시의 정신사』, 창작과비평사, 1996.

이숭원, 『20세기 한국현대시인론』, 국학자료원, 1997.

조동일, 『우리문학과의 만남』, 홍성사, 1978.

조두섭, 『한국근대시의 이념과 형식』, 다운샘, 1999.

함재봉, 『탈근대와 유교』, 나남출판사, 1998.

가라타니 고진, 박유하 역, 『일본근대문학의 기원』, 민음사, 1997.

Diane Macdonell, Theories of Discourse, Basil Blackwell, 1989.

김영랑 시의 서정화 방식과 순수성의 사회학적 의미

최 승 호

1. 머리말

21세기 오늘날 서정은 시대정신을 반영하여 당위적인 것으로 요청되고 있다. 극도로 분열되고 해체된 시대에 있어서 인간의 내면과 사회를 통합하고 치유할 수 있는 구원의 방식으로 급속히 떠오르고 있는 것이 바로 서정이다. 구원의 방식으로 논의된다는 측면에서 보면 서정에는 윤리학이 스며들어 있다. 그리고 정치학도 들어있다. 서정이 함유하고 있는 윤리학 내지 정치학이란 바로 서정적 비전에 다름 아니다. 서정적 비전이란 인간이 이 세계에서 타자와 더불어 살아가면서 보다 나은 고양된 삶을 도모하는 것이다. 따라서 서정적 비전에는 다분히 도덕적 진보에 대한 열망과 믿음이 들어가 있다.[1] 도덕적 진보라는 어사에서 보이듯 서정적 열망은 다분히 관념론적이다.

서정을 통한 관념론적 진보, 이것은 유물론적 진보의 꿈이 무너진 이 시대 하나의 대안으로서의 역할을 하고 있다. 이 세계가 근본적으로 타락해버렸다는 절망감, 현실에서는 구원의 길이 전혀 보이지 않는다는 참담함 속에서도 한 오라기 실낱같은 꿈을 갖게 해주는 초월적 Idea의 세

---

[1] 김경복, 「서정의 귀환과 신생의 꿈」, 『서정의 귀환』, 좋은날, 2000, 39쪽.

계에 대한 믿음 때문에 서정적 비전은 가능한 것이다. 지상에서는 구원의 길이 없다고 생각되어질 때 천상의 세계를 보면 최소한 정신적인 파탄은 면할 수 있는 것이다. 그 천상의 세계조차 부인해버리면 허무한 모더니스트가 되고 만다. 따라서 천상의 세계에서 구원의 실마리를 찾으려 발버둥치는 서정주의자들의 안간힘은 그 자체 미학적인 가치가 있다.

서정시에도 다양한 구원의 길이 있다. 서정화 방식, 곧 서정적 동일성에 이르는 다양한 방식이 있는 것이다.2) 우리는 통상 지금까지 서정시라고 하면 '세계의 자아화'라는 선입견에 사로잡혀 온 것이 사실이다. 일찍이 Seidler가 '자아'(das Ich)와 '세계'(die Welt)의 관련양상 속에서 문학의 4대 장르(서정, 서사, 극, 교술)에 대한 이론적 체계를 세울 때, 서정의 특징을 '서정적 자아에 의해 포획된 세계'(die vom lyrischen Ich ergriffen Welt)3)로 설명한 적이 있다. 그리고 조동일이 더욱 정밀하게 '세계의 자아화'라는 용어로 이론적 체계를 도모한 적이 있는데, 결국 이러한 서정화 방식은 모두 Hegel 미학으로 소급된다. Hegel에 의해 토대가 세워진 바 있는, 서구 낭만주의 시학에 있어서 서정화 방식이 바로 '세계의 자아화'인 것이다. 그런데 이 '세계의 자아화'라는 방식은 서구 낭만주의와 그 영향권에 들어있는 작품 해석에는 적용이 되지만, 다른 문화권에 속해 있는 작품 해석에는 그대로 적용이 되지 않는다.

서정화 방식이란 결국 인간이 세계와 하나되기 위한 만남의 방식이다. 다른 말로 하면 서정적 총체성에 이르는 방식이다. 서정적 총체성을 어떠한 모델로 제시하느냐에 따라 그 윤리학 내지 정치학은 첨예한 이데올로기를 담지하게 된다. 도덕적 진보라고는 하지만 그 속에는 정치적 이데올로기가 들어가 있다. 다시 말해서 '순수한' 도덕적 진보를 꿈꾸는데도 불구하고 주체와 타자가 만나는 방식에 따라 엄청난 문제가 발생할

---

2) 서림, 「서정적 동일성에 대한 변명」, 『말의 혁』, 새미, 2000, 11~16쪽.
3) H. Seidler, Die Dichtung, Alfred Kroner Verlag, 1965, 385쪽.

수도 있다. 따라서 우리는 그 만남의 방식에 민감하지 않을 수 없다.

우리는 지금까지 도덕적 진보, 관념론적 진보에 대해 이야기해 왔다. 서정주의자들이 다른 미학자들보다 당당할 수 있는 것은 어떤 강한 믿음을 가지고 있기 때문이다. 막연하고 신비해 보이지만 어떤 분명한 형이상학적 실체에 대한 믿음을 갖고 있기 때문이다. 그리고 서정주의자들이 때로는 도덕적 파시스트가 될 수 있는 것 역시 그런 형이상학적 믿음 때문이다. 형이상학적 실체와 그것에 대한 믿음, 이것은 바로 도덕적 진보의 동력원이 된다. 그리고 이 형이상학적 실체는 유토피아의 근거이고 동시에 서정적 비전, 서정적 총체성의 근원이 된다. 결국 서정적 총체성에 이르는 방식과 형이상학적 실체에 대한 믿음의 방식은 서로 맞물려 있는 것이다.

본고에서는 1930년대 한국 순수서정시의 상징적 존재라 할 수 있는 김영랑을 통해 순수서정시의 위상과 그 의미를 다시 한번 살펴보고자 한다. 물론 많은 선학자들이 김영랑 서정시의 순수성에 대해 논의를 해왔다.4) 그리고 영랑에 있어서 서정성의 문제도 논의되어 왔다.5) 그런데 순수성의 의미, 서정성의 문제 등은 결국 시인이 가지고 있는 세계관의 문제, 형이상학의 문제와 결부된다. 이 세 가지가 입체적으로 다면적으로 고려되지 않으면 각자의 의미는 따로따로 분리될 수밖에 없다. 따라서 여기서는 김영랑에 있어서 서정화 방식의 문제를 그의 형이상학적 믿

---

4) 대표적으로 다음과 같은 논문들이 있다.
　　김용직, 「남도가락의 순수 서정─김영랑론」, 『한국현대시사 1』, 한국문연, 1996, 94~103쪽.
　　이숭원, 「김영랑 시와 순결의 미학」, 『20세기 한국시인론』, 국학자료원, 1997, 96~101쪽.
　　정효구, 「1930년대 순수서정시 운동의 시대적 의미」, 최승호편, 『서정시의 본질과 근대성 비판』, 다운샘, 1999, 110~131쪽.
5) 정효구, 위의 논문, 110~131쪽.
　　김준오, 「비가적 세계와 순수자아 - 김영랑론」, 김준오 편, 『김영랑』, 서강대출판부, 1997, 186~214쪽.

음의 문제 및 순수시학의 문제와 결부시켜 종합적으로 논의하려 한다. 이러한 시학 체계를 가지고 그가 당시 자기 시대에 있어서 삶의 문제를 어떻게 전개시켜 나갔는지 살펴보고자 한다. 순수서정을 통해서 도덕적 진보를 꾀해 가는 그의 삶의 방식이 서정의 일반론적 차원에서 논의될 것이다. 그리고 그러한 삶의 방식이 역사적 차원 안에서 어떠한 의미를 지니는지 살펴볼 것이다. 그렇게 해야만 그의 시에 나타난 서정화 방식 및 순수성의 의미가 보다 객관화될 수 있을 것이다. 한편 김영랑의 시학을 전통지향적 서정시인 조지훈의 그것과 비교 검토함으로써 더욱더 객관적인 평가를 꾀해 보고자 한다.

Ⅱ. 주체중심의 서정화 방식

이미 많은 논자들이 지적했듯이,6) 김영랑의 작품에는 '나' 또는 '내'라는 용어가 유난히 많이 나타난다. 거의 모든 작품에 나타난다고 해도 될 만큼　영랑은 '나' 또는 '내'라는 단어를 강조해서 사용하고 있다. '나'의 강조는 무엇을 의미하는가. 아마 김영랑은 '나'의 강조를 통해서 자신이 추구하는 순수서정시가 매우 사적인 장르임을 부각시키려 했던 것 같다. 왜 그는 이토록 사적인 장르로서의 순수서정시를 부각시키려 했을까. 그것은 자신이 비판·부정하는 KAPF 쪽의 집단주의에 대한 반발인 듯 보인다. 집단적인 이념과 정서를 앞세우는 KAPF의 논리에 따르면 개인의 내밀한 정서, 내면의 움직임은 소홀히 되기 쉽다.

그런데 김영랑의 사적인 경향은 1920년대 초반의 낭만주의 시들보다

---

6) 정한모, 「김영랑론」, 『현대시론』, 민중서관, 1973, 183쪽.
　김용직, 앞의 책, 87쪽.
　김준오, 앞의 논문, 187~188쪽.

더 극단적이다. 그 이유는 앞서 말했듯이 KAPF의 극단적인 집단주의, 볼세비즘에 대한 반동에 있을 것이다. 일찍이 우리 민족의 서정시에 있어서 김영랑만큼 자신의 내밀한 개인적 정서를 구체적으로 잘 포착한 예는 없었다. 그만큼 김영랑에게 있어서 사적인 경향은 충분히 문제적이다.

순수서정시를 지극히 사적인 것으로 몰아가는 경향은 서구 낭만주의 이후의 일이다. 서구에서도 그 이전에는 사적이거나 주관적인 것으로서의 서정시가 표나게 강조된 일은 거의 없다. 그리고 동양의 오랜 전통에 있어서 시란 결코 주관적인 것만은 아니다. 동양에서 서정시란 주관적이면서도 객관적이다. 그리고 지극히 개인적인 장르로서 존재해 오지 않았다. 동양의 오랜 전통 속에서 '개인'이란 관념은 분명하게 존재하지 않았다. 동양에서 '자각적인 개인'이란 관념은 서구화, 근대화 이후에 발생한다. '物我一體'에서 말하는 '我'는 결코 서구 낭만주의에서 일컫는 '서정적 자아'가 아니다. '자아'라는 말은 개인의 발견과 동시에 생겨나는데, 그것은 '객관 세계', '사회'라는 용어와 맞물려 있다. 우리는 통상 서정시에서의 주체 문제에 대해서 논의할 때 '자아'라는 용어를 별 고민 없이 사용해 온 것이 사실이다. 예컨대 조선조 서정시의 주체 문제를 논의하는 자리에서 '서정적 자아'라는 용어를 별 반성 없이 써 오곤 했다. 그러나 앞에서도 말했듯이, 조선시대 사용되던 '我'라는 용어는 결코 '자아'와 다르다. '자아'라는 용어는 개인의 내면성이 발견되고 난 뒤에 발생한 용어이기 때문이다. 그에 비해 '我'라는 용어는 전근대적인 사회구조와 철학을 바탕으로 하고 있다. '我'는 분명히 서구적인 개인도 아니다. 그렇다고 완전히 집단적인 개인도 아니다. 오늘날 우리와 같이 철저히 개인주의화된 근대인으로서는 정말 이해하기 힘든, 이 전근대적인 '我'는 대상과 완전히 분리되지 않은 상태로 존재한다. 그리고 '我'가 '자아'와 다른 점은 개인성, 내면성을 강조하지 않는다는 것이다.

　　모란이 피기까지는
　　나는 아직 나의 봄을 기둘리고 있을 테요
　　모란이 뚝뚝 떨어져버린 날
　　나는 비로소 봄을 여읜 설움에 잠길 테요
　　오월 어느날 그 하루 무덥던 날
　　떨어져 누운 꽃잎마저 시들어버리고는
　　천지에 모란은 자취도 없어지고
　　뻗쳐오르던 내 보람 서운케 무너졌느니
　　모란이 지고 말면 그뿐 내 한해는 다 가고 말아
　　삼백 예순날 하냥 섭섭해 우옵네다
　　모란이 피기까지는
　　나는 아직 기둘리고 있을 테요 찬란한 슬픔의 봄을

「모란이 피기까지는」 전문

　위의 시에서 모란이 피는 순간은 서정적 자아가 황홀경을 체험하는 때이다. 모란을 통해서 서정적 자아는 우주의 깊숙한 부분과 내밀한 교감을 이룬다고 봐야 할 것이다. 이때 모란이 핀다는 것은 우주가 그 비밀을 순간적으로 서정적 자아에게 현시하는 행위이다. 이 순간적인 접신과도 같은 심미적 체험, 신비한 영적 체험과도 같은 행위는 매우 주관적이고도 사적이다. 그리하여 서정적 자아는 단순히 봄을 기다리고 있는 것이 아니라 어디까지나 '나의 봄'을 학수고대하고 있는 것이다. 쉽게 이 세상 누구와도 공유할 수 없는 '나만의' 봄이기에 서정적 자아는 세계에 대해 매우 자기중심적인 태도를 취할 수 있다. 오직 모란을 통해서만 이 세계를 해석하려는 자아중심적 태도가 그러하다. 모란이 뚝뚝 떨어져버린 날 '나'는 비로소 봄을 여읜 설움에 잠길 것이라고 말한다. 모란이 아니면 봄도 이 세계도 '나'에게는 아무런 의미가 없는 것이다.

　이처럼 위의 작품에는 매우 주관화된 서정화 방식이 나타난다. 자아가 중심이 되어 세계와 일방적인 동일성을 이루어 내고 있다. 이러한 자아중심주의, 주체중심주의는 서구 근대철학에서 빚어진 것이다. 주체 중심으로 서정화, 동일화가 이루어지고 있다는 점에서 서정적 자아는 대상에 대해 매우 비민주적이고 폭력적인 관계를 맺고 있다고 볼 수도 있다.7) 주체중심주의에 의한 서정화 방식이란 결국 서정적 자아가 중심이되어 주변에 있는 대상을 타자화시키고 소외시키고 지배하는 구조로 발전할 수 있기 때문이다. 이러한 부정성이 심화되면 문화적으로 정신적으로 제국주의화, 파시즘화가 나타나게 된다. 이것이 오늘날 탈근대주의자들이 우려하는 바 근대성의 부정적 측면이다. 낭만주의자들의 주관성이 좀더 병적으로 심화되고 극단화되면 자아와 세계는 아주 단절이 되어버리고, 내면의 분열과 파탄이 초래된다. 모더니즘은 그때에 발생하게 된다. 서구 낭만주의에서 비롯되어 모더니즘에 이르기까지 확대재생산된 주체중심주의 미학의 부정적 측면에 대한 비판이 오늘날 거세게 대두되고 있는 것은 바로 이러한 이유에서이다.8)

이에 비해 전통지향적 서정시를 많이 써온 조지훈의 경우는 사뭇 다르다. 조지훈은 일찍이 시정신이란 '인간의식과 우주의식의 완전 일치의 체험'9)이라고 말한 적이 있다. 동양적인 생명사상을 토대로 하여 전통적인 자연서정시를 현대적인 감각으로 살려낸 조지훈에게 있어서 서정이란 결코 주관적인 것만은 아니다. 그의 시론은 주로 형이상학론, 정경론, 생명시학의 측면에서 논의될 수 있는데, 이것들은 한결같이 주관과 객관이 상호 대등한 입장에서 동일성을 이루어 가는 것을 보여주고 있다.10)

---

7) 김경복, 「동일성에서 物化의 시학으로」, 『신생』, 2001년 봄호, 전망, 177~188쪽.
　　구모룡, 「포위된 혁명 : 시적 근대성 비판」, 『제유의 시학』, 좋은날, 2000, 39~42쪽.
8) 구모룡, 앞의 글, 41쪽.
9) 조지훈, 「시의 원리」, 『조지훈 전집 3』, 일지사, 1973, 15쪽.
10) 최승호, 『한국 현대시와 동양적 생명사상』, 다운샘, 1995, 64~91쪽.

외로이 흘러간 한 송이 구름
이 밤을 어디메서 쉬리라던고.

성긴 빗방울
파초잎에 후두기는 저녁 어스름
창 열고 푸른 산과
마조 앉어라.

들어도 싫지 않은 물소리기에
날마다 바라도 그리운 산아
온 아츰 나의 꿈을 스쳐간 구름
이 밤을 어디메서 쉬리라던고.

「파초우」 전문

위의 시에서 '한 송이 구름'은 나그네인 시적 주체와 대등한 입장에서 만나고 있다. 나그네의 입장에서 구름인 대상을 자아화시키지도 않고, 나그네가 대상 속으로 흡수되지도 않는다. 시적 주체와 대상으로서의 자연은 상호 민주적인 방법으로 고요히 생명적인 교감을 하고 있다. 창 열고 푸른 산과 마주 앉는다는 시구 속에 그러한 교감이 확연하게 나타난다.

조지훈도 역시 개인성, 내면성을 강조한 바 있다.11) 창작 주체의 개성적인 정신활동을 강조한 것이 그러하다. 게다가 그는 습작 시절 대륙 모더니즘 계열의 시들을 쓴 적도 있다.12) 이로 미루어 보아 그는 확실하게 서구적인 근대적 자아 내지 주체를 체험한 적이 있다. 그러나 그후 그의 대부분의 중요한 시작품에는 그러한 것들이 쉽게 검출되지 않는다.

이후 그의 시작품속에 나타나는 주체는 다분히 전통적인 '我'의 개념

---

11) 조지훈, 「시의 원리」, 20~22쪽.

12) 박호영, 「조지훈 문학 연구」, 서울대 대학원 박사 논문, 1988, 57~70쪽.
    김용직, 「전통미학의 세계―조지훈론」, 『한국현대시사 2』, 한국문연, 1996, 472~
    477쪽.

에 가깝다. 그가 비록 근대적인 자아, 주체 개념을 경험했더라도, 시론 속에 그러한 것을 함유하고 있다 하더라도 그는 여전히 전통 유기론사상 속에서 자기정체성을 확인하고 있는 것이다. 전통 유기론의 관점에서 보면 개인과 사회라는 근대적 관계는 들어설 자리를 쉽게 발견하지 못한다. 따라서 거기에는 근대적 자아 개념도, 사회학적 매개항도 자꾸 밀려나간다. 확실히 유기론적 사상구조에 따르면 인간과 자연 사이에 근대적인 사회학적 매개항이 들어설 자리가 없다. 이것이 결점이라면 결점이다. 왜냐하면 거기에는 직관적 통합만 있고 논리적 분석의 자리가 개입하지 못하기 때문이다.

그에 비해 김영랑의 경우는 개인과 사회가 분명히 발견되고 난 후의 모습이 보인다. 근대적인 사회역사적인 갈등이 인간과 자연 사이에 매개항으로 자리잡고 있다. 다만 그 근대적 갈등이 직접 문면에 나타나지 않고 숨어있을 따름이다.13) 근대적 갈등이란 결국 개인과 사회 간의 이데올로기적 문제이다. 개인 주체가 앞서느냐, 집단이 앞서느냐의 문제가 바로 근대사상의 중심축이다. 김영랑에게는 당연히 개인적 주체가 핵심이다. 그에 비해 카프의 시들에는 집단적 주체가 중핵을 이루고 있다. 개인적인 것이든 집단적인 것이든 인간 주체가 중심이 되어 타자를 지배하고 배척한다는 점에서 양자는 '근대적'이다. 그런데 우리는 이러한 주체중심주의 서정미학을 자명한 것으로 여겨왔다. 조동일이 내세운 '세계의 자아화', 김준오가 정립한 '동일성의 시학'도 그러하다. 이런 주체중심주의는 잘못하면 파시즘으로 흐를 수 있다. 조지훈의 시학은 바로 파탄에 이른 근대 주체중심주의를 비판하고 나온 점에서, 전근대적인 시학으로써 탈근대적인 비전을 제시하려 했다는 점에서 의의가 있다. 그에 비

---

13) 김준오 교수는 김영랑이 그러한 근대적 갈등을 시의 구조에서 배제했다고 보지만, 필자는 배제한 것이 아니라 이면에 숨기고 있다고 본다.
김준오, 앞의 논문, 198~200쪽.

해 김영랑의 매우 주관적이고 사적인 서정시학은 1930년대 초반에 나왔다는 점에서 시대적 의미가 있다. 이때는 한반도 내에서 근대의 부정성이 심각하게 노정되지 않았기 때문에, 김영랑의 주체중심주의 서정시학은 근대시학의 긍정적 측면을 수행하고 있었다고 보아야 할 것이다. 그것이 바로 개인성과 내면성의 강조이다.

> 내 마음의 어딘 듯 한편에 끝없는
> 　　강물이 흐르네
> 돋쳐오르는 아침 날빛이 빤질한
> 　　은결을 돋우네
> 가슴엔 듯 눈엔 듯 또 핏줄엔 듯
> 마음이 도른도른 숨어 있는 듯
> 내 마음의 어딘 듯 한편에 끝없는
> 　　강물이 흐르네
> 　　　　「끝없는 강물이 흐르네」 전문

1930년대 초 모더니즘 시가 아닌 서정시로써 이 작품만큼 개인의 내면을 자세하게 다룬 것도 없다. 마음의 내밀한 흐름을 다루고 있는 내용이 작품의 전체 구조를 지배하고 있다. 마음의 흐름을 강물에다 비교하여 구체적인 심상으로 제시하고 있다. 앞서 인용한 〈모란이 피기까지는〉 역시 주체의 내면을 심도 있게 다루고 있다. 여기서 구체적이다, 심도 있다 함은 어디까지나 1930년대 초를 기준으로 한 경우이다. 1920년대 김소월의 경우보다 확실하게 내면이 풍부하게 드러나 있다. 이것은 김영랑의 서정시가 획득한 현대성의 한 국면이다. 현대성이란 주체성, 개인성, 내면성의 강조로 나타난다.

그런데 김영랑의 낭만적 서정시에 나타난 내면은 모더니스트들의 경우와 사뭇 다르다. 모더니스트들에 비하면 영랑의 내면은 여전히 단순하고 소박하다. 그리고 일면적이기도 하다. 김영랑이 내면을 강조하고, 내면성을 가지고 시를 쓸 수 있었던 것은 자신의 내면에 대한 믿음 때문이다. 그리고 이 내면에 대한 믿음은 이성적 주체로서의 인간에 대한 믿음에서 연유한다. 인간 주체 및 내면에 대한 믿음이란 바로 그것들이 매우 지고지순하다는 것을 전제로 할 때 가능하다. 일제하 타락한 세상에서 자신의 내면만은 지극히 순결하고 아름답다는 사고가 내면성의 강조로 이어진 것이다. 이것은 일종의 도덕적인 우위성과도 연결된다. 자아를 둘러싼 바깥 세상이 모두 다 타락할 대로 타락하였는데 비해 자신의 내면만은 순결하다는 도덕적 우월감이 그러한 주체 중심의 동일화로 나타난 것이다. 이러한 주관적 관념미학은 현실세계가 어두워 보일수록 더욱더 확고한 구조로 시인의 내면에 자리잡게 된다. 그리하여 그것은 자기방어적인 기제로 기능하게 된다. 영랑의 순수서정시는 일차적으로 타락한 시대에 자신을 지키는 방법으로서의 의미가 있다.

그러나, 영랑의 내면에는 반성적 사고가 결여되어 있다. 자아를 둘러싼 바깥 세상은 절대적으로 악한 반면, 자아의 내면은 절대적으로 선하다는 단순구조는 사고의 심화와 성숙을 방해한다. 이러한 낭만적 사유 구조는 초기 자본주의의 어두운 측면을 비판하고 부정하기 위해 나온 것이다. 그래서 지극히 단순하고 소박하다. 거기에는 현실의 논리가 직접 개입하기 곤란하다. 현실 안에서 문제를 해결하려 들지 않고 자꾸만 관념미학으로 물러나게 한다. 사회학적 매개항이 직접 문면에까지 나오기는 힘들다. 그러나 이러한 낭만적 사유 구조는 21세기 오늘날 새롭게 부상할 수도 있다. 왜냐하면, 오늘날 현실이 구제불능인 것처럼 보이기 때문이다. 그러나 역시 자신의 내면에 대한 반성이 결여되어 있다는 비판은 면키 어렵다.

　　　　내 마음을 아실 이
　　　　내 혼자 마음 날같이 아실 이
　　　　그래도 어데나 계실 것이면

　　　　내 마음에 때때로 어리우는 티끌과
　　　　속임 없는 눈물의 간곡한 방울방울
　　　　푸른 밤 고이 맺는 이슬 같은 보람을
　　　　보밴 듯 감추었다 내어드리지

　　　　아! 그립다.
　　　　내 혼자 마음 날같이 아실 이
　　　　꿈에나 아득히 보이는가

　　　　향 맑은 옥돌에 불이 달아
　　　　사랑은 타기도 하오련만
　　　　불빛에 연긴 듯 희미론 마음은
　　　　사랑도 모르리 내 혼자 마음은
　　　　　　　　　　「내 마음을 아실 이」 전문

　　위의 시에서도 자아의 내면은 순결한 아름다움으로 가득 차 있다. 그러한 자신의 마음을 누군가에게 보여주고 싶지만 이 세상에서 쉽사리 찾을 수 없다. 그러한 대상만 만나면 자신이 보배 같이 숨겨온 마음을 내어드리겠다고 한다. 이 작품의 미덕은 앞의 경우와는 달리 자신의 순결한 마음을 누군가에게 드리고 싶다는 데에 있다. 비록 이 세상에서 그 대상을 쉽사리 찾지는 못하지만, 그 누군가 만나기를 몹시 갈망하고 있다는 것이 중요하다. 이것이 사적인 순수서정시의 본질이다. 비록 세상이 타락할 대로 타락했으나 자신의 순결한 마음을 같이 나누고 싶은 사람을 찾는다는 것, 이것은 진정한 만남을 위한 서정적 열정이다. 서정이란 만남의 시학이다. 비록 김영랑 시의 서정적 자아에게 자기애적이고

고립적인 성격이 강하게 나타난다 할지라도,14) 그 자아는 바깥 대상과
의 만남을 열망하고 있는 것이다. 이 열망이 깨어지면 자기폐쇄적, 자기
분열적 자아로 떨어지게 되고, 서정주의는 무너진다. 그 자리에서 모더
니즘이 발생한다.

만남의 현상학, 이것은 시의 유형을 분류하는 중요한 변수이다. 그런
데 김영랑은 만남을 꿈꾸되 자기가 설정한 지극히 주관적인 공간에서의
만남만 꾀한다. 예컨대 자신의 순결한 마음속이거나, 유토피아적인 공간
등이 그러하다. 그리하여 그의 지극히 주관적인 서정시는 고립을 면치
못한다. 그의 시에 나오는 눈물은 바로 이 고립 때문이다.

이에 비해 조지훈의 경우 고립된 자아가 보이지 않는다. 예컨대 「낙화」
같은 작품에는 은일하는 자의 강한 슬픔이 보인다. 그러나 그 강한 슬픔
가운데서도 시적 주체는 유유자적의 미덕을 보여주고 있다. 이는 시적
주체가 '고립된 자아'가 아니기 때문이다. 비록 고향 마을 근처에 초막을
짓고 홀로 숨어살면서도 시적 주체는 자신의 세계 안에 고립되어 있지
않다. 오히려 그 주체는 자연물들과 제유적 관계를 맺으면서 상호 생명
적 교감을 이루고 있다. 조지훈에게 있어서 시적 주체가 그나마 여유를
유지할 수 있는 것은 전통적인 미학 때문이다. 그의 무의식 깊은 데 자
리잡고 있는 물아일체의 시학, 곧 비분리의 시학이 고립되고 폐쇄된 자
아의식이 생기지 않도록 예방해 준 것이다.

그런데 앞에서 말했듯이 김영랑의 경우, 서정적 자아는 바깥 대상과
의 만남이 거의 불가능했다. 김영랑이 보기에 바깥 현실은 일제로 표상
되는 절대악의 세계여서 대화나 소통, 만남이 불가능했다. 그리하여 고
립적인 자아로, 내면성의 강조로 나아갈 수밖에 없었다.15) 그렇지만 이
런 극악한 상황에서도 그가 만남을 꿈꾸었다는 것이 중요하다.

---

14) 김준오, 앞의 논문, 189~191쪽.
15) 김준오, 앞의 논문, 211~213쪽.

III. 유토피아 지향성과 순수성의 사회학적 의미

　　앞에서 우리는 김영랑이 타자와의 만남을 꾀하되 자신의 내면공간 안에서 또는 초월적 관념공간 안에서만 만나기를 열망한다고 살펴보았다. 그리고 자신의 내면 공간이 지극히 순결한 것임도 살펴보았다. 그런데 영랑에게 있어서 자신의 내면 공간이 지고지순할 수 있는 것은 그것을 가능케 하는 초월적 관념세계 때문이다. 비록 몸은 전적으로 타락한 이 세상에 존재하고 있으나, 이 세상에 속하지 않은 순수내면으로 초월적인 천상세계를 인식하고 그리워한다는 것이다. 이때 초월적 천상세계는 지상에 있는 서정적 자아가 궁극적으로 합일하고자 하는 근원으로, 즉 모방하고 싶어하는 모델로서 존재한다.

> 돌담에 속삭이는 햇발같이
> 풀 아래 웃음 짓는 샘물같이
> 내 마음 고요히 고운 봄길 우에
> 오늘 하루 하늘을 우러르고 싶다.
>
> 새악시 볼에 떠오르는 부끄럼같이
> 詩의 가슴에 살포시 젖는 물결같이
> 보드레한 에메랄드 얇게 흐르는
> 실비단 하늘을 바라보고 싶다.
>
> 　　　　　　「돌담에 속삭이는 햇발」 전문

　　이 시에서 보이는 '하늘'은 단순히 물리적인 'sky'가 아니다. 이 때의 하늘은 천상세계를 나타내는 은유적 상징체계로 구성되어 있다. 완벽한 Idea의 세계로서의 하늘은 만물의 근원이다. 특히 김영랑의 경우처럼 순수한 내면세계인 마음의 근원이다. 자아의 마음이 순결할 수 있는 것은 그것의 모태인 하늘 때문이다. 그리고 지상에 유배되어 온 자아의 마음은 그것의 영원한 모태이자 본향인 하늘세계를 그리워하고 사모한다. 이때의 '하늘'은 유토피아, 곧 낙원으로 나타난다. 그것은 시적 화자가 꿈꾸는 새로운 서정적 비전을 제공한다. 결국 하늘은 새로운 질서, 새로운 통합을 가능케 하는 총체성의 근원으로 작용한다. 천인합일을 가능케 하는 것은 역시 하늘(완전한 자연)이다. 점점 더 분열 해체되어 가는 시절 형이상학적 위기를 극복하게 해주는 존재이다.

이 시의 구조는 꽉 짜인 유기적 질서로 되어 있다. 이렇게 꽉 짜여진 유기적 구조는 바로 서정시가 지향하는 총체성의 형식적 국면이다. 이 시가 하나의 유기적 총체적 질서를 갖출 수 있는 것은 중심이 있기 때문인데, 그 중심축은 '나'와 '하늘' 사이의 관계에 놓여 있다. '나'가 '하늘'을 향해, 존재론적 합일을 위해 간절히 열망하고 있는 상태에서 모든 사물들이 그 축을 중심으로 질서정연하게 배열된다. 이때 궁극적인 구심점은 물론 형이상학적 존재인 하늘이다.

그런데 이 관념적 실체로서의 하늘, 소위 '숨어버린 신'은 그 비밀스러운 모습을 아무 때나 쉽게 보여주는 것이 아니다. 내 마음이 돌담에 속삭이는 햇발같이 풀 아래 웃음 짓는 샘물같이 맑을 때만 '접신(接神)'이 가능한 존재이다. 그것은 서정적 자아가 간절히 우러를 때에야 가능하다. 그렇게 간절히 우러를 때 하늘은 자신의 신비적인 모습을 은혜처럼 순간적으로 계시의 형식으로 보여줄 뿐이다.

언덕에 바로 누워
아슬한 푸른 하늘 뜻 없이 바래다가
나는 잊었습네 눈물 도는 노래를
그 하늘 아슬하여 너무도 아슬하여
이 몸이 서러운 줄 언덕이야 아시련만
마음의 가는 웃음 한때라도 없더라냐

아슬한 하늘 아래 귀여운 맘 질기운 맘
내 눈은 감기었네 감기었네
「언덕에 바로 누워」 전문

그 하늘은 아스라하게 먼 곳에 있다. 이때 먼 곳이란 단순히 물리적인 개념이 아니다. 정서적, 정신적, 존재론적 거리이다. 자아로서는 도무지 좁힐 수 없는 운명적 거리이다. 이 거리는 자아와 하늘 사이에 놓여진 '신비적 베일' 때문이다. 이 신비적 베일 때문에 천상세계는 순간적으로 언뜻언뜻 자신의 모습을 계시형식으로 보여줄 뿐이다. 자아는 그 하늘과 접신되기 위해서 '뜻 없이' 바라보고 있다. 그러다가 하늘과 접신이 되는 순간 황홀경에 빠진다. "나는 잊었습네 눈물 도는 노래를"과 "내 눈은 감기었네 감기었네"가 그것을 증명한다.

앞에서 우리는 천상세계가 자신의 모습을 순간적으로 현시한다는 것을 누누히 강조해 왔다. 「모란이 피기까지는」에서 모란이 피는 것도 순간적인 일이다. 사실 이때 모란은 우주, 자연, 하늘을 상징하는 제유이다. 모란이 피는 순간은 우주 전체가 하나의 꽃으로서 개현하는 찰나를 상징한다. 그리고 작품 「물소리」에서 우리는 다시 한번 그러한 순간을 확인할 수 있다.

새벽 잠결에 언뜻 들리어
내 무건 머리 선뜻 씻기우니
황금 소반에 구슬이 굴렀다.

오 그립고 향미론 소리야
물아 거기 좀 멈췄으라 나는 그윽히
저 창공의 銀河萬年을 헤아려 보노니
「물소리」 일부

이 물소리는 천상세계, 은하세계에서 울려나온다. 은하세계는 무시간성, 영원성으로서의 시간이 흐르는 공간이다. 이 Idea의 세계에서 울려나오는 물소리는 나의 무거운 머리를 선뜻 씻겨 준다. 황금소반에 구슬 구르는 소리와 같이 그립고 향미롭다. 그런데 이 물소리는 '언뜻' 들리는 것이다. 그리고 순간적으로 체험하되 언제나 과거적인 사태로 나타난다.

낭만적 비전을 지닌 서정시에서 낙원, 유토피아, 천상세계의 체험은 언제나 과거적인 것이다. 과거 어느 한 순간 접신하듯 체험한 Idea의 세계가 평생동안 시인을 이리저리 끌고 다닌다. 한 순간 황홀했던 과거의 체험이 시인을 일생 동안 사로잡는다는 것은 그 과거적인 것이 과거적인 것으로 끝나지 않고 미래적인 것으로서의 의미를 지님을 반증한다. 과거 어느 한 때의 위대한 완벽함이 과거적인 것으로 끝나지 않을 때 그것은 미래적인 비젼으로 기능한다.

발터 벤야민의 말대로16) 근원으로서의 과거가 미래적 목표로 기능한다는 것을 의미한다. 서정시가 위대한 과거, 황금시대, 근원을 지향한다는 것은 이 시대 새로운 의미를 지닌다. 우리가 과거 한 순간에 체험했던 '낙원'이 오늘날 타락한 현실을 비추어주고 비판해주는 척도로써, 개혁의 지표로써 기능하게 된다는 말이다. 순수서정시학을 떠받치고 있는 관념철학에 따르면, 인류의 태초는 언제나 위대하고 완벽했다. 그에 비해 현재는 항상 혼란과 모순 투성이 상태에 놓여있다. 발터 벤야민의 말대로17) 세계사는 아담의 타락이후 점점 더 도덕적으로 퇴보하고 있는지도 모른다. 가장 완벽했던 에덴에서의 삶의 방식이 우리가 추구해야 하는 원형으로서 모델로 떠오르는 것이다.

이에 비해 조지훈의 경우 유토피아는 항상 현재적인 의미를 지닌다. 조선조 사대부 유가들의 미학을 이어받고 있는 그에게 있어서 유토피아

---

16) 발터 벤야민(반성완 역), 『발터 벤야민의 문예이론』, 민음사, 1983, 350쪽.
17) 발터 벤야민, 앞의 책, 348쪽.

란 '시인의식과 우주의식' 사이의 완전한 교감이 이루어지는 순간에 언제 어디서나 가능하다. 사실 조선조 사대부들에게 유토피아란 인간과 자연 간의 물아일체가 이루어지는 곳으로 인간이 마음만 잘 먹으면 언제 어디서나 달성될 수 있는 것이다.

특히 퇴계 쪽의 사상을 이어받고 있는 영남사림의 후예인 조지훈에게 있어서 물아일체는 시적 주체의 마음 고쳐먹기에 달렸다. 理自到說과 理自發說을 주장하고 있는 퇴계의 학맥인 경우,18) 자연 그 자체는 항상 절대로 완미하고 지고지순하다. 자연은 항상 완전하여 자신의 理를 밖으로 드러내어 인간 쪽으로 다가오는데, 인간만이 '탁한 기'에 가려져 자신의 본성을 드러내지 못한다고 한다. 따라서 물아일체에 이르기 위해서는 먼저 인식 주체의 마음에 드리워진 탁한 기를 걷어내야 하는데, 이때 필요한 것이 심신수양이라는 것이다. 이렇게 하여 시적 주체의 마음이 맑아지면 그 본성이 밖으로 드러나 외부 사물의 理와 합일한다는 것이다.

이것은 어디까지나 동양 유기론사상, 氣사상에 입각한 미적 인식방법이다. 여기에는 근대적 사회학적 매개항이 들어갈 틈이 없다. 조지훈이 후기 평론에서 시에다 사회성, 비평성을 담아 내어야 한다고 주장은 했으나19) 실제 그것을 이룩하지는 못했다. 그물망 같은 유기론적 사유구조에 근대 갈등이론이 들어설 자리는 쉽게 발견되지 않았던 것이다. 따라서 조지훈의 경우, 유토피아란 시적 주체가 마음만 잘 고쳐먹으면 언제 어디서나 가능한 그런 것이다. 따라서 다분히 현재적인 것이다.

그리고 조지훈에게 있어서 유토피아의 근원은 산수자연 안에 있다. 이때 산수자연은 단순히 물리적인 의미의 것이 아니다. 그 속에는 동양적인 정신, 형이상학이 깃들어 있다. 따라서 낙원체험은 인간이 산수자연과 더불어 정신적, 생명적인 교감을 하는 데서 가능해진다. 그리하여 조

---

18) 배종호, 『한국유학사』, 연세대출판부, 1990, 80~92쪽.
19) 조지훈, 『조지훈전집 3』, 나남출판사, 1996, 249쪽.

지훈에게 있어서 유토피아란 대단히 현세적인 것이고 현재적인 것이다.

앞에서 우리는 김영랑이 도달하고자 하는 유토피아가 관념적인 것으로서 과거적인 것이면서 미래적인 것이라는 사실을 알아보았다. 김영랑에게 있어서 낙원은 분명히 지상에 현존하고 있는 것이 아니다. 그리하여 시적 주체의 마음 고쳐먹기에 따라 쉽게 언제 어디서나 달성될 수 있는 것도 아니다. 김소월 이래로 우리는 이상적인 자연, 관념세계로부터 너무도 멀리 추방되어 왔음을 잘 알고 있다. 발터 벤야민의 말대로[20] 근대인들은 본질적 세계로부터 추방의 역사를 진보라고 착각하고 있는지도 모른다.

지상에 사는 개인적 주체로서의 시인과 초월적인 자연세계 사이에 좁힐 수 없는 거리가 생겼다는 사실에 대한 자각이 낭만적 비전으로 시를 쓰는 사람들에겐 깊이 깔려 있다. 그 사이에 사회학적 매개항이 자리 잡는 것이다. 사실 낭만파 시인들은 이 사회학적 매개항을 어렴풋이나마 인식하고 있었다고 보아야 할 것이다. 전근대사회에로 끊임없이 되돌아가고자 하나 근대적인 사회학적 매개항이 딱 버티고 앉아서 막아버린다는 사실, 그리고 근대 안에서 근대를 부정하는 낭만파로서는 결코 그 사회학적 매개항을 무시할 수 없다는 사실을 희미하게나마 인식했을 것이다. 그리하여 그들은 조지훈처럼 쉽게 유유자적할 수 없었던 것이다. 소월적 고뇌야말로 가장 근대적인 뉘앙스를 풍길 것이다. 이런 소월적 고뇌가 보다 더 극단적인 모습으로 드러난 것이 김영랑의 경우이다.

어쨌든 김영랑은 절망적인 세계 속에서 자기동일성을 지키기 위해 순수의 세계로 더욱 더 강하게 나아간 것이었다. 지상에서는 불가능한 순결한 삶을 추구하기 위해 초월적 세계를 동경하는 그의 관념론적 유토피아 지향성이야말로 순수성의 비밀을 밝히는 열쇠가 될 것이다. 김준오의 말처럼[21] 그는 지나치게 자기동일성에 집착했다고 봐야 할 것이다. 자

---

20) 발터 벤야민, 앞의 책, 348쪽.

기동일성 그 자체는 매우 소중한 것이다. 정체성이 사라지는 현대사회에서 자신의 영혼을 구원하는 방법이 되기 때문이다. 그러나 지나치게 통시적 자기동일성에 매달리다 보면 자아의 발전이 불가능해 진다. 그리고 김준오의 말대로 김영랑이 통시적 자기동일성에 집착한 것은 바깥 세계와의 만남을 두려워했기 때문이다. 자기발전이란 항상 자아가 타자와의 만남을 통해서 이루어 가는 것이다. 그런데 일제하의 현실세계 전체를 절대악으로 규정해버리고 나면 만남 그 자체가 아주 어려워진다. 시적 자아가 간절히 그 만남을 열망하지만 정상적인 만남이 이루어지지 않는다. 이럴 때 이루어지는 비정상적인 만남은 매우 관념적인 것이다. 오로지 시적 자아의 마음 안에서만, 초월적인 고립된 세계 안에서만 이루어지는 만남이다.

그러나 이 비정상적인 만남이 바로 시적인 것으로 된다. 시적인 것은 언제나 정상적인 데서가 아니라 비정상적인 데서, 문제적인 데서 발생하기 때문이다. 그러나 비정상적인 데 머물고 말면 진정한 의미에서의 문제의식이 희박해진다. 비정상적인 데서 정상적인 것을 지향할 때, 그 고통, 그 절망적인 상황에서 진짜 소중한 미가 발생하는 것이다.

이렇게 보면 일제하 참담한 상황 안에서도 타자와의 소중한 만남을 위한 긴장의 끈을 완전히 놓아버리지 않았다는 점에서 영랑의 서정시는 깊은 의미가 있다. 한편으로는 자신 속으로 도피하고 칩거하면서도 다른 한편으로는 타자와의 만남을 간절하게 열망해 왔다는 점에서 그 의미가 크다. 타자와의 만남을 도모하되 타락한 세상에서 타락한 방법으로 하는 것이 아니라, 비록 관념세계 안에서이지만 '순결하게' 만나겠다는 그 의지가 소중하다. 혹자는 그것을 순결콤플렉스라 하여 가볍게 치부해버릴지도 모른다.[22] 그러나 〈毒을 차고〉에서 보이듯 어떠한 사악한 세력과

---

21) 김준오, 앞의 논문, 207~211쪽.
22) 김준오, 앞의 논문, 200~201쪽.

도 불의의 손을 잡지 않겠다는 굳센 결의는 순수서정시가 지닌 서슬 푸른 면이다. 이것이 바로 순수서정시가 지닌 윤리적 미덕이다. 또한 그것은 하나의 중요한 정치학적 태도이다. 아도르노의 말처럼23) 순수서정시야 말로 이 시대 가장 反파시즘적이다. 우리 현대시사가 그것을 증명해 주고 있다. 역사적으로 가장 어려울 때 순수서정시야말로 가장 끝까지 훼절하지 않고 버티어 주었던 것이다. 서정시를 통한 현실 비판 내지 개혁이란 그렇게 혹독한 상황에서도 무너지지 않고 버텨주면서 미래적 비전을 소망스럽게 제시하는 것이다.

　김영랑 순수서정시의 의미를 좀더 객관화시키기 위해서는 조지훈의 그것과 비교해 볼 필요도 있다. 조지훈에게 있어서 순수성이란 김영랑처럼 관념세계로 도피하는 것이 아니다. 그는 이 세계 자체를 근본적으로 선하고 완미한 것으로 본다. 물론 이 때 말하는 '세계'는 거대한 우주, 자연 안에 포함되어 있는 개념이다. 그리고 그 세계를 바라보는 시적 주체 역시 자연 안에 들어 있다. 비록 정치적, 사회적, 역사적으로 일시 부정적 상황이 펼쳐지고 있으나 인간을 포함한 우주 그 자체는 무한한 생명운동을 해나가고 있다는 사상, 그리고 그 생명운동 자체는 지고지순하다는 사상24)이 깔려 있다. 따라서 조지훈에게 있어서 시의 순수성이란 일시적으로 보이는 부정적 국면을 걷어내 버리고 우주의 참모습, 생의 구경적 모습을 드러내 보여주는 것에 달려 있다고 본다. 그런 만큼 그의 시가 지향하는 순수성의 의미는 매우 현세적이고 현실적이다. 미래 도달해야 할 관념적인 것이 아닌 만큼 현재적이다. 그럼에도 불구하고 그의 시학이 기대고 있는 유기론적 사상 때문에 이데올로기적 측면이 탈각되어 있다. 정확하게 말해서 이데올로기가 탈각되어 있다기보다는 보수적

---

23) T. W. 아도르노(김주연 역), 「시와 사회에 대한 강연」, 『아도르노의 문학이론』, 민음사, 1992, 14~15쪽.
24) 方東美(정인재 역), 『중국인의 인생철학』, 탐구당, 1994, 107~108쪽.

인 모습으로 들어 있다 해야 할 것이다. 그러나 그의 보수적 이데올로기가 근대 부르주아 이데올로기에 대해서는 저항적이다.

김영랑의 순수서정시 역시 타락한 부르주아 문화, 특히 파시즘 문화에 대해 강한 거부정신을 보여주고 있다. 타락한 세계에 오염되지 않기 위해 그것을 거부하는 가운데, 비록 관념론적이기는 하지만 서정적 총체성을 비전으로 제시하고 있다는 점에서 그의 순수서정시는 강한 이데올로기적 측면을 지닌다. 이것은 모든 사회적, 역사적, 현실적 의미를 소거해 버리고 단순한 기표놀이로 나아가 버린 김춘수의 무의미시론에 근거한 순수성과도 다르다.

Ⅳ. 꼬리말

지금까지 살펴본 대로 김영랑의 순수서정시는 일제하 파시즘 체제에 저항하는 미학적 의미를 지니고 있다. 타락한 시대에 타락한 방법으로 저항하는 모더니즘적인 미학정신이 아니라, 타락한 시대와 손잡지 않으려는 강한 거부의 미학정신이 들어가 있다. 거부정신, 부정정신은 모더니즘만의 전유물이 아니고 모든 진정한 문학의 출발점이다. 순수서정시가 모더니즘 시와 다른 점은 타락한 세상을 거부 내지 부정할 뿐만 아니라, 바람직한 재통합에의 꿈을 제시하는 데에 있다고 봐야 할 것이다.

김영랑은 일단 타락한 세계에 대해 단호한 거부의 의지를 보여주고 있다. 그는 이 세계를 전적으로 구제 불가능한 것으로 보고 있다. 대신 자신의 내면은 절대적으로 순결한 것으로 보고 있다. 그는 자신이 아끼는 대상과의 소망스런 만남을 자신의 내면세계 안에서만 가능하다고 본다. 자신의 내면만이 순수하다고 믿는 이러한 唯我적 태도는 비정상적일

만큼 강력한 주체중심주의 미학 태도를 초래한다. 이러한 균형을 잃어버린 주체중심주의는 근대 안에서 근대의 문제를 극복하고자 하는 낭만적 발상에 다름 아니다. 그러나 1930년대 초반 현실적으로 전혀 구원에의 길이 보이지 않는다고 생각하는 김영랑에게 있어서 주체중심주의적 서정화 방식은 무조건 비판될 성질의 것만도 아니다. 이러한 극단적인 주체중심주의는 모든 것을 해체시켜버리는 파시즘 문화 속에서 나름대로는 자기동일성, 내면의 순수성을 확보·유지하는 방법, 바로 구원의 방법일 수 있기 때문이다.

전적으로 타락했다고 치부하는 현실 속에서 자신의 순결한 내면을 지킬 수 있는 것은 또한 관념적 초월세계 때문이다. '하늘'이 바로 그것인데, 이때 하늘은 일종의 '숨은 신'으로서 시인 내면의 총체성, 작품의 유기적 총체성을 가능케 하는 근원이다. 해체화 시대에 재통합을 가능케 하는 근원이다. 그리고 김영랑에게 있어서 이데아로서의 하늘은 서정적 자아에게 미래적 비전, 구원에의 길을, 바로 삶의 방향을 제시한다.

이에 비해 동양 유기론적 세계 인식방법을 이어 받고 있는 조지훈에게서는 자아중심주의가 보이지 않는다. 그에게는 서정적 주체와 대상이 상호 대등한 입장에서 만나는 방법이 보인다. 이것은 제유적인 상상력에 의한 것으로써 주체가 대상으로부터 완전히 분리되지 않는 모습을 보여주고 있다. 즉 '세계의 자아화'가 나타나지 않는다. 세계의 자아화란 세계와 자아사이에 현격한 거리가 발생했을 때 나타나는 주체중심주의적 서정화 방식이다. 거기에는 이미 근대 사회학적 사고가 깊숙이 매개항으로 들어가 있다. 자아와 세계 사이의 좁힐 수 없는 거리는 이 사회학적 매개항과도 관련이 있을 것이다. 김영랑에게서도 이미 근대이후 발견된 자아와 내면이 나타나기 시작한다.

한국 현대시사에서 김영랑의 중요성은 내면의 발견에 있다고 하겠다. 한국 모더니즘 시가 아니라 한국 현대 서정시의 흐름에서 보면, 김영랑

의 중요성은 자신의 내면성을 시의 중심 대상으로 삼았다는 데서 찾을
수 있다. 그는 자신의 내면을, 그 동일성을 지키려고 안간힘을 썼다. 분
열되고 해체된 내면을 폭로하는 것이 아니라, 자신의 내면을 파괴하려는
파시즘의 어두운 힘에 대해 저항하고 있다는 것이 중요하다. 서정시의
위대한 힘은 바로 이렇게 자신의 내면세계부터 통합해내는 데 있을 것이
다. 비록 통합의 방법이 관념적인 것일지라도, 진정한 통합을 위한 열
망, 도덕적 진보를 위한 꿈, 인간으로서의 威儀를 지키려는 의지는 높이
사야 할 것이다.

　김영랑이 자신의 내면을 지키고 진정한 통합의 방식을 꿈꿀 수 있었
던 것은 바로 이러한 관념미학 때문인데, 그러한 관념미학은 미메시스
시학의 관점에서 새롭게 해석해 볼 여지가 있다. 자신을 지키고 새로운
비전을 제시하게 해주는 Idea 세계를 모방하려는 미메시스 시학은 지나
치게 주관화된 서정시 해석 방식에 새로운 물꼬를 터 줄 것이다. 지극히
주관적인 양식이라고 생각해온 서정시에서 객관적이고 보편적인 의미를
추출해볼 수 있는 가능성이 열리기 때문이다. 만약 서정시에서 그러한
객관적이면서도 보편적인 미가 추출된다면, 그것은 오늘날 파편화되고
해체된 인간의 삶을 한층 고양시키면서 재통합하는 탁월한 결과를 초래
할지도 모른다.

┃ 서울산업대학교 문예창작학과 교수

▌참고문헌

구모룡, 『제유의 시학』, 좋은날, 2000, 177~188쪽.

김경복, 『서정의 귀환』, 좋은날, 2000, 39쪽

김용직, 『한국현대시사 1』, 한국문연, 1996, 87쪽.

김준오 편, 『김영랑』, 서강대출판부, 1997, 187~188쪽.

박호영, 「조지훈 문학 연구」, 서울대 박사논문, 1988, 57~70쪽.

배종호, 『한국유학사』, 연세대출판부, 1990, 80~92쪽.

서림, 『말의 혀』, 새미, 2000, 11~16쪽.

이숭원, 『20세기 한국시인론』, 국학자료원, 1997, 96~101쪽.

정한모, 『현대시론』, 민중서관, 1973, 183쪽.

조지훈, 『조지훈전집 3』, 일지사, 1973, 15쪽.

최승호, 『한국현대시와 동양적 생명사상』, 다운샘, 1995, 64~91쪽.

정효구, 「1930년대 순수서정시 운동의 시대적 의미」, 최승호 편, 『서정시의 본질과 근대성 비
　　　판』, 다운샘, 1999, 110~131쪽.

方東美(정인재 역), 『중국인의 인생철학』, 탐구당, 1994, 107~108쪽.

아도르노, T. W.(김주연 역), 『아도르노의 문학이론』, 민음사, 1992, 14~15쪽.

벤야민, W.(반성완 역), 『발터 벤야민의 문예이론』, 민음사, 1983, 350쪽.

Seidler, H., Die Dichtung, Alfred Kroner Verlag, 1965, 385쪽.

제2부
현대소설의 내적 형식

■ 정인택의 후반기 소설 연구 / 김강진

■ 한국전쟁기 소설 연구 / 김문수

■ 농민소설의 내적 형식과 서사전략 / 김선규

■ 1930년대 소설의 공간설정과 작가의식 / 김종건

■ 1930년대 서정소설의 미학적 특징 / 도춘길

■ 이원조 문학비평의 원점 / 박규준

■ 김동인의 미적 담론과 소설주체의 변화 / 박종렬

■ 카프(KAPF)에 대한 카프 주변부의 비판과 그 가능성 / 서경석

■ 『흑치상지』론 / 양진오

■ 박태원의 「소설가 구보씨의 일일」 연구 / 오병기

■ 일인칭 서술상황과 신변 체험소설 / 이강언

■ 한설야 소설의 갈등의 성격과 의미 / 이재춘

■ 이문구 초기작 연구 / 이철환

정인택의 후반기 소설 연구

김 강 진

Ⅰ. 들어가는 말

1. 문제 제기와 연구 목적

1940년대 초의 한국문학을 흔히 암흑기라고 칭했던 때가 있다. 이는 그 전대에 비해 작품의 수가 영성하고 그 질적인 면 또한 떨어지는 작품이 많았기 때문으로 판단된다. 1940년대 초의 이러한 문학 상황은 당시의 시대 상황과 밀접한 관계를 가지는 것으로 보인다. 일제는 1931년 만주 사변을 전후하여 한반도를 병참기지화하기 위해 폭정을 더욱 노골화시켰다. 이러한 외적 상황의 변화는 필연적으로 문학의 내적 변화를 요구하게 된다. 즉 작가는 현실을 떠나 자신의 내적 세계로 칩거해 들어가거나, 과거의 역사적 사실로 관심을 돌리게 될 수밖에는 없었으며, 그것도 아니면 일제에 동조하는 작품을 쓰거나, 밝은 날을 기다리며 붓을 꺾을 수밖에는 없었다.

정인택 역시 전기에는 이상, 최명익, 허준, 단층파의 작가들과 같은 심리소설을 썼으나 후기에 접어들면서 그 색채가 약화되어 역사의식과 작가의식이 결여된 형식에 치중된 작품을 창작하게 된다. 그래서인지 지금까지의 정인택에 대한 몇몇 연구는 그의 전반기 소설1)에만 집중되고 있다.

그러나 그의 작품 세계를 올바로 이해하기 위해서는 비록 작품에 작가의식이나 역사의식이 떨어진다고 해도 후반기 작품 역시 나름대로 의미망을 지어주어야 한다고 생각한다. 그러므로 본고에서는 정인택의 후반기 소설의 구조를 분석하여 그 특성을 제시함으로써 우리 문학사에서 그의 소설이 올바른 자리를 차지할 수 있도록 하고자 한다.

2. 연구 방법과 범위

지금까지 정인택에 대한 체계적이고 종합적인 연구는 이루어지고 있지 않다고 해도 과언이 아닐만큼 본격적인 연구물을 찾아보기 힘들다. 대체로 지금까지 이루어진 연구는 단편적인 평이나 그의 몇몇 작품에 치중된 것에 불과하다.[2] 이렇게 된 데는 여러 가지 원인이 있겠지만 크게 세 가지로 나누어 볼 수 있다. 첫째, 모티브의 불분명, 또는 작품의 유기적 구성 속에서 필연적으로 묘출되어야 하는 주제가 명료치 못하다[3]는 점과 둘째, 일제 말기의 작가 자신의 훼절과 6·25 전쟁 후 행방불명으로 학계의 관심에서 제외되었다는 점을 들 수 있겠고, 셋째, 작품이 여

---

1) 본고에서는 편의상 정인택의 소설 중 1936년 6월부터 1940년 9월까지의 소설을 전반기 소설, 1940년 10월부터 1941년 4월까지의 작품을 후반기소설로 구분한다.
2) 지금까지의 연구 성과물 내지는 평문들을 간단하게 살피면 다음과 같다.
   김남천, 「신진소설가의 작품세계」, 『인문평론』, 1940. 2.
   윤규섭, 「예술적 개괄의 부족」, 『인문평론』, 1940. 2.
   이원조, 「신춘창작계」, 『인문평론』, 1941. 4.
   임종국, 「정인택론」, 『친일문학론』, 평화출판사, 1966.
   이강언, 「1930년대 심리주의 소설의 전개-정인택의 「준동」을 중심으로」, 『대구어문논총』 3집, 1985. 8.
   김진석, 「1930년대 한국심리소설 연구」, 고려대, 1989.
   전혜자, 「현대소설사연구」, 새문사, 1987.
   졸 저, 「정인택 소설 연구」, 대구대, 1993.
3) 정의호, 「맹목의 작품·안이의 작가」, 『인문평론』, 1940. 5. 63쪽

러 잡지에 분산되어 발표되고 있기 때문에 텍스트 자체를 구하는데 많은
어려움이 따른다는 점이다.

본고에서는 정인택의 1940년 10월부터 1941년 4월까지 발표된 「착
한 사람들」·「여수」·「단장」·「부상관의 봄」·「구역지」 등을 대상으로
구조를 분석하여 정인택 소설의 특성을 명확히 파악하고자 한다. 특히
소설의 구조를 이루는 요소 중 인물·배경·시점·플롯 그리고 주제를
분석함으로써 이들 개별 요소들이 갖는 특성을 통해 정인택의 후기 소설
이 갖는 특성을 밝혀 보고자 한다.

Ⅱ. 주제 의식의 약화와 기법의 모색

1940년대 초는 한국문학에 있어 암흑기로 불릴 만큼 작품창작에 있
어 최악의 시기에 속한다.

일제는 중일전쟁 이후 1940년대에 접어들면서 더욱 전쟁에 광분하기
시작했으며, 한반도를 병참기지화 시키기 위해 노골적인 폭정을 시작하
여 정치적인 폭력행위가 그 극에 달하게 된다. 국어 사용을 금지시키고
창씨 개명제도를 강제 시행했으며, 민족언론지인 「동아일보」와 「조선일
보」를 폐간시키는 한편 작품의 발표 매체인 「문장」과 「인문평론」마저
각각 폐간시키고 이를 대신하여 「국민문학」이 나타난 것도 1940년대
초반의 일이다. 이로써 제한된 범위 내에서나마 민족의 맥을 이어가던
우리 문학이 이젠 그 설 자리마저 완전히 잃고만 셈이 되었다.

이러한 정치적 현실을 감안할 때 작가로서 창작 태도나 윤리를 문제
삼는다면 그들이 취할 가능한 방법은 붓을 꺾는 일과 자신만의 세계에서
언젠가 밝은 세상이 되기를 기다리며 창작을 하는 일이 될 것이다. 그러

나 이것은 현실적으로 어려웠으며 많은 작가들이 역사의식이 결여된 친일 작품을 쓰기 시작한 것이 일반적인 현상이었다.

정인택의 소설 역시 1940년대 중반 이후로는 크게 변하는 모습을 볼 수 있다. 즉 1930년대 세계와의 단절로 내면세계에 칩거하던 소설의 양식은 주제의식이 약화되면서 밝은 이미지를 띠고 나타나게 된다. 이에 따라 내용은 일상적인, 상식의 테두리에 머물며 대신 여러 가지 기법을 다양하게 사용하여 작품내에서 기법을 실험이라도 하는 듯한 모습을 보이게 된다. 이는 친일 문학기로 넘어가는 과도기에 잠시 나타나는 현상으로 이해된다.

이 시기를 거치면 정인택 역시 적극적인 친일문학의 선봉에 서서 일제의 정책에 편향하여 내선일체에 따른 징병제 권유, 애국반 정신의 고양 등을 외치게 된다.

결국 정인택의 1940년 중반 이후부터 1941년 초까지의 일년여 작품은 역사의식의 결여와 주제의식의 약화에 따라 내용면에서 오는 한계점을 극복하지 못하고 기법적인 면으로 도피해 버린 작품들로 평가 할 수 있으며 이 시기는 적극적인 친일 문학으로 가는 과도기에 해당한다 하겠다

1. 일상적 삶에서의 의지적 인물

작가는 자신이 표현하고자 하는 바를 인물의 행동이나 사고를 통해 표출한다. 즉 등장인물의 행동과 사고는 작가의 태도에 의해 치밀하게 창조되어 지는 것이다.

전반기 정인택소설의 주인공은 자신의 내면세계로 칩거해 들어가는 자의식과잉자의 모습을 드러냈다. 이들은 자기 외의 세계와 문을 닫고, 세계와 단절되고 소외된 삶을 살았다. 그러므로 주인공이 만나는 사람은 제한되어있고, 만나는 사람 역시 비슷한 인물들이었으므로 등장하는 인

물유형 또한 단순할 수밖에 없었다.

그러나 1940년 말에 이르면서 정인택소설의 모습이 달라짐으로 인해 등장하는 인물 역시 변화된 모습을 보인다.

먼저 등장인물 중 남성의 모습을 살펴보자.

이 시기 정인택 소설에 등장하는 남성의 모습은 전반기 소설에서 볼 수 있었던 모습과 크게 다르다.

> "옥순인?"
> 이윽고 방안을 기웃하더니 내뱉는 듯이 불쑥 퉁명스럽게 묻는다.
> "안 왔단다."
> "입때요?"
> "그래"
> "온, 참 혼을 내 줘이지. 말만헌 기집애가 어딜 밤늦게 도라댕겨"4)

여동생이 늦게 돌아오자 덕성은 불만을 표시한다. 이것은 전반기 소설과 비교해 볼 때 대단한 변화이다. 자신의 무기력에서 벗어나지 못하고 끝없이 침잠해 들어감으로써 사회와 단절되고 가족 구성원들 사이의 연대감마저 상실하고 말았던 심리소설에서는 찾아보기 어려운 모습이다.

> 최군의 첫인상은 정신이나 육체나가 나약하다는 그 한마디로 그친다. 외관만 그렇다면 문제는 없었다. 그러나 몰락해 가는 중류가정의 청년이 다같이 상실하고 마른 청년만이 가질 숭고한 정신—그것을 기백이래도 좋고, 열의래도 좋지만 그런 것이 없다, 한가지를 위하야—경우에 따라선 그것이 단순한 사랑이라도 무관하다.—전령을 바치고 몸 하나 내던질 결심. 그런 것이 없다. 무모하기까지 해도 좋다. 신념을 꿰뚫을 강철 같은 의지, 의욕, 그런 것이 보이지 않는다.
> 그런 결과로 우울을 핑계삼아 짝지어 가지고 술타령으로 일삼고, 아모

---

4) 「착한 사람들」, 435쪽.

비판도 담기지 않은 도회적 무지—단순한 시굴 사람의 무지와는 단연코
구별될 그런 무지를 내흔드러 욕설이나 짖거리고……5)

　「범가족」에서 봉재가 느낀 동생 옥희가 사랑하는 최군의 인상이다.
옥희는 최군과 함께 만주로 애정행각을 하기로 결심한다. 주인공인 봉재
는 이 사실을 알고 정체도 확실히 모르는 나약한 청년에게 옥희를 맡기
기로 하고 이들의 행위를 묵인한다. 의지박약으로 사회성을 상실하고 있
는 모습을 볼 수 있다.

　그러나 「착한 사람들」의 덕성은 지적으로는 비록 열등하지만, 가족
구성원으로서 사회성을 의식하고 있으며, 생활면에서도 여성에게 기생
하지 않고 자신의 의지로 살아가려는 모습을 보인다. 후반기소설의 가장
특징적인 인물의 변화다. 가정의 불화가 있음에도 불구하고 그는 가족
구성원임을 잊지 않는다. 그리고 자신의 의지를 세우고 이에 따라 행동
하는 인물이다.

　　"에이, 난 또 문을 걸었지, 다 온줄 알구 . 그럼 다시 따 놔야겠군"
　　얼마만에 덕성이가 비틀비틀 이러서자 기다렸던 듯이 월선인지 금선
인지가 따라 이러나며,
　　"내 열어 노께"
　　하면서 빨랑빨랑 앞을 서는 것을 덕성이는 히죽 가루막고,
　　"관둬요. 누가 당신더러…"
　　"아이 별일일세. 아무나 열면 어때"
　　"안돼. 내 손으루 내 손으루 걸었으니까 말야, 내 손으루 따야헌단 말
이야"6)

　자신의 행동에 자신이 책임을 진다는 단적인 모습이다. 이러한 변화

---

5) 「범가족」, 185쪽.
6) 「착한 사람들」, 435쪽.

는 전반기소설의 무기력한 인물과 비교해 볼 때 더욱 큰 차이를 느낄 수 있다. 또한 이들은 애정면에 있어서도 행동의 주체로서 능동성을 보인다.

「착한 사람들」의 덕성이는 평소 마음에 두고 있던 명희를 어둠 속에서 꼭 껴안고 입을 맞춘 후 사랑을 고백한다

> 벌써 오래 전부터, 처음 자기를 볼 때부터 마음 속으로 정한 사람이었다고 덕성이는 자기에게 그렇게 말했다. 그것을 고백하려고 몇 번이나 기회를 엿보았어도 그때마다 망설이단 말고말고 하였다고 덕성이는 자기에게 그렇게 말했다. 오늘 큰 맘 먹고 이 말하는 것도 반은 술기운이요 여기가 어두어서 얼굴이 안 보이는 때문이라고 덕성이는 자기에게 그렇게 말했다.7)

덕성이과 헤어진 후 명희 혼자서 회상하는 내용이다. 덕성이는 명희에게 결혼에 대한 의지를 강하게 나타내 보이고 있다. 이렇듯 강한 의지를 보이는 남성이 두드러지게 나타나는 것이 후반기소설의 특성 중 하나다.

「부상관의 봄」의 주인공 역시 학생 입장으로 배움을 마치지도 않은 상태에서 더욱이 부모가 일방적으로 정해준 혼사에 응할 수 없다는 신념을 가지고 있다. 그래서 부모님을 백방으로 설득하려 하지만 오히려 부모님의 하소연에 부딪치고 만다. 자신의 뜻이 관철되지 않을 것을 예상하고 그는 과감히 도일을 결심하고 이를 이행한다.

의식은 깨어 있으면서 행동은 결여됐던 전반기소설의 자의식 과잉자와 좋은 대조를 보인다.

> 오정 때 아버지가 별안간 무표정한 얼굴로 우리들의 누추한 보금자리를 찾으셨다. 만세. 말슴은 없으나 아버지의 허락이 내린 것이다. 우리들의 결혼에 처음엔 그렇게 반대하시더니 결국 우리들의 사랑을 익이지

---

7) 위의 책, 439쪽.

못하셨다.
　아버지의 무언의 허락을 우리들은 더 굳은 사랑을 맹서하는 것으로 맞아드려야 했다.8)

　집에서 정해준 혼처를 외면하고 자신의 의지로 택한 여인과 살며 끝내는 부모의 허락을 받아낸다. 자신의 의지대로 행동을 하면서도 가족간의 관계를 유지하는 이성을 보이고 있다. 이러한 모습은 전반기소설에서 비정상적인 결혼을 하여 성에 탐닉함으로써 가족 구성원으로서의 사회성을 상실하는 인물과 좋은 대조를 이룬다.

　　"어머니, 지가 골른 색시 으때요?"
　　간다고 이러나실 때 히죽히죽 웃으며 물었더니 어머니도 따라 웃으시며,
　　"온 뻔뻔헌 여석두 다 봤다. 에미 앞에서 누가 색씨 자랑 헌대드냐"
　　그러시면서도,
　　"복스럽고 상냥허게 생겼다."
　　귓속말같이 들려 주시다가 너머 칭찬만 했다고 후회가 나시던지,
　　"하관이 좀 빨르다만…"
　　그러나 그것은 괜은 말슴, 어머니 속을 내가 다 내다 본다.9)

　자신이 택한 여인과 동거하면서도 부모과 자식의 관계가 계속되고 있는 모습을 볼 수 있다.
　후반기소설의 주인공은 사회와 가정으로부터 소외된 고독한 존재가 아니라 이들과의 융합을 꾀하면서 자신의 의지대로 살아가려는 인물이다.
　「부상관의 봄」의 아사오 역시 대학엘 다니면서 알게된 다에꼬를 사랑하게 되어 결혼을 하려고 한다. 그러자 부모님은 정해둔 약혼녀가 지금도 기다리고 있기 때문에 안 된다고 반대를 한다. 아사오와 다에꼬도 이

---

8) 「여수」, 16쪽.
9) 위의 책, 16~17쪽.

에 굴하지 않고 서로의 마음과 몸을 굳게 지켜 아버지의 허락을 기다린
다.

> 드디어 '아사오'의 아버지가 꺾일 날이 왔다. 얼마전에 일간 한 번 상
> 경해서 잘 의론하겠다는 편지를 하고서는 별안간 오년 동안이나 집에 돌
> 아오지 않는 아들을 찾아 상경햇던 것이다. 그리하야 그들은 어저게 '다
> 에꼬'까지 한 자리에 몰여 흉금을 터러 놓고 각자의 신념을 이야기 했다.
> '이사오'의 아버지는 비로소 그들의 '꿋꿋하고도 바르고 충실한 사랑'('무
> 라이'의 말)에 압도되었고, 또 '다에꼬'의 단정한 태도라던가 영리함에
> 크게 감동되어 당장 그 자리에서 그들의 결혼을 허락하고 말았던 것이
> 다.10)

드디어 아버지의 허락이 있었다. 비록 가정과 반목기간은 있었지만
끈질긴 기다림으로 모든 관계가 정상화된다.

자의식 과잉자의 경우 외부와의 단절로 칩거해 버리는 모습과 비교할
때 이성을 가진 지식인으로서의 모습이 보인다. 자신의 의지를 실천하면
서도 가족과 사회 등으로부터 소외되거나 단절되지 않고, 이와 융합을
꾀하는 것은 심리소설의 인물과 대조적이다.

이와 같이 자신의 의지를 실천하되 이성에 바탕을 둔 남성 인물의 등
장은 후반기소설의 특징으로 꼽을 수 있다.

또한 실직 지식인의 모습도 전반기소설의 무기력한 모습과는 매우 다
르게 나타난다.

> 모다들 핀둥핀둥 놀고 있는 몸이라 아침엔 의례히 경쟁을 하다싶이 늦
> 잠을 잣고, 그래선 늘 열한시가 지나서야 겨우 부산하게 밥상을 대했다.
> 그 시각이 거의 약속이나 한 듯이 한결같아서 비록 선후는 있었지만 십

---

10) 「부상관의 봄」, 91~92쪽.

분이상의 차이가 나는 때는 별로 없었으므로 우리들 세삼인은 매일 아침 낮인지도 모르지만 세면소에서 혹은 식당에서 얼굴을 대한 때마나 서로 게면적게 웃었고, 그리고 짧은 사이에 급속하게 친밀해졌던 것이다.11)

하는 일 없이 핀둥핀둥 놀고 늦잠을 자는 것은 심리소설에 등장하는 지식인과 다를바가 없다. 그리고 그의 의식 세계는 행동을 앞서 깨어있다. 이러한 모습은 자칫 전반기소설의 자의식 과잉자의 모습과 혼동하게 된다.

> 그렇게 이 세상에서 숨다 싶이하야 나는 혼자 파묻혀 인제부터 살아가고 학교에 다닐 방도를 궁리할 작정이었던 것이다. 생소한 타향에서 오백원이란 돈이 얼마나한 가치밖에 못가진 것을 나는 잘 알고 있었다.
> 그러나 앞일을 생각하기 전에 나는 먼저 내가 저질른 과거의 죄악을 굴레에서 벗어나야 했다.
> 아무리 내 자신 대의 명분을 내세워보아야 역시 죄인이란 범주를 벗어나기는 어려웠다. 아무도 나를 지탄하는 사람은 없다하더라도 그런 감정은 날이 갈수록 치열하게 내심에서 불타 올라 더욱 나를 괴롭게 하는 것이다.12)

위의 두 인용문을 통해 볼 때 자칫 등장인물인 '나'를 자의식 과잉자로 생각하기 쉽다. 그러나 조금만 깊게 살펴보면 심리소설에 등장하는 자의식 과잉자와 다른 점을 발견하게 된다.

첫째, 나는 비록 직업이 없이 핀둥핀둥 놀지만, 앞으로 하고자 하는 일에 대한 방향이 분명하다는 점이다, 적어도 나는 다음해 봄에 대학에 들어간다는 목표가 설정되어 있는 인물이다.

둘째, 자신에 대한 반성이 이성에 바탕을 두고 철저히 이루어지고 있

---

11) 위의 책, 74쪽.
12) 위의 책, 83쪽.

다는 점이다. 새로운 출발을 위해선 철저한 자기 반성이 필요하다. '나'
는 새로운 일을 시작할 준비가 되어 있다.

> 결혼에 대한 반감이 그렇게도 굳세일 줄은 내 스스로도 얼마동안 의식
> 치 못하고 있었던 바이다. 그 이유가 단순히 내 나이가 어리다던가, 학
> 업을 마치지 못했다던가, 그런데만 있는 것 같다고는 내 자신으로도 단
> 언할 수 없었다. 그렇다고 물론 사진밖엔 보지 못했으나 당자에게 불만
> 이 있다는 것도 아니었다.
> 그런 것들도 내가 결혼을 기피하는 커다란 원인의 하나일 수는 있었
> 다.
> 그러나 결코 그것만에 끄치는 것은 아니었다.
> 이제 이르러 돌아보니 진실로 그 근본에 가로놓여 있는 것은 어리석다
> 고 할만한 단순한 꿈이었다. 몸도 마음도 순색으로 자라났던 만큼 나는
> 어린애 같이 천진한 꿈을 오랜동안 고이고이 키워 왔었다. 그 꿈은 도저
> 히 부모가 택한 이성을 상대로는 이루워질 수 없다고 그것은 내게 있어
> 한 개의 신앙과도 다름 없었던 것이다.13)

도일한 이유가 분명히 제시되고 있다. 전반기소설에는 막연히 배고픈
고향보다는 나으리라는 일루의 희망으로 도일을 하는 인물이 등장 하지
만 후반기소설에 등장하는 인물은 학업을 마치기도 전에 일방적으로 결
혼을 강요하는 부모의 뜻에 따를 수 없을 뿐 아니라 현명한 꿈을 위하
여 그 꿈을 실현시킬 하나의 수단으로 도일한 것이다. 그에겐 자신의 꿈
을 실현시킬 실천 의지가 보인다.

> 이튿날부터 '무라이'는 밥술만 뜨고 나면 자기방에 드러박혀 무엇인지
> 열심히 쓰고 있는 모양이었다.
> 정말 소설을 쓰기 시작했나 보다고 나도 차차 시험 준비를 시작해야겠

---

13) 위의 책, 81쪽.

다고 결국 그것을 기회로 나도 다른 모든 것을 잊고 앞날의 계획을 세우기에 바빴다.

때때로 집안 일이 마음에 거리끼지 않는 것도 아니었다. 그러나 이미 몇해 동안은 내 자신만을 키우기로 결심한 후이라 이를 악물고 아무것도 생각하지 않으리라 맹서한다.

그리하야 지극히 평온한 날이 계속 되었다. 낮이고 밤이고 부상관은 사람이 있는지 없는지 모르도록 조용하였다14)

자신의 일에 몰두해 가는 진지한 지식인의 모습이 보인다. 이러한 변화를 통해 그동안의 공백기가 막연한 현실도피의 공간이 아니라 재충전의 기간이었음이 설득력 있게 확인된다. 이러한 인물유형은 전반기의 심리소설과 비교해 볼 때 확실히 변모된 모습이다.

후반기소설의 또 하나 인물의 특성은 부인물인 여성을 전반기소설에서처럼 단순한 성의 대상이나 생계의 유지자로 보고 있지 않다는 점이다. 후반기소설에서 대부분의 남녀관계가 정상적으로 그려지고 있으며 남편이 아내를 끔찍이 사랑하고 있음을 알 수 있다.

이들 남여의 만남 역시 지극히 정상적이고 평범하게 이루어진다.

박군집에 놀러갔다가 우연히 또 '유미에'씨를 만났다.

우연히?

월, 수, 토, 일주일에 세 번씩 '유미에'씨가 박군 부인에게 영어 배우러 다니는 것을 빤히 알면서 우연이 다 무엇이냐.

머지 않아 이 고장을 떠날 몸이 작고 한 여인에게 마음을 끌린다는 것은 아무래도 상스러운 일 같이 생각되지 않는다.15)

「여수」의 '나'가 친구인 박군집에서 유미에를 만나는 장면이다. 이미

---

14) 위의 책, 93쪽.
15) 「여수」, 11쪽.

유미에를 사랑하고 있는 상태에서 그를 만나기 위해 박군의 집으로 찾아간 것이다. 관심을 갖는 사람에게 관심을 표현하고 있다.

여러 차례에 걸친 이러한 만남이 박군집에서의 우연한 사고로 급속히 발전한다. 그래서 서로에게 희망을 줄 수 있는 존재가 되며, 병으로 요양을 떠나 헤어지게 되어도 믿을 수 있는 사이가 된다. 우연히 길에서 만나 하룻밤의 정사로 이루어진 전반기소설의 부부와는 만남의 과정부터 다르다. 그러므로 이의 결속력 또한 전반기소설과는 비교도 할 수 없을 만큼 강력하게 나타난다.

다음은 '나'가 유미에가 떠난 뒤 혼자 온천 휴양지에 가서 방을 꾸미는 장면이다.

> 내가 자리에 누으면 마조 바라보이는 벽에 조선옷 입고 그린 「유미에」의 초상화를 걸고 책상 머리 양옆에는 외인쪽으로 「유미에」혼자서 박은 전신상 바른쪽으로 동경 떠나던 날 나와 가치 박은 사진을 장승 모양으로 세워 놓았다.
>
> 이제 그 사진관 진렬창에 있는 사진 마져 사다가 초상화와 맞서게 이번엔 이편 벽 중턱에 걸으리라.
>
> 방안에 아늑한 맛이 돈다. 나는 인제 외롭지 않다. 이 책상 앞에서 나는 오늘부터 얼마던지 책을 읽고 얼마던지 글을 쓰고 그리고 얼마던지 튼튼해 질 수 있는 것이다.16)

비록 떠난 지 3년이 넘는 아내지만 얼마나 사랑하고 있는지 단적으로 드러난 글이다. 떠나도 아까울 것이 없는 아내라고 하던 전반기소설과 비교해 볼 때 그 차이가 뚜렷이 드러난다.

「부상관의 봄」에서도 나와 어린 죠츄인 하마에는 점점 사랑하는 사이가 된다. 하마에는 밤늦게까지 잠 못드는 나를 위해 밤참을 준비해 준다.

---

16) 위의 책, 9쪽.

　　'하마에'는 채 방안에 발도 드려 놓지 않고 한 손으로 '우동'남비를 조
심스럽게 내미르며,

　　"자정 넘었에요........어서 주무세요.........그리구 이거......."

　　말을 맺이지 못한 채 무엇인지 뒤에 숨겼던 것을 얼른 이불 밑에 파묻
고 그대로 '하마에'는 도망치듯이 층계를 내려가는 것이다.

　　'유담뽀'였다

　　나는 약간 눈시울이 뜨끔하는 것 같아 다시 고개를 수기고 조용히 발
을 뻗어 발 끝으로 그 '유담뽀'를 매만져 보았다. 어머니 손끝같은 따사
로움이 가만하게 부드럽게 기어 올르고 스며드는 것이다.17)

　　'나' 역시 하마에를 하나의 여인으로 생각하며 애정을 갖고 있다. 이러
한 점은 전반기소설에서 '나'가 유미에를 죠츄라는 직업 여성으로만 대하
려 하거나, 성적 대상으로만 생각하려던 모습과 큰 차이를 보인다.

　　이와 같이 후반기소설에는 가족이라는 공동체를 의식하며 이성에 바
탕을 두고 자신의 의지를 실현시키려는 능동적인 인물이 등장하며 그들
의 애정 형태 역시 지극히 정상적인 모습을 보인다. 전반기소설에 비해
후반기소설에 등장하는 남성은 여성 인물을 단순한 성의 대상이 아니라
진정한 애정의 대상으로 생각하는 인물들이며 이들은 생활면에서도 매
우 적극성을 띤다.

　　다음은 여인들의 인물 특성에 대해 살펴보기로 하겠다.

　　후반기 소설의 여인상은 매우 다양한 유형으로 나타난다. 이들 인물
을 크게 세 유형으로 나눌 수 있다.

　　첫째 남편에게 순종적인 반면 생활면에선 적극적인 형과 둘째는 성실
하고 진실한 남자를 만나 어두운 과거를 청산하고 갱생하는 인물과, 현
실의 처지에 쉽게 체념해 버리는 인물로 나눌 수 있다.

---

17) 「부상관의 봄」, 84쪽.

‘유미에’는 서울을 떠나게 된 전날 하루 종일 걸려 이 ‘앨범’을 나를 위하여 만드러 주고 간 것이다. 자기 백일날 때 박은 사진부터 둘이서 나란히 가치 박은 사진까지 50매 가까운 사진을 그는 나 보구 싶을 땐 언제던지 이것을 보아 달라고 차곡차곡 순서대로 붙이엇고 그 밑에다가는 흰 「인크」로 자세한 설명까지 적어 주었었다.18)

꼼꼼한 유미에의 성격이 잘 나타나 있다. 남편에게 자기를 잊지 말라는 간절한 소망을 담은 행동이며 자신의 사랑을 담은 행동이다. 자신이 떠난 뒤 남편의 외로움까지 생각해 주는 여인이다.

내가 한 마디만 가지 말라고 입밖에 내었어도 ‘유미에’는 그 말을 순종했으리라19)

남편에게 순종적인 여인임을 나타내고 있다. 그러나 남편에게는 이렇게 자상하고 순종적인 여인이지만 그녀의 성격은 무척 의지가 굳은 여인으로 나타난다. 남편의 눈을 통해 그려지는 그녀의 성격이다.

자기 믿는 곳이라면 남자보다도 꿋꿋한 기상을 가진 ‘유미에’는 여간해서—가 아니라 거이 절대라해도 좋을 만큼 남의 앞에선 눈물을 보이지 않았었다.20)

대단히 강한 성격의 여인임을 알 수 있다.

그녀는 남편에게 의지하지 않고 자신이 취직을 하여 번 돈을 남편의 이름으로 친정에 송금하는, 생활면에 있어 의지적인 모습을 보인다. 자신이 친정의 생활을 책임지고 있었으므로 떠나온 뒤에도 계속해서 경제

---

18) 「여수」, 10쪽.
19) 위의 책, 21쪽.
20) 위의 책, 19쪽.

적인 도움을 주는 것이다. 이렇듯 그녀는 생활면에 있어서는 남성보다도 더욱 강인한 면을 보인다.

> 부모는 자기를 딸이라 생각하지 않을지 모르나 자기마자 부모를 저바릴 수는 없으리라. 나 돈 좀 쓸 데가 있다고. 그렇게 말하는 '유미에'의 두 눈에 눈물이 잠간 어린 듯 만 듯한 것을 나른 얼른 외면하여 모른 체하고 고개를 끄덕이었다.
> 한달에 몇 십원 집에 부쳐 줄 그까진 돈쯤 내가 어떻게 하겠다고 말을 끄냈자 드를리 없는 '유미에'이다.21)

남편 앞에서는 연약한 여인에 불과하지만 생활면에서는 오히려 더욱 강인한 모습을 보인다. 딸의 행복은 생각해 주지도 않고 자신이 떠나면 생계의 위협을 받는다고 결혼마저도 반대하는 부모지만 그녀는 끝까지 부모에게 희생하는 여인이다.

「구역지」의 막둥어머니 역시 전통적 사고를 가진 여인으로 시대의 희생물이 된 남편을 불쌍하게 여기며 생활을 한다.

> 무슨 낙정미를 보랴고 사는 것이냐고, 시선 가는 곳이면 한번씩은 꼬드김을 받은 것이었으나 그러나 막둥네는 장님처럼 귀먹어리처럼 못본 체 못들은 체 꿋꿋하게 버티어가며 안해로서의 인종의 길을 밟어온 것이다.22)

한번 출가하면 그 집의 귀신이 돼야 한다는 전통적 사상에 물들어 있는 여인이다. 그렇기에 비록 무기력한 남편이지만 단지 남편이라는 이유만으로 이필주 노인을 섬기며 살아 왔다. 그러나 가난한 살림으로 인하여 그녀는 억척스런 여인으로 변모한다. 먹고 살기위해 여자 뚜쟁이로

---

21) 위의 책, 18쪽.
22) 「구역지」, 344쪽.

변신을 하는 것이다.

> 이필주씨 가문에 들어가서부터 오늘 입때까지 재조라곤 손때 올은 책 읽는 것밖에 없는 무능한 남편을 꾸준히 섬기며, 남의 집 드난꾼으로 혹은 공장 품파리로 온갖 고생사리를 혼자 맡어 겪어오는 동안 업친데 덮친데로 애들이 주렁주렁 달리게 되고 보니 그나마 몸의 자유를 잃게 되어 속절없이 주림과 싸우게 되었을 때. 새로이 직업을 얻게된 것이 지금의 뚜쟁이였다. 반 환양이 같은 이 직업이 처음에는 천착스럽게 생각되어 속으로 몇 번이나 망설이였던 것이, 나어린 것들 하고 살고 봐야지 부끄러울 것이 어데있냐고 막둥네는 드디어 결심하고, 이웃에 사는 뚜쟁이 차첨지를 찾어가 여자 뚜쟁이로 한목을 얻어보게 된 것이었다.23)

두 여인 모두 생활면에서는 꿋꿋하게 살지만 남편에게는 순종하는 인물이다. 이들의 의식은 다분히 동양 여성이 갖는 보수적인 경향을 지닌다.

또 다른 인물형으로는 과거의 떳떳하지 못한 생활을 청산하고 새출발을 하는 인물이다.

여기에는 먼저 「착한 사람들」의 명희가 있다.

명희는 어렸을 때 아버지의 고질병을 고치기 위해 자신의 몸을 팔기까지 하는 효녀다. 그러나 아버지가 보람도 없이 돌아가시고 어머니마저 세상을 등진 뒤, 그녀는 오탁에 젖어 타락한 생활을 한다.

> 그리하야 명희는 술에 젖고, 사내에 젖고, 속이기도 하고 속아도 왔으며 행복이 무엇인지 찾을 생각도 없고 아지도 못하는 새 이런 종류가 여자들이 밟는 가장 평범한 길을 밟아—그러나 하로 아침 문득 핏기없는 얼굴과 시퍼렇게 거칠은 수족을 바라보고 명희는 망막한 허무감을 느끼어 몸서리 쳤으나 이미 꿈도 없고 스승도 안 가진 명희에게는 그 길을 그대로 굴러가는 수밖에 도리가 없었다.24)

---

23) 위의 책, 344쪽

이렇게 타락된 생활에 젖어 살던 명희가 덕성이의 깨끗한 사랑을 접하고서 그동안 자기의 생활을 뼈저리게 뉘우치며 잃었던 이성을 되찾게 된다.

> 그렇더라도 아직도 자기 몸에 자신을 갖일 수 없는 명희이다. 그동안의 생활이 깊게 몸에 배여서 좀체로 가시지 않을 것을 명희는 누구보다도 잘 알고 있다. 자기 몸 구석구석에 까지 퍼져 잇는 그런 티끌 그것을 씻어 없애일 때까지는 정말 자기는 떳떳하게 덕성이 앞에 나설 수 없고, 더구나 덕성이의 안해가 될 수는 없다.[25]

이렇게 깊게 자신을 반성한 그녀는 다시 새사람이 될 것을 다짐한다. 그녀의 철저한 자기분석과 새 생활에 대한 굳은 의지가 보인다.

> 사람중에도 깨끗한 사람. 여자 중에도 얌전한 여자. 그런 것이 되리라. 아무나 될 수는 없을지 모르나, 그렇다고 못된다고는 아무도 못할 것이다. 덕성이를 사랑하는 길이 그렇게 평탄한 길일 수 없는 것을 명희는 새삼스럽게 각오하였다.[26]

「구역지」의 채향이 역시 과거의 생활을 청산하고 새출발을 하려는 여인이다.

> 채향이가 철이 들자마자 부모는 남동생 하나를 짐으로 맞겨놓고 앞뒤를 다투어 세상을 떠났다. 그때부터 채향이는 채향이대로 그런 처지에 있기 쉬운 여자의 길을 걷게 되었고, 동생은 동생대로 그런 처지에 있기 쉬운 남자의 길을 걷게 되었다. 술국이까지 잡었든 채향이는 급기야엔

---

24) 「착한 사람들」, 437쪽.
25) 위의 책, 439쪽.
26) 위의 책, 440쪽.

은근자가 되고 말았고 연극장 깃대잡이를 하던 동생은 드디어 마루이찌
꾼으로 굴러 떨어졌다.27)

채향이 역시 어린 나이에 부모님을 잃고 타락된 생활을 하여 끝내는
밀매음까지 하게 된다. 그런 채향을 이주사가 작은집으로 들여 앉혔던
것인데 동생점복이와 함께 있는 천서방을 만나 어두운 생활을 청산하고
다시 새출발을 하려고 한다.

> 귀밑 머린 못풀었다 할지라두 어엿허게 민적에나 느어주구 하루에 단
> 한끼를 끄려두 좋으니 그저 두 손목 맞붙잡구 지낼만한 걸 맞는 냄편데
> 가 이었으면 허구 자나깨나 이생각였다우
> 그동안 나리허구 지내면서 이런 맘을 먹었다는게 죄스럽긴 했지만 내
> 전정을 생각하느라구 어쩔수 있우. 그러든 참인대 그 점복허구 한 집에
> 있는 와다보로 노릇하는 천서방허구 연대가 되서 그런지 서루 맘을 아러
> 주게 됐다우.......... 그렇다구 서루 입땟것 치사헌 짓은 정말 없었구 그
> 러기 때문에 하루 바삐 나리께 이런 사정을 설파하구 아주 딱 갈러진 연
> 후에야 살림을 채릴 배포였다우.28)

이렇게 이주사에게 모든 사실을 얘기하고난 후 깨끗이 관계를 청산하
고 천서방과 새출발을 한다. 이것은 과거 은근자로 있을 때 그녀의 모습
과는 전혀 다른 모습으로 변모한 것이다.

후반기소설의 또 하나의 인물형으로는 현실에 쉽게 체념해 버리는 형
을 들수 있는데 「착한 사람들」의 옥순어머니가 대표적이다.

> 불만은 있어도 면대해선 장성한 아들앞에 오직 두려워만 할 줄 아는
> 옥순어머니는 당황해서 이러나 맞이며,

---

27) 「구역지」, 333쪽.
28) 위의 책, 336쪽.

　　"저녁 채리랴?"
　　아무 위로의 말도 입 밖에 내이지 못하고 여우 이런 소리로 하룻동안
의 그립던 정을 표현하는 것이다.29)

　　이렇듯 그녀의 삼종지도의 예를 생각하는 전통적 사고를 가진 여인으
로 세파에 시달리면서 이를 극복하고 이겨나가려는 신념은 갖지 못하고
오히려 현실에 순응하고 체념하는 여인으로 나타난다.

　　그러나 옥순어머니는 모든 것을 팔자로 돌리었다.
　　십년 전만해도 고향에선 첫손에 꼽히던 집안이 눈깜작할 사이에 여지
없이 망해버리어 셋방구석으로 도라다니게 된 것도 팔자. 비명으로 남편
이 죽은후 몇 마지기 남기고 간 땅에 의지하야 눈물을 감추고 자기 혼잣
손으로 애지중지 키워내인 아들딸이 오늘날 이렇게 남의 틈에 끼어 천대
를 받게된 것도 팔자. 그 아들딸이 어머니의 공을 몰으고 자기를 푸대접
하는것도 팔자. 다 늙에 딸보다도 어린 기생, 여급 나부랭이의 욕설을
들어가며 삯바누질을 하게 된 것도 팔자.……옥순어머니에게는 모두가
타고 난 팔자이라, 운명을 운명대로 유순하게 맞어 드릴뿐, 지금에 이르
러 그것을 조금이나마 슬퍼하거나 거역하려는 마음을 먹지 않았고, 먹지
않으리라고 결심하지 이미 오래다.30)

　　모든 것을 그저 팔자 소관으로 돌리고 체념하며 산다. 현실을 직시하
려는 의지가 전혀없는 인물형이다. 그러므로 그녀는 아들이 오기전까지
그렇게도 못마땅해하던 명희를 아들이 좋아하는 눈치를 채자 곧 며느니로
인정하고 그동안 자신이 냉정하게 대했던 것을 오히려 후회한다.
　　이와 같이 후반기 정인택소설의 여인상 역시 다양하게 나타난다. 남
편에겐 순종적이면서 생활면에서는 꿋꿋한 의지를 보이는 여인과 과거

---

29) 「착한 사람들」, 434~435쪽.
30) 위의 책, 432쪽.

의 어두운 생활을 깨끗이 청산하고 새출발을 꾀하는 유형의 여인, 그리고 현실의 생활에 쉽게 체념해 버리는 여인 등이 등장한다, 그러므로 후반기 정인택소설의 인물적 특성은 다양한 인물유형이 등장하고 있다는 사실이다.

2. 열린 이미지의 배경과 일상성

배경은 소설의 핵심적 구성 요소인 인물이나 플롯만큼 본질적이고 직접적인 중요성을 내포하고 있지는 않지만 인물의 성격 형성이나 주제의 암시 등 무시할 수 없는 기능을 가지고 있다. 그러나 흔히 언어서사물— 소설에서 그 역할은 중요하지 않거나 부차적인 중요성 밖에는 가지지 않는 것으로 간주하는 경향이 있어 왔다. 특히 영상서사물과 비교해 볼 때 더욱 그렇다. 즉 소설은 배경을 영상 예술처럼 가시적으로 보여줄 수 있는 것이 아니라 묘사와 설명으로 그것들을 제시하기 때문에 매우 추상적이다. 그러므로 독자는 추상적으로 제현된 것을 자신의 상상력으로 구체화시킬 수밖에 없다. 그러므로 소설에서 배경제시에는 한계점이 있는 것이다. 그러나 가시적으로 보여주는 것만이 장점을 지니는 것은 아니다. 요컨대, 독자의 상상력을 효과적으로 자극할 수만 있다면 언어로 제시된 배경적 자질은 영상으로 제시되는 그것보다 한층 현란하고 기능적으로 이야기의 공간을 구축할 수 있다. 그러므로 배경을 스토리 구성의 필수적인 자질일뿐더러 이야기의 심미적 양상을 좌우하는 중요한 요건으로 생각할 때 그 본질적인 기능이 부각되리라 본다.

이러한 의미에서 전반기 정인택소설의 주된 배경인 작고 어두운 방은 인물의 성격과 주제를 부각시키는데 결정적인 기능을 한 것으로 이해된다. 여기에 비해 후반기 그의 소설에 나타난 배경의 특색을 살펴보면, 대체로 계절은 봄과 가을이 많았고, 낮과 밤이 교차로 나타나지만 밤이 더 많이 나타나고 있다. 공간 배경 역시 집이나 방이 우세하게 나타난다. 그러나 여기서 주의해야 할 점은 밤이 시간적 배경이기는 하나 전반기소설에서처럼 암담하고 어두운 이미지의 밤이 아니라 불이 환하게 켜지거나 별이 보이는 밤이며 어둠의 이미지 역시 웃음이 따르는 가볍고 밝은 분위기의 어둠이라는 점이다. 공간배경 또한 전반기소설에서처럼 닫힌 이미지의 방이 아니라 바깥세계와 연결되어 있는 열린 이미지의 방이 설정된다.

참고로 후반기소설의 배경적 특색을 좀더 명확히 변별하기 위해 시간 배경과 공간 배경의 분위기를 알아 보고자 한다.

> "입때 안주무시는군"
> 하면 미닫이를 바시시 밀고 하얀 얼굴로 개웃등 나타난다. 뜰아랫방에 들어 있는 월선인지 금선인지 하는 정체 모를 젊은 여자다.
> "안 잔다우"
> 옥순어머니는 반갑지 않다는 듯이 맹없는 댓구다.
> "난 얘기 소리나 나길래 누구 기신가 했더니—어쩌면 혼자서—호호호호"31)

꽤 늦은 저녁이다. 그러나 미닫이 문을 열고 하얀 얼굴의 명희와 옥순 어머니의 대화가 어둠에 눌린 것이 아니라 가벼운 느낌을 준다. 이것은 비록 공간배경이 작은 방이며 시간배경 역시 밤으로 설정되어 있지만. 전반기소설에서 보이던 춥고 어두운 닫힌 공간으로서의 방이 아니라 세계와 연결된 열린 공간으로서의 의미를 가지기 때문이다.

> 지금 막둥네 집 마루끝에는 막둥이와 그 형놈 성칠이가 꽁그리고 앉아서 진남색으로 변해진 하늘에 그맘때면 돋아나는 낯익은 별을 오드먼이 처다보고 있다.32)

---

31) 「착한 사람들」, 432쪽.

저녁 노을이 지는 때에 별이 돋는다. 시간상으로 어두운 때이지만 전
혀 어둠이 암울한 이미지로 쓰이지 않고 있다. 오히려 어둠속에서 떠오
르는 별은 희망의 이미지를 부각시키고 있다. 전반기소설의 어둠 이미지
와 좋은 대조를 이룬다. 또한 후반기소설의 공간적 배경 설정에는 방이
대단히 높은 비중을 차지하고 있음을 알 수 있다. 방의 배경설정이 오히
려 전반기소설에서보다 더욱 눈에 띄인다. 그러나 방의 이미지 역시 전
반기소설과는 사뭇 다르다.

> 늦은 아침 밥을 먹고 나선 의논이나 했던 듯이 우리들은 대게 '아사오'
> 의 방으로 몰려간다.
> '아사오'의 방이 제일 넓고 밝을 뿐만 아니라 장기니, 바둑이니 화투니
> 하는 그런 오락도구가 완비되어 있었고 또 장서가 방 사벽에 가득 드러
> 차서 작난이나 잡담에 지쳤을 때 그대로 번쩍 드러누어 아무것이고 손에
> 닿는 대로 집어 읽기에 편했기 때문이다.33)

전반기소설의 좁고 어두침침한 방과는 좋은 대조를 이루는 넓고 밝은
방이다. 더욱이 이 방은 각종 오락기구가 갖추어진 명랑한 분위기를 자
아낸다.

지금까지 살펴 본 바와 같이 후반기소설의 공간설정은 낮과 밤이 교
차로 나타나지만 밤의 시간배경이 좀더 우세하다. 그러나 밤의 이미지가
전반기소설에서처럼 어둡고 암담한, 침울한 분위기가 아니라 밝고 가벼
운 분위기로 설정되며, 희망을 가지는 한줄기 빛을 내포하고 있다. 공간
배경 역시 방이 많지만 전반기소설처럼 좁고 침침한 방이 아니라 넓고
밝은 이미지를 갖는다.

결국 배경설정에 있어서는 전반기소설에 비해 후반기소설이 밝은 이

---

32) 「구역지」, 350쪽.
33) 「부상관의 봄」, 78쪽.

미지를 띤다고 볼 수 있으며, 공간배경 역시 전반기 소설과 같은 방이 많지만 그 방의 의미는 외부와의 단절을 의미하는 것이 아니라 세계와 연결된 열린 공간으로서 밝은 이미지를 주는 공간으로 설정되어 있음을 알 수 있다.

3. 일상적 인물의 심리표출

작가는 작품을 쓰기 전에 미리 시점을 선택 할 수 있다. 그러나 각 시점에는 나름의 장단점이 있으므로 어느 시점이 가장 적절하다고 단정할 수는 없다. 작가가 어느 시점을 선택하느냐 하는 것은 그가 의도하는 주제와 다루고자 하는 소재에 어느 것이 가장 알맞느냐 하는 관점에서 결정되어야 할 것이다.[34] 시점의 적절한 선택에 따라 작품의 성패가 좌우되는 예는 흔히 있다. 그러므로 시점의 선택은 시에 있어서 시형의 선택만큼이나 중요한 것이다.[35]

정인택의 후반기소설에는 여러 가지 시점이 매우 다양하게 나타나고 있다. 이러한 특성을 파악하기 위해서 먼저 「착한 사람들」부터 살펴보기로 한다.

이 작품에서는 각 장 별로 시점인물을 달리하여 서술하고 있다.

> 늙은 에미더러 집 보래 놓고는 제멋대루들........에이, 아무리.......
> 입버릇같이 된 "집안이 망했기루....." 그런 말을 하려다가 그리로만 생각이 들면 금방 울화가 치밀어 자기로서도 자기 마음 걷잡지 못할 것을 얼른 깨달은 옥순어머니는 말을 맺지 못하고 이번엔 느러지게 긴 한숨을 토하였다.[36]

---

34) 김천혜, 소설구조의 이론, 문학과 지성사, 1990, 126~127쪽.
35) N.Friedman, *An Introduction to Literature*, Boston, 1967, 39쪽.
36) 「착한 사람들」, 431쪽.

'사랑채'에서는 옥순어머니의 시선을 통해 사건을 서술해 가면서 옥순어머니의 마음속만을 들여다 보고 있다. 옥순어머니의 시선과 사고로 사건이 서술되고 있으므로 이는 3인칭 선택적 전지시점이 된다. 그런데 다음 장으로 넘어가면서 화자는 옥순어머니에서 명희로 시선을 옮긴다. 2장 '뜰아랫방'에서 화자는 덕성이로부터 사랑의 고백을 받고 설레는 가슴을 억누르지 못하는 명희의 마음을 읽고 있다. 역시 3인칭 선택적 전지시점이다.

> 첫사랑과도 같이 이렇게 가슴이 설레이는 것은 무슨 때문일까. 이미 나이 스물넷. 열 네살 되는 해 봄부터 십년 가까이 경향 각지 요리점으로 팔려다니던 자기 몸에 진실한 사랑이 한번이라고 있을 수 없었다.
> 그럼 이것이 네 첫사랑일까. 첫사랑일까.[37]

다음장인 '행랑방'에서는 행랑방에 세들어 사는 복동어머니에게로 화자의 시선이 옮겨진다. 밤 늦게 아이를 울린 것에 대해 몹시 송구스러워 하는 복동어머니의 마음을 화자는 그대로 읽고 있다. 그러므로 이 역시 3인칭 선택적 전지시점이다.

> 불르는건 틀림없이 뜰아랫방에 있는 금선인지 월선인지 하는 그 정체 모를 젊은 여자였다. 평상시엔 눈도 거듭떠 보지 않던 거만하던 이가 밤 중에 무슨 일일까. 송구스러워 잠 못자겠다고 야단이나 치러 온 것이 아닐까. 마음 약한 복동어머니가 그런 근심에 가슴을 조이며 대답을 못하고 있을 때[38]

그러나 '행랑방' 말미에서는 시점이 다시 바뀌면서 화자의 능력을 최

---

37) 위의 책, 436쪽.
38) 위의 책, 444쪽.

대한으로 크게 하여 사건을 마무리 짓고 있다. 결국 ‘행랑방’에서는 3인칭 선택적 전지 시점과 3인칭 무제한적 전지 시점의 두 가지 시점이 쓰이고 있는 셈이다.

> 선대답을 하면서 어제까지도 아무 생각 없이 옥순이에게 불리우던 ‘언니’라는 칭호에 금선인지 월선인지는 새삼스러운 부끄러움을 느끼어 고개를 숙인 채 혼자서 킬킬 웃었다.
> 그때, 대문깐에서 이러한 자초지종을 문틈으로 엿보고 있던 복동아버지는 차마 문안에 발을 드려놓지 못하고 먹은 술이 금방 활짝 깨이는 것을 느끼며 복동이가 아삭아삭 사과 먹는 소리에 눈물겨웁게 귀를 기우리고 있었던 것이다.39)

이는 무제한적 전지시점으로 화자는 작품의 말미에 이르러 모든 사건을 총괄적으로 표현하기 위해서 선택적 전지시점으로는 능력이 한계가 있음을 인정하고 이를 극복하고자 시점을 바꿀 필요성을 느낀다. 그러므로 작가는 그야말로 신의 입장에서 사건을 내려다보고 총괄적인 마무리를 짓고 있다.

결국 「착한 사람들」은 장의 구별에 따라 시점인물이 교대로 나타나는 작품이다. 말하자면 세 개의 선택적 전지시점이 결합되어 있다. 이렇게 장이나 부에 따라 시점인물이 바뀌어 선택적 전지시점이 몇 개 겹쳐 있는 경우를 ‘복합 선택 전지시점’40)이라 하기도 한다.

다음은 스테레오적 시점에 대해 살펴보자.

1장의 ‘사랑채’에서는 모든 것이 옥순어머니라는 인물의 시각과 의식을 통해 사건이 독자에게 전달된다. 독자는 옥순어머니의 입장에서 모든 사물을 인식하게 되는 것이다. 그러므로 독자는 옥순어머니의 시야를 벗

---

39) 위의 책, 446쪽.
40) N.Friedman, 앞의 책, 152쪽.

어나는 사건에 대해서는 알 수 없다. 2장과 3장 역시 마찬가지다.

명희와 복동어머니의 시야를 벗어나는 일에 대해서 독자는 정보를 받을 수 없다.

가령 예를 들면 이런 경우이다.

> 무척 오랜 동안 (옥순어머니에겐 그렇게 생각 되었다.) 그들은 문간에서 들어 올줄 모르고 간혹가다 낮은 웃음소리까지 섞어가며 무엇인지를 속삭이는 모양이었다.41)

덕성이와 명희가 대문을 열어 두려고 다투어 사라진 뒤에 순옥어머니는 그들이 대문의 어둠 속에 숨어서 무슨 일을 하고 있는지 전혀 알 수가 없다. 따라서 독자도 알 수가 없는 것이다.

> 그러나 옥순이 오빠가 대문간에 드러서자 별안간 휙 몸을 도리켜 정면으로 자기를 품안에 안고 얼굴을 부벼 대일 때 명희는 마음 속으로 안돼요, 안돼요 악쓰면서도 가늘게 떠는 몸은 끝없이 덕성이 팔안에 축쳐졌고. 술내나는 얼굴이 입술을 찾일 때도 피할 줄을 몰랐다.42)

그러나 독자는 다음 장에서 명희의 회상을 통해 대문간에 있었던 두 사람 사이의 일을 알 수 있게 된다. 시점인물을 달리하면서 한 사건에 대해 서술하므로 이것은 스테레오적 시점43)이다 「여수」는 액자식 구성을 하고 있는 작품으로 바깥 이야기와 중심이 되는 안(속)이야기로 나누어 시점을 살펴볼 수 있다.

---

41) 위의 책, 436쪽.
42) 위의 책, 436쪽.
43) 같은 사건을 한 번은 A가 자기 입장에서 서술하고, 한번은 B가 자기 입장에서 서술하는 것이다. 이를 통해 독자는 사건을 입체적으로 볼 수 있다.

지금부터 한 달 포 전 나는 우연한 기회에 벽장속에서 다시 그 유고뭉치를 찾아 내이고 스스로 부끄러움을 금치 못하여 얼굴을 붉혔다. 죽은 벗의 뜻을 저바림 이보다 심할 수 있으랴. 죽은 벗의 믿음을 배반함 이보다 더 할 수 있으랴. 나는 혼자서 백번 얼굴을 붉혔다[44].

바깥 이야기에 화자의 말인데 이는 작가가 곧 화자임을 나타내고 있다. 작자는 자신의 게으름을 부끄러워하고 있는데, 자신의 생각이 그대로 드러나고 있는 점으로 보아 1인칭 객관적 시점임을 알 수 있다.

봄이면 내게로 다시 온다 하였다.
만 번 고쳐 생각해도 그 말을 믿은 내가 잘못이라고는 여겨지지 않는다.
한 해, 두 해, 세 해…….
까마아득한 삼 년이었다. 삼 년 동안이 이렇게 긴 세월이란 것은 나는
요새 비로소 깨달았다.[45]

이야기의 중심이 되는 안 이야기에서는 봄이 오면 다시 돌아온다고 약속했던 아내를 3년동안 기다린 나의 심정이 드러나 있다. 역시 1인칭 객관적 시점이다.

수암으로 죽어가는 아들을 지켜보는 부모의 심정을 잘 나타내고 있는 작품 「단장」은 처음에는 창준의 시점을 통해서 모든 사건이 서술된다.

“수……..수술 말예요”
채 무엇이라 대답도 떠러지기 전에 거듭 같은 말을 되푸리 하면서 부지중 두 주먹을 불끈 쥐었다.
천박사가 어린애 몸에 손하나 대지 않고 그렇게 물끄럼이 보고만 섰는 것이 약간 비위에 거슬리기도 했거니와 그보다도 어제밤 한잠 못잔 피곤

---

44) 「여수」, 5쪽.
45) 위의 책, 6쪽.

한 몸엔 그 천박사의 표정에서 오는 불안감이 더 크게 반응되어 저도 모
르게 초조함에 몸이 떨리고 목소리가 떨린 것이다.46)

수술을 할 수 있는 지 없는 지에 대한 창준의 불안한 심정을 나타내는
데 3인칭 선택적 전지시점이 적절히 구사되고 있다.

마지막으로 그들이 발견한 광명은 이 썩어가는 살을 도려냈으면……
하는 일루의 희망이었다.
그들은 즉시 천박사를 생각해 내였다. 그렇다. 어쩌면 천박사는 이 애
의 목숨을 구해 줄 수 있을지도 모른다.47)

덕윤이를 살릴 수 있는 방법을 창준 혼자가 아니라 부부가 함께 깊이
생각하고 있음을 나타내고 있다. 두 사람의 마음을 동시에 나타내고 있
으므로 무제한적 전지시점이라고 할 수 있다.

창준은 무럭무럭 울화가 치밀어 올르는 것을 금할 길 없었다. 무엇에
대한 분노인지 몰랐다. 그러나 저도 모르게
"여보들, 이거 구경꺼린줄 아우?"
그런 말이 턱 밑에까지 치밀어 올라 오는 것을 무척 애를 써서 식은
침과 할게 꿀떡 들이 삼켰다.
그럴 지음에 천박사가 손에 혈청주사를 들고 다시 방으로 드러왔
다.48)

다시 시점인물이 창준으로 바뀌면서 그의 마음 속에서 일고 있는 복
잡한 심정이 그려지고 있다. 3인칭 선택적 전지시점이다.

---

46) 「단장」, 173쪽.
47) 위의 책, 177쪽.
48) 위의 책, 177쪽.

그러면서도 때만 오면 가느다란 목소리로 울고 보채며 먹을 것을 달라
고 몸부림 치는 것이다. 그런 정경이 더 한층 창준이 부부의 창자를 쥐
어 뜯었다.49)

시점이 다시 부부에게로 옮겨져 죽어가는 자식을 바라보는 부모의 심
정이 나타나고 있다. 3인칭 무제한적 전지시점이다. 이와 같이 「단장」에
서는 창준과 창준의 부부로 시점이 반복해서 계속 바뀐다. 이것은 병으
로 죽어가는 자식을 대하는 부모의 안타까운 심정을 효과적으로 나타내
기 위한 하나의 표현수단이다. 병의 치밀한 묘사를 위해선 한 사람의 고
정된 시점인물이 필요하지만 부모의 아픈 심정을 표현하기엔 적당치 못
하다. 그러므로 다시 시점인물은 부부로 바뀌고 시점 또한 3인칭 선택적
전지시점에서 3인칭 무제한적 전지시점으로 바뀌는 것이다.

언제까지 여관에 묵어 있을 수도 없어 하룻날 문득 입교대학 뒷골목을
무턱대고 걷다가 우연히 이 부상관을 발견하고,
　—아무데라두 내년 봄에 학교에 들때까지 있어 보잤구나.
그런 뱃심으로 그날로 짐을 옮겼던 것인데 그 짐이라는 것이 겨우 '슈트
케이스' 하나 이부자리 한 벌. 그뿐이었으므로 그 초라한 꼴에 맨 먼점
놀랜 사람이 실로 '하마에'가 아니요 이제나 저제나 낮이면 집 지키기에
바쁜 '아사오', '무라이'의 양군이었던 것이다.50)

「부상관의 봄」은 결혼제도의 모순을 깨닫고 동경으로 고학하러 온 '나'
의 이야기다. 여관에 묵고 있던 내가 경비를 줄이고 내년 봄 학교에 들
때까지 공부를 하기 위해 부상관에 들어오게 되는 심정이 고백적으로 묘
사되고 있음을 볼 수 있다. 그러므로 1인칭 객관적시점이다.
「구역지」는 정인택 소설 중 가장 복잡한 시점을 가지고 있는 작품이

---

49) 위의 책, 178쪽.
50) 「부상관의 봄」, 76쪽.

다. 3인칭 객관적 시점과 3인칭 전지적 시점이 장면의 변화에 따라 시
점 인물을 달리하여 번갈아 전이되고 있는 모습을 볼 수 있다.

> 짧은 겨울 해는 어느새 꼴딱 지고 벌써 땅검이가 기어들이기 시작하였다.
> 이리 비틀 저리 비틀, 정말 실뱀이나 빠져나갈 가느무꿀 좁다란 골목
> 으로 어즈럽게 들어선 이필주씨는 분명코 오늘도 대취하였다.
> 낡은 갓을 모으로 재껴 쓴 이필주씨는 작달막한 키에 웅구바지를 해가
> 지고 웅색한 길을 가까스로 휘젓고 있었다. 위태위태 하면서도 용하게
> 걸어 들어가는 것은 이필주씨 자신이 아니라 이마를 맞대일 듯한 좌우편
> 담장이 간신히 그를 걸려주는 때문이었다.51)

가느무꿀 골목의 좁은 풍경과 술이 잔뜩 취해 낡은 갓을 비뚤게 쓰고
겨우 골목을 빠져나오는 작달막한 키의 이필주 노인의 외모와 그의 상태
가 마치 '카메라 아이' 수법처럼 묘사되고 있다. 3인칭 객관적 시점이다.

> 간난이를 겨우 보내놓고 난 채향이는
> (........더 망서릴 것 없이 피차에 답답만 하구......)
> 조고리 매무새를 고치며 마음을 가다듬었다.
> 지금 채향이는 망설이는 마음을 스스로 챗죽질하여 진퇴양난한 처지
> 에서 자기 자신을 건저내이려고 애쓰고 있는 것이다.52)

무엇인가 중요한 결단을 내리기 전에 망서려지는 마음을 다잡으려는
채향이의 심사가 그대로 나타나고 있다. 장면이 채향의 집으로 바뀌면서
화자는 채향의 마음 속을 읽고 있는 것이다. 그러므로 이것은 3인칭 선
택적 전지시점이다.

---

51) 「구역지」, 329쪽.
52) 위의 책, 333쪽.

아랫목 보료 우에가 비스듬이 팔벼개를 하고 누은 이주사는 무슨 기미
를 눈치채인 모양으로 눈을 아래로 나리뜬 채 잠잠한대로 있고, 다른날
같으면 으레 제 무릎을 권해야 할 처지의 채향이도 잠잠한대로 버선끝만
만적거리고 있다. 그러나 채향이는 좀체로 입밖에 떨어지지 않는 말끝을
찾으랴고 애쓰는 기색이다.53)

이주사가 채향의 집에 온 장면이다. 이들이 마주대하자 화자는 채향
의 마음에서 슬그머니 빠져나와 두 사람의 외적인 동태만을 주시할 뿐
내면세계로 들어가지 않는다. 그러므로 다시 3인칭 객관적 시점으로 전
이된 것을 알 수 있다.

맛다강이 없이 권연만 뻐금뻐금 빨고 앉았던 차첨지는 이주사가 없기
때문에 밍밍해진 방안의 분위기가 적지 않이 불유쾌 했고, 바로 직전에
구미를 고친 듯이 쉽사리 싱싱한 숙백이를 하나 돗봐달라고 당부하던 이
주사가 그새를 못참어 채향이 한테로 달려간 대범치 못한 틀거지가 저윽
히 못마땅하여54)

차첨지의 골방이다. 장면이 다시 차첨지의 골방으로 바뀌면서 화자는
채향이의 집으로 달려간 이주사의 대범치 못한 행위로 몹시 불유쾌 해
하는 차첨지의 심정을 읽고 있다. 그러므로 시점은 다시 3인칭 선택적
전지시점으로 전이되었다.

달뜨자 배 떠나가기 아니라 가마귀 날자 배 떨어지기라고 이주사는 속
으로 혼자서 가많이 혀를 내밀고 이런 말을 건늬는 것이나 채향이는 잠
깐 웃는 척하다가 인해 머리를 돌리며, 옷고름싹을 눈으로 가저갔다. 자
기를 은근자란 천업에서 건저내어 여지껏 꾸준히 두터운 정으로 돌봐주

---

53) 위의 책, 333쪽.
54) 위의 책, 336쪽.

던 이주사, 막상 이렇게 이별주까지 논으게 되고 보니, 드는정은 없어도 나는정은 있다고 채향이의 마음은 적지아니 언짢어졌다.55)

채향이의 방으로 다시 장면이 바뀌면서 이번에는 화자가 서로 헤어지는 것을 몹시 서운해 하는 두 사람의 마음을 동시에 읽고 있다. 그러므로 이것은 3인칭 무제한적 전지시점이다.

점복이 방에서는 술추념이 시작되기 전에 점복이를 좌두로 한패가 옹기종기 모여 앉아서 화투판을 버리고 있었다.
촌띠기같이 진흙버선에 감발한 친구, 보통 장사치 비슷하게 꾸민 친구, 제법 샌님처럼 조찰히 차린 친구, 제모습에 어울리게 각인각색으로 분장한 품이 흡사 박람회 때 구경꾼 한 무리를 몰아다 놓은 양이다.56)

갖가지 형색으로 갖추어 입은 점복이 친구들의 모습과 화투판을 벌이고 있는 점복이 방의 풍경이 카메라 아이를 통해서 보여지듯 묘사되고 있다. 3인칭 객관적 시점이다.

제발 점복이 여석 사람 좀 되게 해달라고—입버릇처럼 부탁하든 채향이의 말을 다시금 생각하고, 무거운 짐이나 지워진 것처럼 책임을 느끼는 것이다.57)

천서방의 방이다. 채향이로부터 몇 번씩 점복이의 일을 부탁받은 천서방이 점복이를 걱정하는 마음을 잘 나타내 보이고 있다. 3인칭 선택적 전지시점이다.

---

55) 위의 책, 339쪽.
56) 위의 책, 339쪽.
57) 위의 책, 342쪽.

　　술기운이 얼적지근하게 돈 점복이는, 횡덩그런히 뷘방에 목침을 비고 누은 채, 역시 아까의 천서방의 태도가 마음에 걸리기도 했고, 무슨 변고가 생긴 듯한 누이의 일, 어린것하고 도망친 안해의 생각, 그런것들이 머리속을 어수선하게 하야 괴로웠다.58)

　점복이의 방으로 장면전환이 이루어지며 시점인물도 바뀐다. 술 한 잔 걸치고 누워 천서방의 일과, 낌새가 시원치 않은 누이의 일, 그리고 도망간 아내와 아들의 일로 편치 못한 점복이의 복잡한 심사가 잘 나타나 있다. 역시 3인칭 선택적 전지시점이다.

　　(……그래 요것들이 어디로 싸질러갔어……)
　　저녁때가 겨워가는데 배고플 것을 생각하니, 막둥네는 조바심이 났다.59)

　막둥네 집이다. 막둥네가 저녁 때가 다 지나가는데도 집으로 돌아오지 않는 어린 자식들을 걱정하고 있다. 역시 3인칭 선택적 전지시점이다.

　　아즉도 술기운이 채 안가신 머리가 띵하니 아픈중에도, 필주씨는 오늘 청패로 도배하러 갈 것을 편 듯 생각하고 허둥지둥 자리에서 일어나자마자 옷갓을 정제하고 마루로 나섰다.60)

　이필주 노인이 시점 인물이다. 전날 술을 먹고 아픈 머리에도 불구하고 청패로 도배하러 가야할 일을 생각하고 일어나 허둥지둥 나선다. 화자가 이필주노인의 마음을 읽고 있으므로 3인칭 선택적 전지시점이다.

---

58) 위의 책, 342~343쪽.
59) 위의 책, 344~345쪽.
60) 위의 책, 345쪽.

물론 어린 뱃속에선 꼬르륵 소리가 일어나고 있지만 그러한 환경에 익
숙한 그들에겐 조꼼도 반항이 없는 것이다. 머지 않아서 의례 다닥쳐올
어떤 행운을 즐거운 마음으로 고대하고 있는 것이다.61)

막둥이와 성칠이가 행운을 기다리며 배고픔을 참고 즐거운 마음으로
별을 바라보는 모습을 그리고 있다. 3인칭 무제한적 전지시점이다. 작
품의 종결부는 3인칭 무제한적 전지 시점으로쓰여 있다. 전지적인 신의
입장에서 그동안의 사건들을 정리하며 마무리하고 있는 것이다.

이상에서 살펴본 「구역지」의 시점을 장면전환 별로 정리해 보았다.
대체로 시점의 쓰임이 단순했던 전반기소설에 비해 후반기소설은 그
쓰임이 다양하게 나타난다. 그리고 두 작품에서 결미부분을 3인칭 무제
한적 전지시점을 사용하여 그 동안의 사건을 총괄적으로 묶어 마무리 짓
고 있는 것이 눈에 띈다.

결국 후반기소설의 특성은 시점의 다양한 선택에서 찾을 수 있다.

4. 다양한 구성의 모색

플롯이란 하나의 이야기를 가장 적절한 처음과 중간과 끝의 관계로
배열하는 원리를 말한다.62) 그러므로 플롯은 작가의 의도와 목표를 달
성하기 위한 전략이라고 이해 되어도 무방하다.63)

구성이란 소설의 논리적이면서 지성적인 측면이다. 프로트는 무엇보
다 신비감을 필요로 하지만 사실 신비감은 나중에 해결된다. 독자들은
실현되지 않은 세계를 헤멜지도 모르지만 작가는 불안감을 갖지 않는다.

---

61) 위의 책, 350쪽.
62) 한용환, 『소설학사전』, 고려원, 1992, 457쪽.
63) 위의 책, 455쪽.

작가는 유능하고 자신의 작품 위에 군림하면서 여기서 한 줄기 빛을 던 졌다가 저기서는 안보이는 모자 밑에 숨기도 하면서 (프로트 메이커로 서), 어떻게 하면 최대의 효과를 낼 수 있는가에 관해 작중인물을 다루 는 사람으로서의 자기 자신과 항상 상의를 한다. 그는 작품에 대해 미리 계획을 세운다. 그렇지 않더라도 어떻게 해서든지 작품 위에 올라앉기 때문에 인과관계에 대한 그의 관심은 그로 하여금 모든 것을 미리 결정 해 놓은 듯한 태도를 취하게끔 만든다.[64]

이와 같이 작가는 대체로 플롯을 미리 생각하고 거기에 맞춰 작중인 물과 사건 등의 이야기를 이끌어 간다. 그러나 이것은 대개의 일반론이 고 현대소설에 오면서 작가는 플롯에 의심을 갖기 시작한다.

이제 우리는 이렇게 만들어진 틀이 소설을 위해서 가능한 최상의 것인 지 아닌지를 생각해 보아야 할 것이다. 도대체 소설이란 왜 계획되어야 하는가? 소설은 자랄 수는 없는 것인가? 소설은 어째서 연극처럼 막을 내려야 하는가? 막을 열어둔 채 끝나면 안 되는 것인가? 소설 위에 올라 앉아서 소설을 다루는 것이 아니라 작가가 소설 속으로 들어가서 자신도 예견하지 못한 무슨 목적지를 향해 실려 갈 수는 없는가? 프로트는 흥미 를 주고 매력을 줄 수도 있지만 그것은 극, 즉 공간적으로 한정된 무대 에서 빌어온 미신이 아닐까? 소설은 그렇게 논리적이 아니고 좀더 그 넋 에 어울리는 틀을 만들 수는 없을까?[65]

이러한 결과 현대소설 특히 심리소설에 이르러 전통적인 플롯의 의미 는 많이 약화되고 심지어는 작가 자신이 사건을 만들지 않으려는 의도적 인 노력을 하기도 한다. 정인택의 전반기소설들도 전통적인 의미의 플롯 은 가지고 있지않은 셈이다. 그러나 후반기소설에 이르러 그 모습은 달

---

64) E.M.Foster, *Aspects of the Novel*, London, 1974, 103쪽.
65) 위의 책, 104쪽.

라지고 있다.

「착한 사람들」은 장면의 전환에 따라 시점인물을 달리하면서 서로 유기적인 관계를 밀접하게 갖는 세 가지 이야기가 연결되어 있다. 비록 독립성이 강한 여러 개의 에피소드가 연결되어 있는 것은 아니지만. 시점인물이 달라지며 이야기가 각각 어느 정도씩은 독립성을 가지며 한 가지 주제 아래 유기적으로 결합되어 있다.

1장인 '사랑채'에서는 옥순어머니가 혼자 바느질을 하며 자식들을 기다린다. 여기에 명희가 등장하여 덕성이를 함께 기다리다가 덕성이가 오자 서로 수작을 한다. 옥순어머니의 시선을 통해 표면으로는 궁핍과 가정불화의 문제가 제시되기도 하지만 결국은 명희와 덕성이의 애정문제로 기울고 있음을 알 수 있다.

2장 '뜰아랫 방'에서는 명희로 시점인물이 바뀌면서 본격적인 애정의 문제를 다루고 있다. 어두운 과거를 청산하고 새출발을 하려는 명희의 강한 의지가 보인다.

3장 '행랑채'역시 명희가 덕성이를 사랑하기 위해 새로운 인간형으로 갱생한다는 것을 보여주기 위한 소도구로 제시되고 있다.

결국 「착한 사람들」은 한 가지 주제를 가지고 독립된 이야기가 서로 유기적으로 결합되어 있는 피카레스크식 구성의 소설임을 알 수 있다.

또한 마지막 결말부에서는 전지적 작가가 개입하여 작은 갈등과 사건들이 모두 해결되고 있음을 암시하고 있는 구성을 보인다. 이는 전반기 소설에서 결말이 대부분 작위적인 색채를 띄고 있었던 점과 비슷한 형식의 플롯이다. 그러므로 후반기소설 역시 결말법을 살펴보자

이리하야 그들은 자정이 지나서 비로소 평화하게 잠이 들었다.66)

---

66) 「착한 사람들」, 446쪽.

결말부의 특징이 그대로 드러나 있다. 결말은 발단과 더불어 소설 구조상 가장 상징적이고 암시적인 요소를 지니고 있는데 이는 주제가 단적으로 제시되는 순간이기 때문이다. 갈등과 분규가 일괄적으로 해결된다기보다도 해결을 암시하는 특수한 액션으로 구성된다. 그러나 모든 작품이 결말에서 사건의 해결을 완결지어야 하는 것은 아니다. 오히려 이러한 플롯은 작위적인 색채를 띠어 작품의 예술성을 논함에 있어 한계점으로 지적되기도 한다.

「여수」는 안 이야기와 바깥 이야기로 나눌 수 있는 액자식 구성의 소설이다. 후반기소설의 특징 중 하나가 바로 이와 같은 기법이 다양하게 쓰이고 있다는 점이다. 그러나 「여수」는 기교의 한 모색이라는 점에서는 인정하지만 화자의 논평이 자주 삽입되어 스토리가 중간중간 단절되는 모습을 보인다.

> 이 작품은 바로 말하면 기교의 한 새로운 시험이라고나 할까? 작자가 고 이상과 친했다는 일을 생각하면 이 작품은 사실 그대로 이상 유사 같기도 하나 비평가가 작가의 뒷방 살람사리까지 들추는 것은 직능이외의 일이니 말할 것은 없으되 이런 말을 왜 하느냐하면 작가가 이러한 형식을 비러온 심리 그것을 노치지 않으려는 때문이다. 이것은 무슨 말인가하면 이 작품은 사실상 맥락이 통하지 않는 곳 또는 당연히 추구되어야 할 것이 중도반단된 곳이있으나 이러한 형식에 있어서는 그러한 결점의 책임이 작가에게 도라오지 않는 것이라고 생각하기 쉬운 것이다. 다시 말하면 '김군'의 뒤죽박죽된 유고를 정리하다가 이러한 일기가 있기에 주어맞춘 것이니 작품으로서 불량한 점은 그 책임이 '김군'에게 있지 작자에게 없다는 것이다. 그러므로 작자의 「註」는 바로 이러한 책임을 전가시키는 방편으로 이용된 것이라고 해도 과언이 아닌 것이다.[67]

---

67) 이원조, 「신춘창작계」, 『인문평론』19, 1941. 2.

이와 같이 「여수」는 이상의 유사를 정리한 것으로 생각할 만큼 이상을 많이 생각하게 하는 작품이다. 그러므로 전통적 의미의 뚜렷한 플롯을 가지는 것은 아니다.

「여수」의 중심 이야기는 안 이야기며, 바깥 이야기는 작자의 말로 작품에 대한 간단한 소개에 불과하다, 그러므로 안 이야기의 플롯만을 살펴 보기로 한다.

안 이야기는 전술한 바와 같이 이상을 많이 생각하게 하는 스토리로, 스토리 자체가 사건을 중심으로 엮어지는 것이 아니라 주인공인 '나'가 3년 전에 떠난 아내를 기다리며 아내에 대한 그리움을 일기 형식으로 빌어 적고 있다.

> 그것은 '유미에'의 분신과도 같이 내게는 다시 없는 보물이었다. '유미에'의 말대로 '유미에'가 불현 듯 보고 싶을 때는 물론이요 심심하기만 하더라도 그 '알범'을 끄내어 한장한장 마음에 아로 색여가며 보는 습관이 어느듯 내게는 생긴 것이다. 아니 보는 것이 아니라 나는 '알범'을 읽는 것이었다.
>
> 그렇게 그 「알범」을 읽고 있노라면 지금의 내 처지는 두말할 것 없고 현재의 '유미에'와 나와의 관계마자 나는 깨끗이 잊을 수 있었으며 그뿐 아니라 과거의 우리 둘 사이의 아릿다운 기억만이 예쁜 그림같이 눈 앞에 떠올라 나는 더 아무것도 생각하지 않고 바라지 않고 술 취한 사람 모양으로 황홀해지는 것이다.[68]

아내를 사랑하고 그리워 하는 마음이 그대로 드러나 있다. 이렇게 계속 자신의 내면세계를 고백하는 일기 형식의 글이므로 정점을 사이에 두고 오르내리는 전통적 의미의 플롯은 없다. 그러므로 안 이야기는 이스트먼의 구분[69]에 의하면 느슨한 플롯을 갖고 있는 것이다.

---

68) 「여수」, 10쪽.
69) R.Eastman, *A Guide to the Novel*, San Francisco, 1965, 14쪽.

그리고 이 작품 역시 결말부에 이르러 모든 갈등이 해결되는 듯한 암시가 주어지고 있다.

> '유미에'의 환영이나마 내 곁으로 오고말은 이상 이미 이 고장에 나는 머물러 있을 필요를 느끼지 않았다. 필요를 느끼지 않을뿐 아니라 입때까지와는 반대로 불시에 지금까지 가졌던 호감보다도 더한 혐오를 느끼게 된 것은 내 스스로도 알기 어려운 일이다.
> 그러나 나는 다시 '유미에'를 안고 집으로 도라가리라.
> 나는 역시 나그네에 지나지 않았다.[70]

「단장」은 수암으로 죽어가는 아들을 지켜보며 부모의 입장에서 서술해 나간 작품이다. 이 작품의 기법상의 특징은 앞의 소설들과는 달리 미약하나마 전통적 의미의 플롯을 가지고 있다는 점이다. 그러나 플롯에 의한 긴장보다는 수암에 대한 디테일한 묘사로 독자들에게 긴장을 준다는 점이 또한 특이하다.

> 씨(정인택-필자)의 작품에서 제일 결핍된 묘사의 박력이 이 작품 가운데는 왕일한 것이 좋다. 어린 자식에게 대한 부모의 애정이란 누구나 다있는 것이며 이 작품에 그려진 애정도 그정도 뿐이다. 그러나 이 작품이 좋은 것은 단순히 그 수암이란 병을 그리는 묘사의 박진력이다.
> 읽어 가면서 알지 못하는 근육이 긴장해지는 것은 이 때문이다.[71]

이와 같은 지적처럼 이 작품은 정인택의 작품에서는 보기드문 디테일한 묘사가 눈에 띈다. 그래서 독자들은 스토리의 굴곡에 의해 긴장을 얻는 것이 아니라 눈 앞에서 펼쳐지는 듯한 수암의 실체를 보게 되므로 더욱 긴장을 하게 되는 것이다.

---

70) 「여수」, 24쪽.
71) 이원조, 「2·3월 창작계」, 『인문평론』19, 1941. 4.

시들시들 잇몸이 덧나기 시작한 것이 이 병의 시초이었다. 그것이 차차 도져 입안이 모두 헐자 앞니가 흔들리기 시작하였고, 피고름이 한없이 쏟아지기 시작하였다. 할 수 없이 앞니를 뽑았다.

며칠동안 뜸하더니 덕윤이는 또 입에서 침을 흘리기 시작하였다. 잇몸이 퉁퉁 붓고 고름이 나고 썩어가는 냄새가 나기 시작하였다. 치조농루라는 진단이 내렸다. 할수 없이 송곳이, 어금이를 뽑았다.

그래도 악취는 좀체로 가시지를 않았다. 잇몸이 시커먹해 썩기 시작한 것이다. 수 없이 초산은으로 지저 내이고, 지저 내이고 하는 동안에 서커먼 썩은 살점이 문적문적 묻어나왔다. 악취는 더욱 심하야 이간방에 가득 차서 외인은 코를 가리고 문을 열지 못했다.72)

수암의 시초에서부터 치료하는 과정이 디테일하게 묘사되어 독자로 하여금 덕윤이의 아픔을 피부로 강하게 느끼게 한다

볼 한 복판에서 시작한 거무테테한 반점은 귀밑으로 턱아래로 둥글게 원을 그리며 번져 어제부터 아랫 입술까지 침범했다.

마치 나무의 연륜같이 썩어가는 그 반점의, 언저리는 히여멀숙하게 짓물러 가는 것이었으나 그것이 지니간 자리는 딱딱하게 굳어 곱게 다스린 나무결 모양으로 반지르르 빛나면서 감각이 없었다. 그 빛이 또 유난하게 고와서 광선에 따라 자주빛으로도 연분홍으로 혹은 새까맣게도 또는 그런 가지각색 빛이 한데 얼버무려진 것같이도 영롱하게 반작이는 것이다.73)

얼굴에 번진 수암의 병흔을 세밀하게 묘사하고 있어 바로 눈앞에서 이루어지고 있는 일같이 느껴진다. 이원조의 지적처럼 읽는 동안 자신도 모르게 근육이 긴장되어지는 것을 느낄 수 있다. 이러한 정밀묘사는 정인택소설에서는 흔히 볼 수 없는 수법으로 독자들에게 강한 긴장을 준다.

---

72) 「단장」, 176쪽.
73) 위의 책, 178쪽.

또한 「단장」에서는 전통적 의미의 플롯을 발견하게 된다. 창준이 전화를 하고 돌아와 아내의 말을 듣고 흥분하여 숙직실로 뛰어가는 장면은 이 작품의 정점에 해당한다.

> "덕윤이가 별안간………숨이 끊지구…………손발톱이……파………파래지구………"
> 말끝을 못 맺고 획 침대 위에 엎드려져 목을 놓고 울기 시작하였다.
> 그 순간 창준의 전신에는, 이제야 죽는가 보다, 하는 일종의 안도감이 놀램이나 슬픔보다도 앞서 치밀어 올라왔다. 그리자 다음 순간에는 강심제 한 대 마자 거절했다는 의사에 대한 분노가 온 몸이 확확 달도록 부풀어 올라왔다
> "어떤 늄야, 의사가……"
> 창준은 저도 모르게 악을 버럭 질렀다
> "수….숙직실의…..젊은……"
> 채 안해의 말을 다 듣지도 않고 창준은 단숨에 칭계를 뛰어내려 '슬리퍼'도 벗어 던지고 복도를 달려서 숙직실 문을 열어 제쳤다.[74]

여기서부터 서서히 결말을 준비하는 플롯을 보인다. 창준의 흥분이 가라앉으면서 이제는 덕윤이의 죽음을 준비하고 죽은 뒤의 일을 의논한다.

이 작품 역시 결말부는 모든 사건이 곧 해결될 것을 암시하고 있다.

> 군데군데 히미한 전등불이 금방 꺼질 듯이 맺없이 껌뻑일 뿐, 길다란 복도엔 사람의 그림자 하나 없고 오랜 폐허같이 잠잠하다.
> 창준은 그 고요함 속에서 일시에 커다란 피로를 느끼어 문득 발을 멈추고 창 밖으로 고개를 내밀어 차디찬 밤 공기를 힘껏 드려 마셨다가 한숨 비슷이 길게 토했다.
> 그때 어디선지 어름 깨이는 소리가 구슬픈 '리듬'을 가지고 아물아물

---

74) 위의 책, 182쪽.

들려왔다.75)

꺼질 듯한 맥없는 등불과 얼음 깨지는 소리 등은 더 이상 희망을 걸 수 없는 덕윤이의 죽음을 예고하고 있다.

「부상관의 봄」은 집에서의 강제적인 결혼에 반대하여 동경으로 고학하러 온 '나'가 부상관에 머물며 두 친구와 함께 보내다가 죠츄인 하마에를 사랑하게된다는 이야기로 대부분 나의 내면세계가 이야기 되고 있으므로 뚜렷하게 이야기의 굴곡이 보이는 플롯을 가지지는 않는다. 그러나 아사오 아버지의 출현을 계기로 작품은 일대 전환점을 맞는다.

결국 이 사건을 계기로 아사오는 고향으로 가고 무라이와 '나'는 각자의 일에 몰두하게 되다가 무라이 역시 집으로 내려간다. 부상관에는 '나'만 남은 셈이다. 그래서 초하루날도 혼자 남아 집안 사람과 이야기하고 방으로 돌아온다.

방으로 돌아와보니 하마에가 방을 깨끗이 청소한 후 꽃까지 꽂아놓고 부상관에 오래 있어 달라는 사연까지 적어 놓았다. 나는 하마에의 애정에 깊이 감사하며 그녀를 사랑하고 있음을 느낀다. 이렇게 하마에의 지극한 정성에 감동하여 '나' 또한 그녀를 사랑하게 된다는 이야기다.

결국 이 소설이 하마에와 '나' 사이의 애정관계를 그리고 있는 것으로 본다면 종결부는 결말인 동시에 정점이 되는 플롯이다. 그렇다면 이 소설은 정점에서 끝나는 열려진 플롯을 가지고 있다 하겠다.

「구역지」 역시 장면전환과 함께 시점인물이 변하는 플롯을 갖고 있다. 「착한 사람들」은 장의 변화에 따라 시점인물이 바뀌어 나타나 한 작품에 세명의 시점인물이 등장하면서 어느정도 독립된 이야기가 유기적인 관계를 가지고 하나의 주제부를 형성했지만 「구역지」는 각 장면의 바뀜에 따라 시점인물이 계속 바뀌며 세태묘사와 막둥네의 이야기 등이 삽화적

---

75) 위의 책, 185쪽.

요소로서 끼여들기를 하고 있어 훨씬 복잡한 구성을 보인다. 그러나 이
것 역시 채향과 천서방의 애정문제를 중심 이야기로 하고 있으므로, 각
이야기가 전체적인 줄거리로 봤을 때 어느정도 독립된 성질도 가지고 있
지만 유기적인 관계로 얽혀 있음을 알 수 있다. 그러므로 이것 역시 피
카레스크식 구성의 소설로 보아야 할 것이다.

　또한 종말부에서는 3인칭 무제한적 전지시점의 화자가 작품 전체를
총괄하여 일상적인 하루가 저물어 가고 있음을 이야기 하고 있다.

　　이따금식 으스스하게 불어오는 바람이 덜크렁 흔들어 놓는다. 그럴쩍
　마다 귀가 반짝 띄어 문쪽을 뚫어지도록 내다보고 있는 성칠이와 막둥
　이……
　　이 막둥이와 성칠이를 남겨놓고 가느무꿀의 하루는 날마다 저물어 든
　다.76)

　후반기소설의 구성상 특징은 첫째, 여러 가지 기법, 즉 피카레스크식
구성이나 액자식 구성의 소설, 그리고 내용상 직선형 플롯을 갖는 소설
과 전통적의미의 정점이 있는 플롯을 갖는 소설 등이 다양하게 쓰이고
있다는 점이며 둘째, 작품의 종말부에는 항상 지금까지 전개된 이야기의
해결점 또는 갈등의 해소가 암시되고 있어 작위적인 색채가 짙게 드러난
다는 점이다. 이러한 결말부의 작위성은 전반기소설의 경이적인 결말법
에서도 찾아볼 수 있었던 점이다.

5. 일상적 삶의 애정세계

　현대소설의 여러 가지 특징 중 가장 두드러진 것은 주제의 무형화일

---

76) 「구역지」, 350쪽.

것이다. 즉 주제는 작품의 가장 중요한 요건이지만 또한 가장 보이지 않는 것이어야 한다. 흙으로 빚은 토기들이 겉으로 흙을 나타내지 않듯 주제도 겉으로 드러나지 않아야 한다. 만약 주제를 밖으로 드러내게 된다면 그 소설은 흥미도 없고 작가가 노리는 긴밀한 효과도 사라지게 되어 실패할 가능성이 높다. 그렇기 때문에 주제는 소설 속에 용해되어 있어야 한다.

이렇듯 현대소설에 이르면 주제는 내면화되어 나타난다. 그러므로 고대소설의 권선징악이나 신소설의 신문명·신교육 예찬 등과 같이 그 모습이 쉽게 드러나지 않는다.

이러한 점이 현대소설의 주제를 분석하고자 할 때 다가오는 어려움이다.

그러나 인물의 성격이나 배경 등이 모두 주제를 암시하는 등 소설의 요소 중 주제는 매우 중요한 위치에 놓인다.

먼저 후반기 정인택소설의 주제적 특징으로 꼽을 수 있는 것은 전반기 소설에서 보이던 치명적인 궁핍의 문제가 보이지 않는다는 점이다. 후반기 소설에서는 「단장」을 제외한 모든 작품에서 주로 남녀의 일상적인 애정의 문제를 다루고 있는 것이 특징이다.

「착한 사람들」에서는 옥순어머니가 삯바느질을 하여 자신의 용돈을 마련하게 되자 아들과 딸은 기다렸다는 듯이 차차로 집에 드려 놓던 돈을 자기네 용돈으로들 돌려 쓰게 되고, 그리하야 세 사람의 가족 사이에는 끊임없이 불화가 일고, 이렇게 서로 반목하는 나머지 제각기 집에 드러 백혀 있기를 꺼리게 되었다[77]는 말로 가정불화적 요소를 시사하고 '행랑방'에서는 북동이네의 궁핍한 생활이 서술되기도 하지만 이러한 것들은 작품의 전면에 나타나지 못하고 다만 덕성이와 명희의 애정을 나타내기 위한 소도구로 쓰일 뿐이다.

---

77) 「착한 사람들」, 431쪽.

그러나, 오늘 명희는 꼼작도 안했다. 숨 소리마자 죽이고 머리를 벽에 대인 채 무엇에 취한 듯이 옆방 동정에 귀를 기우리고 있는 것이다. 칙은 하고 불상한 생각이 용소슴쳐 올라서 눈물이 날 지경이었다. 이것도 명희로서는 처음 느끼는 감정이었다.[78]

평소의 명희는 옆방이 소란스러워질 때마다 속으로 욕지거리를 하며 친구집으로 가곤 했지만 덕성이에게 사랑의 고백을 받고부터는 달라지기 시작한다. 그녀는 덕성이의 애정을 받아들이기 위하여 마음으로부터 개혁을 시도한다. 그래서 평소와는 다른 마음으로 복동이에게 과자상자를 들고 찾아가는 것이다.

이렇듯 복동이네 궁핍은 궁극적으로 명희가 덕성이의 애정으로 갱생하고 있음을 나타내는 소도구로 쓰이고 있다. 결국 「착한 사람들」의 주제부를 형성하는 것은 덕성이를 사랑하기 위해 명희가 지난 과거를 뉘우치고 깨끗한 사랑을 찾아 새출발 한다는 것으로 이러한 궁핍의 문제는 삽화적인 성격을 띠는 것에 불과하다.

「여수」 또한 부득이한 사정으로 떠나버린 아내에 대한 애정을 그리고 있다. 「여수」의 주제는 작자의 말에 잘 나타나 있듯이 한 편의 아름다운 사랑이야기로 떠나간 아내를 기다리며 그녀만을 그리는 남편의 애절한 마음의 기록이다

그것은 한 여자를 지극히 사랑한 한 남자의 마음의 기록에 지나기 않았다. 그러나 이런 깨끗한 사랑이 정말 이 오탁 속에도 존재 했는가고 나는 한참 동안 놀램을 지나 오히려 아연할 지경이었다.
그것은 어쩌면 김군의 공상이 비져내인 소설의 「플로트」인지도 모른다 그러나 설혹 그렇다 하더라도 이것을 한 개의 진실로 생각하는 것이 얼마나 우리들에게는 즐거운 일이냐. '파비앙'이나 '베르테르'가 우리들

---

78) 위의 책, 441쪽.

사이에도 끼어 있다고 생각만 하더라도 그것은 거짓에 젖인 우리들의 마음을 포근이 얼싸 안아 줄 것이다.79)

부모의 반대를 무릅쓰고 유미에는 남편을 쫓아 모든 것을 포기하고 남편의 나라에 와 산다. 남편 역시 아내의 도움으로 병이 회복되어 간다. 그러나 아내는 부득이한 사정으로 일본에 가고 남아 있는 남편은 3년이 지나도록 그녀를 기다리고 있다. 아내를 향한 남편의 애정이 진하게 드러난다.

이렇듯 「여수」의 중심 이야기는 떠나간 아내를 간절히 기다리는 남편의 그리운 마음 바로 그것이다.

「부상관의 봄」 역시 '나'가 동경에 온 이유, 그리고 부상관에서 친구들과 어울리는 이야기 또 아사오의 일화 등이 삽화적 요소로 끼어들고 있지만 결국엔 '나'와 하마에의 사랑이야기로 귀결이 된다.

나는 잠간 멈칫하고 형용 못할 감격에 가늘게 몸을 떨며 부지중 눈시울이 뜨끔하는 것을 금할길 없다. 나는 거의 책상앞에 펄석 주저앉듯이 그 흰 종이장을 집어 들었다.
새해엔 학교에 꼭 입학하시고 복 많이 받으십시오.
그런 간단한 사연이었다. 그러나 천자 만자보다도 더 무게 있고 애정에 넘치는 순진한 글이었다. -〈중략〉-나는 벌떡 뛰쳐 일어나 입었던 「도떼라」를 벗어 던지고 벽에 걸린 옷을 재빨리 갈아 입었다.
"하마쨩"
그리고 입안서 무한한 애정을 섞어 가많이 불러 본 후, 인제부터는 쓸쓸해 하지도 말리라고 결심하며,
"하마쨩"
또 한번 불르고 그 무명옷의 감촉을 비단결같이 부드럽게 곱게 생각하는 것이다.80)

---

79) 「여수」, 5쪽.

　어린 하마에의 정성에 눈물이 나도록 고마워하며 그녀를 진정한 여인으로 생각한다. 나와 하마에 사이의 애정 발달 과정이 그려지고 있다. 결국 「부상관의 봄」역시 나와 하마에의 애정 발달 과정을 중심 이야기로 하고 있다.

　「구역지」는 장면의 전환에 따라 시점인물을 달리하며 사건이 전개된다. 그러므로 중심 이야기도 차첨지 골방에서 일어나는 이야기와 채향의 방에서 일어나는 이야기로 크게 나누어 진다. 그러나 결국엔 이야기의 중심이 과거의 생활을 청산하고 천서방과 새출발을 하는 채향에게로 옮겨지는 것을 볼 수 있다.

　　　와타보로, 뚜쟁이, 은근짜, 날랑패(「마루이치」패), 이런 특수한 계급
　　들이 덕지 덕지 모여서 밤 낮을 가리지 않고 씨근숙덕거리는 것이다.81)

　혼탁한 사회의 일면을 보여주고 있다. 이러한 세태 속에서 채향은 은근자의 생활을 하게 되고 막둥어머니는 가족들과 먹고 살기위해 뚜쟁이로 나서는 것이다.

　이러한 채향이 이주사의 소실에서 벗어나 천서방과 함께 새 인생을 설계하는 이야기와 막둥어머니가 이제는 제법 뚜쟁이로서 한몫을 담당하게 되었다는 이야기가 서로 얽혀 복합적인 주제부를 형성하고 있다.

　　　이주사가 보이질 않는 데신. 웬 헙수룩하게 차린 시골영감과 그의 딸
　　인듯한 처녀가 서투른 낯으로 앉아 있었다. 비록 때수는 벗지 못했을망
　　정. 탐스럽게 필때로 핀 처녀를. 차첨지는 이모저모 뜯어보며
　　　"……그래 너 한 삼년 고생해 보겠니. 말이 고생이지 고생될 것 조꿈
　　두 없다. 시굴 구석에서 오줌동이 이는 것 보다는 호강이다. 호강이야.

---

80) 「부상관의 봄」, 99쪽.
81) 「구역지」, 330쪽.

그러다가 네 팔자 좋구보면 부자영감이 띠여 들이는수두 있구, 인제 댁
겨나면 제절루 터득이 나겠지만 화류게란 똑 제땡이판 모양으루 홍망홍
수가 있는데야...."
  "아무렴. 어딜가든지 그저 저허게 달렸지. 이왕 팔자땜하러 그런 데루
나슬바에야 그저 맘을 도지게 먹어야 하느니라...."
  막둥내도 판에 박인 듯한 이런 말투로 처녀를 귀살리고 있다.82)

  이와 같이 막둥네의 이야기가 한줄기의 흐름을 타고 또 시대의 희생
형 인물로 이필주 노인의 이야기가 겹쳐져 여러 가지 작은 주제들이 복
합적으로 구성되어 있는 듯한 느낌이 있다. 그러나 가장 중심을 차지하
는 이야기는 역시 은근자 생활을 하던 채향이가 이주사의 소실로 들어
앉고 다시 건실한 천서방을 만나 어두운 과거를 청산하고 새출발을 한다
는 것이다.

  순간, 천서방과 채향이의 눈이 마조치며 똑같은 우슴이 두 얼굴에 어
리었다. 그들의 앞날을 축복하는 합환의 우슴이다.83)

  이처럼 「구역지」는 결국엔 채향이 성실한 천서방을 만나 새생활을 계
획한다는, 두 사람의 애정 문제를 다루고 있다. 다만 여기에 세태적인
묘사와 함께 막둥어머니의 생활 이야기, 그리고 시대의 희생물이 된 이
필주 노인의 이야기 등이 겹쳐 있을 뿐이다.
  다음은 「단장」의 주제를 살펴보자.
  「단장」은 앞서 언급했듯이 정인택소설에서는 찾아보기 힘든 외적 묘
사를 섬세하게 이뤄낸 작품이다. 이는 수암으로 죽어가는 아들을 지켜보
는 안타까운 부모의 마음을 표현해 냄으로써 자식을 사랑하는 부모의 정

---

82) 위의 책, 348~349쪽.
83) 위의 책, 349쪽.

을 주제로 삼은 작품이라 하겠다.

> "덕윤이 얼굴 잘 봐 둡시다"
> 낮은 목소리로 그렇게 말하고 억제로 터지려는 울음을 참았다.
> 얼굴을 가까이 갖다 대이니 생살 썩는 내가 코를 비여갈 지경이었다.
> 그러나 창준이도 안해도 달갑게 그 냄새 속에 얼굴을 나란이 하여 도리
> 킬 생각을 먹지 안했다.[84]

썩어 들어가는 자식의 얼굴이 더 상하기 전에 좀 더 오래 기억해 두고
자 하는 부모의 안타까운 마음은 생살이 썩어 들어가는 악취도 아랑곳
하지 않는다. 이것은 부모가 아니면 도저히 감당할 수 없는 일이다. 죽
어가는 자식의 고통을 함께 하고 싶은 부모의 안타까운 마음이 그대로
나타다 있다.

> "덕윤이. 여기서 쥑이기 싫여요"
> 몸부림 치는듯한 소리였다.
> "그럼?"
> "집으루 데리구 가서 쥐겨요. 이렇게 불상허게 죽은 걸 또 어떻게 해
> 불시켜요. 난 못해요. 집으로 데리구 가서 쥑여요"
> 창준은 한참 동안 대답을 못했다.
> 어느길을 택해야 할 것인가? 인정으로 본다면 안해의 말을 쪼칠 수밖
> 에 없었으나 그러면 윤선생의 성실에 대하여는 무엇으로 보답하나?
> 그러나 그렇게 망설이기 시작한 것은 이미 반이나 창준의 마음마자 안
> 해의 생각에 동의한 징거이었다.
> 윤선생은 윤선생. 어린애 부모로서 썩어 빠진 살에 또 날카로운 「메스」
> 가 닿는 것을 아아 상상할 수 조차 없는 일이었다.[85]

---

84) 「단장」, 175~176쪽.
85) 위의 책, 183쪽.

죽어가는 아들을 살리려는 일루의 희망을 걸고 시료환자로 할 것을 허락했으나, 점점 자신들의 곁에서 떠나가는 자식의 고통스런 모습을 보며 비록 죽은 후이지만 그 몸에 칼을 대게 할 수 없다는 부모로서의 절규에 가까운 몸부림이다. 자식의 병석을 지키는 부모의 안타까운 심정의 묘사가 중심 이야기로 그려지고 있다.

결국 「단장」은 수암으로 죽어가는 소중한 자식의 죽음을 지켜보며 부모로서 갖게 되는 안타까운 심정과, 고통을 함께 하고자 하는 마음이 주제부를 형성하고 있다.

그러므로 후반기소설의 주제적 특성은 남녀의 애정문제를 중심 이야기로 다루되, 신변잡기적인 이야기가 끼어들고 있다는 점이다.

지금까지 살펴본 바와 같이 후반기 소설의 주제적 특성은 대부분이 일상적인 남녀의 애정 문제를 다루고 있다. 이러한 점은 너무나 평범한 것이어서 그 특성으로 꼽기에 미약한 느낌도 없지 않지만 전반기소설과 비교해 볼 때 결코 간과할 수 없는 문제다. 전반기 소설에 나타난 남여의 애정 관계는 대체로 남성과 여성의 성역할이 전도된 형태로 나타났지만 후반기소설에서는 이것이 지극히 정상적인 모습을 띤다. 그러므로 이러한 정상적인 애정의 문제를 주제부로 형성하고 있다는 것은 후반기소설의 특징으로 꼽을 수 있다.

Ⅲ. 마무리

지금까지 1940년대 초 정인택의 후반기 소설에 대해 살펴보았다. 그의 후반기 소설은 전반기 소설에서 보여주었던 암담한 현실에 대한 도피적 단절의 모습이 사라지고, 시대 상황이 극도로 열악해 짐에 따라 역사의식이나 작가의식이 약화되어 나타난다. 이는 정인택이 1941년 말부터 친일문학의 선봉에 서게 되는데 그의 후반기 소설은 친일문학으로 넘어가는 과도기적인 성격을 갖는 것으로 이해되어 진다. 정인택의 후반기 소설은 한 마디로 주제 의식이 약화되면서 보이는 기법의 모색이라고 할 수 있다. 이것은 작품의 내용면에서 오는 한계점을 자기 스스로 인정한 것으로 볼 수 있다. 주제 의식이 무너지면서 현실에 타협하게 되고 그에 따라 같은 식민지 현실이지만 세상은 더 이상 어둡고 암울하기 만한 것이 아니었다. 이러한 변화에서 그의 후반기 소설의 구조가 결정되어진다.

후반기 소설에 등장하는 인물은 전반기 소설과는 달리 의지적이며 적극적인 인물이 등장한다. 그들은 자신이 선택한 여인과 인생을 계획하고 이를 반대하는 부모에게 끝내는 허락을 받아낸다. 이는 전반기소설의 인물이 우연히 만난 여인과 성적 생활로 몰입함으로써 외부와 단절되는 것과 비교해 볼 때 큰 변화임을 알 수 있다.

배경 역시 후반기 소설에서도 방이나 밤의 설정이 많지만 그 이미지는 큰 차이를 나타낸다. 전반기소설은 타락과 암담한 현실을 나타내는 어둡고 침침한 좁은 방이 배경으로 설정 되지만 후반기소설의 방은 세계와 단절을 의미하는 것이 아니라 불이 밝고 문이 열려진 세계로 통하는 이미지의 방이며 밤 역시 별이 돋고 이야기가 있는 밝은 이미지로 설정된다. 일제의 암울했던 현실이 밝은 이미지로 형상화된다는 자체가 작가의식과 주제의식의 약화에서 오는 결과인 것이다.

시점 역시 자의식 과잉자의 불안한 심리를 묘사할 필요가 없어짐으로 하여 1인칭 객관적 시점보다는 3인칭 시점의 쓰임이 전반기소설에 비해 훨씬 많은 비중을 차지하게 된다.

플롯에 있어서도 후반기소설은 다양한 모습을 드러낸다. 피카레스크식 구성이나 액자식 구성의 소설이 있는가 하면 정점이 있는 플롯과 그것이 없는 플롯도 보인다. 다만 전반기소설과 같은 양상을 띠는 것은 결말에 있어 작위적인 색채가 강하게 드러난다는 점인데 이는 정인택 자신이 극복해내지 못한 작품 내적인 문제로 그의 작품에 한계로 지적 할 수 있다.

주제는 현실을 보는 시각이 달라지며 오히려 단순해진다. 즉 일상적인 남녀의 애정 문제를 신변잡기적인 이야기를 삽화로 곁들이며 중심 이야기로 드러내고 있다. 결국 정인택의 전반기소설이 자의식 과잉자의 내면 심리를 효과적으로 나타내기 위한 구조를 갖는다면 후반기소설은 주제의식의 약화에 따라 다양한 기법의 모색에만 머무는 구조를 가지고 있다 하겠다.

❘ 대구대학교 국어국문학과 강사

▌참고문헌

Ⅰ. 자료

「국민문학」, 영인판, 국학자료원, 1982.
「매일신보」, 영인판, 경인문화사, 1985.
「문장」, 영인판, 문장영인간행회, 1981.
「백민」, 영인판, 국학자료원, 1980.
「삼천리」, 영인판, 현대사, 1982.
「신동아」, 영인판.
「여성」, 영인판, 현대사, 1982.
「인문평론」, 영인판, 한계사, 1980.
「조광」, 영인판, 학연사, 1981.
「조선문학」, 영인판, 국학자료원, 1982.
「조선일보」, 학예면초, 영인판, 한국학연구소, 1980.
「조선중앙일보」, 학예면초, 영인판, 한국학자료원, 1985.
「중앙」, 영인판, 국학자료원, 1983.
「청색지」, 영인판, 현대사, 1982.

Ⅱ. 단행본

강만길, 「한국현대사」, 창작과 비평사, 1984.
구상·정한모(편), 「30년대 모더니즘」, 범양사출판부, 1987.
권영민, 「한국근대문인대사전」, 아세아문화사, 1990.
──, 「월북문인연구」, 문학사상사, 1989.
──, 「프랑스비평사」 현대판, 문학과 지성사, 1981.
김성곤, 「포스트모더니즘과 현대미국소설」, 열음사, 1990.
김윤식, 「이상연구」, 문학사상사, 1988.
──, 「한국근대문예비평사연구」, 일지사, 1984.
──, 「한국현대현실주의소설연구」, 문학과 지성사, 1990.
김윤식 김현, 「한국문학사」, 민음사, 1989.
김천혜, 「소설구조의 이론」, 문학과 지성사, 1990.
시준섭, 「한국모더니즘 문학연구」, 일지사, 1988.
이강언, 「한국근대소설론고」, 형설출판사, 1983.

임종국, 「친일문학론」, 평화출판사, 1966.

전혜자, 「현대소설사연구」, 새문사, 1987.

조동일, 「신소설의 문학사적 성격」, 서울대출판부, 1973.

한용환, 「소설학사전」, 고려원, 1992.

E. M. Foster. *Aspects of the Novel*, London, 1974.

Leon Edel(이종호역), 현대심로소설연구, 형설출판사, 1983.

P. Lubbock. *The Craftof Fiction*, London, 1953.

R. Stanton.(박덕은 편역), 「소설의 이론」, 새문사, 1984.

Ⅲ. 논문

강현구, 「최명익 소설연구」, 고려대, 1984.

권성우, 「1930년대 모더니즘 소설연구」, 서울대, 1988.

김강진, 「정인택 소설 연구」, 대구대, 1993.

김남천, 「신진 소설가의 작품세계", 『인문평론』, 1940. 2.

김애란, 「1930년대심리소설연구」, 대구대, 1992.

김윤식, 「모더니즘의 정신사적 기반」, 『한국근대문학사상비판』, 일지사, 1978.

김진석, 「1930년대 한국심리소설연구」, 고려대, 1990.

나병철, 「날개에 나타난 현대성과 현실성」, 연세어문학, 19집, 1986.

유성하, 「1930년대한국심리 소설기법연구」, 계명대, 1987.

이강언, 「한국모더니즘 소설의 형성과 그 배경」, 대구어문총론, 제8집.

이재선, 「도시소설,도시공간의 문학」, 『소설문학』, 1987.

장수익, 「박태원소설연구」, 서울대, 1991.

장춘화, 「1930년대 도시배경의 소설연구」, 대구대, 1986.

최혜실, 「1930년대한국모더니즘 소설연구」, 서울대, 1991.

한국전쟁기 소설 연구

― 적치 삶을 다룬 작품을 중심으로 ―

김 문 수

I. 서 론

1. 문제의 제기

본 연구는 한국전쟁기 소설 연구의 일환으로 한국전쟁기 당시에 발표된 작품 가운데 인민군 치하의 삶을 다룬 작품을 살펴봄으로써 한국전쟁기 소설 모습의 일단을 밝히는 데 그 목적이 있다.

본 연구에서 한국전쟁기 소설에 관심과 초점을 맞추게 된 것은 한국전쟁기 소설이 한국현대소설사적으로 특별한 의미망을 구축하고 있을 뿐 아니라, 당대의 시대·사회를 직·간접적으로 반영하고 있는 귀중한 문학적 유산임에도 불구하고 그 동안 논의에서 소외되어 왔다는 점에 있다.

지금까지 한국현대소설에 대한 작가·작품 혹은 사적 연구에서 해방 이후 6·25 이전은 '해방기' 또는 '해방공간'이라는 이름으로, 6·25 이후는 '전후소설' 또는 '1950년대 소설'이라는 주제로 많은 연구와 진전을 보이고 있으나 그 중간, 즉 1950년 6월말 이후 1953년 7월말까지의 한국전쟁기 소설에 대한 연구는 매우 단편적이거나 제한적인 연구에 그

치고 있는 실정이다.[1]

한국전쟁기의 소설이 논의에서 소외되어 왔던 주된 이유는 이 시기는 잃어버린 문학의 시대[2]로, 그나마 창작된 작품들마저도 강한 목적성의 원리에 의해 소화불량의 상태[3]라는 데 있다. 그러나 결코 짧지 않은 이 기간에 나온 적지 않은 작품을 두고 그 실상을 제대로 파악하지도 않은 채 일반 미학적 장치에 따라 일괄 재단해버리는 것은 매우 안이하고도 무책임한 태도라는 비난을 면하기 어렵다.

따라서 이 시기의 소설도 첫째, 한국전쟁기 소설의 실상을 파악하고, 둘째, 전시와 문학의 이음새에 있어서 당대 정신사로서의 문학의 의미체계를 구명(究明)하여, 셋째, 그 적절한 문학적 위상을 점검해야 할 일이 과제로 남아 있다 할 것이다. 이와 같은 시각을 바탕으로 한국전쟁기 소설 연구라는 커다란 주제를 두고 기히 발표한 연구[4]에 이어 본고에서는 전쟁 기간 중 인민군 치하의 삶을 다룬 작품을 검토하고자 한다.

---

1) 특히 『한국현대문학사』 내지 『한국현대소설사』라는 주제의 사적 연구에서 그렇다. 그러나 근자에 한국전쟁기 소설에 대한 주목할 만한 연구로 조남현의 「한국전시소설에 대한 재해석」(『문학정신』, 1988. 12.~1989. 2.), 박신헌의 「한국전쟁 전후기 소설의 현실의식 연구」(경북대 대학원 박사학위 논문, 1992.), 신영덕의 「한국전쟁기 종군작가 연구」(고려대 대학원 박사학위 논문, 1993), 이은자의 「1950년대 한국소설에 나타난 지식인상 연구」(숙명여대 대학원 박사학위 논문, 1994.) 등이 있다. 이 가운데 한국전쟁기 소설에 대한 단독 주제의 연구는 조남현과 신영덕의 논문으로, 조남현의 경우는 한국전쟁기 소설을 논의의 장으로 부각시켰다는 데에 그 의의가 크며, 신영덕의 경우는 작가·작품론적 접근을 하고 있으나 종군작가에 한정되어 있다. 그 밖의 논문은 한국전쟁 전후기를 통시적으로 혹은 1950년대 소설 연구의 일환으로 다루고 있다.
2) 권영민, 『한국현대문학사』(1945~1990), 민음사, 1993, p. 100 참조.
3) 이재선, 『한국현대소설사』(1945~1990), 민음사, 1991, p. 83 참조.
4) 「한국전쟁기 소설 연구」 - 갈등양상을 중심으로 -, 대구공업대 논문집 제12집, 1997. 「한국전쟁기 소설에 나타난 피난민의 삶과 의식」, 우리말글 제16집, 1998. 「한국전쟁기 소설의 이데올로기 수용 양상 연구」, 우리말글, 제18집, 1999.

2. 연구 범위 및 방법

　한국전쟁기의 소설은 그 동안 '전시소설'이라는 말로 흔히 불리어져 왔다. '전시소설'이라는 용어는 한국전쟁이 발발한 뒤 약 6개월의 공백 기간을 거쳐 속간되었던 『문예』·『신천지』 및 육군종군작가단에 의해 발간된 『전선문학』 등에 '전시문학'·'전시문화'·'전선문학'·'전쟁문학'· '전쟁소설'·'전시수감' 등의 말과 함께 널리 사용되었다. '전시소설'에 대해서는 백철이 1951년 전시저널리즘이 발간되면서 전쟁의 측면이나 후방에서 보고자 한 문학, 피난생활을 묘사한 것 등 전시 일색의 문학을 넓은 의미에서 전시문학이라고 부를 수 있다5)고 그 개념을 규정한 바 있다. 그러나 소위 전시의식을 담고 있는 전시소설 혹은 전쟁소설뿐만 아니라 이 시기의 나온 소설 일반을 다루고자 한다는 점에서 '한국전쟁기 소설'이라는 용어6)를 쓰기로 한다.

　한국전쟁기 소설은 한국현대소설사에서 전쟁의 문제가 본격적으로 자리하게 되었다는 점에서 전대 소설과 크게 구분되는 한편, 휴전 이후 1950년대에 펼쳐진 전후소설과 60년대 이후의 6·25소설 혹은 분단소설의 외연을 잡아주고 그 지향점을 일러줌과 동시에, 작품에 등장하는 각각의 주인공들은 50년대 이후 넓은 의미의 전쟁소설과 분단소설의 아키타입에 값하는 것7)이라 할 수 있다. 그럼에도 불구하고 이 시기의 소설에 대한 연구가 전술한 바 있듯이 몇몇 작가와 작품으로 제한되어 있거나 제대로 조명되지 않았다는 점에서 한국전쟁기를 끊어 당시 각종 문

---

5) 백철, 「전란과 함께 지라 온 1950년대 문학」, 『한국문학의 이론』, 정음사, 1964, pp. 231~232.
6) 전쟁기의 문학을 전후문학 속에 포함시켜 논의하는 경우도 있지만(구인환 외, 『한국전후 문학 연구』, 삼지원, 1995.) 전쟁기와 전후를 구분하여 논하는 것이 보다 적확할뿐더러 신경득(『한국전후소설 연구』, 일지사, 1983.), 박신헌의 논문에서 '한국전쟁기 소설'이라 는 용어를 사용하고 있음을 볼 수 있다.
7) 조남현, 『한국현대소설의 해부』, 문예출판사, 1993, p. 14.

예지·신문·소설집·종군지·군기관지 등에 발표된 작품을 논의의 대상으로 삼으며, 본고에서는 그 가운데 특히 적(인민군)치하의 삶을 그린 일련의 작품을 분석·검토하고자 한다.

문학이 그 시대의 산물이라는 말을 새삼 떠올리지 않더라도 한국전쟁기의 소설은 전쟁 문제를 떠나서 논의할 수는 없다. 그만큼 당시의 작가들은 전쟁의 충격과 전시의식뿐만 아니라 일종의 사명감 속에 휩싸여 있었던 것이다. 따라서 전쟁기의 소설을 탐색함에 있어 사회·현실과 문학작품과의 조응관계 속에서 살펴보는 것이 가장 긴요한 과제가 될 것이다. 즉 소설양식과 사회적 환경 구조 사이의 관계 해명8)이라고 보는 소설사회학적 관점에서의 접근방식이다. 이는 첫째 소설을 사회·역사적 현상의 반영물로 생각하는 데에서 출발하여 텍스트 속에 감추어진 개인적 삶의 구조·집단의식·세계관의 구조 같은 것을 도출해 내고, 둘째 소설이 독자에게 남겨줄 수 있는 파장을 분석함으로써 작가·작품·독자 사이의 관계를 적극적으로 정립해 보려는 연구 태도9)이다

통상적으로 전쟁기의 소설을 지칭함에 있어 전시의식을 적극적으로 담고 있다는 의미에서 전시소설 혹은 전쟁소설로 부르는 것이 일종의 통념처럼 여겨지고 있음은 그만큼 전쟁 현실이 작품 속에 직접 투영되어 있었다는 것을 반증하는 것이다. 따라서 시대·사회와 작품과의 연결고리를 해명하는 작업이 연구의 실마리를 풀어나가는 것이자 작업 그 자체가 될 수 있음은 자명한 일이라 하겠다.

반면 문학작품은 그 자체로 정당성과 목표를 가지고 있는 실체10)인 동시에 작가와 독자와의 관계 속에서 보다 의미가 분명해질 것이다. 이

---

8) Lucien Goldmann, 『*Towards Sociology of the Novel*』, trans by Alan Sheridan, Tavistock Publications, 1975, p. 9.
9) 조남현, 『소설원론』, 고려원, 1993, pp. 341~342.
10) R. Wellek & A. Warren, 『*Theory of Literature*』, Middlesex ; Penguin Books Ltd., 1966., pp. 265~266.

는 형식주의와 역사주의 혹은 미적 차원에 대한 시각과 사회적·정치적·경제적 의미망 추구 사이에 불협화음으로 표현되는 대립된 연구 태도 중에서 어느 것이 더 본질이냐는 이분법적 사고를 지양하여 어느 쪽이나 문학을 설명·판단해 줄 수 있는 연구의 한 방법11)이며, 나아가 상호보완적 조건들로 판단된다. 따라서 작품 그 자체를 보면서도 작가론적 태도와 방법이 적절히 원용될 것이며 작품이 사회와 독자에 미치는 영향관계 또한 추적될 것이다.

Ⅱ. 본 론

한국전쟁은 전개 과정의 양상에 따라 대체로 다음과 같이 다섯 시기로 구분된다.12)

제1국면(1950년 6월 25일 ~ 1950년 9월 중순): 인민군 공세기
제2국면(1950년 9월 중순 ~ 1950년 11월 하순): 남한 및 유엔군 공세기
제3국면(1950년 11월 하순 ~ 1951년 1월 하순): 인민군 및 중공군의 반격기
제4국면(1951년 2월 ~ 1951년 6월 하순): 유엔군의 재공세와 전선의 교착 및 휴전 모색기
제5국면(1951년 7월 ~ 1953년 7월); 휴전 협상과 소모전기

---

11) 조남현, 앞의 책, p. 349 참조.
12) 박명림, 「한국전쟁의 전개과정」, 『한국전쟁연구』, 태암, 1991과 한국정치연구회 정치사분과, 『한국전쟁의 이해』, 역사와 비평사, 1990 및 브루스 커밍스·존 할리데이, 『한국전쟁의 전개과정』, 태암, 1989 등 참조.

적치하란 위의 제1국면과 제3국면의 인민군 공세기에 삼팔선 이남 지역이 일시적으로 그들의 지배체제가 된 상태를 말한다. 특히 개전 사흘 만에 서울이 함락되었을 뿐 아니라, 당국도 전황을 사실대로 알려 주지 않고 서울 사수를 외치다가, 관이나 군경 등 일부 계층만 빠져나간 채 한강대교를 폭파함으로써 대부분의 시민들이 미처 피난할 틈도 없이 갇혀, 이후 9·28 수복까지 만 3개월 간 온갖 박해와 수난 속에 지내지 않으면 안 되었다.

북한 인민군은 소위 남조선을 해방시키고 통일정부 수립을 획책하면서 남쪽으로 진격을 강행하는 한편 점령지마다 보위부와 인민위원회를 복귀시켜 점령정책의 모든 면을 관장·집행함으로써 급속히 그들의 체제로 전환시켜 나갔다. 이 과정에서 토지개혁이란 미명 아래 현물세 강제 징수13)와 보국미 조달, 친이승만 세력 및 친일·친미분자의 색출과 처단, 각종 동원과 부역, 의용군 징발과 납치 등의 일을 저질렀다.

이와 같은 수난과 박해는 당시 적치 3개월 간 서울에 잔류했던 문인들에게도 예외일 수 없었다. 오히려 대중에게 드러난 이름 때문에 한층 더 포섭·이용 내지 납치의 대상이 되었고, 그만큼 수난도 더 컸음은 적치 3개월 간 그들의 행적이나 체험기14)를 통해서 쉽게 확인할 수 있다.

적치하에서 살아 남는 길은 대체로 두 가지의 방향이 있었다. 그 하나는 그들의 이념에 동조하고 협력하는 길이며, 다른 하나는 숨어사는 길

---

13) 송지영, 「赤禍 三月」, 국제보도연맹, 『赤禍三朔 九人集』, 1951, p. 62 참조.
14) 적치하에서의 체험기를 기록한 글로 모윤숙의 「천지가 지옥화」(김송 편, 『전시문학독본』, 계몽사, 1951), 박영준의 「노예의 노동생활」(〃), 양주동의 「共亂의 교훈」(『적화 삼삭 9인집』, 1951), 백철의 「사슬로 묶여서 3개월」(〃), 최정희의 「난중일기에서」(〃), 송지영의 「적화 3월」(〃), 장덕조의 「내가 본 공산주의」(〃), 손소희의 「결심」(〃), 김광주의 「하누님을 찾는 아내」(『신천지』, 1951. 1.), 고희동의 「나의 체험기」(〃), 「수난기」(『문예』, 문예사, 1950. 12.), 조연현의 「기아와 공포의 90일간」(『신천지』, 서울신문사, 1951. 1.), 우승규의 「사선 방황기」(〃), 김동명의 「암흑에의 서설」(〃) 등 많은 글들이 보이는데 대개 적치하의 수난, 부역 혐의에 대한 변명 내지 반성적 내용을 담고 있다.

이다. 전자는 친공주의자는 물론이며 시세 편승적 기회주의자나 강압에 따라 불가피하게 선택한 경우를 생각해 볼 수 있고, 후자는 사회적으로 신분이 알려진 인사들이나 의용군 징집 대상자들의 유일한 신변보호책이었음을 짐작할 수 있다.

문인들 역시 인민군 치하에서 소위 부역을 한 경우와 지하 잠복한 경우의 두 부류로 나뉘어진다.15) 『문예』 전시판(1950. 12.) 표지 안쪽에 「문단은 다시 움직인다」라는 제하의 동정란을 통해 당시 주요 문인들의 신상을 알아볼 수 있는데, 이에 따르면 지하 잠복했던 문인들로는 박종화·모윤숙·오종식·유치진·이하윤·장만영·김동리·조연현·최인욱·유동준·김광주·최태응·박두진·강신재·방기환·설창수·임옥인·한무숙 등이 있다. 부역 피의자로 수감되었던 홍효민·전홍준·노천명·이인수 등과 지하 잠복 문인 외의 백철·양주동·최정희·손소희 등과 같이 대다수의 문인들은 부역의 정도와 자의성의 차이는 있지만 부역 문인이란 오명을 덮어쓰지 않으면 안 되었다.

적치하에서 문인들의 이와 같은 행적을 어떻게 설명할 것인가. 평상시라면 마땅히 존중되어야 할 개개인의 윤리나 도덕 의식, 신념이나 세계관, 이념이나 국가관 등이 전시 그리고 적치하라는 극한적 상황을 맞아 생명부지의 화급함에 밀려 얼마만큼 나약해지고 비참해질 수 있는가를 보여주고 있는 것이다. 동시에 지식인들까지도 포함한 대다수 사람들이 상황에 굴복하고 마는 보통인의 인간적 한계를 증언하는 것이라 하겠

---

15) 고은은 당시 잔류작가들을 여섯 종류로 구별했다. 즉 김동인·김영랑처럼 병사하거나 폭사한 6·25 작고 작가, 이광수 김동환과 같은 피납 작가, 모윤숙 김동리와 같은 지하 작가, 김팔봉과 같은 인민재판이나 어떤 제재를 받음으로써 극형 및 중형을 받은 영어(囹圄) 작가, 대부분의 작가를 망라해서 말할 수밖에 없는 문학가 동맹 출근으로 연명한 부동(浮動) 작가, 그리고 그런 소속으로부터 숨어서 동대문 시장의 장사꾼으로 변신한 조연현·이종환과 같은 준은신 작가 등이 그것이다. 이 가운데 지하 작가와 준은신 작가가 지하 잠복한 문인들이며 부동 작가가 소위 부역 문인들이다.
고은, 『1950년대』, 청하, 1989, p. 63 참조.

다. 적치 서울에서 '문학가동맹'에 가입하여 부역했던 백철은 수복 후 당국에 의해 용서받고 난 뒤 쓴 참회의 글을 통해 다음과 같이 당시에 처했던 상황과 심경을 다음과 같이 토로한 바 있다.

> 살아야 하겠다! 나는 사변에서만치 인간의 생명욕이 그처럼 강한 본능인 동시에 비굴한 것인 줄 느낀 일이 없다. 우선 살고 봐야 하겠다는 이 사는 일이 전제가 돼서 거의 수단을 불택(不澤)하는 파렴치한 요소가 이런 위급시엔 적나라하게 나타나는 것을 느낀 것이다.16)

이러한 비극은 비단 문인들에게만 주어진 것도 아니고 인민군에 의해 저질러진 것만도 아니다. 국군은 후퇴하면서 보도연맹 가입자17) 및 좌익 체포자·정치범 등을 내부의 혁명 세력을 근절시킨다는 명목 하에 무차별 처단했고, 수복 후에는 수복 지역의 부역자들을 동기나 경중을 따지지 않고 체포, 합당한 절차 없이 집단 학살했다. 결국 적치, 수복의 과정을 거치면서 대부분의 민중들은 적군과 아군 모두에게서 생명의 위협을 받아야 했던 것이다.

이처럼 함락과 수복, 재함락과 재수복 등으로 이어지는 전황 가운데 미처 피난을 가지 못하고 숨막히는 적치하에서의 삶과 살아남기 방식을 그린 소설들로는 박용구의 「칠면조」(『문예』, 1950. 12.), 최인욱의 「목숨」(『문예』, 1950. 12.), 염상섭의 「해방의 아침」(『신천지』, 1951. 1.), 「탐내는 하꼬방」(『신생공론』, 1951. 7.), 「홍염」(『자유세계』, 1952. 7.~1953. 2.), 「취우」(『조선일보』, 1952. 7. 18~1953. 2. 10.), 김송의 「서울의 비가」(『전쟁과 소설』, 1951.), 강신재의 「눈물」(『문예』, 1952. 1.), 황순원의 「학」(『신천지』, 1953. 5.), 장용학의 「찢어진 윤리학의 근본 문제」(『문예』, 1953. 6.), 최태응의 「삼인」(『자유세계』, 1953. 7.) 등이 있다.

---

16) 백철, 「사슬로 묶여서 3개월」, 국제 보도연맹, 『적화삼삭 9인집』, 1951, p. 25.
17) 조성구, 「보도연맹사건」, 『말』, 1988. 12, p. 26 참조.

많은 작가들이 인민군 치하의 극한적 삶을 체험한 것에 비하면 이를 소재로 한 작품들은 위에 제시된 것처럼 그리 많지 않다는 사실을 발견할 수 있다. 이는 수복 직후 소위 잔류파와 도강파 사이에 사상의 문제로 비화되어 갈등과 분열의 발단이 되었을 뿐 아니라,[18] 적치하의 삶이란 곧 자신의 삶이었던 동시에, 외면적으로는 사상이나 이념 문제와 결부되어 있었으므로, 시기적으로 다루기에는 복잡하고도 미묘한 현실 문제가 가로놓여 있었던 탓이라고 판단된다.

1. 이데올로기 문제와 생존의 방식

1) 기회주의적 이념 선택과 과잉적응

전쟁기의 소설 중에는 함락, 수복의 과정을 거치는 동안 인민군 치하의 서울을 배경으로 전황에 따라 재빨리 태도를 바꾸어 나가는, 즉 살아남기 위해서 도덕과 양심을 버리고 현실에 추수하는 부정적인 인간상을 부각시키고 있는 작품들이 있다.

앞서 살펴 본 바와 같이 문인들 자신부터 적치의 땅에서 생명을 부지하기 위해 부역하기도 하고, 때로 숨어 지내기도 하면서 수난의 세월을 보내야 했던 터다. 백철과 양주동은 문맹에 가입, 출근했다.[19] 최정희도 남편 김동환과 어린 두 딸을 살리기 위해 문맹에 가입, 벽보를 붙이기 등의 부역을 했다.[20] 손소희 역시 그녀의 집 벽장 속에 김동리를 숨겨 주고 자신은 수복 후 부역 혐의로 구속되었으며,[21] 열성적으로 가담했던 노천명은 구속 수감되었다. 한편 함락 직전까지 스피커를 들고 위

---

18) 고은, 앞의 책, p. 117.
19) 백철, 앞의 글 및 양주동, 「共亂의 교훈」, 국제보도연맹, 앞의 책 참조.
20) 고은, 앞의 책, p. 68 참조.
21) 위의 책, p. 125 참조.

무 방송을 하며 부상병 치료에 열심이었던 모윤숙은 낯모르는 집을 전전하며 화를 모면했고,22) 김광주와 조연현은 도강에 실패하고 되돌아와 잠복, 변신해 가며 연명했다.23) 그러면서 그들은 하루아침에 수도 서울이 붉은 인공기의 땅이 되는 것을 보았다.

> 전차길로 통하는 큰길로는 그 누덕이를 걸친 소위 인민군이란 것이 붉은기를 휘날리며 거러가고 동리 사람들은 언제 준비했는지 재빠르게 집집마다 붉은기를 세우고……. 내 동리에 살고 있던 사람들이, 태극기의 하늘 밑에서 어제밤까지 살고 있던 인간들이 붉은기를 휘날리며 인민군이란 거지같은 군인들을 얼싸안고 박수를 보내다니!24)

적치가 되자 표변하는 인간과 거리의 모습이다. 그들 가운데에는 처음부터 해방전쟁을 기다렸던 친공주의자 내지 공산주의자들도 있었겠지만 대부분은 살기 위해 부화뇌동했던 일반 시민들이었다. 그러나 힘없는 민중들만 그랬던 것이 아니라 사회 지도층 인사 역시 살아 남기 위해서는 굴종하고 때로 이적 행위조차 서슴지 않았다.

> 날이 밝은 뒤에 넓이 바라보니 중앙청을 위시하야 가가호호에 날리는 것은 붉은 기빨뿐이다. 어찌하면 좋을지 죽어서 보고 듣지 아니하는 것이 제일이겠다는 생각도 소사난다. 전하는 보도를 들으면 군인 명망가 국회의원 등 수수모모가 인민공화국에 굴복 자수하여 대한민국의 비(非)를 들추어내고 인민공화국을 찬양하는 방송을 하는 등 애국 동지들을 잡아가고 무죄한 사람들을 죽이며 가진 악질 행위는 다 들 수가 없다.25)

---

22) 모윤숙, 「천지가 지옥화」, 김송 편, 『전시문학독본』, 계몽사, 1951., pp. 64~69 참조.
23) 「암흑의 3개월」, 『문예』, 1951. 1. 김광주·조연현의 체험기 참조.
24) 김광주, 「하누님을 찾는 아내」, 『문예』, 1951. 1., p. 54.
25) 고희동, 「수난기」, 『문예』, 1950. 12., pp. 60 ~ 61.

당시 문총회장으로 대국민 선무활동을 하다가 때를 놓쳐 적치하에 갇혀 버렸던 고희동의 「수난기」의 한 부분이다. 이웃을 팔고 친구를 밀고 했으며, 사회의 지도층 인사들조차 자신이 속해 있던 이념과 체제까지도 부정해 가면서 목숨을 구걸했음을 일러준다. 불가항력적 상황, 혹은 굴욕의 시절이라고 치부하기에는 민족적 배반감과 인간적 실망감에 빠지지 않을 수 없음을 말하고 있다.

이와 같이 인민군 치하가 되자 재빨리 인공기를 달고, 국군에 의해 수복이 되자 태극기로 바꾸어 단다는 식의 기회주의적 이념 표변의 모습과 적극적 부역, 밀고 등 과잉적응주의를 드러내고 있는 작품으로는 박용구의 「칠면조」, 염상섭의 「해방의 아침」, 강신재의 「눈물」 등이 있다.

박용구의 「칠면조」는 그 제목이 가리키는 바와 같이 시세(時勢)에 따라 재빨리 변신해 가는 기회주의적 인물을 그리고 있다. 주인공 원식은 인민군 치하가 되자 반장이 되어 이웃 사람들에게 의용군 지원을 적극 강요하는 등 그들의 앞잡이 노릇을 하다가, 수복 후에는 제일 먼저 동회 일을 보고 또 반공청년단에 가입하여 남보다 열심히 참가하기도 하면서 칠면조와 같이 재빠르게 변신하는, 극히 기회주의적이고 과잉적응주의적인 인물이다. 그러면서 양심의 가책을 느끼는 일도 없다. 오히려 그와 같은 변신 즉 '묘리있는 수단'으로 시절이 바뀌어도 무사하게 잘 살 수 있게 된다.

> 그러기에 괴뢰군이 와 있든 삼 개월 동안도 남들은 모다 먹기에 흡흡하고 의용군에 벌벌 떨 적에도 흰밥만 먹었고 집안에 편안히 있었든 것이다.
> 다행히 폭격도 안 받았고……. 국군이 들어오자 남편은 제일 면점 동회에 나가서 일을 보았고, 오늘날 편안한 겨울을 마지하게 된 것이다.26)

---

26) 박용구, 「칠면조」, 『문예』, 1950. 12., pp. 103~104.

개인적 안위를 도모하기 위해 이웃을 희생시키는 이기주의에다 체제의 변화에 따라 변신을 거듭하는 기회주의적이며 과잉적응주의적인 존재다. 그러나 작가는 원식과 같은 인물에 대하여 어느 정도의 비판적 시각을 가지고 있기는 하지만 일방적으로 매도하려 들지는 않음으로 해서 당시의 특이한 존재가 아니라 현실적인 존재27)임을 인정하고 있다 하겠다.

원식에 대한 비판적 내지 부정적 시각은 먼저 그에 대한 그의 아내의 불만 표출로부터 드러난다. 인공치하에서 그들의 앞잡이 노릇을 하다가 수복 후에는 누구보다 더 청년단 훈련에 열성을 보이며 표변하자 그의 아내는 이웃의 눈을 의식하고는 만류한다. 그녀에게는 적어도 이웃의 눈을 의식할 만한 정도의 양심과 도덕은 남아 있다. 그러나 비판자의 위치에 있지는 않다. 남편이 적극 부역을 했던 청년단원이 되었건 '묘리있는 수단'이라 믿으며 집안의 무사함에 안주한다. 원식이 과잉적응주의자라면, 그의 아내는 소극적인 순응주의자라 할 만하다.

그리고 원식의 이중성과 비열함은 이웃 김 서방과의 관계 속에서도 드러난다. 원식의 의용군 지원 강요에 못 이겨 평택으로 피난 가 있다가 수복 후 돌아온 이웃의 김 서방이 항의차 찾아온다. 하지만 원식은 때가 그랬다며 변명도 하고 손을 잡고서 고생했다며 회유도 한다. 요사이는 미군 부대 통역으로 나간다며 거짓말로 위세를 부리기도 한다. 마침내 무식하고 우직한 김 서방은 원망 한마디 못하고 돌아선다. 여기에서 독자들은 김 서방으로부터 당하기만 했던 일반시민의 모습을 읽을 수 있고, 원식과 같이 상황에 따라 변신하며 일신의 안일만을 도모하는 극히 비인간적인 존재들도 확인하게 된다.

기회주의적 변신과 과잉적응주의적 태도를 그림에 있어 「칠면조」가 상황에서부터 비롯된 것이라면, 강신재의 「눈물」은 상황보다는 개인적

---

27) 조남현, 『현대소설의 해부』, p. 39.

인 한(恨)으로부터 비롯된 것이란 점에서 두 작품은 출발점을 사뭇 달리하고 있음을 볼 수 있다.

「눈물」은 무식하고 추한 외모 때문에 이웃으로부터 소외와 냉대를 받아 오던 주인공 송정화(宋貞和)가 적치가 되어 세상이 바뀌자 생전 처음으로 그녀를 대접해 주는 인민군에게 맹종하다시피 부역하다가 오히려 그들에 의해 총살당하고 만다는 아이러니형의 작품이다.

송정화의 극단적인 부역 행위는 그녀를 모멸해 왔던 이웃들에 대한 개인적 해한(解恨)을 위한 보복 행위였다. 어렸을 때 입은 화상으로 흉한 추물이 된 송정화는 그것이 자신의 잘못이 아님에도 불구하고 사십여 평생 동안 모진 굴레가 되어 가난과 냉대 속에 세살박이 아들 바우와 둘이서 하꼬방 문을 닫아걸고 살아 왔다. 6·25가 났을 때도 그렇다. 6월 27일 그녀 혼자만 빼놓고 이웃들 모두 피난길을 떠나 버린다. 그러나 인공 치하가 되자 전혀 다른 세상이 그녀에게 다가온다. 여느 때 동회 사람들 같으면 어림도 없는데 인민군들은 배급소 창고 문을 활짝 열어 놓고 하얀 쌀을 자루가 터지도록 나누어준다. 그녀를 '여성 동무'라고 불러 주고 의견을 물어 보기도 하고 들어주기도 한다. 생전 처음으로 인간 대접을 받아 본 그녀는 공산주의가 무엇인지 인공세상이 무엇인지 모르지만 그들이 시키는 일이라면 맹종한다. 그래서 빨강 헝겊을 회초리에 비끌어 매어 하꼬방 문에 걸어 놓고 동회나 여맹(女盟)의 모임에 열성적임은 물론 철물 회수, 복구공사, 출동에 이웃을 동원시키고 스스로 앞장선다.

> 전출문제가 일어났을 적에도 의용군 때문에도 송정화는 한가닥 날렸다. 떠나야 할 집에는 몇일 전부터 다니며 재촉을 하였고, 숨어 다니는 해당자는 눈치채는 대로 고해바쳤다. 점순네 복이네 그리고 움집 아들이 징용군에 나간 것은 순전히 그의 공로였다. 그는 실로 사십여 년만에 사는 보람을 느낄 수 있는 것이다.28)

이처럼 적치하에서 송정화가 열성적 부역자 내지 빨갱이가 된 것은 그녀가 공산주의에 경도되었다거나 「칠면조」의 원식과 같이 상황에 따라 약삭빠르게 변신했다거나 한 것과는 전혀 다르다. 이념은커녕 여맹이나 동회 모임의 연설 내용조차 모르는 판무식꾼이다. 다만 열등감과 소외의식으로 깊어진 한을 풀기 위해 자신을 대접해 주는 인민군들을 위해 맹신적 행동을 보였을 따름이다. 그러나 그들에게 적극 협력했던 송정화가 끝까지 그들로부터 보상을 받는 것은 아니다. 국군과 유엔군에 의해 서울이 수복되기 직전, 길거리에서 도망가던 어떤 청년을 '무슨 반동' 쯤으로 알고 끝까지 그를 잡아 주려고 하다가 오히려 인민군에 의해 함께 지하실로 끌려가 집단사살당하고 만다.

이 소설에서 주인공의 행적은 시대와 역사의 문제를 비켜나 개인적 차원에서 시작된 문제이었기에 그의 잘못은, 비록 오해가 불러일으킨 죽음이었지만 죽음으로써 응분의 대가를 치렀다고 말할 수 있다. 그러나 거기에는 개인 차원의 비극으로만 설명될 수 없는 요소도 담겨져 있다. 곧 핍박 속에서 살아가는 사람들은 작은 회유와 일시적 선심(善心)에도 이탈할 수 있다는 위험 요소에 대한 경계와, 공동체 삶에서 송정화와 같은 인물들을 우리들과 우리들의 사회적 구조 스스로가 만들어 가지는 않았는가를 되돌아보아야 한다는 점이다.

한편 염상섭의 「해방의 아침」은 보다 다양한 인물이 등장되어 적치하의 삶을 다각적으로 보여주고 있다.

작자 염상섭은 서울 돈암동 집에서 한국전쟁을 맞이하여 이후 소위 잔류작가로 3개월간의 인민군 치하를 직접 체험하였다.29) 그는 잘 알려진 대로 인간을 특정한 이념이나 의지를 담는 그릇으로 파악하는 것에 거부감을 가지고 중도적 시각30)을 견지하면서 삶의 본능과 일상성을

---

28) 강신재, 「눈물」, 『문예』, 1952. 1., pp. 133~134.
29) 김종균, 『염상섭 연구』, 고려대출판부, 1974., p. 550.

대변한 작가로 파악되고 있다. 그러나 그도 전쟁을 겪으면서 일상이나 본능에만 집착할 수는 없었다. 수복 후에는 적치 동안 용하게 부지했던 목숨을 툭 털어 바치겠다[31]는 각오를 가지고 54세의 많은 나이로 윤백남·이무영 등과 해군에 입대하여 간두에 선 국가 현실에 직접 뛰어 들기도 했던 것이다.

전쟁 발발 후 작가의 첫작품인 「해방의 아침」은 그의 현실 참여가 말하듯 당대 현실과 이념의 문제가 직접적으로 취급되어 있는 작품이다.

이 소설에는 기회주의적 이념표변자 원숙 어머니, 반공주의자 인임의 가족, 중도주의적인 성실 부모 등 서로 다른 세 가지 성향의 인물들이 등장한다. 이들이 적치하, 수복을 거치는 동안 어떠한 태도와 행동을 가지고 대처해 나가는가를 보여준다.

원숙 어머니는 적치가 되자 피복공장의 여성동맹 위원장이 되어 의용군 지원을 강요하고, 인임이조차 피복공장에 몰아넣는 등 열성적으로 부역한다. 뿐만 아니라 공장 관리위원장과 짜고 쌀·광목·고무신·잿물·비누·담배 등속을 빼돌려 성실 어머니를 시켜 인임이네 문간방에 숨겨 놓는다. 그러면서 수복이 되자 제일 먼저 태극기를 내건다. 이렇듯 원숙 어머니는 기회주의적이고 부도덕한 인물이다.

한편 인임의 가족은 그 오빠가 청년단 간부로 가택 수색을 염려해서 태워버릴 것은 다 태워버렸지만, 태극기만은 다락의 솜보퉁이 속에 소중히 간직해 온 반공주의 가족이다. 인임이도 여성동맹이나 의용군으로 징집을 피해 어쩔 수 없이 피복공장에 잠시 다녔을 뿐 숨어 지냈다.

수복이 되어 동회의 문패가 다시 내붙이고 치안대가 들어 앉으면서 그 첫날로 원숙 어머니가 잡혀가고, 이튿날에는 성실이 부모도 붙들려

---

30) 김윤식, 『염상섭 연구』, 서울대출판부, 1989., p.773 참조.
31) 이무영, 「노병의 독백」, 1951., 유족 보관 원고.
   신영덕, 「한국전쟁기 종군작가 연구」, 고려대 대학원 박사학위논문, 1993., p. 132에 서 재인용.

간다. 얼마 후 치안대원이 인임이네 집에도 몰려 와 가택수색 끝에 쌀 세 가마니·광목 열 일곱 통·고무신·잿물 등이 쏟아져 나오자 부역과 횡령 혐의로 부모가 붙들려 가고 만다. 원숙 어머니와 성실이 부모가 사실대로 말하지 않으면 뒤집어 쓸 판이다. 이에 인임은 자신도 데려가 달라고 하면서 부모를 따라 치안대에 가서, 원숙 어머니가 여맹 위원장으로 빨갱이짓을 했을 뿐 아니라 빼돌린 물건이라며, 그녀의 전력과 비행을 폭로하고 부모를 구해낸다.

원숙 어머니는 물론 이념표변자요 기회주의자며 부도덕한 인물이다. 성실의 부모는 그 성격이 분명하게 그려져 있지는 않지만, 원숙 어머니의 심부름을 한 것은 적치하의 빈핍 속에 쌀 말이나 얻을 수 있을까 했을 뿐, 원숙 어머니의 쪽도 인임이네 쪽도 아니다. 반면 인임은 원숙 어머니의 반대쪽에 서 있으며 이념적으로도 분명한 인물이다. 이에 비해 그 부모의 경우는 반공주의 쪽에 서 있기는 하지만 이념지향적 인물이 아니라 인정지향의 인물에 가깝다.

> 『애 지금판에 위원장 총살일 텐데, 싸줄 것까지는 없지마는, 그네를 위원장이었다는 말을 한 것은 네 입으루 사형선고를 하거나 다름없지 않으냐?』하고 타일으니까, 인임이는 눈을 커닥게 뜨고 부친을 한참 바라보다가 한마디 하는 것이었다.
> 『온 별 걱정을 다 하십니다. 그럼 저의를 살려주구, 우리가 대신 죽어두 좋을까요?』[32]

소설 말미의 인임이가 부모를 구출해 돌아오는 길에 부녀가 나누는 대화다. 인임의 아버지는 원숙 어머니가 비록 빨갱이짓을 했지만 이웃이라 생각하며 처벌받게 할 것까지는 없다고 생각한다. 반면 인임은 당찬 현실주의자다. 원숙 어머니의 비행과 기회주의적인 이중성 또한 그녀의

---

32) 염상섭, 「해방의 아침」, 『신천지』, 1951. 1., p. 107.

의식에 의해 비판되어 있다. 원숙의 집 문 앞에 어느 새 태극기가 걸려 있는 것을 보고는 '기(旗) 다는 보람도 없겠다'고 비아냥거린다. 또 어제까지도 많은 사람들이 들락거리던 문간이 하루아침에 조용해지자 '원숙 어머니가 환도라도 차고 빨치산으로 나갔을 것'이라며 비꼬기도 한다. 물론 현실이나 사리 판단에 있어 지나칠 정도로 당차고 분명하여 오히려 인임을 영악하도록 보이도록까지 만든 것은 어느 만큼 시대와 상황이 책임져야 할 일이다. 이 소설의 여러 인물들 중 '내년이라야 중학을 나올' 어린 나이의 인임에게 무게가 주어져 있는데, 이는 현실 문제에 대한 작가의 의식과 판단을 비춰 주는 것이라 하겠다.

이상의 작품들은 모두 적치하의 부역자 문제를 다루고 있다. 특히 전황의 변화에 따라 기회주의적인 이념 표변의 모습과 과잉적응주의적 행동을 서슴지 않는 부정적인 인간상을 부각시키고 있다. 어쩌면 그러한 모습과 행동도 이쪽과 저쪽을 타고 넘으며 생사를 맡겨야 했던, 전시에 살아남기 방식의 하나일지도 모른다. 그러나 이들 소설에서는 그것은 결코 살아남기 방식이 될 수 없음을, 잘 살아 남기 방식은 더 더욱 아님을 강조하고 있다.

양주동은 적치의 체험을 바탕으로 소위 빨갱이의 유형을 다음과 같이 구분하였다.

(1) 본질적인 빨갱이: 같은 한인(韓人)이나 속은 완전히 슬라브화한
　　　　　　사이비 한인
(2) 일시적인 부분적 빨갱이
　　ㄱ) 일시적 피현혹자: 일시 사상에 현혹되었거나 막연한 호기심
　　　을 품었던 자(지식층의 다수, 자유주의 좌파)
　　ㄴ) 기회주의적 빨갱이
　　　a. 약지파(弱志派): 신념이 박약하여 시세에 따라 가는 자
　　　　(지식층의 거반, 민중의 일부)

> b. 악질파: 시세에 편승하여 세력을 도모코자 급적급백(急
> 赤急白)하는 자(적침 중 좌익기관층에 종속하였던 자)
> ㄷ) 선전에 일시 속았던 자(지식층의 일부, 민중의 대다수)
> ㄹ) 피협제(被脅制)로 부득이 일시 표면적으로 빨갱이적 행동을
> 한 자(민중의 일부, 문화인의 소수)33)

비교적 상세히 구분하고 있고 또 그 정도에 따라 적절한 대증요법적 대응 방안도 제시하고 있다.

이에 따르면 「칠면조」의 원식, 「눈물」의 송정화, 「해방의 아침」의 원숙 어머니는 모두 토멸(討滅)만이 있을 뿐인 본질적인 빨갱이는 아니다. 일시적인 부분적 빨갱이 중 기회주의적 빨갱이로 악질파에 속한다. 이들처럼 시세에 편승하여 급적급백하는 악질파 빨갱이는 비록 일시적일망정 가증성(可憎性)과 위험성이 본질적인 빨갱이 다음 가는 것으로 선도냐 토멸이냐 신중을 기해야 한다34)고 했다.

원식은 당장은 무사할지 모른다. 그러나 그의 아내와 이웃으로부터 진정으로 살아 남기는 어려울 것이다. 송정화는 그가 협력했던 편에 의해 총살당했고, 원숙 어머니에게는 가혹한 형벌이 기다리고 있다. 결국 기회주의자는 그 기회주의적 약삭빠름 때문에 어느 쪽에도 설 수 없다는 것을 보여주고 있다.

2) 이념 대립의 무위성과 동족의식

이념의 대립 문제는 한국현대소설에서 끊임없이 추구되어 왔다고 볼 수 있다. 개화기소설에서는 진보이념과 보수이념 사이의 갈등관계가 제시된 바 있고, 1920년대 소설에서는 사회주의 이념을 중심으로 한 여러

---

33) 양주동, 「공란(共亂)의 교훈」, 앞의 책, pp. 11~13 참조.
34) 위의 글, p. 15.

갈래의 갈등이 부상되기도 했다. 그리고 일제시대를 통틀어 민족주의 이념은 직접적 표출은 사실상 불가능했지만 외세나 반민족적 파당과의 긴장 관계를 지속했던 것이다.

해방 직후 사회적 혼란상은 이념의 갈등과 대립의 차원에서 파악될 수 있다. 항일세력과 부일세력의 대립에서부터 정파간의 대립, 친일민족 반역자의 처단 문제에 대한 시각차, 토지개혁 문제, 신탁통치 문제, 단독정부 수립 등으로 이어지는 좌우의 이념적 대립 등이 서로 맞물려 돌아가며 사회적 혼란을 겪어 왔음은 주지의 사실이다. 그러나 1948년 남북한 각기 서로 다른 이념과 체제의 단독 정부가 수립됨으로써 이념상적 아니면 동지로 양분되었다. 그리고 한국전쟁은 그 이념의 충돌이며 민주주의 철학의 승리이냐 공산주의 철학의 승리이냐를 판가름하는 것이35)라고 보았다.

그리고 일제치하, 해방기, 한국전쟁 등 시대적 격동기를 거치면서 민족공동체의식은 그 반대의 사고 혹은 세력들과 항상 마찰을 빚어 왔다. 일제나 여타 외세와의 충돌은 물론, 그 앞잡이가 되어 부와 권력을 누리고자 했던 무리들과의 갈등에서 항상 억압받고 패배해 왔지만, 오늘의 배달민족이 배달민족대로 있을 수 있음은 그 끈질긴 생명력 때문이었음을 우리는 안다.

해방 이후 표면화되기 시작한 좌우의 이데올로기 대립은 1948년 남북한 각기 서로 다른 이념이 지배하는 정부가 수립되기 전까지 격화일로의 양상을 보이다가 정부 수립 이후 양분되어 분명히 갈라서기 시작했다. 그러나 소설에서 취급된 이데올로기 갈등 문제는 흑백 논리만 지배했던 것이 아니라 어느 정도의 공간은 확보되었다.

김동리의 「형제」(『백민』, 1949. 3.)는 형제간이 좌우로 나뉘어 대립·갈등을 겪지만 이념적 대립보다는 형제애 내지 인정주의 우선의 시각으

---

35) 이선근, 「이념의 승리」, 『문예』, 1950. 12., pp. 12~13 참조.

로 그려져 있다. 염상섭의 「그 초기」(『백민』1948. 5.)는 투쟁에 가담한 학생들의 피해에 초점이 맞추어져 있으며, 「재회」(『개벽』, 1948. 8.)에서는 좌우를 다 같이 비판적 시각으로 보고 있다. 그리고 허윤석의 「해녀」(『문예』, 1950. 1.)나 조진대의 「생리의 승화」(『문예』, 1950. 1.) 는 대립을 통한 어느 한쪽의 파멸보다는 전향 모티프를 담고 있다. 그렇다 하더라도 모두 우익 편향의 작가들이었던 만큼 그 시각을 벗어나지 않고 있음은 물론이지만 전쟁기 소설의 경우와 같이 그토록 경직되지는 않았던 것이다.

전쟁기의 소설 중 6·25가 제기한 이념 문제의 수용 양상에 따라 대별하면 크게 다음 세 가지로 구분된다.

첫째, 이데올로기의 극한적인 대립을 보여주는 가운데 공산주의 이념의 허구성과 폭력성을 드러내고, 공산주의 이념 선택자의 파멸이나 전향의 과정을 그림으로써 반공의식을 고취하고자 하는 경우. 여기에는 6·25가 이념 전쟁이라는 기본적인 시각이 깔려 있으며 박영준의 「암야」(『전선문학』, 1952. 4)와 「빨치산」(『신천지』, 1952. 5.), 김송의 「폭풍」(『해병과 상륙』1953. 6.) 등이 그 예에 속한다.

둘째, 이념 선택이 극한적 상황에서 살아남기 방식의 하나임을 보여주는 경우. 여기에는 시세편승자, 기회주의자들의 부정적인 모습이 비판적으로 그려져 있으며 대개 파멸의 길을 걷게 되는데 이 역시 반공이라는 목적의식이 드리워져 있다. 앞서 「칠면조」나 「해방의 아침」이 그러함을 보았다.

셋째, 이념의 상위성에 따른 극한적인 대립상을 다루기보다는 이념의 폭력성과 무차별성에 의해 이념 선택과는 무관한 순박한 민중들 개개인이 희생되어 가는 양태를 통해 이념의 폭력성과 전쟁에 대한 비판 의식을 드러내는 경우다.36)

---

36) 차원현, 「1950년대 한국소설의 분단인식」, 문학사와 비평연구회 편, 『1950년대 문학

급진적이거나 보수적이거나, 또는 공식적이거나 비공식적이거나 간에 모든 이데올로기는 다른 이데올로기와 경쟁하게 되고, 각기 사회에 대한 지배권을 추구하기 때문에37) 통제의 요소가 되기도 한다. 이러한 이데올로기 문제는 지배자나 지식 계층이 주체가 되어 행사되는 것이고, 민중이나 무지한 사람들에게는 대개 본인의 의지와는 무관하게 통제적·폭력적 요소로 작용하는 경우가 많다.

이와 같은 이념의 속성을 바탕으로, 위의 셋째 유형처럼 희생되어 가는 개인의 모습을 통해 이념 전쟁의 폭력성과 부당성을 드러내면서 동족 의식을 회복해 가는 과정을 그리고 있는 작품으로 황순원의 「학」과 최태응의 「삼인」 등이 있다.

「학」은 발표 당시부터 상당한 주목과 호평을 받아 온 작품이다. 곽종원이 역사적 현실에서 취재를 했고 또한 현실에 결부되는 작품이면서 따뜻한 인간의 정이 통해 있는 작품38)이라고 평했던 것처럼, 이 소설은 자칫 거칠고 무거워지기 쉬운 이념과 부역의 문제를 다루고 있으나, 인정과 동심을 바탕으로 한 서정적 낭만성이 깊게 배어 있어 곱고 따뜻한 느낌을 준다. 곱고 따뜻하다는 말은 문학 작품 그 자체로 미적 성취에는 어느 정도 기여할지 몰라도 인생과 현실을 문제삼는 서사 장르로서의 소설이 시대와 역사를 잘못 채색할 우려 또한 크다. 곧 리얼리티의 문제가 불거져 나올 수 있다는 말이 된다. 바로 이 작품은 그러한 의미에서 미적 문제로 호평을 받을 수도 있고, 진실성의 문제로 비판받을 수도 있는 양면적 가치 함량을 동시에 지니고 있다.

이 소설은 수복 후의 삼팔 접경 어느 북쪽 마을을 배경으로 적치하의 삶과 수복 후의 사건이 연속적으로 취급되어 있다.

연구』, 예하, 1991., p. 120 참조.
37) 서사연 옮김, 길버트 아브카리안·몬테 팔머, 『갈등의 사회이론』, 학문과 사상사, 1985., p. 239.
38) 곽종원, 「상반기작단총평」, 『문예』, 1953. 9., p. 156.

주인 없는 집 봉당에 흰 박통만이 흰 박통을 의지하고 굴러 있었다. 어쩌다 만나는 늙은이는 담뱃대부터 돌린다. 아이들은 또 아이들대로 멀찌감치서 미리 길을 비켰다. 모두 겁에 질린 얼굴들이었다.[39]

소설 첫머리의 배경이다. 순박했던 농민들도 이편과 저편, 그 이념과 이념 사이에서 얼마나 감정의 골이 깊어지고 그늘졌던가를 보여 준다.

치안대원 성삼이가 전쟁으로 피난 갔다가 수복되어 귀향해 보니 적치에서 농민동맹 부위원장 행세를 했던 어릴 적 한 마을 친구 덕재가 포승에 묶여 청단까지 호송될 위기에 놓여 있음을 보게 된다. 성삼은 호송을 자처하고 데리고 간다. 여기서부터 그 결말은 어느 정도 예고된다.

고향의 낯익은 길을 걸어가면서 지금은 적대 관계이나 본시 친구였던 그들은 쉽게 어린 시절 - 거기에는 이념도 없었고 이해 관계도 없었다 - 로 되돌아 갈 수 있었다. 동구 밖을 벗어나면서 담배를 피워 문 성삼은 어릴 때 호박잎 담배를 피우던 생각을 하고 '이 자식도 담배 피우고 싶겠지' 하는 생각에 피워 물던 담배를 집어던진다. 함께 밤 훔치러 갔다가 들켜 도망가던 일, 밤송이에 찔렸을 때 덕재가 가시를 빼 주고 밤까지 나누어주던 일 등 더불어 넘나들던 고갯길을 걸어가며 동심의 세계이자 동질성의 세계를 회복해 간다.

성삼이는 와락 저도 모를 화가 치밀어 고함을 질렀다.
- 이 자식아, 그동안 사람을 몇이나 쥐겠냐?
그제야 덕재가 힐끗 이쪽을 치어다보더니 다시 고개를 거둔다.
- 이 자식아, 사람 몇이나 쥐겠어?
덕재가 다시 고개를 이리로 돌린다. 그리고는 성삼의 쪽을 쏘아본다.
그 눈이 점점 빛을 더해가며, 제법 수염발 잡힌 입 언저리가 실룩거리더니
- 그래 너는 사람을 그렇게 쥐게 봤니?

---

39) 황순원, 「학」, 『신천지』, 1953. 5., p. 283.

　　이 자식이! 그러면서도 성삼이의 가슴 한복판이 확 해짐을 느낀다. 막
혔던 무엇이 풀려내리듯이, 그러나,
　　– 농민동맹 부위원장쯤 지낸 놈이 왜 피하지 않구 있었어? 필시 무슨
사명을 띠구 잠복해 있는 거지?
　　덕재는 말이 없다.
　　– 바른대루 말해라!　무슨 사명을 띠구 숨어 있었어?
　　그냥 덕재는 잠잠히 걷기만 한다. 역시 이 자식 속이 꿀리는 모양이구
나. 이런 때 한 번 낯짝을 봤으면 좋겠는데 외면한 채 다시는 고개를 얼
씬도 않는다.
　　– 발명은 소용없다. 영락없이 넌 총살감이니까. 그저 여기서 바른대루
말이나 해 봐!
　　덕재는 외면한 채
　　– 발명은 할려구두 않는다. 내가 제일 빈농 자식인데다가 근농꾼이라
구 해서 농민동맹 부위원장 됐든게 죽을 죄라면 하는 수 없는 거구……
나는 예나 이제나 땅 파먹는 재주밖에 없는 사람이다…….40)

　　덕재가 농민동맹 부위원장이 되어 부역한 것은, 병든 부친과 농토에
대한 애착 때문에 피난 갈 수 없었던 것이며, 상황에 휘둘린 탓일 뿐 덕
재는 덕재 그대로 있다. 성삼이 역시 혼자 피난 갔지만 촌락을 지나칠
때마다 두고 온 늙은 부모와 농사일 생각을 했던 성삼은 덕재가 처한 상
황과 심정을 이해하기에 이른다.
　　고개를 다 내려 온 그들은 삼팔 완충지대에 서 있는 학떼를 발견한다.
어릴 때 학을 잡아 놓고 같이 놀다가 사냥꾼이 나타나자, 날려보내 주었
던 그들은 결정적인 동질성 회복과 화해의 계기를 맞이한다. 성삼은 포
승을 풀어 주며 학 사냥 한 번 하고 가자고 한다. 어리둥절하게 서 있던
덕재는 성삼의 재촉에 무엇인가를 깨달은 듯 학이 있는 쪽으로 기어가고
때마침 단정학 한 마리가 하늘을 날아간다.

---

40) 위의 작품, p. 285.

학은 문학적으로 정의 · 장수 · 선량함 · 근면한 영혼 등을 상징한다[41]고 한다. 이 소설에서는 흰옷 입은 사람 곧, 한민족과, 삼팔선 접경 지역의 이쪽과 저쪽을 거리낌없이 넘나드는 자유와 평화를 의미하고 있다. 그것이 황순원의 학이자 작가 의지의 표상이다.

이 소설에서는 극단적 대립과 분열상을 보이고 있는 현재를 부정한다. 그리고 과거를 반추하며 그 속에서 순수성과 진실성 및 동질성을 찾아내어 대립과 분열을 해소하고 있다. 그러나 그것은 단지 이상일 뿐이다. 현실을 객관적으로 냉철하게 살피지 못하고 작가 자신의 이상적 미망에 갇혀 있다. 대량학살과 보복전의 연속이었던 6 · 25의 현실을 생각하면 어림도 없이 소박하고 낭만적인 감상[42]이다. 그렇다 하더라도 이념의 무위성(無爲性)이 전제된 동질성과 순수성 회복, 나아가 전쟁과 이념을 초월하는 휴머니티가 작가에게뿐만 아니라 이 땅의 많은 사람들의 간절한 소망이 담겨져 있는 것이라 하겠다.

「삼인(三人)」은 군포장에서 수원으로 가는 길에 있는 도장굴이라는 조그마한 촌락을 배경으로, 전쟁 발발 후 9월말 수복 때까지 적치하의 이 마을로 피난 온 세 사람의 이야기를 그리고 있다. 사변이 나자 서울 어느 여학교에 다니다가 고향으로 피신해 온 인숙, 외삼촌댁이 있는 이곳으로 피난 온 인천 상업학교 졸업반 김봉구, 그리고 아무 연고도 없이 찾아 온 상거지 등 세 사람이 인민군 치하에서 서로 돕고 의지하며 견뎌낸다는 이야기다.

그 과정에서 거지의 행동과 의식을 통해 괴뢰군에 대한 적개심을 드러내기도 하고, 우익 인물 봉구와 인숙을 위기로부터 구출함으로써 동족의식을 드러내기도 한다. 이렇듯 초점이 거지에게 맞추어져 있는데 거지

---

41) 이승훈 편, 『문학상징사전』, 고려원, 1995., p. 514.
42) 한점돌, 「전후소설의 현실인식」, 구인환 외, 『한국전후문학 연구』, 삼지원, 1995., pp. 121~122.

로 위장하고 이 마을로 피신 온 그가 민족주의적인 우익 인물이라는 사실 외에 구체적으로 어떤 인물인지는 알 수 없다. 적치 서울에서 장사꾼으로 위장했던 조연현과 같이 혹 거지로 위장하고 피신해야 할 만한 사정이 있는 인물인지도 모른다. 그러나 거지로 위장한 것은 개인의 생존 방법은 될 수 있을지언정 전시하의 국민으로서, 더욱 이 작품 곳곳에서 암시된 바와 같이 지식인으로서 적극적인 현실 대응의 방법은 될 수 없다. 그리고 그가 나타내 보이는 민족의식이나 괴뢰군에 대한 적개심은 숨어 있는 의식의 상태이거나 소극적으로 내비치는 정도에 그치고 있다.

「학」이 이념의 대립의 무위성을 말하고 동족의식을 회복해 가는 이야기라면, 「삼인」은 동족의식을 통한 결속이 극한 상황을 극복해 가는 길임을 보여주는 이야기라 하겠다.

2. 적치 삶의 두 가지 표정

1) 절망감과 패배의식

북한의 전쟁 목적은 남한을 군사적으로 신속히 점령하고 외부의 지원을 차단함으로써 공산 세력이 주도하는 통일정부를 한반도에 수립한다는 것이었다. 치밀한 전쟁 준비에 따른 군사력의 우위로 개전 초에 막대한 전과를 올렸음은 잘 알고 있는 사실이다. 서울 함락, 한강 방어선 돌파, 계속 남쪽으로 재조정되는 전선 등으로 전쟁 제1기 동안의 상황은 북한의 전쟁 목표가 거의 달성될 뻔했던[43] 위기였다.

절대 불리했던 전쟁의 상황 속에 임시 수도를 거듭 남쪽으로 옮겨야 했던 정치 지도자나, 막대한 희생을 내면서 후퇴했던 일선의 군인들이나, 일반 국민들 모두가 전쟁의 공포와 절망감에 휩싸여 있었을 것임은

---

43) 온창일, 「한국전쟁의 양면성」, 김철범 편, 『한국전쟁을 보는 시각』, 을유문화사, 1990., p. 349 참조.

불문가지의 일이다. 그 가운데에도 적치에서의 절망감과 패배의식은 한 층 더 심대했을 것이다.

이와 같은 극한적 상황 속에서 절망감 또는 패배의식으로 자살을 한다던가 내면적 분열을 일으키는 모습을 그리고 있는 소설로 최인욱의 「목숨」, 김송의 「서울의 비가」, 장용학의 「찢어진 윤리학의 근본문제」 등을 꼽을 수 있다. 이들 작품은 모두 적치의 서울을 배경으로 하고 있는데 「목숨」과 「서울의 비가」는 절망감·패배의식을 극복하지 못하고 자살하는 경우를 보여 주고 있고, 「찢어진 윤리학의 근본문제」는 한 지식인의 심리적 분열상을 그리고 있다.

「목숨」은 한 의사가 6·25 직후 미처 피난을 가지 못했다가 적치의 세상이 되자 절망감과 패배의식에 사로잡혀 결국 자살하고 만다는 이야기를 들려주고 있다. 이 작품에는 6·25가 나던 날부터 수복될 때까지가 서술되는 시간(erzählte Zeit)으로 잡혀져 있지만 주로 6월 28일 서울 함락될 때까지의 상황이 비교적 소상하고도 사실적으로 그려져 있다.

한강로의 K병원 원장 조병기는 전쟁 발발 이후 각종 보도와 소문을 통해 전황의 추이를 살펴 가면서 피난을 가야 할 것인지 말 것인지를 결정을 하지 못하는 사이에 하루 이틀의 시간이 지나가 버린다. 그러는 동안에 군수물자를 실은 트럭이 바삐 오가고, 상점에는 매점매석으로 생필품이 바닥나고, 개성이나 의정부로부터 피난민의 물결이 밀려오며, 총포탄의 소리는 점점 가까워진다. 27일 밤, 육군 중위인 둘째 아들 창기가 트럭을 구해 가지고 와서 군(軍)도 결국 서울을 내놓게 되었다며 피난하기를 종용했을 때도 조 원장은 집안 일은 걱정 말고 나라 위해 싸우라며 돌려보낸다. 사태가 더욱 급박해지자 후에 큰아들이 있는 대전서 합류하기로 하고, 아내와 며느리 그리고 손자만 먼저 보내고 조 원장 혼자 집에 남는다. 사태를 좀 더 지켜보다가 피난하기로 마음먹고 트렁크에 필요한 의료 도구와 약품을 챙기는 동안 지척에 포탄이 떨어지자 마침내 피난길에 오른다. 28일 새벽 2시 30분, 그러나 조 원장은 끊어진 한강 다리에 되밀려 오는 다른 피난민들과 함께 집으로 되돌아오지 않을 수 없다. 6월 28일 아침, 날이 밝았다.

> 그러나 원통하게도 밤새 서울은 적의 수중으로 돌아가고 말았다. 비 개인 거리에는 따발총을 멘 붉은 군대가 제멋대로 쏘다니고 어디서 왔는지도 모를 낯선 청년 몇이 골목으로 다니면서 집집마다 대문을 두드리며 인공기를 달라고 소리소리 질렀다. ……중략……
> 이것이 모다 불과 몇 시간 전의 일인데 목전의 현실은 자기가 지레 죽지 않으려면 인공기를 달아야 하는 굴욕의 세상으로 변해 버렸다.44)

마침내 조 원장은 극도의 굴욕감·절망감·패배의식으로 약장의 약병을 끄집어낸다.

주인공 조병기가 미처 피난을 가지 못하고 서울에 갇혀 굴욕감과 절망감을 극복하지 못하고 자살하기까지에는 대체로 네 가지 정도의 이유를 짚어 볼 수 있다. 그리고 거기에는 조 원장만의 문제가 아니라 당시 실제 많은 사람들에 해당되었던 문제였으며 작품의 주제와도 관련되는 것이기에 점검해 볼 필요가 있다.

첫째, 전황 즉 사태를 오판했다는 점이다. 조 원장은 여러 보도나 소문을 통해 얻은 정보 중 아군 부대 일부 해주 돌입, 쏘련함 한 척 격침, 맥아더 원수의 전쟁물자 수송 훈령 등 유리한 정보만 믿었다. 이는 실제로 그 당시에 정부가 전황을 제대로 알려주지 않음으로 해서 많은 서울 시민들은 피난의 기회를 잃어버렸던 것이다. 정부가 '전황이 호전되고 있으니 일반 시민은 절대 동요하지 말라'는 방송을 공보처 발표로 내보내자 서울 시민은 안도의 기운을 되찾는 듯했으나, 이것이 사실과는 다른 발표였다는 것을 알았을 때는 이미 피난하기조차 늦었던 것이다.45)

---

44) 최인욱, 「목숨」, 『문예』, 1950. 12., p. 97.

전시에 작전상 전황을 사실대로 공지하지 못할 경우는 많이 있다. 그러나 대통령을 비롯 정부, 국회, 군본부 등이 남하하면서까지도 서울 사수를 외치며 생업에 종사하라고 종용함으로써 결과적으로 많은 시민의 발을 묶어 적치의 고초를 겪게 한 것은 당국자의 무책임성과 과오를 묻지 않을 수 없는 일이었다.

둘째, 아들이 트럭을 구해 와 피난을 권유했을 때 거절하고 돌려보냄으로써 실기를 했다는 점이다. 이는 조 원장의 이기심을 뛰어넘는 공리주의 정신 내지 애국심의 발로로 이 소설의 핵심 의미 중 하나이자 위기에 처한 국가 현실에 대한 작가의식이 표출된 것이다.

> 지금 조국의 운명이 최후의 일전에 달린 이 엄숙한 시각에 군부의 공용차를 일 개인의 사용에 돌려 가족과 살림을 실어 내다니, 생명도 귀하고 재산도 중하지만, 한 계단 초월해서 잠시 내드린 발을 멈추고 다시 한 번 냉정히 생각해야 할 일이었다.
>
> 안해가 고리짝을 들고 미닫이 밖으로 나가려는 순간 병기는 자리를 차고 일어나 그것을 도로 빼앗았다.
>
> 「창기야! 너는 군인이다. 알겠니? 지금 곧 군부로 달려가서 최선을 다해 싸워라. 뒷일은 다 내 담당이다.」[46]

물론 조 원장은 의식과 지각이 있는 지식인으로 그려져 있지만 인용문에서 보듯 주제의식 탓에 작위적 모습이 크게 노출되어 있음도 볼 수 있다.

셋째, 그가 평생 쌓아 온 병원과 살림에 대한 애착 때문에 가족과 같이 선뜻 나서지 못하고 한강대교가 폭파되기 전 마지막 실기를 했다는 점이다. 이는 개인적인 문제지만 「학」에서 덕재가 농사일을 두고 피난갈

---

45) 장홍 편, 『6·25 사변사』, 서울:육본 군사감실, 1959., p. 75.
46) 최인욱, 앞의 작품, p. 94.

수 없었던 사정과 같은 것이다.

넷째, 결국 조 원장도 화급한 나머지 마지막 탈출을 시도하였으나 한강대교의 폭파로 물리적으로 피난길이 막혔다는 점이다. 한강 인도교와 철교가 폭파된 시간은 6월 28일 새벽 2시 30분이었다. 물론 적의 남진을 제지, 지연시키기 위한 것이었으나 아군과 민간인에게 준 피해 또한 엄청났다. 직접적으로 인도교 위의 차량과 폭사한 수백 명의 피난민의 희생은 물론, 서울 이북에서 적과 대치하고 있던 아군의 도하도 차단되었고, 그나마 도하에 성공한 군인들도 중화기는 고사하고 개인화기조차 휴대하지 못하여 재편성에 많은 시간이 소요되었음은 물론 전력상으로도 큰 손실을 가져왔다.47) 군의 사정이 이러했을진데 일반 시민의 도강 사정은 불문가지로, 이후 대다수의 시민들이 적치하에서 신음했던 것이다. 적의 주력 부대가 시내 중심부에 들어온 시간은 28일 오후 3시경이었고, 진입시 인민군은 대단한 도하장비를 갖추지는 않은 것으로 알려져 있다. 따라서 한강대교는 6~8시간 뒤에 폭파했더라도 큰 문제는 없었던 것으로 판단되었다. 2시간 정도면 아군의 3개 사단의 병력과 장비는 철수가 가능했다48)고 한다. 또한 더 많은 시민들의 적치 수난도 덜어주었을 것임은 물론이다. 조 원장 역시 이러한 상황에서 그 많은 희생자 중의 한 사람인 것이다.

이 소설의 말미에 조 원장의 자살은 무엇을 의미하는가? 그것은 앞서 지적한 대로 극한적 상황을 맞아 굴욕감과 절망감 그리고 패배의식 때문에 선택한 길이다. 바꾸어 말하면 그와 같은 비굴함 속에 굳이 살고 싶지 않다는 일종의 절개의식이다. 그러나 이 때의 절개의식이 반드시 미덕인지는 음미해 보지 않을 수 없다. 즉 한 사람의 지식인으로 총체적 위기에 처한 국가 현실에 마주하여 옳은 대응 방법이었던가를 생각해 보

---

47) 전쟁기념사업회, 『한국전쟁사』 1, 행림출판사, 1990., pp. 180~182 참조.
48) 위의 책, p. 182.

지 않을 수 없다. 이념과 지조를 지키기 위해 없어지기보다는 살아 굴욕을 감수하더라도 지식인으로서, 의사로서 무엇인가 할 수 있는 일이 있었을 것이다.

김송의 「서울의 비가」도 「목숨」과 마찬가지로 전쟁 발발 후 서울이 함락된 그 다음날까지의 5일간에 일어난 일로, 수도 서울이 함락되자 절망감과 패배의식으로 두 청년이 자결하고 만다는 이야기가 담겨져 있다.

해방기에 공산주의 타도, 신탁통치 반대, 5·10선거 추진을 위한 좌익계열과의 투쟁 등 청년운동의 선봉자였던 김형칠은 건축설계사로서 한 지식인 청년이다. 더욱 여자대학 출신의 명순과의 결혼 약속으로 꿈과 행복에 가득 차 있었다. 그러나 전쟁으로 인해 이러한 개인의 미래는 여지없이 파괴된다.

전쟁이 일어난 지 단 사흘만에 수도가 함락되어 인공치하가 되는 과정을 그리는 가운데 주인공 형칠의 눈을 통해 급박했던 전황, 불법 남침한 공산군에 대한 적개심, 해방후 혼란스러웠던 사회와 적절히 대응 수습하지 못했던 정치에 대한 비판의식, 수도 서울이 무너진다는 절망감 등이 부각되어 있다.

이 소설은 전시와 관련된 주제의식, 즉 전시하의 목적의식이 짙게 담겨 있는 작품이다. 그것은 첫째 반공 우익 청년 주인공의 의식을 통해 강한 적개심과 반공정신이 표출되어 있다. 서울 상공에 나타난 인공 마크를 단 적기를 보고는 '저놈을 덥석 채가는 귀신은 없는가?' 라든가, 공산 세상이 되면 살육과 암흑의 정치가 횡행할 것이라는 절망감을 통해 적개심과 더불어, 공산주의 사회는 절대 불용이라는 의식을 드러낸다. 둘째, 초전에서의 대패와 수도 즉 민족의 심장을 내주어야 할 위기에 처한 원인을 남한 내부에서 찾음으로써 반성적·비판적 의식을 드러내고 있다는 점이다. 곧 북한은 해방 후 물자 비축·무기 수입·군대 확충 등 전쟁 준비에 진력하고 있을 때, 남한은 정쟁과 권력 다툼, 모리 사업에만 열중해 왔던 탓으로 당연한 결과라 본 것이다. 셋째, 진한 애국심의 표출이다. 서울이 함락되자 형칠은 남산에 올라가 인공 세상이 된 서울을 내려다보며 마지막으로 애국가를 부르고는 미리 준비해 두었던 청산가리로 자결한다.

이렇듯 이 작품은 주제에 대한 강박관념으로 작품을 이루는 다른 요소, 즉 인물의 형상화, 행동의 자연스러움과 인과성 등이 상대적으로 결손된 바 거친 모습을 보여 주고 있다 하겠다. 특히 소설의 마지막 부분에 전투 중 중상당한 군인이, 형칠의 시신 옆에서 태극기를 나무에 걸어 놓고 거수 경례를 한 후 권총으로 자살을 하는 장면은 그것이 감동적이고 장엄한 느낌을 준다기보다는 의도가 지나치게 빤히 드러나 보이는, 돌출적으로 인서트(insert)된 에피소드에 불과하다는 느낌을 준다.

한편 「목숨」의 조 원장의 죽음은 현실 대응 방법으로서야 어떠하든 거기에는 절개의식이 배어 있는 것이라면, 형칠의 자결은 절망감이나 패배의식 이상의 것은 아니라는 점에서 같은 반열의 죽음으로 해석될 수는 없다. 형칠은 청년운동가의 선봉자였다는 전력으로 공산치하가 되면 여지없이 학살당할 것이라는 공포에 질려 있었다. 그리고 피난 갈 기회가 있었을 뿐 아니라 여동생과 약혼녀의 권유에도 불구하고 극한 상황을 타개해 보려는 의지보다는 어디에 가도 살 수 없을 것이라는 절망감에 싸여 있었다. 그러면서 약방에 들러 거짓말을 해 가면서 청산가리를 구입했던 것이다. 그럴 만한 여유라면 그의 동생 형순의 권유처럼 당장은 피난하여 후일을 도모해야 했던 것이다. 형순이가 현실적 사고와 태도를 보이는 인물이라면 형칠은 비관적형의 인물, 절망형의 인물이라 하겠다.

한편 장용학의 「찢어진 윤리학의 근본문제」에는 인민군 치하에서 의용군 징집을 피해 숨어사는 한 지식인의 심리적 분열상이 그려져 있다. 제목이 시사하는 바와 같이 전쟁이라는 것은 인도(人道)가 무너져 내리는 것이며, 그 극한적 상황과 그 속에서 살아남기 위한 인간의 몸부림에는 제일 먼저 윤리나 도덕적 관념이 여지없이 파괴되어 간다는 점을 보여 준다.

첫 작품 「회화」(『연합신문』, 1949. 11. 19.) 발표 후 「지동설」(『문예』, 1950. 5.)과 「미련소묘」(『문예』, 1952. 1.)로 등단한 장용학은 그의 관념적 탐닉이 인생에 대한 안이한 자세보다 오히려 값지다[49]는 긍정적 평가를 받기도 했고, 관념이 소설적 형상화로 녹아들어 철학이나 사상으로 승화된 것이 아니라 생경한 용어와 난삽한 논리의 옷을 입은 채 관념 그 자체로 드러나 있어 비소설적인 당혹감을 준다[50]는 비판을 받기도 했다.

이 작품에도 자의식의 독백, 관념적 어휘, 감탄부호의 남발, 시적 구절의 삽입 등으로 전후 신세대 작가로서의 새로운 면모가 드러나 보이기도 하고, 일제시대에 일본어 교육을 받았던 탓에 어휘 선택이나 문장 구성상의 서툰 점이 내비치기도 한다. 그런 가운데에도 인민군 치하에서 생존과 자유를 갈구하는 한 개인의 심리를 그려 보임으로써, 자칫 목적의식으로 무겁고 거칠기 쉬운 대부분의 전쟁기 소설의 일반적 모습에 비해 유다른 발상과 기법을 보이고 있는 작품이라 할 수 있겠다.

소설 첫머리에 적치의 절박한 삶을 다음과 같이 그리고 있다.

> 암울하였다. 국군이 이번에는 정말 들어올지도 모른다 하는 안타까운 희망이 골목골목에 퍼져 오를수록 한편으로 거리는 침울한 공기에 자주 덮이는 것이었다. 일시적인 생활, 하로하로 중단되었다가도 태양이 동천에 오르면 또 마지못해 어저께의 나머지에 오늘을 붙여 이어내는 그런 생활도 이젠 정말 그쳐 줄 것인가, 가슴이 울렁거려지는 것이었으나 시민들은 그날이 오기 전에 자기의 목숨이 사라져 버릴까봐 구석만 찾았다. 한사코 여기까지 살아 낸 목숨들이었다.[51]

---

49) 조연현, 「자라나는 신인군」, 『신천지』, 1952. 3., p. 129.
50) 이정숙, 「코페르니쿠스적 전회와 관념의 소설화」, 구인환 외, 앞의 책, p. 260.
51) 장용학, 「찢어진 윤리학의 근본문제」, 『문예』, 1953. 6., p. 134.

불확실성 속에 하루하루를 연장해 가는 삶의 모습이다. 그나마 간접적으로 전해들은 일본 방송의 보도와, 남쪽으로부터 점점 가까워져 오는 포성에 실낱같은 희망을 걸어 보게 된 것이다. 여기까지 오기에도 교사였던 상주(尙柱)는 자신의 내부로부터 윤리가 무너져 내리는 정신적 황폐감으로 뒤틀린 자화상을 발견하지 않으면 안 되었다.

적치가 되자 상주는 의용군 징발에 혈안이 된 이웃집 반장 아주머니의 눈을 피해 한강 저편으로 피신한다. 그러나 낯선 땅, 모진 인심에 '잡혀도 서울에 가 잡히자', '죽어도 집에 가서 죽자'는 자포자기적 심정으로 집에 돌아 와 어머니가 마련해 준 '관속' 같은 다다미 밑에서 숨어 지낸다.

하지만 집에는 상주의 제자 영애가 먼저 피신해 와 있다. 귀엽고 아름다운 모습에 스스로 놀라기도 하지만 인민군 치하에서 숨어사는 형편에 커다란 짐이 아닐 수 없다. 의용군 징발을 위해 수시로 들락거리며 감시하는 반장 아주머니의 눈도 무섭고, 먹을 것이 없어 나물 캐러 다니는 어머니의 짐이 될 것이라는 생각도 한다. 그래서 상주는 영애에게 어디론지 나가라며 의도적으로 구박을 한다. 상주는 자신이 살기 위해 제자를 사지(死地)로 내몰고 있는 것이다. 상주는 스스로를 에고이스트라 자책하기도 하고, 남녀칠세부동석의 동양적 윤리를 내세우기도 하며 자기합리화에 골몰하기도 한다. 또 그의 비인간적, 반윤리적 행위는 어머니의 짐을 덜기 위한 효행의 발로라는 위선적 사고를 보이기도 한다. 끝내 상주는 어머니로부터 '해방이 되면 산 속에 가 혼자 살아라'는 질책을 받게 되고, 부아를 이기지 못한 상주는 마침 펴놓았던 L씨 저(著)『윤리학의 근본문제』를 찢어 팽개친다.

> 아! 자유없는 거리,/ 강아지도 거닐지 않았다./ 탄식과 공포와 그리고 이 외로움.// 신이 없는 세상/ 지령과 표어와 총칼의 뒷골목······ //52)

---

52) 위의 작품, p. 143.

집집마다 떨어진 고도(孤島)의 생활이고 땅바닥을 의지하는 혈거생활이었다. 지상의 주인공 바뀌어진 것이다. 인도(人道)가 없어지고 탄도(彈道)가 그물을 쳤다. 「자유를 위하여 정의를 위하여 항구적 평화를 위하여……」 그러나 이런 소리가 들리지도 않는 고도의 동굴 속에서 사람들은 시시각각으로 동물로 동물로 돌아가고 있었다.53)

전쟁 자체가 비인도적·반인륜적 행위의 극치이며, 표변하는 반장 아주머니에게도, 에고이스트가 된 주인공 자신에게도 인도와 인류은 파괴되어 버린 것이다.

그러한 가운데에도 수복, 곧 해방이 되었다. 그렇지만 '태극기는 다시 펄펄 날리는데 책 임자에게 무엇이라고 하나……' 하는 문제는 여전히 남는다. 온전한, 이전의 상태로 되돌려 줄 수 없는 찢어진 책이다. 전쟁이란, 적치의 삶이란 그런 것이며 결코 복구될 수 없는 상처로 남을 것이라는 이야기다.

적치의 삶과 생존의 방식을 그린 작품들이 대개 반공이라는 명분과 국민계도라는 목적의식에 갇혀 문학성의 문제가 크든 작든 개재되어 있음에 비하여, 이 작품에 나타난 당대 지식인 청년의 자의식의 혼란상을 통해 전쟁의 극한 상황 속에 자유와 평화를 갈구하는 한 개인의 심정을 솔직하게 드러낸 것이라 할 수 있다

2) 전시와 일상성

한국전쟁을 수용하고 있는 전쟁기 소설의 표정은 비교적 단순하다고 할 수 있다. 전쟁의 비참상과 침략자에 대한 분노, 반공과 승전의식, 피난생활의 고난과 삶의 본능 등 전쟁이 진행 중이었던 만큼 대상을 지근(至近) 거리에서 체감할 수밖에 없었고, 따라서 시간적으로나 감정적으

---

53) 위의 작품, p. 145.

로 거리 확보가 불가능했던 것이다. 그러므로 대개 현실을 객관적 태도로 파악하여 그 역사적 의미를 추출해 보거나, 반성적 자세로 반전문학의 자리에까지 승화시키지 못한 채 선명한 사상과 감정이 노출된 반공문학 내지는 애국문학의 상태에 머물고 있다.

반면 전쟁기의 소설로 적치하의 삶을 그리고 있는 작품 가운데는 전쟁 체험의 당사자로서 치밀어 오르는 감정을 그대로 표출하기보다는 전쟁도 인간 삶의 행로에서 부딪히는 극히 드물고 돌발적이기는 하지만 일과성의 사건이라는 시각을 가지고, 일상의 지속성과 그것의 중요함을 보여 주는 작품이 있다. 즉 아무리 전쟁의 와중이라지만 밥은 먹어야 하고 잠은 자야 한다. 그리고 옷도 갈아입어야 할 것이며, 사람들의 만남에는 이해관계가 형성되고, 그것을 지탱하는 것은 물질이다.

이러한 시선을 견지하고 있는 작품으로는 주로 염상섭의 소설 가운데에서 발견되는데, 장편 「취우」와 「홍염」 및 단편 「탐내는 하꼬방」 등이 그것이다. 「목숨」이나 「서울의 비가」에서는 인민군 치하의 세상이 되자 절망감·패배의식을 극복하지 못하고 스스로 파멸하는 경우를 보여 주는 경우라면, 위 작품들은 전쟁을 한 발 건너 바라보고 있는 경우라 하겠다. 그만큼 하나는 작가의 과잉 감정과 더불어 목적의식을 읽을 수 있고, 다른 하나에서는 지나치게 차분하여 상황을 외면하면서 나타내 보이는, 이기적 개인주의 정신으로 비쳐지기도 한다. 그렇다고 위의 작품들이 모두 목적의식으로부터 자유로울 수 있어 문학적으로 더 우수하다는 말로 바로 대치되는 것임은 물론 아니다.

「취우」는 그 동안 많이 논의되었던 작품으로 한강대교가 폭파되었던 1950년 9월 28일 밤부터 1·4후퇴 직전까지의 적치 삶을 그리고 있다. 전체가 20장으로 나뉘어져 있는데 제1장은 '절벽'으로 28일 밤, 전황이 급박해지자 한미무역회사 사장 김학수, 그의 여비서이자 첩인 30세의 강순제, 27세의 과장 신영식, 운전수 임씨, 조수 창길 등이 피난길에 올랐다가 한강 인도교가 폭파되는 바람에 포기하고 도심으로 되돌아오는 데서부터 이야기는 시작된다. 여기에는 피난길이 막혀 버린 암담한 심경, 총격에 대피하는 모습, 허둥대는 인파 등 전쟁터의 급박함이 여실하게 그려져 있다. 서두 부분의 이러한 전황의 긴박감이나 참담한 심경도 잠시뿐 2장 '숙명의 아침'부터 전쟁은 후경(後景)으로 물러서고, 일상적인 삶이 전면으로 나선다. 그들에게 전쟁은 하나의 소나기로 비치는 것54)이다. 즉 잠시 피하면 그뿐인 것이다. 중요한 것은 연속되는 일상이다.

> 나는 이번 난리를 겪으면서 문득문득 머리에 떠오르는 것은 썰물같이 밀려가는 피난민의 떼를 담배를 피우며 손주새끼와 태연 무심히 바라보고 앉았는 그 노인의 얼굴과 강아지의 우두커니 섰는 꼴이다.
> 길 이편에는 소낙비가 쏟아지는데 마주 뵈는 건너편에서는 햇살이 쨍이 비추는 것을 부시게 바라보는 듯한 그런 느낌이다. 생각하면 이런 큰 환란을 만난 뒤에 우리의 생각과 감정에는 이와 같이 너무나 왕청 뛰게 얼룩이 진 것이 사실이다. 그 얼룩을 그려보려는 것이다.55)

이와 같은 작가의 의도처럼 전쟁은 일상성을 비록 얼룩지게 했지만 그 본질은 연속되는 것이라 본 것이다.

김학수 사장이 피난길에 제일 먼저 챙긴 것은 돈가방이며, 되돌아와 신영식의 집으로 피신해 숨어 살 때에도 가장 먼저 한 일은 방구들을 뜯고 돈을 안전하게 감추는 일이었다.

> 이만하면 자기 집 금고 속에 넣어 두는 것보다도 더 안전하다고 한숨 휘돌리며 영감은 자리에 기대어 쓰러졌다. 한미무역의 전재산과 김학수

---

54) 김윤식·정호웅, 『한국소설사』, 예하, 1994., pp. 322~323 참조.
55) 염상섭, 「작가의 말」, 『조선일보』, 1952. 7. 11.

의 일대의 천량을 자리 밑에 깔고 누운 것이었다.[56]

위기에 직면해 있는 급박한 상황에서도 인간의 이기심과 물욕은 여전한 것이다. 이러한 면은 김학수뿐만이 아니다. 결혼했던 여자로 신영식과 사랑을 나누면서도 김학수의 첩노릇을 지속하는 것은 돈에 대한 욕구 충족이 주요 이유다. 운전수 임씨 또한 혼란의 와중에 자동차로 한몫 보고자 하며, 회사직원들도 밀린 월급과 퇴직금을 받으려고 농성하고, 경리과장도 사장이 돈을 쓸어 가 버려 없다고 하며 횡령한다.

물질은 인간의 삶을 지탱시켜 주는 커다란 힘이다. 그만큼 물질적 충족을 위해 사람들은 많은 시간과 노력을 기울인다. 그것이 삶의 큰 줄기라는 시각을 작자 염상섭은 일찍부터, 예를 들면 「삼대」의 조의관 같은 인물을 통해 잘 보여 주었으며 이후 줄기차게 추구해 왔던 터다. 비교적 전시의식을 분명히 하고 있는 「해방의 아침」에도 친공주의자든 반공주의자든 공통적 행위는 물질을 좇아 다니는 일이었다. 열쇠 꾸러미로 대변되는 조의관과, 보스톤백을 목숨처럼 여기는 김학수는 다른 환경과 시대에서의 같은 인물이다.

또 다른 일상성은 애정 유희다. 좌익운동을 하던 남편이 월북하자 순제는 사장의 첩으로 있으면서 물질적 욕구가 어느 정도 채워지자 연하의 총각인 영식에게서 애욕의 본능을 채우고자 한다. 김학수는 순제와 영식이 붙어 다니는 것에 대해 질투하고, 영식은 순제에 대하여 싫지 않은 감정을 가지고 육체관계까지 맺으면서도 피난 간 약혼자 정명신에 대한 의리도 생각하며 삼각 관계에 빠진다. 어떻게 보면 전쟁과 숨바꼭질하면서 애정 유희에 빠져 있다는 느낌이 들기도 한다.

  「신 선생마저 놓쳤더라면 어절 뻔했을꾸!」

---

56) 염상섭, 「취우」, 『염상섭선집』, 어문각, 1981., p. 19.

> 순제는 또 이런 소리를 하며 웃음이 어린 눈을 살짝 치떠 보인다. 영
> 식이는 픽 웃기만 하였다.
> 「자아 인젠 전적 시찰이나 가십시다요.」
> 순제는 피곤한 빛도 없이 여전히 기분이 좋았다.57)

두 남녀는 적 안에 든 서울 거리를 구경하러 가자고 한다. 그들에게
있어 전쟁은 자신들의 공간으로 인식하지 않고 있으며 체험되는 것이 아
니라 관찰의 대상일 뿐이다. 그러기에 맥주를 마시고 목욕을 하고 갈아
입을 옷에 관심한다.

물론 이 소설에는 이러한 이야기로만 짜여진 것은 아니다. 3년 전에
좌익운동을 하다가 평양으로 간 남편 장진이 적치의 서울에 나타나 따라
나설 것을 종용하자 순제는 '철의 장막을 뚫고 들어갈 재주도 없고 용기
도 없으며 자유를 등지고서까지 아내가 될 수도 없다'58)며 단호히 공산
주의와 그 사상을 거부한다. 서울에 입성한 인민군에 대한 묘사에서도
그런 점은 잘 나타나 있다. 그리고 이기심으로 개인적 치부와 애욕에 파
묻혀 있던 김학수 사장이 납치되어 끝까지 행방불명 처리됨으로써 작가
의 윤리의식이 암시되기도 한다.

이런 점에서 이 작품이 비록 일상성의 연속성과 중요성이 주조를 이
루고 있다 하더라도, 해방공간의 좌우익 이데올로기의 대결 속에 엄정
중립을 고수하고자 했던 작가 염상섭의 가치중립적 세계관과 현실에 대
한 냉소주의적 태도가 결집된 작품이라는 평가59)나, 완강한 보수의식
의 산물60)이라는 평가는 재고되어야 할 것이다. 이는 해방공간에서는
좌익이나 우익 혹은 중간파적 존재가 가능했지만, 전시에는 남한 쪽에

---

57) 위의 작품, p. 30.
58) 위의 작품, p. 75.
59) 김윤식, 『염상섭연구』, 앞의 책, pp. 838~841 참조.
60) 최병우, 「분단시대의 장편소설」, 구인환 외, 앞의 책, p. 102.

어디에도 중간파라는 것 자체가 존립할 수도 없었을 뿐 아니라,61) 염상섭은 김윤식의 지적대로의 '엄정 중도주의자'는 본시 아니었기 때문이다. 이 작품에는 역사적·사회적 인식 및 이데올로기에 대한 인식 등이 일상성이 강조되면서 위축되어 있을 뿐62) 그 근저를 부정하거나 배제하지는 않는다. 이는 전시에 현역 복무를 자원했던 그의 행적 하나만 보아도 쉽게 증명되는 부분이다.

동작가의 「홍염」 역시 서울을 배경으로 전쟁 발발 후 수복 전까지 인민군 치하의 삶을 그리고 있는데 「취우」에 비해 세간의 주목을 거의 받지 못했던 작품이다. 이는 「취우」가 전쟁 전의 작품 「난류」(『조선일보』, 1950. 2. 10.~1950. 6. 25.)와 전후의 「새울림」(『국제신보』, 1953. 12. 15.~1954. 2. 25.) 및 「지평선」(『현대문학』, 1955. 1.~1955. 6.)과 더불어 3부작을 이루면서 상당한 시·공간을 헤쳐 가며 시대와 삶을 조명한 것에 비해, 미완에다가 구성적 결함을 보이고 있다는데 기인된 것이라고 판단된다.

「홍염」은 제목처럼 하나의 '불꽃'으로 파악되는 한국전쟁을 그리고 있으나 애정 유희와 물욕, 중산층의 가족 문제 등의 일상성이 부각되어 있다. 30세의 유부남인 최호남은 박영선 사장의 부인 선옥과 기생 퇴물 취원 사이를 오가며 물질적 이해관계를 가늠하기도 하고, 적당히 애정 유희도 즐긴다. 역시 전쟁은 후경으로 물러나 있고 일상적 생활이 부상됨으로써 전쟁 속에 줄타기 식의 삶이 아니라 일상적 삶 속에 부딪쳐 그때 그때를 피해 가야 하는 전쟁으로 그려져 있다.

---

61) 백철은 좌우 대립의 초기에는 중간파적 존재가 혹 완충지대로 필요했을지 모르지만 전시에는 무용(無用) 무립각지(無立脚地)라 했으며, 장덕조도 이제는 중간파도 없고 회색분자도 있을 수 없으며 오직 타공과 멸공의 길이 있을 뿐이라 했다.
   백철, 「공란의 교훈」, 국제보도연맹, 앞의 책, p. 14 및 장덕조, 「내가 본 공산주의」, 국제보도연맹, 앞의 책, pp. 77~78 참조.
62) 이런 점에서 이 작품은 트리비얼리즘으로 전락하였다는 비난을 받기도 했다.
   유종호, 『동시대의 시와 진실』, 민음사, 1982., p. 1982.

그러면서도 이 소설에는 「취우」에 비해 이데올로기 문제가 보다 무겁게 다루어져 있다. 박영선 사장은 보성전문 법과를 나와 책사(冊肆)를 경영하고 잡지도 주재하며 더러 시사적인 글도 쓰는 중산층의 인텔리켄차다. 이데올로기의 갈등은 그의 가족 안에서부터 표출된다. 좌익 인물 큰 아들 상근은, 육군사관학교를 졸업하고 중위가 된 둘째 아들 광근과 대립 갈등하며, 적치 세상이 되자 아버지에게 자수를 권유하기도 한다. 그러나 여기서 이데올로기 문제는 가족 관계와 삶의 틀 이상으로 사회적 혹은 역사적 문제로 부각되지 못한 채 미완으로 중단되어 버렸고, 「사선」(『자유세계』, 1956. 10.~1957. 3·4.) 역시 후편으로 연재되다가 중단됨으로써 주제와 구조적 접근에 어려움을 주고 있다.

그 외에도 동작가의 적치하의 부역자 문제와 더불어 삶의 일상성을 다루고 있는 작품으로 하꼬방을 차지하기 위해 이웃을 인민군으로 몰아넣는다는 「탐내는 하꼬방」(『신생공론』, 1951. 7.), 잭 나이프로 강도짓을 한다는 이야기의 「쩩 나이프」(발표지 미상, 1951. 9.), 인척간에 마을 주도권 싸움을 벌이는 이야기인 「자전거」(발표지 미상, 1952. 6.) 등의 작품들도 있다.

Ⅲ. 결 론

본 논문에서는 한국전쟁기 소설을 대상으로 한 연구 중 적치 삶을 다룬 작품을 중심으로 살펴보았다. 특별히 한국전쟁기 소설에 관심을 가지고 하나의 주제로 삼은 그 동안 학계의 논의가 미흡하였을 뿐 아니라 그 실상조차 제대로 파악되지 않은 채 선입견적 판단을 내리고 있다는 사실에서 출발하였다. 본 연구는 이와 같은 시각을 수정·극복함으로써 한국

현대소설사적으로 전쟁 전·후소설의 연결고리를 만들어 가자는 데에 주요 의도가 있었다.

작품을 연구함에 있어 구조 분석과 아울러 시대적 환경 및 작가들이 처한 상황과 작품과의 관련성, 사회적 요구와 작품의 의도 내지 목적성 등을 분석·검토하였다.

본론을 통하여 전개해 온 논지를 요약하면 다음과 같다.

첫째, 인민군 치하에서 실체험을 했던 작가들의 작품이 많다는 점이다. 강신재·염상섭·최인욱·최태응 등의 작가와 작품이 그것이다. 그 배경 또한 한국전쟁의 전개과정 중 제1국면, 곧 개전 초에 함락되어 3개월 간 적치 세상이 되었던 수도 서울로 그려진 작품이 대부분이다. 이 역시 당시 많은 작가들이 도강에 실패하고 서울에 갇혀 수난을 당했던 체험과 깊이 관련되는 것으로 판단된다.

둘째, 그러나 실체험에 비하여 작품으로 나타난 것은 전선을 취재한 작품 또는 피난민의 삶을 그린 작품 등에 비해 상대적으로 그리 많지 않다는 점이다. 오히려 '수난기' 내지 '체험기' 등 르포르타주 형식의 글들이 더 많다. 그 원인의 하나로는 이념적 순결성 문제가 결부된 잔류파 작가로서 자신들의 문제였을 뿐 아니라 시사적으로도 미묘한 부분들이 엇갈려 있었던 탓이라고 판단된다.

셋째, 인민군 치하의 삶을 그린 작품은 다음 네 가지의 유형으로 구분되었다.

① 기회주의적으로 이념을 선택하는 과잉적응형의 인물을 그린 작품으로 박용구의 「칠면조」, 염상섭의 「해방의 아침」, 강신재의 「눈물」 등이 있다.

이러한 작품을 통해 적치와 수복 과정에서 시세와 형편에 따라 기회주의적으로 이념을 선택하고 나아가 과잉적응하는 인물들의 파멸 과정을 보여 주거나 비판되고 있는데, 이는 삶의 방법이 아니라는 인식이 짙게 깔려 있다.

② 이념의 대립·갈등 이전에 동질성의 회복을 말하고 있는 작품으로 황순원의 「학」과 최태응의 「삼인」 등이 있다.

여기에서는 이념에 따라 나뉘어 대립·갈등하는 현실을 부정하며, 그러한 현실을 극복하는 방법으로 동질성의 회복 내지는 동족의식의 결집을 주장하고 있다. 그러나 이와 같은 시각은 당시 현실을 객관적으로 파악하고 그린 것이 아니라 이상을 그리고 있는데 지나지 않은 것으로 판단된다.

③ 적치의 극한 상황에서 절망하거나 파멸하는 경우를 보여주는 작품으로 최인욱의 「목숨」, 김송의 「서울의 비가」, 장용학의 「찢어진 윤리학의 근본문제」 등이 있다.

이는 삶의 방도가 막혀 있다는 시대의식의 결과라 생각된다. 비록 절개의식을 통해 이념이나 체제를 지키겠다는 의지를 드러내 보이고 있기는 하지만 적극적 현실대응의 방법은 아니라고 판단된다.

④ 일상성의 원리가 지배되는 경우를 보여주는 작품은 주로 염상섭에 의해 쓰여졌는데 장편 「취우」와 「홍염」, 단편 「탐내는 하꼬방」, 「쨱 나이프」 등이 그 예다.

비교적 전쟁을 일정한 거리에다 두고 파악한 작품이며 인간 삶의 근본 줄기를 찾아보자는 것으로, 전쟁기 소설로서 비교적 그 목적의식이 많이 걷혀 있음을 볼 수 있다.

넷째, 목적의식이 광범하게 깔려 있음을 볼 수 있다. 특히 이념 문제에 관한 한 몹시 경직된 모습을 보이고 있다. 이 문제는 당시 작가가 선택할 수 있는 것이 아니었을 뿐 아니라 비판이나 반성의 여지가 조금도 없었기 때문이다.

당시에는 반공문학·애국문학 또는 승전의지를 고취하는 문학, 그도 아니면 순수세계를 지향하는 작품 이외에는 산출될 수가 없었던 때이며,

이러한 면은 작가들이나 비평가들의 문학론을 통해서도 지속적으로 주장되어 왔던 터다. 따라서 그러한 목적의식, 주제의 과잉노출은 자연히 미적 구조의 손상을 초래하기 쉽다. 그것이 한국전쟁기 소설의 일반적 모습이라 보아도 좋을 것이다. 그러나 특별한 시대나 환경은 그에 알맞은 작품이 필요하기도 하고 요구되기도 한다. 이러한 의미에서 한국전쟁기 소설은 미적 형상화 문제 이전에 당대에 유효했던 작품들일뿐 아니라, 어떤 의미나 모습으로로든 한국현대소설사의 한 흔적이며 과정이다.

▌대구공업대학교 교수

▌ 참고문헌

1. 기본자료

『문예』
『신생공론』
『신천지』
『자유세계』
『적화삼삭 9인집』(국제보도연맹, 1951.)
『전시문학독본』(계몽사, 1951.)

2. 단행본

고　은, 『1950년대』, 청하, 1989.
구인환 외, 『한국전후문학 연구』, 삼지원. 1995.
권영민, 『한국현대문학사』(1945~1990), 민음사, 1993.
김윤식, 『염상섭 연구』, 서울대출판부, 1989.
김윤식·정호웅, 『한국소설사』, 예하, 1994.
김종균, 『염상섭 연구』, 고려대출판부, 1974.
박명림, 『한국전쟁 연구』, 태암, 1991.
신경득, 『한국전후소설 연구』, 일지사, 1983.
유종호, 『동시대의 시와 진실』, 민음사, 1982.
이승훈 편저, 『문학상징사전』, 고려원, 1995.
이재선, 『한국현대소설사』(1945~1990), 민음사, 1991.
장홍 편, 『6·25 사변사』, 서울:육본감사실, 1959.
전쟁기념사업회, 『한국전쟁사』 1. 2, 행림출판사, 1990.
조남현, 『한국현대소설의 해부』, 문예출판사, 1993.
조남현, 『소설원론』, 고려원, 1993.
한국정치연구회 정치사분과, 『한국전쟁의 이해』, 역사와 비평사, 1990.
브루스 커밍스·존 할리데이, 『한국전쟁의 전개과정』, 태암, 1989.
서사연 옮김, 길버트 아브카리안·몬테 팔머, 『갈등의 사회이론』, 학문과 사상사, 1985.
Goldman Lucian, 『*Toward Sociology of the Novel*』, trans by Alan Sheridan, Tavistock Publications, 1975.
R. Wellek & A. Warren, 『*Theory of Literature*』, *Middlesex* ; Penguin Books Ltd.,

1966.

3. 논문 및 비평 기타

고희동, 「나의 체험기」, 『신천지』, 서울신문사, 1951. 1.
고희동, 「수난기」, 『문예』,1950. 12. 문예사, 1950. 12.
곽종원, 「상반기작단총평」, 『문예』, 1953. 9.
김광주, 「하누님을 찾는 아내」, 『신천지』, 서울신문사, 1951. 1.
김동명, 「암흑에의 서설」, 『신천지』, 서울신문사, 1951. 1.
모윤숙, 「천지가 지옥화」, 『전시문학독본』, 계몽사, 1951.
박신헌, 「한국전쟁 전후기 소설의 현실의식 연구」, 경북대 대학원 박사학위 논문, 1992.
박영준, 「노예의 노동생활」, 『전시문학독본』, 계몽사, 1951.
백 철, 「전란과 함께 자라 온 1950년대 문학」, 『한국문학의 이론』, 정음사, 1964.
백 철, 「사슬로 묶여서 3개월」, 『赤禍三朔 九人集』, 1951.
손소희, 「결심」, 『赤禍三朔 九人集』, 1951.
송지영, 「赤禍 三月」, 국제보도연맹, 『赤禍三朔 九人集』, 1951.
신영덕, 「한국전쟁기 종군작가 연구」, 고려대 대학원 박사학위 논문, 1993.
양주동, 「共亂의 교훈」, 『赤禍三朔 九人集』, 1951.
온창일 「한국전쟁의 양면성」, 이철범 편, 『한국전쟁을 보는 시각』, 을유문화사, 1990.
이선근, 「이념의 승리」, 『문예』, 문예사, 1950, 12.
우승규, 「사선 방황기」, 『신천지』, 서울신문사, 1951. 1.
이은자, 「1950년대 한국소설에 나타난 지식인상 연구」, 숙명여대 대학원 박사학위 논문, 1994.
이정숙, 「코페르니쿠스적 전회와 과념의 소설화」, 구인환 외, 『한국전후문학 연구』, 삼지원,
       1995.
장덕조, 「내가 본 공산주의」, 『赤禍三朔 九人集』, 1951.
조남현, 「한국전시소설에 대한 해석」, 『문학정신』, 1988. 12.~1989. 2.
조성구, 「보도연맹 사건」, 『말』, 1988.
조연현, 「자라나는 신인군」, 『신천지』, 서울신문사, 1952. 3.
조연현, 「기아와 공포의 90일간」, 『신천지』, 서울신문사, 1951. 1.
차원현, 「1950년대 한국소설의 분단인식」, 문학사와 비평연구회 편, 『1950년대 문학연구문예
       사, 1950, 12.』, 예하, 1991.
최병우, 「분단시대의 장편소설」, 구인환 외, 『한국전후문학 연구』, 삼지원, 1995.
최정희, 「난중일기에서」, 『赤禍三朔 九人集』, 1951.
한점돌, 「전후소설의 현실인식」, 구인환 외 『한국전후문학 연구』, 삼지원, 1995.

농민소설의 내적 형식과 서사전략

─ 이기영의 「고향」론 ─

김 선 규

1. 서 론

본고는 해방 이전 농민소설의 기념비적 작품으로 일컬어지는 이기영의 「고향」(『조선일보』, 1933. 11. 15~1934. 9. 21)[1]을 통해 농민소설의 내적 형식과 서사전략을 알아보고자 한다. 농민소설로서의 「고향」은 반자본주의적 입장에서 이해될 수 있다. 그렇다고 작가의 반자본주의적 시각 자체가 근대성의 이념적 조건들을 모두 철폐하는 것은 아니다. 작품 속에 묘사되는 여성인물들의 사회적 경험 영역 확보나 조혼철폐는 봉건적 유교이념을 반대하는 작가의 주장을 뚜렷이 알 수 있게 하는 대목이다. 하지만 작가는 계몽이념보다 비인간화와 착취관계를 형성하는 일제 자본주의 비판에 비중을 두는 듯 하다. 이러한 무게 차이는 현재에도 동일하게 적용되고 있는 근대의 이중적 의미에서 비롯되는데 곧 근대의 계몽이념보다는 자본주의의 모순이 삶을 더 압도한다는 말이다.

농민소설이 가지는 서사적 이중성은 리얼리즘 미학이 추구하는 근본 개념과 같다.[2] 리얼리즘이 근대성의 이념인 동일성 원리와 맥을 같이

---

1) 본고의 텍스트는 1947년 아문각 판 「고향」 상·하이다.
2) 나병철은 리얼리즘이 근대적 주체성과 현실성, 그 둘의 상호작용을 선적인 시간 속에서 형상화하는 미학이지만, 근대성의 원리가 동일성과 차이의 양면성을 가지고 있듯이 리얼

한다면, 그 반대로 일제 자본주의 현실에서는 타자성의 원리를 통해 민중적 리얼리즘이 실현된다. 「고향」에 등장하는 주인공 김희준은 고독한 근대적 주체이자 맑스주의 이념을 동시에 체현하는 인물인데 자기중심적 동일화 원리로 농민들을 계몽하고자 하는 인물이다. 그의 자기중심적 동일화의 논리는 개인 주체의 내면에서 발생된 관념적 동일성이다. 청년회와 야학을 지도하면서 그가 느끼는 것은 근대적 주체로서 고독과 반성이다. 그러나 타자는 주인공이 고독과 반성이라는 개인적 사유 속에서 머무르는 것이 아니라 삶의 공간으로 탈출해야만 발견할 수 있다. 즉 김희준의 타자성의 획득은 자본주의적 제도로부터 소외된 농민들과의 노동을 통해 가능해진다. 그러나 자본주의 체제 속의 타자는 근대적 제도로 편성하고자하는 욕망을 지닌 존재인데 그러한 자신의 욕망과는 반대로 주변부로 밀려나면서 자본주의체제의 본질에 대항하는 이중적 성격을 지닌다. 이렇듯 「고향」은 타자성의 원리를 추구하는 서사적 이중성을 옹호한다.

「고향」 속의 가난은 정감어린 농민들의 인심마저 각박하게 만들고 농촌 공동체를 뿌리째 흔드는 그 당시 민중들의 현실적 담론이다. 농촌생활의 체험을 작가 특유의 시각으로 형상화한 이기영은 농촌이 와해되어 가는 것을 통해 일제 자본주의를 비판한다. 자본주의가 고도로 성장할수록 농촌은 그에 비례해 제도로부터 외면되고, 이로써 문화 전반이나 문학 등 사회의 핵심적인 영역은 모두 도시적인 것에서 전유된다. 작가는 도시 중심의 정치·경제·문화적 특권으로부터 멀어진 소외된 민중들에게 시선을 돌림으로써 그들의 의식과 열망을 보려주려 한다. 농민소설의 대응전략이 소설 언어 및 소외된 인물들을 통해 반근대화와 반자본주의

리즘 역시 그 같은 이중성을 드러낸다고 본다. 이러한 개념은 계몽과 자본주의적 근대화를 비판하는 농민소설의 이념과도 동일하다. 나병철, 『근대서사와 탈식민주의』, 문예출판사, 2001, 125쪽 참조.

적 시각을 형성하는데 있다면, 이러한 시각은 소외된 원터 농민들의 입장에서 뿐만 아니라 농촌의 풍경 속에 자리 잡은 제사공장의 노동자를 통해 형상화된다. 농민이 일제 자본주의의 타자로서 존재한다면, 제사공장 노동자는 자본주의의 강제적 동일성의 원리 체계 내에서 형성되는 근대적 주체에 가깝다. 근대적 주체로서 노동자는 타자라는 자기인식을 통해서만 자본주의에 대항할 수 있다. 따라서 「고향」은 원터 소작인이라는 타자의 입장에서 자본주의를 비판함과 동시에 제사공장 노동자의 근대적 주체 형성과정을 통해 근대적 동일성의 메커니즘을 비판한다. 가령 타자로 명명되는 원터 농민들이 체제의 외부에서 변혁을 꿈꾸는 존재라면 제사공장 노동자들은 체제 내부의 모순을 직접적으로 영향받고 있어 자본주의를 비판하는 데 이 둘은 상보적 입장에 있다고 봐야 할 것이다. 따라서 식민지 근대화의 본질은 소작인으로 전락한 농민들의 팍팍한 삶을 통해서 형상화될 뿐만 아니라, 여성들의 공장 노동자로의 전이 과정을 통해 생생하게 묘사된다. 이처럼 작가는 일제 자본주의가 수용자와는 상관없이 어떻게 강제적으로 구축되었으며, 그것이 식민지 민중에게 어떻게 규율로 적용되는 지 잘 묘사한다. 원터 농민의 소작쟁의와 제사공장의 노동쟁의의 두 서사 형식은 농민소설과 노동소설의 통합적 구조를 가진다는 점에서 더욱 더 높이 평가된다. 따라서 작품에 나타나는 전반적인 시각은 농민소설과 노동소설이 지향하는 자본주의와의 대응 방식과 일맥 상통한다. 그러므로 「고향」의 내적 형식과 서사 전략을 살펴보는 것은 민중적 리얼리즘의 한 전형을 알아보는 것과 같다.

2. 「고향」에 나타난 타자성의 미학

2.1. 「고향」의 형상적 인식의 토대

「고향」이 발표되던 시기의 경제 사회적 토대에서 '민중'개념을 설정한다면, 지배 계층인 지주와 중간착취 계급인 마름으로부터 소외되고 경제적으로 예속된 원터 소작인들을 민중의 표본으로 설정할 수 있다. 또한 농민소설의 제한된 공간적 배경과 인물에서 벗어나 근대화 과정을 통해 발생하는 제사공장의 노동자 역시 민중에 포함된다. 특히 작품 속에 나타나는 소작쟁의 및 노농 동맹은 농민문학과 노동문학의 통합적 구조를 가진다는 점에서 더욱 작가의 역량을 돋보이게 한다. 농민문학을 하나의 범주로 규정한다면, 구체적인 역사현실 속에서 토지라는 생산수단에 근거하여 노동하고 생산하며 그러한 노동과 생산의 과정을 포괄하는 생산관계, 나아가 전체사회의 여러 관계의 틀 속에서 자기를 실현해 나가는 움직이는 인간으로서의 농민, 혹은 농민계급이 작품구조의 중심적인 주체로 등장하는 문학이라 할 수 있다.3) 「고향」은 이러한 규범을 뛰어넘어 농민소설과 노동소설의 통합적 틀 속에서 자본주의 모순을 드러낸다.

「고향」의 현실적 배경은 일제 자본주의로 인해 황폐해져 가는 농촌이다. 이러한 현실적 상황에서 다수의 소작인이 한 명의 대지주의 지배 아래 착취당하는 관계가 형성된다. 소수의 대지주는 실제로 농촌에 머무르면서 농사를 관장하는 지주가 아니라, 대도시의 부재지주가 거의 대부분이다. 따라서 부재지주들은 농민들처럼 토지에 애착을 가지는 계급이 아니라, 자본주의의 논리에 따라 살아가는 근대 부르주아 계급이라 할 수 있다. 또한 대지주는 점차 자본주의가 발전함에 따라 농업 발전을 외면하고, 상업자본가·고리대금업자·금융자본가로 나아가기 마련이다. 이러하기에 토지를 바탕으로 생산하고 삶을 영위하는 소작농들은 지배계급의 자본논리 속에서 희생자로 남을 수밖에 없다. 이러한 상황에서 소작농들이 헤쳐나갈 방법은 생존문제와 직결되는 소작권에 맞서 투쟁하는 것이다. 그러나 자본주의 체제가 유지되는 한 그들은 영원한 해방이

---

3) 김명인, 「민족문학과 농민문학」, 『희망의 문학』, 풀빛, 1990, 264쪽.

불가능함을 깨닫게 되며, 현실 변혁적 논리에서 자본주의 제도와 투쟁하게 되는 것이다. 여기에 자본주의를 공동의 적으로 두는 공장 노동자와 농민의 공통점이 생긴다.4) 「고향」은 농민과 노동자가 지주와 자본가를 공동의 적으로 인식할 수밖에 없다는 당위성을 노농 동맹의 구조로 형상화한다. 따라서 「고향」은 카프의 도식적인 이론인 프롤레타리아 계급의 지도 아래에서만 농민의 해방이 이루어질 수 있다는 시각에서 벗어나 있다.

　「고향」 속에 등장하는 소작농은 가난한 생활 속에서 생존문제와 결부된 현재적 모습으로 제시된다. 식은 꽁보리밥으로 겨우 한 끼를 때우고 밭으로 나가는 농민들은 '강렬한 태양의 더위 속에서 쫙쫙 늘어지는 개구리'의 모습과 동일시된다. 이런 당대적 모습은 과거 자작농으로 남부럽지 않게 살았던 이들의 과거 행적과 대비되어 나타난다. 비단 그것은 소작농의 대표로 등장하는 원칠도 예외는 아니다. 가난이라는 현실적 상황과 소작농들의 희한한 안식처로 변해버린 원터에는 현실적 무게를 겨우 지탱하는 농민들만 존재할 뿐이다. 따라서 그들만의 풋풋한 인심은 사라지고 농민들의 삶은 마치 현실의 긴장관계로 인해 언제 끊어질지 모를 팽팽한 동아줄과 같다. 농민들은 자본주의 경제에 예속되어 갈수록 그들 내부에서 갈등관계가 형성된다. 이렇듯 「고향」은 자신들의 토대를 잃어버린 농민들을 묘사함으로써 총체성을 획득한다. 소설에는 추락을 경험한 봉건적 아비세대들인 원칠, 조첨지, 김선달 등과 자식 세대로서 새로운 전환기를 맞이하는 인동, 막동, 덕칠, 백룡이, 상출, 월성이, 쇠득 등이 등장한다. 작품의 후반부로 가면 아비세대와 자식 세대의 중심 인물인 김선달과 인동을 통해 민중의 전형을 획득한다. 그러나 소작인들이 민중적인 성향을 지니고 있다고 해서 작가가 그들의 긍정적인 면만을 인위적으로 보여주지는 않는다. 대체로 농민들의 삶의 방식이 순환적인

---

4) 김윤식, 『한국근대문학사상사』, 한길사, 1984, 186-187쪽 참조.

시간관념에 지배되듯이 그들의 의식 자체는 보수적이며, 숙명론적 인생관, 소부르주아적 이기주의는 유감없이 묘사된다. 이러한 점을 통해 식민지 근대 제도 속으로 편입하고자 하는 농민들의 욕망의 읽을 수 있다. 그러나 부르주아의 착취가 심해질수록 그들은 타자로서 존재할 수밖에 없다. 이러한 절망적 타자의식은 오히려 지배세력에 대한 대항의식으로 자리한다. 이런 대항의식은 숨겨져 있는 그들의 순박한 인간성과 풍부한 삶의 미덕과 결합함으로써 민중성을 획득한다. 이러한 농민들의 훈훈한 인정은 농촌 공동체를 부활케 하는 원동력이 되며, 억압된 소작인들은 그들의 갈등관계가 현실자본주의와 맞물려 있음을 깨닫게 된다. 농민소설의 전통이 현실 자본주의라는 근대화의 전횡에 맞서서 토착적 미덕을 올바로 획득하는 것이라면 「고향」은 일제 자본주의로 인해 황폐해져 가는 농촌 현실의 대항논리로써 존재한다.

2.2. 일제 자본주의의 동일자로서 안승학과
대항적 타자로서 농민

「고향」의 첫 장면은 소작인들의 팍팍한 삶의 모습을 자연 환경에 대비시켜 보여줌으로써 그네들의 삶이 얼마나 고달픈가를 보여준다. 부지런함이 온 몸에 각인된 원칠은 전형적인 농민이다. 그러나 그는 억척스런 노동에도 불구하고 가난이라는 논리 앞에선 무기력한 소작농일 뿐이다. 이러한 가난의 논리는 이기영 소설 전반에 흐르는 소설적 문법이다. 가난의 논리는 역으로 돈의 논리로 환원되는데, 젊은이들의 풋풋한 사랑도 돈의 논리로 귀착될 수 있음을 보여준다. 그것은 인동과 막동의 대결에서 알 수 있듯이, 방개를 중심으로 벌어지는 그들의 삼각관계에서 사랑을 돈으로 사고자 하는 막동의 사고방식과 부합한다. 농민의 집단성 및 토지 소유의 해체라는 돈의 논리는 바로 마름 안승학의 권력 획득 과정과 동일시된다. 작품은 지주와 소작인의 갈등관계에서 벗어나 중간착취 계급으로서 마름 안승학을 등장시킨다. 이것은 이전 카프소설에 등장하는 지주와 소작인의 기계적 갈등관계에서 좀더 발전된 모습이다. 생산수단으로 토지를 소유하지 못한 농민들에게 소작지를 얻는다는 것은 생계와 연관된 것이어서 소작농들은 마름 안승학의 권력 앞에서는 노예적 삶을 살 수 밖에 없다. 마름 안승학은 농민들의 소작권을 거머쥐고 권력을 행사하는 인물이다. 그의 권력은 근대적 지식과 제도의 습득을 통해 얻어진 결과이다. 작품에서 묘사되듯 마름 안승학의 탄생은 근대적 제도, 즉 근대적 학교에서 배운 일본어와 산술의 덕택이다. 그의 권력을 뒷받침하는 근대적 제도는 일제 자본주의에 동화됨으로써 얻어지는 혜택이다. 이전 마름을 내쫓고 안승학이 그 자리를 차지하게 되는 이유도 군청에 근무하면서 배운 측량술의 교묘한 이용에서 비롯된다. 이러한 근대적 제도는 일제 자본주의를 통해 유입된 산물이며 이는 농촌 와해의 일차적 원인이 된다. 농촌의 와해는 그 단계를 착실히 밟아온 서구의 농촌분화와는 엄연히 틀린 것이다. 그것은 식민지 농촌 경제의 피폐화의 주된 원인으로 작동하는 제국주의적 식민통치에 기인한다. 제국주의적 식민통치는 봉건시대의 대지주가 일본인 자본가로 그 위치가 바뀔 뿐 오히려 자작농이 소작농으로 전락하게 하는 원인이 된다. 또한 안승학이 내세우는 근대적 지식은 서양 근대화의 비판으로 지적되는 형식적 합리성과 일맥상통한다. 형식적 합리성은 어떤 목표의 정당성에 관계없이 그 목표를 달성하고자 하는 데 수단과 방법을 가리지 않으므로 '형식적 비인간화'로 변해 가는 일차적 원인이 된다.5) 안승학은 서구 계몽사상의 비판으로 제시되는 물신화와 비인간화를 체현하는 인물이다. 또한 개화시대의 '새로운 양반'처럼 그의 의식은 가부장제의 메커니즘을 고스란히 가지고 있다.

---

5) 윤평중, 『푸코와 하버마스를 넘어서』, 교보문고, 2000. 37쪽 참조.

아래 예문은 안승학의 출세담을 묘사하는 장면이다.

> 그 무렵에 마침 경부선이 개통한 직후다. 이근처 사람들은 생전 처음 보는 기차와 정거장과 전보때를 보고 경이(驚異)의 눈을 크게 떳다. 안승학은 지금도 그때 목판차를 맨처음으로 먼저타고 서울을 가 보았다는 것을 자랑삼아 말하였다. 그때 그는 어떤 친구의 심부름으로 혼수흥정을 하러 따러간 것이었다. 그의 자만(自慢)은 그것뿐만 아니었다. 그는 경기도 출신이라고 이 지방에서는 제일 똑똑한 체를 하였다. 우편소가 새로 생긴 것을 보고 이웃사람들은 그게 무엇인지 몰라서 잔뜩 겁을 집어먹고 있었다. 장승같이 느러선 전보때에는 노상 잉-하는 소리가 들리었다. 그것은 전신줄을 감은 사기안에다 귀신을 잡어느어서 그런 소리가 무시로 난다는 것이다. 그리고 우편소안에는 무슨 이상한 기계를 해앉히고 거기서는 무시로 괴상한 소리가 들이였다. 그럴때에 안승학은 마술사처럼 이귀신을 부리는 재조를 그들앞에서 시험을 해보였다. 그는 엽서한 장을 사서 자기집 통호수와 자기 이름을 쓰고 편지 사연을 써서 우편통안으로 집어 넣었다. 그리고 그들에게 장담하기를 이것이 오늘 해전안에 우리집으로 드러갈터이니 가보자는 것이었다. 과연 그날저녁 때였다. 지옥 사자같은 누렁옷을 입은 사람이 안승학의 집에 엽서한장을 던지고 갔다. 그것은 아까 써넣은 그 엽서였다. -중략- 말하자면 그때 무렵에 안승학은 이고을에서 우편으로 보내는 편지를 제일먼저 써본 이중에도 한 사람이었던 위대한 선각자 였다.6)(강조: 인용자)

부의 축척 과정이 근대적 제도의 습득과 측량술로 인해 획득된 것이라면 이와 대결할 수 있는 근대적 지식인의 출현은 당연한 것이다. 동경 유학생 출신인 김희준의 등장이 그것이다. 이전 카프소설 문법으로 보자면 지식인은 농민들을 지도하며 위로부터의 이념과 계몽사상을 주입하는 인물이다. 이기영 소설인 「홍수」의 박건성형7)의 인물이 여기에 속한

---

6) 이기영, 「고향」 상권, 117~118쪽.
7) 김윤식은 문제적 개인의 두 가지 유형을 제시하는데, 박건성형과 돌쇠형이다. 박건성형은

다. 이렇듯 카프 소설 속에 전통적으로 등장하는 문제적 인물은 도식적
이고 완전한 인물이다. 이런 인물은 맑스주의를 농민들에게 일방적으로
주입함으로써 사상 자체가 지닌 로고스적 한계에 부딪히는 인물이다. 그
러나 김희준은 타자에게 시선을 돌림으로써 이를 극복한다. 이러한 인물
의 탄생을 두고 그 당시 많은 평자들의 호평이 있었다. 특히 김남천은
지식 계급의 전형이며 '가면 박탈의 정신' 때문에 김희준의 성격 창조에
성공하였다고 말한다.8) 반면에 그의 유학 시절의 행적이 드러나지 않음
으로 해서 김희준의 주체적 성격의 뒷받침이 미흡하다고 지적하는 이도
있다.9) 그러나 이런 상반되는 지적에도 불구하고 김희준이라는 인물 창
조는 분명히 성공적이다. 왜냐하면 그는 그 자체로 완성된 인물이 아니
며, 살아 발전하는 인물이기 때문이다. 이는 직접적인 노동을 통해 농민
들을 이해하며 하나가 된다는 점에서 그러하다. 물론 김희준 자신도 몰
락한 중간계층의 자식이며 현재는 원터 소작농일 뿐이다. 그가 동경에서
돌아와 이전 카프 소설의 주인공들처럼 청년회와 야학을 만들지만 부자
집 자식들의 먹자판 놀음과 농민들의 소유욕은 그를 고독에 빠지게 한
다. 이는 근대적 주체와 마르크시즘을 체현하고 있는 주인공이 타자를
자기 중심적인 논리로 동일화시키는 데서 발생하는 문제이다. 따라서 김
희준은 지식인의 위치에서 벗어나 직접 농사를 지으며, 농민의 입장에서
그들을 이해하고 받아들임으로써 근대적 주체와 맑스 사상 자체가 지닌
로고스적 한계를 넘어선다. 이렇듯 지식인의 직접적 노동은 타자를 발견
할 수 있는 매개가 될 뿐 아니라 이론이 지니는 관념성의 한계를 뛰어넘

　　지식인 계급으로 이념적으로 완전한 인물이며, 돌쇠형은 소작농으로 현실적으로는 악적
　　인(악한?) 인물이지만, 비판적 시각을 가지고 있는 인물로 부각된다. 돌쇠형은 작품 「서
　　화」의 성과라 할 수 있다. 김윤식, 앞의 책, 196쪽 참조.
8) 김남천, 「지식 계급 전형의 창조와 '고향' 주인공에 대한 감상」, 『조선중앙일보』, 1935.
　　6. 30.
9) 안함광, 「로만 논의의 제과제와 '고향'의 현대적 의의」, 『인문평론』, 1940. 6.

는 계기를 마련한다. 삶의 공간에서의 행위, 즉 노동의 실천은 소외된 타자를 발견하게 하고 결국은 타자와 소통의 공간을 마련한다. 이것은 김희준이 조혼에 의한 불행한 결혼 생활, 소유욕으로 뭉쳐있는 가족 구성원과의 갈등 등 이전의 영웅적이고 완전한 인물에서 벗어나 삶 자체에 동참함으로써 가능하다. 따라서 근대적 주체로서 김희준과 소작인이라는 타자의 소통은 삼분화된 작품 구도를 안승학과 김희준·소작인들의 이원적 대결 구도로 전환시킨다.

2.3. 타자의 상호소통방식으로서의 두레

안승학과 김희준·소작인이라는 이원적 대결의식의 중요한 매개체로 등장하는 것은 두레이다. 두레는 공동체적 생산 방식이자 농민들의 단결로서 이루어지는 재래 풍속의 일종이다. 또한 두레는 젊은 청년들이 자발적으로 제안하여 시작하는 만큼 농민들의 자생적 힘을 느끼게 하는 장치이다. 이 두레패의 대장으로 등장하는 김선달은 소작인이지만 현실 비판적 인물이다. 작가는 김선달을 소제목의 하나로 작품 속에 형상화할 만큼 이 인물에 애정을 가지는 듯 하다. 풍부한 삶의 체험을 통해 봉건적 관습이나 개화세태 등을 비판하는 김선달의 모습에서 농민의 자생적 가능성을 엿볼 수 있다. 김선달은 과거 노름과 여색에 빠져 있기도 했으며, 개화의 시작으로부터 피폐해지는 농촌 현실을 체험한 식민지 일세대이다. 작가는 김선달의 꿈을 통해 30년 전 원터를 묘사함으로써 유토피아적 세계관을 보여준다. 이런 장면을 통해 농민들이 가지고 있는 공통된 선험적 실향의식을 엿 볼 수 있다.10) 과거지향 의식은 그것과 반대된 현실의 고통에서 벗어나고자 하는 유토피아 의식이다. 김선달의 과거 회상 속에 나타나는 유토피아 의식은 자연의 풍부함 속에 나타나는 삶의

---

10) 김동환, 「『고향』의 내적 형식」, 『한국소설의 내적 형식』, 태학사, 1996, 69쪽.

여유로움이다. 다소 비현실적이고 서정적이지만 자연이 주는 풍요로움과 그 속에서 아무 고통 없이 살아가는 농민들의 모습은 이들이 추구해야 할 미래상으로 제시된다. 그러므로 유토피아는 현실의 고통에서 도피할 공간이 있는 인물에게는 현실을 잊게 하는 이데올로기에 불과하지만 현재적 상황에서 피할 길 없는 원터 소작인들에게는 현실의 조건을 헤쳐 나가는 변혁의 힘을 제공한다. 70년을 농사만 짓고 산 조첨지, 40년 동안 억척같이 노동을 했지만 갈수록 생활 형편이 어려운 원칠 등은 일제 자본주의의 타자로서 과거 지향적 의식이 묻어나는 인물들이다 그러나 김선달은 과거 지향적 의식에만 머무는 인물이 아니다. 부르주아적 청년회의 비판이나 조첨지와의 개명논쟁 등에서 보듯 김선달은 원터 농민들 중에는 가장 현실 비판적 인물이다. 또한 두레를 이끌어 나가는 모습은 발전가능성이 잠재된 농민으로 형상화된다. 이러한 잠재된 의식은 김희준과의 소통을 통해 그 힘을 발휘하게 된다. 그것은 또한 과거 지향적 의식에 사로잡혀 살아가는 농민들을 미래지향적 의식으로 돌아서게 하는 계기를 마련한다. 두레를 통해 민중 의식이 살아남으로써 원터는 새로운 공동체적 공간으로 부활된다. 인동과 막동이의 대결 해소, '이리의 마음' 장에서 날카로운 인심의 표본이 되었던 백룡 모친과 쇠득 모친의 화해 등이 여기에 해당된다. 민중의 힘이 노동으로 각성된 의식에 의해 그 힘을 얻는다면, 두레는 이를 매개해 주는 장치라 볼 수 있다. 왜냐하면 비로소 이 장치를 통해 소작인들이 소작권에 대항할 수 있는 민중성을 획득하기 때문이다. 그러나 의식적이지 못한 농민들을 영원히 단합시킬 수 있는 방법이란 불가능하다. 수재가 심하게 나던 해에 벼를 베지 않고 버팀으로서 안승학에게 대항하던 사람들이 하나 둘씩 무너져 가는 모습에서 이를 엿볼 수 있다. 그러나 작가는 나이는 어리지만 끝까지 버티는 인동을 농민의 주체적 인물로 부각시킨다. 김선달이 아비세대라면 인동은 자식세대로서 미래의 가능성을 획득하는 인물이다. 인동은 특히 막동과의 대결에서 건강함을 찾을 수 있는데, 저녁이면 고기가 펄쩍펄쩍 뛰어오르는 여울목의 이미지처럼 인동은 싱싱함의 원천으로 상징된다. 방개와의 사랑을 이루지 못하고 부잣집 딸 음전과의 결혼을 통해 새로운 갈등을 맞이하기도 하지만, 이러한 경험은 오히려 돈에 대한 본질을 인식하게 되는 의식의 전환점이 된다. 소작쟁의의 중심에 인동과 노동쟁의의 중심에 인순을 내세우는 것이 민중문학의 열려진 전망이라면 자기 각성을 통해 강인한 노동자로 형상화되는 인순의 상대적인 약화는 작품의 한계로 남는다. 또한 마름 안승학과의 직접적인 대결이 아니라 그의 윤리적인 측면을 이용하여 소작료를 인하하는 방법도 그러하다. 그것은 소작인들의 단결된 힘이 새로운 역사의 장을 형성하는 것이 아니라 전통적 관습, 즉 경호의 출생 비밀과 갑숙의 연애 문제 등과 같이 본질적 모순을 비켜나가는 방법이다. 이는 소작쟁의와 노동쟁의가 빈번하게 일어났던 그 당시 현실적인 입장에서 안승학의 도덕적이고 윤리적인 측면을 이용해 약화된 승리로 형상화한 작가 의식을 읽을 수 있다. 「고향」은 자체로 완결된 것이 아니라 역동적 사고의 한 맥락에서 읽어야 한다. 현실과 동떨어진 지주와의 직접적인 투쟁에 의한 소작권 쟁취라는 결과물은 오히려 카프문학의 한계로 지적되는 도식적이고 형식주의적 경향으로 나아갈 수 있다.

3. 일제 자본주의의 동일성 논리와 〈제사공장〉의 메커니즘

3.1. 근대적 주체형성과정과 여성 노동자

「고향」은 김희준의 타자 발견을 통해 소작쟁의라는 농민들의 대항의식을 만들어냈다면 또 다른 서사 축은 인순과 갑숙, 방개 등 일제 자본주의의 동일화 논리에 대항하는 노동자적 삶이다. 앞에서 논의했듯이 농민소설로서 소작권에 대한 투쟁과정이 공동체 형성과 일맥상통한다고 보았을 때 제사공장 노동자의 형상화는 일제 자본주의의 동일성 논리에 반대되는 개념으로 작동한다. 이는 근대적 주체 형성과정에 대한 비판적 시각을 의미한다.

「고향」의 후반부 중심 내용을 차지하는 갑숙과 경호에 연관된 이야기들은 작품의 관념화와 연결된다. 또한 제사공장 파업의 비현실성도 이러한 관념성의 문제로 대두된다. 그러나 조선일보에 연재된 텍스트는 단행본처럼 그렇게 심각하지 않음을 알 수 있다.11) 이러한 점을 참고할 때 작가가 제사공장의 노동자들의 형상화에도 원터 소작인들 못지 않게 노력했음이 드러난다. 농민소설이 근대화를 비판하는 입장에서 그 대응방식으로 존재할 때 작가는 원터 농민의 피폐한 현실과 공장의 노동현실을 적절하게 관계지어 일제 자본주의의 메커니즘을 읽어낸다. 또한 소작인의 딸 인순을 공장 노동자와 연결시킴으로써 타자가 근대적 메커니즘에 동일화되는 과정을 보여준다. 소작쟁의의 사건 기술이나 묘사는 치밀한데 반해 제사공장의 노동자의 묘사는 상대적으로 관념적이고 빈약하게 나타난다. 그러나 작가는 근대적 제도로부터 배제된 농민들의 노동과 노동자의 노동방식이 시간관념과 공간적 차이에 의해 어떻게 달라지는지 극명하게 보여준다. 가령 원터가 농촌생활을 배경으로 하는 전통적인 서사 공간이라면 제사공장은 근대화 과정에서 생겨난, 따라서 근대적 시간

---

11) 이상경은 다양한 텍스트를 비교하면서 「고향」의 한계로 지적되는 인동과 인순의 성격 약화, 단어의 수정과 문장의 수정, 제사공장 파업부분 특히 파업의 진행과정과 공장측의 대처방안, 거기서 갑숙과 경호의 역할 등이 생략되고, 원터 농민들의 소작쟁의 과정들이 대거 삭제되어 있다고 말한다. 또한 갑숙의 공장행이 관념성을 드러내는 부분인데, 장면의 삭제가 필연성을 위해 복선을 치밀하게 준비한 작가의 의도를 감소시킨다고 말한다. 이상경, 『이기영─시대와 문학』, 풀빛, 1994, 179~201쪽 참조.

관념과 규율이 통용되는 공간이다. 따라서 계절의 순환적인 시간 속에서 토지를 중심으로 노동하는 농민과 근대적 메커니즘이 작동하는 제사공장의 노동자는 어쩌면 상반된 입장에 놓이게 된다. 근대적 공간은 주어진 규범과 규칙에 스스로 복종하는 근대적 주체[12]를 생산한다. 그것은 이미 자신의 눈에 자리 잡은 감시의 시선을 통해서 자신을 보고, 침범에 대한 두려움으로 서로 간에 제거될 수 없는 거리를 만들며 결국에는 손을 내밀고 마주하고 싶은 욕망이 스스로 위축되면서 한없는 고독의 공간 안에 스스로를 가두게 되는 사람들의 모습을 만들어 낸다.[13] 이런 논리는 자본주의가 배태하는 소외 개념, 비인간화와 동일하다. 따라서 공장 노동자는 본질적으로 노동시간과 그에 합당한 임금, 노동환경 등에 대해 자본가와 투쟁해야만 한다.

　작가는 공장 노동자를 여성인물 중심으로 배치한다. 이런 여성인물들은 계몽주의의 습득과 일제 자본주의에 대항해야 하는 이중적 과제를 안고 있다. 따라서 소설 속에 나타나는 여성인물은 나름대로의 모험이라는 통과제의를 거쳐야 한다. 이러한 모험은 '가출' 모티프로 연결되는데, 가출한 여성들은 현실의 고통스런 체험을 통해 새로운 의식을 얻는다. 집안 동의를 얻지만 생활 형편 때문에 노동자로 취직하는 인순, 안승학의 가부장적 권위를 부정하며 가출하는 갑숙, 결혼을 하지만 그것을 부정하고 제사공장에 취직하는 방개가 그러하다. 따라서 여성인물이 현실

---

12) 근대적 주체와 사회적 주체는 그 개념을 달리한다. 근대적 주체가 주어진 규범과 규칙에 복종하며 스스로의 고독으로 괴로워하는 주체라면, 사회적 주체는 첫째, 능동적으로 자신의 일을 찾아내고 둘째, 다른 사람들 내지 전체 사회의 이익을 위해 적극적으로 활동하고 셋째, 가족을 넘어선 전 사회적인 범위로 코뮌적 관계를 확장해가고 넷째, 그 관계 안에서 자기 스스로를 생산하고 관리하는 새로운 주체 유형이다. 작품에서 김희준은 사회적 주체에 해당된다고 보아야 한다. 물론 그는 근대적 주체가 가지고 있는 고독도 함의하고 있지만 스스로의 반성과 노동에 의해 사회적 주체로 발전해 나가는 인물이다. 또한 인동과 인숙도 사회적 주체로서 가능성이 열려진 인물이다.
13) 이진경, 『맑스주의와 근대성』, 문화과학사, 1997, 18쪽.

로 진입하는 것은 '가출' 모티프를 통해서만 가능하다. 여기서 작가의 근대 여성관을 읽을 수 있으며 반봉건으로서 배척해야 할 조혼철폐와 연애 문제는 이런 맥락과 연관된다. 또한 작품은 소작인의 전형적인 가정에서 자란 인동과 인순을 두 서사의 주인공으로 연결시킴으로써 그들만의 건강한 민중 의식을 담아낸다. 온 식구가 매달려 농사지어도 소작료를 제하고 나면 겨우 끼니를 연명하는 집안 사정에서 그녀가 선택할 수 있는 방법이란 현금을 취할 수 있는 노동자로서의 삶의 방식이다. 하지만 공장의 삶은 자본주의의 강제적 동일화 논리가 작동하는 공간이다. 다음 장에서는 「고향」이 묘사하는 제사공장을 통해 일제 자본주의의 강제적 동일화 메커니즘의 본질을 알아보고자 한다.

3.2. 일제 자본주의의와 제사공장의 메커니즘

춘궁이면 양식이 없어 술지게미로 제강죽을 끓여먹는 소작인의 생활에서 인순의 공장 취직은 어찌 보면 꿈만 같은 일이다. 그러나 그곳은 자본이 끊임없이 노동을 예속화하는 공간이다. 또한 일제 자본주의의 근대적 규율이 강제적 동일화를 이루는 장소이다.

> 자기는 아까 그래도 공장에서는 기와집에서 거처가 깨끗하고 아직 재강죽은 먹지안는 다고- 농촌 보다도 탁탁한 것처럼 말하였다. 그러나 거기에는 하루에 십여시간씩 일하는 붓배기 노동이 있지 않은가. 아침부터 저녁까지 하루 종일 꼬부리고 앉아서 실을 켜기란 참으로 사람이 죽을 지경이었다. (…) 남보다 성적이 나쁘면 월급을 적게 부친 다는 바람에 — 이렇게 하루를 시달리고 나면 두손이 홍당무처럼 익고 아물아물 하고 귀에서는 전보때(電信柱) 우는 소리가 나고 목에는 침이 마르고 등허리는 불어지는 것 같이 아프다. 수족은 장작같이 뻣뻣해서 도무지 자유를 듣지 않았다.14)

제사공장은 인순이가 살던 초가집보다 청결 상태가 아주 좋고 소작인들이 겪는 끼니 걱정 따위는 없는 공간이지만 대신 죽을 만큼 힘든 노동이 있다. 일제가 낙후된 식민지를 개척하면서 제일 신경 쓴 부분이 바로 청결문제이다. 이러한 청결문제는 일제가 근대 서구적 의료 개념을 식민지에 적용한 것이다. 하지만 근대적 의료 시설이 식민지 민중에게는 혁명에 가까운 신기함에도 불구하고, 일제 식민지의 근대 제도적 의료 개념은 또 다른 메커니즘을 함의[15]하고 있다. 왜냐하면 공장을 청결시설로 유지하고자 하는 것은 전통적 의료체계에 익숙해 있던 한국인들을 근대적 의료체계의 규율화의 장치 속으로 집어넣는 것이며, 이러한 질병론 체계의 전환으로 의료적 사회통제를 정당화하자는 목적이기 때문이다[16] 그러므로 공장의 청결의 목적은 노동 생산성의 증대를 위한 일제 자본주의 이데올로기를 함축하고 있으며, 원료 생산성을 위해 노동자의 노동력을 확보하자는 의미를 가지고 있다. 이러한 규율적 공간에는 자유가 있을 수 없다.

> 인순이는 그 굴뚝을 보자 별안간 무서운 생각이 났다. 그는 오늘 저녁만 지나면 또 래일 식전부터 저속으로 끌려 드러갈 생각이 난 것이다. 그래서 무서운 로동을 낮과 밤으로 계속하는 대로 저 굴뚝에서는 쉴새없이 연기를 내뿜지 안는가. 자기는 지금 꽃으로 치면 봉오린데 비바람에 떠러진 낙화와같이 혈색은 바래고 살결은 시드러간다.[17]

제사공장에는 낮과 밤을 가리지 않고 오직 생산을 위한 기계적인 노동만이 존재한다. 이러한 근대적 공장은 하나의 공간에 노동자를 가둬놓

---

14) 이기영, 앞의 책, 105~106쪽.
15) 조형근, 「식민지 체제와 의료적 규율」, 『근대주체와 식민지 규율권력』, 문화과학사, 1997, 177쪽.
16) 같은 책, 181~182쪽.
17) 이기영, 앞의 책, 상권, 133쪽.

고 강도 높은 노동을 강제함으로써 새로운 규율로 노동자를 훈육하는 동일성의 장소이다. 자본가의 논리처럼 노동자들은 근대적 공장의 제반장치 및 조직으로서 일정한 생활태도를 습득하고, 자기를 특정한 기능적 단위로 '주체화'(동시에 신민화)시키는 '규율＝훈련'[18]을 통해 길들여진다. 따라서 제사공장에서의 노동은 농촌에서 행해지는 불규칙한 노동 습관을 버리고 복잡한 자동장치의 변함 없는 규칙성과 일치해야만 된다.[19] 밤낮 노동으로 길들여지는 인순이가 제사공장의 굴뚝을 보며 두려워하는 모습에서 일제 자본주의의 공장 규율의 본질을 알 수 있다.

식민지 시대의 공장 환경은 7, 80년대의 노동 문학에도 그대로 연결된다. 노동문학의 일반적 특징이 생활이 아닌 생존 자체가 위협당하는 환경에서 장시간의 노동, 저임금 구조의 현실을 담고 있다면, 제사공장의 인순이는 이러한 노동자로써의 형상화된다.

> 그들은 하루에 두 세차례씩 쉬는 시간마다 이런 이야기를 하며 자기네의, 또는 자기집안의 애닯은 신세를 한탄하였다. 그리는 가운데 낮이 가고 밤이 왔다. 똑같은 노동은 밤낮없이 똑같은 시간들을 북 드나들 듯이 하게한다. 그들은 지리한 시간에 피곤한 노동을 계속하며 고향을 생각하고 부모와 형제를 그리우고 그리고 청춘의 타는 불을 숨죽였다.… 저녁 고동이 부니까 공장실에서는 별안간 기계소리가 똑 끊지고 수백명 여공들이 와글 와글 하며 홍수처럼 밀녀 나온다. 그들은 몇 사람의 통근공을 제하고 모조리 기숙사로 몰려 갔다.[20]

닫힌 공간에서 매일 똑같은 시간에 맞춰 공장과 기숙사를 왔다 갔다 하는 노동자를 통해 일제자본주의의 동일성의 규율과 파시즘의 논리를 알 수 있다. 제사공장은 식민지 근대화의 모순을 총체적으로 드러내는

---

18) 강상중, 『오리엔탈리즘을 넘어서』, 이산 1997, 31쪽.
19) 칼 맑스, 『자본 I -2』, 김영민 역, 이론과 실천 1987, 484쪽.
20) 이기영, 앞의 책, 하권. 134쪽.

집합소이다. 근대적 시간 개념이 공장의 생산관계에 적용되면서 노동자들은 생산을 위한 기계적 노동을 하게 된다. 그래서 노동자들은 시간을 엄수할 수밖에 없고, 자본가는 더욱더 작업 시간을 앞당기고 시간 낭비를 없애기 위한 노동현실의 메커니즘을 구축한다.

　제사공장의 기숙사(인용자-강조)는 규율과 통제, 감시를 통해 노동자를 주체화시키는 공간이다. 제사 공장의 높은 담이 상징하듯 기숙사는 규율의 폐쇄성을 확연히 드러내는 공간이며 '도주 방지, 방랑의 금지, 집단적인 결합 방지'를 노린 자본가의 전술인 셈이다.[21] 이러한 폐쇄된 공간에서 순종하는 신체, 복종하는 노동자를 길러내는 것이 자본주의의 메커니즘이다. 공장 생활에서 노동자들의 일상이란 작업장-기숙사-식당이라는 제한된 공간을 규칙적인 시간표에 따라 움직이는 존재[22]일 뿐이다. 「고향」은 이러한 기숙사의 폐쇄적인 모습을 잘 나타내고 있다.

> 기숙사는 바로 기관실 뒤로 여러채를 길게 지여 놓았다. 뺑-둘너 담을 치고 출입문은 하나밖에 없다. 방 한간씩에 툇마루 반간씩을 줄행낭처럼 지었는데 마루밑으로 함실 부엌이 있고 손바닥만한 마당이 높은 담밑으로 깔녀있다. 그들은 거기서 조각하늘을 쳐다보며 멀니 고향을 그리였다. 기숙사는 다행이 동남향으로 앉인 때문에 몇밤씩 돌아오는 달을 제대로 바라볼수 있다. 몇 번씩 뜨는 달은 그들에게 위안을 주었다. (…) 인순이 방에는 세사람이 거처하고 있었다. 각방마다 정원은 다섯인데 인순이 방에있는 제일 오래있든 복실이란 처녀는 폐병으로 각혈이 심하여서 고향으로 병치료하러 도라가고 또 한아이는 옥희보다 조금먼저 드러와서 밤마다 신세한탄을 하며 잠도 안자고 울기만하더니 며칠전 노는날

---

21) M. 푸코, 『감시와 처벌』, 오생근 역, 나남, 1994, 213~215쪽 참조.

22) 방적공장의 경우 기숙사제도의 도입은 여러 가지 의미를 담고 있으나, 그것은 규칙적인 시간의 강제를 위한 도구였다는 점을 지적할 필요가 있다. 기숙사는 출퇴근 시간이라는 근대적 시간개념에 익숙하지 않는 노동자들에게 공장 내부 규율을 적용하여 시간을 줄이고 노동 시간을 늘이기 위한 메커니즘이다. 이러한 제도는 식민지 근대공장의 필수적 요건이었다. 강이수, 앞의 책, 146~147쪽, 참조.

에 온다간다 말없이 저의 집으로 다러났다.23) (강조: 인용자)

기숙사는 담으로 둘러 싸여있으며 출입문도 하나밖에 없다. 마치 그 곳은 감옥을 연상시킨다. 기숙사 생활은 단체훈련 교화 및 신민(臣民)의 무를 함양하는 뜻이 담겨 있다.24) 이러한 일제 자본주의 공장은 노동과정에 국한되지 않고 노동자들의 모든 생활이 공장의 생산을 위해 계획·관리되고 있음을 보여준다. 이런 통제된 공간에서 혹독한 노동을 견딘다는 것은 여간 힘든 것이 아니다. 경제적인 이익을 마다하고 가난한 고향으로 도망쳐 가는 아이도 있다. 또한 일제 자본가들은 노동자들의 경쟁을 통해 생산을 부추기고 동시에 집단의식을 파괴하여 노동파업의 징조를 일축시켜버린다. 아래의 장면은 회사가 정기적으로 운동회를 열어 노동자들의 경쟁심을 키우는 한 장면을 묘사하고 있다.

> 학교에서는 학생을 '홍' '백'으로 편을 갈너서 승부를 다루는데, 회사에서는 그라지 않고 직공 특유의 반열이 있었다. 그것은 공장실에서 작업 중에 난우인 '구미'대로 편을 갈너서 승부를 다루는 것이었다. 그래야만 그들은 제구미를 위하는 승벽이 강해저서 작업중에도 승부를 낼수있으니까 구미끼리의 경쟁심을 운동회에서도 고취 하자는 것이다. 해마다 그들은 참으로—아무 실력이 없는 우승기를 쟁탈하기 위해서 얼마나 승벽이 굉장하였는가25)

식민지적 자본가들은 외부적 세력들을 동원해 노동자 사이에 장벽을 만들고 운동회라는 명분 하에 노동자들을 경쟁시킨다. 이러한 상황에서

---

23) 이기영, 앞의 책, 하권, 135~136쪽.
24) 공장 기숙사 생활을 살펴보면, 기상—옥 내외 청소—국기게양—궁성 요배—신궁요배—식사—출근—점심식사—퇴근—식사—일본어 교수—작법 및 일본 풍습 교수—취침 등 하루 생활이 조금도 빈틈없이 군대식으로 운영이 되었음을 알 수 있다. 황병주, 「근대적 시간규율과 일상」, 『한국문학』, 1999 봄호, 286쪽.
25) 이기영, 앞의 책, 하권, 243쪽.

노동자들이 자본가에 대항할 수 있는 방법이란 생산의 원동력인 노동 파업을 통해 가능하다. 또한 노동동맹은 자본주의의 동일성의 원리인 근대적 주체로 편입을 거부함으로써 발생한다. 따라서 자기인식을 통한 타자의 발견과 의사 소통은 노동자들의 유대감 형성으로 나타난다. 그것은 또한 근대 제도 내부로 편입하고자 하는 욕망을 버림으로써 가능하다. 인순의 공장 취직을 모든 농민들이 부러워하는 모습에서 이러한 욕망은 나타난다. 작품 후반에 묘사되는 일련의 공장 노동자들의 각성은 인순이와 갑숙(옥희)을 중심으로 묘사된다. 여기서 작가가 노리는 서사 전략이 나타난다. 그것은 타자성의 주체를 통해 일제 자본주의에 대한 대항 논리를 세우는 민중적 리얼리즘의 서사 전략이다. 따라서 「고향」은 프롤레타리아 문학운동의 계급적 기반이 부족한 상황에서 풍부한 인물의 구상과 더불어 농민과 노동자계급의 민중연대라는 전망을 성취한다.

4. 결 론

　「고향」은 카프문학이 지향하는 맑스주의 이념을 삶의 공간으로 승화시켜 민중적 리얼리즘을 성취하였다. 이것은 이전 카프 단체가 내세운 주체의 자기 동일성이라는 로고스의 한계를 벗어남으로써 가능하다. 따라서 「고향」은 동일성의 원리가 아니라 타자성의 원리를 통해 리얼리즘을 추구한다. 여기서 타자는 근대적 제도로부터 소외되고 배제된 원터 소작인이다. 김희준을 통한 타자의 발견은 자기 동일성에 타자를 복속시켰던 여타 카프 소설 주인공과는 차이점을 가진다. 따라서 그것은 근대적 주체이자 맑스주의를 체현하는 김희준이 내적 인식 과정을 통해 농민들의 삶의 공간에 들어감으로써 가능하였다. 민중성의 회복은 이러한 타자성의 실현 즉 타자와의 상호소통에 의해 구축된다. 이로써 농민은 민중성을 회복하고 소작쟁의를 통해 반자본주의적 대항 의식을 형성한다. 이렇듯 자본주의하의 농민들은 근대적 제도로부터 소외되고 배제됨으로써 자본주의의 근대화를 비판하게 된다. 그것이 식민지 현실에서는 소작쟁의로 나타났다면, 해방 이후 농민 소설에서는 근대화의 독재개발과 자본주의에 대항하는 모습으로 나타난다.

「고향」은 농민 중심의 소작쟁의의 서사 형식 이외에도 제사공장의 노동자의 근대적 주체 형성과정을 통해 일제 자본주의를 비판한다. 「고향」에서 제사공장은 노동자들을 근대적 제도로 동일화시키는 공간이다. 이러한 공간은 근대적 제도 즉 규율 담론으로 근대적 주체를 생산한다. 이러한 규율 담론은 자본가의 이데올로기로서 노동자로부터 노동을 착취하기 위한 전략으로 사용된다. 이렇듯 「고향」은 여성 인물들을 공장 노동자로 형상화함으로써 일제 자본주의의 메커니즘을 비판한다. 근대적 주체로서 노동자는 야만적 노동을 통해 점차 소외되고 기계처럼 변해간다. 따라서 노동자들은 근대적 제도의 편입이라는 욕망을 제거하고 타자와의 유대를 통해 자본가에게 대항해야 한다. 이렇듯 작가는 동일성과 타자성의 이중적 근대성의 원리를 타자성에 집중함으로써 제도화에 편승하지 못한 농민들에게 시선을 돌리게 된다. 결국 작가는 타자성 미학을 통해 민중적 리얼리즘을 훌륭하게 성취하였다.

❚ **한양대학교 박사과정수료**

▌참고문헌

이기영, 「고향」, 아문각 1947.

강상중, 『오리엔탈리즘을 넘어서』, 이산, 1997.

강이수, 「공장체제와 노동규율」, 『근대주체와 식민지 규율권력』, 문화과학사 1997.

김남천, 「지식 계급 전형의 창조와 '고향' 주인공에 대한 감상」, 『조선중앙일보』 1935. 6. 30.

김동환, 「고향의 내적 형식」, 『한국소설의 내적 형식』, 태학사, 1996.

김명인, 「민족문학과 농민문학」, 『희망의 문학』, 풀빛, 1990,

김명인, 「리얼리즘 · 모더니즘 · 민족문학 · 민족문학론」, 『창작과 비평』, 1998 겨울호.

김사인 · 김형철 편, 『민족민중문학론의 쟁점과 전망』, 푸른숲, 1989.

김윤식, 『한국근대문예비평사연구』, 일지사, 1976.

______, 『한국근대문학사상사』, 한길사, 1984.

나병철, 『모더니즘과 포스트 모더니즘을 넘어서』, 소명, 1999.

______, 『근대서사와 탈식민주의』, 문예출판사, 2001.

서경석, 「한국 경향소설의 근대성」, 『한국근대문학사 연구』, 태학사, 1999.

성민엽, 『민중문학론』, 문학과지성사, 1984.

이상경, 『이기영—시대와 문학』, 풀빛, 1994.

이진경, 『맑스주의와 근대성』, 문화과학사, 1997.

이진경, 『근대적 시 · 공간의 탄생』, 푸른숲, 1997.

윤평중, 『푸코와 하버마스를 넘어서』, 교보문고 2000.

안함광, 「로만 논의의 제과제와 '고향'의 현대적 의의」, 『인문평론』, 1940. 6.

황병주, 「근대적 시간규율과 일상」, 『한국문학』, 1999 봄호.

M. 푸코, 『감시와 처벌』, 오생근 역, 나남, 1994.

1930년대 소설의 공간설정과 작가의식

—박태원과 이태준을 중심으로—

김 종 건

Ⅰ. 문제제기

1930년대 소설이 한국 현대소설사에서 독특한 위치를 차지하는 이유가 여러 가지 있으나, 가장 먼저 언급해야 할 사항은 박태원 소설의 모더니즘적 창작 기법일 것이다.

채만식의 「태평천하」·「탁류」, 염상섭의 「삼대」와 함께 박태원의 「천변풍경」은 1930년대 도시인의 세태와 일상을 다루어 주목을 받아 왔다.

「태평천하」에서 윤직원은 물신주의와 배금사상에 깊이 빠진 타락한 인간의 전형인데, 그가 식민지 현실을 태평천하로 인식한 것은 그 사회가 자신의 부를 축재할 수 있는 기회였기 때문이다. 채만식은 이런 타락한 공간 설정을 통해서 우리가 추구해야 할 참된 가치가 무엇인지를 탐색하고자 했다. 이는 인간과 사회의 타락상을 고발함으로써 새로운 사회 건설에 기여하려는 작가의식의 소산으로 보인다.

「삼대」는 봉건적 인물인 할아버지 조의관, 기독교 문물에 물든 아들 조상훈, 일본서 공부한 중도적 인물 손자 조덕기 간에 형성되는 세대 간의 갈등 양상을 세태적으로 표현한 작품이다.

이에 비하여 「천변풍경」은 청계천 주변에 사는 도시 중산층과 하층민의 삶의 애환을 소설로 형상화한 것인데, 그 창작 기법이 서울 청계천 주변의 하층민과 중산층의 일상적 삶을 영화의 파노라마처럼 작가의 주관적 개입없이 있는 그대로 보여주고 있어 발표 당시부터 많은 관심을 끈1) 작품이다.

특히 삽화 중심으로 연결되는 피카레스크식 구성과 소도구처럼 개별화된 등장 인물들의 배치를 통해, 세태적 공간의 소설적 형상화에 성공한 이 작품은 그 간의 소설에 비해 창작 방법 면에서 새로운 국면을 열었다고 평가되고 있다.

그리고 그의 소설에 등장하고 있는 개별화된 인물들은 대개가 도시공간을 삶의 무대로 삼고 있다. 이 도시공간이라는 소설적 장치는 박태원 소설에서는 단순한 소도구가 아니다. 인구의 도시 집중으로 도시공간의 확대와 새로운 직업 등장, 도시 가정의 형성과 해체, 자본주의적 가치관의 팽배와 인간의 타락상 등 모두가 도시공간에서 일어나는 현상과 문제들이다.

본고에서는 박태원의 「소설가 구보씨의 일일」·「딱한 사람들」·「길은 어둡고」·「비량」·「천변풍경」, 이태준의 「달밤」·「손 거부」·「불우선생」을 중심으로 도시의 세태적 공간과 여러 계층들의 일상적인 삶이 어떤 상관 속에 놓여 있는가에 대해 심도 있는 논의를 해보고자 한다.

Ⅱ. 세태공간과 도시인의 일상성

1) 도시공간의 확대과 실업자의 궤적

---

1) ① 최재서,「「날개」와 「천변풍경」에 관하여」,『문학과 지성』, 인문사, 1938.
　② 박종화,「『천변풍경』을 읽고」,『박문』, 1939. 3.
　③ 안회남, 「작가 박태원」,『문장』1, 1939. 2.
　④ 임　화, 「세태소설론」,『문학의 논리』, 학예사, 1940.

(1) 산책자의 도시 배회와 전망 부재

박태원 소설의 본격적인 논의는 1980년대 후반부터 시작된다.[2] 그의 소설을 총체적으로 언급하기는 쉽지 않다. 박태원의 소설이 1930년대에 활동하던 다른 작가와 두드러지게 구별되는 점은 작품의 주제 표출이나 식민지 현실에 대한 관심이 아니라, 소설 형식의 특이성과 문장 기교의 치중에 있으며, 또한 등장인물의 개별화와 익명성, 도시의 세태적 공간과 도시인의 우울한 일상을 다루었기 때문이다.

먼저 「딱한 사람들」·「피로」·「거리」·「애욕」·「골목 안」·「소설가 구보씨의 일일」 등을 중심으로 도시공간을 배회하는 실업자들의 생활상과 미래에 대한 전망 부재에서 오는 불안 문제를 살펴보고자 한다.

박태원 소설에 나타난 공간설정의 특징은 '방안', '다방', '공원', '역', '카페', '술집' 등이 많이 등장한다는 것이다.

일본 동경에서 직장 없이 궁핍하게 생활하는 두 젊은이의 모습을 다루고 있는 「딱한 사람들」(1934)에서는 주인공 가운데 한 인물이 새벽에 일어나 사람 없는 '오오쯔까 공원'에 나가 벤치에 앉아서 하루를 보내고 있고, 또 한 인물은 그들이 기거하는 방안에서 "오늘 또 굶나" 하고 한탄하면서 지금의 처지를 극복하기 위한 적극적인 노력도 없이 그저 자리 속에 그대로 누운 채 손을 내밀어 신문을 펴들고 신문의 구인란을 먼저 보는 것으로 하루 일과가 시작된다. 즉 이 작품은 실업자의 고달픔을 그리고 있다.

이 작품의 주된 공간은 방안과 공원인데, 등장 인물인 '순구와 진수'는 서로 다른 공간에 있으면서도 자기들의 허기진 굶주림을 해결하지 못하

---

2) 장춘화, 「1930년대 도시배경의 소설연구」, 대구대 대학원 석사학위 논문, 1986. 7.
박남철, 「박태원 소설연구」, 『한양어문연구』4, 1986. 10.
이강언, 「1930년대 모더니즘소설연구」, 영남대 대학원 박사학위 논문, 1987. 12.
윤치부, 「천변풍경의 구조시학」, 『백록어문』6, 제주대 국어교육연구회, 1986.

는 나약한 인물로 그려진다.

> 오오쯔까 공원, 그 우울한 벤치에 가 오늘도 진수는 앉아 있었다. 나
> 무잎새 우거진 이 아늑한 자리에서는 공원 한 복판의 빈 터전과 그 터전
> 건너편의 분수탑이 보인다.(139쪽)

공원에서 하는 일없이 하루 종일 소일한 진수는 굶주림을 해결하기 위한 유일한 방책으로 학교 다닐 때 친구 '후까가와 몬젠나까죠'를 찾아 간다. 그러나 그는 집에 없다. 진수는 "땅바닥에 아무렇게나 털버덕 주저 앉고 싶은"것을 느끼며, 다시 큰 길로 나와 전차 선로를 횡단하여 그 근처 공원을 찾는다. 이와 같이 주인공 순구와 진수 활동 공간은 방안과 공원이 그 중심을 이루고 있다.

특히 진수의 활동 공간은 '방→거리→공원→거리→친구 집→공원→방 안'으로 이어지고 있어, 이상의 「날개」 주인공─나'의 활동 공간 '골방→ 아내방→거리→경성역→다방→거리→골방'으로 이어지고 있는 것과 같 이 일종의 원점회귀형이자 폐쇄적인 공간 구조를 이루고 있다.

이와 같은 공간 배경의 구조는 박태원의 다른 작품에서도 많이 나타 나고 있다.

    ① ㉠ 집→카페→집(「성탄제」, 영이의 활동 공간)
       ㉡ 집→학교→교회→집→카페→집(「성탄제」, 순이의 활동 공간)
    ② 다방→학교→M신문사→노량진→낙랑다방(「피로」, '나'의 활동 공간)
    ③ 집→거리→다방→집→약방→거리→친구집→사직공원(「거리」, '나'의
       활동 공간)

「진통」(1935)은 콩트에 가까운 단편소설로서 등장인물이 두 사람 밖 에 나오지 않으나, 단편소설이 지녀야 할 간결한 짜임새와 스토리 전개 과정상 나타나는 긴장감이 돋보이는 작품이다. 또한 이 작품은 박태원의

초기소설 가운데 '방'을 주된 공간으로 설정하여 이야기를 전개시키는 가장 대표적인 것이다.

작품 「비량」(1936)은 박태원 소설의 공간과 이상(李箱) 소설의 공간을 대비시켜 볼 수 있는 작품이다. 이상의 「날개」와 박태원의 「비량」은 스토리 전개에서 유사하다. 「날개」의 '나'나 「비량」의 승호는 모두 외간 남자들에게 술을 팔고 몸까지 파는 여인들을 아내로 두고 사는 실직 지식인들이다. 그런데 이들의 생존 공간에 대한 인식은 많은 차이가 있다.

먼저 「비량」의 서사 구조와 부부 간의 갈등 양상을 살펴 보자.

① 여자가 그러한 남자의 감정 같은 것을 완전히 무시하고서 "자아, 어서어"하고, 또 한번 재촉하였을 때, 그는 종시 마음은 내키지 않으면서도, 그래도 좀더 불쾌한 표정을 지우는 일 없이, "어디" 하고, 가벼야이 그러한 말조차 한마디 하며, 책력을 잡아 들었다.3)

② 그럼, 나는 이 계집과 갈라서는 것을 바라고 있지는 않는 것인가? 언제까지든 이 굴욕의 생활 속에서 허위대려는 것인가?(194쪽)

③ 이 저주할 방안에서, 이 저주할 계집 옆에서, 그리고 이 저주할 자리 속에서, 제 몸을 발견하지 않으면 안 되는 것이 승호에게는 안타깝게도 슬펐다. (203쪽)

④ 어디라도, 가 버리면…… 어디 먼 곳으로라도 가 버리면…… (204쪽)

⑤ 한 개의 계집이, 오직 반년이나 그 밖에 안 되는 동안에 그렇게도 타락할 수 있는 것인가?… 그렇게도 대담하게…… 또 그렇게도 추악하게…… (208쪽)

⑥ 새삼스러이 시계를 쳐다보고 "참 이제 나가서 어딜 가누?……" 홍, 너는 너 대루, 나는 나대루』(209쪽)

---

3) 박태원, 「비량」, 『단편집』, 191~209쪽. 같은 작품의 연속적인 인용 때는 끝에 쪽수만 표기하기로 한다.

실직 남편인 승호는 경제적 무능력과, 부부 간의 애정 결핍, 어디론가의 탈출 의욕을 지닌 채 외간 남자 손님을 집안에까지 끌어들이는 아내와 함께 생활하며, 아내의 사업이 끝나기 전에는 자기 집으로 돌아갈 수 없는 딱한 처지 등을 지녔다는 점에서 이상의 「날개」와 유사하다.

그러나 같은 〈구인회〉 회원인 이상과 박태원은 현실인식에서 많은 차이가 있다. 「날개」에서 주인공 '나'는 아내가 하는 사업에 방해되는 행위만 하지 않으면 부부 간에 현실적인 마찰은 거의 없다. 주인공 '나'가 현실 극복을 위한 별다른 노력을 하지 않아도 아내는 용인해 준다. 다만 아내와의 기형적 관계가 암시하듯 부조리한 현실에 대한 초극으로 '나'는 새로운 나라·이상의 세계를 꿈꾸고 그 곳에 가기 위해서 자기 겨드랑이에 날개가 돋기를 바라며, 또 날개가 돋아서 힘차게 날아가기를 갈망할 뿐이다.

여기에 비해 「비량」의 승호는 현실 극복을 위한 자기 나름대로 노력을 열심히 하지만 여의치 않아 하는 수없이 아내를 술집에 내보낸다. 그리고는 아내를 아주 못마땅하게 생각하면서 끝없는 불협화음 속에서 삶을 영위하다가 끝내 그 생활을 청산하지 못하고 눈물로 슬픔을 달랜다.

그는 현실적 어려움이 생길 때마다 일단 대문 밖으로 나온다. 그러나 뚜렷이 갈 곳도 없다. 그래서 그는 ① 찻집→ ② 집→ ③ 친구 집→ ④ 골목(내 집)→ ⑤ 전찻길(혜숙)→ ⑥ 난잡한 방안(저주할 계집)→ ⑦ 거리(전화상회)→ ⑧ 골목 안→ ⑨ 휑엉한 방안→ ⑩ 골목→ ⑪ 거리→ ⑫ 술집으로 전전한다.

한번 친구집에 찾아 간 경우를 제외하면 승호의 실존 공간은 방안 아니면 골목이나 거리뿐이다. 동소문 밖, ××보통학교 촉탁 교원 자리가 나서 들어 가려고 했으나 그것마저 안 되어서 큰 실의에 빠진다. 그것으로 인해 그의 의식은 퇴행적이며 과거지향적인 상태로 전락하기도 한다.

"오오, 내 고향… 그리고 내 집…"

입안 말로 오직 그렇게 중얼거려 보았을 그 뿐으로, 고향의 산이, 벌이, 강이, 집이, 사람이…… 결코 대단치 않은 고향의 온갖 풍물이, 한껏 아름답게 그의 눈 앞에 떠올라, 일순간, 승호는 그 곳에 가 그렇게 서서, 저도 모르게 거의 눈물지었으나, 다음 순간,

"이제 이르러, 대체 무슨 낯짝을 들고……"4)

그가 고향을 그리워하고 내 집을 갈망한다는 것은 분명 과거 지향적이며 퇴행적인 모습이다. 그가 현재의 집을 나와 골목과 거리에서 방황하는 이유는 지금 현재의 집을 집으로 인정하지 않기 때문이다.

성숙한 자아와 함께 자신의 뿌리를 인식하고 돌아오는 집은 단순히 스스로를 인식하게 하는 쾌적 공간으로서의 의미를 가지며 부모, 형제 뿐만 아니라, 조상의 영혼이 함께 존속하며 삶의 지침을 마련해 주는 곳이다.5)

이는 집이라는 공간이 주거공간이라는 물량성과 가족, 가정이라는 관념성을 동시에 지닌다는 뜻이다. 이와 같은 개념에서 본다면 「비량」(1936)의 승호는 진정한 주거공간도 가족6)과의 삶도 없음을 뜻한다. 따라서 돈 없는 실직 지식인이 차지할 공간은 거리나 골목뿐이다. 결국 그는 임시로 기거하는 공간을 저주할 공간으로 인식하고 있다.

이 저주할 방 안에서, 이 저주할 계집 옆에서, 그리고 이 저주할 자리

---

4) 박태원, 「비량」, 『단편집』, 200~201쪽.
5) 김정자, 「강경애 '집'의 전이적 의미」, 『한국문학에 있어서의 집, 그리고 가족의 문제』, 우리문학사, 1922, 22쪽.
6) 여기서 가족은 구성원들 간의 상호 관계를 통하여 인간이 학습하고 인격을 형성해가는 데 있어서 중요한 기본 체계이며, 이 가족 체계가 안정을 유지함으로써 가족은 정상적인 기능을 수행할 수 있다고 언급하였다. 신현일, 「모자세대 문제의 생태체계론적 접근에 관한 연구」, 대구대 대학원 박사학위 논문, 1993, 1쪽.

속에서, 제 몸을 발견하지 않으면 안 되는 것이 승호에게는 안타깝게도
슬펐다. 이렇게, 하루, 또 하루…… 이 계집과 나와의 저주잡아 마땅할
인연은 오직 죽음으로밖에는 끊을 도리가 없는 것일까……
〈중략〉
그러나, 그 즉시, 그는 호젓한 웃음을 웃고 자리에서 일어났다.[7]

승호의 의식 속에는 아내의 구속에서 벗어나 어디론가 떠나고 싶은
마음뿐이다. 그러나 자본주의 사회에서 돈이 없는 승호는 행동의 제약을
받을 수밖에 없다. 김유정의 도시소설이나 이상·박태원의 1930년대 소
설 대부분에서 보듯 실질적인 의미에서 안정된 주거공간, 즉 집이 없다
는 사실은 마지 못해 생존은 하나 삶을 영위하기가 힘들다는 것을 뜻하
며, 특히 집이 없다는 것은 부권(父權)의 상실을 의미한다.

전통적으로 우리 나라에서는 어릴 때부터 남녀 간의 만남을 통제하여
왔다. 더구나 여성들은 낯선 남자들과의 만남을 엄격하게 통제를 받아
왔으며, 집안에서도 바깥채에 출입을 함부로 할 수 없게 하였다.

전통사회에서 남자들에게 있어서 집은 안식의 공간이자 휴식의 공간
이지만 동시에 여성에게 있어서는 노동의 공간이자 구속과 감금의 공간
이었다. 이것이 1930년대 이상·박태원의 소설에서는 역전되고 있다.

"잠깐, 게서 기대려어. 또 언제같이 어디루 가지 말구……"
누굴 데리고 왔는지, 그러한 말을 한 뒤에, 성급하게 방 앞까지 걸어
와서, 앞 창을 드윽 열어제친 다음에, 그래도 역시 잠깐은 망설이는 모
양이더니,
"여보 자우?"
바락 지르는 계집의 말소리가 분명히 술에 취하였다.
〈중략〉
그 촉감이 오한과 같이 그의 전신을 돌았으나, 승호는 그것도 거의 의

---

7) 박태원, 「비량」, 『단편집』, 203~204쪽.

식하지 못하고 도망질치듯 대문을 나섰다.

　"흥, 내가 다시 돌아올까, 염려가 되니?"

　마음 속으로 한껏 외치고, 승호는, 흘낏, 눈에 띄는 저편 전신주 뒤에
가 외면을 하고 서 있는 그 마르고 키 큰 자의 전신에다, 혐오와 모멸이
뒤섞인 시선을 쏘고, 그대로 거의 달음질쳐서 골목을 나갔다.[8]

　승호의 아내는 자신이 자고 있는 방에까지 남자를 끌어들여 승호를
늦은 밤에 집을 나서게 한다. 그렇게 도망치듯 나서면서 아내가 데리고
온 남자와 시선이 부딪힌다. 남편으로서 가장 추악한 굴욕 앞에 모든 사
려 분별을 잃고 목적지도 없이 방황의 길을 나선다. 그는 모든 인간 관
계가 정상이 아닌 전도된 절망적 현실공간인 골목길과, 공원, 술집에서
전망없는 오늘의 삶을 한탄한다.

　이상에서 살펴본 박태원의 초기소설의 공간은 원점회귀형 공간 구조
를 이루고 있음이 드러난다. 등장인물의 공간 이동 모습을 도식화하면
① 집→ ② 거리→ ③ 집 등으로 압축된다. 이는 박태원 소설 속에 등장
하는 인물들의 공간 이동은 ① 출발→ ② 방황→ ③ 회귀→ ④ 출발을
반복한다는 의미로 해석된다.

　박태원의 1930년대 소설이 현실에서 소외된 인물들의 방황의식을 나
타내고 있음은 보편적인 평가이다.[9] 그의 소설에 등장하는 실직 지식인
들의 1930년대 식민지 현실에 대한 내면의식에는 대개 회의·주저·전
망부재·방황이 자리잡고 있다. 등장 인물들의 계속되는 거리 방황도 이
런 내면의식의 한 표출로 보여진다.

　이와 같은 식민지 지식인의 거리 방황과 내면의식의 갈등을 중편소설
로 형상화한 작품이「소설가 구보씨의 일일」이다. 이 소설은 박태원 특유

---

8) 박태원, 「비량」, 『단편집』, 207~208쪽.
9) 명형대, 「1930년대 한국 모더니즘소설의 공간구조 연구」, 부산대 대학원 박사학위 논문,
　1991, 17쪽.

의 문학적 경향을 드러낸 작품으로 1930년대 경성의 풍물과 사람들의 생활상을 여실히 보여주고 있다. 이 작품은 어떤 극적 구성이나 주요 사건 없이 작중 인물 구보가 서울의 도심 거리를 걷거나 전차를 타고 다니면서 즉흥적으로 보거나 나타나는 인물들의 일상사를 통해 자신의 과거를 회상하고 또한 자신의 내면을 성찰해 가는 과정을 그리고 있다는 데 그 특징이 있다. 간단히 언급하면 구보의 도시 공간 체험과 자신의 과거 회상이 이 작품의 핵심 모티브이다. 예를 들면 경성역 대합실에서 익명의 노파·시골 신사·사십여 세의 노동자·양복을 입은 사내 등을 보고는 자기 자신이 우울하여 그 곳을 떠난다.10) 그러면서도 구보는 늘 사람이 있는 곳으로 가고 싶어한다. 이렇게 도시의 공간을 배회하면서 맞이하는 새로운 풍물과 인물에 대한 자극과 반응의 반복이 작품을 구성하는 기본 골격이다. 특히 여기서 구보에게 강한 자극을 주는 것은 거리의 군중·교통수단·새로운 건물들이다. 이 세 가지는 당시 경성의 근대화와 밀접한 관계가 있는 것이다.

> 젊은 내외가, 너덧 살 되어 보이는 아이를 데리고 그곳에가 승강기를 기다리고 있었다.
> 승강기가 내려와 서고, 문이 열리고, 닫히고, 그리고 젊은 내외는 수남(壽男)이나 복동(福童)이와 더불어 구보의 시야를 벗어났다.
> 구보는 다시 밖으로 나오며, 자기는 어디 가 행복을 찾을까 생각한다. 발 가는 대로, 그는 어느 틈엔가 안전지대에가 서서, 자기의 두 손을 내려다보았다. 한 손의 단장과 또 한 손의 공책과 – 물론 구보는 거기에서 행복을 찾을 수는 없다.11)

이와 같이 백화점에서 우연히 만나는 젊은 내외에 대해서도 구보는

---

10) 박태원, 「소설가 구보씨의 일일」, 『문학대계』, 177~178쪽.
11) 앞의 책, 「소설가 구보씨의 일일」, 163쪽.

자의적 판단을 내린다. 그들은 행복한 것 같은데 나는 어디서 행복을 찾을 수 있을까 하고 자의식에 빠진다. 이들 젊은 내외를 보고 행복을 연상하는 것은 근본적으로 구보가 늘 혼자라는 외로움에 대한 잠재의식을 가지고 있기 때문이다. 이런 연유로 해서 구보는 자연이 있는 한적한 교외(郊外)엔 잘 가지 않는다. 그는 고독을 두려워한다. 우연히 동전 다섯 닢이 모두 뒤집혀 있는 것까지 그 의미를 찾아내고자 할 정도로 자의식 과잉 반응을 보인다. 도심지의 이곳 저곳을 다니면서 도회인의 세태를 엿보고 그들의 행동에 자신의 과거를 회상하고 연상하는 것은 모더니즘 작가로서 구보가 추구하는 창작 방법론과 관계가 있다. 다시 말해 현대 사회의 생활 양식·문화 현상 등을 체계적으로 연구하고 그 진상을 밝히고자 하는 고현학(modernology)의 실현이 그의 글쓰기 작업이다. 이런 의식 때문에 구보는 도시의 여러 곳을 다니고 가는 곳마다 그들의 생활 모습을 관찰하고 노트에 기록을 하여 체계화시키려고 노력한다. 구보의 이런 의도는 「소설가 구보씨의 일일」이 사건 중심의 시간적 구성보다는 장면 중심의 공간적 구성으로 짜여져 있음에도 나타난다. 장면 중심의 공간 구성이 「소설가 구보씨의 일일」의 특징이기는 하나 작중인물 구보의 공간 이동은 뚜렷한 계획 없이 자의적으로 이루어진다.

> 구보는 마침내 다리 모퉁이에까지 이르렀다. 그의 일 있는 듯싶게 꾸미는 걸음걸이는 그곳에 멈추어진다. 그는 어딜 갈까. 생각하여 본다. 모두가 그의 갈 곳이었다. 한 군데나 그가 갈 곳은 없었다.[12]

구보는 주변의 생활이나 다른 인물들과 아무런 관계를 맺지 않고 도시공간을 방황한다. 그는 혼자 생각하며 혼자 걷고 혼자서 이야기할 뿐이다. 개체화된 인간의 모습을 우리는 바로 「소설가 구보씨의 일일」에서

---

12) 박태원, 「소설가 구보씨의 일일」, 『문학대계』, 160쪽.

확인하게 되는 것이다. 사회적인 현실과 단절된 상태로 개체화되어 버린 인간에게서 그 존재의 의미를 확인할 수 있는 것은 오직 의식뿐이다. 이런 이유로 '의식의 흐름'을 따라가는 현대적인 심리소설 기법의 단면이 나타나게 된 것이라고 할 수 있다.

구보의 공간 이동을 요약하면 다음과 같다.

1) 집→ 2) 천변→ 3) 화신상회→ 4) 전차안→ 5) 조선은행 앞→ 6) 다방→ 7) 거리→ 8) 경성역→ 9) 조선은행→ 10) 다방→ 11) 거리(종로 네거리)→ 12) 다방→ 13) 거리→ 14) 대창옥(식당)→ 15) 거리(황토나루) → 16) 다방→ 17) 거리(종로)→ 18) 술집→ 19) 종로 네거리→ 20) 집

공간 이동 상황을 보면 집에서 출발하여 전차를 타고 시내까지 진출하여 다방에 들러서 차를 한잔하다가 무료하면 다시 거리로 나오고 다시 걷다가 다방에 들어가며, 다시 식당에 가고 술집에 갔다가 어머니가 있는 집으로 돌아오는 원점회귀형 구조를 이루고 있다. 구보의 공간 이동은 어떤 필연성도 인과성도 없이 이어지고 있다.

이는 구보의 내면의식의 방황과 함께 방황공간의 몽타쥬로 볼 수 있다. 1930년대 모더니즘 소설의 특징 중의 하나가 내면의식의 표출로 볼 때 「소설가 구보씨의 일일」도 이것을 보여주는 작품으로 판단된다. 구보의 내면의식 속에는 불특정한 장소·사건·사람 등을 연상시키는 내면의식의 공간이 여러 가지 모습으로 나타난다.

> 때마침 앞을 지나는 장년의, 그 정력가형 육체와 탄력있는 걸음걸이에 구보는, 일종 위압조차 느끼며, 문득, 아홉 살때에 집안 어른의 눈을 기어 『춘향전』을 읽었던 것을 뉘우친다. 어머니를 따라 일갓집에 갔다와서, 구보는 저도 얘기책이 보고싶다 생각하였다. 그러나 집안에서는 그것을 금했다. 구보는 안잠자기에게 문의하였다. 안잠자기는 세책(貰册) 집에는 어떤 책이든 있다는 것과, … 〈중략〉 …

　　구보의 건강은 그의 소년시대에 결정적으로 손상되었던 것임에 틀림
없다.……
　　변비, 요의빈수(尿意頻數), 피로(疲勞), 권태(倦怠), 두통(頭痛), 두
　중(頭重), 두압(頭壓), 삼전정마박사(森田正馬博士)의 단련요법(鍛鍊療
　法)……13)

　구보는 그가 마주친 정력가형 육체와 탄력있는 사내의 걸음걸이에서
오히려 병약한 자신의 육체를 읽어낸다. 그는 현재의 병약함이 과거의
지나친 책읽기에서 비롯되었다고 생각한다. '건강한 장년의 남자'·'책읽
기'·'병약한 구보'·'병명들'의 담화구조는 반대 연상과 인접의 원리에
의해 '현재'·'과거'·'현재'·'불특정한 시간'과 '서울거리'·'고향'·'서울'·
'불특정 장소'의 크로노토프(chronotope)14)의 관계를 형성한다.
　이렇게 동시화된 시간의 공간화는 과거와 현재의 공간 확산을 꾀하며
구보의 소외된 의식 상태를 드러낸다. 뿐만 아니라 내면의식 속에서 되
풀이 열거하는 각종 질병은, 구보의 의식을 지배하고 있는 불안과 소외
의 메마르고 건조한 의식공간, 즉 방황의 공간을 개념화한 것으로 볼 수
있다.
　이러한 예는 전차타기에서 보다 분명하게 나타난다. 4절에서 구보는
화신상회 앞에서 전차를 타고 경성운동장→종묘 앞→대학병원→훈련원
→약초정에 이르는 전차 노선을 지난다. 전차타기를 통해 제시된 장소
설정은 구보가 걸어서 배회하는 장소 설정보다 그 목적성이 더 희박하고
장소의 배열도 더욱 무의미하다. 즉 텍스트에 배열되는 차창 안과 밖 또
는 스치는 거리의 온갖 사물들의 연쇄도 실로 우연히 눈에 띠게 되어 인

---

13) 박태원, 「소설가 구보씨의 일일」, 『문학대계』, 174~175쪽.
14) 문학 속에 예술적으로 표현된, 시간과 공간이 본질적으로 지니고 있는 관계의 연관성을
　　일컫는 용어이다. 원래 수학·철학(특히 베르그송과 칸트의 인식론)·생리학 등에서 사용
　　되었으나, 바흐찐에 의하여 문학 연구에 도입된 이 용어는 흔히 문학 형식에 있어 구성
　　적 범주로 사용된다. 한용환, 『소설학 사전』, 고려원, 1992, 421~422쪽.

식될 때에야 비로소 서술될 뿐이다. 이것이 전차타기가 보여주는 불연속적 시·공간의 한 특성이 된다.15) 이들의 방황과 배회에는 늘 고독과 외로움이 동반된다.

「소설가 구보씨의 일일」에서 구보의 끊임없이 계속되는 방황은 짝사랑한 여인, 동경(東京)의 여인, 선을 본 여인 등에 대한 회한과 돌이킬 수 없는 아쉬움으로 그의 쓸쓸함과 외로움은 더 커지고 그를 더욱 내면 세계로 빠져들게 한다.

> 어느 틈엔가 황토마루 네거리에까지 이르러, 구보는 그곳에 충동적으로 우뚝서며, 괴로운 숨을 토하였다. 아아, 그가 보고 싶다. 그의 소식이 알고 싶다. 낮에 거리에 나와 일곱 시간, 그것은 오직 한 개의 진정이었을지 모른다. 아아, 그가 보고 싶다. 그의 소식이 알고 싶다….16)

자신에게 행복을 가져다 줄 가능성이 있었던 지난날의 여인들을 회상하고 그리워하면서 구보는 더욱 고독과 외로움에 빠진다. 구보가 현실의 거리에서 배회하고 방황하는 것은 자신의 내면의식 속에서 늘 추구하는 정신적 가치와 현실 세계와의 괴리 때문이다. 1930년대의 식민지 현실, 더군다나 서울의 현실은 형이상학적인 추구와는 거리가 먼 돈과 물질 중심의 황금만능주의가 판을 쳤다.17) 이는 「비량」·「딱한 사람들」·「피로」·「골목 안」·「애욕」·「전말」·「거리」·「사흘 굶은 봄달」 등에서도 잘 나타난다.

박태원 소설의 인물들은 현실 세계에 대응하는 방식도 무기력하다.

---

15) Mikhail M. Bakhtin, 『장편소설과 민중언어』, 전승희 역, 창작과 비평사, 1988, 261쪽.

16) 박태원,「소설가 구보씨의 일일」, 『문학대계』, 195쪽.

17) 여기에 이효석의 「장미 병들다」·채만식의 「치숙」 등의 작품을 예로 들면서 1930년대 서울을 지나친 물질적 쾌락주의가 판을 치는 병든 사회라고 규정하였다. 장춘화, 앞의 논문, 56~66쪽 참조.

경제적 궁핍 때문에 야기되는 가족 간의 갈등과 소외(「거리」)·부부 간의 애정 파탄(「비량」)·반복되는 거리의 방황(「소설가 구보씨의 일일」) 등이 표면적인 문제라면, 그것으로 인하여 생기는 자의식의 문제는 심층적인 것이어서 심각하다. 「소설가 구보씨의 일일」에서 구보가 집을 나서서 처음으로 부딪히게 되는 것은 자전거를 탄 사람이다. 그 다음 종로 네거리에서 한 남자와 충돌할 뻔한다. 이런 충돌의 위험은 구보 자신의 귀와 눈의 기능에 대한 의심을 갖게 하며, 자신의 신체적 질병에 대한 지나친 자의식의 세계에 빠져들게 한다. 구보는 경성역 의자에 앉아 있는 시골 신사의 얼굴에 난 부종을 보고서도 병약한 자신의 육신으로 그 의식이 옮아간다.

> '문득 구보는 그의 얼굴에 부종을 발견하고 그의 앞을 떠났다. 신장염. 그뿐아니라, 구보는 자기 자신의 만성 위확장을 새삼스러이 생각해 내지 않으면 안 되었다.'그러나 구보는 매점 옆에까지 갔을 때, 역시 병자를 보게 된다. 40여 세의 노동자는 돌출한 안구, 손의 경미한 진동으로 보아서 분명히 바세도우씨병 환자다.18)

이와 같이 병자나 환자를 보면 구보는 새삼 고독과 우울에 빠지게 되고 그의 의식은 침잠하게 된다. 소설가 구보의 고독과 방황은 도시의 온갖 것으로부터 연상되는 신경쇠약과 육체적 질병에 대한 불안으로 상징화된다.19) 이는 파편화된 현실에 대한 구보의 소외의식과 불안의식의 강박 관념이며, 그를 더욱 더 왜소하게 하고 현실에서 더 멀어지게 한다.

작품 「거리」에서도 방 한 칸에 어머니·나·형수·조카 등 네 사람이 어렵게 살아가는 모습을 그리고 있다. 실업자인 '나'는 늘 불안하고 우울해한다. 온 식구가 단칸방에서 너무 가까이 모여 있기 때문에 오히려 마음

---

18) 박태원, 「소설과 구보씨의 일일」, 『문학대계』, 177쪽.
19) 명형대, 앞의 논문, 30쪽.

이 서로 더 멀어져서 가족 네 사람은 네 벽과 같이 말이 없이 지낸다. 말 없는 가족들의 무표정한 얼굴이 '나'에 대한 무언의 질책과 비난으로 받아 들이고 '나'는 스스로 자살까지 생각한다. 가난한 사람들은 서로 멀리 있거나 영원히 헤어짐으로써 모든 것이 용서되고 서로가 행복하게 될 수 있다고 '나'는 역설한다

이같은 소외의식과 불안의식은 1930년대 모더니즘 소설의 중심 주제인데, 이상(李箱)의 경우는 '나'의 심리를 깊이 있게 응시함으로써 불안의식 자체가 주제로 형상화되는 쪽이 강하게 나타나지만, 박태원은 소외의식과 그 양상이 더 강하게 나타난다.[20]

이 방황 끝에 오는 소외의식은 1930년대 식민지 사회의 외형적 도시 규모 확장에 따른 실업자의 현실 부적응에서 오는 자의식의 결과이며, 도시 환경의 변화가 도시 지식인에게 아무런 일자리를 제공하지 못할 때 야기되는 심리적 현상으로도 이해된다. 그러나 박태원 소설의 소외와 불안 의식은 도시공간의 확장과 지식인의 실업 상태와 맞물려 있지만, 「소설가 구보씨의 일일」의 구보는 거리의 방황을 끝내고 마침내 어머니가 있는 집으로 돌아가고, 「거리」에서 '나'는 가족과 친구들로부터의 소외 때문에 자살까지 생각하였으나, 끝내 심혈을 기울여 한 편의 훌륭한 작품을 남기기로 결심하는 모습은 식민지 지식인의 권태로운 일상 속에서도 의식의 건강성이 유지되고 있음을 보여준 경우라 하겠다.

박태원 소설의 인물들은 그들이 어떤 공간에 존재하든지 간에 근본적으로 무기력하고 현실에 대한 극복 의지가 부족해서 추상적이고 관념적인 이상 세계를 동경하는 경우가 대부분이다.

그래 순구는 삼행광고를 더듬어 보는 것인 듯 싶었다. 까닭에 그가 자기 앞에 던져진 취직의 기회가 없다는 것을 알 때마다 그의 입술을 새어

---

20) 이강언, 앞의 논문, 90쪽.

나오는 한숨은 결코 절망의 것이 아니라, 일종 안도에 가까운 것이었다.
뿐만 아니라, 그는 자기 자신 응모자의 한 사람으로 참여할 수 있는, 그
러한 종류의 일자리에 대하여 교묘한 이유를 생각해 내어 그 기회에 자
기 자신을 피하여 오고 피하여 오고 하였던 것이 아닌가. 그것은 진실한
생활에서의 도피가 아닐 수 없다.21)

여기서 순구와 진수는 표면적으로 취직을 위해 노력하지만, 내면의식
한 쪽에는 취직이 안 되는 것에 안도하고 있다. 그래서 막상 구직을 위
해 거리를 나서기도 하나 그들은 지향점 없이 거리나 공원에서 시간을
보내거나 방황한다. 다시 말해 이들의 집 나감이나 거리의 방황이 뜻하
는 바가 겉으로는 각기 어떤 목적이나 의도가 있는 것처럼 보이나, 이들
의 외출은 현실 극복의 의지가 아니라 방 안에서의 갑갑함을 달래기 위
해서 지향점 없이 거리나 공원에서 배회하고 방황하는 것으로 보아야 할
것이다.

인간에게 집은 외부로 통하는 모든 길의 출발점이자 도착점이다. 모
든 여행자들은 집을 떠나 길 위에 놓이지만 그 시작과 끝은 언제나 집이
다.22) 외출이나 여행 끝에 돌아갈 집이 없는 상태는 인간에게 더 할 수
없는 고통과 절망을 가져다준다. 이태준의 「불우선생」에서 송 노인에게
가장 큰 충격은 몇 달 동안 이곳 저곳을 돌아다니다가 전에 자기가 살던
곳에 돌아 왔을 때 집이 없어졌다는 사실이다. 집의 상실은 가족의 상실
로 이어지고, 가족의 상실은 자신의 뿌리와 세계의 소멸과 관계된다.

박태원의 단편 「피로」·「거리」·「골목 안」·「애욕」·「비량」 등은 이
와 같은 집의 공간성을 심도있게 다룬 작품들로 판명되어진다. 이들 작
품에서 거리로 내몰린 작중 인물들은 한결같이 그 어디도 갈 곳이 없는
방향 상실의 인물들이다.

---

21) 박태원, 「딱한 사람들」, 『단편집』, 134~135쪽.
22) 안규철, 「집」, 『현대문학』, 1997. 11., 330쪽.

① 이 곳을 나서서 아무데로도 갈 곳을 가지지 못한 나 자신을 생각하고 … 〈중략〉 …

나는 교환수 양에게 현재 편집국장이 어디 있는지 알아보아 달라고 간청하였다.23)

② "내일이라도 어머니에게로, 그 색시에게로 돌아가오."

두 사람은 새삼스러이 악수를 하고 그리고 헤졌다.

훤한 거리 위에 혼자 서서 하웅이 느낀 것은 오직 끝없는 분노다.

뻔뻔한 년 더러운 년, 제가 대체 무슨 얼굴을 들고……

계집은 분명히 '그자'에게 버림을 받고 그리고 이제 그는 아무 데로도 갈 곳을 갖지 못한 것임에 틀림없었다.24)

①의 작품 「피로」는 주동 인물 '나'가 집을 나와 다방에서 문학 작품을 구상하고 글을 쓰는 문학도의 하루 일과를 다루고 있다. 마치 「소설가 구보씨의 일일」을 압축하여 놓은 것 같다. '나'가 지금 앉아 있는 다방은 6척×1척 5촌 5푼의 창을 가진 '약간의 밝음과 약간의 어둠이 혼화(混和)된 곳'으로 많은 실직자나 문학 청년이 모이는 장소다. 이런 공간에서 '나'는 일곱 시간 이상 앉아 있으면서 엔리코 카루소(Enrico Caruso)의 '엘리지'를 열 두 번씩이나 들으면서 무료하게 보내지 않으면 안 되는 실업자다.

'나'는 스스로 무료한 다방을 나서지만 뚜렷한 목적을 갖고 어디 갈 곳이란 없다. 버스를 타고 노량진을 가는데 이것도 '나'가 탄 버스가 노량진행이기 때문에 그 곳으로 가게 되고, 또 갑갑하여 한강에 갔다가 다시 처음 있었던 다방으로 되돌아 오는 것이 '나'의 하루 일과다. 내일을 위해 조용히 집에서 쉬면서 새 에네르기를 축적하는 삶이 없는 것이 '나'의 일상이다. 거리에서 전차·자동차·자전거의 행렬들을 보며, 사람과 사람들의 관계가 사무적이고 이해 타산적이어서 그 어디에도 정(情) 붙일

---

23) 박태원, 「피로」, 『문학대계』, 95쪽.
24) 앞의 책, 「애욕」, 249쪽

곳이 없다. 갑갑해서 거리로 나오지만 '나'는 늘 혼자이고 외롭고 쓸쓸한 도시 속의 이방인이 되곤 한다.

인간은 집이라는 장소가 있기 때문에 무엇보다도 주소를 갖게 되고 주민이 되고 한 사람의 국민으로서 정체성을 가지게 된다. 「골목 안」에서 딸 순이가 의사의 아들과 연애를 하고 있을 때 의사네 집에서 아들의 연애를 중단시키기 위해서 순이네 집을 찾아 오는 것도 순이가 보낸 편지의 주소 때문에 가능하였다. 또한 집이라는 공간은 사람들에게 물리적 공간으로서의 의미보다 가족 공동체로서의 운명을 함께하는 정신적인 의미가 더 강하게 작용한다고 하겠다. 이처럼 인간에게 있어서 집은 물리적 공간 이상의 원초적인 공간이며, 안식과 평화의 공간으로 인식되고 있다.

이상에서 살펴 본 바와 같이 박태원 소설의 공간은 방황의 공간 설정에 그 특징이 있으며, 등장 인물들이 현실 속에서 느끼는 고독과 외로움은 소외의식으로 이어지고 이는 미래에 대한 전망 부재 속에 끝없는 방황으로 연결된다.

(2) 도시공간의 확장과 실업자들의 생존방식

1934년 일제에 의한 조선 시가지 계획령이 실시된 이후 경성을 위시한 여러 도시들이 외관상으로는 근대적 도시의 모습을 갖추어 갔다. 이런 도시화 과정은 각종 문물 제도의 개편과 사회 시설 정비라는 긍정적인 측면도 없지 않으나, 범죄율 증가, 도시계획령에 의한 구 중·소 상인의 몰락, 소시민의 토지 상실, 인구의 도시 집중으로 인한 실업자 격증이라는 부정적인 측면이 야기된다. 이처럼 도시공간의 확대에 따른 역작용 현상이 소설의 형상화에도 반영되었다.

「달밤」의 '황수건'은 1930년대 이태준이 창조한 주변 인물의 한 전형으로 보아도 무방하다. 1930년대 일제에 의한 도시화·산업화는 도시공간의 확대와 함께 도시적인 생활 방식과 삶의 유형이 도시의 변두리로 확산되면서 도시적인 삶과 전원적인 삶, 그 어느 것에도 적응하기 어려운 인물상이 나타날 수밖에 없는데[25] 그 대표적 인물 중의 한 사람이 '황수건'형이다. 「달밤」에서 '황수건'은 신문 보조 배달원인데, 그가 하는 일은 원배달이 떼어준 일부 지역의 신문 몇 부 돌리는 것이 그가 맡은 업무의 전부다. 그러나 그의 아둔함 때문에 업무 추진 속도가 느려서 신문사 지국의 새배달 구역이 하나 생겨도 원배달원이 되지 못하고 보조 배달원 신세에 머물게 된다.

여기서 주목되는 것은 황수건이 하는 일과 활동 공간의 관계이다. 그가 살고 있는 성북동은 서울의 변두리 지역으로 도심지에 살다가 밀려난 사람들이 사는 곳이다. 이렇게 해서 형성된 변두리 지역에서나마도 황수건은 그렇게 원하고 하고 싶어하던 신문 배달원이 되지 못하고 똑똑한 소년들에게 밀려나야만 한다. 이는 1930년대 식민지 사회에서 단순 노동도 쉽지 않다는 것을 말해주는 것이라고 하겠다.

> 그런데 요며칠 전이었다. 밤인데 달포만에 수건이가 우리 집을 찾어왔다. 웬 포도를 큰 것으로 대여섯 송이를 종이에 싸지도 않고 맨손에 들고 들어왔다. 그는 벙긋거리며,
> "선생님 잡수라고 사 왔읍죠."
> 하는 때였다. 웬 사람 하나가 그의 뒤를 땋아 들어오더니 다짜고짜로 수건이의 멱살을 움켜 쥐고 끌고 나갔다. 수건이는 그 우둔한 얼굴이 새하얗게 질리며 꼼짝 못하고 끌려 나갔다.(「달밤」 241~242쪽)

위의 인용은 황수건이 신문 지국에서 밀려난 후 그 동안 자기의 말동무가 되어 주던 이 선생님을 위해 포도 몇 송이를 훔치다가 잡혀서 끌려가는 모습이다.

---

25) 이익성, 『한국현대 서정소설론』, 태학사, 1955, 124쪽.

여기서 눈여겨 보아야 할 사항은 서울의 변두리인 성북동이라는 공간이 행정구역 상으로는 서울에 속하지만 시골의 정취를 풍기는 한적한 지역이라는 점, 그리고 이와 같은 지역에 사는 좀 모자라는 인물 황수건이 어린 청소년들에게 밀려 신문 배달원도 못하는 모습을 보여 준다는 것은 시사하는 바가 크다. 다시 말해 황수건은 삼산학교에서 사환 노릇도 못해 쫓겨 났듯이, 새로 생긴 지역의 신문 배달도 못하며 신문 구독하는 이 선생으로부터 돈을 몇 푼 얻어서 장사를 해보지만 그것도 되지 않아 결국 아내마저 달아나는 어려운 상황에 처한다. 이는 도시공간의 확대와 함께 새로운 변화에 적응하지 못하는 도시 주변인의 삶의 모습을 형상화한 것으로 볼 수 있다.

이태준의 경우, 도시의 주변 인물에 대한 관심은 「손거부」·「아담의 후예」·「불우선생」·「우암노인」·「색씨」 등에서 계속된다. 「색씨」에서 색시는 남편이 은행급사인데 시부모 때문에 헤어져서 서울의 변두리 돈암리 어느 지역으로 밀려난 인물이다. 그런데 어느 날 이 색시가 주인 몰래 주인집 아이와 아이 보는 소녀까지 데리고 문안으로 들어가는 사건이 생기는데, 이는 전 남편 집에 가서 내가 다시 결혼하여 아이 낳고 남보란 듯이 잘 살고 있다는 것을 보여 주기 위해서이다. 그런 일이 있고 난 후 '색씨'는 어디론가 다른 곳으로 가고 소식이 끊어진다.

「손거부」에서 손 거부도 「달밤」의 황수건처럼 좀 모자라는 주변 인물로서 독자들에게 웃음을 자아내는 인물이다.

> 손서방이 아니 나서는데는 별로 없다. 일정한 직업도 없지만, 천성이 터벌터벌하여 남의 말 참례하기를 좋아하고 아무한테나 허튼 소리를 잘 걸다가 때로는 당치않은 구설도 듣는 수가 더러 있지만, 아무튼지 떠들썩하는 자리에는 누구보다도 잘 어울리는 사람이 손서방이다. 그래 자기도 어디서 문소리 한 번만 크게 들려와도 이내 그리로 달려가는 버릇이거니와, 저쪽에서들도 혼상간에 마당이 좀 왁자해져야 될 일이 벌어진

집에서는 으레 손서방을 찾아다니며 데려간다.26)

위의 인용문에 나타나 있듯이 손 서방은 직업이 없고 남의 일 해 주기를 좋아하는 인물인데, 앞뒤 푼수를 모르는 면에서 '황수건'이나 '색씨'와도 유사하다. 그러나 앞의 두 사람에 비하면 좀 모자라기는 하나 주변의 이웃과 함께 어울려 지내는 성실한 인물로 부각된다.

「불우선생」에 나오는 송 선생은 아는 것이 많은 것처럼 떠벌리는 노인으로 경제적 어려움 때문에 이곳 저곳 떠돌이 생활하는 주변 인물이다. 그는 스스로 전직 언론인이라고 하나 그 실체는 알 수 없으며 어려운 구걸 행위 속에서도 의젓함을 잃지 않으려는 중노인이다.

> H군과 나는 그를 '불우선생'이라 부른다. 불우선생을 우리가 처음 알기는 작년 여름 돈의동(敦義洞) 의신여관에 있을 때다. 하루는 다 저녁 때 늙은 손님 하나가 주인을 찾았다.
> 〈중략〉
> 고분고분은 그만 두고 무뚝뚝한 것도 지나쳐 반 역정을 내는대는 너무나 의외였다.
> "당신이 찾소? 누구를 보료?"
> "아니 누구를 보러 온게 아니오, 여관영업 패가 붙었으니 묵으러 온 것이지……"
> "무슨 손님이 보따리 하나 없단 말요?"
> "허! 이게 여관업자로 무슨 무례한 말씀이오. 보따리가 밥값 내요?"27)

위의 인용에서도 알 수 있듯이 '불우 선생'인 송 노인은 서울 어느 변두리 여관을 찾으면서 주머니에 돈 한 푼 없으면서 위풍당당하게 대문을 들어서는 모습에서 앞서 살펴 본 '손 거부'나 '황수건'과는 다른 이미지를

---

26) 이태준, 「손거부」, 『전집』1, 278쪽.
27) 이태준, 「불우선생」, 『전집』1, 149~150쪽.

보여준다. 그러나 그도 며칠만에 여관에서 쫓겨나고 얼마 뒤에 '삼천동 골작'에 나타나는데 그 곳에서 송 노인은 발가벗은 몸으로 돌 위에서 무엇을 열심히 밟고 있어 주의를 환기시킨다.

> "허허 이거 실례요."
> 하고 껄걸 웃었다. 그리면서도 여전히 털럭털럭 빨래를 밟는다.
> "웨 댁에 들어가 빨아입지 않으시고 손수 이렇게 하십니까?"
> "빨래 좀 해입으려고 두어달만에 들어갔더니 집이 없어졌구려."28)

여기서 「불우선생」 송 노인은 바깥에서 손수 빨래까지 하게 되는데 그 이유는 두어 달만에 집을 찾아갔더니 집이 없어졌기 때문이다. 그 동안 송 노인은 돈이 없어도 이곳 저곳 다니면서 잘 버티어 왔는데 가족이 뿔뿔이 헤어지고 난 후의 모습은 전과는 많이 다르다. 특히 집이라는 공간이 없어졌다는 것은 가족의 해체를 의미한다. 가족의 상실은 누구에게나 삶에 큰 고통과 변화를 가져오기 마련이다. 송 노인의 경우도 역시 마찬가지이다. 집이라는 공간은 외형적인 물량성29)과 함께 가족 간의 공동체 의식의 형성이라는 측면에서 그 어느 공간보다 소중한 가치를 지닌다. 송 노인의 경우도 가정을 돌볼 경제력은 없었지만 막상 집이 없어지면서 삶에 대한 의욕도 상실하게 된다.

「불우선생」과 비슷한 노인 문제를 다룬 작품은 「복덕방」과 「아담의 후예」이다. 원산이라는 공간을 배경으로 한 「아담의 후예」는 시집 간 딸을 끈기있게 기다리는 안변 영감에 대한 이야기이다. 「불우선생」에서 송 노인의 가족 해체와 집이라는 공간 상실에서 오는 삶의 변화를 문제 삼았다면, 이 작품의 경우 안변 영감은 처음부터 집이라는 공간이 없어 북어 낱가리 밑이나 배 회사 창고 기슭에서 자고 이집 저집 구걸하면서 생

---

28) 앞의 책, 「불우선생」, 155쪽.
29) 김정자, 『한국문학에 있어서의 집 그리고 가족의 문제』, 우리문학사, 1992.

활한다. 그는 집이 없음을 크게 상관하지 않는다. 오히려 내 집과 내 사람이 없으니 불이 나거나 싸움이 나도 오히려 구경거리로 바라보곤 한다. 그러다가 그가 어느 서양 부인의 호의로 노인들만 수용되는 양로원에 들어가 지금까지 겪지 않았던 심리적 갈등과 행동의 제약을 느끼면서 최소한 생계를 보장해 주는 양로원을 아무도 모르게 밤에 탈출한다. 이는 단순히 외형상으로 시설이 좋은 양로원이지만 진정한 의미의 가족 형성이 불가능한 그 곳에 더 이상 그를 머무르게 하지 못한다.

안변 영감은 엄격한 규율이 있는 양로원보다는 그래도 자유가 있는 불편한 거리의 공간을 선택한 인물로 부각된다. 이처럼 이태준은 도시 변두리 공간에서 살아가는 주변 인물들의 삶을 따뜻한 시선으로 바라보며 차츰 도시공간의 확대로 인해 생존 경쟁에서 낙오된 인물들의 문제를 많이 다루었다. 다시 말해 인간의 삶의 질과 경제력 향상이라는 두 가지의 중요한 측면이 충족되지 않은 도시화는 새로운 사회 문제를 야기 한다는 것이다. 이 같은 작가의 현실의식이 잘 투영된 소설이 이태준의 작품이라고 하겠다.

2) 도시공간의 정착과 도시인의 일상

경성의 도시화 과정 중 특기할 만한 사실은 남촌(南村)과 북촌(北村)이 대립되어 형성되었다는 점이다. 고종 22년(1889) 2월, 일본 민간인의 서울 거주가 허용된 이후, 자국인들의 안전을 위해 일본 공사관과 영사관 주변에 그들을 집단 거주시킬 필요를 느꼈다. 1917년 경에는 충무로 필동뿐만 아니라 남대문로·남산·명동·저동·오장동·소공동·주자동·회현동·태평로·을지로 일대가 일인의 거리로 확대되고 간선 도로도 그런 방향으로 확장되었다. 그리하여 청계천을 경계로 일본인 거주 지역인 남촌과 한인 거주 지역인 북촌이 형성되었다. 그런데 일인의 중

심지였던 남촌은 당시 경성의 대표적인 공업지역과 상업지역으로 손꼽히고 있다.30)

이렇게 진행된 경성의 도시화는 조선인의 상업 및 생활 수준의 향상보다는 범죄율 증가·중소 상인의 몰락·시민부담 증가·소시민의 토지 상실31) 등으로 부정적 측면이 많이 노출된다. 앞 절에서 언급한 바와 같이 도시공간의 확대와 함께 도시공간의 정착은 거기에 사는 사람들에게 많은 영향을 주었다.

특히 한국 사람들이 많이 모여 사는 지역은 농촌의 몰락으로 유입된 농민 출신과 도시 하층민들이 대부분이었다. 이런 빈민들의 도시 유입은 고용 창출에 한계가 있는 경성에 새로운 문제가 파생된다. 이를 다룬 작품이 박태원의 「천변풍경」이다.

흔히 세태소설이라 규정된 「천변풍경」은 비슷한 시기의 다른 중·단편과는 달리 객관적인 외부세계를 드러내고자 한 작품이다. 이 소설의 공간은 서울 청계천변 뒷골목의 주택가이며, 그 중심 공간은 '이발소'와 '빨래터'이다. 「천변풍경」은 일정한 서사적 사건의 순차적인 전개가 중시되지 않는다. '청계천변'이라는 도시공간에서 여러 계층 사람들이 살아가는 다양한 삶의 모습을 시간적 계기성에 의해서 서술하지 않고, 각각의 이야기들을 동시적으로 형상화시켜 소설 전체를 공간화시키고 있어 주목된다.

이 작품은 원점회귀의 공간 구조뿐만 아니라, 그 동안 방황하던 이쁜이·점룡이·재봉이의 생활이 다시 안정을 되찾고 있어 정서적 원점회귀 구조를 보여주고 있다.

여기서는 가족·가정을 이루는 집의 공간, 즉 닫힌 공간과 도시인의 폐쇄성, 1930년대 당시의 사회상이나 풍속을 드러내는 청계천 주변의

---

30) 손정목, 『일제강점기 도시화 과정 연구』, 일지사, 1996, 355~398쪽.
31) 김영모, 『일제하의 민족생활사』, 아세아 문제 연구소, 1977.

열린 공간과 여러 계층의 다양한 삶의 모습을 고찰해 보고자 한다.

(1) 닫힌공간과 도시인의 폐쇄성

1930년대 서울의 청계천변에는 다양한 계층과 세대가 함께 공존하였다. 이 곳에 사는 인물들의 사건과 문제는 먼저 가정에서 비롯된다. 「천변풍경」에서 가정의 비극적인 삶은 파행적인 부부 생활과 봉건적인 가부장 제도 때문에 야기된다. 원만한 부부 관계와 가정 생활은 건전하고 합리적인 결혼 문제와 관련이 있다.

금순이의 가정 생활의 문제도 바로 전근대적인 결혼에서 비롯된다. 금순이의 결혼도 전근대적 봉건사회에서처럼 본인의 의사와는 관계없이 부모들의 결정으로 이루어진다. 금순이는 열세 살인 신랑과 결혼하는데, 본인의 의사와는 관계가 없는 조혼은 필연적으로 문제를 야기한다. 나이 든 신부의 고독과 본능적인 욕구는 어린 신랑을 두고 잠을 이룰 수가 없는 금순이의 고통에서도 잘 나타난다.

> 마침내 어느날 밤, 그는 이내, 더 참지 못하고, 요사이 또 며칠 동안 자기 곁에서 곤히 잠자는 열네 살짜리 남편에게 달려들어 그 입술을 빼앗는 것에 성공하였다. 그리고 그것으로 하여서 좀더 욕정의 불꽃을 돋운 그가, 열에 익어오른 몸을 가져 소년의 마르고 조그만 가슴 위에 던져보았을 때, 그러나 철없는 어린이는 쉽사리 잠을 깨고, 별 까닭도 모르는 채 그만 질겁을 하게 놀라, 그대로 울 가망이 되어서는 안방으로 달려가고 말았던 것이다. 그리고, 그 뒤로는 암만을 시아버지가 타일러 보았어도, 소년은 한사하고 다시 금순이의 곁으로는 돌아오지 않았다……32)

이 일 때문에 어린 남편은 시어머니의 차지가 되고, 그 후 남편은 열

---

32) 박태원, 『천변풍경』, 깊은샘, 1989. 132~133쪽.

다섯의 나이로 호열자에 걸려 죽게 된다. 그 결과 시집 온 지 이 년이 다 되도록 금순이는 처녀성을 유지하는 불행한 색시가 된다. 그녀는 남편 사랑 한 번 받아 보지 못하고 시어머니의 구박만 받다가 알지도 못하는 아저씨를 따라 서울로 간다.

이것이 1930년대 잘못된 결혼 풍속의 한 예이다. 사실 결혼해서 가정을 이루면 여인들은 고생이 시작된다. 대개 시집살이란 남편과의 따뜻한 사랑보다 고된 가사 노동, 시어머니의 눈치, 바깥 세계와의 차단 등으로 고통스러움이 더 많기 마련이다. 전통적인 가족 관계 속에서 시집 온 며느리의 위상은 집안에서 가장 낮은 편이다. 「천변풍경」에 나오는 이쁜이・금순이・하나꼬・만돌어멈 등의 삶은 권위주의 남편의 횡포, 심한 가사 노동으로 인하여 늘 고통스럽다. 1930년대에 발행된 『여자수신서』33)에서도 늘 남자는 하늘과 같은 존재이며, 절대적으로 복종해야 할 대상으로 명시되어 있다.

전통적 가치관의 보수성은 새로운 문화에 폐쇄적 가정일수록 파행적인 형태로 남는다. 전통적인 풍습에 젖어 있는 구세대 가정의 민 주사나 신전집 주인은 저항없이 축첩과 외도를 계속한다. 이와 같은 외도와 축첩이 남성의 권위인 양 강석주는 여성 편력을 자랑으로 생각한다. 그러나 새로운 문화를 수용하는 한약국집의 젊은 아들 내외는 함께 여행을 즐기기도 한다.

이상에서 보이듯 '천변'은 근대화 과정의 과도기적 모순과 가치가 한데 모자이크 된 장소이다. 이 곳을 통해 본 도시공간의 세태는 '천변'의 공간성과 관계가 깊다.34)

제40절은 제목이 '시집살이'이다. 여성들에게 시집살이는 새로운 공간

---

33) 「중등학교 여자수신서」(1938~1941), 최재석, 『한국가족제도연구』, 일지사, 1982, 244쪽에서 재인용.
34) 명형대, 앞의 논문, 58쪽.

으로의 이동을 의미한다. 이 공간은 지금까지 자기가 살던 공간과 여러 면에서 다르다. 시집살이 공간은 외부로부터 차단된 공간이며, 수직적인 위계 질서상 가장 낮은 데 위치하는 공간이기도 하다. 우리들의 전통적인 윤리관에 따르면 며느리는 시부모와 남편에게 절대 복종하고 그들을 잘 봉양해야 하는 존재로 인식되고 있다.

> 상 하나 볼 줄을 모른다거니, 어른께 상 갖다 올리는데 궁뎅이는 대체 얼마나 장한 궁뎅이기에 그렇게 치드느냐거니, 말이 공손하지 못 하다거니, 매무시가 단정하지 못하다거니, 가지가지로 말이 많은 시어미니라……35)

이러한 시어머니의 구박과 멸시, 그리고 전처의 두 아이 뒤치닥거리 때문에 하나꼬는 이중의 고통을 받고 있다. 이렇듯 시집 가족 구성원 중에서 시어머니와의 관계가 시집살이의 가장 큰 어려움이다.

그 다음 고통스러운 것은 바깥 세계와의 격리이다. 전통적으로 여인들에게 강요되는 정절 중시 풍토는 며느리들을 안방에다 가두어 놓는다. 이러한 의미에서 시집이란 공간은 여성에겐 억압과 구속의 공간이 된다. 하나꼬의 경우는 스스로 바깥 사람들과의 만남을 제한하고 외출을 삼가한다.

> "모든 것을 참자. 죽어도 이 집 귀신이다……."
> 약속한 날, 어머니가 기미꼬와 금순이를 따라, 무교정 청요릿집에서 몇 시간을 눈이 빠지게 기다렸을 때, 자기가 응당 좋아라고 뛰어 나가리라 생각하고 있는 남편의 심사가 가증하여서도, 영이는 사랑하는 이들을 만나고 싶은 욕망을 꾹 눌러 참고, 속달을 부치려 펜을 잡았던 것이다…….36)

---

35) 박태원, 「천변풍경」, 깊은샘, 282쪽.

방은 주거와 휴식의 공간으로서 폐쇄성과 외부 세계로부터의 격리성
을 지닌 공간이다. 통제되고 구속된 공간에서 개인의 욕망이 표출될 수
있는 길은 없다. 유일하게 열려 있는 안식과 평화의 공간인 친정집 출입
까지 쉽게 허용되지 않는다. 개인에게 감금과 구속이 심하면 그만큼 탈
출하고 싶은 욕망도 커진다. 금순이와 만돌어멈의 탈출이 그 예다. 이들
이 생각하던 도시공간도 변화와 개방의 서구문화가 자리잡아가고 있긴
하나, 각 가정 안에 깊숙이 들어가면 아직도 봉건적인 가부장적 권위주의
가 크게 자리잡고 있었던 것이다. 따라서 「천변풍경」에 나타난 닫힌 공간
인 집은 안식의 공간이라기보다 통제와 억압의 공간이었다고 하겠다.

(2) 열린공간과 도시인의 다양성

여기서 말하는 열린 공간이란 가정집을 제외한 당구장·근화식당·우
미관·기생집·카페·한약방·백화점·빨래터·이발소·수표교 등을 의
미한다. 청계천변 주위에서 살아가는 다양한 계층들은 그 계층만큼이나
다양한 삶을 살아가고 있다. 서준섭은 「천변풍경」에 등장하는 여러 부류
의 인물들과 그 생활상을 크게 네 유형으로 분류하기도 한다.

> 첫째 유형은 생활의 안정을 누리고 있는 한약국집 주인, 매부가 府會
> 議員인 포목집 주인, 종로 은방의 주인, 민 주사 등으로서, 이들은 경제
> 력을 갖고 있으나 그 行態가 반드시 긍정적으로 보기 어려운 인물들이
> 다. 한약국집은 시골 출신의 창수를 싼 월급으로 고용하고, 은방 주인은
> 여급과 연애에 빠지고, 민 주사는 첩을 두고 부회의원을 꿈꾼다.
> 둘째 유형은 한약국집 행랑살이를 하는 만돌이 어멈, 딸 하나에 희망
> 을 걸고 삯바느질 하는 이쁜이네, 딸 하나꼬를 까페에 내보내고 있는 그
> 녀의 모친, 곗돈 낙찰에 희망을 걸고 살아가는 점룡이네 등을 포함하는

---

36) 앞의 책, 「천변풍경」, 337쪽.

여인들이다.

세째 유형은 평화 까페의 하나꼬와 기미꼬, 그리고 시골서 온 금순이 등의 젊은 직업여성들이다. 하나꼬는 결혼하지만 행복하지 못한 결혼생활을 하고, 금순이는 동생 순동이를 만나 기미꼬의 뒷바라지를 하며 열심히 살아가나, 이들의 삶은 한약국집 며느리의 행복한 생활과 대조된다.

네째 유형은 이발소 소년 재봉이, 한약국집의 창수, 종로구락부의 삼봉, 순동, 영선, 명숙, 경순, 그리고 겨울에는 군밤장수, 여름에는 아이스크림 장수를 하는 점룡이 등의 일하는 소년·소녀들이다. 재봉이는 이발사 시험합격이 꿈이고, 창수는 카페 보이나 구락부 '게임돌이 소년'이 꿈이고, 명숙이는 백화점 여점원이나 버스걸이 꿈이다.37)

이상의 여러 유형에서 나타나는 바와 같이 등장 인물들은 일부를 제외하고는 대개 일상의 삶을 살고 있는 사람들이다.

먼저 집이라는 폐쇄적이고 통제적인 공간에서 여인들이 합법적으로 나올 수 있는 청계천 빨래터는 자유의 공간이자 해방과 열림의 공간이다. 여기서 세상 소식과 이웃 간의 작은 일까지 서로 정보를 교환하고 막혔던 언로를 터 놓는다.

남성들에게는 이발소가 온갖 화제와 이야깃거리가 오고 가는 공간으로 활용된다. 특히 이발소의 창을 통해서 오고 가는 인물들의 처지와 생활상은 바로 청계천변의 주변에서 살아가는 사람들의 삶의 모습이다.

농촌에서 전통적이고 마을 공동체적 생활 방식으로 살았던 이들38)은 자본주의 사회에서 가장 소중하게 여기는 것이 무엇보다도 돈임에도, 모든 것이 돈으로 해결되는 서울의 생활이 생경하기만 하다.

---

37) 서준섭, 앞의 책, 194쪽.
38) 「천변풍경」에서 농촌에서 상경한 인물은 창수·만돌·만돌어멈·필원이네·금순이·순돌이·용서방·김서방·신서방 등이다.

　　"아아니, 돈을 내요라니…… 그럼 이건, 누가 남 자선사업으루 허는
줄 알았습띠까? 무어 이래저래 돈 드는 거, 노력 드는 거, 다아 그만 두
구래두, 우선 해마다 경성부청에다 갖다 바치는 세금만 해두 수십 환야.
이건, 왜 어림두 없이 이러는 거요?"
　　하도 으르딱딱거리는 통에, 다시 얼굴이 새빨개 가지고,
　　"그런 줄 누가 알았나요? 몰랐죠. 모르고 그랬죠."39)

　　시골 생활 풍습에 젖은 여인에게 청계천 냇물에서 빨래하는 비용으로
돈까지 내어야 한다는 사실을 이해하기 힘들다. 도시에서는 인간 관계도
돈으로 맺어진다. 돈을 최고의 가치로 생각한다. 돈은 도시인들의 생태
나 삶의 모습을 극명하게 보여주는 척도이다. 돈에 대한 인식은 민 주사
의 경우에도 잘 나타난다.

　　"무어, 내겐 그래두 돈이 있으니까……"
　　그러한 것을 생각하려 들었으나, 사실은, 자기가 가진 돈이라는 것이
그리 대단한 것이 못될 뿐 아니라, 우선, 얼마 안 있어 시작될 부회의원
선거전에, 그 비용으로, 한 이천 원 융통하지 않으면, 모처럼 별렀던 입
후보도 적지않이 곤란한 일이라고, 문득 그러한 것에 생각이 미치자, 그
는 '청춘'만큼은 불가능사가 아닌 듯 싶은 부귀가 버썩 탐이 났다.
　　"무어, 돈이 제일이지. 지위가 제일이지."40)

　　민 주사는 청춘을 부러워하지만 그것이 불가능하다는 것을 알기 때문
에 부귀를 추구한다. 이처럼 자본주의 사회에서 황금만능주의는 여러 계
층으로 확산된다. 은방 주인은 밀수를 하고, 금전꾼들은 여자를 유인하
여 인신 매매로 돈을 모은다. 창수는 한약국집의 월급이 적다고 다른 데
로 옮기는 것을 주저하지 않는다. 이처럼 도시에서 사는 사람들에게 돈

---

39) 박태원, 「천변풍경」, 깊은샘, 22쪽.
40) 앞의 책, 「천변풍경」, 32쪽.

은 대단한 위력을 발휘한다.

　서울의 청계천변에는 카페가 있고 이웃한 관철동에는 첩실들과 기생들의 주거지가 있다. 남성들의 유곽지 출입도 계층이나 경제적 정도에 따라 그 출입이 달라진다. 경제적 능력이 있는 중산층 이상의 구세대 인물들은 기생집을 출입하여 첩을 두기도 하는 반면, 하층민인 젊은 사람들은 대체로 카페를 출입하여 여급과 사귄다. 기생집 출입은 민 주사가 가장 대표되는 인물이다. 관철동은 기생이나 윤락녀들이 모여 사는 적선지대이다. 제11절에서 빨래하던 여인들은 그들끼리 관철동을 가리켜 '똥굴'이라 부른다.

　강석주 · 민 주사 · 만돌 애비 같은 이들은 관철동에 첩이나 다른 여인을 두고 이중 생활을 하고 있다. 도시의 한 지역 일대가 똥굴 즉 매춘 지역으로 통하는 모습 속에서 우리는 도시 생태의 한 특수성을 나타내는 세태 풍속의 일면을 볼 수 있다.41) 한편 유흥 공간인 카페는 대개 서민들 특히 젊은 세대들이 즐겨 찾는 공간이다.

　카페의 여급들은 기미꼬 · 하나꼬 · 시즈꼬 등의 일본식 이름과 메리 등의 영어식 이름을 쓴다. 자신들의 이름을 이렇게 명명하는 것42)은 자신들의 직업상 특징을 드러내면서 본래의 자신과 분리하는 데도 도움이 된다. 그래서 이들은 본래의 '나'가 아닌 또다른 '나'로서 수많은 남성들과 어울리면서 개인적인 욕망과 자유를 누리면서 살아간다.

　이와 같은 카페는 첩들이 주로 사는 똥굴, 관철동의 기생집과 함께 도시 천변의 쾌락 공간으로 지속된다. 이렇게 볼 때 천변의 세태와 풍속은 천변의 다양한 삶의 공간 속에서 다양한 인물의 삶, 그 자체이기도 하다.

---

41) 명형대, 앞의 논문, 70쪽.
42) 이는 Rene Wellek, 『Theory of Literature』, Penguin Books(1960)에서 "성격 창조의 가장 간단한 방법이 이름 짓기이다."라고 하였다.

이상에서 알 수 있듯이 박태원의 「천변풍경」에 나타나는 공간을, 닫힌 공간인 집과 열린 공간인 음식점·기생집·카페·당구장 등으로 나눌 때, 전자는 폐쇄성을 지니고, 후자는 여러 계층의 다양한 삶을 드러내는 총체적 공간으로 부각된다.

Ⅲ. 맺음말

1930년대 「구인회」 작가 가운데 도시의 세태공간과 도시인의 일상성을 집중적으로 다룬 작가는 박태원과 이태준이다. 이들 작가의 공간 설정의 특징과 작가 의식의 상관성을 몇 가지로 요약하면 다음과 같다.

첫째, 박태원 단편 소설의 공간은 거리의 공간과 등장 인물들의 전망 부재 속에 이어지는 끝없는 방황과 밀접한 관계가 있다는 점이다.

그의 소설에 나타난 공간 설정의 특징은 '방안'·'다방'·'역'·'카페'·'공원' 등이 많이 나타난다는 점인데, 이는 도시 실업자들의 방황하는 삶을 형상화한 작품이 많은 것과 관계가 깊다고 할 수 있다. 작품 「착한 사람들」·「성탄제」·「피로」·「거리」·「진통」·「비량」 등에서 제시된 공간은 한결같이 원점회귀형 공간구조를 이루고 있는 것이 특징적이다. 여기에 등장 인물의 공간 이동을 도식화하면 ①집 → ②거리 → ③집 등으로 압축된다.

이는 이들 작품에 등장하는 인물들은 한결같이 거리로 내몰린 실직인 아니면 실업인들이며, 그 어디에도 갈 곳이 없는 방황하는 인물들의 삶을 그린 박태원의 작가의식의 결과물이기도하다. 단편소설에서 보여준 거리 방황과 내면의식의 갈등을 중편소설로 형상화한 작품이 「소설가 구보씨의 일일」이다.

둘째, 이태준 소설의 공간은 도시공간의 확장과 실업자들이 생존방식과 밀접한 관계가 있는 것이다.「달밤」은 도시공간의 확대와 함께 새로운 변화에 적응하지 못하는 도시 주변인의 삶의 모습을 형상화한 대표적인 작품인데, 이태준의 경우 도시의 주변 인물에 대한 관심은「손거부」·「아담의 후예」·「불우선생」·「우암노인」·「색씨」 등에서도 계속된다. 이들 작품에서 이태준은 도시 변두리 공간에서 살아가는 주변 인물들의 삶을 따뜻한 시선으로 바라보며, 차츰 도시공간의 확대로 인해 생존 경쟁에서 낙오된 인물들의 문제를 많이 다루었다는 점이 주목된다.

셋째, 박태원의「천변풍경」은 집의 공간, 즉 닫힌 공간과 도시인의 폐쇄성과 1930년대 당시의 사회상이나 풍속을 드러내는 청계천 주변의 열린 공간과 여러 계층의 다양한 삶의 모습을 사실적으로 그리고 있다. 특히「천변풍경」에서 전통적인 부녀자들이 기거하는 닫힌 공간인 집은 안식의 공간이라기보다 통제와 억압의 공간이었으며, 집을 제외한 당구장·근화식당·우미관·빨래터·이발소·한약방·백화점·카페 등의 열린 공간은 강석주, 민 주사, 만돌 애비, 창수, 재봉, 기미꼬, 하나꼬 시즈꼬 등 다양한 인물들이 다양한 삶을 살아가는 공간으로 제시되고 있다는 점이 특징적이다

❙ 대구대학교 국어교육과 겸임교수

▮ 참고문헌

1. 기본 자료

『국문학총서』, 시인사, 1994
『박태원단편집』, 깊은샘, 1989.
『이태준문학전집』, 서음출판사, 1988.
『한국소설 문학대계』, 동아출판사, 1995.

2. 저서 및 논문

강내희, 『공간, 육체, 권력』, 문화과학사, 1995.
강진호 외 1, 『박태원 소설 연구』, 깊은샘, 1995.
구인환, 『한국근대소설 연구』, 민음사, 1987.
권영민, 『월북문인 연구』, 문학사상사, 1989.
＿＿＿, 『소설과 운명의 언어』, 현대소설사, 1992.
김상선, 『상허 이태준 문학 연구』, 한빛미디어, 1995.
김상태, 『박태원』, 건국대 출판부, 1996.
김용운 외 1, 『공간의 역사』, 전파과학사, 1992.
김윤식·정호웅, 『한국문학의 리얼리즘과 모더니즘』, 민음사, 1989.
문흥술, 『작가와 탈 근대성』, 깊은샘, 1997.
상허 문학회, 『이태준문학 연구』, 깊은샘, 1993.
＿＿＿＿＿, 『근대문학과 구인회』, 깊은샘, 1996.
서준섭, 『한국 모더니즘문학 연구』, 일지사, 1988.
신상성 외 1, 『한국문학의 공간구조』, 형설출판사, 1986.
유정은, 『박태원소설 연구』, 형설출판사, 1994.
이강언, 『한국현대소설의 전개』, 형설출판사, 1992.
＿＿＿, 『한국근대단편소설의 이해』, 대구대 출판부, 1990.
이충환, 『이태준 연구』, 깊은샘, 1988.
전혜자 외 9, 『한국문학과 모더니즘』, 한양출판, 1994.
정현숙, 『박태원문학 연구』, 국학자료원, 1993.
＿＿＿, 『박태원』, 새미, 1995.
한국문학연구회, 『1930년대 문학 연구』, 평민사, 1993.
＿＿＿＿＿＿, 『현대문학의 연구』, 평민사, 1989.

김병욱, 「한국현대소설의 공간의식」, 『서강어문』2집, 1982.
김성수, 「구보 박태원론」, 『수선논집』12집, 성균관대, 1987.
김종건, 「박태원 초기소설 연구」, 『대구어문론총』8집, 1990.
＿＿＿, 「소설의 공간구조가 지닌 의미」, 『대구어문론총』13집, 1995.
김중하, 「소설의 공간성 연구시론」, 『태야 최동원선생회갑기념논총』, 1983.
＿＿＿, 「현대소설의 공간성 연구」, 『우해 이병선박사회갑기념논총』, 1987.
＿＿＿, 「박태원론 시고」, 『세계문학』49, 1988, 가을호.
김한식, 「구인회 소설 연구」, 고려대 대학원 석사학위 논문, 1994.
명형대, 「1930년대 모더니즘소설의 공간구조 연구」, 부산대 대학원 박사학위 논문, 1991.
박남철, 「박태원소설 연구」, 『한양어문연구』4집, 1986.
안규철, 「집」, 『현대문학』, 1997
윤치부, 「천병풍경의 구조시학」, 『백록어문』6집, 제주대, 1989.
이강언, 「1930년대 모더니즘소설 연구」, 영남대 대학원 박사학위 논문, 1987.
장춘화, 「1930년대 도시배경의 소설 연구」, 대구대 대학원 석사학위 논문, 1986.
정현숙, 「박태원소설 연구」, 이화여대 대학원 박사학위 논문, 1990.
홍성암, 「소설의 공간설정과 작가의식」, 『현대소설연구』5호, 1996.

3. 외국서적

Bachelard, Gaston, 곽광수 옮김, 『공간의 시학』, 민음사, 1993.
Blanchot, Maurice, 박혜영 역, 『문학의 공간』, 책세상, 1990.
Kestner, Joseph A, 『The Spatiality of the Novel』, Wayne Stste Uni. Press. Detroit 1978.
Lotman, Iu. M, 러시아시학연구회 편역, 『시간과 공간의 기호학』, 열린책들, 1996.
Reichenbach, Hans, 이정우 옮김, 『시간과 공간의 철학』, 서광사, 1986.
Ricardo Gullon, 「On Space in the Novel」, 『Critical Inquiry』, autumn 1975, vol. 2, No.1
Tuan. Yi-Fu, 정영철 역, 『공간과 장소』, 태림문화사, 1995.

1930년대 서정소설의 미학적 특징

도 춘 길

1. 머리말

본고의 목적은 1930년대 서정소설들의 공통적이라 할 수 있는 미학적 특징을 검토해 보고자 하는데 있다.

잘 알려져 있다시피 한국 현대 서정소설은 1930년대에 집중적으로 산출되어 지금까지 그 특성이 내재되어 있는 서정성이 강화된 작품들로, 현대문학사를 논함에 있어 결코 외면할 수 없는 위치를 차지한다. 그럼에도 불구하고 서정소설은 지금까지의 문학사류에서 서사성을 상실한 소설로 취급되어 연구자들의 관심에서 소외되어 왔었는데, 소외의 이유는 아름다움 때문이었다. 즉, 서정소설은 현실과 거리가 먼 가상의 아름다움을 그려 서사 갈래로서의 자격을 상실하였을 뿐 아니라, 현실 대응을 통한 역사 발전의 핵심적 관계를 드러내지 못하였다는 것이다.[1]

그런데, 서정소설에 대한 그러한 지적은 장르 비평적 관점에서는 타

---

1) 백철은 파시즘의 대두로 불안 사조가 심화되면서 빚어진 '주조의 상실', '현실도피의 경향'(『신문학사조사』, 신구문화사, 1999, p.473. - 초판은 1949.)이라 하였고, 김우종은 '사회와 유리된 문학, 역사와 유리된 문학'(『한국현대소설사』, 선명문화사, 1973. p. 246.)이라 하였으며, 조동일은 「자기 나름대로의 상상에 따라 세계를 자아화하며 현실과의 정면 대결을 회피하고 그 분위기와 감각을 미문으로 그려내어 순수문학을 표방하였다.」(『한국문학통사』5, 지식산업사, 1988. p.462)고 하였는데, 이러한 지적들은 곧 자아와 세계의 대결이라는 서사적 본질을 상실하였다는 뜻이다.

당한 것으로 여겨질 수도 있다. 왜냐하면, 근대의 산물인 소설(novel)의 개념 속엔 대결의식(갈등)이 깔려있는데, 서정소설은 '자아와 세계의 대결'이 아닌 '자아와 세계의 화합'으로 그려져 있기 때문이다. 그러나 문학은 드러난 사실보다 숨겨진 원리가 중요한 만큼, 서정소설에 대한 기존의 평가는 소설 미학적인 검토보다 이념성에 치우쳐졌다는 비판으로부터 자유로울 수 없을 뿐아니라. 이념지향주의보다 더 큰 문제는 서정소설이 지닌 이념 자체를 간파하지 못한 점이라고 하겠다. 말하자면, 가상의 아름다움을 통해 있어야 할 유토피아가 없는 현실을 역설적으로 비판하는 서정소설이라고 하는 이 독특한 장르에 대한 질문은 반드시 서정소설이라고 하는 문법의 통로를 거쳐야만 대답이 가능해짐에도 전통소설에 적용되는 반영론적 관점 내지는 장르적 관점에 얽매여 그 가치를 제대로 발견하지 못하였던 것이다.

그리하여 서정소설은 현실적 삶에서 이룰 수 없는 동일성의 세계를 상상력으로 형상화하여2) 근대적 삶의 분열과 모순을 역설적으로 비판한 반근대성이라는 이데올로기를 지녔기에 본질적으로 사회 참여적이었으나,3) 오로지 이념이 노출된 프로 경향의 소설만이 현실에 대항하는 소설이라고 여겼던 당대의 시각에 의해 문학사에서 소외되었던 만큼, 이제 서정소설에 대한 연구는 오랫동안 길들여진 사유방식에서 벗어나 서정소설에 따른 새로운 미학과 창조적 이론으로 재조명되어야 하리라 믿는다.

이러한 입장에서 본고는 1930년대의 대표적 서정소설 작가라 할 수 있는 이태준과 이효석의 작품들을 분석해 그 미학적 특징을 밝혀 보고자

---

2) 비록 비동일성의 양상이라도 근본적으로는 동일성 회복을 지향하는 태도를 내포하고 있다.
3) 서정소설은 현실에 대응하는 나름대로의 이데올로기를 지니고 있었으나 프로 경향의 소설만이 현실에 대항하는 소설이라고 여겨졌던 당대에서 이념이 없는 소설로 취급된 채, 이념이 표면화되지 않은 모든 문학들 속에 포함되어 순수문학이라 불리어졌으므로 '순수문학'이라는 말 자체로 서정소설을 부정할 수는 없다고 여겨진다.

하는 바, 작품 분석에 앞서 서구 서정소설 이론가인 프리드먼의 서정소설론에 의지하여 그 개념과 원리부터 이해한 후, 그러한 이론을 바탕으로 1930년대 한국 서정소설의 미학적 특징을 해명해 보고자 한다.

2. 원론적 고찰

2.1 개념

'서정소설'이란 문예학적 용어는 애당초 서구에서 생겨난 것으로, 1921년 헤르만 헤세가 자신의 선집 서문에서 서사 갈래이면서도 서정적 특성을 지닌 소설들에 대해 「위장된 서정시로서의 소설」[4]이라 일컬은 것과, 같은 해에 콘래드 에이큰(Conrad Aiken)이 캐터린 맨스필드(KatherineMansfield)의 단편집인 『축복 기타 Bliss and others』에 대한 서평에서 '서정적 단편소설 The Lyrical Short Story'이라고 한데서 비롯되었다.[5] 그후 1963년 영미 문예비평가인 랠프 프리드먼(Ralph Freedman)이 『The Lyrical Novel』이라는 제목의 이론서를 출간하였고, 1989년 신동욱 교수가 이 프리드먼의 이론서를 『서정소설론』이라는 제목으로 번역해 내면서부터, 1930년대 한국 문학사에서 '순수소설(순수문학)'로 지칭되어 온 이 장르의 명칭이 '서정소설'이란 용어로 보편화되기 시작하였는데,[6] 프

---

4) 랠프 프리드먼(신동욱 역), 『서정소설론』, 현대문학, 1989. p.52 참조.
5) 아일린 볼데쉬와일러, 「서정적 단편소설」, 찰스 E · 메이, 『단편소설의 이론』, 예림기획, 1997, P. 303 참조.
6) 신동욱 교수는, 'The Lyrical Novel'을 '서정적 소설(론)'이라 하지 않고 '서정소설(론)'이라 번역하였으며, 『소설학 사전』(한용환, 고려원, 1999) 등에도 '서정소설'이라 쓰고 있으나, '서정소설'이란 용어 대신 '순수소설' 또는 '서정적 소설'이란 용어를 사용하고 있는 경우도 있다. '순수소설'이란 용어를 사용한 경우는, 김용구의 〈이효석의 순수소설 고찰〉, 『관악어문연구』10, (서울대학교 인문대학 국어국문학과, 1985) 같은 것이 있고, '서

리드먼은 서정소설의 개념을 다음과 같이 말하였다.

> 서정소설의 개념은 역설이다. 소설은 늘 이야기하기와 관련되어 있다. 독자는 그와 동일시할 수 있는 인물을 구하며 그와 관련될 수도 있을 행위를 찾는다. 혹은 그가 극화되는 것을 알 수도 있을 사상과 도덕적 선택을 구하기도 한다. 반면에 서정시는 음악적 혹은 회화적 양식 속에서 감정이나 주제의 표현을 의미한다. 서정소설은 이 둘의 특징을 결합해서 독자의 주의를 인간과 사건에서 형식적 디자인으로 옮겨놓는다. 소설의 일상적 풍경은 이미저리의 짜임이 되며 인물은 퍼스나(personae) 그 자체로 나타난다. 따라서 서정소설은 본질적으로 시적 양식이나 문체가 화려한 산문으로 정의되지 않는다. 모든 소설이 그처럼 언어를 고양시킬 수 있고 세계와 이미저리를 연결시키는 문장들을 포함할 수 있다. 오히려 서정소설은 소설의 틀 속에 서사의 인과적이고 시간적인 움직임을 초월하는 독특한 형식을 취한다. 그것은 소설을 시의 기능에 접근토록 사용하는 혼성적인 양식이다.[7]

위에서 보는 바와 같이 프리드먼은, 서정소설을 역설적 개념이며 단순히 시적 양식이나 화려한 문체로 씌어진 산문이 아니라고 하였다. 이는 곧 흔히 오해하고 있는 것처럼 시적 분위기와 아름다운 문체로만 씌어진, 어느 작가에게나 내재되어있는 단순한 서정성이나 미적 형상화에 의한 것이 아니라, 시간의 연속성을 전제하는 서사적 인식보다 공간의 동시적 현상에 의해 자아와 세계가 융합되는 서정적 인식을 통해 이루어진다는 뜻이다. 이와 같이 서정소설은 자아와 세계가 분열된 현실을 전

정적 소설'이란 말을 사용한 예는, 조동일의 『한국문학통사』5(지식산업사, 1988.), 이익성의 「1930년대 서정적 단편소설 연구」(서울대 박사학위 논문, 1994) 같은 것들이 있으며, '서정소설'이란 말을 사용한 논문 및 저서는, 나병철의 「이효석의 서정소설 연구」, 『전환기의 근대문학』(두레시대, 1995)을 비롯, 김해옥의 「이효석 소설 연구 –서정소설의 특성을 중심으로-」(연세대 박사학위 논문, 1993), 이익성의 『韓國現代抒情小說論』(태학사, 1995), 김해옥의 『한국현대서정소설론』(새미, 1999) 등이 있다.

7) 프리드먼, 같은 책, p.18.

제로 하는 전통 소설과 달리 자아와 세계를 융합하려는 작가의 서정적 전망에 의해 이루어지는데, 분열된 자아와 세계를 화합시키려는 열망은 부정적 현실에 대한 역설적 비판의 의미를 지닌다.

또, 서정소설은 행동의 플롯에 의해 이루어지는 전통소설의 서사구조와 달리 의식의 흐름에 의해 진행되며, 상징적인 가면의 작중화자가 등장하며, 인간의 내면 의식을 표현하기 위해 시적 언어와 자연계 사물을 은유적으로, 공간을 상징적으로 표현하는 특징을 지니며, 전통소설의 무대가 외부 세계인데 비해 서정소설의 무대는 인간의 행위가 펼쳐지는 외부 세계가 아니라 작가의 비전이 꾸며지는 내면 세계와 외부 세계가 결합되는 곳으로, 세계를 축소하여 내적 풍경 속에 용해시켜 보여주며,[8] 서사적 주인공은 세계와 대결해 가는 능동적이고 적극적인 인물이 아니라 서정적 순간을 인식행위로 보여주는 수동적이고 내성적인 인물 로 나타나는 특징을 지닌다. 이런 점으로 하여 서정소설은 소설 일반에 비해 행동적 플롯이 약화되는 반서사적 특성을 지닌다.

이상에서 본고는 프리드먼의 서정소설론을 빌어 그 본질과 개념을 요약한 셈이나 서정소설의 개념과 범위에 대해서는 더 많은 연구가 필요할 것으로 생각한다.

2.2 발생론적 배경

서구 문학사에서의 서정소설에 대한 충동은 18세기의 리얼리즘과 19세기의 자연주의에 대한 불만에서 일어났으나, 본격적인 출현은 20세기 초에 들어와 지배적인 사조에 대한 반동으로 나타났다고 볼 수 있다. 즉 20세기초, 도시화・문명화로 인한 자아와 세계의 대립이 심화된 시기에 근대화로 인한 인간성 상실을 비판하기 위한 비판 미학의 한 형태로 등

---

8) 위의 책. p.10.

장하였는데, 헬만 헤세는 산업화 도시화로 인해 분열된 세계상을 반어적
으로 표현하기 위해 인간과 자연이 동화된 원초적 화합을 유토피아를 통
해 표현하였고, 버지니아 울프는 이성 중심주의를 비판하는 감성소설을
썼으며, 앙드레 지드는 상징주의 산문시와 같은 방식에 의거해 썼었는데
이들은 모두 자연에 대한 갈망과 시적 상상력을 통해 반근대성이라는 이
데올로기를 표출하였던 것이다.9) 그런데, 자연에 대한 갈망을 통해 근
대를 비판하는 그러한 방식은 곧, 자연으로 표상되는 가상의 아름다움을
통해 부정적 현실을 역설적으로 비판하는 서정소설의 원리라 할 수 있으
며, 문학작품은 현실에 대한 안티테제라는 점에서 가상일 뿐이라고 한
아도르노의 미학이론10)과도 통한다고 하겠다. 따라서 서구의 서정소설
은 자아와 세계의 화합이 상실된 암울한 현실 속에서 가상의 아름다움을
통해 아름다움이 없는 근대를 비판하는 비판 미학을 지니게 되었다고 할
수 있다.

한편, 1930년대 한국에서의 서정소설의 출현 배경에 대한 기존의 견
해는 크게 시대적 상황과 문단적 상황으로 나뉘어 설명되어져 왔다. 즉,
일제의 파시즘이 강화된 시대적 상황으로 더 이상 이념 지향적인 창작
경향을 지속하지 못한 채 순수문학과 기교주의로 도피한 결과였다고 보
는 견해와, 카프의 해체로 인한 문단의 재편 과정에서 문학의 자율성을
주장하면서부터 비롯되었다는 견해들이 곧 그것이었다. 그런데 그러한
주장들은 결국 서정소설이 반근대성에서 비롯되었다는 서구 서정소설과
그 발생론적 배경의 맥을 같이 한다고 하겠다. 즉, 서구의 서정소설이
반근대성이라는 이데올로기를 지닌 채 자아와 세계를 융합한 것처럼, 한
국의 서정소설 역시 일제에 의해 왜곡된 현실을 부정하는 반근대성이라

---

9) 프리드먼, 같은 책, p.51, pp. 298-299 참조. (프리드먼은, 서정소설적 형식에 대한 충
　동은 18세기 고전 주의 소설의 가상적 리얼리즘에 대한 불만으로 비롯되었으며, 20세기
　에 와서는 지배적인 사조에 대한 반동으로 나타났다고 하였다.)
10) TW.아도르노(홍승용 역), 『미학이론』, 문학과 지성사, 1984, p.171 참조.

는 이념을 지닌 채 자아와 세계를 융합하는 특성을 지니며 나타났기 때문이다. 한국의 서정소설 역시 서구에서와 같은 반근대성에서 비롯되었다는 이러한 생각은, 근대화가 정상적으로 이루어졌던 서구와 달리 우리의 경우는 일제 파시즘 하의 왜곡된 근대화였다는 점으로 하여 무분별한 서구이론 추수주의로 여겨질 수 있다. 그러나, 오히려 왜곡된 근대화였기에 근대화에 대한 반감이 더하였을 것이고 보면 그러한 생각은 타당하게 여겨질 뿐만 아니라, 한 개인에게 사회를 발견하기 위한 계기가 역사적으로 주어졌을 때는 현실을 대상화하여 인식할 수 있는 소설 장르가 선택되지만, 사회를 발견하지 못하고 역사의 발전 방향을 알 수 없을 때는 현실의 체험 지각, 즉 서정적 인식이 선택될 수밖에 없다고 한 헤겔의 장르론으로도 해명이 된다고 하겠다.

2.3 미학적 원리와 기호적 성격

서정소설의 원리는 역설의 원리로, 기표와 기의가 일치하지 않는 그러한 역설의 선택은 기법의 차원이 아닌 세계관의 표현이자 이데올로기의 형상화이다. 그리고 그 이데올로기의 핵심은 반근대성으로, 근대 이후의 서정문학이 그 아름다움으로 아름다움이 사라진 현실을 역설적으로 알려주었던 신호로 작용해왔던 원리와도 같은 것이라 할 수 있다.

즉, 1930년대의 서정소설은 당대의 파시즘에 저항하기 위한 현실대응 방식의 하나로 현실과 괴리된 가상의 아름다움을 그리게 된 것이었다. 따라서 서정소설의 아름다움은 현실과 대항하기를 두려워해 도피한 아름다움이 아니라 현실도피와는 상반되는 비판의식과 새로운 질서의 창조에 기여할 수 있는 아름다움이라 할 수 있다. 그런데, 가상의 아름다움을 통해 아름다움이 없는 현실을 역설적으로 비판했다고 보는 근거는 유토피아 사상 및 유토피아 사상의 가치와 관련된다.

잘 알다시피 문학에서 흔히 나타나는 자연·고향·유년 등은 모두 현대인들이 동경하는 상실된 유토피아의 기호들이며, 현대인들이 동경하는 그러한 유토피아 사상은 마틴 플라텔이, 부정적 현실을 비판하여 사회변혁 사상을 고취시켜 주고 이상사회의 방향을 제시하여 주는 가치를 지니고 있다고 한 것과 같이, 서정소설 역시 아름다움으로 표상되는 유토피아의 기호를 통해 있어야 아름다움이 없는 세계를 반어와 역설의 원리로 고발하는 것이다. 이처럼, 자아와 세계가 화합된 서정소설의 그러한 아름다움은 인간과 자연이 조화된 공동체적 삶에 대한 열망을 나타내지만, 기호의 작동방식을 무시한 채 오로지 시각을 서사장르의 본질론에만 고정시킬 경우 기존의 평가와 같이 현실과 거리가 먼 아름다움을 그린 현실도피 문학으로 보여질 수도 있다. 근대의 산물인 소설(novel)의 개념 속엔 대결의식(갈등)이 깔려있는데, 서정소설은 '자아와 세계의 대결'이 아닌 '자아와 세계의 화합'으로 표현되기 때문이다.

서정소설은 리얼리즘이나 모더니즘과는 미학적으로 구분되는 서정소설 나름대로의 원리를 지니고 있다. 그러면 서정소설의 미학적 원리를 말하기에 앞서 미학적 특성에 따라 각기 다른 방식으로 작동되는 유토피아의 기호들부터 살펴보기로 하자.

모든 문학은 바람직한 세계와 가치있는 삶을 위한 의식적인 분투 행위를 형상화해 놓음으로써 유토피아적 속성을 지니며, 문학적 유토피아의 기호들은 미학적 양식에 따라 각기 다른 방식으로 작동하는 바, 현실을 객관적으로 그리는 리얼리즘과 같은 반영론적 미학에 있어서의 기호는 유토피아를 빼앗아간 현실적 조건을 변화시키는 힘을 제공하는 방식으로 작동하고, 현실에 대한 인식을 주체 내면의 자기인식으로 직접 드러내는 모더니즘 미학에 있어서는 유토피아의 실현이 불가능함을 깨우쳐 주는 방식으로 작동하며, 현실과 괴리된 자아와 세계의 화합을 그리는 서정소설에 있어서의 기호는 가상의 아름다움을 통해 현실을 역설적으로 비판하는 방식으로 작동한다.

잘 알다시피, 1930년대 사회주의 리얼리즘소설의 대표작으로 일컬어지는 조명희의 「낙동강」에는 첫머리에서부터 중간 중간에 이르기까지 '낙동강'·'옛 마을(옛집·고향)'·'느티나무'·'어린아이(지나간 날)'·'기러기'·'갈밭' 같은 자연(물)들이 제시되는데, 이러한 자연(물)들은 모두 지시대상을 상실한 유토피아의 기호들이며, 대표적 자연 기호인 낙동강은 지난날 인간과 화합하였던 유기적 삶에 대한 동경을 지니게 하여 주인공 박성운으로 하여금 일제치하 농촌 현실의 모순11)을 인식시켜 빼앗긴 공동체적 자연(강·갈밭·마을)을 되찾으려는 열망을 지니게 된다. 말하자면 낙동강은 공동체적 화해에 대한 열망을 더욱 뜨겁게 하여 유토피아가 없는 현실과 맞서 싸우려는 힘을 제공하는 기능으로 작동하는 것이다.

그러나, 잃어버린 과거형의 유토피아(자연과 인간이 화합된 공동체적인 삶)를 되찾기 위해 미래형의 유토피아로 바꾸어 놓는 방식으로 작동하는 이러한 리얼리즘소설에서의 자연기호와 달리 모더니즘소설에서는 빼앗긴 공동체적 삶을 열망하는 자연의 기호가 아니라, 더 이상 유토피아를 실현하는 것이 불가능하다고 믿는데서 오는 부정적 인식의 기호이며, 그러한 부정적 인식은 심화된 현실적 억압에서 비롯된다. 즉, 현실적 억압이 심해져 자연을 꿈꾸는 것마저 어려워져 화합의 기호들이 사라진 현실에서는 화합의 의미부터가 달라져, 화합은 곧 불화의 현실에 동화되는 것을 의미하며 진정한 화합의 상실을 뜻하게 되는 것이다. 따라서 불화의 현실에서 벗어나기 위해 모더니즘 소설은 현실에 동화되지 않고 현실 속의 불화(부조화)를 드러낼 뿐이다.

그러한 예는 1930년대의 대표적 모더니즘 소설 작가들인 박태원과

---

11) 일제로부터 삶의 터전을 빼앗긴 현실과, 「이 기나긴 세월을 불평의 평화 속에서 아무 소리없이 내려왔다. 그네는 이 불평을 불평으로 생각지 아니하게까지 되었다. 흐린 날씨를 참으로 맑은 날씨인 줄 알 듯이.」라고 한 것처럼, 그러한 모순된 삶을 인식치 못하고 자연스럽게 살아가는 사람들이 부조화를 이루고 있다.

이상의 작품들에서 찾아볼 수 있는데, 박태원의 「피로」(1935)에는 '한강'·'얼음장'·'강바람'과 같은 자연(물)이 제시되고 있으나, '한강'·'얼음장'·'강바람' 같은 그러한 자연(물)들은 한강의 삭막한 겨울 모습을 통하여 냉혹한 식민지 현실을 암시하고자 하는 것일 뿐, 유토피아에 대한 열망으로서의 서정적 자연이 아니다. 서정적 자연 대신 주인공인 '나'는 다방에 앉아 원고를 쓰거나 자신의 의지와 상관없이 도회의 거리를 배회할 뿐이며, 이러한 배회를 통해 인식하는 것은 일제 강점하의 도시 공간에서 빚어지는 잡다한 삶의 별리 현상과 현실적 피로일 뿐이며, 이상의 「날개」(1936) 역시 부정적 현실로부터의 비약을 뜻하는 자연적 상징인 '날개'를 개인적으로 재해석한 것일 뿐 유토피아의 기호로서의 자연(물)이 아니다. 주인공이 날개를 염원한 것은 전도된 질서, 폐쇄된 의식, 잃어버렸던 본래적 인간성을 자각하고 돈과 쾌락에 의해 지배되는 삶으로부터 탈출하여, 상실된 자아의 본래성을 회복하고자 하는 의지일 뿐이다. 따라서 「날개」 역시 「낙동강」에서처럼 현실의 부조화를 인식하고 있으나 「낙동강」처럼 상실된 공동체적 꿈을 되찾기 위해 분투하는 것이 아니라, 근대화론에 의해 공동체적 꿈을 상실한 개인의 유토피아(날개)를 그렸을 뿐이다. 따라서, '날자'라고 하는 이룰 수 없는 '날개'에의 꿈(유토피아)은 화해의 열망을 드러낸 것이기는 하나 실제로는 자아와 세계의 화해가 불가능하다는 부정적 인식을 담고 있는 것이며, 그러한 비유체적이고 부조화된 형상은 그 자체로 주객단절과 소외를 표현한다고 할 수 있다.

이렇게 볼 때, 결국 리얼리즘소설인 「낙동강」과 모더니즘소설인 「날개」는 두 가지 상이한 자연의 기호를 보여주는데, 「낙동강」이 동경을 통해 내면적 화해의 꿈을 표상하는 유기체적 미학이라면, 「날개」는 부조화를 통해 잃어버린 화해를 소생시키는 비유기체적 미학이라 할 수 있으며, 「낙동강」이 동일성 회복을 뜻하는 은유적 사유형이라면 「날개」는 현실과 이상의 화해가 불가능한 현실을 외적 연관성(인접성)으로 암시하는 환유적 사유형이라 할 수 있다.

한편, 서정소설에서의 기호는 리얼리즘이나 모더니즘에서의 기호와는 또 다른 방식으로 작동하는 바, 이를 한국의 대표적 서정소설이라 할 수 있는 「메밀꽃 필 무렵」(1936)을 통해 확인해 보면, 「낙동강」에서처럼 「메밀꽃 필 무렵」도 다양한 자연(물)이 제시되지만, '산허리'·'달'·'콩포기'·'옥수수'·'메밀(꽃)밭'·'나귀'와 같은 이러한 자연(물)들은 달빛과 아름다운 조화를 이루고 있을 뿐 아니라 달을 바라보며 산길을 가는 사람들과도 함께 어우러져 있다.

그리고 허생원이 성씨 처녀와 깊은 인연을 맺었던 때도 달 밝은 여름밤이었으며 잊을 수 없는 그녀에 대한 그리움 또한 달빛과 긴밀하게 연관되어 있다.

이처럼 이 작품에서는 주변인물인 장돌뱅이(허생원)가 당연히 겪게 될 수밖에 없을 현실적 어려움 같은 것은 그 어디에도 찾아볼 수 없이 오로지 인간과 자연이 아름답게 조화를 이루고 있다. 즉, 자아와 세계가 불화를 겪는 객관적 현실과는 거리가 먼 자아와 세계의 화합을 미적 가상으로 그려내고 있는 것이다. 그런데, 작가의 서정적 관점에 의해 화해의 관계로 설정된 그러한 아름다움을 기호 너머의 의미를 무시한 채 오로지 반영론적인 시각으로만 보면 '자아와 세계의 대결'이라는 서사의 기본 조건을 갖추지 못하고 있는 것처럼 보여질 수도 있다. 그러나 그러한 아름다움은 현실을 외면한 것이 아니라, 궁극적으로 그러한 아름다움이 사라진 분열된 현실을 역설에 의해 보다 강하게 비판하는 것이므로 서사의 기본 조건(자아와 세계의 대결)을 갖춘 구조가 된다. 말하자면, 자아화할 수 없는 세계를 자아화한 것처럼 표현한 자체가 이미 자아와 세계의 대립을 역설적으로 표현한 것이 되는 것이다. 이처럼, 서정소설에서 아름다움으로 표상되는 자연이라고 하는 유토피아의 기호는, 가상의 아름다움을 통해 분열된 현실과 화합(미메시스)하는 것처럼 보이면서도 실제로는 어두운 현실을 역설적으로 비판하는 기호로 작동하는 것이다.

이처럼, 리얼리즘 소설에서의 자연은 현실적 억압에 맞서는 힘으로 작동하고, 모더니즘 소설에서는 부조화를 통해 잃어버린 화해에 대한 기억을 되살리는 방식으로 작동하며, 서정소설에서는 인간과 자연이 조화된 가상의 아름다움을 통해 현실을 역설적으로 비판하는 방식으로 작동한다. 이를 미학적으로 따지자면, 리얼리즘이 현실에 대한 비판인데 비해 모더니즘은 현실에 대한 회의와 부정, 거부와 무관심이며, 모더니즘 문학이 부정적인 근대 주체에 대해 풍자와 아이러니로 내부 비판을 감행하는데 비해 서정소설은 세계와 자아의 동일성을 지향하는 융화와 화합 정신을 바탕으로 하고 있으며, 모더니즘 소설이 인간주의 세계관을 부정하고 반전통적 성향을 띠고 있음에 비해 서정소설은 인간주의 세계관과 전통적이고 유기적인 사회에 대한 동경을 지니고 있을 뿐 아니라,12) 모더니즘 소설이 현실에 대한 회의와 부정, 거부와 무관심인데 비해 서정소설은 융화와 화합이라 할 수 있다. 또, 수사학적 관점으로 보면 유사성에 의한 유추적 상상성에 바탕을 둔 리얼리즘은 은유, 객체를 거부하며 인접성에 바탕을 둔 모더니즘은 환유적 사유임에 비해 인접성에 바탕을 둔 채 객체를 거부하는 모더니즘은 환유, 주체와 객체의 융합인 서정소설은 제유에 해당되는 것으로 볼 수 있을 것이다.

이와 같은 기호적 성격을 지닌 서정소설의 미학적 원리는 한 마디로 압축하자면 자아와 세계가 화합하는 동일성의 원리라 할 수 있으며, 모든 서정소설 작품들에 두루 해당된다고는 할 수 없으나, 비록 자아와 세계가 불우하게 조우하는 비동일성의 양상이라 하더라도 근본적으로는 동일성 회복을 지향하는 원리라 할 수 있다.

따라서 서정소설은, 서정소설의 필연적 한계인 허구와 실제와의 괴리

---

12) 이강언, 『한국 현대 소설의 전개』, 형설출판사, 1992, p.10 참조.

를 강력한 서정시적 이미지의 결합을 통해 극복함으로써 시와 소설이라는 두 양식의 통합과 보완을 꾀하려는 서정성이 짙은 서사라 할 수 있다. 그리하여 프리드먼은 서정소설을, 철저하게 자아와 세계의 분리를 요구하는 소설 양식 속에서 자아와 세계의 분열을 없애려는 충동의 소산이라고 하였다.

그러나 서정소설은 앞서 언급된 바와 같이 어느 작가에게나 내재되어 있는 단순한 시적 양식이나 화려한 문체로 씌어진 서정성이나 미적 형상화가 아닌 만큼 서정소설이 지닌 가상의 아름다움은, 아름다움을 통해 아름다움이 없는 현실을 비판하는 아름다움이라 하겠다.

3. 1930년대 서정소설의 미학적 특징

3.1 이태준 소설의 특징

이태준 소설의 특징은 이미지를 시각화한 서정적 분위기의 창출, 서술과 대화의 압축을 통한 정서의 암묵적 표현, 현상과 본질의 대비를 통해 본질을 드러내는 아이러니 기법, 시간의 계기성이 파괴된 공간적 서사형태 등이라 할 수 있다. 그리고, 그러한 표현의 새로움은 서사적 거리보다 합일된 체험과 정서적 소통을 통해 이루어 지는데, 「꽃나무는 심어놓고」(1933.3)에는 바로 그러한 이미지의 시각화와 직유나 은유와 같은 비유어에 의해 서정적 분위기가 창출되는 예를 보여주는 작품이다.

　(1) "댁에 눈 쳐 드릴까요?"
　　"우리 칠 사람 있소"
　　"댁에 눈 안 치시렵니까?"

　　"어려니 칠까봐 걱정이오"
　　방서방은 어이가 없어
　　"허! 마당도 없는 녀석이 꽤니 비만 샀군!"
　　하고 다리 밑으로 돌아오고 말았다.13)

　　(2) 봄이 왔다. 그렇게 방서방을 춥게 굴던 겨울은 다 지나가고 그 대신 방서방을 슬프게 구는 봄이 왔다. 진달래와 개나리 꽃가지들은 전차마다 자동차마다 젊은 새악시들처럼 오락가락하고, 남산과 창경원엔 사구라꽃이 구름처럼 핀 때였다. 무딘 힘줄로만 얼기설기한 방서방의 가슴에도 그 고향, 그 딸, 그 안해를 생각하기에는 너무나 슬픈 시인이 되게 하는 때였다.14)

　　이와 같이, (1)에서는 압축된 대화를 통해 눈처럼 차가운, 냉혹한 도시(서울)의 비정성을 암묵적으로 드러내고 있으며, (2)에서는 일제에 의해 농토를 빼앗긴 채 고향에서 쫓겨나 서울의 한 다리 밑을 거처로 삼고 지게꾼으로 연명하는 주인공(방서방)의 슬픔이 봄, 진달래, 개나리, 사구라꽃 같은 화사하고 아름다운 이미지와 대비됨으로써 극화된다. 이처럼, 선명한 이미지와 슬픈 정서를 구체화시키는 방법은 이미 「봄」(1932.4)에서부터 나타났는데, 「봄」에서의 주인공 박은 자신의 불우한 처지와 대조되는 아름다운 봄날, 화사한 꽃을 꺾다 귀뺨을 얻어 맞게 된다.

　　그런데 일제에 의해 고향을 잃은 방서방이나 냉혹한 도시에서 고통을 당하는 박의 슬픔은 다름아닌 당대의 우리 민족의 고통과 슬픔이었던 현실에 대한 인식의 결과라 할 수 있다. 이처럼 이태준 소설의 현실에 대한 인식은 1920년대의 프로문학과는 달리 비록 이념을 노출시키지 않은 채, 작품 속에서 문학의 방식으로 대응해 왔던 것이다. 이러한 시각에서 볼 때 이태준의 서정소설은 현실을 외면한 것이 아니라 이전의 소

---

13) 이태준, 「꽃나무는 심어놓고」, 『이태준전집1』, 깊은샘, 1988, p.107.
14) 같은 책, p.111.

설과는 다른 방식으로 현실에 대응해 왔을 뿐이라 할 수 있다.

또, 「달밤」(1933.11) · 「손거부」(1935.11) · 「색씨」(1935.11) 등에서는 인간적 정감과 천진성을 지닌 주변인물들의 개성적인 성격을 통해 단순한 감상과는 구분되는 서정적인 아름다움을 드러내고 있는데, 「달밤」은 바로 그러한에 어리숙한 인물을 설정하여 서정적 분위기를 창출하고 있다.

　　하루는 나는 거의 그를 잊어버리고 있을 때,
　　"이선생님 곕쇼?"
　하고 수건이가 찾아왔다. 반가웠다.
　　"선생님, 요즘 신문이 걸르지 않고 잘 옵쇼?"
　하고 그는 배달 감독이나 되어 온 듯이 묻는다.
　　"잘 오, 왜 그류?"
　한즉 또,
　　"늦지도 않굽쇼, 일찌기 제때마다 꼭꼭 옵쇼?"
　한다.
　　"당신이 돌을 때보다 세 시간은 일찌기 오고 날마다 꼭꼭 잘 오."
　하니 그는 머리를 벅적벅적 긁으면서,
　　"하루라도 걸르기만 해라. 신문사에 가서 대뜸 일러바치지……."
　하고 그 빈약한 주먹을 부르댄다.
　　"그런뎁쇼, 선생님?"
　　"왜 그류?"
　　"삼산학교에 말씀예요, 그 제 대신 들어온 급사가 저보다 근력이 세게 생겼습죠?"
　　"나는 그 사람을 보지 못해서 모르겠소."
　하니 그는 은근한 말소리로 히죽거리며,
　　"제가 거길 또 들어가 볼랴굽쇼, 운동을 합죠."
　한다.
　　"어떻게 운동을 하오?"

"그까짓 거 날마당 사무실로 갑죠. 다시 써달라고 졸라 댑죠. 아, 그랬더니 새 급사란 녀석이 저보다 크기도 무척 큰뎁쇼, 이 녀석이 막 불근댑니다그려. 그래 한번 쌈을 해야 할 턴뎁쇼, 그 녀석이 근력이 얼마나 센지 알아야 뎀벼들턴뎁쇼…… 허."

"그렇지, 멋모르고 대들었다 매만 맞지."

하니 그는 한 걸음 다가서며 또 은근한 말을 한다.

"그래섭쇼, 엊저녁엔 큰 돌멩이 하나를 굴려다 삼산학교 대문에다 놨습죠. 그리구 오늘 아침에 가보니깐 없어졌는뎁쇼. 이 녀석이 나처럼 억지루 굴려다 버렸는지, 뻔쩍 들어다 버렸는지 그만 못 봤거든입쇼, 제—길……."

하고 머리를 긁는다. 그러더니 갑자기 무얼 생각한 듯 손뼉을 탁 치더니,

"그런뎁쇼, 제가 온 건입쇼, 댁에선 우두를 넣지 마시라구 왔습죠."

한다.

"우두를 왜 넣지 말란 말이오?"

한즉,

"요즘 마마가 다닌다구 모두 우두들을 넣는뎁쇼, 우두를 넣으면 사람이 근력이 없어지는 법인뎁쇼."

하고 자기 팔을 걷어 올려 우두 자리를 보이면서,

"이걸 봅쇼. 저두 우두를 이렇게 넣기 때문에 근력이 줄었습죠."

한다.

"우두를 넣으면 근력이 준다고 누가 그립디까?"

물으니 그는 싱글거리며,

"아, 제가 생각해 냈습죠."

한다.

"왜 그렇소?"

하고 캐니,

"뭘…… 저 아래 윤금보라고 있는데 기운이 장산뎁쇼. 아 삼산학교 그 녀석두 우두만 넣었다면 그까짓 것 무서울 것 없는뎁쇼, 그걸 모르겠거든입쇼……."

한다. 나는,

"그렇게 용한 생각을 하고 일러주러 왔으니 아주 고맙소."

하였다. 그는 좋아서 벙긋거리며 머리를 긁었다.15)

인용문에서는 정감있는 대화를 통해 사회생활에 적응하지 못하고 경쟁에서 패배하는 주변인물(황수건)의 성격을 생동감있게 그려내고 있는데, 1930년대 소설사에 있어서 이태준 단편소설에 자주 등장하는 이러한 주변인물들에 대한 대부분의 평가는 이러한 인물의 유형이 사상적 고민이나 사회적 관심이 없는, 현실생활과 동떨어진 인물들임을 비판하고 있다.16)

그러나 이태준 작품의 '못난이'들을 통해 보여주고자 하는 것은 패배의식이 아닌 세계에 대한 인식이라 할 수 있다. 즉, '이 세계는 자신의 이익을 위해 폭력과 모략과 음모를 꾸밀 수 있는 능력의 소유자만을 살게 만들고 유능하다고 인정하는 반면에, 좀 모자라고 쓸데없는 야심을 갖지 않고 무능한 사람은 살 수 없게 만든다'17)는 현실에 대한 인식인 것이다.

따라서 이태준 소설의 주변인물이 지니는 정감은 인물과의 체험적인 동일시를 통해 이르게 되는 인간관계의 구체화된 표현이라는 점에서, 천진성은 자아의 욕망을 구속하지 않음으로써 얻게 되는 순수함으로 사악한 현실과 대조되는 정신이라 할 수 있다.

이러한 시각에서 볼 때 이태준 소설에 등장하는 주변인물들의 정감과 천진성은 단순한 감상성과는 구분되는, 근대사회의 속성에 대한 비판적 인식이 내포되어 있다고 하겠다.

---

15) 이태준, 「달밤」, 앞의 책, p.119-121.
16) 최재서, 「단편작가로서의 이태준」, 『문학과 지성』, 인문사, 1938(9?), p.175 참조
17) 김치수, 「근대소설의 완성」, 『이태준, 오몽녀』(한국대표문학총서15), (주)지학사, 1990.
    p.281.

　　이태준 소설의 또 다른 미학적 특징은 표현과 의미의 간극을 이용한 아이러니라 할 수 있는데, 이는 초기작의 구성 원리였던 '극적반전'이 고도화된 것으로 볼 수 있다. 이러한 계열의 작품으로는 「촌띄기」(1934. 3)·「우암노인(어둠)」(1934.11)·「색씨」 등이 있다.

　　　아내는 눈물에 흐린 눈으로 남편을 돌아보노라고 몇 번이나 남과 부딪치면서 아래장거리로 타박타박 내려갔다 장군이는 멍청하니 큰 길 가운데 서서 아내의 뒷모양만 바라보았다. 아내의 그림자가 거의 이층집 모퉁이로 사라지려 할 때였다. 무엇인지 갑자기 허리가 다 시큰하도록 볼기짝게를 들이받았다. 쓰러질번 하면서 두어걸음 물러나 얼굴을 돌리니 얼굴에는 대뜸 불이 번쩍하는 따귀가 올라왔다. 그리고 뺨을 때린 손길과 같이 날카로운 소리가 났다.
　　"이 자식아, 왜 큰길에 떡 막아서서 종을 울려도 안 비켜나? 촌띄기녀석 같으니……"
　　무슨 관청의 급사인 듯 양복쟁이나 노상 어린애였다. 그는 자전차 앞바퀴를 들고 한번 굴려 보더니 장군이가 탄할 사이도 없이 남실 자전차 우에 올라앉아 달아났다.
　　장군이는 멀거니 한옆으로 나서서 눈으로만 그뒤를 쫓아보는 수밖에 없었다. 내리막길이라 자전차는 번개 같이 달아났거니와 걸어간 안해의 그림자도 벌서 사라진지는 오래였다.18)

　　위의 인용문은 「촌띄기」의 마지막 장면이다. 숯을 굽고 화전과 밀렵을 하며 살아가던 산골 마을의 장군이는 어느날, 자신이 파 놓은 멧돼지와 노루의 함정에 사냥 나온 일인 순사부장이 빠져버린 탓으로 유치장에 갇혀있다 20여일 만에 풀려나온다. 하늘 아래 첫 마을인 안악굴에서 더 이상 숯을 굽고 사냥을 하며 살 수 없음을 마을 사람들보다 먼저 깨달았다고 생각한 장군이는 이틀 후 대처로 가 돈을 벌겠다며 아내를 친정으

---

18) 이태준, 「촌띄기」, 같은 책, p.156.

로 가게하고 자신은 대처로 간다며 정든 고향을 떠나는데, 위의 장면은 대처로 가기도 전에 읍내에서 자전거를 탄 젊은놈에게 촌뜨기라며 귀뺨을 얻어맞는 마지막 장면으로 우리는 여기서 몇 가지의 아이러니를 발견하게 된다. 첫째는, 이 땅의 주인인 장군이가 이 땅을 침범한 일본인에게 경찰서로 끌려가 귀때기를 얻어맞은 일이며, 둘째는 사냥(밀렵)을 한다는 이유로 사냥 나온 순사에게 당하는 일이며, 셋째는 도회지로 가 돈을 벌겠다며 산골을 떠난 장군이가 대처로 가기도 전에 읍내에서부터 자전거를 탄 젊은 양복쟁이에게 귀뺨을 얻어맞는 일들이다. 그리하여 우리는 도회지로 가 겪게 될 장군이의 미래가 여지없이 깨어지게 될 것임을 예견하게 된다.

주지하다시피 아이러니 문학은 현실과 이상이 부조화하고 어긋나는 시대에 표면의 현상을 통해 이면의 진리를 반어적으로 드러내는 기법이다. 이러한 관점에서 볼 때 이태준 소설의 '서정적 아이러니는, 내면 속에 유토피아에 대한 열망을 간직한 서정적 주체와 유토피아를 상실한 부정적 현실 간의 극단적인 부조화 속에서 등장하는 것'19)으로 볼 수 있는 바, 이처럼 이태준의 소설은 아이러니적 구성에 의해 표현하지 않은 다중적 의미까지 파악하게 하여 미적 효과를 확대시킨다.

그리고, 주변인물들의 천진성이 사악한 근대사회의 속성을 비판하듯, 이 작품 역시 근대에 대한 반감을 드러내는데, 일제의 삼정회사나 서울서 사온 장풍언네 발동기에 의해 화전을 파 먹고 숯을 굽고 덫과 함정을 놓아 산짐승을 잡아 먹으며 조상대대로 자연과 더불어 평화롭게 살아오던 전통적 삶이 파괴되며, 자전거를 탄 젊은 양복쟁이에게 귀뺨을 얻어맞는 일들은 바로 그러한 근대의 비정성을 요약적으로 보여주는 것이다.

이러한 시각에서 볼 때 이태준 소설에 대한 일반적 평가는 미학적 측면과 현실인식적 측면을 배타적인 관계 속에서만 논의하거나, 미를 단순

---

19) 김해옥, 『한국 현대 서정소설론』, 새미, 1999, p.29.

한 기법의 문제로만 파악함으로써 사회적 의미가 간과되어 왔었으나, 현실 비판을 표면화시킨 이전의 소설들과 달리, 근대에 의해 훼손된 세계에 대응하는 반근대성이라는 이데올로기를 지니고 있을 뿐 아니라, 도시화·산업화에 반발하여 부정의 현실을 반어적으로 비판하였다고 볼 수 있는데, 이러한 입장은 일제의 압제 속에서도 오히려 늠름한 서사적 추구 정신을 실현하였으며 보여주기 수법으로 심상을 제시하여 이태준 특유의 서정소설을 이룩하였다고 한 신동욱 교수의 견해를 통해서도 뒷받침이 된다고 하겠다.20)

따라서 이태준 소설이 지니는 근대에 대한 비판은 이념이 노출되었던 이전의 소설들과 달리 예술의 자율성에 기반한 미적 인식의 계기를 통해 구체화되며, 나아가 이러한 심미적 인식은 독특한 개성을 창출하는 인식적 기반이 된다는 점에서 구체성을 확보하고 있다. 따라서 이태준 소설의 형식적 새로움은 전통 서사와는 다른 이미지적인 표현과 공간적 구성에서 비롯되는 것으로 서술자는 대상과의 정서적인 통합을 통해 주관적 인식을 표현한다. 그리고 이미지는 이러한 주관적인 감응의 과정에서 자연스럽게 나타나는 표현 방식으로 전통적인 서사와는 구분되는 형식적인 새로움을 보여준다. 즉 대상을 논리적인 연관 속에서 개념을 통해 인식하는 서사 일반의 전통과는 달리, 대상과의 감각적인 체험에서 창출된 인상을 시각적인 영상으로 표현한 이미지를 통해 서사적 전통 내부에 서정적 양식의 자질을 결합하게 되는 것이다.

　벌에는 군데군데 사람들이 있었다. 그러나 장군이 눈에 제일 먼저 띠이는 것은 이제 겨우 큰 길에서 떨어져 방축 머리를 돌아가고 있는 안해의 그림자였다. 장군이는 발을 멈추고 멍하니 서서 바라보았다. 바라보고 섰노라니까 안해도 남편이 저를 바라보고 섰는 것을 돌다다 본 듯 안

---

20) 신동욱, 『1930년대 한국소설 연구』, 한샘출판사, 1994, p.42, p.50.

해의 그림자도 움즉이지 않고 한자리에 박혀 있었다. 장군이는 또 성이
버럭나서 옆에 있기나 한 것처럼

　"가, 어서....."

하고 손짓을 하였다. 아내는 남편의 손짓을 알아챈 듯 그제사 다시 움
직이었다.

읍길과 밤까시길은 갈라져 가지고도 한 오 리 동안은 평행하는 길이
다. 그래서 장군이 눈에는 아내의 그림자가 조밭에 가리웠다가 혹은 수
수밭에 가리웠다가 가끔 다시 나타나군 하였다.

어떤 때는 까맣게 멀리 보이었다가도 어떤 때는 뜻밖에 소리를 지르면
알아들을만치 가까이서도 나타났다.

멀리서나 가까이서나 아내의 그림자가 보일 때마다 장군이는 걸음을
멈추고 바라보면서 생각하였다.

　"읍에까지 같이 갈 걸!"

장군이는 아내에게 떡이나 사먹여서 보내고 싶었다. 친정으로 가라는
바람에 이틀이나 곡기를 하지 않은 아내가 시장도 하려니와, 작년 가을
에 별로 이차떡 말을 뇌이던 것이 생각났다.[21]

　위는 「촌뜨기」에서 장군이와 아내가 헤어지는 장면이다. 장군이는 평
소 자기보다 못한 광셍이의 처는 '날아갈 듯한 주인 아씨감이요, 자기 처
는 그에게 짓밟힐 하님짜리밖에 안돼' 보여 늘 아내를 못마땅해 하였다.
그러나 막상 아내와 헤어지려 하자 한편으로는 '썩은 팔이나 다리를 자
르는 것처럼 시원은 하면서도 속이 저려드는 데가 있었다. 아내는 헤어
지기가 두려워 혹시라도 남편이 자신을 부르지나 않을까 하여 자주 발을
멈추고 바라보지만, 어서 가라는 장군이의 손짓에 마지 못해 발길을 재
촉한다. 그런데, 그려놓은 듯한 들길을 걸어가는 아내의 나타났다가는
사라지고 나타났다가는 사라지고 하던 모습이 이윽고 언덕 너머로 사라
지자 '어서 아내를 떼어버리고 혼자 가뜬한 길을 훨훨 달아나고 싶었던'

---

21) 이태준, 「촌뜨기」, 같은 책, p.154 참조.

애초의 생각과는 달리, '눈물이 펑 쏟아지면서 코허리가 시큰거리며, 목줄대기에선 울음을 참노라고 찌르륵하는 소리까지' 날만큼 슬퍼진다.

이처럼 논둑을 사이에 두고 나뉘어지는 평행의 갈림길을 배경으로 보였다가는 사라지고 보였다가는 사라지곤 하는 아내의 모습은 대상을 논리적인 연관 속에서 개념을 통해 인식하는 서사 일반의 전통과는 달리, 대상과의 감각적인 체험에서 창출된 인상을 시각적인 영상으로 표현하여 이별의 정서를 점층적으로 고양시키며, 아픔이 교차하는 장군이의 마음은 서정적 이미지와 분위기로 그려진다.

이렇게 서술이 아닌 묘사로 독자를 상황에 몰입시키고, 나타났다가는 사라지고 나타났다가는 사라지고 하는 아내의 모습을 통해 이별의 아픔을 시각화시키는 방법은 독자로 하여금 서술보다 훨씬 더 큰 정서로 젖어들게 한다. 즉, 화제의 대상은 장군이지만 시각화가 진행되어 감에 따라 분위기가 장군이로부터 독자에게로 옮겨지게 되면서 주체가 객체 속으로 침투해 들어가게 되는데, 정서를 시각화하여 대상을 내면화하는 방법은 서정성의 본질을 '자아와 세계의 융합과 상호 침투'라고 한 카이저의 견해와 일치하는 것으로 소설이 서정화되는 가장 일반적인 방식이다.

이태준 서정소설의 또 다른 미학적 특성은 객관적 서술 태도와 산뜻하고 담백한 이미지를 통해 서정적 분위기의 창출하는 것이라 할 수 있는데, 이런 계열의 대표적인 작품으로는 「가마귀」(1936.1)를 들 수 있다.

> (1) 여자는 잊어버린 듯 오래도록 햇볕만 쏘이고 서 있다가 어디선지 산새 한 마리가 날아와 가까운 나뭇가지에 앉는 것을 보더니 그제야 사뿐 발을 떼어놓았다. 머리는 틀어올리었고 저고리는 노르스름한 명줏빛인데 고동색 스웨터를, 아이 업듯, 두 소매는 앞으로 늘어뜨리고 등에만 걸치었을 뿐, 꽤 날씬한 허리 아래엔 옥색 치맛자락이 부드러운 물결처럼 가벼운 주름살을 일으켰다. 빨간 단풍잎 하나를 들었을 뿐, 고요한 아침 산보인 듯하다.

"누굴까?"

그는 장정 고운 신간서(新刊書)에서처럼 호기심이 일어났다. 가까이 축대 아래로 지나가는 것을 보니 새 양봉투 같은 깨끗한 이마에 눈결은 뉘어쓴 영어글씨같이 채근하다. 꼭 다문 입술, 그리고 뽀로퉁한 콧봉오리에는 약간치 않은 프라이드가 느껴지는 얼굴이었다.[22]

(2) 사흘이나 눈이 오고 또 사흘이나 눈보라가 치고 다시 며칠 흐리었다가 눈이 오고 그리고 날이 들고 따뜻해졌다. 처마끝에서 눈 녹은 물이 비 오듯 하는 날 오후인데 가엾은 아가씨가 나타났다. 더 창백해진 얼굴에는 상장(喪章) 같은 마스크를 입에 대었고 방에 들어와서는 눈꺼풀이 무거운 듯 자주 눈을 감았다 뜨면서,

"그간 두어 번이나 몹시 각혈을 했어요." 하였다.[23]

(3) "조선 상여는 참 타기 싫어요. 요즘 금칠 막 한 자동차두 보기두 싫어요. 하―얀 말　여럿이 끌구 가는 하―얀 마차가 있다면…… 하구 공상해 봤어요. 그리구 무덤두 조선 무덤들은 참 암만해두 정이 가질 않어요. 서양엔 묘지가 공원처럼 아름답다는데 조선 산수들이야 어디 누구의 영―원한 주택이란 그런 감정이 나요? 곁에 둘 수 없으니 흙으루 덮구 그냥 두면 비에 패니까 잔디를 심는 것뿐이지 꽃 한 송이 심을 데나 꽃을 데가 있어요? 조선 사람처럼 죽은 사람의 감정을 안 생각해 주는 사람들은 없는 것 같아요. 괜―히 그 듣기 싫은 목소리루 울기만 허고 까마귀나 뫼들게 떡쪼가리나 갖다 어질러 놓구……."[24]

「가마귀」는 감각적 묘사가 두드러지는 작품인데 (1)에서 보듯, 이 작품의 여주인공은 옷차림이나 몸맵시가 세련되면서도 고상하여 현대적인 감각을 풍기며, 이마와 눈결이 깨끗하고 채근하여 이지적이면서도 담백한 이미지를 지니며, 꼭 다문 입술과 뽀로퉁한 콧봉오리는 함부로 근접

---

22) 이태준, 「촌띠기」, 같은 책, p.209.
23) 이태준, 「가마귀」, 앞의 책, p.214.
24) 이태준, 같은 책, pp.215-216.

할 수 없는 도도한 이미지를 형성시키고 있다. 그뿐 아니라, (2)에서의 '눈'·'눈보라'·'비'·'상장'·'각혈'·'죽음'과 같은 어휘들은 차갑고 산뜻하며 담백한 이미지를 형성시켜 음산하고 쓸쓸한 정조를 불러일으킨다.

그리고 (3) 역시 '상여'·'무덤'·'죽은 사람'·'까마귀'와 같은 어휘들이 지니는 이미지로 하여 작품의 정조를 음습하고 우울하게 만들어 줄 뿐 아니라, 죽어서 이 세상을 떠날 때에도 하얀 말이 끄는 하얀 마차를 타고 싶어하는 여인의 소망은 담백한 이미지를 통해 연민의 정을 극대화시키는 서정적 분위기를 창출한다.

이상에서 살펴본 바와 같이 이태준의 소설은 객관적 서술의 축약, 묘사적 문장과 서정적 필치, 정서의 시각화, 반어적 구성, 보여주기 수법으로 심상을 제시하여 이태준 특유의 서정소설을 이룩하였다고 할 수 있다.

3.2. 이효석 소설의 특징

이효석의 소설은 크게 도시를 배경으로 한 작품들과 전원을 배경으로 한 작품들로 나눌 수 있으며 도시 배경 소설들은 문명 비판적이라 할 수 있고, 전원 배경 작품들은 인간과 자연의 화합을 서정적 필치로 그려내었다고 할 수 있다. 이효석의 소설의 미학적 특징은 도시 배경 작품들에서보다 전원 배경 작품들에서 보다 잘 드러나는데, 내성화된 수동적 주인공의 등장과 화자의 인식이 이미지로 표현되고 시간이 공간으로 압축된 점, 현실과의 갈등을 시적 비유나 상징으로 표현하여 내면화한 점, 자아와 세계를 융합시키는 점 등을 그 특징이라 할 수 있다.

옛성 모퉁이 버드나무 까치 둥우리 위에 푸르둥둥한 하늘이 얕게 드리웠다. 토끼우리에서 하이얀 양토끼가 고슴도치 모양으로 까칠하게 웅크리고 있다. 능금나무 가지를 간들간들 흔들면서 벌판을 불어오는 바닷바

람이 채 녹지 않은 눈 속에 덮인 종묘장(種苗場) 보리밭에 휩쓸려 돼지
우리에 모질게 부딪친다.

(중략)

걸어가는 그의 등 뒤에서는 산모롱이를 돌아오는 기차소리가 아련히
들린다. 별안간 식이에게는 이상한 생각이 들었다.
　"이 길로 아무데로나 달아날까."
　장에 가서 도야지를 팔면 노자가 되겠지. 차 타고 노자 자라는 곳까지
달아나면 그곳에 곧 분이가 있지 않을까, 어디서 들었는지 공장에 들어
가기가 분이의 소원이더니 그 곳에서 여직공 노릇하는 분이와 만나 나도
'노동자'가 되어 같이 살면 오죽 재미있을까. 공장에서 버는 돈을 달마다
고향에 부치면 아버지도 더 고생하실 것 없겠지. 도야지를 방에서 기르
지 않아도 좋고 세금 못 냈다고 면소 서기들한테 밥솥을 뺏길 염려도 없
을 터이지.
　농사같이 초라한 업이 세상에 또 있을까. 아무리 부지런히 일해도 못
살기는 일반이니…분이 있는 곳이 어디인가…. 도야지를 팔면 얼마를 받
을까. -이 도야지, 암도야지, 양도야지….
　"얏!"
　날카로운 소리에 번쩍 정신이 깨었다.²⁵⁾

　위와 같이 「돈豚」(1933.10)은, '푸르둥둥한 하늘'·'고슴도치 모양으로
까칠하게 웅크린 토끼'·'간들간들 흔들리는 능금나무 가지'와 같은 비유
법과 현재형 시제를 사용하여 시적 특성을 드러내고 있으며, 화자의 인
식이 서정시처럼 감정의 순간적 표현으로 나타난다. 또, 주인공 식이는
이전까지의 서사에서 적극적으로 행동하는 주인공과 달리 내성화된 수
동적 주인공으로 객관 현실에 행동적으로 대응하기보다는 내면적으로
사고하는데, 이와 같은 극화된 의식의 서술은 시적 화자가 내면 의식을

---

25) 이효석, 「豚」, 『새롭게 완성한 이효석전집1』, 창미사, 2003, p.281, pp.285-286.

직설적으로 토로하는 것과 같은 서술상황이라 할 수 있다.

또, 이효석의 소설에서는 각각의 독립된 사건들이 공간을 중심으로 병치되는 비유기적인 구성을 보여주고 있는데, 공간의 동시성에 의한 그러한 병렬적 구성은 「메밀꽃 필 무렵」에서 잘 나타난다.

　한참 법석을 친 후이다. 담도 생긴데다가 웬일인지 흠뻑 취해보고 싶은 생각도 있어서 허생원은 주는 술잔이면 거의 다 들이켰다. 거나해짐을 따라 계집 생각보다도 동이의 뒷 일이 한결같이 궁금해졌다. 내 꼴에 계집을 가로채서는 어떡헐 작정이었누 하고 어리석은 꼬락서니를 모질게 책망하는 마음도 한편에 있었다. 그렇기 때문에 얼마나 지난 뒤인지 동이가 헐레벌떡거리며 황급히 부르러 왔을 때에는, 마시던 잔을 그 자리에 던지고 정신없이 허덕이며 충줏집을 뛰어나간 것이다.
　"생원 당나귀가 바를 끊구 야단이에요."
　"각다귀들 장난이지 필연코."
　짐승도 짐승이려니와 동이의 마음씨가 가슴을 울렸다. 뒤를 따라 장판을 달음질하려니 거슴츠레한 눈이 뜨거워질 것 같다.
　"부락스런 녀석들이라 어쩌는 수 있어야죠.."
　"나귀를 몹시 구는 녀석들은 그냥 두지는 않을걸."
　반평생을 같이 지내온 짐승이었다. 같은 주막에서 잠자고, 같은 달빛에 젖으면서 장에서 장으로 걸어다니는 동안에 이십 년의 세월이 사람과 짐승을 함께 늙게 하였다. 가스러진 목뒤 털은 주인의 머리털과도 같이 바스러지고, 개진개진 젖은 눈은 주인의 눈과 같이 눈곱을 흘렸다. 몽당비처럼 짧게 쓸리운 꼬리는, 파리를 쫓으려고 기껏 휘저어보아야 벌써 다리까지는 닿지 않았다. 닳아 없어진 굽을 몇 번이나 도려내고 새철을 신겼는지 모른다. 굽은 벌써 더 자라나기는 틀렸고 닳아버린 철 사이로는 피가 뻬짓이 흘렀다. 냄새만 맡고도 주인을 분간하였다. 호소하는 목소리로 야단스럽게 울며 반겨한다.26)

---

26) 이효석, 「메밀꽃 필 무렵」, 『새롭게 완성한 이효석전집2』, 창미사, 2003.

이와 같이 「메밀꽃 필 무렵」(1936.10)에서는, 허생원이 충주집을 두고 동이와 벌이는 사건과 늙은 나귀가 악동들에게 시달림을 당하는 사건들이 병치되어 있다. 즉, 시간의 연속성으로 짜여진 각각의 독립된 사건들이 공간의 동시성이라고 하는 병렬적 구성에 의해 서사적 인식보다 사건의 동시적 현상에 의해 병치되어 나타나는 것이다.

그리고 인물을 형상화함에 있어서도 늙은 허생원과 늙은 나귀의 이미지가 병치되어 있는데, 늙은 나귀가 강릉집의 피마로부터 새끼를 얻게 된 일과, 허생원이 자식(동이)을 찾게 되는 일도 병치되어 있는데, 이러한 병치의 플롯은 곧 프리드먼이 말하는 서정소설의 공통된 특징이기도 하다. 그러나, 이효석 소설이 지니는 서정소설로서의 가장 두드러진 면모는 자아와 세계의 융합이라 할 수 있는데. 역시 「메밀꽃 필 무렵」을 통해 그러한 점을 살펴보기로 하자.

> 이지러는 졌으나 보름을 가제 지난 달은 부드러운 빛을 흐붓이 흘리고 있다. 대화까지는 칠십 리의 밤길, 고개를 둘이나 넘고 개울을 하나 건너고 벌판과 산길을 걸어야 된다. 길은 지금 긴 산허리에 걸려 있다. 밤중을 지난 무렵인지 죽은 듯이 고요한 속에서 짐승 같은 달의 숨소리가 손에 잡힐 듯이 들리며 콩포기와 옥수수 잎새가 한층 달에 푸르게 젖었다. 산허리는 온통 메밀밭이어서 피기 시작한 꽃이 소금을 뿌린 듯이 흐뭇한 달빛에 숨이 막힐 지경이다. 붉은 대궁이 향기같이 애잔하고 나귀들의 걸음도 시원하다. 길이 좁은 까닭에 세 사람은 나귀를 타고 외줄로 늘어섰다. 방울소리가 시원스럽게 딸랑딸랑 모밀밭게로 흘러간다.27)

위의 장면은 이효석 소설 연구에서 흔히 언급되는 장면으로, 소금을 확 뿌린 듯한 하얀 메밀꽃과 손에 잡힐 듯한 달의 숨 소리, 달빛에 젖은 콩포기와 옥수수, 긴 산허리에 걸린 호젓한 산길, 그 산길을 따라 외줄

---

27) 이효석, 「메밀꽃 필 무렵」, 같은 책, 1936, p.122.

로 늘어선 사람과 나귀들이 어우러진 배경 묘사는 짙은 서정적 분위기를 창출하는데, 이러한 서정은 허생원으로 하여금, 그 옛날 달밤에 이루어졌었던 '생각만 해도 무섭고 기막힌' 성서방네 처녀와의 인연을 회상하게 하는 매개체가 된다.

이처럼 「메밀꽃 필 무렵」에서는 달밤의 메밀꽃밭을 배경으로 설정한 시적인 묘사가 서정적 문체와 함께 독특한 분위기를 형성하는데, 특히 사람과 나귀, 달빛과 식물, 메밀꽃밭과 산길이 한데 어우러져 자아와 세계가 융합된 서정소설의 특징을 선명히 드러내고 있다.

이 작품은 이렇게, 주변인물인 장돌뱅이(허생원)가 당연히 겪게 될 수밖에 없음직한 현실적 어려움 같은 것은 그 어디에도 찾아볼 수 없이 오로지 인간과 자연이 아름답게 조화를 이루고 있다. 말하자면, 자아와 세계가 불화를 겪는 객관적 현실은 아랑곳 없이 현실과 거리가 먼 자아와 세계의 화합을 미적 가상으로 그려내고 있는 것이다.

그런데 자아와 세계를 화합하려고 하는 서정소설의 이러한 세계관은 유기론적 세계관과 같은 형태의 사유라 할 수 있다.

잘 알다시피 유기론은 존재의 모든 양식들이 유기적으로 결합되어 있음을 자명한 원리로 삼으며 인간과 자연, 물질과 정신을 분리시키지 않는 사유형태로, 이러한 사유는 정신과 물질을 분리시키는 서구의 데카르트식 사유형태와는 뚜렷이 구별되는 동양적 사유이자 우리의 전통 사유라 할 수 있는 것이다. 이런 관점에서 볼 때, 자아와 세계가 하나로 융합되는 서정소설의 세계관은 곧 인간과 자연이 전일성으로 통합되는 일원론적 사유형태인 유기론적 사유와 등가의 것이라 할 수 있을 뿐 아니라, 유기론이 근대로부터 주체를 지키려는 하나의 이상적 담론인 것처럼, 서정소설 또한 근대에 대한 회의와 과거의 유기적 삶에 대한 동경을 함께 지니고 있기 때문이다. 따라서 자아와 세계가 화합된 삶을 동경하는 서정소설의 세계관은 곧 조화로운 삶을 동경하는 유기론적 세계관이라 할

수 있는 것이며, 서정소설이 지닌 서사 속의 서정적 동일성에 대한 열망
은 곧 과거의 아름다웠던 유기적 삶에 대한 열망과도 같은 것으로, 이러
한 미학은 「산」에서도 구체적으로 드러난다.

(1) 낙엽 속에 파묻혀 앉아 깨금을 알뜰이 바수는 중실은, 이제 새삼
스럽게 그 향기를 생각하고 나무를 살피고 하늘을 바라보는 것이 아니었
다. 그런 것은 한데 합쳐 몸에 함빡 젖어 들어 전신을 가지고 모르는 결
에 그것을 느낄 뿐이다. 산과 몸이 빈틈없이 한데 얼린 것이다. 눈에는
어느 결엔지 푸른 하늘이 물들었고 피부에는 산 냄새가 배었다. 바심할
때의 짚북더기보다도 부드러운 나뭇잎— 여러 자 깊이로 쌓이고 쌓인 깨
금잎, 가락잎, 떡갈잎의 부드러운 보료—속에 몸을 파묻고 있으면 몸뚱
어리가 마치 땅에서 솟아난 한 포기의 나무와도 같은 느낌이다. 소나무,
참나무, 총중의 한 대의 나무다. 두 발은 뿌리요 두 팔은 가지다. 살을
베면 피 대신에 나뭇진의 흐를 듯하다. 잠자코 섰는 나무들의 주고받은
은근한 말을, 나뭇가지의 고개짓하는 뜻을, 나뭇잎의 소곤거리는 속심을
총중의 한 포기로서 넉넉히 짐작할 수 있다. 해가 뜰 때에 즐거하고, 바
람 불 때에 농탕치고, 날 흐릴 때 얼굴을 찡그리는 나무들의 풍속과 비
밀을 역력히 번역해 낼 수 있다. 몸은 한 포기의 나무다.28)

(2) 자기가 이른지 늦은지도 모르면서 나무 밑 잠자리로 향하였다. 낟
가리같이 두두룩하게 쌓인 낙엽 속에 몸을 송두리째 파묻고 얼굴만을 빼
꼼히 내놓았다. 몸이 차차 푸근하여 온다. 하늘의 별이 와르르 얼굴 위
에 쏟아질 듯싶게 가까웠다 멀어졌다 한다.
별 하나, 나 하나, 별 둘, 나 둘, 별 셋, 나 셋…… .
어느 결엔지 별을 세고 있었다. 눈이 아물아물하고 입이 뒤바뀌어 수
효가 틀려지면 다시 목소리를 높여 처음부터 고쳐 세곤 하였다.
별 하나, 나 하나, 별 둘, 나 둘, 별 셋, 나 셋……… .
세는 동안에 중실은 제 몸이 스스로 별이 됨을 느꼈다.29)

---

28) 이효석, 「산」, 『새롭게 완성한 이효석전집2』, 창미사, 2003, p.10.

인용문에서 보듯 「산」은 '자아와 세계의 화합(또는 자연과의 동화)'이라는 서정소설의 대표적인 특징이 두드러지게 드러난 작품이다. 머슴살이에서 쫓겨난 주인공 '중실'이 산 속에 들어가 자연의 일부가 되어 살며 별을 바라보다 별이 되어버리는 서정을 그리고 있는데, '산과 몸이 빈틈없이 한데 얼린 것이다."몸은 한 포기의 나무다."별 하나, 나 하나, 별 둘, 나 둘, 별 셋, 나 셋……… . 세는 동안에 중실은 제 몸이 스스로 별이 됨을 느꼈다.'는 표현은 그러한 자연합일을 직접적으로 드러내고 있다.

그런데 앞서 언급한 바와 같이, 「메밀꽃 필 무렵」이나 「산」에서 드러나는 이러한 자연합일은 자연과 인간이 아름답게 조화되었던 과거의 유기적 삶에 대한 열망이라는 점에서 우리의 전통 사유라 할 수 있는 유기론적 사유와 등가의 것이라 할 수 있다.

따라서 서정소설의 세계관은 곧 유기론적 세계관이자 과거의 조화로웠던 삶을 빼앗아간 부정의 현실에 대한 자아의 대응 방식이라 할 수 있다.

한편, 서정소설이 지닌 이러한 서정적 동일성은 애초에 하나의 이데올로기로 출발한 것은 아니었으나 결과적으로는 아름다움을 통해 아름다움이 없는 현실을 비판하는 하나의 전략적 이데올로기가 되어버려 근대적 존재를 파편화시키고 해체시키는 반근대성 이념을 지니게 되었다고 할 수 있다.

4. 맺음말

1930년대는 파시즘의 강화와 카프의 해체로 문학 창작 경향이 크게

---

29) 앞의 책, p.16.

위축되었다. 그 결과, 유토피아를 상실한 자아가 새로운 미적 세계를 추구하며 자아와 세계의 화합을 시도하게 된 서정소설이 집중적으로 산출되었는데, 이러한 서정소설들은 서사문학의 객관적 특징이 약화되고 주관적인 서정성이 강화되는 등, 1920년대 프로경향의 소설들과는 그 성격이 크게 달라진다.

본고는 그러한 문학사적 특수성을 감안, 1930년대 한국 서정소설의 미학적 특징을 규명하기 위하여, 당대의 대표적 서정소설 작가라 할 수 있는 이태준과 이효석의 소설들이 지닌 미학적 특징들을 살펴보았는데 이를 요약하면 대체로 다음과 같다.

먼저, 구성적 측면에서는 수동적 인물의 등장과 객관적 시간 개념이 파괴되어 무시간성으로 나타나며, 서술적 측면에서는 간결한 문체와 시적인 표현, 내면화된 주관적 서술과 같은 특성을 지니며, 주제적 측면에서는 현실보다 유토피아를, 대립보다 화해를, 역사성보다 영원성을 지향하며, 이데올로기적 측면에서는 유토피아에 대한 동경을 통해 근대에 의해 훼손된 세계에 대처하는 반근대성이라는 이데올로기를 지니며, 세계관에 있어서는 아름다운 자연 세계에서 인간 본연의 모습과 가치를 추구하는 유기론적 세계관을 지니는데, 자아와 세계를 화합하려고 하는 그러한 세계관은 자연과 인간이 조화를 이루었던 과거의 유기적 삶에 대한 열망이라는 점에서 우리의 전통 사유라 할 수 있는 유기론적 사유와 동일한 형태를 취하고 있다고 할 수 있다.

한편, 1930년대 한국 서정소설의 이러한 미학적 특징은 서구 서정소설 이론가인 프리드먼이, 수동적이고 내성적인 인물의 등장, 서사적 인식보다 공간의 동시적 현상에 의해 이루어지며, 시적 언어와 자연계 사물을 은유적으로, 공간을 상징적으로 표현하며, 자아와 세계가 융합되는 서정적 인식, 시의 언어로 표현된다고 한 서구 서정소설의 미학적 특징들과 공통된 성격을 지니고 있다.

아울러, 위의 두 작가의 작품만으로 1930년대 한국 서정소설 전체의 미학적 특징을 말한다는 것은 무리일 수도 있다. 그러나, 당대의 또 다른 대표적 서정소설 작가라 할 수 있는 김유정의 작품들 역시 내성의 편향성, 왜곡된 세태와 인간적 정감과 천진성을 지닌 인물들이 지닌 개성적 성격의 병치, 자연과의 합일 등을 통해 삶을 왜곡시킨 근원적 모순을 생각케 하는 방법으로 사회의식을 고취시켰음을 감안하면 1930년대 한국 서정소설의 미학적 특징을 위와 같이 규정할 수도 있을 것으로 본다.

❘ 대구대학교 국어국문학과 박사과정수료

▌참고문헌

〈기본자료〉

랠프 프리드먼 · 신동욱 역, 『서정소설론』, 현대문학, 1989.
이태준, 『이태준전집』, 깊은샘, 1988.
이효석, 『이효석전집』, 창미사, 2003.

〈단행본〉

김우종, 『한국현대소설사』, 선명문화사, 1973.
김해옥, 『한국현대서정소설론』, 새미, 1999.
백　철, 『신문학사조사』, 신구문화사, 1999.
신동욱, 『1930년대 한국소설 연구』, 한샘출판사, 1994.
아도르노 · 홍승용 역, 『미학이론』, 문학과 지성사, 1984.
아일린 볼데쉬와일러, 〈서정적 단편소설〉(찰스 E · 메이 · 최상규 역,『단편소설의 이론』, 예림
　　　기획, 1997.
이강언, 『한국 현대 소설의 전개』 형설출판사, 1992.
이익성, 『韓國現代抒情小說論』, 태학사, 1995.
조동일, 『한국문학통사5』, 지식산업사, 1988.
한용환, 『소설학 사전』, 고려원, 1999.

〈논문 및 비평〉

김용구, 「이효석의 순수소설 고찰」, 『관악어문연구10』, 서울대 국어국문학과, 1985.
김해옥, 「이효석 소설 연구 –서정소설의 특성을 중심으로–」, 연세대 대학원(박사학위 논문),
　　　1999.
나병철, 「이효석의 서정소설 연구」, 『전환기의 근대문학』, 두레시대, 1985.
최재서, 「단편작가로서의 이태준」, 『문학과 지성』, 인문사, 1997.

이원조 문학비평의 원점

박 규 준

1. 서 론

이원조는 전형기에 비평활동을 시작해서 해방공간에 활동을 마친 대표적인 인물이다. 카프의 해산으로 현실에 대한 인식변화가 요구되었던 시기인 전형기에는 끊임없는 현실 탐색으로 적극적인 비평활동을 했으며, 해방공간에서는 조선문학가동맹에 적극 가담하여 민족문학 건설에 앞장섰다. 그러나 그의 활동에 비해 지금까지 그의 문학비평에 대한 연구 성과는 미약하다.

일제하 이원조 비평에 대한 연구는 현실의 변화에 따라 비평의 변모 과정을 분석하는 차원에서 그리고 일제 파시즘에 대한 태도의 문제를 정리하는 차원에서 이루어졌다. 이원조의 전형기 비평 연구는 송현호에 의해 본격적으로 시작된다. 송현호[1]는 이원조 비평의 양상이 행동의 문학, 태도의 문학, 그리고 제 3의 논리로 변화해 갔다고 보고 있다. 이원조의 초기 문학을 행동의 문학이라고 강조하면서, 이제까지 그의 문학 경향이 태도의 문학에 가까운 것처럼 운위되어 온 것은 기존 연구가들이 이원조의 초기 작품들을 고려하지 않은 데 기인한다고 보고 있다. 그리

---

1) 송현호, 「이원조 문학론 연구」, 『한국근대소설론 연구』, 국학자료원, 1990.

고 그런 행동의 문학을 주장, 옹호하던 이원조가 태도의 문학, 제 3의 논리를 피력하게 된 것을 시대적인 변화에 따라 발전, 변모한 것으로 평가했다. 또한 이원조 비평의 중심에는 기본적으로 현실의 문제가 가장 무게 있게 자리하고 있으며, 이를 심층적으로 다루려했다고 보았다.[2]

전형기, 이원조 비평의 변모가 현실 대응적인 현실주의론에 기반 한다는 긍정적인 입장과는 다르게, 변모과정은 일치하지만 일제 파시즘 하에서 현실 순응적인 면모를 보이고 있다는 부정적인 입장도 있다.

이러한 부정적 입장은 김태웅의 글에서 표명되고 있다. 김태웅[3]은 이원조 비평을 초기의 모색기와 1930년대 후반의 전환기의 비평문학으로 나누어 살피고 있는데, 모색기의 이원조 비평은 행동주의 문학을 주장했으며, 이는 부르주아 문학을 비판하고, 리얼리즘에 기초한 현실변혁을 위한 행동의 문학이라고 보았다. 그러나 사회조건의 변화로 비평경향이 태도 문학론, 상식문학론, 제3의 논리로 변모한다는 것이다. 이러한 변모가 전향논리라고 보고 비판하는 것이다.

본고에서는 이러한 전형기에서의 이원조 문학비평의 의식적, 무의식적 이데올로기 구조를 밝히고자 한다. 이것은 그의 문학을 총체적으로 인식하기 위한 것일 뿐만 아니라 1930년대의 주체해체의 시기에 무엇이 그로 하여금 어느 누구보다 적극적이고 객관적인 주체 재건을 모색하게 하였는가를 구체적으로 규명하기 위한 것이다.

이것은 이원조 자신뿐만 아니라 우리들까지 그를 그러한 주체로 '인지'할 수 있게 한 이데올로기, 즉 그를 주체로 '호출'한 이데올로기에 대

---

2) 전형기에 이원조의 주체 변모과정에 대한 연구는
   신명경, 「이원조의 현실주의 문학과」, 『동아대학교 국어국문학 논문집』, 제11집, 1992.
   신재기, 이원조 비평의 전화논리」, 『문학과 언어』, 제10호, 1989.
3) 김태웅, 「이원조 비평연구」, 『홍익어문』, 제9집, 1990.
   배광호도 변모의 과정, 즉 포즈론, 교양론을 전향론으로 보고, 시대 순응하면서 제3의 입장으로 나아갔다고 보았다. 배광호, 「이원조론」, 『영남어문학』, 제20집, 1991.

한 문제이다. 그 이데올로기로는 먼저 그의 성장 환경과 관계되는 주자학, 둘째는 당시 문단의 생산구조와 관계되는 부르주아 저널리즘, 셋째는 그의 일본 유학에서 접한 마르크시즘이다. 이러한 이데올로기들 사이에서 일어난 내적 갈등이 그를 '인지'할 수 있는 주체로 '호출'한 것이다.

2. 무의식으로서의 주자학

이데올로기의 무의식성과 관계되면서도 물질성을 갖는 것이 '관습'이다. 그리고 일상적 삶 속에서 주체와 타자가 만나는 곳이기도 하다. 알튀세르는 관습을 이데올로기적 장치4)안에서 무의식적으로 존재하는 주체들의 행위로 파악하고 있다. 이것은 관습에 따라 행동하는 주체가 이데올로기적 장치에 의해 호출되었기 때문이다. 그렇다면 이원조의 관습적 행위를 호출한 이데올로기적 장치는 무엇인가. 일반적으로 개인이 관습의 환경적 영향을 가장 많이 받는 것은 유아기 때부터의 성장환경(가족)이다.

이원조는 1909년 음력 6월 2일에 안동군 도산면 원촌리에서 아버지 아은공(亞隱公) 이가호(李家鎬)와 어머니 김해 허씨 허길(許吉) 사이에서 원기(源祺), 원록(源祿), 원일(源一), 원조(源朝), 원창(源昌), 원홍(源洪)의 6형제 중에 넷째로 태어났다. 그의 집안은 조선 시대 유학자 중에서 가장 큰 봉우리였던 퇴계 이황의 후손들이었으며 그의 고향은 퇴계 선생의 손자 3형제중 막내인 동엄(東嚴) 이영도의 증손 원대처사 이거의 후손들이 서로 일가를 이루며 사는 집성촌이었다.5) 그 곳은 조선조 유교 문화

---

4) 알튀세르에 의하면 이데올로기적 장치에는 종교, 교육, 가족, 법률, 정치, 조합, 커뮤니케이션, 문화 등등이 있다. 알튀세르(저), 김동수(역), 「이데올로기와 이데올로기적 국가장치」, 『아미엥에서의 주장』, 솔, 1991, pp.89~90.

의 중심지인 안동 지역에 있었다. 안동은 타지방에 비해 유교적 전통이 강하다고 할 수 있으며, 이곳은 '안동문화권'으로 형성될 정도로 독자적이며 특색 있는 문화적 전통을 가지고 있었다. 왜냐하면 퇴계 이황의 주리론이 하나의 학파로 형성되어 발전하여 왔기 때문이다.

이러한 문화적 관습 아래서 이원조는 어려서 조부 이중직에게 유학의 기본적인 서적을 배웠으며, 위당(爲堂) 정인보 문하에도 다녔다. 그는 다른 형제들처럼 집안의 유교적인 규범속에서 한학을 배우면서 유교 문화적 관습을 습득하게 된다. 이것은 원기, 원록, 원일이 먼저 머무르고 있던 대구로 나와 교남학교에서 신식교육을 받을 때까지 이어진 것으로 보인다.

여기서 문제가 되는 것은, 전통적인 유교 문화이데올로기 장치가 그 속의 개인 주체에게는 어떻게 인식 되었는가이다. 그의 형 이육사는 수필 「계절의 오행」에서 "내 집안은 대대로 지켜온 이 땅에는 말도 아니고 글도 아닌 무서운 규모가 우리들을 키워주었습니다"라고 어린 시절을 회상했다. 여기서 언어(말과 글)와는 또 다른 '무서운 규모'란 개인이 인식할 수 없는 거대한 이데올로기인 것이다. 그리고 그것은 '개인이 거역할 수 없을 정도로 너무나 확고하게 형성되어 있어 운명적으로 받아들이는 것'[6]이다. 이와 같은 '무서운 규모'는 이원조에게도, 이육사와의 시공간적 존재 방식 차이에도 불구하고 비슷한 규모로 인식되었을 것이다. 그리고 그 '무서운 규모'란 다름 아닌 주자학이었다.[7]

이러한 안동 지역의 주자학은 경제적 지역적 혈연적 관계를 통해 하

---

5) 조창환, 『이육사』, 건국대학교출판부, 1998, p.15.
6) 박현수, 「육사시에 끼친 주자학적 영향」, 서울대학교 대학원 석사학위논문, 1996, p.9.
7) 『무서운 규모』는 이육사로 하여금 어떤 행위를 할 수 있게 하고 어떤 행위를 할 수 없게 만드는 담론구서체다. 이것은 즉 무서운 규모가 어떤 담론을 허용하고 어떤 것을 허용하지 않음으로써 그것에 속하는 담론들이 일정한 방향으로 나아가게 하는 담론구성체이다. 이 무서운 규모』가 주자학의 담론구성체가 되는 것이다. 조두섭, 『한국 근대시의 이념과 형식』, 다운샘, 1999, p.113.

나의 공고한 사상적 학파로서 '무서운 규모'를 형성하게 되었던 것이다. 이러한 운명과도 같은 '무서운 규모'(가족 이데올로기 장치) 아래에서 이원조는 유교적 전통 관습을 실천하는 주체가 된다. 이와 같이 성장기의 이원조와 안동지역을 중심으로 형성된 주자학파의 관계는 주체와 이데올로기 장치와의 관계에 대응된다고 볼 수 있다.

그러나 주자학이 이원조의 비평문학에서 구체적으로 드러나는 것은 아니다. 왜냐하면 그는 일본유학을 갔다와서 서구의 계몽적 이성의 논리로 비평활동을 시작했기 때문이다. 오히려 주자학은 이원조 뿐만 아니라 당시 동양문화권에 속했던 일반인 대부분에게 집단무의식으로 작용하면서 교양사상으로 남아있었다. 또한 이러한 주자학은 서구 계몽이성의 정점인 마르크시즘에 의해 이원조가 주체로 정립되는 과정 속에서도 무의식으로 존재했을 것이다. 여기에 대해서는 앞으로 논의를 전개하면서 관련되는 곳에서 구체적으로 알아볼 것이다.

이원조가 고립적인 성장환경에서 벗어나는 시점은 대구 교남학교 시절부터이다. 그는 대구에서 형제들과 함께 항일 독립운동에 관여한다. 물론 이러한 활동도 주자학적 사상의 연장으로 볼 수 있다. 그러나 그 활동의 사상적 배경은 고립적인 문화이데올로기의 범주에 국한되었던 것은 아니다. 주체의 실천에서 오는 타자와의 갈등, 즉 일제와의 갈등이 그 중심에 놓이기 때문이다.

1927년, 조선은행 대구지점 폭탄 투척 사건 시, 맏형 원기로부터 원록, 원일, 원조까지 네 형제가 모두 이 사건에 주모자 혐의를 받아 검거되어 투옥되었다. 가혹한 취조와 고문을 겪던 이들은 안동 지방의 유지인 유교하(柳敎夏)가 일경에 힘을 써 준 덕택에 1주일 만에 풀려난다. 그러나 사흘 후 당시 학생이었던 이원조만 제외하고 형들은 재검거되어 옥고를 치른다. 이후 이원조는 1931년 봄에 외숙부 허규의 독립군 자금 모금을 위하여 만주로 가게 된다. 일행은 형 원록과 조재만, 영천 출신

김모씨 등 네 사람이었는데 북경으로 가다가 만주사변이 터지자 동행한 사람 중에 원록만 봉천(지금의 심양) 김두봉에게로 가고 나머지 세 사람은 3개월만에 귀국하였다.

이와 같이 이원조는 대구로 나와서 형제들과 같이 항일 독립운동에 가담한 것으로 보인다. 이것은 주자학이라는 가족이데올로기 속에서 이루어진 주체적 실천이라 할 수 있다.

이상에서 이원조를 키워주었던 가족이데올로기 장치가 주자학이고 그러한 분위기가 그의 성장 과정에 있어서 실천적 주체였음을 알아보았다.

3. 제도로서의 부르주아저널리즘

이원조는 만주사변으로 만주행을 포기하고 귀국한 후, 일본에 유학한다. 대구보다 더 넓은 세상이며 중국과는 대조적인 사상 풍토를 지녔던 일본으로 간 것은 각별한 의미를 가진다. 이것은 이원조가 새로운 이데올로기 장치를 접하는 계기이기 때문이다. 당시 서구의 근대가 조선에 유입되는 경로에 일본이 놓여 있었다. 여기서 서구 근대란, 대립적이지만 공존하고 있었던 자본주의와 마르크시즘으로 볼 수 있다. 이원조는 일본유학에서 조선의 유학생들이 흔히 경험하던 일반적인 이데올로기에 호출된다. 물론 그 서구 근대사상이란 지금까지 그가 주체적 실천으로 보여준 주자학과 대립적이지만 거역할 수 없는 현실이었다. 그러나 이미 제국주의화된 서구 자본주의는 항일독립운동의 대상이었고, 마르크시즘은 주자학의 계급기반인 봉건주의와 대립적이었다. 이에 이원조는 일본유학에서 처음으로 새로운 이데올로기 장치에 의해 새로운 주체로 정립된다.

그렇다면 구체적으로 이원조의 새로운 주체의 성격을 알아보자. 이것은 새로운 주체와 지금까지의 주자학적 주체(성장기의 주체)사이의 간극을 명확히 할 것이다.

이원조는 1932년에 동경의 일본대학 전문부 야간을 졸업하고 다시 법정대학 불문과를 1935년에 졸업한다. 그의 졸업 논문은 「앙드레 지드 연구」였다. 그리고 귀국하여 다른 유학생처럼 그 역시 신문사 학예부에 근무(1935~1939년, 조선일보)한다. 이것이 일본의 근대 이성이자 이원조 자신이 인지한 이데올로기 장치인 것이다. 즉 이데올로기는 서구 프랑스의 앙드레 지드로 대표되는 근대사상체계이고, 이데올로기의 제도 장치는 자본주의 생산구조인 부르주아저널리즘이었던 것이다.

이원조가 논문 「앙드레 지드 연구」로 졸업하던 1935년은 일본문단과 마찬가지로 조선에서도 그때까지 절대적 이데올로기였던 마르크시즘이 위기를 맞고 있던 시기였다. 사실 일본에서는 모든 지배 이데올로기에 대항 이념으로 존재하던 마르크시즘이 일본 제국주의의 강제에 의해 파시즘에 흡수되어가고 있었다. 그러나 조선의 현실은 일본과 다르다. 이미 조선은 파시즘의 필수조건인 민족국가가 상실된 상태였기 때문이다. 그리고 조선의 역사적 당위는 민족의 독립이었다. 그런데 조선의 문단현실은 카프가 해산되면서 본격적으로 전향이 문제가 된 상황이었다. 이것은 마르크스주의자에게 제국주의에로의 선택을 요구하는 것이었다. 이러한 요구는 이때까지 조선의 민족주의와 마르크시즘이 의식, 무의식적으로 반제국주의에 대항하여 꾸려온 공동전선의 강제 해체를 의미한다.

따라서 그들에게 현실적으로 존재하는 근대국가는 일본이었다. 그들이 선택할 수 있는 길은 첫째로 현실에 존재하는 일본을 선택하여 전향하는 것, 둘째로 현실을 등지고 망명하거나, 지하투쟁으로 나아가는 것, 셋째로 제도적 현실 하에서 민족주의가 아닌 다른 이데올로기를 찾아 나서는 것이다. 이원조의 비평활동은 마지막에 가깝다고 볼 수 있다. 또한 이것은 이원조가 고향에서 정립한 주체가 해체되는 것과 동일한 것이기도 하다.

이 양상은 그가 전형기 상황에서 어떠한 자세를 보이는가에서 드러난다. 그는 「앙드레 지드 연구」에서 지드의 전향 문제를 다루고 있다.

> 개인주의는 콤뮤니즘과 대립되지 않는 것이라고 하는 것을 보면 지드가 그 출발에 있어서도 개인주의자였고 그 전향에 있어서도 개인주의자이라는 것은 벌써 그 개인주의란 말이 명목으로서의 문제가 아니고 그 내용으로서 질적 변환이 있었다는 것이다. 그러면 지드의 이러한 개인주의가 그 내용으로서 질적 변환을 하는데에 어떠한 단계를 어떻게 밟아왔는가? (중략) 그 내용을 대별하면 첫째 신에 대한 인간의 문제, 개인으로서 인간의 문제, 사회에 대한 인간의 문제라는 세 단계로 나눌 수가 있는 것이다.[8]

위의 글은 인간의 문제 나아가 인간의 진보라는 일반적인 문제가 지드에서 있어서는 개인의 문제로 환원되었다는 전제에서 시작한 글이다. 여기서 개인주의라는 명목적인 의미는 중요하지 않다. 이원조에게 중요한 것은 신에서 인간으로, 다시 인간에서 사회로 넘어가는 인간의 주체 변모과정이다. 이것은 다름 아닌 전형기에서의 이원조 모습과 동일하기 때문이다. 그는 지드의 개인주의가 카톨릭사상과 근대 이성주의, 그리고 전체주의까지 거치는 과정에서, 그 변모가 전향이 아니라 내용상으로 질적 변화를 한 것으로 보고 그 변모과정에서 문학자로서의 태도를 배웠다고 말하고 있다. 그것은 '편견 없는 정신'이었다. 이것을 이원조는 지드의 인간주의가 반세기를 통해 심혈을 다해서 쌓아올린 자기의 휴머니즘을 위해서 모든 이데올로기 장치의 박해와 비난을 무릅쓰고 〈새 역사의 창조역에 방조자(幇助者)〉가 되려는 진보적인 인간으로서의 성실한 노력

---

8) 이원조, 「앙드레 지드의 사상과 작품연구」, 『조선일보』, 1935.4.20~25.

으로 보았다. 이것이 전형기에서 태도의 문학를 강조한 이원조의 모습이다. 이러한 인식 하에, 지드의 개인주의, 즉 인간의 진보를 근본사상으로 개인의 성실성, 도덕성를 배운 이원조는 전형기에 모랄을 바탕으로 하여 주체의 포오즈론으로 나아간 것이다.

이런 류의 서구근대 사상은, 그가 고향에서 공동체적 집성촌을 이루며 체득한 집단의식과는 거리가 있는, 인간 개인의 영역 내에 있지만 그러나 여기에는 퇴계의 주리론의 특성인 당위론적인 소당연지칙(所當然之則)이 무의식적으로 작용하고 있었다. 소당연지칙은 퇴계의 가치의식이 작용한 것으로 도덕률을 의미한다. 인간으로서 마땅히 해야할 도리를 의미하는 것이다. 퇴계는 배가 마땅히 물로 다니고, 수레가 마땅히 육지로 다니는 것, 임금이 마땅히 인(仁)하고, 신하는 마땅히 경(敬)하는 것은 소당연지칙이 있기 때문이라고 했다. 이러한 도덕률은 현실의 사회질서를 윤리적으로 뒷받침 해주는 까닭에 현실의 위기의식이 고조되면 더욱 문제시된다.

당시 파시즘화 되어 가는 조선의 현실에서 이원조가 인지한 서구 근대사상은 도덕률을 바탕으로 한 인간 개인의 진보였다. 이것은 개인이 타자의 강압에 의해 제약되는 가운데 이루어지는 주체적 실천과 관계한다. 도덕률은 주체의 윤리성이기 때문이다. 이 윤리성은 그때까지 주자학의 문화 이데올로기적 주체였던 이원조가 서구근대 이데올로기장치에 의해 호출되어 변모되어 가는 새로운 실천적 주체을 이해할 수 있는 근거가 된다.

이원조의 주체적 실천은 그를 이미 호출한 서구근대 이데올로기 장치의 관습적 제도 장치, 즉 서구 자본주의의 재생산구조인 부르조아 저널리즘이다.

조선의 부르주아 저널리즘은 현대적 출판자본가의 기업형태가 되기 전에는 '사회의 공기'이며 '민중의 목탁'이라는 진실성을 가진 매체였으며

따라서 사회에 일정하게 진보적 역할을 수행하고 있었다. 그러나 1930
년대 초의 부르주아저널리즘은 경제적 지반이 확립되면서 부르주아지의
대변지 역활을 하기 시작했다.9) 1930년대 출판계 상황은 동아, 조선,
중앙 등 민간신문을 중심으로 활성화되고 잡지계 역시 종래와는 달리 개
벽사를 비롯하여 동광, 삼천리, 비판 등 개인경영과 거대 신문사 경영의
신동아, 신조선 등이 매월 간행됨으로서 잡지계의 황금시대라 불리었다.
이와 같이 출판자본가의 출현과 상품개념의 잡지가 성립된 것이다.10)
개화기 때부터 한국의 문학이 대부분 신문에 의존하여 형성, 성장하여
온 것은 주지의 사실이다. 그러나 1930년대에 이르러 문학과 저널리즘
은 더욱 그 관계가 활성화되었고 자본과 결합하면서 더 체계적이며 거대
해졌다. 따라서 1930년대 문학에도 자본주의의 생존 전략인 자유경쟁
이 시작된다.

이제 문학은 신문의 학예면을 통하여 대중과 만나기 시작했다. 그리
고 자본과 결합한 저널리즘이란 기본적으로 독자를 생각하지 않고서는
존재할 수 없는 것이었다. 그래서 문학이 저널리즘과 만나는 곳에서는
문학의 특성과 저널리즘의 특성이 충돌을 일으킬 수밖에 없었다. 이것은
1930년대 비평형태가 실질상으로 볼 때 일종의 리뷰우적인 성격을 띤
것을 말한다. 그래서 비평문학의 형태인 월평, 시평, 총평이 리뷰우적으
로 편집인과 독자의 시대적 요청에 의해 양식화된 것이며, 작가론도 가
치평가 쪽보다 해설적이며 요약적 리뷰우화의 경향이 뚜렷해진 것이다.
프로문학론에서의 정론적이고 과학적인 경향이 퇴조하고 저널리즘으로
정리되면서 점점 리뷰우화 쪽으로 기울어져 문학의 과학적 전통을 구속
하기에 이른다. 체계적이고 학구적인 과학으로서의 비평은 문단의 생산
구조 자체가 감당할 수 없었던 것이다. 그러나 1930년대의 저널리즘은

---

9) 이원조, 「문필가협회와 카프의 태도에 대한 사견」, 『삼천리』, 1932.12.
10) 김윤식, 「부르주아 저절리즘과 비평」, 『김윤식 선집3』, 솔, 1996, p.201.

비평문학측면에서 보면 많은 문제제기와 그 모색을 가능하게 했으며 그
것이 또한 논쟁적으로 나타나게 되는 계기이기도 했다.

　이와 같은 1930년대 부르주아저널리즘아래에서 본격적으로 비평활
동을 시작한 이원조의 주체적 실천도 그것과 무관하지 않았다. 특히 그
는 일본유학에서 돌아와서 본격적으로 비평활동을 하던 시기에 당시 3
대 일간지 중에 하나였던『조선일보』학예부 기자로 근무(1935~1939)하
면서 홍문기 후임으로 학예부장까지 역임했기 때문이다. 그리고 이원조
는 대구 교남학교 재학 시절부터 신춘문예에 시, 소설을 투고하여 1928
년『조선일보』신춘문예에 시「전영사」가 입선, 1929년에 소설「탈가」
가 선외 가작을 받기도 했다. 그리고 1932년에『조선중앙일보』에 평론
「신춘당선문예개평」을 발표하면서 정식으로 평론가 활동을 시작했다.
물론 이것은 당시 신문 매체가 문학 재생산의 중심이었던 것과도 무관하
지 않지만 그는 당시 문학의 생산구조를 일찍부터 파악하고 있었던 것으
로 보인다.11) 그리고 해방후에는『현대일보』, 특히 한국전쟁때는『해방
일보』의 주필을 역임한다.

　이와 같이 표면적으로 보아도 이원조는 문학활동 전기간동안 저널리
즘과 깊은 연관을 가지고 있었다. 그리고 이원조의 대부분의 글들이 신
문지상을 통하여 발표되었다. 따라서 이원조의 주체적 실천은 부르주아
저널리즘의 관습적 실천에 따른다고 볼 수 있다. 그 관습적 글쓰기란 다
름 아닌 신문의 학예면을 통하여 발표되는 형식, 즉 월평, 시평, 총평 등
이다.

　여기서 본 논문의 대상인 이원조의 비평문학과 관련해서 전제로 할
것은 저널리즘이라는 제도가 지닌 한계이다. 이것은 당시 부르주아저널

---

11) 이원조가 대구에서 형제들과 같이 주자학적 이데올로기 실편을 보이던 때 그의 형인 이
　　육사가 조선일보 대구지사를 경영하면서 기자로 활동한 것으로 보아 일찍이 신문매체를
　　인식한 것으로 보인다. 조창환, 앞의 책, p.23.

리즘이 이데올로기 생산의 측면에서 볼 때 진보적인 것이 아니라 일본파
시즘이 사회를 〈관리되는 체계〉화하기 위해 만들어 낸 것으로서 문단 및
현실을 제약하고 그것을 부정적으로 재생산하는 부정적인 이데올로기장
치였기 때문이다.

　이러한 인식은 이원조에게도 있었다. 그리하여 그는 부르주아저널리
즘에 종사하면서도 사회주의운동에 동조를 하며 부르주아저널리즘을 비
판하는 윤리감각을 드러냈다. 이것은 그가 지니고 있던 주자학의 도덕률
과 프랑스 지성의 모랄 감각이 이데올로기적 무의식으로 작용한 것으로
볼 수 있다.

　그렇다면 그에게 다시 부르주아저널리즘은 무엇인가. 이 문제는 그가
항일독립운동의 적대적 대상국인 일본으로 건너간 지점으로부터 설명된
다. 이것은 일단 이육사가 만주로 건너가 조선혁명간부학교에 입교하여
계속하여 무력저항투쟁을 하는 것과는 비교된다. 이육사는 끝까지 지하
투쟁을 하면서 옥고를 치르고 북경 감옥에서 죽음을 맞이한다. 한편으로
이원조는 일본의 근대문물과 사상에 호출되어 국제적인 현실감각으로
조선의 현실을 바라볼 수 있었다. 그리고 앙드레 지드의 전향론처럼 개
인의 도덕률로서 부정적 이데올로기 장치 속에서도 주체적 실천이 가능
함을 인식했다고 할 것이다. 따라서 부정적 이데올로기 장치인 부르주아
저널리즘은 그에게 비판적 대상으로서 형식적 이데올로기 장치의 수준
으로밖에 작용하지 않았다.

　그의 구체적인 실천의 형식은 전문직 비평가로서의 활동이다. 그는
먼저 전문직 비평가로서 저널리즘 비평형식인 월평, 시평 등의 존재이유
에 대해 고민한다. 이것은 비평가로서 비평형식에 대한 고민인 것이다.

　　첫째 문예시평을 가장 가깝게 대우하는 사람들은 그 시평의 조상에 오
　른 작가들일 것이다. 그러나 이것은 엄정한 의미에서의 독자가 아니고

일종의 친족관계와 같거나 그렇지 않으면『꼬십』에 대한 관심의 정도에
지나지 못하는 것이 태반이다./그러면 일반 독자일까? 그러나 이 일반
독자라고 하는 것을 상대로 할 때는 문예시평이란 독립해 존재할 수가
거의 없는 것이다라고 하는 것은 문예시평이란 시평에서 취급한 작품을
매개로 하지 않고 완전한 독자를 가질 수가 없는 것이니까 한 작품을 읽
고서 그 작품평을 읽는 것이 완전한 독자이지 먼저 문예시평을 읽고 나
서 그것을 한 개 표준으로 삼아 가지고 작품을 취사선택하는 사람은 거
의 하나도 없을 것이다. 이렇게 되고 보면 문예시평의 독자 범위란 거의
사신의 정도를 조금 넘는 것이라 해도 과언은 아닐 것이다./그러므로 문
예시평의 독자범위가 이렇게 협애하다면 문예시평을 쓰는 시람의 유일
한 위자는 그 시평이야 누가 읽든 말든 또는 그 영향이야 좋든 나쁘든
간에 우선 남의 작품을 재단한다는 영웅적 쾌감밖에는 없을 것이니 여기
에 이르러서는 문예시평을 쓴다는 것이 도리어 견딜 수 없는 한 개의 고
통이다.12)

이 글은 일본 당대의 직업적 비평가인 고바야시 히데오(小林秀雄)가 문
예시평의 곤란한 것을 절실히 느끼면서도 문예시평과는 죽어도 떨어질
수 없다는 고백을 한 것을 예로 들면서 시작한 것이다. 이원조는 이러한
곤란함에도 불구하고 문예시평은 인습과도 같이 연속되고 있다는 것이
다. 그러면서 그는 그것의 존재이유를 밝히고 있다. 저널리즘의 일반적
인 존재의의가 우선 독자에게 있다고 언급하고 나서, 더 나아가 비평가
자신의 문예시평 창작에 대한 고통을 말하고 있다. 그것은『남의 작품을
재단한다는 것』, 그리고 그 고통을 대신할 만큼의 작품을 만났을 때는
『영웅적 쾌감』과 같은 희열을 느낀다는 것이다. 이것은 이원조가 문예시
평에 비중을 크게 두었다는 것, 즉 문예시평이란 직업적 비평가의 본격
적 무대라는 자각에 이르렀음을 의미한다. 그리고 당시 부르주아저널리
즘의 대중추수주의에 대한 반감과 함께 문학을 중요한 영역으로 인식했으

---

12) 이원조,「4월 창작평」,『조선일보』, 1936.4.16~22.

며 비평의 과학성과 지도성을 의식하고 있는 것이기도 하다.

　　이상으로 이원조가 서구 근대사상에 호출되면서 주자학적 이데올로기 주체가 새로운 주체적 실천으로의 변모 과정을 알아보았다. 즉, 주자학이 이데올로기적 무의식으로 작용하면서 앙드레 지드의 개인주의에 호출된 것. 그리고 부르주아저널리즘의 형식적 이데올로기 장치가 그를 전문직 비평가로 자각하게 한 것이다.

4. 주체로서의 마르크시즘

　　이원조가 일본유학에서 접한 서구 근대사상은 앙드레 지드로 대표되는 서구 지성임을 앞에서 살폈다. 그러나 그것은 그가 부르주아저널리즘에 호출된 개인으로서의 내적 도덕성이었다. 그렇다면 이원조를 적극적인 실천의 주체로 호출한, 그리고 부정적인 부르주아저널리즘에 비판적으로 대응하게 한 이데올로기 장치는 무엇인가. 그것은 서구근대사상의 또 다른 부분, 즉 서구자본주의에 비판적으로 대응했던 마르크시즘이었다.

　　당시 사회주의에 관심을 보이지 않은 사람이 없을 정도였던 일본유학생들의 분위기 속에서 이원조도 대학 재학 중이던 1931년 11월 일본의 좌경 모임인 〈아카하다 도모노가이〉에 가담, 29일간 구류를 산 적이 있었다.[13] 즉 이원조도 당시 동경의 마르크시즘을 중심으로 형성된 동경 지성계의 분위기와 무관하지 않았다. 그리고 이찬, 안막 등과 사회주의 학습을 한 바도 알려진 사실이다. 이러한 이원조의 마르크시즘 인식은 귀국하여 본격적으로 비평활동하기 시작하는 초기비평에 나타난다.

---

13) 김윤식, 앞의 글, p.202.

부르주아 생산양식의 본래부터 사회적 통제와 질서를 가지지 못하였으므로 이것이 어느 시기에 이르러 필연적으로 일어나는 부르주아 사회기구의 전면적 동요가 계급대립의 첨예화를 촉진시키면서, 그 사회기구의 생산부대인 프롤레타리아의 계급적 대중이 독자적 이데올로기와 문학을 가질 때 단순한 소비자인 부르주아 계급이 나날이 심각해가는 사회기구의 전체적 동요에 시달리면서, 근본적으로 생산의 사회적 통제가 없는 데 따라, 그 직접영향을 받는 생활감정의 사회적 통제라는 것이 없어지니 부르주아 경제학과 사회학이 목하(目下) 부르조아 사회기구의 경제적, ××적 위기를 이론적으로 해결하고 통제할 능력이 없으므로 그저 구안의 호도책인 정책적 방비에만 급급하듯이 역시 부르조아 문학이 대중의 생활감정을 이론적으로 앙양시키고 조직시킬 능력이 없는 것을 부르조아 사회기구의 전체적 위기의 하나인 문화위기의 폭백(暴白)인 것이다.14)

위의 글에서 이원조는 부르주아 생산양식의 자체 붕괴 위기에서 독자적 이데올로기를 가진 프롤레타리아계급과 부르주아계급과의 대립은 필연적인 것으로 보고, 이러한 상황에서 진정한 대중문학의 담당자가 누구인가를 얘기하고 있다. 부르주아문학이 부르주아저널리즘의 파쇼화로 인해 문학의 본질적 역할인 대중의 생활감정을 조직시키고 앙양시키는 것을 단념하게 됨으로써 역사적, 필연적으로 프롤레타리아문학이 등장할 수밖에 없다는 것이다. 이것은 객관적인 역사 발전단계를 계급적인 관점에서 파악하고 있는 것으로 볼 수 있다.15)

이러한 그의 계급인식은 당시 조선문단의 생산자인 작가들의 계급성 강조로 나타난다. 「불안의 문학과 고민의 문학」에서 이원조는 직업으로서 문화적 기술을 가진 지식군(중간층)이 문학 생산자이지만 그들의 특징

---

14) 이원조, 「순수문학과 대중문학 문제」, 『조선일보』, 1933.3.13~20.
15) 이러한 이원조의 역사관은 해방후 인민민주주의민족문학론을 정립하는 것과 무관하지 않다.

은 또한 직접 경제생활 면과는 거리가 있는 이데올로기 부문에 관계한다
는 것이다. 그리고 그 지식군을 두 부류로 나누어 구체적으로 분석했다.
하나는 부르주아적이고 다른 하나는 프롤레타리아적이라는 것이다. 이
러한 계층 분석 하에서 그는 당시 문학 생산자가 생산해야할 문학을 밝
히고 있다.

> 두 개로 나누는 중간층의 하나인 부르조아적인 것이라는 것은, 그리고
> 그네들의 손에서 지어진 문학이 불안의 문학이란 세계적 용어를 쓰게 된
> 것은 오로지 그 원인을 그네들의 철학적 교양과 문학적 전통에서 구하지
> 않을 수 없는 것이니 그네들의 전통적인 사유의 출발은 한 개인—이것은
> 의식으로 환원되며 또한 주관으로 대치되는 것이다—에서인 것이다.
> 그러나 같은 중간층에서 우리가 다른 한 개의 부대로 나누어 둔 프롤
> 레타리아적이라는 것은 그 근본적 성격에 있어서 전자와 같으나 이것은
> 전자에 비해서 더 많이 근대적인 것으로서 첫째, 전자와 달리하는 것은
> 그 시대적으로 섭취한 사유방법이 어떠한 의미에서든지 사회—이것은
> 객관으로서 환원하는 것이다—이라는 것이다. 그래서 전자가 시간적인
> 데 비해서 이것은 공간적이며 전자가 직선적, 추상적인데 비해서 후자는
> 원환(圓環)적, 영역(領域)적인 것이다.16)

위 글에서 부르주아적 지식층은 철저히 개인적이기 때문에 주관적이
며 시간적이고 직선적 추상적 성격을 지니는데 비해 프롤레타리아적 지
식층은 사회적이기 때문에 객관적이며 공간적이고 원환적이며 영역적이
라고 구분한다. 이러한 계급인식을 바탕으로 그는 같은 글에서 부르주아
문학이란 불안의 문학으로서 역사적 고종(告終)의 문학이라면 프롤레타
리아트에 접근한 일군의 중간층 문학은 고민의 문학이라는 것이다. 그러
나 자본주의 발달이 더디고 유치한 조선의 실정으로는 부르주아의 문학

---

16) 이원조, 「불안의 문학과 고민의 문학」, 『조선일보』, 1933.12.13~16.

적 전통이란 거의 없으며 따라서 엄밀한 의미의 불안의 문학이란 존재하지 않기에 현실적으로 고민의 문학이 관심의 대상이 된다는 것이다. 즉 현재의 작가에게는 프롤레타리아 계급의 문학이 현실적으로 고민의 대상이 되어야 한다는 것이다. 그리하여 이원조는 당시 문학의 생산자인 지식인 작가층이 추구해야할 문학은 프롤레타리아 문학이라고 규정한다.

이와 같이 이원조는 일본유학을 통하여 마르크시즘의 유물변증법적 역사관을 인식하게됨으로서 당시 조선의 현실 인식도 부르주아와 프롤레타리아의 계급대립으로 파악했다. 그러나 이원조가 인식한 마르크시즘은 원론적인 것이었으며, 그 원론은 귀국이후 구체적 주체 실천인 비평활동과도 차이가 있었다. 왜냐하면 1930년대 조선의 이데올로기 현실, 구체적으로는 문단의 이데올로기적 관습에 호출되어있었기 때문이며, 또한 서구근대사상의 한쪽부분인 부르주아저널리즘과, 성장기의 문화적 이데올로기 장치였던 주자학적 이데올로기의 영향하에 있었기 때문이다.

구체적으로 마르크시즘에 호출된 이원조의 주체의 성격은 무엇인가. 첫째 카프 문학에 대한 비판과 동조, 둘째 부르주아문학에 대한 비판이었다.

1) 카프문학에 대한 자기 비판적 동조

이미 지적했듯이 이원조는 카프 퇴조 시점에 비평활동을 시작했다. 이러한 상황에서 그의 카프문학의 비판은 어떤 의미가 있는 것인가. 먼저 카프가 처해 있는 정황을 이원조가 어떻게 분석하고 있는지 살펴보자.

우리는 여기서 카프의 침체한 원인을 외래적 조건에서만 발견하지 않고 냉정한 자기비판에서 엄밀히 구명할 필요가 있다고 생각한다. 그러니

결국 문제는 카프자신의 정력적 활동이 공장으로 농촌으로 뿌리깊이 침
투해서 문화운동의 대중화가 역사적 사실로 실천화할 때 오늘날 부르조
아 저널리즘이 흡수하고 있는 대중은 양적으로 질적으로 전향될 것이며
따라 문화운동의 영도권이 실질적으로 카프의 손에 돌아오면서 부르조
아저널리즘의 팟쇼적 경향을 완전히 극복할 수 있는 것이다.17)

이원조는 카프가 위기에 처해 있다는 인식 하에 그 원인을 찾는 과정
에서 그 외적 원인은 부르주아 저널리즘의 파쇼화에 있다고 보고 있다.
이것은 조선일보의 〈아는 것이 힘이다〉나 동아일보의 〈브나로드(to the
people)〉 등의 슬로건에서 보이듯 부르주아 저널리즘이 전에 없이 융성할
조짐을 보여 민족주의자들의 전선적 문화운동이 전개되는 정도이며, 따
라서 적어도 이러한 부르주아 저널리즘에는 카프가 발붙일 수 없게 된
것을 의미한다.18) 그리고 이렇게 된 근본적 내적 원인을 카프의 실천방
법상의 문제로 인한 대중성 상실에서 찾고 있다. 즉 1920년대의 카프가
지나친 목적의식과 정치성, 당파성의 강조로 현실과의 괴리가 있었음을
의미한다. 따라서 그는 1930년대의 카프가 내적 이론 논쟁에만 머물지
말고 실천, 즉 공장과 농촌으로 침투하여 문화운동을 통한 대중성 획득
을 주장한다. 이런 입장은 누구보다 먼저 당시의 부르주아저널리즘을 지
배적 이데올로기 장치로 파악한 이원조의 현실감각에서 나온 것이다.

이원조는 1930년대 초반을 자본주의 문화적 표현인 부르주아 저널리
즘의 파쇼화와, 자본주의의 제국주의적 파쇼화 상황으로 인식했다. 이런
정황은 프롤레타리아 계급의 생산주체로서의 등장을 역사적 필연성으로
보고, 카프의 위기 극복을 위해서 냉정한 자기비판과 반성으로 자신들의
체질을 개선하고 대중의 생활감정을 조직하며 또한 대중을 지도하는 문
학의 실천성을 강조하는 문학의 방법적인 문제를 인식하도록 요구한다.

---

17) 이원조, 「문필가 협회와 카프의 태도에 대한 사견」, 『삼천리』, 1932.12.
18) 김윤식, 앞의 글, p.203.

이러한 이원조의 카프에 대한 비판은 카프맹원은 아니지만 카프 맹원의 자기 비판과 동일하다고 볼 수 있다. 즉 그는 카프에 대하여 동류의식을 느끼고 있었다. 이것은 그의 사유구조 역시 당시 카프맹원들의 자기 비판이라는 사유구조와 동일하다는 것을 의미한다. 즉 이원조도 카프에 대한 일방적 비판이 아니라 앞으로 나아 가야할 방향모색까지 동시에 하고 있기 때문이다. 그러므로 이원조는 당시 문단에 대한 카프 맹원들의 인식과 그 방향을 같이한다고 볼 수 있다. 이러한 카프문학에 대한 동조는 이데올로기적으로 대응되는 부르주아 문학에 대한 비판에서도 나타난다.

2) 부르주아 문학에 대한 비판

부르주아 계급의 자연스러운 성장의 맹아가 일본제국주의에 의해 억압된 이후 식민지하 조선의 부르주아 계급은 독자적 이데올로기를 가지지 못하였었다. 그러나 1930년대의 조선의 반역사적 부르주아 계급은 자신들의 계급이익을 추구하기 시작하면서 일본 파시즘뿐만아니라 또다른 모습인 자본에 예속된다. 전세계적으로는 경제 대공항 이후 정치, 경제, 문화의 모든 면에서 위기의식이 팽배한다. 근대 자본주의의 말기 현상으로 자체 모순과 병폐를 드러내는 시기였다. 그래서 이원조는 부르주아 생산양식에서 생산된 부르주아 문학도 최후 단계인 붕괴기에 접어들었다고 보고, 당대의 상황을 부르주아 사회기구의 전체적 붕괴와 운명을 같이 하는 문화 위기로 파악했다. 그는 부르주아 문학화의 로맨티시즘과 감각파의 등장에 대해서 비판한다.

부르주아 문학에 대한 비판은 먼저 로맨티시즘에 대한 것이다.

시에는 우렁찬 시도 있을 것이며 고운 시도 있을 것이며 뜨거운 혹은 무거운 등의 각색의 인상적 형용사를 가지는 시가 있을 것이다. 그러나, 이러한 여러 가지 형용사로써 시의 가치를 운위하는 것은 문예비평의 객관적 기준을 가지지 못한 부르조아 비평가들의 (특히 인상비평가) 독호(獨好)적 취미인 것이고 결코 시 그것의 본질이나 또는 객관적 가치를 결정하는 데는 아무런 도움도 되는 것이 아니다. ―중략― 문화사적 견지로서 로맨티시즘의 발생이 중세봉건시대이라는 것은 그 시대의 계급적 편제의 특징적 산물인 것이니 모든 문화의 지배노력이 승원에 집중되었으므로 편실유리란 종교적 감정이 문학에 나타날 때 로맨티시즘이란 한 경향을 이루었는 것은 누구나 다 시인하는 것이다. 그러므로 만약 우리가 로맨티시즘의 성격을 규정한다면 그것은 원인, 방법 등의 상이는 있다고 하더라도 가장 일반적 성격은 '현실유리'라는 것이다.19)

이 글은 당시 '우렁찬' 시를 요구하는 것에 대한 비판으로 쓰여진 글이었다. 이 글에서 이원조는 '우렁찬' 측면의 경향만이 시에 나타날 때 프롤레타리아 시의 정상적 발전은 저해되며 이것이 로맨티시즘이라는 것이다. 이러한 로맨티시즘의 특징은 비현실적이며 비유물변증법적이고, 살아있는 구체적 현실이 표현되지 않고 단순히 언어의 무제한 대조반복으로서 자기도취에 그친 것, 그리고 현실에 무관심한, 완전히 현실을 도피하고 있는 것으로 보았다. 시에 대해 근본적으로 이해한다면, 그리고 새 역사의 담당자 혹은 적극적 참여자인 노동계급의 실천적 운동의 일부로서 시작(詩作)에 관심이 있다면, 먼저 현실을 유물변증법적으로 인식하라고 요구한다.

이 글은 당시 프롤레타리아 시의 '현실유리'를 우려하면서 부르주아 문학의 속성인 로맨티시즘, 그리고 당시 비평에서는 객관적인 기준이 없는 인상비평 등을 동시에 비판한 것이다.

다음으로 감각파는 현실을 총체적으로 인식하는데 문제가 있다는 것

---

19) 이원조, 「시에 나타난 로맨티시즘에 대하여」, 『조선일보』, 1933.1.3~12.3.

에서 출발한다.

> 역사적 종막을 고하는 부르주아 문학의 단말마적 천식이 에로, 그로, 넌센스물의 연명제로 지속하는 데 따라 그 일반의 문학은 벌써 어떠한 천재가 난다고 하더라도 일정한 사회적 가치를 가진 본질적인 문학작품을 산출하기는 단념하지 아니하지 못하게 되었으니 봉건주의초기문학과 같은 권선징악적인 파시즘문학의 대두전의 부르주아 문학의 갈 곳은 그네들의 소비적인 신경을 자극(!)하는 감각적 현상 이외에는 아무 데도 용납할 곳이 없었던 것이다. 그것은 부르주아의 가장 근본적인 철학적 방법이 현실을 이해하기에 전연 무력하게 되었으므로 이네들의 생활면에 감촉 되는 현실이 하나도 연관 있는 전체로서 인식되지 못하고 다만 단순한 감각적 현상으로서만 인지될 다름이니 여기에 신비주의의 전당이 있고 또한 엑소티즘의 요청이 생기는 것이다. ―중략― 그러므로 이 감각파적 문학 경향은 부르주아 문학의 한 방계적 현상으로서나 부르주아 인테리층을 대표하는 것이니 그네들의 섬세한 감각 그리고 그 감각에서 일어나는 델리키트한 신비감 그리고 그 신비감의 추구에 대한 부절(不絶)한 갈망 이것들이 곧 감각파의 전면적 특색[20]

위의 글에서 감각파가 문제시되는 것은 그것이 하나의 경향으로서 존재할 때 사회적으로 문제가 되기 때문이다. 즉 근본적으로 감각파가 부르주아문학의 병폐 현상인데 특히 이것이 지속되거나 하나의 경향으로 존재할 때는 사회적 문제가 된다는 것이다. 이러한 비판적 태도는 이원조의 계급적 인식구조에서 분출된 것이다. 그의 안목으로는 부르주아 계급은 더 이상 현실을 총체적으로 이해할 수 없는 계급이기 때문에, 그들의 문학적 안목은 신비주의나 엑소티즘의 모습을 보인다고 한 것이다.

이상에서 마르크시즘에 호출된 이원조의 주체를 알아보았다.

부르주아문학을 비판하는 경우에는 당대 현실 부르주아 사회가 구조

---

20) 이원조, 「시학도의 눈에 비친 근래시단의 한 경향」, 『조선일보』, 1933.4.26~29.

적 한계에 봉착함과 함께 그 자체 모순과 위기, 병폐를 드러내기 시작함으로써 더 이상 부르주아 계급이 역사의 담당 주체가 될 수 없다는 것이다. 그리고 이러한 생산양식에서 생산된 부르주아 문학은 자본에 예속되고 부르주아 저널리즘도 파쇼화됨으로써 자본주의의 병폐적 지배이데올로기를 전형적으로 재생산하게 된다. 그 문화적 표현이 로맨티시즘과 감각파 경향이었다.

그리고 프롤레타리아 문학을 비판하는 경우에는, 카프문학의 지나친 당파성 강조와 객관적인 도식의 극단적 적용에서 오는 경직성을 비판하고 체질 개선의 필요성을 강조한다. 그리고 문화의 실천적 방법에 대한 비판적 제언으로, 현실인식을 바탕으로 한 대중적 실천을 강조한다. 이와 같은 카프문학에 대한 비판은 카프맹원들의 자기비판과 동일한 것이었다. 이상과 같이 이원조는 당시 조선문단의 이데올로기 장치에 호출된 것이었다.

그러나 카프 맹원들의 자기비판이 논쟁적 적극성으로 현실의 위기모색에서 정론적 편향을 드러낸 데 반해, 이원조는 당대 현실을 인식함에 있어서나 현실의 위기 모색 면에서 객관적인 방향제시에 밝았다. 이것은 카프맹원들과는 달리 이원조는 전향이라는 윤리적 내적 갈등 없이 카프을 비판할 수 있었고, 그리고 이원조의 주체변모라는 측면에서 성장기의 주자학적 항일독립투쟁의 주체적 실천이 일본유학에서 서구 근대사상을 인식한 수준, 즉 활동범위로서 부르주아저널리즘, 새로운 이데올로기로서 마르크시즘에 호출되었기 때문이다. 이것은, 1930년대 카프맹원들의 주체 변모가 마르크시즘의 절대적 주체에서 해체된 것과는 달리, 이원조의 주체 변모는 주자학의 문화적 이데올로기 장치였던 도덕률과 주체적 실천으로서의 항일독립투쟁적 성격, 부정적 이데올로기 장치인 부르주아저널리즘 속에서 앙드레 지드의 개인의 성실성, 도덕성과 그리고 당시 일본 제국주의에 절대적 이데올로기 대항세력이었던 마르크시즘간의 결합이었다.

5. 결 론

이로써 1930년대 비평가 이원조의 주체가 명확해졌다.

첫째, 이원조를 키워주었던 문화적 이데올로기 장치가 주자학이고 그러한 분위기가 그의 성장 과정에 있어서 절대적이었다는 것. 둘째, 주자학이 이데올로기적 무의식으로 작용하면서 앙드레 지드의 도적적 개인주의에 호출된 것. 그리고 부르주아저널리즘의 형식적 이데올로기 장치가 그를 전문직 비평가로 자각하게 한 것. 셋째, 비판적 주체 실천으로서 마르크시즘, 즉 카프맹원들의 주체 재건과 동일한 이데올로기적 관습에 따르지만 차이도 명확했다는 것이었다. 즉, 부정적 이데올로기 장치인 부르주아저널리즘 속에서 비판적 주체 실천으로서 마르크시즘과 이러한 서구 근대사상을 인지한 주자학적 가족문화이데올로기의 무의식성과의 결합이었던 것이다. 이러한 이원조의 이데올로기적 주체는 1930년대 전형기 상황에서 모든 문인들이 주조모색으로 나아갈 때 남들보다 한 발 앞서 구체적으로 카프문학의 반성과 포오즈론·교양론·세대론·제 3의 논리 등으로 나아갔다.

❚ 가야대학교 강사

▌참고문헌

김윤식, 「부르주아 저절리즘과 비평」, 『김윤식 선집3』, 솔, 1996.

김태웅, 「이원조 비평연구」, 『홍익어문』, 제9집, 1990.

박현수, 「육사시에 끼친 주자학적 영향」, 서울대학교 대학원 석사학위 논문, 1996.

배광호, 「이원조론」, 『영남어문학』, 제20집, 1991.

송현호, 「이원조 문학론 연구」, 『한국근대소설론 연구』, 국학자료원, 1990.

신명경, 「이원조의 현실주의 문학과」, 『동아대학교 국어국문학 논문집』, 제11집, 1992.

신재기, 「이원조 비평의 전화논리」, 『문학과 언어』, 제10호, 1989.

알튀세르(저), 김동수(역), 「이데올로기와 이데올로기적 국가장치」, 『아미엥에서의 주장』, 솔, 1991.

이원조, 「시에 나타난 로맨티시즘에 대하여」, 『조선일보』, 1933.1.3~12, 1933.

_____, 「순수문학과 대중문학 문제」, 『조선일보』, 1933.3.13~20, 1933.

_____, 「시학도의 눈에 비친 근래시단의 한 경향」, 『조선일보』, 1933.4.26~29, 1933.

_____, 「불안의 문학과 고민의 문학」, 『조선일보』, 1933.12.13~16, 1933.

_____, 「앙드레 지드의 사상과 작품연구」, 『조선일보』, 1935.4.20~25, 1935.

_____, 「4월 창작평」, 『조선일보』, 1936.4.16~22, 1936.

조두섭, 『한국 근대시의 이념과 형식』, 다운샘, 1999.

조창환, 『이육사』, 건국대학교출판부, 1998.

김동인의 미적 담론과 소설주체의 변화

박 종 렬

1. 서 론

한국 초기 근대소설은 참으로 다양한 스펙트럼을 보여주고 있다. 근대라는 빛이 소설가를 통해 구현되는 스펙트럼은 근대를 맞이하는 각각의 현실대응 방식에 따라 다르게 나타나기 때문이다. 소설가의 현실대응 방식도 하나의 '근대성'이라고 할 수 있다. 이러한 '근대성'에는 사회 윤리적이고 반개인성의 특징을 지닌 '사회적 근대성'과 개인의 발견을 통해 주체를 드러내며 미적담론을 형성하는 '미적 근대성'으로 나누어 볼 수 있다.

초기 근대소설은 이러한 '사회적 근대성'으로서의 근대 담론과 '미적 근대성'으로서의 근대 담론이 교차되면서 각각 다양한 스펙트럼을 보여주고 있는 것이다. 즉 연대기적 초기 근대소설의 사적 나열보다는 훨씬 다양하게 초기 근대소설은 제각각의 근대적 담론을 지닌 채 우리 문학사에 그 모습을 드러내었던 것이다.

특히 '미적 근대성'을 김동인과 관련지어보면, 미적 근대성의 특징, 즉 개인 발견을 통해 주체를 드러내며 미적 담론을 형성하고, 이러한 미적 담론은 전근대와는 전혀 다른 새로운 소설을 탄생시키게 됨을 볼 수 있다.

본고에서의 김동인의 초기 근대소설사적 의미를 여기에 초점을 두고

자 한다. 김동인의 소설을 설명하는 방법 중 가장 일반적인 것이 일본 근대소설과의 영향관계 속에서 살펴보는 방식이다. 특히 김동인이 단편 소설 양식을 채택한 것, 이것은 김동인이 유학했던 대정기(大正期) 일본 소설이 단편을 중심으로 하였다는 것, 또한 단편의 특성이라고 할 수 있 는 밀도 높은 표현양식이 단편을 장편에 비해 보다 예술적인 것으로 인 식하게 만들었다는 것 등을 근거로 제시하면서1) 김동인의 소설이야말 로, 우리의 근대 문학양식이 서구의 것을, 그것도 일본을 통해 들여왔다 는 일반적인 사실을 유추하고 그 타당성을 바탕으로 우리 초기 소설의 위상을 결정짓기도 한다.

그러나 이러한 판단은 그 타당성이 있음에도 불구하고, 보다 근본적 인 문제는 그것과는 다른 층위가 아닌가 한다. 즉 일본 대정기의 문학이 김동인에게 영향을 주었음을 인정하더라도 이광수, 김동인을 비롯한 염 상섭, 현진건, 그리고 카프 계열로 이어지는 근대소설의 전개과정에서 우리 근대문학의 어떠한 주체적 계기들이 내포되어 있는가가 따지지 않 은 채, 단순히 일본근대문학의 수용사에만 의존한다면, 한국근대소설의 형성과정에 대한 문제는 여전히 남아 있는 셈이다.

한 예로 일본 근대소설의 주 특징인 이른바 '사소설'을 김동인이 본격 적으로 도입하였다하더라도 김동인 소설에서의 사소설적 요소와 일본의 사소설은 전혀 그 양상을 달리 함에 대해 그 어떠한 설명도 할 수 없다. 그것은 김동인에게서 뿐만이 아니라 김동인 이후 우리 소설의 전통이 된 리얼리즘과 일본의 사소설적 전통과의 거리에 관해서도 설명이 불가능 하다고 본다.

우리는 여기서 김동인의 내적 주체적 계기를 타율적 근대화 과정에서 의 반동일적 태도에서 찾을 수 있다면, 우리 초기 근대소설의 일본근대 문학의 수용론에서 어느 정도 벗어날 수 있으며, 동시에 우리 초기 소설

---

1) 김춘미, 『김동인연구』, 고려대학교 민족문화연구소. 1985 참조.

의 형성과정에 대해서도 보다 본질적 측면으로 접근할 수 있지 않을까 생각된다.

2. 김동인 소설의 형식과 근대성

본고에서는 김동인의 소설을 통해 한국근대소설 형성에 관한 내적 동인의 하나를 찾는데 주력하고자 한다. 김동인 소설에서 보여준 그 내적 동인을 반동일적 주체의식이라고 부르고자 한다. 여기서 말하는 반동일적 주체의식은 물론 타율적 근대화에 대한 반동일적 태도의 내적 이데올로기이다.

이러한 내적 이데올로기로서의 주체성이야말로 우리 소설의 '근대성' 연구의 단초가 된다. 논의 전개를 통해 한국 초기 근대소설들의 문학사적 역동성을 밝히는 작업, 즉 한국근대문학의 주체성을 밝히는 것이라고 볼 수 있다. 그 중에서 특히 다양한 담론 형태로 드러나는 근대성을 어떻게 소설화하는가에 일차적 의미를 부여할 수 있다면 결국 근대성 – 근대적 담론의 스펙트럼 – 담론의 내적 주체성의 상관관계는 초기 근대소설 형성과정을 파악함에 연대기적 의미 이상의 중요성을 지니고 있음을 생각할 수 있다.

그러므로 김동인을 비롯한 초기 소설의 원천이 무엇이냐 하는 문제는 위에서 지적한 상관관계의 파악과 매우 중요한 관계를 지닌다. 즉 초기 작가의 소설적 원천을 일본 근대문학에서 찾는 논의의 타당성이 있음에도 불구하고, 오히려 필요한 것은 초기 작가들 스스로가 주체적으로 확보한 미적 담론의 소설양식화 과정에서 드러난 근대 담론의 양상들과 그러한 담론에 내재된 미적 이데올로기에 관심을 가지면서, 미적 이데올로기가 어떻게 초기 작가라는 개인을 주체로 호출했는가에 초점을 맞추는 것이라고 생각된다.

계몽 담론에 호출된 근대적 주체가 식민주의 담론에의 자기 동일화 과정에서 주체가 망각되어 스스로가 근대적 전망을 포기하면서, 민족 문제는 물론 근대적 개인의 정체성도 위기에 부딪히게 되는 시기가 1920년대, 즉 식민지 근대적 모순이 본격화될 때부터이다. 특히 3·1운동 이후 민족 정체성의 위기라는 구체적인 계기와 결합하면서, 민족적 전망과 근대적 전망을 동시에 상실한 개인의 불안은 계몽 근대담론의 대척적 위치에 반동일화 주체가 드러나게 된 계기가 되었다.

그러므로 '나쁜 주체'로 특징 지워지는 반동일시가 우리 초기 근대소설에 등장한 것은 바로 이 시기임은 자연스러운 현상이라고 볼 수 있다. 이는 끝없이 강요하는 식민지 지배담론의 또 다른 얼굴인 근대적 계몽이라는 거대 담론의 동일화의 요구에 대한 거부를 통해 스스로가 '나쁜 주체'가 됨으로써, 오히려 주체임을 드러내는 미적 담론의 등장을 의미한다.

식민지배의 공고화가 사회 전반적으로 진행되는 가운데, 문학과 예술을 선택한 근대적 지식인들의 담론에서 '개인'은 본격적으로 지배담론에 저항하면서 급부상하게 된다. 계몽 담론이 이데올로기가 되어 자신 동일성의 기반이 되어왔던 계몽 근대에 대한 욕망은 일제의 식민지배가 본격화되면서 현저하게 감소되고, 계몽 담론자들을 지배해온 계몽 담론이 더 이상의 준거를 확보할 수 없게 됨으로써, 이광수를 중심으로 한 계몽 담론을 거부하는 새로운 문학운동이 일어난 것은 당연한 것이라고 볼 수 있다. 근대와 개인이라는 새로운 준거로써 나타난 새로운 문학운동은 자율적인 의식의 주체로 서고자 하는 욕망의 하나라고 볼 수 있다.

근대적 주체의 메커니즘을 상기할 때, 초기 근대 소설이 보여준 새로움의 정체는 서구적 의미에서의 '개인의식에 눈뜬 근대 시민사회의 의지의 표현'이라기보다는 차라리 새로운 주체로서의 '근대지향의식'에 가깝다. 이러한 근대 지향의식은 근대적 주체의 신념인 '개인'의 절대성으로 변화하면서, 창작 주체로서의 김동인에 이르러서는 그 구체적인 모습을 드러내기 시작하였다. 김동인은 동인지 문학의 시대를 열면서 계몽문학과는 대타적인 지점에서 출발하고 있으며, 주관화를 통해 대상을 미적 체험과 미적 가치로 파악하는 근대에 대한 주관성을 드러냈기 때문이다.2)

　이러한 '근대 주관성의 실현'을 위한 '근대 주관성의 실현'의 표지라 할 수 있는 개인의 급부상은 '개인'이 곧 '예술'이라는 자각이 드러나는 미적 담론의 특징으로 나타난다. 김동인은 그 스스로의 미숙성에도 불구하고 문학을 통하여 거대 주체로부터의 일탈을 시도하였으며, 근대지향의식을 철저히 문학에 투사함으로써 문학을 거대 주체로부터의 탈주체화할 수 있는 실체임을 인식하고, 그 자체를 문제시함으로써 미적 담론이라는 또 하나의 이데올로기를 형성했다는 측면에서 그 의의를 찾을 수 있다.

　미적 담론의 근대적 주체는 기본적으로 창작주체 개개인의 미적 자율성으로부터 발견되는 주체이며, 이것들이 일정하게 드러내고 있는 개별 작가의 텍스트 탐색으로부터 발견되는 주체이다. 이러한 주체는 항상 어떤 고정된 중심, 단일성에 의하여 자기동일성을 확보한다는 믿음에 대한 문제제기를 강하게 하였다. 그리하여 이러한 주체는 계몽이라는 특정한 하나의 경로로의 동일시로부터 구성되지 않는 것으로, 계몽담론에서의 동일성과는 전혀 다른 반동일성을 의미하게 된다.

　이를 창작주체와의 관계 속에서 정리하자면, 창작주체의 '위치'가 텍스트에 어떤 형태로든 영향력을 행사한다는 점에서 동일적 주체와는 매우 밀접하지만 그렇다고 해서 근대적 주체는 창작주체로 환원되지는 않는다. 이를테면 계몽 근대소설의 경우, 창작주체의 영향이 거의 절대적인데 비해, 김동인은 창작주체의 절대적 영향 아래에서도 궁극적으로 미

---

2) 황호덕, 「1920년대 동인지 문학의 성격과 미적 주체 담론」, 성대 석사논문, 1997 참조.

적 근대성을 확보하고자 하는 의도를 보여줌에 치중함으로써 계몽 근대소설과는 전혀 다른 위치에서 근대소설을 출발시킴을 알 수 있다.

그것은 계몽 일변도의 이광수에 대한 강한 대타의식을 바탕으로 소설 양식을 통해 반동일적 근대적 주체를 형성하고자 한 의도였다고 볼 수 있다. 계몽 담론은 동일성의 형식을 통해 상이한 가치와 삶의 가능성을 억압하면서 이루어지는 이데올로기로 볼 수 있으며, 이러한 계몽 일변도의 문학은 창작주체가 거대 담론의 착한 주체로서 식민주의 담론, 즉 텍스트 외부의 현실을 새롭게 재구성하고 특권화 함으로써 당대 현실을 봉합하고 있었다면, 김동인의 경우 창작주체 스스로가 구성되는 주체이자 대상이라는 점을 인식하면서 식민지적 근대라는 시공간의 일탈을 시도하였던 것이다. 즉 김동인에 의해서 근대적 '개인'이 탄생하였던 것이다.

이러한 '개인'이라는 문제의 자각은 사회성을 제거하는 과정으로 나타나고, 개인의 판단과 행위의 준거점을 개인에게 두고자 하는 반동일적 주체에게 있어서, 도덕과 비도덕의 경계에 대한 자기 확인 여부가 매우 중요한 문제로 대두하였다. 이는 타인의 시선 속에서도 주체의 판단과 행위를 도덕적으로 신뢰할 수 있어야 하느냐, 아니면 그 타인의 시선을 계몽 근대주체로 보면서 반동일성의 새로운 주체의 발견을 시도하느냐 하는 문제였다. 이 '도덕적 신뢰'의 경계짓기는 주체 내에 동거하고 있는 타자의 시선을 인정함으로써 그것을 극복하고자 하는 실천 속에서 얻어지는 것이라고 본다면, 식민지 현실에서 이데올로기로 주어진 도덕적 신뢰의 경계 구획은 사실상 거의 불가능한 것과 마찬가지였다.

그래서 도덕적 신뢰의 경계짓기를 포기한 새로운 근대 주체 의미는 이러한 근대에의 강박관념과 불안감 속에서 '개인의 발견'으로 시작됨을 알 수 있으며, 개인의 자율성이야말로 지금까지 경험하지 못한 근대의 새로운 가치임을 발견함을 의미한다. 그러나 이 새로운 근대적 주체는 식민지 상황에서 적극적으로 개인의 발견에 초점을 맞추어 가며, 새로운 문학운동을 전개했지만, 식민지 현실은 그것이 불가능했으며, 어쩌면 그 새로운 주체 자신들도 하나의 대상으로써의 타자화를 통하여 거대 담론에 종속되는 착한 주체의 하나에 불과할 지도 모른다는 강박관념과 불안은 여전하였다고 본다.

이러한 강박관념과 불안 속에서도 형성된 반동일적 구성체로써의 근대소설이란 새로운 양식의 의미는 근대라는 소재의 문제가 아니다. 그것은 바로 문화적 징표이며, 담론의 형식이다. 근대라는 담론 형식으로 나타난 '근대적 자아'는 막연하게 근대와의 만남만으로 성립된 것은 아니다. 자기가 자기로 존재하기 위해서는 또 다른 조건이 필요하다. 또 다른 조건이란 가라타니 고진이 말한 "추상적 사고 언어가 만들어지기 시작했을 때 처음으로 언어 표상의 감각적 찌꺼기가 내적 사상과 연결되며, 그에 따라 내적 사상 그 자체가 차츰 지각"되었다는 명제3)이다. 그는 이러한 지각과정을 일본 문학사에서의 언문일치라고 보았다.

이때의 언문일치란 단순히 말을 글에 일치시키는 것도 아니고 글을 말에 일치시키는 것도 아니었다. 그것은 새로운 담론구성체의 창출을 의미하는 것이다. 물론 언문일치가 헌법 제도와 같이 '근대화' 노력의 한 부분인 한, 그것은 결코 '내부'의 언어일 수 없다. 그러나 가라타니 고진은 일본의 언문일치에 대해서, 오히려 오가이나 소세키처럼 이 시기의 '내향적' 작가들은 문어체를 지향했으며, '언문일치' 운동 그 자체도 수그러졌다가, 다시 불붙기 시작한 것은 이미 교시나 돗포의 시기, 즉 1880년대라고 보고, 돗포는 이전 작가와는 달리 언문일치가 이미 내면화되어, 굳이 언문일치를 의식하지 않아도, 언문일치의 표현을 자연스럽게 드러낼 수 있는 것은, 돗포가 이미 '언문일치'가 근대적 제도임을 의식하지 않는 것으로 파악했다. 이에 대해 그는 근대소설이 하나의 근대적 제도로 자리 잡으면서 그 기원이 은폐되었다고 보았다.

---

3) 가라타니 고진, 박유하(역), 『일본근대문학의 기원』, 민음사, 1997, pp.62-82, 참조.

우리 근대소설에 있어서도 이미 근대소설이 근대적 담론 구성체로 제도화되어 자리를 잡고 있으면서, 근대적 제도로써의 언문일치를 더 이상 의식하지 않아도 될 만큼 근대소설의 기원이 은폐되기 시작한 것은 바로 이 시기라고 볼 수 있다. 즉, 근대적 제도로써의 언문일치를 의식하지 않으면서, 새로운 주체로서의 자각과 그 자각에 동반되는 반동일적 담론 구성체의 형식적 문제에 관심을 가지게 된다는 것을 의미하는 것이다.

> 自然主義의 傾向은 社會問題에 接觸되엿다. 쏠나의 小說中 男女가 飮酒, 色慾, 貧困 等에 빠져서 如何히 墮落해가고 死亡해가는 것을 말한 것이 만히 잇으니 이것이 社會問題가 안이고 무엇일가. 그이의 冷靜한 科學的 態度는 그 內面에는 熱烈한 社會改良家의 誠意가 잇지 안이한가. 입센의 戲曲은 거위 다 人生及社會問題에 대한 것뿐이니 社會의 缺如 社會의 惡德을 그이는 積極描寫하여 個人解放 婦人解放의 問題를 痛切히 말함으로써 實生活에 큰 動搖를 일이키게 한 것도 事實이다.4)

이는 김윤식이 말한 바와 같이 '방법으로서의 예술성'을 끌어들인 바탕은 '예술성의 존재의의를 인식한 데 있으며, 그것은 '긴요한 삶의 실천 과제를 민족의 독립보다 근대성의 획득'5)에 두었다는 의미가 된다. 이러한 근대성의 획득이라는 측면에서 김윤식은 '내적형식'에 초점을 두고, 김동인에 대해서는 '방법으로서의 예술성'을 끌어들임으로써, "우리 소설사가 계몽주의 차원에서 한 단계 높아졌다."고 평가했다. 다시 말하자면 김동인의 언문일치는 근대성 획득의 방법으로서 등장하는 것이다.

김동인에 있어서 사회적 근대성이란 부정되어야 할 대상으로 존재하며, 근대성의 심화 즉 미적 근대성은 개인에의 집착 혹은 예술적 형식의 근대화로 드러난다. 특히 당대 상황에서는 근대성에 대한 작가의 인식이

---

4) 極態, 「文學에 對한 雜感」, 『창조·4』, 1920, p.50
5) 김윤식·정호웅, 『한국소설사』, 1993, pp.82-84.

중심으로 떠오른다. 근대성을 어떻게 인식했으며 특히 사회적 근대성에 대한 그것을 사회와의 관계 속에서 어떻게 실현해 가는가 하는 문제가 계몽 담론에 대한 반동일자적 태도를 결정짓게 되고, 이러한 태도가 바로 예술적 형식의 근대화가 가능하게 하는 것이다. 이는 식민지 현실의 모순에 대립하는 자신의 내면을 지니게 되었다는 것을 의미하며, 근대적 주체로써의 표현의 적절성을 획득하기 위해서는 근대적 형식과 기법에 관심을 가지지 않을 수 없게 되는 것을 의미한다. 이러한 의미에서 근대 문학론은 현철과 김동인이 중심이 된 형식과 기법의 논의가 대두되면서 계몽 소설과는 근대성 수용양상이 현저히 변하기 시작한다.

김동인은 「학지광」에 발표한 「소설에 대한 조선사람의 사상을」에서 "소설의 생명, 소설의 예술적 가치, 소설의 내용의 미, 소설의 조화 정도, 작자의 사상, 작자의 정신, 작자의 요구, 작자의 독창, 작중 인물의 각 개성의 발휘에 대한 묘사, 심리와 동작과 언어에 대한 묘사, 작중의 인물의 사회에 대한 분투와 활동" 등을 구해야 한다고 하였다.6) 그러기 때문에 「자긔의 창조한 세계」7)에서 참 문학자는 "어린애도 하누님의 세계에 만족치 안코 인형이라는 자긔의 세계를 사랑"하는 것과 같이 "오해한 인생이던 엇더턴 자기의 창조한 인생, 자기가 지배권을 인생을 지어 노코 자기 손바닥 우에 뒤채여" 볼 수 있는 사람이라고 하였다. 결국은 작가는 자기가 창조한 세계를 인형조종술로 지배할 수 있어야 한다는 말이다.

김동인은 항상 스스로의 소설론에서 근대 소설에서의 기법이라는 것을 문제로 삼았다. 소설에서 기법이 문제가 되면서 초기 근대소설의 새로운 장이 열리게 되었으며, 동시에 서구 문학과 일본 문학이 한국 근대소설과 본격적으로 소통이 됨을 의미하게 되었다. 김동인의 문학관 형성

---

6) 김동인, 「소설에 대한 조선사람의 사상을」, 『학지광』, 1919, p.45.
7) 「작긔의 창조한 세계」, 『창조』 7호, 1920, p.50.

에 관해 정인문은 '김동인은 본래적인 의미로서의 자연주의 작가가 되지 못하는 기질'이었지만 그의 최대의 목적인 '순수예술로서의 근대문학의 확립'이므로, 그것을 확립하기 위해서는 '구식 사고의 변혁이 필요하였으며', '의식변혁의 가장 효과적이고 자극적인 방법으로서 자연주의적인 제재 선택과 인간관(본능과 환경의 중시)를 채용한 것이 그의 일련의 작품들'이었다고 하였다.8)

김동인은 다야마 가다이의 '일원묘사', '평면묘사', '소주관' 등의 용어를 받아들였고, 다야마 가다이의 「소설작법」과 「동경 30년」 역시 김동인의 「소설작법」, 「문단 30년사」를 집필한 동기가 되었을 가능성이 있다. 이러한 관계에서 강인숙은 '일본자연주의는 실험, 관찰에 기초를 둔 객관적인 사회관찰보다는 작가 개인의 眞情吐露的 색채가 짙은 것이었으므로 동인이 이해한 자연주의도 이러한 주정적인 색채를 가미한 개인주의적인 것'이라고 동인의 자연주의를 파악하면서, 김동인의 '문학적 이념이나 정서 및 이미지는 오히려 일본의 전통적인 미학이고 개인적인 문학의 분위기에 많은 영향을 받은 것이 아닌가 싶다.'고 하였다.

「자긔가 창조한 세계」를 통해 이른바 '인형 조종술의 논리'9)를 자신의 창작 원칙으로 제기한 김동인은 「소설 작법」이라는 글을 통하여 또다른 창작의 원칙을 제시하는데 '일원 묘사', '일원 묘사의 B형식', '다원 묘사', '순객관적 묘사'의 네 가지 묘사의 형식을 제안하고 있다. 일원묘사 B형식은 작가가 완전히 관찰자의 입장이 되는 시점인데 '절 혹은 장을 따라서 주요인물을 밧고아 가면서 쓰는' 형식으로 장편소설에서 많이 볼 수 있다고 하였다. 심경고백이 나오는 부분에서는 1인칭 시점을 유지하면서 전체적으로는 전지적 작가시점이 되는 묘사법이 된다. 다원묘사체

---

8) 정인문,『김동인의 일본 근대문학 수용 연구』, 동아대 박사논문, 1994, pp.21-22 참조.
9) 김동인, 앞의 글, p.52. 이 같은 김동인의 발언에 대한 선행연구는 김윤식, 앞의 책, 1986, 3장. 참조.

는 작가가 '시대와 경우를 구별치 안코 아무 데서나 아모때나 그 작중에 나오는 어느 인물의게던 묘사의 筆을 가할 수 잇는' 시점이다. 이는 작자가 주관을 드러낼 수 있는 전지적 작가 시점을 말한다고 볼 수 있다. 순객관적 묘사는 작가가 '절대로 중립지에 서서 작중인물의 행동뿐을 묘사하는 것으로서 작중에 나오는 인물의 심리는 직접묘사치 못하며, 다만 그들의 행동으로 심리를 아라내이게 하는' 시점이다. 이는 작가 관찰자 시점을 의미한다고 할 수 있다.

김동인은 이러한 묘사의 형식을 제안하면서 이러한 인형 조종술의 필요성에 대해서는 "作中 主要 人物의눈에 비최인 것에 限하여 作者가 쓸 權利"10)가 있기 때문이라고 하였다. 작중 인물의 눈에 비친 것에 한하여 작자가 쓸 권리를 가진다는 것은 왜곡된 근대의 풍경, 즉 눈에 비치지 않는 식민지 담론을 교묘하게 배치하면서 거대 담론에 착한 주체로 동일화시키는 근대 기획에 대한 거부라고 볼 수 있다.

> K도 가치도라세서 그밝은바다빗과 그넓은바다ㅅ긔운을, 가슴쩟 드리마시며, 굽으러지고쓰굽으러져서 뎌넓은朝鮮海와接한長箭港을바라볼째에 K는, 一種의외로움과, 無限큰상쾌를쌔다랏다. 그거슨며칠전京義線列車안에서 기름자의世界를쩌단닐째엣 그것과비슷-한거시다. 그는 C를 보앗다. C도 눈에 爛爛한비츨내이고, 아츰비체반짝거리는反射光에 나츨쏘이면서, 펴졋다 줄어졋다 하는 바다의해와, 萬年의秘密을감초고잇노라는 샛파란바다의속섹임을듯고잇다.
> 「아」 K는 도라섯다.11)

김동인의 소설에서 이후에도 늘 사용되는 기법의 기본틀은 위에서도 보듯이 '그는 C를 보앗다.'로 K가 C를 향하게 하여 그 뒤부터는 작가가

---

10) 「소설 작법」, 『조선 문단』 10호, 1925, p.70.
11) 「마음이 옅은 자여」, 『창조』 5호, 1919, p.37.

C의 눈에 비치는 풍경을 묘사한다. 작가의 시선을 조종하는 소설적 장치로서의 '作中 主要 人物의눈에 비쵀인 것에 限하여' 서술하겠다는 의식이 충분히 반영된 모습을 찾아 볼 수 있다. 이렇게 눈에 비친 것만을 서술하겠다는 의식은 하나의 고백의식이다. 무엇을 고백하겠다는 것인가? 그것은 물론 거대 담론으로 드러나는 근대 속에 존재하는 자기 자신이다. 김동인에게서의 풍경이란 바로 근대를 지칭하는 것이다. 근대의 풍경을 눈에 비친 그대로 묘사를 하면서 그 풍경의 내부의 그 무엇에 대해 고백하겠다는 의식이 바로 김동인 소설의 정체라고 볼 수 있다. 이때의 내면 풍경 탐구의 의미에 대해서는 김윤식은 다음과 같이 설명하였다.

> 문인에 대한 문학 내적 해명이란 무엇인가. 이런 물음에는 썩 거칠게 말해서 다음 두 가지로 대답해 볼 수 있지 않을까 한다. 작가론 및 작품론 범주가 그 하나. 다른 하나는, 작가론이나 작품론으로 포착되기 어려운 어떤 측면을 탐구하는 방식이다. 이를 두고 '내면 풍경'의 탐구라고 부를 것이다. (중략) 요컨대 내면 풍경을 문제삼는 다는 것은 문학만이 가진 또는 예술만이 가진 현실에의 환원 불가능한 마음의 내밀한 요소의 작용과 그 작용이 창작의 중요한 요소를 이루고 있다는 전제를 승인할 때 비로소 가능해지는 것이라 할 수 있다. 말을 바꾸면 작가론에서도 빠뜨리는 요소, 작품론에서도 다스리기 어려운 미묘한 삶의 감각적 인식에 관한 것을 포착하고 이를 확대경으로 드러내어, 어떤 의미 단위를 환원해 보이는 것을 두고 이름지울 수 있는 것이 바로 내면 풍경의 탐구인 셈이다.12)

이 때 말하는 풍경이란 하나의 인식틀이며, 일단 풍경이 생기면 곧 그 기원은 은폐된다.13) 즉 고백의 주체는 은폐되고, 그저 하나의 풍경만이

---

12) 김윤식, 『한국 현대 현실주의 소설 연구』, 문학과 지성사, 1990, p.238.
13) 가라타니 고진, 앞의 책, p.48.
　　풍경이 일단 성립되면 그 기원은 잊혀져 버린다. 그것은 처음부터 외부에 존재한 객관물처럼 보인다. 그러나 객관물이라고 불리는 존재는 거꾸로 풍경 안에서 성립한 것이다 주

남게 되는 것이다. 독자는 그 풍경만을 바라보면서 풍경 내면의 고백에 귀를 기울이게 된다. 김동인의 「배따라기」에서도 김동인 특유의 고백의식에 따른 기법이 잘 드러나 있다. 서술자는 지금 풍경을 바라보고 있다. 물론 그 풍경 속에는 유토피아가 있다고 묘사한다. 왜 유토피아인가. 근대적 주체에 있어서의 유토피아는 이 서술자가 꿈꾸고 있는 세계일지도 모른다. 그러나 문제는 유토피아도 하나의 풍경이며 인간도 풍경에 불과한 것이며, 그 풍경의 기원, 즉 그 풍경은 은폐되어 있는 것이다. 풍경은 환유적 묘사이다. 내면 투사 대상으로서의 풍경 묘사란 감성을 외화하는 방법이다. 이렇게 보면 풍경이라는 말은 또 외적 자연의 표상에서 더 나아가 내적 자연을 뜻한다.

그의 초기 소설의 주요한 기법인 '作中 主要 人物의눈에 비최인 것에 限하여' 묘사하겠다는 의식은 「배따라기」에서도 마찬가지이다. '나'는 풍경을 바라보면서 유토피아를 꿈꾸고 있다가, 문득 이 유토피아의 꿈을 깨어버리게 만드는 '영유 배따라기'의 노래를 듣게 되고, 이후 이 노래의 주인공의 시선을 중심으로 사건을 전개하는데, 영유 배따라기 주인의 시선에 비친 풍경은 더 이상 유토피아와는 관계가 없는 처절한 인간의 삶, 그 자체이다.

'나'의 눈에 비친 풍경은 유토피아 건설과 '사람의 위대함을 끝까지 즐긴' 진시황이라면, '이상한 슬픔 소리'인 영유 배따라기의 주인은 처절한 인간의 삶 그 자체이다. 이것을 '나'의 눈에 비친 풍경은 근대라는 거대 주체의 유토피아의 꿈이었다면, 그 꿈을 깨어나게 해 주는 것은 거대 주체에 종속해서 허덕이는 민중의 삶, 그 자체였다고 볼 수 있다. 김동인은 바로 이러한 풍경을 발견함으로써 그의 기법으로서의 근대와 그의 소설 텍스트를 일치시킬 수가 있었다고 본다.

관 또는 자기 자신 역시 마찬가지이다. 주관(주체)/객관(객체)이라는 인식론적 공간은 '풍경'에 의해 성립된 것이다. 즉 처음부터 존재한 것이 아니라 '풍경'에서 파생한 것이다.

즉, '풍경'이야말로 이러한 도착 속에서 발견되는 것이며, 풍경은 단순히 바깥에 존재하는 것이 아니라 풍경이 출현하기 위해서는 지각 양태가 변하지 않으면 안되며14), 그것을 위해서는 어떤 구체적인 역전이 필요하다고 했다. '풍경'이 고독하고 내면적인 상태와 긴밀하게 연결되어 있으며, 외부 세계에 관심이 있는 인간에 의해서가 아니라 주위의 외적인 것에 무관심한 '내적인간'에 의해 처음으로 풍경은 발견되는 것이다. 풍경은 오히려 '바깥'을 보지 않는 자에 의해 발견되는 것이다. 인물은 아무래도 상관없는 타인에 대해 '나와 다른 사람의 구별이 없다.'고 말하는 식의 일체감을 느끼는데 거꾸로 보면 눈앞에 있는 타자에 대해서는 냉담하기 그지없다.

근대 문학의 리얼리즘은 분명 풍경 속에서 확립된다고 한다면, 김동인은 그의 리얼리즘의 원리는 자명하게 된다. 왜냐하면 리얼리즘이 묘사하는 것은 풍경 또는 풍경으로서의 인간이지만 그러한 풍경은 본래 외부에 존재하는 것이 아니라 '인간으로부터 소원화된 풍경으로서의 풍경'으로 발견해야 가능한 것이기 때문이다. 이렇게 본다면 김동인의 '내적인간'의 발견을 통해서 근대 기획의 또 다른 이데올로기를 발견함으로써 반동일성의 주체를 형성해가고 있었던 것이다.

식민지 근대 기획으로 유리되고 소외된 개별자의 내적 경험이란, 개인의 절대적 우위에서만 가능하다. 다시 말하면 근대성에 대한 비판적 타자로 등장하는 것이다. 임화는 30년대 후반이 되어야, 그의 「세태 소설론」에서 비판적 타자의 또 다른 한 면을 이해하게 된다.

그러므로 자연 작자의 생각을 살리려면 작품의 사실성을 죽이고 작품의 사실성을 살리려면 작자의 생각을 버리지 아니할 수 없는 딜레마에

---

14) 가라타니 고진은 이 지각 양태를 바꾸는 이 전도는 '바깥'에도 '내부'에도 없고 기호론적 틀 구도의 전도, 바로 그 속에 있었다며, 그것은 시각의 문제가 아니라고 하였다.

빠지는 것이다. 이것은 작가에게 있어선 창작 심리의 분열이고 작품에 있어선 예술적 조화의 상실이다. (중략) 이런 현상은 말할 것도 없이 우리의 사는 시대의 이상과 현실이 너무나 큰 거리로 떨어져 있는 현실 자체의 분열상의 반영일 것이다.[15)

예술적 조화의 어려움, 그것은 우리 문학에 있어서의 리얼리즘의 어려움을 말해주는 것이기도 하다. 한편으로는 '작가의 생각'을 살리기 위하여, 또 한편으로는 '작품의 사실성'을 살리기 위하여 당대 우리 문학의 고민을 단적으로 드러내는 이러한 임화의 고민은 초기 근대소설 이후 계속되어 온 근대에의 계몽과 반근대적 미학적 자율성의 범주의 충돌을 의미하는 것이며, 이러한 고민을 통해 반동일성의 새로운 근대 주체의 형성은 식민지 근대화 과정에 반발한 개인의 내면화라는 측면에서 계속 모색되어 온 것이며, 또한 자율적 개인의 자기 동일성을 확보하기 위한 초기 근대소설의 한 축으로 자리 잡고 있음을 말해 주는 것이다.

3. 반동일 주체의 근대적 광기와 좌절

김동인의 삶의 태도와 그의 문학 작업과 관련지어 평가되는 대개의 방향은 김동인의 오만한 태도이며, 또 그의 소설들 대부분에 일관되게 나타나는 수동적 인생관에 대한 비판이다. 또 김동인의 비순응적 자세는 그것이 그의 문학에 '부분적'으로만 반영되었다는 사실에서 엄연한 한계를 갖는 것이라고 보는 관점이다. 즉, 그는 자신의 교만한 자존심이 식민지 당국의 폭력 앞에서는 그대로 통용될 수 없었다는 점으로 인해 본능적으로 또 감정적으로 반발했을 뿐 식민지 지배가 우리 민족의 삶 전

---

15) 임화, 「세태소설론」, 『문학의 논리』, 학예사, 1940, pp.348-349.

체에 대하여 가지는 진정한 의미를 깨닫고 있지는 못하였으며, 거기에
대해 힘있게 맞설 수 있는 에너지 혹은 방법론을 모색해 보고자 하는 열
의도 결여하고 있었던 것이라는 견해이다.

　김동인 연구에 있어서 이동하의 평가는 대부분의 연구자의 공통된 생
각이라고도 볼 수 있다.

　　그러나 곰곰히 생각해 보면 이 '최초'라는 것을 가지고 그처럼 떠들썩
　하게 흥분하는 것이 과연 옳은 일인지 일말의 의심이 안 생길 수 없다.
　(중략) 김동인이 이룩한 최초의 업적이라는 것이 반드시 창조적인 의미
　에서의 최초라고 하기보다는 구라파에서 발전하고 일본에 전파된 외래
　의 문학이념과 기교를 받아들이는 데 있어서 최초이었다고 보아야 할 것
　이 대부분임을 고려하면 우리의 의심은 더욱 커지게 된다. 그럼에도 불
　구하고 우리가 여기서 그의 선구자적 위치를 언급하는 것은 설령 '김동
　인의 무엇무엇이 최초'라는 것으로 해서 흥분하는 촌스러움은 배격해 마
　땅하다 하더라도 그것으로 말미암아 다음과 같은 사실까지를 잊어버려
　서는 곤란하기 때문이다. - 즉 그의 작품이 안고 있는 여러 가지 미숙한
　점들을, 그 선구자적 위치를 고려하여, 너그럽게 보아주어야 한다는 사
　실 말이다.16)

　후대의 연구자뿐만이 아니라 당대에서도 김동인에게 쏟아지는 끊임없
는 이러한 문제제기에 대해서 김동인 스스로의 해명이 필요했을 것이다.
이 해명이 바로 김동인의 미적　담론이었다. 그렇기 때문에 김동인의 담
론을 읽는 것은 바로 김동인의 내면을 바라보는 의미를 지니게 된다.

　　작가론 및 작품론 범주가 그 하나, 다른 하나는 작가론이나 작품론으
　로 포착되기 어려운 어떤 측면을 탐구하는 방법이다. 이를 두고 '내면 풍
　경'의 탐구라 부를 것이다. (중략) 요컨대 내면 풍경을 문제삼는다는 것

---

16) 앞의 책, pp.79-80.

은 문학만이 가진 또는 예술만이 가진 현실에의 환원 불가능한 마음의
내밀한 요소의 작용과 그 작용이 창작의 중요한 요소를 이루고 있다는
전제를 승인할 때 비로소 가능해지는 것이라 할 수 있다. 그러므로, 이
것은 작가론, 작품론보다 일층 은밀한 또는 섬세한 영역이라 불러도 될
것이다. 그 섬세함이란 창작에서의 의식과 무의식의 분리점까지 추구해
들어갈 때 발생하는 것이며, 또한 그것은 사랑과 미움의 분리점에 까지
육박하는 것이기도 하다.17)

김윤식은 바로 이 의식과 무의식의 접점에서 김동인을 바라보았다.
그 타당성 여부와 관계없이 김동인은 분명히 '근대'를 그 접점으로 놓았
고, 그 접점까지로의 탐구에서 우리는 김동인의 근대를 바라볼 수 있다
는 것이다.

문학사 논의에 있어서 근대성에 대한 연구의 필요성으로 "20세기의
한국 문학은 역사적 요청으로서의 정치적 근대성의 추구와 은폐된 미적
근대성의 추구 사이에서 자기 형식을 찾아내어야만 했다. 이제는 한국
근대 문학 내부에서의 이 은폐된 미적 근대성의 내용과 그것의 특성과
변이를 문제화하는 작업이 새롭게 요청된다."고 할 수 있다고 한 김윤식
은 제도로서의 근대관으로 김동인을 해석하고자 했으며, 이에 따르면 김
동인은 이러한 '제도로서의 근대' 속에서 그의 소설기법으로서의 '인형조
정술'도 결국은 일본 근대소설이라는 제도의 일종으로 이어지며, '소설
구상은 일본말로 하고 쓰는 것은 조선말로 썼다'는 김동인의 말을 인용
하면서, '김동인이 도달한 수준은 그가 보고 배운 일본의 명치, 대정기간
의 근대소설이었고, 그것으로 그는 한국에서 진짜 근대소설을 쓴다고 자
부했다.'고 하였다.

그러나 그것은 비단 우리만의 문제만은 아니다. 오히려 이 문제야말
로 근대성 획득이 절실한 우리나 일본의 경우 모두 해당되는 당대의 고

---

17) 김윤식, 앞의 책, pp.238-239.

민 중의 하나이다. 일본의 근대 소설가 중 후타바테이 시메이의 "러시아어를 쓸 때는 '내부'나 '풍경'이 생기는데 정작 일본어로 쓰면 순식간에 닌조본이나 바킨의 문체에 휩쓸리고 만다."라는 말처럼, 후타바테이의 정신적 고통은 이미 근대의 '풍경'을 발견하고 있으면서도 그것을 일본어로 찾아낼 수 없었던 것이나, 김동인의 고백을 같은 접점으로 본다면, 이러한 고민에 대해, 초기 소설에서의 문학적 변이와 특성에 대한 구체적 해명은 바로 근대라는 내적 풍경의 발견과 발견된 근대를 우리말로 드러내어야 하는데, 아직은 '대가다운 언어의 공략'이 미숙한, 즉 근대를 우리말로 드러내는 데에 한계를 갖고 있었던 초기 작가들의 미숙성이라는 데서 찾아야 한다고 본다.

그러나 미적 근대성이 다른 영역과는 분명히 구별되면서도 하나의 문학 이데올로기적으로 은폐가 되었기 때문에 김동인 또한 여전히 은폐되어 있을 뿐이지만, 객관적 세계의 내적 반영, 도구적 이성에 의한 규범화와 계량화 등 이성의 자연 지배로부터 도출된 근대의 원근법에 대해 김동인은 부정성으로써 대항하면서, 오히려 내면의 원근법으로써 현실의 질서를 재편하고, 외적 현실의 사실성으로 환원되지 않는 내적 현실을 창조하였음에 주목할 필요가 있다.

김동인에 의해서 현현되는 세계는 외적 현실, 즉 실제적·가능적 현실에로의 동화가 아니고 현실로부터의 이탈과 유폐를 통해 사회적 근대성을 비판하거나 부정하는 쪽으로 나간다. 김동인은 근대성에 대한 미학적 보완이 아니라, 오히려 위기를 심화시키고 있는 것이다. 김동인 연구의 의의는 바로 여기에 있다. 김동인은 그 모든 것을 텍스트 내부에 철저하게 은폐하였다. 그러나 중요한 것은 그의 의도는 분명하게 반동일적 주체로서 스스로의 이데올로기를 가지면서, 초기 근대소설을 형성했다는 것이다.

김동인은 '소설을 이해하지 못하는 원인은 선조에게 있으며 압제정치

에 있고, 진취사상이 없는 공자교에 있다. 참된 자기와 참된 인생, 참사
랑을 이해하려면 참된 예술을 이해하여야 한다.'18)고 하면서 자신의 담
론을 드러내었다.

> 그런 점에서 나는 참 예술가라 할 수 있는 두 문학자의 예술적 가치를
> 비교해 보기로 하겠다. 톨스토이는 말년에 이르러 독선적으로 인생의 약
> 한 면을 우리 앞에 내어놓고 떨리게 하기도 하고, 가난한 자에게 재산을
> 다 주라고 호령하기도 한다. 톨스토이는 자신을 재능에 대한 자만으로
> 횡포한 설교자가 되었고, 그렇기 때문에 비평가들로부터 수없이 비난을
> 받았다. 그에 비해 토스토예프스키는 존경을 받았다. 그러나 그 두 사람
> 을 앞에서 언급한 대로 예술가의 자아주의를 통해 비교하면, 그 반대가
> 될 것이다. 토스토예프스키는 자기가 창조한 세계를 지배하지 않고 자기
> 자신이 그 인생속에 파묻혀 헤매이고 있다. 그에 비해 톨스토이는 한 인
> 생을 창조하였지만 "참인생과는 다른 인생을 창조하엿다. 그러고도 그는
> 그 인생에 만족하엿다. 그러고, 그 인생을 자유자재로, 인형을 놀리는
> 사람이 인생 놀리덧 자기 손바닥 우에 올려노코 놀렷다. 꺼구로도 세어
> 보고, 바르도 세워 보고, 웃겨도 보고, 울리워도 보고, 자기 마음대로 그
> 인생을 조정하엿다. 톨스토이의 위해한 점은 여긔잇다." 그 인생이 가짜
> 든 진짜든 상관없이 자기가 창조한 인생을 마음대로 놀리는 톨스톨이야
> 말로 위대한 예술가이다.19)

동일성의 사유는 주관성과 객관성을 상호 연결시키고, 보편자를 개념
으로 파악할 수 있는 것으로 보는 체계 중심의 사유인데 비해, 반동일성
의 사유는 객체의 고유한 성질을 인정하면서도 개념적인 고정화를 빠져
나가는 사유 방식이다. 예술을 '외화된 정신의 자기 귀환'으로 보는 헤겔
의 관점이 동일성 사유의 대표적인 경우이며, 이에 대해 아도르노는 반동

---

18) 김동인, 「소설에 대한 조선 사람의 사상을」, 『학지광 18호』, 1919.1, p.46.
19) 김동인, 앞의 글, pp.49-52.

일성의 사유에 의해 예술의 자유와 진리가 포착될 수 있다고 보았다.

반동일성의 사유로서의 참된 자아를 찾기 위해, 김동인은 대상에 대한 작가 자신이 인형조종술로 인물을 지배할 수 있다는 선언을 함으로써 식민주의 담론이 거대담론으로써 소설양식을 포함한 전 담론영역을 지배한 현실에 대해 일탈적 성격을 드러낸다. 김동인 자신 또한 인물을 지배할 수 있다는 선언은 당대의 독자에게는 새로운 세계로의 진입이 가능하게 해 주는 것이다. 이러한 특징은 독자를 자유롭게 하지 못함은 물론 작중인물마저도 스스로 자체 내의 필연성에 따라 움직일 수 있는 자유를 부여하지 않고 서술자가 극중에 참여도 하지 않으면서도 작중 현실과 인물을 마음대로 조정하고 변경하는 절대적 존재로 군림하고 있다. 그렇게 되면 독자의 시선은 인형이 아니라 그 인형을 조정하는 인형사 쪽이 되는 것이다.

김동인이 『창조』 창간호에 실린 자신의 작품 「약한 자의 슬픔」을 소개하는 글에서 "이 작품은 이전에 있던 다른 작품과는 전혀 다른 묘사법과 작법을 사용하고 있음"[20]을 의식적으로 지적하고 있다는 사실이 이러한 문제 의식을 뒷받침한다. 이중 '작법'에 해당하는 것이 '일원 묘사론'과 '인형 조종술'이다.

그리고 이러한 작법을 충실히 구현하기 위하여 '묘사'를 통하여 구체화하는 과정에서 작가가 신의 위치, 전지전능한 위치에서 작중인물을 조종하고자 하는 의도, 즉 작가는 작품에 직접 개입하지 않고 자신이 조종하는 인물을 통해 간접적으로 개입하는 방식을 선택한다. 작가의 전지성이란 자신이 조종하는 인물에 대해서만 행사함으로써 이전 소설에서 나타난 전지적 시점과는 전혀 다른 새로운 묘사법을 만들었던 것이다. 이러한 김동인의 의도는 그가 이광수와는 대척적 위치에서 새로운 형식의 소설을 창조해 냄으로써 계몽 근대담론에서 벗어난 반동일성의 주체를

---

20) 김동인, 「남은 말」, 『창조』, 1919. 2.(창간 호).

구체적으로 드러내고자 했음을 알 수 있다.

문제는 김동인을 포함한 당대의 작가들의 내면에는 자신의 주관적인 경험을 충실하게 표현해야한다는 것과 그가 속한 세계를 객관적으로 드러내어야 한다는 것이 서로 모순으로 존재한다고 볼 때, 그러한 모순 상황 속에서 작가는 주어진 보편적 형식에 대해 자신의 의도에 따라 선택만 할 것인가, 아니면 새롭게 변형되어 창조적인 모습으로 재해석할 것인가 하는 선택의 문제가 따르게 된다는 것이다.

백낙청의 말한 "근대적 문학이라든지 문학의 근대성을 규정하고자 할 경우에는 필연적으로 사회경제면에서의 근대를 규정할 때와는 다른 요소가 끼어들게 된다. 그 다른 요소가 무엇일까. '사회경제적인 현실의 근대성과는 다른 문학의 근대성, 또는 주체적 인간의 대응방법의 근대성'이 바로 그 다른 요소라고 한다면"[21] 바로 주체적 인간의 대응방법의 근대성의 하나가 김동인에게서도 나타난다.

김동인이 발견한 내면의 풍경은 그의 소설 창작을 통해서 그의 고백을 통해서 끊임없이 이어지고 있다. 이러한 고백체 소설은, 일본 근대문학 형성기에서 초기 정치 소설을 위주로 한 계몽문학에서 벗어나 자연주의 문학이 성립되고, 이러한 자연주의 문학 이후, 일본적 자연주의의 한 속성이었던 낭만적 성격이 백화 문학에서 본격화되었다고 본다면, 사회적 가치와는 다르거나 분리된 예술의 가치를 생의 유일하면서도 근본적인 가치로 내세우게 되고, 사회적 삶에서 자신의 위치를 자각하거나 특히 속악한 현실과 대립되는 예술을 추구함으로써 삶의 의의를 찾는 과정을 고백하는 것과 거의 같은 형식을 갖추었음을 의미한다.[22]

그러나 김동인에 있어서의 고백체는 단일한 1인칭 자아의 고백이 중심이 되었던 일본의 고백체와는 질적으로 다르다. 일본의 근대 문학이

---

21) 백낙청, 「토론」, 『민족문학과 근대성』, 문학지성사, 1995, p.493.
22) 김춘미, 『김동인 연구』, 고려대학교 민족문화연구소. 1985 참조.

자연주의를 수용하면서 근대적 사유와 방법론을 모두 사상한 채 묘사의 정확성과 자기 기술이라는 요소만을 취해 그것을 사소설로 변용시킨 것과는 반대로 김동인은 묘사를 버리고 근대적 사유와 방법론을 자신의 고백 형식의 근간으로 삼고 있다. 그에게는 고백의 형식 자체가 내용인 것이다. 즉 가라타니 고진식으로 말하면, 고백을 통해 인간의 내면을 만드는 것이며 일단 성립한 고백이라는 제도 또는 형식 속에 감추어야 할 일이 생기게 되는 것이다.

김동인의 '일원묘사론'은 오히려 관찰 대상의 고민에 대한 고백이 중심이 되고, 또 이러한 고백의 문학적 형상화가 중심이 되었다. 그래서 이 '일원묘사론'의 구체적 실천 방법론으로 '인형조종술'이 등장하게 되는 것이다. 그리고 김동인의 문체가 확립되는 것이다. 오오타 마쯔시는 「감자」 발표 직전에 몰나르의 '대화물'을 번역하였다는 사실의 숨겨진 의미에 주목하면서 몰나르의 '대화물'이야말로 김동인의 성격 묘사의 주요한 기법으로 등장한다는 사실을 발견하였다.23) 즉, 동인은 대화만으로 최대한의 효과를 내는 '대화물'을 배우는 중에 자신의 문체를 모색하였다고 하였다.

> 간단히 말하자면, 일원 묘사라는 것은 경치든 정서든 심리든 작중 주요 인물의 눈에 비친 것에 한하여 작자가 쓸 권리가 있지, 주요 인물의 눈에 벗어난 일은 아무런 것이라도 쓸 권리가 없는, 그런 형식의 묘사이다.24)

김동인이 생각한 '참예술'에 이르기 위해서는 이러한 '일원묘사'가 필요하지만 또 한편 생각하면, 작가의 신적 위치로 인한 복잡한 현실 묘사에 대한 제한이 따르게 된다. 그래서 김동인은 바로 단순화를 통한 단편

---

23) 오오타 마쯔시, 『동인 문학에 미친 諸國物語의 영향』, 경북대 석사학위논문, 1999, p.23.
24) 김동인, 「소설작법」, 『김동인 전집』16, p. 167

소설 창작에 몰두하게 된다.

　김동인의 쓰기 전략은 바로 여기에 있다고 볼 수 있다. 자기가 창조한 인생을 나름대로 조종하는 신의 모습으로서의 작가의 모습은 무엇인가? 김동인은 '인생의 참 비밀'을 깨닫고 토로하도록 인물을 조정함으로써 당대를 그리고자 했다고 했다. 그는 인물을 조종하는 데는 망설임이 없다. 비록 극중 인물이 그 자신이라도 마찬가지다. 그의 자서전적 소설 「여인」에서 볼 수 있듯이 극중 인물 성격으로서의 매춘녀에 대한 여성 편향성과 창작 방법으로서의 인형 조종술이 작가 자신에게 적용되면서 그것이 또한 그의 일원묘사의 문제로 자리잡게 되는 것이다.

　그러나 여기서 김동인을 바라보는 복잡한 눈이 생겨났다. 다시 말해서 김동인은 그의 담론 생산과 텍스트 생산이 전혀 별개의 것이라는 오해가 바로 그것이다. 김동인의 쓰기 전략의 요체인 '인생의 참 비밀'은 무엇인가. 첫 작품 「약한 자의 슬픔」에서 처럼 철저한 배리속에서 느끼는 사랑인가? 만약 김동인이 이렇게 인생의 보편적 진리가 바로 인생의 참 비밀임을 깨달았다고 한다면 그것은 계몽적일 수밖에 없는 것이 아닌가? 또 아리시마 다께오가 그의 소설 「사랑은 아깝지 않게 빼앗기는 것」에서 '약함은 진실로 추악하다. 정말로 약한 자는 그 약함 때문에 자기가 추악하다는 것도 의식하지 못하기 때문에 그대로 그 지경에 만족한다.'고 하면서 '약한 자가 자신의 약함을 깨닫고 자신의 생명으로 되돌아올 때 약한 자의 강함이 배태된다'25)고 하는 논리나 김동인의 「약한 자의 슬픔」에서 '강함을 배는 태는 사랑, 강함을 낳는 자는 사랑! (중략) 만약 참 강한 자기 되려면은? 사랑 안에서 살아야 한다. 우주에 널려 있는 사랑, 자연에 퍼져 있는 사랑, 천지난만한 어린 아해의 사랑!'과의 논리가 일치한다고 해서 김동인은 역시 계몽성의 모방으로 밖에 볼 수 없는 것이 아닌가. 결국 반동일시 주체의 한계에 김동인도 마찬가지로 봉착한

---

25) 김춘미, 앞의 글, pp.153-154.

것으로 보인다.

그래서 김동인은 그 한계성의 돌파로 「배따라기」에서 '하늘에 구름 한 점 없는-우리 '사람'으로서는 감히 접근도 못할' 바로 그러한 비현실적 공간 속으로 그의 쓰기 전략을 바꾸어 버렸을지도 모른다. 그렇다면 김동인은 조종자로서의 의미는 더 이상 없어지게 된다. '나의 머리는 더욱 숙여졌다. 멀거니 뜬 눈에서는 눈물이 나오려 하였다. 나는 그것을 막으려고 눈을 힘껏 감았다. 힘있게 닫힌 눈은 떨렸다.26)'라는 진술은 바로 조종자로서의 한계를 드러내고 있는 것으로 보아도 좋을 것이다. 다시 현실 공간으로 돌아오면, 결코 현실의 주재자가 될 수 없는 무기력한 김동인은 「태형」에서 죽음으로 끌려가는 영원영감에 대해서 속수무책이다. 결국 인물을 조정하기 위한 신적인 위치는 그 자신도 더 이상 의미가 없다고 판단했다고 볼 수 있다. 이렇게 보면 일원묘사를 통한 인형조종술은 김동인의 기법적 착각으로 끝나버린 의미 없는 반항에 불과하였던가하는 의문이 생긴다. 본 연구자는 여기서 김동인의 은폐된 근대적 광기를 발견하고자 했다. 김동인 스스로도 자신의 방탕 생활은 바로 문학 창작을 위한 행위였다고 밝혔지만, 그 모든 것은 미적 근대성에 대한 광기로의 은폐라고 볼 수 있다.

광기는 이성과 언어를 부정한다. 그렇기 때문에 근대적 이성으로 김동인을 정의한다는 것은 불가능하다. 광기는 결코 그 자체로서 정의될 수 없다. 다만 동일자적 이성의 반대 개념으로 정의될 수 있을 뿐이다. 이것을 동일자와 타자와의 관계라고 부른다. 동일자의 역사 속에서는 타자의 역사를 서술할 수 없다. 타자의 역사는 엄연히 존재해왔으며 지금도 존재한다. 광기는 시대가 바뀌면서 죄의 범주가 아니라 병의 범주에 들어가기 시작한다. 즉 광기는 새로운 대상으로서 등장했으며, 이 새로운 대상의 등장은 정신의학을 탄생시킨다. 서구의 근대사는 이렇게 새로

---

26) 김동인, 「태형」, 앞의 책, p.138.

운 담론들이 계속 생겨나는 과정이라고 할 수 있다. 즉 인간 사회에서는 새로운 대상들에 대한 구획이 계속 창출되어 온 것이다.

동일자의 역사는 이성이 전제가 되었지만, 타자의 역사는 오히려 설명의 대상이 된다. 푸코적으로 말하면 광기란 그것 자체로서는 인식하기 어려운 것이기 때문에 – 정상인과 비정상인(광인)은 다른 세계에 살기 때문에 – 정상인이 광기를 이해하는 것은 불가능하다. 따라서 광인에 대한 정의는 정상인에 대한 정의로부터 파생되기 때문에, 지금까지 적어도 거대 담론의 착한 주체적 관점에서 김동인을 바라볼 때는 김동인의 은폐한 근대적 내면을 제대로 볼 수 없는 것은 자명한 일이었다.

김동인은 「소설에 대한 조선사람의 사상을」27)에서 문학 또는 예술을 인생의 정신, 자기를 대상으로 하는 참 사랑, 그리고 바로 개인 자체라고 말한 적이 있다. 그러면서 김동인은『창조』의 창간호에서 '우리는 귀한 예술의 장기를 가지고 저 언제든 얼굴을 찌푸리고 계신 도학선생의 대언자가 될 수는 없습니다'라고 말하면서, 그의 문학에 대한 분명한 인식을 드러내고 있다. 도학선생의 말과 김동인의 말의 차이는 무엇일까.

그것은 바로 '창조'에 대한 열망이 아닐까. 김동인은 예술이란 '하느님이 지은 세계에 만족하지 아니하고 어떤 불완전한 세계든 자기의 정력과 힘으로써 지어 놓은 뒤에야 처음으로 만족하는 인생의 위대한 창조성에서 말미암아 생겨났다고'하였다. 김동인은 현실이 아니라 작가가 창조한 세계에 대한 열망을 드러내고 있다. 김동인은 예술이란 참인생과는 다른 창조된 인생이라고 하였다.

개화 이후, 금전이나 상업적 동기의 혐오, 명분과 지조의 절대화 등의 전대의 절대적 이념도, 보편자인 이성의 힘에 의해 보존과 해체의 긴장 속에서 근대적 변용 과정을 거칠 수밖에 없었다고 본다면, 김동인에 있어서의 참인생은 예술 속에서만 찾을 수 있었다. 작가에 의해서 창조된

---

27) 김동인, 『학지광·18호』, 1919.

인생에는 분명하게 운명이 있다. 김동인에 있어서의 운명은 바로 근대일 수밖에 없고, 그 운명은 파괴적 구조를 가지고 있으며, 그 힘 속에서 휘둘리는 인간이 바로 김동인 자신이었다. 그래서 그는 그 운명을 비웃고 있는 것이다.

> 그리고 그날에 등장한 광대 네 명에 대한 생활과 성격과 교양에 대한 윤곽은 비교적 명료히 독자의 머리에 그려졌으리라고 생각한다. (중략) 그리고 평범한 속에서 전개되어 나아가는 뜻하지 않는 비극의 씨를 보여 줄 필요가 있다.[28]

이 소설은 운명의 절대성, 상대적으로 인간의 운명 앞에서의 무력함을 그리고 있다. '나비 – 아이 – 화로(화상) – 죽음 – 아버지의 충격 – 기차 사고 – 그 속에 탄 조선 유학생의 중상' 등으로 이어지는 모티프의 설정은 철저히 운명적이다. 여기에는 더 이상의 인간의 의지의 개입을 찾을 수 없다.

소설 「박첨지의 죽음」도 마찬가지이다. 아들의 죽음과 상심한 박첨지의 죽음의 과정에서 운명은 인간을 절대적으로 지배한다. 그것도 광포한 힘, 무자비한 파멸의 공포로 나타난다. 김동인은 냉정하게 이 운명을 그리고 있었다. 역사에 대한 신념, 삶의 지평을 상실한 그에게 있어 현실질서에 의해 빈틈없이 규율되는 일상적 삶은 이제 전혀 무의미한 것으로 되었다. 정호웅은 이런 김동인의 태도를 '허무주의'로 규정하였다. 그러나 김동인이 그리고자 한 것은 그의 현실에서의 탈주선을 타고자 한 것으로 이해한다면, 더 이상 그의 문학과 정신세계를 허무주의로 규정할 수 없다고 본다.

김동인에게서 문제가 되는 것은 '계몽과 해방'에 관한 철저한 대척적

---

28) 김동인, 「태평행」, 연재36회.

태도이다. 역사의 진보에 관한 확신과 사회적 삶의 합리적 조직에 대한 확신이 근대라면, 오히려 김동인에게서의 근대는 정반대로 나타난다. 루만의 체계개념으로 놓고 보면, 기능에 준해 정의되고, 사회체계가 의미체계로 해석되었지만, 그 형식적 관계를 극단화시켜 버리면, 역사적으로 특수화될 수 있는 사회체계의 측면을 상실하게 된다. 역사성 때문에 보편화될 수 없으며 형식화될 수 없는 사회적 측면은 '생활세계', '생활양식'이나 '일상생활'을 들 수 있을 것이다. 이러한 생활세계 속에서 머물게 된 김동인에 있어서 역사와의 의사소통이란 애초부터 있을 수가 없었다.

여기서 다시 하버마스가 말한 '생활세계'와 '생활세계 소속자'의 전망과 이어진 내적인 연결에 의한 체계와는 구분되어야 한다고 것에 주목할 필요가 있다. 다만 하버마스는 모더니티의 극복이 그의 인식된 명제라면, 김동인은 결국 깨닫지 못한 채로 근대성 속의 좌절로 빠져들었다는 차이가 있다. 이것은 인식론의 문제가 된다. 이러한 좌절의 보편적 현상을 도구적 이성의 지배 현상이라고 보고, 아도르노는 '동일화의 논리'로 설명한다. 지식의 확대를 위한 오성의 힘은 대상의 질적인 측면을 사상하고 양적인 측면만을 취함으로써 모든 대상을 획일화한다. 도구적 이성은 자연뿐만 아니라 인간 사회도 계량화한다.

이 계량화의 절대적 표상인 교환 가치가 생활세계의 모든 영역을 지배하기 시작하며, 여기에서 억압과 소외로서의 근대성의 부정적인 측면이 포착된다. 억압과 소외로서의 근대성은 비판적 이성의 복원을 통해 가능해진다고 볼 때 당대의 현실은 근대 비판의 진정한 주체가 성립되기 어려웠다. 그러한 상황에서 근대 비판의 한 축을 담당한 것이 문학적 담론이었다고 믿었던 김동인으로서는 좌절을 할 수밖에 없었다.

근대정신은 대상을 객관화하고 그것을 분석하는, 이를테면 명석한 이성에 의한 합리주의였다. 산업혁명 이후, 인간의 사고방식은 모든 대상을 실증적으로 파악하고 분석하는 데 집중되었다. 근대정신은 사회화된 자아를 현실에 밀착하여 추구하는 '가능성의 정신'이었다. 바꾸어 말하면 준열한 자기변혁의 의욕이 그러한 정신 속에 깃들여 있었던 것이다.

처음 김동인이 일본 유학 시절에 보았던 근대가 바로 이것이고, 그의 초기 소설에 나타난 근대가 바로 이 '가능성의 정신'이었다면, 이 모든 것의 허구를 깨닫는 김동인으로서는 더 이상은 광기밖에 남는 것이 없었다. 이것이 김동인의 근대적 좌절인 것이다. 하버마스가 말한 것처럼 의미상실과 자유의 상실이라는 두 현상이 우연히 나타나는 것이 아니라 구조적으로 생기게 된다는 데서 출발한다면 김동인의 문학 양식화된 근대는 매체에 의해 조종되는 하위체계가 끊임없이 자율적 역동성을 펼쳐나가지만, 결코 동시에 무엇이 생활세계의 식민지화와 학문, 도덕 및 예술의 분화를 일으키는지를 설명할 수는 없었다. 이것이 바로 반동일적 주체인 김동인의 비애인 것이다.

그러나 김동인은 스스로 설명할 수는 없었지만 고백은 할 수 있었다. 김동인은 사실상 유일하게 자신의 문단외적 사생활을 적나라하게 표현, 고백한 작가였다. 그는 수필, 소설, 평론 등의 곳곳에서 자신의 문학 활동과 생활 이야기 서술에 조금도 주저함이 없었고, 그것을 통해 그를 알고자 하는 사람들이 그의 문학적 면모와 더불어 일상 생활적 면모 또한 이해하게 되기를 바란 작가였다.29) 하지만 김동인의 소설 속에 나타난 고백에 빠져들면 오히려 김동인을 알 수 없게 된다. 김동인 스스로가 작중인물을 주관화 시켰듯이 스스로를 주관화 시켰을 가능성이 있기 때문이다.

고백 형식은 내면성을 외화하는 방법 가운데 하나이다. 서영채는 고백 형식이 근대적 주체의 두 가지 욕망인 자기 보존과 자아의 진정성 추구 가운데 진정성 추구의 외화 형식으로 확고한 위치를 점하게 되었다는

---

29) 그의 생애를 엿볼 수 있는 기록으로는 「문단 30년사」, 「조선 근대 소설고」, 「처녀 장편을 쓰던 시절」, 「거울과 김동인」, 「3.1에서 8.15」, 소설 「여인」 등을 들 수 있다.

사실과도 밀접한 관련성을 지닌다고 하였다. 고백이란 자아 동일성의 위기 경험, 곧 당위적인 자아와 현실적인 자아 사이의 불연속성으로부터 나오는 것이다. 그런데 민족적 소외와 사회적 소외라는 이중의 소외 상태에 처해 있던 근대 초기의 문인들은 자아의 정립에 있어 커다란 혼란을 겪을 수밖에 없었다.

4. 결 론

김동인 문학을 표면 서사를 중심으로 고찰할 때는 하나의 단일한 메시지를 송신하는 것처럼 보이지만, 사실 텍스트의 내부에는 김동인의 외부세계 즉 '근대'라는 온갖 기표들이 일정한 질서나 구심점을 형성하지 못한 채 뒤섞여 있음을 알 수 있고, 작가는 텍스트 생산 과정에서 자기 통제를 벗어나는 그 기표들을 어떻게든 추방하려고 노력하지만, 작가 스스로 인식하지 못하는 사이에 그의 무의식적 욕망의 안에서 '근대'라는 세계 내의 기표들이 텍스트 안으로 흘러 들어가게 되고, 그리하여 텍스트 또한 어쩔 수 없이 일그러져 있고 복합적인 것이 되어버리는 것이다.

이렇게 일그러지고 복합적인 텍스트처럼 김동인이라는 '근대인' 또한 일그러지고 복합적인 것이 되어버렸다. 김동인을 바라보는 이러한 관점으로 김동인의 소설 「여인」을 바라보면, 텍스트는 근대적 주체 형성과정에서 일어나는 김동인 자신의 욕망의 호출 메커니즘이 외부적 기표의 유입과 함께 섞여있음을 발견할 수 있다. 이런 욕망의 호출 메커니즘 탐구를 통하여 선행연구에 나타난 김동인 문학에 대한 여러 가지 오인을 극복할 수 있으며 또한 한국근대소설의 출발점에 대한 심층적인 논의의 단초를 제공할 수 있다고 본다.

근대라는 것이 결코 계몽적 환상에 불과함을 인식하게 된 김동인으로서는 더 이상의 근대라는 상징계는 무서운 타자로 현현됨을 보게 되는 것이다. 윤리적 문제를 근간으로 한 "통합적 인간성을 주장한다든가 우리 시대의 도덕적인 위선주의와 결합하는 것은 대안이 되지 못한다고 한 자크 라캉의 말[30]처럼, 근대라는 타자의 존재를 인식하고, 그 타자의 또 다른 주체임을 자각한 김동인의 경우, 자신이 주체가 되어 분출되는 욕망은 결코 현실 사회 속으로 환원될 수 없다는 이질성을 자각하고 있음은 분명하다고 볼 수 있다.

그래서 식민지라는 억압적 현실 속에서 김동인은 선택한 것은 착한 주체보다는 나쁜 주체로 스스로의 욕망 자극의 탈주선을 타고 있었음을 그의 텍스트는 말해주는 것이다. 근대라는 폭력성의 압력이 가중될수록 개인의 죄의식은 심화되고, 인간의 근원적 욕망은 더욱 억압받는다. 근대라는 것이 결국 끊임없이 내면적 욕망을 억압해 가는 과정에 다름 아님을 알게 된 동인의 입장으로서는 그 억눌린 욕망의 편에 서서 욕망이 억압당하는 과정에 대해 고발하는 것이, 이른바 그의 '참예술'의 세계일 것이었다. 그러한 그의 '참예술'의 세계는 고백을 강요하는 위기 경험 역시 주객의 정립이 선행되지 않은 주관성 경도로 나타나면서 그의 '고백체' 소설이 등장하게 된 것이다.

이러한 초기 근대소설에 나타난 예술 근대담론의 구현체로서의 자율적 개인이란 근대 자본주의의 산물로서, 사회 체계의 부분적 요소라는 지위에서 벗어나 자기의식과 타자의식 속에 공히 독립적인 단자로 존재할 때, 즉 반동일성 사유의 원천이 오직 자기 자신에게 있을 때 성립한다. 이렇게 볼 때 김동인은 근대성에 대한 반동일적 주체로서 드러낸 '참예술적' 담론에서 '근대적 광기'를 드러내었고, 내면 풍경의 고백을 통해 '근대적 좌절'을 드러내었으며, 이 두 가지 양상이 혼재되어 그의 텍스트

---

30) 자크 라캉, 권택영 외 역, 『욕망이론』, 문예출판사, 1994, pp.88-89.

를 구성했음을 알 수 있다.

　이러한 일련의 과정이야말로 김동인이 획득한 근대성이며, 김동인을 통해서 드러난 한국 초기 근대소설의 형성이며, 또 내면 풍경인 것이다.

▌대구대학교 국어교육과 강사

▌참고문헌

『창조』

『조선 문단』

『학지광』 18호

『김동인 전집』(조선일보사)

『학지광』

김윤식, 『한국 현대 현실주의 소설 연구』, 문학과 지성사, 1990.

김윤식·정호웅, 『한국소설사』, 예하, 1993.

김춘미, 『김동인 연구』, 고려대학교 민족문화연구소, 1985.

김춘미, 『김동인연구』, 고려대학교 민족문화연구소, 1985.

백낙청, 「토론」, 『민족문학과 근대성』, 문학지성사, 1995.

임 화, 「세태소설론」, 『문학의 논리』, 학예사, 1940.

정인문, 「김동인의 일본 근대문학 수용 연구」, 동아대 박사논문, 1994.

황호덕, 「1920년대 동인지 문학의 성격과 미적 주체 담론」, 성대 석사논문, 1997.

가라타니 고진, 박유하 (역), 『일본근대문학의 기원』, 민음사, 1997.

極 態, 「文學에 對한 雜感」, 『창조 4』, 1920.

오오타 마쯔시, 『동인 문학에 미친 諸國物語의 영향』, 경북대 석사학위논문, 1999.

자크 라캉, 권택영 외 역, 『욕망이론』, 문예출판사, 1994.

카프(KAPF)에 대한 카프 주변부의 비판과

그 가능성

서 경 석

1. 카프의 중심과 주변

카프는 주지하듯 일본 나프(NAPF)의 강력한 영향권에 있었다. 일본 프로문학의 분소(分所)의 성격을 지녔다는 말이다. 카프맹원들의 글이 대부분 나프의 글을 원전으로 하고 있다는 점, 그리고 그들의 글을 통해 러시아의 글을 접했다는 점에서 그러하다. 그러니 카프의 담론들을 나프의 영향관계 속에서 검토한다거나 그 동일화 양상을 검토하는 일이 가능하다. 이 때의 동일화 양상 탐구란 카프 구성원이 카프 주체로 성립하는 과정에 대한 연구이기도 하다.[1] 일본의 나프라는 대주체, 즉 그 담론 구성체[2]에 대한 상징적 동일시 과정 탐구는 카프 조직 구성원들의 주체 양상을 호출-종속 메카니즘의 틀 내에서 설명하려는 시도였다[3]. 그런

---

[1] 졸고, 「1930년대 한국문예비평에 나타난 '탈근대성'연구」, 『한국근대리얼리즘 문학사연구』. 태학사, 1998.

[2] M. Pecheux(Language, Semiotics and Ideology, tr. H. Nagpal, st. Martin Press, 1982)의 개념으로 인간의 언어를 배후에서 구성하도록 하는 주체 배후의 담론의 주체를 의미한다.

[3] 알튀세르의 방법론이 이데올로기의 재생산이라는 관점에 집중됨으로 하여 이 이데올로기 질서의 전복에는 뚜렷한 힘을 발휘할 수 없고 따라서 카프 주체의 재생산을 설명하는 데

데 이런 설명틀의 한계는 카프 내에서 벌어진 여러 논쟁들, 특히 본고에
서 고려하려는 논쟁들의 의미를 포괄하지 못한다는 데 있다.4) 그 이유
는 카프 논객들의 나프에 대한 상징적 동일시 과정에서 파생되는 '잉여'
부분 때문이다. 이 '잉여'5)는 카프 내부에서 격렬한 논쟁을 일으키는 장
(場)이기도 하며 카프 내부의 생산적 결과물의 근거가 되기도 한다. 동
일화 과정 가운데서 동일화되지 못하는 부분, 그 상호 작용 속에서의 간
극과 불일치가 야기하는 이러한 역동성을 고려하지 않는다면, 동일화 과
정을 통한 주체 정립이라는 설명틀은 부분적으로만 옳다.6)

본고는 이러한 점들을 고려하면서 카프 구성원의 주체 정립 과정을
재론하려 한다. 그 논의의 초점은 이러하다.

카프가 표방한 국제주의는 '조선'의 카프가 지닌 주변성을 배제하는
인식론과 동전의 양면이다. 송영의 소설 「인도병사」나 「교대시간」, 임화
의 시 「우산 받은 요코하마의 부두」이 보여주는 국제적 성향이나 한일
(韓日) 노동자간의 단결 강조의 이면에는 이런 조선의 주변성에 대한 배
제와 중심에 대한 집요한 집착이 있다. 세계 자본주의의 구조 속에서 식
민모국의 노동자와 식민지 노동자들 사이의 차별성에 대한 인식을 집요
하게 물고 늘어지지 않는다거나 정서적 차원에서 그 단일함을 강조하는
태도는 이러한 심리의 표현이다. 카프의 평문들 역시 끊임없이 나프의

일정한 한계가 있다는 점은 인정할 수 있으나 카프의 주체를 연구하는 관점이 '어떻게 할
것인가'가 아니라 '왜 잘 되지 않는가'라는 입지에 선다면 의미있는 방법론으로 기능할 수
있다.

4) 이런 논의는 이미 존재하는 질서 속에 개인들이 편입되는 과정만을 고려한 것이고 왜 바
로 그 질서에 편입하려 했는지, 그리고 그 과정에서 야기되는 빈틈 혹은 잉여를 어떻게
볼 것인지를 제대로 파악하지 못한다는 비판이 가능하다.(김민정, 『한국근대문학의 유인
과 미적 주체의 좌표』, 소명출판사, 2004, 274-275면)

5) 가라타니 고진, 김경원 역, 『마르크스 그 가능성의 중심』, 이산, 1999, 1부 3, 4장 참조.

6) 그러나 내용 형식논쟁이나 대중화 논쟁, 농민문학논쟁, 볼세비키화 논쟁, 창작방법논쟁
등의 '조선적' 성과를 이 잉여의 작동에 의거하여 설명하기에는 넘기 어려운 장애들이 있
다. 이 논쟁의 구도 역시 나프의 논쟁구도와 거의 일치한다는 점 때문이다. 따라서 그 '조
선적' 성과는 다시 재구해 보아야 할 과제이다.

정론에로 자신을 동일화해가는 과정 속에 놓여 있음은 주지의 사실이다. 이는 중심부로 향한 의식적 무의식적 지향성을 의미한다.

국내적으로만 보자면 카프 대부분의 구성원들은 조선 공산당이나 카프조직 중심부와 동일한 지층 위에서 사고하도록 스스로를 강박한다. 그래야 카프맹원이 된다. 그 근거는 카프 논객들 사이의 이론투쟁에서 찾을 수 있다. 끊임 없이 정통적 '테제'나 노선을 강조하면서 '이론(異論)분자의 타자화를 통한 경계구획' 과정을 통해 카프적 주체 창출을 이루어내려는 것이다. 이러한 구조는 중심과의 거리감을 없애려는 강박 또한 카프 맹원들에게 자리 잡게 한다. 이러한 강박이 카프 주체의 이중성을 규정한다. 이는 식민지 지식인 일반이 현해탄 커플렉스에서 자유롭지 못하다는 김윤식 교수의 지적과도 상통한다. 그러나 카프 문학의 이러한 성격은 불안정하지만 그것이 '카프'이기에 역동적인 구조 속에 카프를 몰아넣는다.

그 역동성은 카프 맹원들이 나프를 상징적 동일시의 대상으로 삼은 그 계기에서 비롯한다. 그들은 일거에 세계를 변혁하려는 욕망을 지니고 있다. 그 욕망은 상징적 동일화의 동력이다. 그런데 그 욕망은 또한 바로 식민지 내부에 사는 그들의 삶과 깊은 관련이 있다. 따라서 외부의 담론이 이미 구조화되고 언어화되어 수용되긴 했지만 주변부의 복잡다기한 구체적 욕망이 격렬하게 개입하면서 동일화 자체에 대해 회의하기 시작한다. 나프와 카프 중심부와의 관계가 그러하지만 카프중심부와 카프주변부의 관계는 더욱 그러하다.

중심과 주변의 거리감은 한편으로 중심에 대한 강한 애착을 만들어내지만 한편으로 중심에 대한 비판적 시선도 조장한다. 그러한 점에서 이중적이다. 특히 강압적으로 주변부로 구획된 경우 그러하다. 표층적으로는 김화산의 아나키즘 문학론, 팔봉의 대중화론, 염상섭의 리얼리즘론 등이 그러하다. 그러나 카프 조직 내 논쟁에서도 이러한 측면이 보인다.

카프 주변부 구성원들은 조직의 중심 논의에 충돌하여, 배제되어가지만, 카프의 생산성을 확보해내는 역동적인 움직임을 대표한다. 주변의 의견으로 구획되어 버린 타자들의 논의의 근저에는 관념 우위에 빠지지 않은 현장의 역동적인 운동성이나 이론에 편중되지 않은 구체적 현실성이 놓여 있을 수 있는 것이다. 이 글에서는 중심과 주변의 이러한 어긋남에 주목한다. 중심에 의해 배제된 카프 주변부의 논리를 통해 카프의 문학 운동적인 생산성의 근거를 따져보도록 한다.

　　논의는 두 국면을 중심으로 그 갈등 양상과 그 갈등이 다른 방식으로 역전되어 재현되는 과정을 검토하려 한다.
　　1) 1927년 카프의 동경지부가 조직되고 『예술운동』이 동경에서 발간되면서 카프의 주도권을 쥔 동경지부와 이들에 의해 비판받은 카프 맹원 특히 한설야 등과의 갈등 국면, 2) 해방 후 서울 중심의 문화를 비판하면서 평양을 중심에 세우려는 평양중심주의의 선언 양상과 해주 소재 문학가동맹측의 대립 국면.

이 두 대립은 그 논쟁 구도가 내용 형식논쟁이나 대중화론 등처럼 나프 내의 논쟁구도와 동일한 것이 아니다.. 그것은 주변부 조선이기에 발생한 갈등이기에 조선적인 논쟁이었다고 볼 수 있다.

2. '조선적 특수성'의 강조와 무매개적 동일화에 대한 비판
- 함흥과 동경의 거리

　　주변성, 혹은 지방성이란 지정학적 공간의 후진성 혹은 문화적 시간상의 지체라는 의미를 지니는 것은 아니다. 그것은 중심부에 의해 배제된 영역이다. 말하자면 중심주체가 설정되기 위해 창출된 영역이다. 그러니 원래 지역적 주변부라거나 본질적으로 지역적 의미의 지방이라는 인식은 적절하지 않다. 주변부에는 풍부한 삶의 현장이 펼쳐있을 수 있다. 따라서 이러한 주변부의 풍부함을 함께 전유할 수 있는 인식론이 카프에 내재해 있었는가는 카프의 가능성 그 자체에 대한 질문이기도 한데 그 질문의 답은 한설야와 이북만의 대립국면에서 우선 찾아볼 수 있다. 즉 카프에 뒤늦게 가담하여 방향전환논쟁에서 비판받고 귀향, 창작에 몰두하는 한설야, 이론 논쟁에 가담하지 않고 창작에 열중한 이기영, 조포석 등의 경우가 문제적인 이유는 바로 이 주변의 역동성 속에서 찾아야 하지 않을까 생각된다.

한설야가 쓴 「문예운동의 실천적 근거」[7]는 1927년의 카프를 혼란 속에 몰아넣은 문건이다. 카프 제1차 방향전환과정에서, 당시 카프의 중심인물이며 공산당원이며 카프 동경지부 실질적 지도자였고 경성의 카프에 막강한 논리적 영향력을 행사하던 이북만을 포함하여 카프의 중심분자들(지도부)의 논지를 격렬히 비판한 글이기 때문이다.

한설야는 「문예운동의 실천적 근거」에서 그간의 방향전환론에 대해 '계급운동 일반론에 대한 직역적 관념적 추종'이었다고 단호하게 평가한다.

> 우리의 이론은 요약하면 현상추수—계급운동 일반적 정세에 대한 직역적 관념적 추종(강조-인용자, 이하 동일)이었다. 즉 무산문예운동 자체의 내적 발전에 대한 확고한 인식, 파악을 뒤두고 게을리 하고 오직 현상과 무산계급운동의 아부 추종하였던 것이다. 자체의 분석 구명이 없이 의식과 실천의 변증법적 통일 노력이 없이 즉 주체의 고양이 없이 어떻게 전운동의 유기적 통일 조직을 형성할까. 추수는 전체적 통일조직을 재래(齎來)하는 것이 아니라 도리어 분열적 지리멸렬과 무기력을 그 필연귀착으로 하는 것이다.[8]

---

7)『조선지광』, 1928. 2-3.

　　그간의 방향전환론이란 박영희(「무산예술운동의 집단적 의의」9), 「문예운동의 방향전환」10), 「문예운동의 목적의식론-문예의식구성과 계급문학의 진출」11)), 이북만(「예술운동의 방향전환은 과연 진정한 방향전환론이었던가?」12)), 김영수(「방향전환기에 立한 문예운동」) 등의 논의를 말하는데 한설야가 표적으로 삼은 것은 동경의 제3전선파들의 방향전환론 즉 이북만의 그것이었다.

　　그 비판의 핵심 내용이란 문학이 운동을 따라간다는 것인데 그것도 특수성에 대한 고려 없이 바로 '직역적'으로 추수한다는 것이었다. 그 '운동'이란 정우회 선언에 이어진 방향전환론으로 대표된다. 일본에서 제기된 이 노선을 조선의 운동가들이 '관념적으로 추종'한 것에 불과한데 더구나 그 직역 수입된 운동이론에 대해 조선의 카프 문학 진영에서 조선의 특수상황에 대한 아무런 고려 없이 받아들였다는 비판은 이북만 등의 입장에 대한 치명적인 공격이라 할 수 있다. 그야말로 정확하고 올바른 노선이 바로 국제주의적 맥락에서의 운동론이라고 생각했던 이북만에게는 한설야의 이러한 지적은 납득할 수 없는 것이었다.

　　이북만은 김영수, 박영희의 방향전화론을 비판한 「예술운동의 방향전환은 과연 진정한 방향전환론이었던가?」(『예술운동』, 창간호)를 썼다. 이북만의 박영희 비판의 특징적인 점은, 박영희의 논리상의 불충분한 점을 보완한다는 외장을 빌리고 있기는 하지만, 1927년 9월1일 카프의 임시총회의 의장이기도 했던 박영희를 곧바로 공격할 수 있었다는 그 우위성에 있었다. 주지하듯 1927년, 카프는 일본에서 귀국한 제3전선파 홍효민, 조중곤, 김두용, 한식 등의 강연회 및 카프활동 비판으로 인해 동경의 '정치적 분위기'에 휩싸여있던 때이며13) 구카프계열 가령 김기진과

---

8) 임규찬, 한기형 편, 『카프비평자료 총서』 3권, 388면.
9) 『조선지광』 1927. 3.
10) 『조선지광』 1927. 4.
11) 『조선지광』 1927. 7.
12) 『예술운동』 1927. 11.
13) 『조선일보』, 1933. 1. 8..

같은 인물들의 수세기(守勢期)에 해당된다. 이는 이북만이 청야계길이나 복복화부의 인용을 통해 박영희를 비판하며 동경의 이론가들인 한림이나 장준석을 박영희보다 윗자리에 올려놓는 행위 등이 그러한 정세를 반영한다. 이러한 분위기는 내용 형식 논쟁에서 박영희의 강경론에 김기진이 밀렸고, 낙동강 평가를 둘러싼 논쟁에서 김기진은 조중곤에게 호된 비판을 받았던 사실과도 상통한다.14)

이를 조선의 사회운동의 관점으로 물러나 점검하자면 이러하다. 이 예술운동의 방향전환의 뒤에는 무산계급운동의 방향전환이 놓여있으며 그 뒤에는 ML당이 자리 잡고 있었다. ML당은 서울청년회소장파(조선지광의 발행인 이성태와 정백 등)와 일본에서 온 일월회계열의 합동으로 그 주도세력은 일본에서 온 일원회 계열(안광천)이었다. 김기진의 형 김복진의 카프 방향전환에서의 역할은 주지의 사실이지만 그가 ML당의 경기도지부 책임자라는 사실은 당시로는 거의 알려지지 않았었다. 정우회선언 이후 일월회 계열은 국내의 서울파 신파와 구상해파와의 연합전선으로 ML당을 조직하고 신간회를 결성했으며 그 이론적 배경은 일본 무산계급운동의 이론분자 복본화부의 복본주의였다.

이 여세를 몰아 1927년 9월1일 카프의 임시총회에서 문예운동의 방향전환을 결의하고 본부의 강령 초안을 내놓아 이를 기관지『예술운동』(동경지부)을 통해 발표했던 것이다. 이 방향전환의 중심에 당원이었던 이북만이 있었고 따라서 그는 박영희를 비판할 수 있는 힘이 있었다. 카프의 주도권은 동경지부로 넘어갔으며 기관지도 동경에서 발행되는 결과에 이르게 된다. 카프 전체가 ML 당노선에 서서 방향전환을 이루고 있었던 사태의 정확한 표현이 바로 이북만의 위의 글이었던 셈이다.

이북만의 글에 대한 한설야의 비판은 당시로서는 따라서 상당한 모

---

14) 김기진의 「시감이편」, 『조선지광』, 1927.8; 조중곤의 「낙동강과 제2기 작품」, 『조선지광』, 1927. 10.

험이었다. 한설야는 자신의 글에서 이북만의 논의를 무산계급운동에 대한 조산(早産)적 추수주의라는 말로 표현한다. 그에 의하면 이북만은 우리문예운동의 내적 변화의 과정 및 그 필요성의 분석을 결여한 무산계급운동의 객관적 정세분석만을 규명하였고 문예운동을 이에 기계적으로 야합시켰다는 점, 문예운동을 분석하여도 자연생장적 문예와 목적의식기의 문예를 대조함에 그침으로써 내적 변화의 추이 분석에 실패한 점을 지적한다.

한설야는 특히 동경의 이론분자들이 국내 문예운동에 대해 무지하다고 비판한다. 이런 입장의 이면에서 동경쪽의 이론분자 즉 카프 중심부에 대한 한설야의 저항을 읽을 수 있다. 그가 이북만의 입지에 대해 "너무나 초연한 지대에서 문예가인 이씨는 사뭇 초문예가인 것 같이 특수 우월한 태도를 보였다"고 지적한 점은 이러한 한설야의 의식을 드러낸 것이다.

한설야는, 이 시기, 카프중심부에 대항하기 위해, 당시 정우회선언 및 민족단일당노선에 비판적이었던 논의를 이용한다15). 그러나 이런 논의들이 비판받고 압살되자 그는, 1927년 9월 카프 임시총회에서 중앙위원으로 보선되었음에도 낙향했던 것이다.

한설야가 낙향한 때는 1928년 봄이다. 그는 이북만의 비판에 굴복하지 않았지만 제3전선그룹의 카프 중심부로의 진입은 필연적 현실이기도 하였고 그러한 현실에 대해 좌절하고 있었다. 그는 귀향 후 '현실과 대면하기 위해 노력했고 여러 벗들을 만났으며' 1928년의 경험을 나름의 시

---

15) 한설야는 동경지부에 대한 비판논리를, 당시 정우회선언 및 ML당계에 비판적인 전진회의 논지에 기대고 있었기에 강경한 '운동적 어조'를 유지할 수 있었다고 판단할 수 있다. 그 이유는 전진회 검토문에서 읽을 수 있는 특수성에 대한 인식 때문이다. 전진회 검토문에서 보이는 **정우회 선언은 조선의 운동을 알지 못하고**, 부르주아를 두려워하는 타협운동의 대변자'라는 언급은 그의 입장에 대응된다(『동아일보』, 1926. 12. 17). 이 부분은 4장에서 논의하겠다.

각에서 면밀히 검토하고 정리했다.

귀향 직후 집필한 「실천적 이론으로서의 재조직에」(『조선지광』, 1929. 1)는 그 성과인데, 이 글에서는 이북만 등에 대한 그의 입장이 전혀 변하지 않았다는 점과 농촌인 고향으로 들어온 이유를 추측할 수 있다.

> 과거의 예술운동의 정체는 즉 이러한 데 기인하는 것이라 하겠다. 지상(紙上)에서의 혹은 **도회(都會)에서의 이론이 홀로 닳음질친 결과**는 현실에서의 실적을 낳지 못하였다.(― 중략, 인용자)
> 그리하여 함부로 **이론을 쌓는 일부 지식적 공부는 일본 등 선진국의 * * *을 보고는 기고만장하여** (24자 복자)그 지도를 받아야 한다고 조루설을 발하였고 공장도시의 노동자들을 보고는 조선사회 제 층중에 아직 깊이 뿌리박고 있는 봉건세력을 무시라기보다 임의로 부정 또는 말살하며 저돌적으로 * * *에 들어갑네 하고 기고만장하였다. 이따위 과대망상 광자류(狂者類)가 또는 색맹 인식 불구자류가 (―중략, 인용자)그 중 가장 빼어난 자는 동경, 경성 등 도시를 * 醉 * 脚하며 전조선대중의 생활을 보지 못하는 이북만군일 것이다.(그 인식불구적 ― 필자의 駁文은 불행히 발표되지 못하였다. 그러나 그의 망론은 이미 현실이 無慈悲하게 抹殺하고 말았다)
> (―중략, 인용자)
> 지방에 있을수록 농민 노동자들과 접촉하(44자 복자) 생활을 이해하고 포착하고 그(6자 복자)구명하는데 있어서 지방기관은 무엇보다도 필요불가결한 것이요(―이하 略, 인용자)16)

이북만이 「사이비 변증론의 배격」에서 '안방 속에 들어앉아서 아무리 무엇이 어떻다고 떠들어야 아무 소용없다'고 그를 비판했지만 한설야는 이 논쟁에 대해 자신의 결론을 내리고 있었던 것이다. 즉 그가 경성을 벗어나게 된 이유는 '현실-즉 이론에 매달려 있는 자들이 보지 못하는

---

16)『조선지광』, 1929. 1, 119면.

현실-을 직접 경험하고 그 가운데서 사회의 필연성을 인식하려는' 그의 현실 인식관이기도 했지만 '일본 등 선진국의 이론을 보고 기고만장한 중심분자들'의 '도회(都會)적 이론'에 때문이었다. 이 이론은 자신들의 개념적인 의미화 과정에서 조선의 봉건적 성격을 보지 못하고 '저돌적으로 자본주의 사회'라고 규정하면서 이론의 정당성을 현실에 덧씌우려했다는 것이다.

그의 이러한 비판적 안목은 당시로서는 대단히 의미 있다. 1934년 창작방법론이 도입되는 과정에서 안막이 조선문예운동이론의 직수입적 성격을 본격적으로 반성하기 시작했지만 그 시기는 이미 카프의 퇴조기에 해당된다. 그러나 한설야가 문제를 제기한 때는 카프 활동이 가장 고조되었을 시기이다. 이 시기에 카프 지도부의 중심부지향성(운동의 선진국, 혹은 도회의 이론)을 부각시켜 그 부정적 성격을 강조하며 비판했다는 점은 의미 있다. 카프 지도부가 이를 어떻게 받아들였는가는 이북만이 행한 한설야 비판을 보면 쉽게 알 수 있다. 이 국면에서 이미 카프는 내부적 갈등 속에 깊이 빠지게 된다.

그러한 한편으로 한설야는 점차 「과도기」에 접근하고 있었다. 그는 고향 함흥 뿐 아니라 함흥에 연해있던 농촌과 공장을 경험한다. 공장과 농촌에서 취재한 소재로 「씨름」, 「한길」, 「공장지대」, 「치수공사」 등의 소설들을 써냈다. 문단의 여러 작가들의 작품에 대한 진단(그는 이시기에 주로 문예시평를 쓴다) 역시 자신의 이러한 창작경험 및 현장체험의 연장선상에서 진행된 것이다.

> 그러나 昨春 낙향한 후로는 소위 글과만 씨름하던 글쟁이의 고집을 버리고 힘써 현실에 부딪혀보려 한다. 실제에 부딪혀보려 한다.(—중략, 인용자)몸이 곤하고 아프다가도 기운 좋고 싸움질 잘하는 믿음성 있는 H군을 보면 나도 새삼스럽게 기운이 난다. 그는 이곳 청년운동의 중견으로 도시로 농촌으로 공장지로 싸다니며 주야겸행의 생활을 하다가도

(이하 略, 인용자)17)

서가에 생활이 붙잡혔더니 만치 (1931년 5월을 전후한 시기로『대조』속간 편집시절로 판단됨-인용자)그것은 우리가 직면하고 있는 현실과 거리가 먼 말하자면 학구적 정도에 그치는 것이다. 이러한 시기에 쓴 졸작「공장지대」, 다시 이곳에서 읽으면 나는 새삼스럽게 생각하였다. 마침 지금도 창작 중이므로 이에 관계한 작가로서의 감상을 약간 * * 하는 배 잇고자 한다.「공장지대」는 이 곳 공장노동자의 생활을 취재한 것이었으나 이 곳에 와서 다시 읽을 때에는 그것이 얼마나 추상적이요 또 공상의 산물이 많이 섞여있는지를 발견하였다. 내가 책이나 보고 글이나 쓰는 사이에 현실은 벌써 엄청나게 달라졌으며 달라진 현실은 내 작품을 거짓말에 가까운 것으로 실증하고 있다. 물론 내가 땀의 체험자라면 다소 과거에 속하는 작품이라 할지라도 참다운 생활과 자태가 노현되었을 것이요 동시에 나는「공장지대」의 행방을 다시 명시하는 속편을 쓸 수 있었을 것이다. (─중략, 인용자) 〈생산노동에 관여하자〉 〈그리하여 노동자 의식과 작가활동과의 분열을 지양하자〉─간단히 말하면 이것이 나의 숙망인 동시에 또한 최근까지 변함없는 아니 더욱 심각화 하는 나의 열정이다. 18)

그의 체험에의 이러한 노력의 의미는 그가 그간 쌓아왔던 이론을 현실 속에서 확인하고 다시 재점검하면서 창작에의 혹은 이론에의 돌파구를 찾으려했다는 점에 있을 것이다.

한설야가 끊임없이 중앙의 노선을 비판하고 고향 함흥으로 내려와 이 일대의 탐색에 몰두했을 때, 그에게는 현실자체의 힘을 인지할 근거가 형성되고 있었다. 원산과 흥남의 공장지대와 성진, 문천, 정평 등지의 농민조합이 그것이다. 이런 양상은 동료 작가인 이기영 조명희의 경우에도 유사하게 드러난다.

---

17)「신춘우감」,『조선일보』, 1929. 2. 8.
18)「생활과 작품」,『중앙일보』, 1931. 12. 1.

3. 주변성 극복의 부정적 양상

1946년 중반을 지나면서, 카프의 중심분자들은 모두 월북한다. 그러나 그 일부는 이미 평양에서 활동하며 평양을 문화의 중심부로 끌어올려 주변적 성격을 극복하려 시도한다.[19] '평양을 문화의 중심부로 끌어올린다'는 행위는 여러 의미를 함축하고 있다. .

> 서울은 이조 사대주의와 봉건적 토지소유관계의 중심이어서 그 잔재가 가장 많이 남아 있으며 ,그리고 왜정 하에서도 조선민족을 멸망시키고 일본의 영원한 노예를 만들기 위한 강도 문화의 중심지였는지라 그 잔재가 제일 많은 곳입니다. 현재에도 남조선에서는 인민이 정권을 잡지 못했음으로 해서 서울은 민주주의의 중심이 못됩니다. 또 나쁜 잔재를 청산해야 할 것은 누구나 아는 사실이고 보매 역시 서울은 문화의 중심도 될 수 없을 것입니다. 이와는 반대로 북조선에서는 모든 국가운전에 인민들이 대거 참가하고 있습니다.[20]

그 일부란, 1920~30년대 카프의 핵심 구성원이긴 했지만 카프 조직의 실질적인 중심에서 벗어나 있던 자들이었다. 한설야로 대표되는 이 세력은 어느 누구보다도 구 카프에 대해 잘 알고 있었을 뿐 아니라 카프의 중심세력에 대해 비판적인 안목을 지니고 있었다. 그러나 이들의 중심부 비판은 우선 북한의 정치적인 변화에 편승하여 이루어졌다는 한계 상황에서 출발한다. 그 변화의 중심은 김일성의 정권장악과정과 1953년을 분기로 하는 남로당에 대한 숙청에 놓여있다. 당시 남로당의 숙청 과정에서 주영하, 임화, 김남천 등에 붙여진 죄과는 대단히 시사적이다. '그들은 당을 불신하고, 당 정책과 당의 지도노선을 비방하고 있으며, 자

---

19) 졸고, 「한설야 문학연구」, 앞의 책 참고.
20) 『민성』 1947. 2, 7면.

만에 빠져 보다 높은 지위를 얻으려고 작당한 **지방주의적 경향**이 있는 분자들'로서 '자기의 지위에 대하여 불만을 품은 자들은 물론, 과거 혁명 생활이 깨끗지 못한 자들을 규합함으로써 당의 단결을 약화시켰다'는 것이다.21)

경성에 대립하여 평양을 문화의 중심으로 세움으로 해서 평양의 지방성을 정치적으로 역전시키려 하는 이러한 정치적 시도는 '지방성' 혹은 주변성이 구획된 것임을 반증한다. 한설야를 중심으로 한 평양파 카프분자들도 경성에 대립하여 평양을 문화의 중심으로 세움으로 그리고 자신들을 다시 그 중앙에 세움으로 해서 자신의 지방성을 정치적으로, 문학적으로 역전시키고 있다. 그러나 중심이 주변을 배제하면서 자기정립을 시도한 과거의 방식과 같은 인식론이 작동하고 있다는 점에서 문제적이다. 특히 '지방적'이라는 용어에서는 사회주의자들이 관용적으로 쓰는 의미이외에도 소란스러우며 정리되지 않는 이단적인 움직임이라는 뉘앙스가 느껴진다. 그 무질서한 미궁을 용납하지 않고 제압하는 태도는 1920년대 이북만이 한설야를 대했던 태도와 동일하다.

이 지방성의 역전 현상은 문학의 입장에서 보았을 때는 아직 완성된 것이 아니었다. 그들은 네 가지 방향에서 이러한 시도를 감행한다. 이 시도는 전적으로 문학사적인 문제와 연관된 것으로서 우리의 주 관심사라 할 수 있는 것들인데 그 첫째는 카프 문학사에 대한 새로운 서술이다.

염군사를 파스큘라보다 우위에 놓고 카프시대를 서술하며 제3전선그룹을 '배신자들'로 규정하고 카프의 강령작성자 및 지도자로 자신들을 위치지우는 일이 그것이다. 이러한 양상을 가장 특징적으로 반영하고 있는 글은 1950년대에 쓰인 문학사론류이다. 안함광의 「해방 후 조선문학의 발전과 조선 로동당의 향도적 역할」22), 윤세평, 엄호석, 김명수, 박태

---

21) 노동신문,1953년 2월 15일자 ,이정식 외, 『신간회 연구』, 동녘, 549면에서 재인용.
22) 『해방 후 10년간의 조선문학』, 조선작가동맹출판사, 1955.

영, 장형준, 서만일 등의 글로 구성된 『해방 후의 우리문학』23) 등을 비롯하여 한설야가 발표한 문건들인 「현대조선문학의 어제와 오늘」24), 「우리문학의 새로운 창작적 앙양을 위하여」25), 「문학 창작의 결정적 앙양을 위하여」26), 「나의 인간수업, 작가수업」27) 에서 이 입장은 확인된다. 이러한 견해는 당대의 정치적 정황과 연관되어 표명되곤 했는데 이를 문학사적 안목으로 다시 체계화한 것이 1959년판 『조선문학 통사』(현대편)이다.

이 문학사에서 드러나는 특징적인 내용은 먼저 카프 서술에서 임화, 김남천 등을 아주 제외시켜버린 점이다. 둘째로는 파스큘라가 염군사의 영향 하에 만들어졌으며 한설야, 민촌, 포석 등이 이 어느 그룹에도 가담치 않으면서도 창작적 역량을 발휘했다는 지적이다. 셋째로는 카프의 문학사적 위상을 항일 무장투쟁과정에서의 혁명문학의 앞에 위치시킨 점일 것이다. 1919년에서 1930년의 문학과 1930년에서 45년까지의 문학을 구분하고 전자에 카프의 문학을 후자에 혁명문학을 위치시켰으며 이 혁명문학의 영향 하에 카프문학이 놓이는 때가 1930년대라는 가설을 제시한 것이다.

이 문학사에서의 카프의 역할과 그 가운데 평양의 카프파의 역할은 최소한 공식적인 문학사에서 확인받게 된다. 그러나 문제는 실제 작품의 내용이다. 따라서 다음과 같은 두 번째 시도가 행해진다고 판단된다.

둘째, 상당수의 작가들이 자신의 대표작들을 개작한다. 문학작품의 개작은 어떤 작가에게나 가능한 일이지만 개작 자체도 그 시기적 특수성을 반영하는 일이기에 개작하는 시점에서의 개작내용은 문학사적인 것

---

23) 조선 작가동맹 출판사, 1958.
24) 『조선문학』, 1957. 1.
25) 『조선문학』, 1957. 12.
26) 『조선문학』, 1960. 7-9.
27) 『한설야 선집』 14권, 조선작가동맹출판사.

이 된다. 따라서 개작한 내용이 원본의 내용으로 간주되어 원본의 발표 연대의 문학사 서술에 이용된다면, 그 행위는 다른 이유로 밖에 설명될 수 없다. 한설야의 『황혼』이 그러한 예에 속한다.

1950년대에 이르면 카프의 중심분자였던 임화와 김남천이 1930년 대의 평문에서 격렬히 비판했던 『황혼』을 문학사의 중심으로 세우려한 다. 『황혼』은 몇 가지의 수정 후에야 비로소 북한문학사에서 1930년대 현실주의문학의 중심에 설 수 있게 된다.(『황혼』의 주인공에 대한 엄호석28), 김명수29), 안함광30), 계북31) 등의 논쟁도 도움을 준다.)

그 수정대상은 물론 『황혼』의 한계에 관한 것이다. 작품에서 여순의 변환에 중요한 몫을 담당하는 준식은 미래에 대한 명확한 전망이나 혹은 당대사회의 구체적 현장과는 매개 고리가 상실된 인간이었다. 즉 등장인 물의 출신성분이나 직업 등에 의해 그 인물을 평균적 수준으로 형상화한 한계를 극복하기 위해서는 당대의 역사적 특성 그것도 진보적 성격의 주 인공이라면 말할 것도 없이 당대에 특별한 전사회적, 운동적 전망과 맞 물려 있어야 했다. 이 인물에 그 구체적 매개를 불어넣는 순간 이 작품 의 다른 진보적 성격의 인물들은 환하게 빛나거니와 경재나 안중서의 역 사적 위치도 더 명확히 된다. 그 빛을 넣는 방법은 두 가지인데 .준식을 뛰어난 혁명가 박상훈의 지도를 받는 것으로 만들고 김일성의 항일무장 투쟁의 영향 하에서 창작된 문학의 범주로 처리하는 일이 그것이다. 전 자는 작품내적인 수정에 해당되며 후자는 문학사의 재정리에 해당된다. 이렇게 되면 그 사실여부와는 관계없이 『황혼』은 1930년대 현실주의문

---

28) 「한설야의 문학과 황혼」, 『조선문학』, 1957. 2. 「문학 평론에 있어서의 미학적인 것과 비속사회학적인 것」, 『조선문학』, 1957. 2.
29) 「우리 문학의 형상성 제고를 위하여」, 『조선문학』, 1956년 6월호. 「문학예술의 특수성 과 전형성」, 『조선문학』, 1956. 9.
30) 「문학 전통의 심의와 도식을 반대하는 투쟁에서의 새로운 도식들을 중심으로」, 『조선문 학』, 1957. 4.
31) 「전형적인 것에 관한 몇 가지 문제」, 『조선문학』, 1957. 5.

학의 빛나는 작품으로 위치 지워진다.

셋째로, 북한에서 평양카프파의 우위가 확인되면서 평양카프파의 중심인물인 윤세평(윤규섭)은 「민족문화수립을 위하야」[32]에서 이제 해주에 피신한 소수자로 전락한 문학가 동맹측의 민족문학론을 비판한다. 윤세평에 의하면 문학가 동맹의 민족문학론이 첫째로 소박한 정치이론을 그대로 문화부면에 이식했다는 것이고, 둘째로 모택동의 신문화론을 소홀하게 인용했다는 비판이다. 이러한 지적에는 조선공산당의 「조선민족문화건설의 노선」의 직접인용과 비판이 포함되어 있어서 주목된다. 즉 운동노선을 문학쪽에서 직접 적용했다는 지적이다. 한설야가 일찍이 1927년, 이북만을 비판하며 내세운 논리를 떠올리자면, 그 운동과 문학의 직결형태 속에서 지식인들의 수입이론이 아닌가라는 비판도 내재되어 있다. 모택동의 신문화론을 소홀하게 인용했다는 지적도 이런 맥락에서 파악된다.

이에 대해 청량산인은, 정치이론의 소박한 이식이어서 문화의 계급성을 담보하고 있지 못하고 있다는 지적에는 〈문화의 계급성〉과 〈계급문화〉와 〈문화계급문화사상의 영도성〉을 아주 뒤죽박죽으로 혼동[33]한 처사라고 비판한다. 그러나 이러한 비판은 윤세평 등의 처지에서 보면 논리 내부에 갇혀 개념을 명확하게 하고 있는 수준으로밖에 볼 수가 없었다. 이론 전체가 그릇된 마당에 이론의 논리성을 따지는 일이 무의미하다는 것이다.

이런 방식으로 평양의 카프파들은 자신들의 지방성 즉 그 주변부성을 제거해 나간다. 이런 방식이란 무엇인가. 그것은 정확하게 또 다른 주변을 구획 배제하면서 주체를 세워나간다는 점이다. 말하자면 '중심의 공허함을 드러내주는 방식'이 아니라 '중심이 되는 방향'으로 나아감으로

---

32) 『문화전선』 2호.
33) 청량산인, 「민족문학론」, 『문학』 7호.

해서 그들은 과거 카프 구성원들이 세운 주체구성방식을 반복한다. 크게 본다면 그런 면에서 그들은 카프의 후계자이다.

4. 주변부의 가능성과 한계

1927년과 해방공간의 카프 내 대립을 통해 확인할 수 있는 바는 무엇인가. 그 대립과 갈등의 극복 양상이 모두 타자를 배제하면서 이루어진 자기중심적, 독백(獨白)적인 논의에 의존하고 있었다는 점에 있다고 판단된다. 그것은 이론(異論)을 비판하고 이 이론에 맞서 자신의 이론을 내세우는 구도 속에서 드러난다. 카프 주변부의 구성원들이 실질적으로는 일정한 성과를 내었음에도 불구하고 논리적인 토의에서는 똑같은 한계에서 벗어나지 못한 이유는 아마도 그들 역시 같은 주변부 콤플렉스에서 벗어나지 못하고 있었기 때문이다.

가령 1927년의 상황인식에 있어서 이북만의 논의가 정확히 ML당의 노선을 표현하고 있다면 한설야의 논의는 당시 신간회에 맞서 「조선단체 중앙협의회」를 조직했던 완고한 계급론자(서울파 구파)의 다음과 같은 논의와 맥이 닿고 있다.

> 조선에서의 민족운동의 필요성은 일단 인정한다. 이 운동의 전위당으로서 신간회가 이미 출현해 있으므로 그 존재도 인정하지 않을 수 없다. 그러나 피압박민족 내부에 있어서도 무산계급과 자본가계급의 계급적 대립이 엄연히 존재하고 있는 이상 프롤레타리아는 그 본래적 임무인 계급적 해방을 지향하는 운동도 반드시 전개해 나가야만 한다. 그러기 위해서는 이 운동의 전위당도 동시에 존재하지 않으면 안 된다. 즉 민족운동과 계급운동을 각각 지도하는 두개의 전위당이 존재해야 하며, 중앙협의회는 바로 계급운동의 전위당이다.[34]

전위당에 대한 집요한 집착은 그러한 콤플렉스의 일단이라고 말할 수 있지 않겠는가. 한설야는 동경지부에 대한 비판을 더 강경하고 중심화된 '독백'으로 강행할 수 있었던 근거는 바로 정우회선언 및 ML당계에 비판적인 전진회의 논지에 암암리에 기대고 있었기 때문이다. 다만 전진회에서 강조했던 '조선의 특수성'에 대한 인식이, 한설야의 주변부로서의 가능성을 담보해주는 무의식적 자양분이 되었을 뿐이었다. 따라서 한설야를 카프 주변부로 놓고 볼 때 강경한 이론적 경향은 주변부의 문학적 성과와는 관계가 없다고 볼 수 있다. 오히려 가로막았다고 보는 편이 옳다.

이러한 구도가 해방 후에도 반복된다. 토지개혁과 교육의 과정에서 광범한 대중들이 문화 혜택을 누렸을 뿐 아니라 문학의 독자와 창작자로 등장하게 되었다는 점에서 해방 후 평양의 카프파들은 일단의 가능성을 확인하고 있었다. 전위 분자들이 대중에게 열려 있었다는 바로 그 점 때문이었다. 그러나 자신들을 정당화하고 중심 논리화하는 과정에서의 여러 시도들은 다시 그들을 닫힌 영역으로 가둬놓았다. 그 이유는 과거 카프가 동경의 운동이론에 근거하였다거나 한설야의 주변적 풍부함이 전진회의 논지에 의해 부분적으로 훼손당했던 것과 마찬가지로 해방 후 북한 정치에서 제공한 외부적 시각에 이들이 의존하고 있었기 때문이다. 역동적 교섭이 없는 구도에서 빠져나오지 못하고 다시 빠져 들어간 것에 문제가 있다.

▌ 한양대학교 국어국문학과 교수

---

34) 이재화 편, 『한국근대 민족운동사』, 백산 서당, 1986, 264면.

▐ 참고문헌

계 북, 「문학예술의 특수성과 전형성」,『조선문학』, 1956. 9.

계 북, 「전형적인 것에 관한 몇 가지 문제」,『조선문학』, 1957년 5월호.

김기진, 「시감이편」,『조선지광』, 1927. 8

김명수, 「우리 문학의 형상성 제고를 위하여」,『조선문학』, 1956년 6월호.

김민정, 『한국근대문학의 유인과 미적 주체의 좌표』, 소명출판사, 2004.

김윤식, 『한국근대문예비평사연구』, 일지사, 1976.

김 철, 「몰락하는 신생(新生) : '만주'의 꿈과『농군』의 오독(誤讀)」,『상허학보』, 2002.

문학과 사상연구회,『한설야 문학의 재인식』, 소명출판사, 2000.

서경석, 「김남천론」,『월북문인연구』, 권영민 편, 문학사상사, 1989.

서경석, 「1930년대 문예비평에 나타난 '탈근대성'연구」,『한국학보』, 1996, 가을호.

서경석, 「한설야의『열풍』과 북경 체험의 의미」,『국어국문학』, 2002.9.

서경석, 한국근대리얼리즘 문학사연구』. 태학사, 1998.

안함광, 「문학 전통의 심의와 도식을 반대하는 투쟁에서의 새로운 도식들을 중심으로」,『조선문
    학』, 1957. 4.

엄호석, 「문학 평론에 있어서의 미학적인 것과 비속사회학적인 것」,『조선문학』, 1957. 2.

엄호석, 「한설야의 문학과 황혼」,『조선문학』, 1957. 2.

윤대석, 「1940년을 전후한 조선의 언어 상황과 문학자」(한국근대문학연구회 2002 심포지엄 발
    표문).

윤대석, 「일본의 그늘」,『작가』, 2002, 가을호.

이재화 편, 『한국근대 민족운동사』, 백산 서당,1986, 264면.

이정식 외, 『신간회 연구』, 동녘, 1983.

임규찬,한기형 편, 『카프비평자료총서』, 3권.

조중곤, 「낙동강과 제2기 작품」,『조선지광』, 1927. 10.

청량산인, 「민족문학론」,『문학』7호.

『해방 후 10년간의 조선문학』, 조선작가동맹출판사, 1955..

가라타니 고진, 김경원 역,『마르크스 그 가능성의 중심』, 이산, 1999, 1부 3,4장.

M. Pecheux(Language, Semiotics and Ideology, tr. H. Nagpal, st. Martin Press,
    1982

『흑치상지』론

— 민족을 상상하는 방식에 관하여 —

양 진 오

1. 연구방향

현진건에겐 미완성 역사소설이 세 편 있다. 『웃는 포사』, 『흑치상지』, 『선화공주』가 바로 그 예들이다. 이 세 편은 각각 『신소설』·『해방』[1], 『동아일보』(1939.10.25~12.28), 『춘추』(1941.4~9)에 연재되던 중 부득이한 이유로 중단됨으로써 문학사의 미아로 방치된 작품들이다. 『무영탑』이 후학들에게 집중적인 연구대상으로 설정되는 영예를 누리는 것과는 달리 이 세 작품은 문학사의 미아로 방치되는 비운을 좀처럼 벗어나지 못하고 있다.

그런데 이 세 작품 중에서 『흑치상지』는 미완성이라는 한계에도 불구하고 "식민지 시대 문학이 성취한 가장 큰 업적", "고통스런 현실 인식과 현실을 극복하려는 첨예한 역사적 전망이 결합된" 작품[2], "빙허의 역사소설 가운데서 뿐만 아니라 3·40년대 한국근대역사소설 전부를 통해

---

1) 『웃는 포사』는 『신소설』(1930. 9)에 1회 연재, 『해방』(1930.12~1931~2)에 2~4회 연재되다가 중단된 소설이다.
2) 최원식, 「빙허 현진건론」, 『한국근대문학을 찾아서』, 인하대학교 출판부, 1999, pp. 128~130.

서 볼 때 그 주제의식이 가장 선명히 부각되어 있는 작품"3), "그의 민족주의적 이념을 강렬하게 표현하고자 한 야심작으로서, 이 작품에서 그는 백제의 멸망을 일제에 의한 조선의 식민지화에 비유하고, 나당 연합군에 맞선 백제 유민들의 끈질긴 항쟁을 그림으로써 거족적인 항일투쟁을 암암리에 시사"4)한 작품, "닫힌 식민지시대에 새로 열려질 새 세계를 소망"5)하는 작품으로 인정받으면서 학계의 주목을 받아왔다.

그렇지만 학계의 주목에 상응하는 『흑치상지』에 관한 '본격적인' 연구는 여전히 부족한 실정이다. 현진건 문학의 성취와 한계, 특히 식민지 근대의 폭력에 대응하고자 한 그의 장편이 지니는 문학적 무게와 그 의미를 객관적으로 고찰하기 위해서는 『흑치상치』를 좀더 면밀하게 연구해야 한다고 필자는 생각한다. 즉 『흑치상지』는 연재가 중단되는 까닭에 후학들의 관심에서 이탈된 작품이지만 당대 식민성의 문제에 대응하려한 현진건 장편의 성취와 한계가 지닌 문학적 의미를 좀더 일목요연하게 정리하기 위해서는 『흑치상지』를 연구대상으로 받아 들여야 한다는 것이다.

그러면 좀더 구체적으로 이 논문의 연구방향을 설명해 보기로 하겠다. 필자는 이 논문에서 『흑치상지』의 문학적 성격과 그 의미를 해명하되, 특히 민족을 상상하는 방식을 중점적으로 논의하고자 한다. 그 이유를 더 설명해 보기로 하겠다. 민족 형성과 보존의 억압적인 결여로 요약되는 식민지 근대의 폭압을 문학의 외적 여건으로 받아들이는 근대문인들 중에는 우리 민족의 기원과 형성 혹은 정체성을 서술하는 서사, 즉 민족서사6)를 쓰며 당대의 모순과 대결한 이들이 나타나는데, 현진건도 이에

---

3) 송백헌, 『한국근대역사소설연구』, 삼지원, 1985, p.248.
4) 강영주, 『한국 역사소설의 재인식』, 창작과비평사, 1991, p.92.
5) 현길언, 『문학과 사랑의 이데올로기-현진건 연구』, 태학사, 2000, p.225.
6) 흔히 서사는 이야기(story)와 화자(story-teller)로 구성된 문학작품으로 정의된다. 이
   와 관련해 필자는 민족서사를 근대 이전의 역사적 배경과 사건을 설정해 민족의 기원, 내
   력, 형성, 성격, 정체성, 이미지 등 민족의 존재 방식과 특징에 관해 서술하는 이야기로

속한다.

한반도 전역이 대륙전쟁을 위한 병참기지로 강제적으로 재편되어가면서 그 어느 때보다 민족 위기가 가중된 1930년대에 접어들어 현진건은 민족서사 쓰기에 남다른 관심을 기울임으로써 '식민지 근대의 대표적인 단편작가'라는 일반화된 평가를 뛰어넘는 문학적 업적을 남긴다.

잘 알려져 있듯, 현진건은 동아일보 사회부장 자격으로 경주 일대를 순례하며 『동아일보』에 「고도순례 경주」(1929.7.18~8.19)를 연재했다. 「고도순례 경주」에서 현진건은 신라의 문화적 전통―문화 창조의 전통과 저항의 전통―을 대단히 긍정적으로 호평하는 동시에 우회적으로 당대 식민지 현실을 비판한다. 이후 현진건은 『동아일보』에 「단군성적순례」(1932. 7.29~11.9)를 연재하면서 단군을 민족의 기원으로, 을지문덕을 민족의 구국영웅으로 자리매김한다. 이렇게 현진건은 1920년대 중반을 전후로 일제가 강요하는 식민성을 강하게 의식하면서 '민족'을 사유하는 작가이자 지식인으로 거듭나는 모습을 보여주었고, 1930년대에는 민족서사 쓰기에 진력한다.

「고도순례 경주」에서 현진건이 주목한 신라의 두 가지 문화적 전통은 『무영탑』에서 '신흥'으로 석탑을 축조하는 아사달의 이야기와 당에 저항하려는 화랑 경신의 이야기로 각각 표현된다. 그리고 이 두 편의 이야기는 궁극적으로 외세에 영합하는 신라의 타락한 귀족과 그 귀족들이 주도하는 정치체제를 과감하게 비판하고 있는데, 이는 당대 식민지 근대를 비판하는 정치적 비유로 충분히 해석될 수 있다. 요컨대 현진건은 신라사를 야사의 차원이 아니라 식민지 근대를 비판적으로 조망할 수 있는 작품 내적 근거로 인식하면서 민족을 상상하는 특유의 방식을 『무영탑』에 구현한다고 볼 수 있다.7)

잠정적으로 정의하고 있다. 현진건 장편 중에서 이 정의에 부합하는 작품으로는 『무영탑』, 『흑치상지』, 『선화공주』 등이 있다.

　　문제는 『무영탑』 이후에 있다. 현진건은 『무영탑』 이후의 소설, 특히 『흑치상지』에서 어떤 수준과 어떤 양상으로 민족을 상상하고 있을까? 『흑치상지』는 『무영탑』과는 상이한 방식으로 민족을 상상하고 있을까? 아니면 좀더 독창적인 방식으로 민족을 상상하고 있을까? 필자의 논문은 바로 이 점을 밝혀보려고 한다. 바로 이런 까닭에 이 연구는 궁극적으로 민족을 상상하는 한국 근대역사소설의 방식과 그 문학적 의미를 규명하는 시론적 성격의 의의를 띤다고 할 수 있다. 필자가 『흑치상지』를 연구하는 이유를 여기에 두고 있음을 다시 한 번 밝혀두는 바이다.8)

2. 식민지 근대와 원초적 민족

　　본격적인 논의로 들어가기에 앞서 현진건이 등단 이후 『흑치상지』를 연재하기까지 어떤 과정을 거치며, 어떤 관점으로 '민족'을 사유하게 되었는가를 중점적으로 살펴봄으로써 필자의 논의를 좀더 면밀하게 해명해 볼 수 있는 근거를 마련해 보고자 한다.

　　「빈처」, 「술 권하는 사회」, 「타락자」의 1인칭 세계와 『백조』의 낭만주의에 긴박되어 있던 현진건이 문단에 등단하자마자 '민족'을 고민하거나 치열하게 사유한 건 아니다. 현진건은 그의 자전적 장편 『지새는 안개』9)에서 회고하듯, 신여성과의 낭만적 사랑에 도취한 청춘으로 그에게 민족 문제는 처음부터 치열하게 사유해야 할 대상이 아니었다.

---

7) 「고도순례 경주」의 성격과 『무영탑』의 민족에 관한 상상 방식은 필자의 논문을 참고.
　　양진오, 「현진건의 무영탑 연구」, 『현대소설연구』 제19호, 2003.
8) 연구 텍스트는 국학자료원에서 2004년에 출간한 『현진건문학전집4』로 한다. 인용 페이지는 괄호로 처리한다.
9) 이 소설에서 작가의 대리적 자아인 '나'의 주된 관심은 신여성과의 연애이며 그 연애의 지속적 형태인 낭만적 사랑이라는 게 명백하게 표현된다.

그렇다고 현진건이 장시간 1인칭 세계와 낭만적 세계에 안주했다는 것은 아니다. 상해를 근거지로 치열한 독립운동을 펼친 현정건의 동생으로서 1919년 직접 상해를 다녀온 현진건은 당대 식민지 근대의 모순을 외면하지 않는 정신적 긴장을 견지하고 있었으니, 이 정신적 긴장은 1925년 동아일보에 입사하면서 두드러지게 노정된다.10)

그런데 처음부터 현진건이 동아일보에서 기자직을 수행한 건 아니다. 현진건의 기자직 수행은 조선일보(1920.11)에서 시작된다. 그러나 현진건은 조선일보에 오래 머물지 않는다. 이에 관해 현진건의 지기 박종화는 흥미로운 증언을 남겨 놓고 있다.

이 때에 신문이 네 종류나 있으니 재래로 내려오던 배일지『대한매일신보』의 후신이요 지금『서울신문』의 전신인 당시 총독부 기관지였던 『매일신보』가 있었고 재등(齋藤)의 소위 문화 정치를 표방한 뒤에 새로 이 창간된 민족주의의 대표 여론지인 박영효 사장과 송진우 편집국장인 『동아일보』가 있었고 송병준을 중심으로 한 대정친목회의 기관지『조선일보』(월남 이상재 선생 사장 취임 전기)가 있었고 일본국회의 참정권을 운동하는 것을 목표로 하는 민원식(후에 양근식에게 암살됨)의『시사총보』가 있었다.

나중에『시사총보』는 민원식의 암살로 인하여 폐간되었거니와 월남 이상재 선생 사장과 신석우 부사장, 민세 안재홍 편집국장 등이 취임하기 전의 초기『조선일보』에는 양심 있는 사람으로는 오래 거접(居接)할 것이 아니었다.11)

---

10) 이 시기를 전후해 현진건 단편의 성격도 변모한다. 이주형 교수에 따르면, "이 시기부터 현진건은 민중문제의 발견을 통해 작가적 방황을 극복할 수가" 있었고 "민중과의 만남을 통해 현진건은 의식이 깨인 식민지 지식인으로서, 그리고 한 작가로서의 자기 정립을 이룰 수 있었." 이주형, 「현진건 단편소설의 변화와 성취」,『향토문학연구』제2호, 일봉, 1999, p.82.

11) 박종화, 「빙허 현진건군」,『신천치』, 1954.10., pp.139~140.

조선일보 퇴사는 현진건이 기자직을 단순히 생계를 위한 직업으로 보지 않았다는 걸 의미한다. 현진건은 기자를 "붓 한 자루를 휘둘러 능히 사회를 심판하여 죄 있는 놈은 버히고 애매한 이를 두호하며 세계의 대세를 추측하여 능히 선전도 하고 능히 강화도 하는 무관제왕"12)으로 파악할 만큼 사회적 감각이 열려 있었다. 잠재되어 있던 현진건의 사회적 감각은 언론사를 출입하며 서서히 구체성을 확보하게 되었으니, 이를 계기로 그는 민족문제를 사유하는 지식인이자 작가로 변모해간다.

조선일보를 퇴사한 현진건은 동명과 동명의 후속지인 시대일보를 거쳐 동아일보(1925.9)에 입사한다. 간과하지 말아야 하는 건 이 시기의 현진건이 당대의 내로라하는 지식인인 최남선, 홍명희를 만나 그들로부터 역사와 현실을 탐구하는 방법을 습득하며 '조선의 현실'을 거듭 심사숙고하게 된다는 것이다. 요컨대 이 시기의 현진건은 『지새는 안개』에서 묘사된 낭만적 청춘에서 민족문제를 사유하는 작가이자 지식인으로 변모하고 있다고 말할 수 있다.

그런데 여기서 좀더 주목해야 하는 건 현진건의 변모가 한국사를 탐구하며 민족의 전망을 모색하는 민족주의자로의 변모로 귀결된다는 점이다. 이런 점에서 현진건의 변모를 당대의 거두 최남선의 영향 관계로 해명할 수도 있지만, 더 큰 차원에서 보자면 최남선만이 아니라 박은식, 최남선, 김교헌, 이상룡, 안재홍, 문일평 등이 주도한 민족사학의 형성과 전개에 강한 영향을 받으며 나타난 결과로 해석할 수 있다.

그의 두 편의 순례기, 즉 최남선의 직접적인 영향이 확인되는 「고도순례 경주」와 만주 중심의 민족사학의 영향이 확인되는 「단군성적순례기」는 현진건이 더 이상 낭만적인 연애를 꿈꾸는 청춘이 아니라 민족의 과거, 현재, 미래를 회고, 비판, 전망하는 작가이자 지식인으로 변모했다는 걸 보여준다. 요컨대 현진건은 1920년대 중반부터 조선문단의 헤게

---

12) 『현진건문학전집4』: 「지새는 안개」, p.86.

모니를 장악한 카프의 노선이나 그에 반발한 타협적 민족주의 노선을 따르지 않고 자국사에서 민족적 전망을 모색하는 실천적 민족주의의 노선을 추구한다.

여기서 더 살펴봐야 하는 건 민족에 대한 현진건의 관점이다. 민족은 근대성의 산물이지만 현진건은 이를 근대 이전부터 형성되고 지속된 자기동일적인 실체로 파악한다. 그는 「단군성적순례」에서 단군을 "묘막한 상하 반만년 동방 문화의 연원이시며, 생생화육, 2천 3백만, 단족의 영과 육의 모태이시며, 흑룡강의 남, 황하의 북, 동해의 서, 망망한 5천여 리에 개지척지하신 신공성적을" 남긴 민족의 기원으로 묘사하는 바, 이처럼 현진건은 민족을 근대 이전부터 형성된 실체로 보고 있다.

이런 점에서 현진건이 상상하는 민족은 근대적 의미의 민족이라고는 할 수 없다. 그 민족은 엄밀히 말하자면, 근대 이전의 민족, 즉 원초적 의미의 민족에 가깝다.[13] 그런데 이렇다고 해서 현진건이 상상하는 민족이 초월성을 지향하는 비현실적인 성격을 띤다고는 볼 수 없다. 왜냐하면 현진건이 상상하는 민족은 단군이 그 기원이라고 강조된다는 점에서 원초적 성격을 지니지만 한편으로 그 민족은 창조와 붕괴, 소멸과 부활의 계기를 동시적으로 지니며 식민화된 현실에 저항하는 효과를 드러낸다는 점에서 비현실적이지 않다. 두 편의 순례기에는 과거의 민족이 창조의 민족이라면 현재의 민족은 붕괴의 민족이며 미래의 민족은 부활의 민족이 되리라는 현진건의 민족관이 대목 대목 반영되어 있는데, 이런 현진건의 민족관은 식민화된 현실을 부정하는 저항적 성격을 띤다. 이런 까닭에 현진건이 민족을 중세 봉건의 해체와 국민국가의 탄생으로 요약되는 근대적 사회변동의 맥락에서 사유하지 않는 건 사실이지만, 그

---

13) 현진건은 민족을 언어, 공통의 문화유산, 관습, 공통의 역사적 가치와 사회적 유대에 기초를 둔 실재로 인식한다. 이런 입장을 역사학에서는 종족, 조상, 종교, 언어, 영토를 공유하는 공동체의 영속성에 주목한다 하여 원초론적 민족개념으로 정의한다. 임지현, 『민족주의는 반역이다』, 소나무, 1999, p.22.

의 상상이 현실적 성격을 전적으로 결여하지 않는다는 것을 주목할 필요가 있다.14)

고대의 시간으로 되돌아간 현진건은 이 두 편의 순례기에 나타나고 있듯, 단군사, 고구려사, 신라사를 주목하고 있다. 이 두 편의 순례기에서 단군사, 고구려사, 신라사는 그 외형적 차이에도 불구하고 하나같이 식민지 근대가 훼손한 민족 정체성을 담보하는 자기동일적인 지표들이다.

현실로서의 식민지 근대의 모순을 원초적 차원의 민족을 상상하며 해결하려는 현진건의 태도가 문제가 될 수 있지만, 한편 현진건의 이런 태도가 일제의 식민화 논리에 저항하는 차원에서 형성되었다는 걸 간과해서는 안 된다. 민족을 원초적 의미에서 인식하는 그의 민족관이 민족에 관한 본질주의적 오류로 비판될 수도 있겠지만 그의 민족관이 일제 식민화의 논리에 포섭되지 않으려는 치열한 문제성을 함축한다는 걸 상기해야 할 것이다. 그러면 이제부터는 본격적인 논의로 들어가고자 한다.

3. 가부장적 공동체와 민족의 부활

현진건이 민족의 기원을 근대 이전에서 발견하려고 한 까닭은 무엇일까? 일제 침탈로 인해 민족의 훼손이 초래되었다고 판단한 현진건은 훼손되기 이전의 민족을 발견하기 위해 근대 이전의 시간으로 거슬러 올라간 게 아니었을까?

근대 이전의 시간에서 민족의 기원을 발견한 작가들일수록 그들의 작품이 민족을 확대 재생산하는 민족서사의 전형이 되기를 꿈꾸기 마련이

---

14) 이렇게 된 원인이 전적으로 현진건에게 있는 건 아니다. 청일전쟁 이후 본격적으로 조선 내정에 개입한 일본의 제국주의로 인해 우리 근대문인들은 원천적으로 민족의 형성을 자발적인 근대적 사회변동의 맥락에서 이해할 수 없었다.

다. 현진건도 그렇다. 이미 앞 장에서 살펴본 대로, 현진건은 근대 이전의 시간에서 민족의 기원을 모색한 작가였고, 이 모색을 바탕으로 민족 서사 쓰기를 시도한 작가였다. 그런데 현진건이 민족을 확대 재생산하는 작업을 전개한다 할 때, 그가 민족을 성별화하며 상상한다는 걸 예의 주시할 필요가 있다.15)

『무영탑』도 이런 예에 속하는 소설이다. 『무영탑』은 '남성'인 아사달과 경신에게 새로운 문물 창조와 구국영웅의 역할을, '여성'인 아사녀와 주만에게는 성적인 횡포를 집중적으로 받으면서도 아사달의 작업 완성에 협조하는 수난자의 역할을 부여하면서 민족을 상상하고 있다. 요컨대 현진건은 『무영탑』에서 남성에게는 문물 창조와 구국의 역할을, 여성에게는 성적인 수난에도 불구하고 아사달을 돕는 조력자의 역할을 부여하며 민족을 상상하고 있다.

그렇다면 『흑치상지』는 어떤 방식으로 민족을 상상하고 있을까? 『흑치상지』도 기본적으로 『무영탑』의 방식, 즉 민족을 젠더화하며 상상하지만 한편으로 좀더 주목할 만한 현상을 구현한다. 바로 가부장적 공동체의 구축이다. 즉 현진건은 통합적 질서가 작동하는 가부장적 공동체의 구축을 통해 민족을 상상하고 있으며, 이 공동체의 형상화를 『흑치상지』의 핵심 과제로 설정하고 있다.16)

그러면 좀더 자세히 설명해 보기로 하겠다. 『흑치상지』의 흑치상지는 『무영탑』의 아사달보다는 당에 저항한 구국영웅 경신의 계보에 속하는

---

15) 이런 현상이 현진건의 문학에만 나타난다는 건 아니다. 민족을 젠더화하는 방식은 전지구적 현상이라고 말해도 좋을 정도로 여러 지역의 여러 작가들에게서 확인된다. 이에 대해서는 라다 이베코비치의 논문을 참고.
   라다 이베코비치, 백영경 옮김, 「젠더와 민족」, 『실천문학』 봄호, 2003, 실천문학사, p.96.
16) 가부장적 공동체를 회복한다는 말은 식민 질서 아래에서 상실된 부권을 회복한다는 말과도 그 의미가 통한다. 제국주의가 강요하는 식민화의 질서는 곧 부권의 상실을 의미하는 것이기에 가부장적 공동체의 회복을 부권의 회복으로 볼 수도 있다.

인물이다. 흑치상지는 외세에 대항하려 한 경신의 역할, 즉 위기의 민족을 구원하려 한 구국영웅의 역할을 수행하는 인물로 설정되어 있다는 말이다. 흑치상지는 20세기 초반 신소설과 경쟁하던 서사양식인 역사전기에서 볼 수 있었던 구국영웅의 계보에 속한 인물이라는 말이다. 흑치상지는 역사전기의 구국영웅들, 예컨대 을지문덕, 이순신의 또 다른 재현인 것이다. 그런데 좀더 이 소설에서 주목해야 할 건 흑치상지를 중심으로 형성된 가부장적 공동체와 이 공동체를 이끄는 흑치상지의 성격이다.

『흑치상지』는 백제 패망 이후 당에 포로로 붙들려가는 백제 유민들의 고통스런 행렬을 묘사하며 시작한다. 현진건은 이 소설의 시작 단계에서 흑치상지보다는 백제 유민들의 고통스런 행렬과 당병들의 폭압적 행태를 상당한 비중으로 묘사한다. 이와 같은 소설의 시작은 독자들로 하여금 백제의 붕괴를 한낱 허구가 아니라 민족 억압에 대한 은유로 받아들이게 한다. 요컨대 백제 유민들의 수난이 민족 억압을 은유하는 사건으로 여겨질 수 있도록 현진건은 이 소설의 시작 단계에서 백제 유민들의 수난을 극대화한다.

그리고 이 과정에서 현진건은 신라 김유신 진영과 내통한 백제 간신 임자와 그의 첩인 창화부인의 언쟁을 두드러지게 초점화한다. 두 인물의 언쟁은 자연스레 임자의 배신행위를 폭로하는 결과를 초래하는데, 이 폭로는 상대적으로 수난 장면 이후에 나타날 흑치상지의 윤리성을 돋보이게 한다. 백제 유민들의 행렬, 임자와 창화부인의 언쟁, 당병들의 폭력, 즉 민족 억압을 표방하는 서사적 사건들을 집중적으로 서술한 이후 현진건은 구국영웅 흑치상지를 등장시킨다.

당병들에게 포로로 붙들려 끌려가는 백제 유민들 앞에 그 정체를 드러낸 흑치상지는 마치 유랑하는 이스라엘 민족을 구원하는 모세처럼 보인다. 백제 유민들의 고통이 상승하는 지점에 등장한 흑치상지는 일순간에 당병들을 제압하는데, 이를 계기로 이 소설은 민족 수난을 이야기하는 소설에서 민족 저항을 이야기하는 소설로 그 방향을 선회한다. 그리고 이 과정에서 흑치상지는 마치 정처를 잃은 난민들을 포용하는'인자한' 아버지의 태도로 백제 유민들을 포용한다.

> 그 장사는 무엇을 골똘히 생각하는 듯하며, 그 광채 도는 눈을 떴다 감았다 하였다. 자기에게 매어 달리는 이 불쌍한 백성들을 데리고 가자기도 어렵고 그렇다고 떼치고 가기는 더욱 어려운 모양이었다.
>
> "장군님이 살려 놓으신 저희들의 목숨, 장군님을 위해 바치는 것도 저희들의 소원입니다."
>
> 그 귀부인은 머리를 다소곳한 채 또 한 번 그 장사를 졸르고 나서 군중을 돌아보며,
>
> "여러분들 그렇지 않습니까?"
>
> 하고 동의를 구하였다.
>
> "다 이를 말씀이오?"
>
> "옳소, 옳소."
>
> "죽는 것도 소원이오."
>
> "우리들의 목숨은 장군님께 올립니다."
>
> 감격에 겨운 군중은 한꺼번에 외쳤다.
>
> 이윽고 그 장사는 무거운 입을 열었다.(159~160)

이 대목은 흑치상지가 당병을 제압한 이후를 서술하고 있다. 당병들에게 끌려가던 백제 유민들이 흑치상지를 추종해야 할 지도자로 추앙하는 장면인데, 마치 이 장면에서 흑치상지는 유민들의 가장처럼 보인다. 이 대목의 전후에서 흑치상지는 고통 속의 백제 유민들을 구할 뿐 아니라 "월영의 품에서 죽은 아이를 빼내어 번쩍 안고" "곱다랗게 땅 속에" 누이거나 내두 좌평의 첩인 창화 부인을 살해하려는 유민들에게 "여러분, 다같이 불쌍한 백제 사람이란 걸 잊지 말자"는 전언을 전달하면서 창화 부인을 죽음에서 구해주는 인물, 즉 공동체가 직면한 내외적인 갈등을

해소, 수습하는 가장으로 행동한다.

이런 점에서 보자면, 흑치상지는 당병들의 억압에 직면한 백제 유민들을 가부장적 공동체의 구성원으로 견인시키며 이 공동체를 외부 억압에서 보호하는 가장의 역할을 수행한다고 할 수 있다. 『무영탑』의 경신이 화랑을 중심으로 당대 과제와 대결하려고 한 반면, 흑치상지는 억압받는 백제 유민들과의 공동체 형성을 마다하지 않는 가장으로 부각된다. 백제 유민들의 구원 요청을 받아들인 흑치상지는 이 일행을 이끌고 맡있산으로 근거지를 옮기는데, 이 과정 자체가 가부장적 공동체의 구체적인 형상화인 셈이다.

> 맡있성 고을은 맡있산 줄기인 새머리산을 비스듬히 등지고 동북으로 범근내 하류를 건너 가차산이 어긋나게 두 나래를 벌린 듯, 에둘린 데다가 남으로 남으로 뻗어 나려간 밝달산의 길고 장찬 준령이 깎아지른 듯이 서남방의 장벽을 이루었다.
> 후면과 좌우 양면이 험준한 산악으로 어마어마한 병풍을 펼쳐 놓은 듯이 빈틈 없이 둘러막히었고, 전면만 비록 터졌다 하나, 평원광야가 허허벌판으로 멋없이 열린 것이 아니요, 큰 내가 지로 세로 여러 갈래를 누비질한 것 같다. 이 누벼 놓은 듯한 냇줄기마다 크고 작은 산들이 또다시 우긋하게 기어들어와서 서로 부둥켜안을 듯이 가루누웠다.(182)

이처럼 흑치상지와 그를 따르는 유민들은 맡있성 고을을 중심으로 그들만의 공동체를 구축한다. 이 공동체의 구축 현상을 주목해야 하는데, 이는 마치 억압된 민족의 재생과 부활로 읽히기 때문이다. 백제 유민들은 "풍마우세에 성돌이 빠져 달아나 군데군데 무너지고 허술해진" 맡있성을 보수하는 작업을 고된 노역으로 받아들이지 않는다. 그들의 "불콰하게 상기된 얼굴엔 긴장과 감흥이" 넘쳐 흘렀고 "그들의 손길은 번개같이 빠르고, 올리고 나리는 팔뚝엔 새 힘이 샘솟는 것" 같고 "신이 저절로 나는지 어깨가 우쭐우쭐하며 잽싸게 놀리는 발길도 춤추는 듯" 하다고 작가는 묘사하고 있다.

이렇게 백제 유민들의 '신흥'으로 구축된 맡있성은 당병들의 억압을 받는 백제 유민들을 호출하는 장소로 떠오른다.17) 백제 유민들은 남녀노소 가리지 않고 맡있성을 향하는데, 이를 자세하게 서술한 장이 「총각과 동행 내외」다. 여기서는 당병에게 살육당하기 전에 고향을 탈출한 신혼부부인 쾌돌과 참꽃 부부 그리고 의병으로 지원하기 위해 홀몸으로 출행한 거북이의 이야기가 서술된다.

비록 이 소설의 핵심 서사에 속하지는 않지만 이들의 에피소드는 흑치상지가 백제 유민들에게 어떻게 인식되는가를 흥미롭게 보여준다. 거북이는 쾌돌과 참꽃 부부에게 흑치상지의 활약상을 전해 주는데, 이 대목에서의 흑치상지는 전설세계의 영웅으로 묘사된다. 거북이만이 아니라 쾌돌과 참꽃 부부 역시 흑치상지를 겨드랑이에 날개가 달린 영웅, "당병을 휘몰아 때려잡으실 적만 해도 반공중에 둥둥" 떠 있는 영웅으로 의심 없이 인정한다. 요컨대 백제 유민들을 이끄는 가부장적 공동체의 가장인 흑치상지는 그 공동체 구성원들에게 인간 이상의 영웅, 즉 절대자(the One)로 추앙된다. 흑치상지는 부권을 확실하게 회복한 상징적 아버지로 부각되는 것이다.

거북이와 쾌돌, 참꽃 부부를 포함한 백제 유민들은 흑치상지가 거주하는 맡있성으로 운집하는데, 작가는 이를 이렇게 묘사하고 있다.

> 강가에 다다르니 사람은 백절 친 것 같다. 자기네만 몰래몰래 맡있산으로 찾아가는 줄 알았더니, 자기네와 같은 뜻과 마음을 가진 사람이 엄청나게도 많은 것을 보고 일변으로 든든하고 일변으로 놀라웠다.
>
> 스물도 넘는 나룻배가 사람을 건네기에 눈코를 못 뜬다. 배마다 손들

---

17) 마치 이 장면은 『무영탑』에서 아사달이 신흥으로 탑을 축조하는 장면과 그 분위기가 유사하다.

을 가뜩가뜩 넘치도록 태웠다.

　사공들의 배 젓는 소리도 우렁차다.

　강을 건너고 보니 사람은 더욱 많아 발길이 서로 밟힐 지경이었
다.(182)

　전설세계의 영웅처럼 묘사된 흑치상지와 맡있성으로의 백제 유민 유
입은 억압된 민족의 재생과 부활로 읽힌다. 그런데 주목해야 하는 건 이
가부장적 공동체가 당면한 외적, 내적 갈등을 봉합하고 수습하는 흑치상
지의 태도다. 흥미롭게도 현진건은 새롭게 부흥한 가부장적 공동체와 대
결하는 외적인 세력을 당나라로 한정한다. 역사적 사실 관계로 보자면,
백제 패망은 신라와 당의 연합세력에 의한 사건이지만 현진건은 흑치상
지와 신라와의 대치는 생략하고 당과의 대치만을 집중적으로 부각한다.
현진건은 이렇게 함으로써 민족 훼손의 원인이 내부에 있다기보다는 외
부에 있다는 걸 더 한층 강조하고 있으며 민족의 공동체적 유대를 강화
한다.18)

　그러면 내적 갈등은 어떻게 봉합하는가? 당에 대응하는 과정에서 장
군들의 의견 차이로　공동체는 내부 갈등에 직면한다. “상지와 상여와
수신 등 백제군의 우두머리 상주들이 머리를 맞대고 앉아서 전략을 의
론”하던 중에 “다혈질인 지수신은 오늘밤에라도 당진을 무찌르고자 주장
하였으나, 상지는 종시 응낙을 하지 않았다.”

　이 과정에서 신중한 상여와 과격한 수신이 의견 대립하는데, 흑치상
지는 이들의 의견 대립을 통합 조정하며 내부 분열을 봉합한다. 상여는
상대적으로 제한적이며 소극적인 전략을 취한다면 수신은 좀더 적극적

---

18) 강영주 교수는 이와 같은 설정을 “역사 자체의 실상에도 어긋나거니와” “작자의 창작 의
　　도에도 어긋나는 것”이라고 비판한다. 역사 자체의 실상과는 어긋나는 게 사실이지만 민
　　족의 자기동일성과 공동체적 연대를 극적으로 표방하기 위해 외부의 적만을 소설의 서
　　사 전면에 드러낸 것으로 보인다. 강영주, 위의 책, p.94.

이며 대담한 전략을 취한다고 하겠는데, 흑치상지는 이 둘의 의견 차이가 공동체의 내부 분열로 이어지지 않도록 내부 갈등을 수습한다. 내부 갈등을 봉합하는 흑치상지의 태도는 일본 식민지 하에서 민족 내부의 대립과 분열에 대한 비판으로 읽힐 수 있다.[19] 요컨대 현진건은 공동체 외부의 대립은 당과의 대립으로 구도화하고 내부 문제는 봉합되는 방향으로 가부장적 공동체를 구축한다고 볼 수 있다.

현진건은 기본적으로 민족을 성별화하며 상상하되, 특히 남성 구국영웅의 논리에 호응하는 가부장적 공동체를 빌려 민족을 상상하고 있다. 가부장적 공동체의 형식을 빌려 상상되는 민족은 내부 분열과 갈등이 없는 민족, 즉 통합된 민족이다. 작가는 외부 대립을 극대화하고 내부 갈등을 극소화하면서 자율적인 통합을 도모하는 가부장적 공동체를 구축하며 궁극적으로 통합된 민족을 상상한다. 요컨대 현진건은 민족을 내부 분열과 갈등이 존재하지 않는 통합 논리가 관철되는 관계의 총화로 상상한다고 할 수 있다.

4. '훼손'된 민족에서 '순수'한 민족으로

현진건은 『흑치상지』에서 민족을 상상하는 방식으로 외적 위기를 극복하고 내적 갈등을 봉합하는 통합 논리가 관철되는 가부장적 공동체의 구축을 제시하고 있다. 그런데 이 방식은 앞 장에서 살펴본 바와 같이, 젠더화된 방식 중에서도 남성화된 방식의 한 예라고 할 수 있다.

---

19) 현진건은 민족 분열에 대해 심각하게 우려한 작가였다. 박종홍 교수에 따르면, 현진건은 "민족의 분열에 대한 심각한 우려를 동시대를 다룬 단편에서 이미 나타내고 있으며, 장편 『적도』에서는 역사소설에서처럼 조선민족이 이러한 분열에 따른 대립을 극복하고 단합하여 민족해방의 길에 적극적으로 나서야 함을 나타내고 있다." 박종홍, 「현진건 역사소설의 '성'과 '정치'」, 『향토문학연구』제2호, 일봉, 1999, p.126.

　　문제는『흑치상지』가 남성화된 방식만으로 민족을 상상하지 않는다는 것이다. 현진건은 창화부인을 설정해 훼손되고 타락한 민족에서 순수하고 정결한 민족의 재생을 상상하는데, 이는 육체적 훼손과 훼손의 자발적 극복으로 요약되는 창화부인의 행보와 대응되고 있다. 그러면 이를 자세히 살펴보기로 하자.

　　이미 언급했듯,『흑치상지』는 그 시작단계에서 백제 유민들의 참상을 집중적으로 묘사하고 있다. 끌려가는 백제 유민들은 "이마에 칼자국이 시뻘겋게 남은 이도 있고, 머리통 한복판이 쩍 갈라져서 골이 허옇게 내다 비치는 이도 있었다." 그런데 여기서 좀더 주목해야 할 대목은 백제 유민들 중에서도 여성들의 수난이다.

　　이 여성들의 수난은 육체 훼손으로 그 특징이 요약될 수 있다. 이 여성들은 당병들의 성적 욕망을 해소하는 대상으로 전락하는데, 이런 점에서 여성들의 육체 훼손은 그 자체로 민족 수난을 은유하는 의미를 띤다. "지금까지 군율에 얽히어 굶주리고 참고 죽음도 무릅쓰고 더구나 불같은 수욕(獸慾)도" 눌렀던 당병들은 "젊은 어여쁜 여인"만이 아니라 "아주 꼬부라진 늙은이와 젖먹이 어린애가 아니면 계집 명색치고는 버리지 않았다." 요컨대 현진건은 수난 받는 민족을 표상하는 방식으로 여성들의 육체 훼손과 당나라 장병들의 성적 욕망을 극대화하고 있다.

　　　머리를 풀어 산발한 이, 입술을 깨물어 앙다문 흰 이빨에 피가 고인 이, 젖먹이를 업고 아이가 보챌 적마다 흡뜬 눈으로 당병의 기색을 살피는 어머니, 아귀적아귀적 부서진 엉치를 못 쓰는 처녀, 짚쑤세미가 다 된 치마를 밝은 날을 보기가 부끄럽다는 듯이 얼굴을 가린 안해, 들들……(126)

　　이렇게『흑치상지』는 그 시작 단계에서 민족 훼손과 모독을 드러내는 방식으로 당병들의 공격적인 성적 욕망에 노출된 백제 여성들의 행렬을 묘사한다. 남성 유민들의 고통을 묘사하는 장면도 없지 않지만 작가는 당병들의 성적 학대에 고통스러워하는 여성 유민들의 위기를 더 할애해 묘사하는 것이다.

그런데 이 여성들과는 달리 창화부인은 당병들의 관심을 한 몸에 받는다. "나이는 이십 남짓, 꽃잎 같은 입술이 유난히 붉고 간잔주런한 눈썹이 그린 듯이 반달 모양을 지은" 창화부인은 당병들의 호위를 받으며 압송되는 중이다. 이 대목에서 창화부인은 '산발한', '피가 고인', '엉치를 못 쓰는' 백제 여성들과는 달리 자발적으로 성적 쾌락을 암시하는 유혹하는 여인의 이미지를 강하게 드러낸다.

창화부인은 포로로 끌려가는 처지임에도 "살짝 눈을" 흘기거나 "외마디 소리를 지르고 보얀 목덜미를 길게 빼어 달아나며 앵돌아진 양을" 하거나 "팔딱거리는 젖가슴"을 "아직도 비스듬히 당장의 팔 안에 안겨" 당병을 유혹한다. "기름 같은 제 팔로 그 절구통 같은 목덜미를 휘감기도 하고, 말씬말씬한 제 다리를 놀려 쇳덩이 같은 저 편의 다리를 자근자근" 누르는 창화부인은 그녀의 섹슈얼리티를 최대한 동원해 위기를 모면하고자 하는 타락한 여성으로 그려지고 있다.

창화부인은 흑치상지가 주도하는 가부장적 공동체에 편입되어 흑치상지의 구국사업을 돕지만 적어도 소설의 시작 단계에서 그녀는 자기 안위를 위해 당나라 장수를 유혹하는 이기적인 인물로 그려지고 있다. 창화부인은 오로지 자신의 안위를 위해 섹슈얼리티를 당장에게 헌납하는 타락한 여성으로 그려지고 있는 것이다. 여기서 창화부인은 처녀성을 상실한 훼손된 여성이라는 점과 창화부인의 육체적 훼손이 민족 훼손의 은유가 된다는 점을 주목해야 한다.

바로 이런 까닭에 창화부인은 흑치상지의 당병 제압 이후, 백제 유민들의 집중적인 살해 위협을 받는다. 백제 유민들은 창화부인을 "여우 같이 생긴 계집", "그 낯싸대기에 분을 보얗게 바른 년", "대매에 쳐 죽여도

시원치 않을 년", "사람 여럿 잡아 먹을 년" 등으로 비난하면서 그녀를 살해하려 한다. 그런데 이 대목은 좀더 그 의미가 해명될 문제적 장면이다. 이미 지적했듯, 백제 여성들의 육체 훼손이 민족 수난의 은유가 되는 것처럼 창화부인의 과도한 섹슈얼리티는 그 자체로 훼손된 민족을 표상하는 은유가 될 수 있는 까닭이다.

당병들이 물러간 자리에서 백제 유민들[20]은 창화부인을 '더러운', '정절이 결여된', '훼손된' 육체를 지닌 타락한 여성, 적과 내통한 여성으로 비난한다. 그런데 이 비난은 사실 남성성을 상실한 백제 남성 유민들의 불안과 공포가 뒤섞인 비난일 수 있으며, 더 크게는 훼손된 민족에 분노일 수 있다. 요컨대 과도한 성을 암시하는 창화부인의 육체는 타락한 민족을 표상하는 은유로 이 소설의 시작 단계에서 확연하게 부각되고 있다.

그런데 앞으로 좀더 주목해야 할 대목은 창화부인의 변모다. 창화부인이 훼손된 민족을 표상하는 은유에서 순수한 민족을 표상하는 은유로 바뀌는 까닭이다. 흑치상지의 도움으로 살해 위기를 모면한 창화부인은 유민 일행들을 대표해 흑치상지에게 구원을 요청할 만큼 이타적 인물로 변모한다.

> 장군님 저희들을 버리고 가시면 어떡하십니까? 의지가지 없는 저희를, 저희들이 지금 돌아들 간다 한들 어디로 돌아갑니까?(158)

> 장군님이 아니었더라면 저희들은 벌써 죽은 목숨, 장군님을 모시고 가다가 설령 죽는다 하온들 무슨 여한이 있겠습니까?(159)
> 장군님이 살려 놓으신 저희들의 목숨, 장군님을 위해 바치는 것도 저희들의 소원입니다.(159)

당병 우두머리를 유혹하던 요부 창화부인은 유민 일행과 그녀를 구해

---

20) 특히 남성 유민들이 창화부인을 강하게 비난한다.

준 흑치상지를 장군님으로 호칭하면서 "겁을 집어먹고 달아날 거조"를 하는 백제 유민들의 공포를 대변하는 모성성의 인물로 변모한다.21) 흑치상지 출현 이전의 창화부인이 요부에 불과했다면, 흑치상지 출현 이후의 창화부인은 모성으로 불안과 공포에 떠는 유민들을 감싸는 어머니로 변모한다. 유민 일행을 대신해 흑치상지에게 "장군님이 살려 놓으신 목숨, 장군님을 위해 바치는 것도 저희들의 소원"이라고 간청하는 창화부인의 모습은 자식들의 고통을 감싸는 어머니의 모습과 다름없다. 이 대목의 창화부인은 더 이상 유혹하는 타락한 여성이 아니며 위기에 처한 가족들을 구원하는 적극적인 모성처럼 보인다.

그런데 흑치상지를 설득한 창화부인은 그 일행을 뒤따르지 않는다. 그녀는 "말을 달려 흐르는 별보담도 더 빠르게" 사라지고 만다. 여기서 좀더 주목해야 할 점은 창화부인의 이탈이다. 흑치상지는 창화부인의 요구를 받아들여 백제 유민들을 이끌고 새로운 행로를 모색하게 되지만 창화부인은 당장 이 일행을 뒤따르지 않는다.

그렇다면 창화부인은 흑치상지가 주도하는 구국투쟁에서 이탈하는 건가? 그렇지는 않아 보인다. 창화부인의 이탈은 그녀의 훼손을 자발적으로 치유, 갱신하기 위한 일시적 이탈이다. 일행에서 이탈한 창화부인은 적장의 첩이 되어 적의 내부 근황을 흑치상지에게 전하는 고난과 위험을 마다하지 않음으로써 흑치상지가 주도하는 가부장적 공동체 구축에 기여한다.

이처럼 당병들을 유혹하던 창화부인은 흑치상지의 출현 이후에는 패망한 국가의 안위를 도모하는 여성으로 탈바꿈하고 있다. 창화부인은 당병들 앞에서 스스로 초래한 민족 훼손 행위를 용서받으려는 듯, 위험한 적진으로 위장 투항하는 구국투쟁의 험로를 마다하지 않는다. 이런 점에

---

21) 이와 같은 변모가 내적 필연성이 있는 건 아니다. 비약에 가까운 변모라고 해야 한다. 이런 점에서 창화부인의 갑작스런 변모는 독자를 설득하기 어렵다.

서 보자면, 창화부인은 당면한 시대적 문제를 스스로 해결하는 주체적
여성처럼 보인다.

> 제가 당돌히 한 말씀 여쭐까 합니다. 이런 좋은 기회에 사자성까지 짓
> 쳐 들어가 보는 것도 물론 좋을 줄로 압니다. 중도에 복병이 있다 하온
> 들 무에 신신하리까? 그러하오나 시방 적군을 함몰을 시키오면 소정방
> 이 회군을 않을 줄 압니다. 제 알기로는 소정방이 내일 모레쯤은 돌아갈
> 터이온즉 그 때를 기다리시는 것이 가장 상책일까 합니다.(222~223)

이처럼 창화부인은 흑치상지의 참모 역할을 수행한다는 점에서, 그리
고 장군들의 내부 갈등을 수습한다는 점에서 구국투쟁의 주체처럼 보인
다. 그러나 그렇지 않다. 엄밀히 말하자면, 창화부인은 구국투쟁이라는
공적 사업을 주도적으로 수행하는 인물이 아니다. 창화부인은 남성 작중
인물과의 관계에 따라 요부의 역할, 모성이 충만한 어머니의 역할, 투사
의 역할을 수행하지만 그녀의 핵심 역할은 상실한 사랑을 회고하며 처녀
성 회복을 꿈꾸는 여성의 역할이다.[22]

당병들과의 전투 이후 창화부인은 흑치상지에게 자신의 사적인 비밀
을 고백한다. 이 고백은 백제 처녀들을 갈취하는 임자의 야욕 때문에 혼
인을 약속한 수진 총각과 파탄이 일어나게 된 과정과 임자의 첩으로 살
아가며 자포자기의 심정으로 타락하게 된 사정을 말해 주는 내용으로 서
술되고 있다. 요컨대 이 고백에서 창화 부인은 세상의 남성들을 혐오하
게 된 저간의 사정을 말해 주고 있다.

이런 고백을 할 때의 창화부인은 요부도, 어머니도, 전사도 아니다.
이럴 때 그녀는 마치 상실한 사랑을 되찾은 처녀의 표상으로 존재한다.
이 대목에서의 창화부인은 소설 시작 단계에서의 창화부인과 그 이미지

---

22) 창화부인의 처녀성 회복이 민족 순수성의 회복과 등가적 의미를 지니고 있음을 주목할
   필요가 있다.

가 전혀 다르다. 과도한 섹슈얼리티를 암시하는 창화부인이 아니며 스스로 타락을 조장하는 창화부인이 아니다. 비록 미완성이기는 하지만 이 소설의 마지막 장면에서 창화부인은 상실된 사랑을 회고하며 "부끄러워서 한동안 몸을 가누지" 못하고 "무릎 위에 질척 미끄러진 듯한 은어 같은 손"을 가늘게 떨고 "모기 같은 가는 소리로 속살거리는" 수줍은 처녀로 존재하고 있다.

"여우 같이 생긴 계집", "그 낯싸대기에 분을 보얗게 바른 년", "대매에 쳐 죽여도 시원치 않을 년", "사람 여럿 잡아 먹을 년" 등으로 비난받던 창화부인에서 상실된 사랑을 회고하는 순수한 처녀로 변모한 창화부인은 흑치상지에게 자기변모의 이유를 설명한다.

> 그런데 고량부리에서 장군님을 뵈옵고, 저의 매친 생각은 벼락을 맞은 듯 부서지고 말았습니다. 그야말로 저에게는 천변지이(天變地異)였습니다. 세상에는 남자 중에도 남자, 참으로 참으로 백성을 사랑하고 나라를 위하는 의인이 있구나(241)

창화부인에 따르면, "남자 중에도 남자, 참으로 참으로 백성을 사랑하고 나라를 위하는 의인"을 만나게 되어 자기의 "매친 생각"이 바뀌게 된 것이다. 이 대목에서 창화 부인이 말하는 백성을 사랑하고 나라를 위하는 의인이 흑치상지라는 건 명확하며, 이런 점에서 창화부인의 변모는 흑치상지의 출현이 결정적인 이유가 된다고 하겠다. 요컨대 처녀성을 상실한 채 타락한 언행을 표방하던 창화부인의 섹슈얼리티는 흑치상지의 영웅적 고결함에 흡수되고 있는 것이다. 창화부인은 더 이상 정념의 여성으로 존재하는 게 아니라 정념 없는 고결함, 교양, 순결, 덕행을 중시하는 여성으로 변모한 것이다.23)

---

23) 이런 변모는 왜 일어나는 걸까? 더 본질적인 이유가 있다. 조지 모스의 지적처럼 "민족주의는 섹슈얼리티를 통제하는 데 기여했으며, 아울러 무수한 변화 속에서도 성에 대한

이 소설의 시작 단계에는 당병들의 공격적인 성욕에 노출된 백제 여성 유민들의 육체적 훼손이 초점화되는데, 이 자체가 민족 훼손의 은유가 되고 있다. 그런데 과도한 섹슈얼리티를 드러내면서 창화부인은 육체 훼손의 상태로 포로로 붙들려가는 여타 백제 여성들과 구분된다. 처녀성을 상실한 창화부인은 스스로 민족의 순결을 오염시키는 타락한 여자로 설정된 셈인데, 그녀는 흑치상지와의 만남 이후 스스로 자기의 훼손을 스스로 극복하려 한다.

창화부인은 흑치상지와의 만남 이후 모성성을 구현하는 어머니, 적진의 비밀을 흑치상지에게 전하는 전사의 역할을 수행하지만, 그녀는 소설의 마지막 장면에서 상실된 사랑을 회고하는 순수한 처녀로 복귀한다. 그리고 이 복귀는 한 작중인물의 변모만을 의미하지 않고 민족 순결의 회복을 의미한다고 할 수 있다.

5. 결 론

일제의 강압적인 식민 지배가 강요되는 1930년대로 접어들면서 현진건은 단편작가에서 장편작가로 변모한다. 그런데 이 변모는 단지 장르적 취향의 변모가 아니다. 이 시기의 현진건은 민족 문제를 치열하게 사유하는 지식인이자 작가의 길을 걷고 있었고, 이런 그의 행보는 『무영탑』, 『흑치상지』와 같은 민족서사의 탄생을 가능하게 했다.

본고는 이 두 편의 소설 중에서 문학사적인 긍정적 평가에도 불구하

태도가 고결함으로 흡수"되도록 한다. 창화부인의 변모 역시 민족을 표방하는 흑치상지의 출현이 만들어낸 결과다. 창화부인의 섹슈얼리티는 흑치상지의 가부장적 공동체 안에서 고결함으로 흡수된다. 조시 모스, 서강여성문학연구회 옮김, 『내셔널리즘과 섹슈얼리티』, 소명출판, 2004, p.23.

고 미완성이라는 이유로 그 동안 본격적으로 연구되지 않은『흑치상지』를 대상으로 민족을 상상하는 방식을 집중적으로 논의했다. 비단 현진건만의 특징이라고 말하기는 어렵겠지만, 현진건은 기본적으로 젠더화된 방식으로 민족을 상상하고 있다. 이에 따라 현진건이 상상하는 민족은 남성성, 여성성의 이미지가 때로는 대립적으로 때로는 보완적으로 구현되는 양상을 보여주고 있다. 이를 좀더 구체적으로 정리하면 다음과 같다.

현진건은 남성인물인 흑치상지가 주도하는 가부장적 공동체의 구축을 통해 민족을 상상한다. 이 가부장적 공동체는 외부의 적과 내부 분열에 위기에 직면 중인데, 작가는 이 공동체가 자체모순에 함몰되기보다는 통합 논리에 규율되도록 묘사한다. 본래 민족이 근대의 산물이지만 현진건은 민족을 근대적으로 상상하기보다는 원초적 실재로 인식한다. 민족 위기를 식민 시대의 부권 상실로 받아들일 수 있는 현진건이기에 이와 같은 상상이 가능할 수 있으리라 판단되는데, 현진건이 가부장적 공동체로서의 구축을 통해 통합적 질서가 관철되는 관계의 총화로서의 민족을 상상하고 있다는 점을 주목할 필요가 있다.

민족의 훼손과 순수성 회복을 표상하는 은유로 제시된 인물은 창화부인이다. 창화부인은 소설의 시작단계에서 처녀성을 상실한, 즉 정조를 상실한 인물로 설정되고 있다. 처녀성을 상실한 창화부인은 당병들을 유혹하며 그녀의 과도한 섹슈얼리티를 노출하는데, 이런 행위로 그녀는 백제 유민들의 살해 위협을 받는다. 그런데 흑치상지의 출현 이후 그녀는 요부의 이미지를 탈각하고 모성의 소유자와 전사의 역할을 수행한다.

그렇지만 작가는 창화부인을 사랑의 상실을 회고하는 처녀로 복귀하도록 하고 있다. 여기서 말하는 처녀로의 복귀는 육체적 복귀를 의미하지는 않는다. 이미 처녀성을 상실한 창화부인이기에 육체적 복귀는 가능하지 않다. 작가는 흑치상지 면전에서 파탄 나버린 사랑을 회고하는 창화부인의 언행과 정경을 묘사하는데, 이 대목에서의 창화부인은 부인이라기보다는 한 남성 앞에 수줍어하는 처녀와 모습과 유사하다. 요컨대 창화부인은 비록 미완의 결말이기는 하지만 이 소설의 마지막 장면에서 처녀의 순수성을 회복한 여성, 도덕과 고결함을 획득한 여성으로 그려지고 있으며, 이로써 그녀가 표상하던 민족에 관한 은유도 타락에서 순수로 그 자질을 바꾼다.

전통에 대한 강조는 민족주의의 보수화를 초래할 수 있다. 작가들은 전통에 대한 문화적 영속성을 강조함으로써 민족적 연대감을 그들의 작품에서 강화할 수 있다. 그렇다면 현진건은 어떤가? 현상적으로 보자면, 현진건은 이 소설에서 가부장적 공동체의 형식을 빌려 민족을 상상함으로써 민족에 관한 그의 상상이 보수적이라는 비판을 받을 수도 있다. 또한 '남성' 흑치상지와 '여성' 창화부인의 주도적이며 주변화된 역할구분도 이런 비판에 일조할 수 있다.

『흑치상지』가 이런 비판을 받을 수밖에 없는 문학적 양상을 구현하는 건 사실이지만 좀더 면밀하게 살펴봐야 하는 건 작품에 구축된 가부장적 공동체에서 흑치상지가 억압적인 가장으로 존재하지 않았다는 점이다. 본래 가부장적 공동체는 내적으로 위계화된 질서를 요구하기 마련이지만 흑치상지는 이 위계화된 질서를 억압적으로 관리했다기보다는 내적 갈등의 수습에 더 큰 관심을 할애한 인물로 묘사된다. 그러므로 이 소설이 가부장적 공동체라는 전통적 제도를 강조하면서 민족을 보수적으로 상상한다고 필자는 생각하지 않는다. 현진건은 민족을 이분법적으로 젠더화된 방식으로 상상하는 한계를 드러내지만 그 한계 안에서 민족 문제를 치열하게 사유한 작가이며 그 미완의 성과가 바로 『흑치상지』인 까닭이다.

█ 대구대학교 국어국문학과 교수

▌참고문헌

1. 텍스트

『현진건문학전집4』, 국학자료원, 2004.
『현진건문학전집6』, 국학자료원, 2004.

2. 저서

송백헌, 『한국근대역사소설연구』, 삼지원, 1985.
이재선, 『한국소설사』, 민음사, 2000.
현길언, 『문학과 사랑의 이데올로기』, 태학사, 2000.
최원식, 『한국근대문학을 찾아서』, 인하대학교출판부, 1999.
강영주, 『한국 역사소설의 재인식』, 창작과비평사, 1991.

3. 논문

이주형, 「현진건 단편소설의 변화와 성취」, 『향토문학연구』제2호, 일봉, 1999.
박종홍, 「현진건 역사소설의 '성'과 '정치'」, 『향토문학연구』제2호, 일봉, 1999.

4. 번역 저서/논문

조지 모스, 서강여성문학연구회 옮김, 『내셔널리즘과 섹슈얼리티』, 소명출판, 2004.
라다 에비코비치, 백영경 옮김, 「젠더와 민족」, 『실천문학』 봄호, 실천문학, 2003.

박태원의 「소설가 구보씨의 일일」 연구

— 의식과 무의식의 순환 과정을 중심으로 —

오 병 기

I. 서 론

현대 심리소설은 작중인물의 내면세계 속에서 역동적으로 변화하는 심리의 추이과정을 통해 주제를 제시하고 있다. 즉, 자의식을 포함한 의식이 완만하게 변화하는 경우에서 급격하게 진전하거나 반전하는 경우까지, 주제를 제시하는데 일조를 담당하고 있는 것이다. 그러므로 심리소설의 경우, 등장인물의 자의식의 변모과정이나 의식이나 무의식의 순환 등, 역동적인 심리 현상을 분석함으로써 작품의 특성이나 주제에 접근해 갈 수 있다.

한국 현대 소설사에서 이와 같이 인간의 의식을 다양한 방법으로 모색하기 시작한 시대는 1930년대이다. 이 시기는 외부 세계의 현실을 있는 그대로 묘사하는 데서 벗어나, 비로소 인간 내면 속에 잠재해 있는 의식 및 무의식의 세계로 관심을 확대시킨 시기라 할 수 있다. 왜냐하면, 현실 세계에 나타나는 여러 현상을 객관적 위치에서 관찰하려고 노력한 1920년대 리얼리즘 계열의 소설로는 인간 내면세계에 잠재해 있는 의식 및 무의식의 순환 과정을 서술할 수 없었던 것이다. 그리하여, 1930년대 새로운 시도의 하나로 심리소설이 나타나게 되었는데, 이 소설은 일제 치하라는 특수한 상황 아래 생성된 것이므로 대부분의 작품들이 그 시대를 살아가는 실직한 도시 지식인들의 불안감과 허무감을 중점적으로 형상화시키고 있는 것이다. 그런데, 현대소설사에서 이와 같이 내부세계에 침잠해 있는 의식이나 무의식을 중점적으로 언급한 작가로는 이상과 정인택, 최명익과 허준, 그리고 박태원을 들 수 있다. 1930년대 심리소설에 대한 연구는 이와 같은 작가들에 대한 연구가 활발해짐과 아울러, 보다 명확하게 규명됨으로써 그 의의를 가질 수 있다. 그런데 이와 같은 논의는 백철의 「현대문학의 신심리주의적 경향」1) 에서·처음으로 시작한 후, 기법적인 측면(의식의 흐름 수법, 이미지와 상징, 내적 독백, 자동기술법, 시간 및 공간 몽타쥬 등)과 내용적인 측면(자의식의 과잉과 분열, 불안의식, 무의식 등)으로 나누어 많은 논자들에 의해 심도 있게 연구되어 온 실정이다.

그러나, 이러한 연구들은 일제 치하라는 특수한 시대 현실과 결부시켜 도시의 실직한 지식인들의 삶 자체와 작품 전반에 흐르고 있는 분위기에 치중한 반면, 등장인물의 내면의식 속에 잠재해 있는 자의식의 변모 과정, 특히 의식과 무의식의 순환 과정에 대해선 간과한 경향이 있다. 그러나 1930년대 심리소설들을 작품 자체의 분석을 통해 주인공의 의식과 무의식이 많이 변화하는 부분에 대해 천착해 들어가면 지금까지 언급된, 도시 지식인들의 퇴폐적이고 병리적인 삶의 연속이라는 주장과는 다른 일면이 나타나 있음을 알 수 있다.

이에 필자는 1930년대 심리소설에 나타나는 자의식의 변모 양상을 이상과 정인택,2) 그리고 최명익3)과 허준4)에 대해 논한 바 있는데, 본

---

1) 백철, 「근대문학과 리얼리즘에서」, 『중앙』, 1933, pp. 223 참조.
2) 오병기, 「1930년대 심리소설과 자의식의 변모 양상(1), -이상과 정인택을 중심으로-」, 『대구어문논총, 제11집』, 대구어문학회, 1993, pp. 197~213.
3) ＿＿＿, 「1930년대 심리소설과 자의식의 변모 양상(2), -최명익을 중심으로-」, 『대구어문논총, 제12집』, 대구어문학회, 1994, pp. 351~365.
4) ＿＿＿, 「허준 소설 연구」, 『대구어문논총 제13집』, 대구어문학회, 1995, pp. 265~281.

고에서는 박태원의 「소설가 구보씨의 일일」을 통하여 인간 심리 내면에 작용하고 있는 의식과 무의식의 순환 과정에 대하여 고찰해 보고자 한다.

심리소설은 '의식의 유동 작용'(flux)이나 언표(言表) 이전의 무의식의 영역을 작품으로 형상화하고 있다.'의식의 흐름'을 표현하는 작가는 언표의 합리적 과정이 포함되지 않은 바로 그런 의식의 영역을 탐험한다. 그의 딜레마는 마음의 이 무언어(無言語)의 영역을 표현하기 위하여 언어를 선택한 것이다.5) 그러므로, 박태원의 「소설가 구보씨의 일일」을 통하여 의식과 무의식이 상호 순환 작용과 연상 작용에 의해 자의식이 변모되어 가는 과정을 살펴보고자 한다. 왜냐 하면, 1930년대 심리소설에 대한 연구는 이와 같은 작품들에 대한 논의가 활발해짐과 아울러, 보다 명확하게 규명함으로써 그 의의를 가질 수 있기 때문이다.

II. 의식과 무의식의 본질

내면세계의 의식과 밀접한 관계를 가지고 있는 1930년대 한국 심리소설을 연구하기 위해서는 먼저 심리와 의식과의 관계, 그리고 의식과 무의식이라는 용어에 대한 개념 정립이 선행되어야 할 것이다.

심리를 의식과 동일시한다면 인간은 이 세상에 텅 빈 심리를 갖고 태어나, 그 심리는 개인적 경험에 의해 배운 것 이외에 아무 것도 가지고 있지 않다는 오류를 범하게 될 것이다. 그러나 심리는 의식 이상의 것이다.6) 즉 심리는 의식, 무의식, 자의식이라는 용어들을 포괄하고 있는데, 의식이란 인지(intelligence)나 기억(memory)과 같은, 보다 제한된

---

5) 천승걸 역, Robert Humphrey, 『현대 소설과 의식의 흐름』, 삼성미술문화재단, 1984,
   p. 80.
6) 설영환 역, C. G. Jung, 『존재와 상징』, 동천사, 1984, p. 67.

정신 작용을 나타내는 말들과는 혼동되어서는 안 되는 말로, S. 프로이드나 C. G. 융의 심리 분석 이론에서 사용되는 이드(id), 에고(ego), 슈퍼 에고(super-ego) 뿐만 아니라, 이드 속에 잠재해 있는 리비도7)나 에고 속에 존재해 있는 자아방어기제8) 등을 총괄하는 개념이다.

여기에서 이드는 내적, 외적 자극(stimulation) 때문에 개체의 조직에 생긴 흥분(에너지 또는 긴장)의 양을 줄이는 역할을 한다. 이러한 생명의 가장 원초적이요, 첫 번째의 이드의 기능을 프로이드는 쾌락원칙이라 불렀다. 이 쾌락원칙의 목표는 긴장을 제거하거나, 만일 완전히 제거될 수 없을 경우에는 적정한 수준으로 낮추어서 일정한 평행상태를 이룩하는데 있다.9)

이드가 가진 두 가지 긴장 완화의 과정은 충동적인 행동과 이미지 형성(원망 충족)이라 할 수 있는데, 이것만 가지고는 생존(survival)과 생식(reproduction)이란 보다 높은 진화론적 목표를 달성시킬 수는 없다.10) 인간과 세계의 상호 관계를 맺기 위해서는 새로운 심리적 기구인 자아(ego)란 것을 필요로 하게 된다. 원만한 사람의 경우에서 보면, 자아는 그냥 퍼서낼리티의 집행기관이라 할 수 있는데 이드와 초자아를 다스리며 외부 세계와 관계를 맺으면서 총체적 인격과 장기적인 욕구 충족을 위하여 작용한다.11)

---

7) 백상창 역, 1984, Calvin S. Hall, 『프로이드 심리학』, 문예출판사, 1994, p. 89.
 "삶의 본능에서 사용되는 에너지의 형태를 가리켜 리비도(libido)라고 부른다. 그러나 프로이드는 죽음의 본능과 관계되는 에너지의 형태에 대해서는 아무런 이름을 붙이지 않았다. 프로이드는 초기에는 리비도란 말을 단지 성 에너지에 대해서만 쓴 게 사실이다. 그러나 그가 후에 동기에 대한 학설을 수정하고 나서는 리비도의 개념을 넓혀서 삶의 본능 전반에 관계되는 에너지라고 보기에 이른 것이다."
8) 위의 책, p. 185
 "이드와 자아간의 마찰을 피하기 위해 억압, 투사, 전위, 퇴행, 반동형성, 승화 등을 일컫는 말이다"
9) 위의 책, p. 35.
10) 위의 책, p. 42.
11) 위의 책, p. 43.

초자아는 자아 속에 있는 특수한 작인(作因)이 아니라, 개인의 특수한 욕구이다. 그것은 도덕적 완벽성을 유지하고 싶어 하는 신경증적 욕구의 표현이다.12) 프로이드는 초자아를 도덕적 요구, 특히 도덕적 금제의 내적 대리인으로 간주하였다.13) 이런 그의 견해 때문에 그는 초자아라는 개념을 양심, 이상, 그리고 그보다 더 엄격한 금제적 성격을 가진 정신적 요인들의 정상적인 활동과 근본적으로 똑같은 것이라고 생각하였다.

그리고, 이 말은 비교적 간단히 구분될 수 있는 두 수준의 의식 상태인, 언어로 표현이 가능한 수준과 언어로 표현하기 이전의 수준까지를 포함하고 있다. 즉, 의식은 전의식, 잠재의식14)에서 의미 전달이 가능한 합리적인 자각 상태에 이르기까지 정신적 집중의 모든 영역을 가리킨다.15) 이 용어와 함께 사용되는 말로 무의식이 있는데, 프로이드에 의하면, 인간의 의식은 극히 마음의 표층부에 있는 얇은 부분으로 되어 있고 대부분은 무의식으로 구성되어 있다. 마치 빙산과도 같아서 무의식은 의식계의 밑에 큰 부분을 차지하고 있다.

그런데, 프로이드는 무의식을 두 가지로 나누어 설명했다. 하나는 전의식이고 다른 하나는 진짜 무의식이다. 전의식의 생각이나 기억은 쉽사리 의식화될 수 있는데, 그 이유는 저항이 적기 때문이다. 그러나 진짜 무의식의 생각이나 기억은 억제력이 너무 강하게 작용하기 때문에 여간해서 의식계로 올라갈 수 없다. 실제에 있어서 무의식에는 모든 정도의

---

12) 송영대 · 김현옥 역, Karen Horney, 『정신 분석의 새로운 이해』, 중앙적성출판사, 1991, pp. 192.
13) 위의 책, p. 206.
14) 설영환 역, C. G. Jung, 앞의 책, p. 54.
　　"의식에의 접근은 심리의 잠재적인 내용에 있어서'소거(消去)' 효과를 갖고 있는 것처럼 생각 되어진다. 잠재의식의 상태는 관념과 이미지를 의식 내에 있어서 보다 낮은 긴장의 레벨에서 유지하고 있다. 잠재의식적인 조건에 대해서는 관념과 이미지는 그 정의의 명확성을 잃는다. 그러한 관계는 보다 필연적이지 않게 되고, 애매하게 비유적으로 되고 합리성을 잃어서 보다 더 이해하기 어려운 것으로 된다."
15) 천승걸 역, Rovert Humphrey, 앞의 책, pp. 10~16 참조.

심화가 있다고 보아야 한다. 가장 밑바탕에는 어떤 방법을 쓰더라도 의식화될 수 없는 경우가 있는데, 이것은 언어와 절대로 연결이 될 수 없는 곳에 있기 때문이다16) 이와 같이 전의식의 생각이나 기억은 쉽게 언어화나 행동화할 수 있는데 반해, 가장 밑바탕에 있는 진짜 무의식은 밖에서 이루어지는 요소이므로 어떤 형태든 언어로 표현하기 어려운 것이다.

심리학에서 행하는 과학적 과제는 무의식의 작용을 의식계에 떠올려서 이것을 해석하는 일이다.17) 왜냐하면 무의식은 일시적으로 불명확해진 생각이나 인상 혹은 이미지의 중첩으로 구성되어 있고, 그것은 잃어버린 것임에도 불구하고 우리의 의식에 계속 영향을 미치고 있기 때문이다.18) 그러므로 논리적이고 합리적인 언표 이전의 단계인 무의식이 전의식의 과정을 통과하면 우리들 자신은 간혹 짐작할 수 있다. 우리들이 의식 속으로 도입시킨 상상 및 공상과의 연계나, 억압된 무의식의 욕망이 꿈, 일상생활의 실수, 히스테리, 발작증 등의 정신 증세로 의식에 표출될 수 있기 때문이다.19)

프로이드의 발견 중 가장 기본적이고 중요한 것은, 심리적 과정은 엄격히 결정되고 행동과 감정은 무의식적 동기에 의해 결정되며, 그 동기는 우리에게 정신적 추진력을 준다는 것이다.20) 그리고 그로 하여금 또 다른 신념에 이르게 한 것은 무의식의 과정과 그 효과였다. 심리적 과정은 신체적 과정에 의해 결정된다는 탁월한 가정이다. 그것은 신경증적인 꿈의 심리적 기저, 자의(master-bation)의 심리적 결과, 신경증의 심리적 요인, 기능적인 장애의 심리적 요인 같은 현상들을 신체적 기능이 심리적인 것을 자극했기 때문에 발생한 것이라고 해석하여 이 같은 심리적

---

16) 백상창 역, Calvin S. Hall, 앞의 책, p. 85.
17) Sigmund Freud, Some Elementary lessons in Psychoanalysis, In Collected Paper, V. London, 1950, p. 382.
18) 설영환 역, C. G Jung, 앞의 책, p. 23.
19) 이종호 역, Leon Edel, 『현대 심리소설 연구』, 형설출판사, p. 83.
20) 송영대·김현옥 역, Karen Horney, 앞의 책, p. 14.

현상에 용기를 주었다.21)

  그런데, 의식과 무의식은 상호 연계 작용을 일으키며 기능을 발휘하는데, 의식의 내용이 무의식 속으로 소거되는 것과, 마찬가지로 새로운 내용(이제까지 한 번도 의식화되지 않은 내용)이 무의식으로부터 분출되는 일이 있다.22) S. 프로이드나 A. 아들러가 의식을 무의식과 절대적인 대립 관계로 설정하고 무의식의 절대적 결정권을 인정하는데 비해, C. G. 융은 의식과 무의식의 상호 작용을 강조한다.

  무의식의 생각이 의식화되기 위해서는 정신 작용이 진행되고, 그런 경우에는 에너지의 집중 현상이 일어나야 하는데, 이 때의 에너지는 다른 정신작용으로부터 밀려오게 된다. 이것은 우리가 어떤 일을 기억할 적에는 한 가지씩만 기억이 된다는 것을 의미한다. 그렇긴 하지만 하나의 생각, 기억, 지각, 느낌 등에서 또 다른 생각 등으로 빨리 이동하고 회전이 빨라지는 경우에는 짧은 시간 안에 여러 가지 일을 알게 될 수도 있다. 정신 에너지의 회전이 빨라질 경우에는 사람들은 한꺼번에 여러 가지 일들을 전광석화 같이 기억할 수가 있는 것이다. 지각 계통은 마치 레이더 장치와 같아서 주변과 세계를 빨리 돌면서 그 영역에 있는 것을 밝혀 준다. 그러므로 각종 생각과 기억력이 전의식으로부터 흘러 들어와서 사람으로 하여금 새로운 도전에 적응할 수 있는 태세를 갖추게 해 준다.23) 즉 고통이나 쾌락을 의식계에서 느끼게 되는 것은 심리학에서 인지수준(thresh-old)이라 부르는 경계선 위로 '카텍시스'24)의 수준이 무

---

21) 위의 책, p. 17.
22) 설영환 역, C. G. Jung, 앞의 책, p. 29.
23) 백상창 역, Calvin S. Hall, 앞의 책, pp. 85~86.
24) 위의 책, p. 74.
  "프로이드는 그의 저서 한 부분에서 정신분석학을'이 학문은 정신 현상을 단지 역학적인 것으로 파악하는데, 이 견지에서 보면 인간의 생활이란 본능적 충동의 힘과 이를 감시, 억압하는 힘 사이의 상호 작용에서 결정된다고 본다'라고 갈파한 바 있다. 여기에서 충동적이요, 촉진하는 정신적 힘을'카텍시스'라 하고 이를 억제하는 힘을'항 칵테시스'라 한다."

의식에서 의식계로 올라오기 때문이다.25)

이처럼 마음속 밑에 있는 무의식을 바로 지각하고 알 수는 없지만 정신분석학을 연구함으로 해서 의식의 심층 속에서 무엇이 진행되는지를 알게 된다.26) 정신적인 안정을 위해서도, 또 신체적인 건강을 위해서도 무의식과 의식은 통합적으로 결합되고, 따라서 평형적으로 운동하지 않으면 안 된다. 만약 그것들이 나뉘어져 분리되어 있을 때는 심리적인 장애가 야기된다.27)

이와 같은 심리적 장애는 의식과 무의식의 상호 부조화뿐만 아니라, 자의식의 과잉에서도 일어나게 되는데, 이런 것들은 한 곳에 정체되어 있지 않고 어떤 동기화의 원리에 의해 변화해 가는 것이다. 그것들은 급격한 역전이나 일상적인 순환, 완만한 변화나 역동적인 흐름 등으로 항상 움직이게 되어 있다. 심리소설에서 무엇보다 중시되어야 할 점은 이와 같이 등장인물의 내면세계 속에서 움직이는 의식들의 추이 과정이다.

이로 볼 때, 심리소설은 등장인물의 심리적, 정신적 실체를 드러내기 위하여 언어로 표현되기 이전의 무의식의 상태인 전의식에서, 언어로 표현할 수 있는 모든 심리적 요소인 의식과 자의식까지를 탐구하는 일을 근본적으로 강조하는 유형의 소설이라 할 수 있다.

Ⅲ. 박태원의 작가의식

심리소설은 '의식의 유동 작용'(flux)28)이나 언표(言表) 이전의 무의식의 영역을 작품으로 형상화하고 있다. '의식의 흐름' 작가는 언표의 합리

---

25) 위의 책, pp. 83~84.
26) 위의 책, pp. 82~83.
27) 설영환 역, C. G. Jung, 앞의 책, p. 40.
28) 천승걸 역, Robert Humphery, 앞의 책, p. 80.

적 과정이 포함되지 않은 바로 그런 의식의 영역을 탐험한다. 그의 딜레마는 마음의 이 무언어(無言語)의 영역을 표현하기 위하여 언어를 선택한 것이다.29) 그런데 의식과 무의식이 상호 순환 작용과 연상 작용에 의해 자의식이 변모되어 나타나는 작품으론 박태원의 「소설가 구보씨의 일일」을 들 수 있다.

박태원은 1910년 1월 6일에 서울 수중 박골 경성부 다옥정(茶屋町)에서 아버지 박용환(朴容桓)과 어머니 남양 홍씨(南陽 洪氏) 사이에서 4남 2녀 중 차남으로 출생했는데, 태어날 때 등의 한 쪽에 큰 점이 있다고 하여 어렸을 때 아명을 점성(點星)이라 불렀다가 열 살 때 태원으로 개명을 했다.30) 그의 필명은 몽보(夢甫), 구보(九甫), 구보(仇甫), 구보(丘甫) 등이 있는데, 그는 구보(仇甫)가 아닌 구보(丘甫)로 불려지기를 원하고 있다.31)

그는 서울 출신의 도시 세대로, 약국을 경영하는 아버지의 도움으로 경성사범 보통학교를 졸업한 후 일본으로 건너가 법정대학 예과에 입학하면서, 당시 일본의 대표적인 심리소설가인 요코미쓰 리이치의 「기계」를 탐독하고 그의 작품을 언급하고 있다.32) 그런데, 요코미쓰 리이치의 「기계」와 박태원의 「거리」의 문체는 자유간접화법을 상용한 독백체 문체로 상호 많은 점에서 비교되고 있고 두 작가의 작품 사이엔 어떤 영향

---

29) 위의 책, p. 135.
30) 구인환, 「성숙과 시정의 조화」, 『박태원-성탄제』, 지학사, 1990, p. 296.
31) 박태원, 「이 책을 내놓으며 - 안하여도 좋은 말들」, 『제3 한국문학』2, 수문서관, 1988, p. 10.
　"작품 하나하나에 대하여는 특히 이 곳에서 말하려 않는다. 다만, 「소설가 구보(仇甫)씨의 일일」을 발표하였던 인연으로 하여 이래 십여 년 - 구보(仇甫)가 나의 아호(雅號) 형세를 하고 있다는 것을 여기서 밝힌다. 지금도 구(仇)자로 불쾌히 생각하여 구보(九甫)로 대하려는 이가 있거니와 내 자신도 결코 이 아호 아닌 아호에 조금이나 애착을 느끼는 것은 아니다. 당자(當者)의 의사나 감정은 털끝 만치도 존중할 줄 모르는 문우 제군이 기어코 일을 그렇게 꾸며 버리고 만 것이다. 이제부터 나는 단연 구보(丘甫)인 것을 선언한다."
32) 이상, 「김유정」, 『이상 소설 전작집』1, 갑실출판사, 1977, p. 230.

관계가 개입되어 있을 가능성이 있다.33) 그리고 이상이 쓴 「김유정」에
도 역시 요코미쓰 리이치의 「기계」가 언급되고 있는 점을 볼 때, 박태원
이나 이상은 당시 일본 문단을 풍미하던 신심리주의 소설에 지대한 관심
을 가지고 있었음을 알 수 있다.

　실제로 박태원과 이상은 친숙한 관계를 지나 문학적으로 서로 긴밀한
관계를 가지고 있었던 것이다. 박태원이 『여성』(1939.5)지에 「이상의 비
련」을 발표하여 고인이 된 이상과 자신과의 관계를 잘 피력하고 있는 사
실에서도 이를 입증할 수 있다. 둘은 서로 상대를 격려해 주기도 하고
또 잘못을 충고해 줄 정도로 친교가 두터웠다. 그 당시 『조선일보』에 연
재된 「애욕」이란 작품 속에 등장하는 주인공 하웅과 소녀의 실체에 대해
이상과 박태원은 서로 상대방일 수도 있고 자신일 수도 있다는 식으로
말함으로써, 두 사람은 서로 일치된 생각을 가지고 있었던 것이다.

　　그러면 이상은 대답하였다. " 어? 「애욕」 말씀이시구려? 그건 내 얘기
　가 아니라 구보 얘기요. 하웅이라는 것이 실상은 구보요, 하웅을 바로
　충고하여 주고 나물라고 그러는 구보란 인물이 사실은 나 이상이요". 그
　래. 벗들은 이번에는 소설가 구보인 나에게 물었다. "이상은 이처럼 말
　하는데, 참말 진상은 어찌된 것이요?" 그 때마다 나는 설명하였다. "그건
　괜한 말이요. 하웅은 역시 이상에 틀림없오." 그러나 이제 자백을 하자
　면 「애욕」 속의 하웅은 이상이며, 동시에 나였고, 그의 친구 구보는 나
　면서 또한 이상이었던 것이다.34)

　이로 볼 때, 박태원과 이상은 심리소설에 대해 지대한 관심을 가지고

---

33) 서준섭, 『한국 모더니즘 문학 연구』, 일지사, 1991, p. 185.
　　"요코미쓰 리이치의 「기계」(1930)는'네임 프레이트'에서 일하는 세 인물과 주인공 나
　의 자의식 과잉과'기계'로부터의 인간 소외를 다룬 작품으로 일본 심리소설의 대표작 중
　에 하나로 평가되고 있다. 그의 문체는 「거리」의 문체와 유사한 점이 있다."
34) 박태원, 「이상의 비련」, 『여성』, 1939. 6, p. 74.

있으면서 서로 문학적인 면에서 격려해 주고 충고해 주기도 하면서 친숙
관계를 돈독히 한 것이다.

박태원은 1929년 『동아일보』에 단편 「城下의 一夜」와 평론 「初下創
作評」을 발표하고, 『新生』 10월호와 12월호에 단편 「수염」과 시 「외로
움」을 발표하였다. 그 후, 「소설가 구보씨의 일일」을 발표함으로써 본격
적인 문학 활동을 시작하였다. 그리고 1933년 경성에서 발족한 구인회
에 이태준의 권유로 가입하여 『시와 소설』에 「방난장주인」을 발표한 후,
구인회의 중심 역할을 하면서 작품 활동을 계속했다. 그는 『조선중앙일
보』에 발표한 「표현, 묘사, 기법」(『조선중앙일보』, 1934. 12. 28)라는 글을
통해 작가의 창작 태도와 심리 해부에 대한 자신의 견해를 피력하고 있다.

> 심경소설이라는 것은 그 세계야 좁은 것임은 틀림업스나, 그 대신에
> 그곳에는'기피'라는 것이 있는 것 아닌가? 어떠한 걸출한 작가에게 잇어
> 서라도 그가 참말 자신을 가지고 쓸 수 잇는 것을 평소에 작가가 익히
> 보고, 또 익히 늣기고 한 그러한 세계에 한할 것이다. 특히, 한 작가가
> 창작에 잇어서의'심리 해부'의 수련을 위하여서는 가히 심경소설 제작을
> 꾀함보다 더 나은 자 업슬 것이다.35)

박태원은 '심경소설'36)의 개념을 심리 해부의 깊이에 중심을 두어야
한다고 하였는데, 여기서 말하는 심리 해부의 깊이는 인간 내면 의식 속
에 자리 잡고 있는 심층 심리의 탐구와 자의식의 변모 과정을 중시한 것
이다. 그리하여 그는 산책과 체험에서 얻은, 외부세계의 자극을 통해 느
끼게 된 내면세계의 심리 묘사와 자의식 탐구에 관심을 기울이며 「소설
가 구보씨의 일일」, 「비량」, 「거리」, 「보고」 등의 작품을 통해, 인간 내

---

35) 박태원, 「표현, 묘사, 기법」, 『조선중앙일보』, 1934. 12. 8.
36) 서준섭, 앞의 책, p. 181.
　　"박태원의 심경소설은 심리 묘사의 방법을 확장하고 거기에 적절한 문체를 모색하는,
　　작가의 내면의 진실을 탐구하는 일종의 심리소설의 성격을 띤다."

면세계에 잠재해 있는 의식이나 무의식을 심층적으로 표현하고 있다. 그는 일인칭 형식이, 종래의 형식으로는 잘 묘사할 수 없는 개인의 생활과 내면적 진실을 표현하기 위해 합당한 형식으로 이해한다. 여기에는 그의 심경소설의 중심적인 주제를 이루는 사회적 생활의 상실, 즉 경제 공황에 처했던 그가 직업을 갖고 정상적인 사회생활을 할 수 없었던 사실이 크게 작용하였던 것으로 판단된다. 그는 역사적 전환기를 맞고 있던 동시대를 개인적 행복의 실현이 거의 불가능한 것으로, 사회적 전체성보다는 작가의 개별성, 내면성이 중요한 것으로 인식하고 심경소설을 통해 개인과 사회와의 관계를 탐구한다.[37]

이처럼 그는 개인과 사회와의 관계 중, 개인의 반복되는 하루 일과를 일인칭 형식을 빌어 「소설가 구보씨의 일일」을 통해 제시하고 있다. 그리고 그는 이 작품을 통해 서구 심리소설의 대표작이라고 할 수 있는 제임스 조이스의 『율리시즈』에 대해 논하고 있다. 주인공 구보가 제일 좋아하는 신문사 사회부 기자라는 시인이 구보에게 논하는 장시간의 대화 중에 제임스 조이스의 『율리시즈』가 언급되고 있는 것이다. 친구는 구보에게 『율리시즈』를 오랜 시간에 걸쳐 논하고 있는데, 친구의 탁설(卓說)을 의식하지 못한 채 듣고 있던 구보는 제임스 조이스의 새로운 시험에는 마땅히 경의를 표하지만 그것이 오직 새롭다는 점만으로 과중 평가를 할 이유가 없다고 역설한다.

> 문득, 창밖 길까에 어린애 울음소리가 들린다. 그것은 울음소리에 틀림없었다. 그러나 어린애의 것보다는 오히려 짐승의 소리에 가까웠다. 仇甫는 『율리시즈』를 論하고 있는 벗의 卓說에는 상관없이, 대체 누가 또 罪惡의 자식을 낳았누, 하고 생각한다.[38]
>
> 구보는 그저 『율리시즈』를 논하고 있는 벗을 깨닫고, 불숙, 그야 제임

---

37) 위의 책, p. 178.
38) 박태원, 「소설가 구보씨의 일일」, 문장사, pp. 261~262.

스 조이스의 새로운 試驗에는 敬意를 표하여야 마땅할 께지. 그러나 그
것이 새롭다는 오직 그 點만 가지고 過重平價를 할 까닭이야 없지.[39)]

이로 볼 때, 박태원은 「소설가 구보씨의 일일」을 통해 제임스 조이스
의『율리시즈』를 비평하고 심리소설에 대해 갖고 있던 자신의 평소 견해
를 새롭게 시험하고 있는 것이다. 그런데, 이는 박태원이 심리소설에 대해
얼마나 지대한 관심을 가지고 있었는가를 입증하는 중요한 요소가 된다.

Ⅳ. 의식과 무의식의 순환

「소설가 구보씨의 일일」은 1930년대라는 특수한 시대 현실 속에서
어떤 목적의식을 가지지 못한 채 내면 심리 속의 고독과 불안으로 번뇌
하는 지식인의 자의식을 중점적으로 다룬 심리소설이다. 작품 속의 주인
공 구보는 외출을 통해 가정이라는 폐쇄된 공간으로부터 벗어나 거리를
방황하면서 만나는 대상을 통해 심리적 자극 요소나 연상을 촉발시키는
계기로 인해 내면세계에 잠재해 있던 의식이나 전의식뿐만 아니라, 언표
이전의 무의식까지도 밖으로 표출시키고 있는 인물이다.

구보는 일정한 목적지도 없이 도회지를 막연히 방황하다가 불현듯 격
렬한 두통을 느끼며 자신의 약한 신체를 생각하게 된다. 그는 신경쇠약
증에 중이염을 앓고 있으며, 또 얼굴의 부종, 신장염, 만성 위확장 등을
앓고 있다. 그 외의 그의 병은 요의빈수(尿意頻數), 두중(頭重) 등 이루 헤
아릴 수 없을 정도로 많다. 그는 이처럼 신체적인 나약함 뿐만 아니라
정신적으로도 나약한 면을 보이면서 고독을 사랑하기도 무서워하기도
할 정도로 고독과 친근한 삶을 영위한다.

---

39) 위의 작품, p. 263.

일찍이 그는 孤獨을 사랑한 일이 있었다. 그러나 孤獨을 사랑한다는 것은 그의 心境의 바른 表現이 못 될게다. 그는 扶코 孤獨을 사랑하지 않았는지도 모른다. 아니 도리어 그는 그것을 그지없이 무서워하였는지도 모른다. 그러나 그는 孤獨과 힘을 겨누어, 決코 그것을 이겨내지 못하였다. 그런 때, 仇甫는 차라리 孤獨에게 몸을 떠맡기어 버리고, 그리고 스스로 自己는 孤獨을 사랑하고 있는 것이라고 꾸며 왔는지도 모를 일이다……40)

이처럼 고독으로 인해 발생한 권태감과 무력감을 떨칠 수 없는 구보는 여러 가지 상념에 잠기다가 그 생각들과 함께 격렬한 두통을 느끼고 이어 현기증까지 가지게 된다. 그는 자신의 옆을 지나가는 장년의 정력 가형 육체와 탄력 있는 걸음걸이를 보고 일종의 위압감까지 느끼며 아홉 살 때를 연상하게 된다. 자신의 신체 및 정신적 건강은 아홉 살부터 몰래 밤을 새워 읽던 소설책들로 인해 손상되었음을 깨닫게 된다.

구보는 직장을 구할 생각도 없이 밤중까지 외출하고 이튿날 자정까지 잠만 자므로 어머니에게는 늘 걱정꺼리만 안겨 주는 자신이 안타까울 뿐이다. 다른 사람들은 보통학교만 졸업하고도 회사나 관청에서 일하는데 비하여 자신은 동경 유학까지 갔다 왔지만 직업도 갖지 못하여 어머니에게 항상 미안하고 부끄럽기만 했다. 그는 전차를 타고 정처 없이 방황하면서도 어디에 내리지 못한 채 지나친 것을 후회하고, 또 어디에 섣불리 내리지 못하는 자신을 원망한다. 그리고 1년 전에 단 한번 만난 여인과 전차 안에서 마주쳤을 때, 그는 여자와 시선이 마주칠까 두려워 엉뚱한 곳을 쳐다보면서도 그 여자가 갖는 심리에 대해, 깊이 상념에 빠질 정도의 자의식적 인물이다.

그는 決코 大膽하지 못한 눈초리로, 비스듬히 두 간통 떨어진 곳에 앉

---

40) 위의 작품, pp. 232~233.

아 있는 女子의 옆얼굴을 곁눈질하였다. 그리고 다음 瞬間, 그와 눈이 마주칠 것을 怯하여 視線을 돌리며 女子는 感을 자기가 곁눈질한 男子의 꼴을 곁눈으로 느꼈을지도 모르겠다고 그렇게 생각하여 본다. 女子는 男子를 그 女子라 알고, 그리고 男子가 自己를 그 女子라 안 것을 알고 있을지도 모른다. 이러한 境遇에, 나는 어떠한 態度를 取하여야 마땅할까 하고, 仇甫는 그러한 곳에 머리를 썼다. 알은 체를 하여야 옳을 지도 몰랐다. 혹은 모른 체 하는 게 正當한 人事일지도 몰랐다. 그 둘 중에 어느 편을 女子는 바라고 있을까. 그것을 알았으면, 하였다. 그리다가, 갑자기 그러한 것에 마음을 태우고 있는 자기가 스스로 괴이하고 우수어, 나는 오직 요만한 일로 이렇게 興奮할 수 있었던가 하고 스스로 疑心하여 보았다.[41]

그는 경성역 대합실에서 자기 앞에 앉은 노파와 중년 신사를 보며 온 갖 상념에 잠기게 된다. 그 노파는 쇠잔한 몸을 끌고 어디로 갈까, 그의 딸은 노파에게 효를 행하고 있을까, 또 노파 옆에 앉은 중년의 시골 신사는 혹시 백화점을 경영하고 있지는 않을까, 점포에는 어떠한 상품들이 있을까에 대해 골몰하게 생각한다. 이처럼, 그는 자신과 직접적인 관계가 없는 사람에 대해 여러 가지를 지나치게 생각할 정도로 자의식의 과잉을 일으키고 있다.

그런데 이와 같은 자의식의 과잉은 여러 곳에서 나타나고 있다. 백화점 승강기에서 만난 젊은 내외와 아이가 자신을 보고 어떤 생각을 했을 것에 대해 곰곰이 생각하고, 젊은 내외와 아이에게 어떻게 대해 줄까에 대해 곰곰이 심사숙고한다. 그리고 다방에서 사람들이 마시는 차의 종류를 통해 그들의 교양, 취미, 성격은 어느 정도 파악할 수 있을 것과, 그들이 표현하는 행동을 통해 그들의 심리까지를 감지할 수 있을 거라고 생각한다.

---

41) 위의 작품, pp. 235~236.

　　仇甫는 茶를 마시며, 문득, 喫茶店에서 사람들이 取하는 飮料를 가져, 그들의 性格, 敎養, 趣味를 어느 程度까지는 알 수 있을 것이 아닌가, 하고 생각하여 본다. 그리고 그것은 同時에, 그네들의 그때그때 氣分조차 表現하고 있을 게다.

　　仇甫는 맞은편에 앉은 사내의 그 敎養 없는 이야기에 건성 맞장구를 치며, 언제든 그러한 것을 硏究하여 보리라 생각한다.42)

　　그리고 다방 안에서 사내의 구두코를 핥고 있는 강아지를 발견하고, 그 강아지가 하는 행동을 유심히 관찰하다가 이리저리 돌아다니는 강아지가 가엾다는 생각이 듦과 동시에 자신이 지금까지 강아지에게 사랑의 표현을 한 번도 하지 않은 것을 생각해 낸다. 그리고 강아지에게 자신이 있는 쪽으로 오라는 신호를 보냈지만 오지 않자 구보는 초조와 분노에 가까운 감정을 맛보게 된다. 이처럼, 그는 사람과 사람 사이의 교섭이 번거롭다고 생각하며 혼자 있다가, 지루함을 견디지 못해 동물에게까지 애정을 보냈지만 화답이 없자, 곧 고독한 자신을 발견하고는 우울증에 빠지고 마는 자의식적 인물이다.

　　이와 같이 자의식이 심한 구보의 의식은 한 곳에 머물지 않고 자유롭게 연상되는 '자유연상43)'을 통해 여러 가지 의식으로 전이되고 있다. 소설에서 의식의 흐름의 움직임을 조정하는 가장 중요한 기교는 심리학적 자유연상의 원리를 적용하는 것이다. 인간의 정신은 거의 계속적으로 활동하는데 가장 강한 의지의 힘을 발휘할 때라도 그 활동 과정에 있어서 아주 오랜 시간 동안 한 곳으로 집중될 수는 없다. 정신을 집중시키

---

42) 위의 작품, p. 253.
43) 송현대·김현옥 역, Karen Horney, 앞의 책, p. 28.
　　"자유연상이란 정신분석 치료에서 중요한 기법의 하나로 내담자가 일상의 상념과 집착된 잡념을 제거하고 고통스러운 것이라든지 어리석고 사소한 모든 것을 마음에 떠오르는 대로 말하는 것이다. 자유연상을 통해 억압되었던 과거의 외상 체험은 정화(catharsis)되어 이를 분석함으로써 자신의 불안이나 장애에 대한 통찰을 얻게 된다."

려는 노력을 별로 기울이지 않을 때 그 초점은 어떤 한 대상에 잠시밖에 머무르지 않는다. 그러나 의식의 활동은 내용을 가져야 한다. 그래서 이 내용은 아주 약한 암시에도 서로 공통되거나 대조되는(전체적으로, 혹은 부분적으로) 어떤 특질들 사이에서 일어나는 연상 작용을 통해서 한 물건이나 사건이 다른 물건이나 사건을 암시하는 그 힘에 의하여 공급이 된다.44)

　구보는 몇 시가 되었는지 궁금증을 느끼자 시계를 생각하게 되고, 시계를 하나 갖는다면 팔뚝시계보다는 쾌종시계를 택할거라고 생각하자 팔뚝시계를 갈망하던 한 소녀를 연상하게 된다. 그리고 그 소녀가 시계 말고도 치마 하나를 가지고 싶어 했음을 생각하게 되자 그 소녀가 얼마만큼의 돈을 가지면 행복해질까를 의식하게 되고, 그 생각은 곧이어 구보 자신에게 이어져 자신은 얼마를 가져야 행복할까를 생각하게 된다.

　이처럼 구보는 한 개의 사물이나 사실로 인하여 갖게 된 생각이 계속되는 연상 작용으로 여러 가지의 의식을 연쇄적으로 떠올리게 된다. 또 그는 자신의 신경쇠약증을 생각하다가 곧이어 자신과 같이 신경쇠약을 앓고 있는 서해(曙海)를 연상하게 된다. 그런데, 이러한 연상 작용은 서해의 「홍염」을 아직 읽지 않은 것으로, 다시 자신의 게으른 독서로 이어지고, 또 다시 자신의 고갈된 지식으로 계속 이어지는 것이다.

　　그는 저 不潔한 古物商들을 어떻게 이 거리에서 쫓아낼 것인가를 생각하며, 문득, 반자의 무늬가 눈에 시끄럽다고 洋紙로 반자를 발라 버렸던 曙海도 亦是 神經衰弱이었음에 틀림없었다고, 이름 모를 웃음을 입가에 띠어보았다. 曙海의 너털웃음, 그것도 생각하여 보면, 亦是空虛한 寂寞한 音響이었다.

　　仇甫는 故人에게서 받은 『홍염』을, 이제도록 한 페이지도 들쳐보지 않았던 것을 생각해 내고, 그리고 딱한 表情을 지었다. 그가 읽지 않은

---

44) 천승걸 역, Robert Humphrey, 앞의 책, pp. 81~82.

것은 오직 曙海의 作品뿐이 아니다. 讀書를 게을리 하기 이미 三年, 언젠가 仇甫는 知識의 枯渴을 느끼고 愕然하였다.[45]

이처럼 구보의 의식이 계속적으로 연상되어 나타나는 것은 다음의 경우에도 잘 나타나 있다. 그는 역에서 자신과 헤어져 월미도로 가는 남자와 여자가 서로 추구하는 것이 무엇일까에 대해 생각하다가 남자의 재력과 구보 자신의 재력을 연상하게 되고, 이어 행복의 조건을 연상해 본다. 그런데 구보의 이러한 의식의 연상 작용은 자신도 의식하지 못했던 무의식이 문득(혹은 갑자기) 나타남으로써 의식과 무의식이 상호 순환을 하며 일어나고 있다. 그런데 이는 전술한 바와 같이 S. 프로이드나 A. 아들러가 주장하는 의식과 무의식의 절대적인 대립 관계가 아니라, C. G. 융이 주장하는 의식과 무의식의 상호작용 관계에 해당된다. 즉, 무의식은 의식의 작업에 있어서 불가결한 존재로, 중요한 것은 의식에 대한 무의식적 제 내용의 상호적 관류에 의해 일어난다는 것이다.[46]

구보에게는 제일 친한 친구가 한 명 있었는데, 그는 시인임에도 불구하고, 신문사 사회부 기자라는 직업을 가지고, 또 조선 문학 건설에 가장 열의를 가지고 앞장서는 인물이다. 구보는 자신이 이루지 못한 직장에 대한 소망과 조선 문학 건설에 대한 열정이 친구를 통해 이루어졌음을 느끼자 몹시 반가워하고, 아울러 친구와 여러 분야에 대해 대화를 나누기를 원한다. 친구와 문학에 대해 대화를 나누는 도중에 권태를 의식하고 있던 구보는 자신도 모르게 무의식적으로 다섯 개의 능금 문제를 떠올리게 된다. 즉, 친구는 계속 구보의 문학론에 대해 앙드레 지드의 말을 인용하며 이야기하고 있었지만, 구보는 그러한 친구의 말을 전연 의식하지 못한 채 무의식적으로 대화와 전혀 상관이 없는 엉뚱한 문제를

---

45) 박태원, 앞의 작품, p. 24.
46) 김용성·우한용 편, 『한국 근대 작가 연구』, 삼지원, 1985, p. 24.

떠올린 것이다. 이렇게 자신도 의식하지 못한 채 갑자기 떠올린 '다섯 개의 능금' 문제에 대해, 맞은편의 친구는 어이없이 생각하며 이 유민다운 문제가 문학과 무슨 교섭을 갖는가 하고 의혹을 느낀다. 그러나 구보는 오히려 친구의 말을 반박하며 오늘 처음으로 명랑한 웃음을 웃게 된다.

　　어느 틈엔가 仇甫는 그 話題의 倦怠를 깨닫고, 그리고 저도 모르게'다섯 개의 林檎' 問題를 풀려 들었다. 자기가 完全히 所有한'다섯 개의 林檎'을 대체 어떠한 順次로 먹어야만 마땅할 것인가. 仇甫는 맞은편에 앉아, 그의 文學論에 앙드레 지드의 말을 引用하고 있던 벗을, 갑자기, 이 遊民다운 問題를 가져 어이없게 만들어 주었다. 벗은 대체 그 다섯 개의 林檎이 文學과 어떠한 交涉을 갖는가 疑惑하며, 자기는 일찍이 그러한 問題를 생각하여 본 일이 없노라 말하고,
　　"그래 그것이 어쨌단 말이야."
　　"어쩌기는, 무에 어째."
　　그리고 仇甫는 오늘 처음으로 明朗한, 惑은 明朗을 假裝한 웃음을 웃었다.47)

무의식적으로 떠오른 '다섯 개의 능금' 문제로 인해 짓게 된 구보의 즐거운 웃음은 지금까지 구보가 의식하고 있던 권태나 불안, 초조를 말끔히 잊게 해주는 청량제 구실을 하게 된다. 이와 같이 무의식 세계가 가져다 준 즐거움에 도취되어 있던 순간, 구보는 문득 어린아이의 울음소리를 듣고 의식을 되찾게 된다.

의식을 되찾게 된 구보는 계속 친구가 논하는 『율리시즈』를 듣고 있다가 또 친구가 무슨 말을 하고 있는지를 의식하지 못한 채 갑자기 성본능의 통제를 잃은 가엾은 벗과 벗의 버림을 받은 여인에 대한 생각을 무의식적으로 떠올리게 된다. 즉, 의식적으론 친구와 대화를 하고 있었지

---

47) 박태원, 앞의 작품, pp. 260~261.

만 자신도 모르게 갑자기 떠오른 무의식적인 생각 때문에 대화의 내용은 전혀 알지 못하는 것이다. 그런데, 이는 구보가 의식적으로 대화를 나누는 중에도 무의식적으로 떠오른 자신의 사고가 지배당함을 의미하는 것이다.

이처럼 무의식 세계를 표랑하다가 황혼의 맑고 깨끗한 거리를 보고 문득 자신을 의식하게 된 구보는 "이제 어디로 가"란 지금까지의 대화와는 전혀 무관한 어리석은 물음을 던지게 된다. 그런데, 이는 의식세계와 무의식 세계의 순환과정에 의해 나타난 것으로, 의식적으로 친구와 대화를 시작했지만 무의식적으로 떠오른 생각 때문에 의식적으로 시작한 대화 내용을 순간순간 인지하지 못한 결과 나타난 것이다.

그런데, 이와 같은 사실은 다음의 경우에도 잘 나타나 있다. 먼저, 구보는 종로 네거리에서 익숙하지 못한 숙녀화를 신고 거리를 걸어 다니는 여자들의 걸음걸이를 보며 그들의 걸음걸이가 몹시 부자연스럽고 위태롭다고 의식하게 된다. 그리고 그들은 누구 하나 인생에 확실한 목표를 가지고 있지 않음에도 불구하고, 무지로 인해 그들의 불안을 감출 수 있을 거라고 단정한다. 그리고 그들의 걸음걸이를 통해 생활을 가진 온갖 사람들의 발끝을 연상하게 되고, 그 발끝은 그들의 만찬과 가정의 얼굴과, 또 하루의 고역 뒤에 갖게 될 안위를 찾기 위해 집으로 향하고 있을 것이라고 생각하게 된다. 이러한 구보의 생각이 의식의 연쇄작용을 일으키며 연상되다가 문득 구보는 저도 모르게 입술에서 새어 나오는 이시카와 타쿠보쿠(啄木)의 단가를 읊조리게 된다.

生活을, 生活을 가진 왠갖 사람들의 발끝은 이 거리 우에서 모두 자기네들 집으로 向하여 놓여 있었다. 집으로, 집으로, 그들은 晩餐과 家族의 얼굴과 또 하루 苦役 뒤에 安慰를 찾아 그렇게도 기꺼이 걸어가고 있다. 문득, 저도 모를 사이에 仇甫의 입술을 새어 나오는 啄木의 단가
　―.

누구나 모다 집 가지고 있다는 애닮흠이여

무덤에 들어가듯

돌아와서 자옵네.48)

이때 구보가 자신도 의식하지 못한 채 내뱉은 단가는 구보의 의식세계와는 전혀 상관없는 것으로서, 구보 자신도 모르게 무의식적으로 떠올린 것이다. 즉, 구보가 의식한 내용들과 자신도 모르게 무의식적으로 읊조린 단가는 구보의 의식세계와 무의식세계에서 갖고 있던 단편적인 생각들로 연상 작용과 순환 작용을 통해 각각 밖으로 표출된 것이다.

그 다음 구보는 우입구(牛込區) 시래정(矢來町)에서 만난 여인을 생각하다가 떠나가는 벗의 뒷모양을 바라보며 영문도 모른 채 이슬비 내리던 어느 날 저녁 히비야(日比谷) 공원 앞에서 만난 여자가 무의식적으로 떠오르게 된다. 영구히 잊고 싶었고 또 지금까지 의식하지 못했던 여인을 뜻밖에 생각해 내게 된다. 즉, 기억 속에 더듬고 싶지도 않았던 생각이 무의식적으로 떠올라 구보의 마음을 애달프고 우울하게 만든 것이다.

電車길을 橫斷하여 저편 鋪道 위를 사람 틈에 사라져 버리는 벗의 뒷모양을 바라보며, 어인 까닭도 없이, 이슬비 나리던 어느 날 저녁 하비야(日比谷) 公園 앞에서의 女子를 仇甫는 애달프다, 생각한다.

아. 仇甫는 愕然히 고개를 들어 뜻 없이 周圍를 살피고 그리고 機械的으로, 몇 걸음 앞으로 나갔다. 아아, 그예 생각해 내고 말았다. 영구히 잊고 싶다, 생각한 그의 일을 웨 記憶속에서 더듬었더냐, 애닲고 또 쓰린 追憶이란, 決코 사람 마음을 고요하게도 기쁘게도 하여 주는 것은 아니었다.49)

이처럼 무의식 세계에서 헤매던 구보의 생각이 다시 의식세계로 옮아

---

48) 위의 작품, pp. 265~266.
49) 위의 작품, p. 272~273.

왔을 때, 구보는 자신에게 사랑의 결단을 요구한 한 여인을 생각하게 된다. 즉, 다른 여자와 약혼한 남자를 사랑한 한 여자의 대화를 통해 구보는 또 자신을 의식하게 된다. 자신의 중학교 동창생을 사랑한 여인을 의리와 비난을 의식한 까닭에 사랑하지 못하였는데, 결국 자신의 사랑과 정열이 약하여 여자를 울며 탄식하게 만들었다는 자책감을 느끼게 된다. 그런데 이는 그 여자에 대해 느낀 구보의 생각으로, 의식세계의 표출인 것이다.

그 여자를 의식하며, 그 여자의 행복과 불행을 생각하며 자신도 모르게 황토마루 네거리에 도착했을 때, 구보는 그 곳에 충동적으로 우뚝 서며 괴로운 한숨을 토하면서 "아아, 그가 보구 싶다. 그의 소식이 알구 싶다. 낮에 거리에 나와 일곱 시간, 그것은 오직 한 개의 진정이었을지도 모른다. 아아, 그가 보구 싶다. 그의 소식이 알구 싶다."50)라고 절규하는데, 이것은 무의식의 표출인 것이다. 낮에 거리에 나와 일곱 시간 소비하면서도 자신이 갈구한 생각이 무엇인지 몰랐던 구보가 갑작스럽게 무의식적으로 어떤 생각을 기억해 내게 되는데, 그것은 지금까지 그가 완전히 잊고 있었던 사실이다. 망각이란 기억 자체의 존재 상실을 의미하는 것이 아니다. 그것은 의지에 의해 재생될 수는 없지만, 잠재적 상태(재생 역치〈逆峙〉를 막 넘으려는 상태)로는 존재하고 있고, 때문에 때를 가리지 않고 자연발생적으로 다시 뛰어 나오게 되는 것이다. 때로는, 완전히 망각된 것 같았던 기억이 수년 후에 되살아나는 일도 있다.51) 그런데, 그의 이 생각은 지금까지 잊고 있었지만, 그가 계속하여 찾고자 한, 한 개의 진정이었던 것이다. 그것은 자신의 잠재의식 속에 내재되어 있었던 그에 대한 소식과 생각이었던 것이다.

구보는 그 여인에 대한 사랑이 비극적인 결말을 갖게 된 것이 당연하

---

50) 위의 작품, p. 272~273.
51) 설영환 역, C. G. Jung, 앞의 책, p. 25.

다고 생각하고 있었는데, 이는 그의 의식세계에서 내린 결론이다. 그러나 자신도 의식하지 못한 진정한 마음이 내면세계에 잠재해 있었다는 사실을 깨닫고 그는 자신의 생각이 잘못되었다고 처음으로 인정한다. 즉, 자신도 의식하지 못한 순간에 벗의 선량한 두 눈을 떠올리고 지금까지의 왜곡된 감정이 자신의 진정한 마음의 부르짖음을 봉쇄하고 있었다는 사실을 인식하고 자신의 잘못을 뉘우친다. 이 때 무의식적으로 떠오른 자신의 진정한 마음의 절규는 구보 자신의 실체를 찾게 한 원동력이 된 것이다.

구보는 그제야 자신의 실체를 깨닫고 지금까지의 잘못된 생각을 떨쳐 버릴 듯 길 위에 있는 무수한 조약돌을 발로 힘껏 차는데, 이와 같은 의식적인 행동은 자신의 잘못을 잊으려는 행동인 동시에 옛 사랑의 슬픈 회상이나 파편들을 날려 버리고 싶은 욕망의 결과이다. 여인에 대한 생각과 자신의 진정한 마음의 절규가 상호 순환되어 지나감을 느낀 구보는 또 다시 광화문 거리에서 갈 곳을 잊은 듯 망연히 서 있다가 가엾은 여인과 작품의 결말을 상호 연계시켜 의식하다가 회상의 무수한 파편들을 생각하지 말자고 다짐한다. 그런데 이는 구보의 의식세계에서 나타난 생각인 것이다.

> 이제 어디로 갈 곳을 잊은 듯이, 그러할 必要가 없어진 듯이, 얼마 동안을 仇甫는 그 곳에 가 茫然히 서 있었다. 가엾은 愛人. 이 작품의 결말은 이대로 좋은 것일까. 이제, 뒷날, 그들은 다시 만나는 일도 없이, 옛 傷處를 스스로 어루만질 뿐으로, 언제든 외롭고 또 애닲허야만 할 것일까. 그러나, 그 卽時 아아, 생각을 말리라. 仇甫는 意識하여 머리를 흔들고, 그리고 좀 급한 걸음걸이로 온 길을 되걸어 갔다.52)

이와 같이 의식의 연상 작용을 일으키며 도로를 걷고 있던 구보에게

---

52) 박태원, 앞의 작품, p. 276.

다시 무의식적인 생각이 떠오르는데, 그것은 밤거리를 걷고 있는 여인을 통해 갑자기 부란(腐爛)된 성욕을 거리 위에서 느끼는 것이다.

> 決코 화안하지 못한 이 거리, 街路樹 아래, 한두 名의 婦女들이 서고, 惑은 앉아 있었다. 그들은 勿論, 거리에 봄을 파는 種類의 女子들은 아니었을께다. 그래도, 이 밤 들면 언제는 쓸쓸하고, 또 어두운 거리 위에 그것은 몹시 陰鬱하고도 또 困惑的인 存在였다 그렇게도 갑자기 腐爛된 性慾을, 仇甫는 이 거리 위에서 느낀다.53)

이 때 갑자기 느끼게 된 성욕을 자신이 처하고 있는 상황과 생각에 대비시켜 볼 때, 이는 전혀 의식할 수 없었던 것으로, 내면세계 속에 잠재해 있었던 성욕이 무의식적으로 밖으로 표출된 것이다.

그리고 구보는 다방에서 만난 벗의 눈에 피로가 스며 있는 것을 보고 가난한 소설가와 가난한 시인이 살아가야 하는 구차한 내 나라를 생각하며 어두운 마음을 갖게 된다. 그러나 벗이 혹시 노형은 새로운 애인을 갖고 싶다는 생각을 하지 않느냐는 질문을 하자 처음엔 애인도 좋고 애인 아닌 여자도 좋고, 또 어질고 총명한 아내도 좋다고 생각하다가 문득 아내도 계집도 말고 17~18세의 소녀를 딸로 삼아 자애 깊은 아버지가 되어 함께 여행을 하고 싶다는 엉뚱한 생각을 하고 자신도 모른 채 실소한다.

그런데, 구보의 이러한 환상은 자신도 실소할 정도로 지금까지 의식하지 못했던 생각이다. 원래, 의식과 무의식의 2중 층위가 엇갈리는 심리소설의 심리적 양상들은 은유와 환유, 상징 등을 동원하며, 언어 외의 다양성에 기대어 표현될 수밖에 없다.54) 이 때의 구보는 자신도 비웃을 정도로 웃은 웃음을 통해 자신의 감정을 다양하게 표현한 것이다. 자신

---

53) 위의 작품, p. 279.
54) 박선경,『현대 심리소설의 정신 분석』, 계명문화사, 1996, p. 20.

이 벌써 그토록 늙었을까 하고 생각하면서도 이 무의식적으로 떠오른 생각을 그는 혼자 마음속으로 즐기며 그러한 욕망이 이루어지길 염원한다.

> "或是 老兄은 새로운 愛人을 갖고 싶다 생각 않소."
> 　벗이 휘파람을 마치고 작난꾼같이 仇甫를 돌아보았다. 仇甫는 호젓하게 웃는다. 愛人도 좋았다. 愛人 아닌 女子도 좋았다. 仇甫가 지금 願함은 한 개의 계집에 지나지 않는지도 몰랐다. 또는 亦是 어질고 聰明한 안해라야 하였을 지도 몰랐다. 그러다가 仇甫는 문득, 안해도 계집도 말고, 十七八歲의 少女를, 만일 그럴 수 있다면, 딸을 삼고 싶다고 그러한 엄청난 생각을 하여 보았다. 갑자기 구보는 失笑하였다. 나는 이미 그토록 늙었나. 그래도 그 慾望은 십사리 버려지지 않았다. 仇甫는 벗에게 알리우고 싶은 것을 참고 혼자 마음속에 그 생각을 질겼다.55)

그런데, 이 때의 실소는 의식하지 못했던 생각이 무의식적으로 떠오르면서 갖게 된 웃음으로, 무의식의 표출이 실수로 나타난다는 프로이드의 말에 대비시켜 볼 때 적합한 것이다. 프로이드는, 무의식의 과정과 효과는 일상사에서 일어나는 꿈이나 환상, 실수 같은 우연하고 의미 없고 신비하다고 간주되던 심리적 현상이 나타나는 것으로 해석했다.56) 즉 일시적으로 명확하지 못한 인상이나 생각과, 자신은 잃어버렸다고 생각했던 것이 의식세계에 계속 영향을 미치다가 실수나 꿈이나 환상, 히스테리, 발작증, 실소 등을 통해 밖으로 나타난다는 것이다.

벗과 함께 찾아 간 주점에서 벗과 여자들과 술을 마시면서 구보는 벗을 음주불감증 환자라고 생각하고, 술을 즐기지도 않으면서 남주(濫酒)하는 것을 기루증, 갈주증, 또는 황주증이라고 단정하다가 무의식적으로 온갖 사람을 모두 정신병자로 관찰하고 싶은 강렬한 충동을 느낀다. 그

---

55) 박태원, 앞의 작품, pp. 284~285.
56) 송영대·김현욱 역, Karen Horney, 앞의 책, p.17.

리고 주점 안에 있는 모든 사람들이 의상분열증, 언어도착증과 과대망상증 등의 정신병자라고 생각한다. 그러다가 문득, 구보는 그러한 사실에 흥미를 느끼는 자신도 환자임에 틀림없다는 사실을 의식하고는 유쾌한 웃음을 짓는다.

> 갑자기 仇甫는 왠갖 사람을 모다 精神病者라 觀察하고 싶은 强烈한 衝動을 느꼈다. 實로 多數의 精神病 患者가 그 안에 있었다. 意想奔逸症, 言語倒錯症, 誇大妄想症, 醜猥言語症, 女子淫亂症, 支離滅裂症, 嫉妬妄想症, 男子淫亂症, 病的奇行症, 病的虛言欺騙症, 病的不德症, 病的浪費症……
> 그리다가, 문득 仇甫는 그러한 것에 興味를 느끼려는 自己가, 오직 그런 것에 興味를 갖는다는 것만으로 이미 한 개의 患者임에 틀림없다, 깨닫고, 그리고, 愉快하게 웃었다.57)

그런데 이 때의 웃음은 무의식적으로 떠오른 그와 같은 생각에 자신의 처지를 대비시켜 흥미를 갖게 된 뒤에 나타난 것이다. 이처럼, 구보는 무의식과 의식이 연계되어 나타나는 순환 작용을 통해 자신의 실체를 재확인하게 된다. 이 때의 재확인된 자신의 실체는 그 자신이 조금 전에 가지고 있었던 비애와 우울과 고독의 침체된 자의식과는 다른 것으로 새로움을 인식하는, 변모된 것이다.

그런데, 이 작품엔 '문득'과 '갑자기' 라는 단어가 아주 빈번하게 사용되고 있는데, 이는 구보의 의식과 무의식의 순환 과정에서 나타나는 용어이다. 즉, 구보가 무의식적으로 떠오른 생각을 하다가 자신을 의식할 때 갖게 되는 생각의 시작으로 이 용어가 자주 쓰이고 있는 것이다. 이는 무의식적으로 갖게 된 생각들이 순환의 과정을 통해 의식화될 때, 비로소 지금까지의 생각이 자신이 의도한 것이 아니라는 사실을 깨닫고,

---

57) 박태원, 앞의 작품, p. 288.

문득 혹은 갑자기 의식적인 생각으로 돌아옴을 의미하는 것이다.

처음의 구보는 어느 시인이 지적했듯이 애수와 고독으로 음울한 표정을 잘 짓고 독신자의 비애를 맛보는 사람이었다. 그러나 좋은 친구의 우정에 마음을 의지하려고 하고, 축복 받은 젊은이를 선망하며, 자신도 사랑을 구가할 연인과의 만남을 꿈꾸게 되는데, 이것도 구보의 자의식이 변모한 것을 입증한다.

구보의 변모된 자의식은, 구보가 수천 매의 연하장을 구입하여 벗들에게 편지를 쓰는 열정의 자신을 발견하고 만족한 웃음을 띠며, 한 개 단편소설의 결말로도 결코 비속하지 않을 거라고 생각하는 데서도 쉽게 찾아 볼 수 있다.

> 어느 틈엔가 仇甫는 가장 熱情을 가져, 벗들에게 片紙를 쓰고 있는 제 自信을 보았다. 한 장, 또 한 장, 仇甫는 재떨이 우에 생담배가 타고 있는 것도 깨닫지 못하고, 그가 記憶하고 있는 왼갖 벗의 이름과 또 住所를 葉書 우에 흘려 썼다...... 仇甫는 거의 滿足한 웃음조차 입가에 띠우며, 이것은 한 개 短篇小說의 結末로는 決코 卑俗하지 않다, 생각하였다.58)

이와 같이 구보의 변모된 자의식은 여러 곳에서 나타나고 있다. 그러나, 무엇보다 중시해야 할 것은 작품의 구성상 발단에 해당되는, 집을 나올 때의 구보의 자의식과 결말에 해당되는 집으로 돌아갈 때의 구보의 생각을 대비시켜 그 차이점을 살펴보아야 한다. 집을 나올 때의 구보는 고독과 우울증으로 인해 직장도 구하지 못한 채 어머니에게 늘 걱정만 안겨 주는 자신을 안타깝게 생각하며 내일부터는 새로운 삶을 개척하기 위하여 좋은 소설을 써야겠다는 강한 의욕을 가지면서 행복감을 느끼게 된다.

---

58) 박태원, 앞의 작품, p. 280.

仇甫는 벗이, 그럼 또 내일 만납시다. 그렇게 말하였어도, 거의 그것을 알아듣지 못하였다. 이제 나는 生活을 가지리라. 생활을 가지리라. 네게는 한 개의 生活을, 어머니에게는 便安한 잠을, 平安히 가 주무시오, 벗이 또 한 번 말했다. 仇甫는 비로소 그를 돌아보고 말없이 고개를 끄떡하였다. 來日 밤에 또 만납시다. 그러나 仇甫는 暫間 躊躇하고 來日, 來日부터 내 집에 있겠소, 創作하겠소.

"좋은 小說을 쓰시오"

벗은 眞情으로 말하고, 그리고 두 사람은 헤어졌다. 참말 좋은 小說을 쓰리라.蕃 드는 巡使가 侮蔑을 가져 그를 훑어보았어도, 그는 거의 그곳에서 不快를 느끼는 일도 없이, 오직 그 생각에 조고만 한 개의 幸福을 갖는다.59)

구보는 지금까지 내면세계 속에 칩거해 있던 고독, 불안 등의 심리에서 벗어나 어머니의 행복을 의식하며, 앞으로는 새로운 삶을 시작하겠다는 강한 의욕을 가짐으로써 조그마한 행복감과 함께 좀더 빠른 걸음으로 집으로 향하게 된다. 이는 처음의 자의식과는 변모된 것으로, 그의 자의식이 하루의 외출을 통해 새롭게 변모되어 나타나났음을 알 수 있게 해주는 것이다.

V. 결 론

1930년대 한국 심리소설에 대한 연구는 전술한 바와 같이 기법적인 측면과 내용적인 측면으로 나누어 많은 논자들에 의해 연구되어 온 실정이다. 그리고 내용을 집중적으로 탐구한 연구도 대부분 병리적인 사고를 지닌 지식인과 작품에 흐르는 전반적인 분위기에 초점을 맞춘 형편이다.

---

59) 위의 작품, pp. 295~296.

그리하여 식민지 시대의 여러 가지 제약으로 인해 외부세계에서 어떤 활로를 찾지 못한 도시의 실직한 지식인들이 현실 그 자체에 안주하여 불안하고 고독한 삶을 살다가 끝내는 자의식의 과잉이나 분열을 일으키게 된다는 것이 일반적인 주장이었다.

그러나, 등장인물의 자의식이 변모해 가는 과정을 서구의 S. 프로이드, A. 아들러, C. G. 융, J. 라깡의 의식의 단계와 연계시켜 살펴보면, 병리적인 인물의 퇴폐적인 삶의 연속이라는 지금까지의 주장과는 다른 새로운 일면이 나타남을 알 수 있다. 이는 자의식에 국한되지 않고 의식의 새로운 전이나 전의식이나 무의식의 욕망이 표출되고, 나아가 의식과 무의식이 순환되어 나타나는 것을 말한다. 실제로 1930년대 한국 심리소설을 분석해 보면, 지성과 행동의 괴리에 따라 수반되는 지식인의 무기력한 삶이 계속되다가, 결국은 그들의 자의식이 어떤 매개체를 통해 의식과 무의식이 순환되는 등의 활로를 찾아 현실을 극복하려는 의도를 가짐으로써 자신의 진정한 실체를 확인하는 것을 알 수 있다.

본고에서 살펴 본 「소설가 구보씨의 일일」의 주인공 구보는, 다른 사람의 눈과 입을 통해서 듣고 보고 한 것에 단순히 의존하는 것보다 자기 자신의 눈을 이용하게 되며, 또 자기가 본 것을 느낀 것인데,[60] 이 때 구보가 느낀 직감을 하나의 감(勘)이라는 의미에서 볼 때, 의도적인 행위에 의해 도출된 것이 아니다. 그것은 판단의 행위라기보다는 자연발생적인 것으로,[61] 외적·내적인 환경 변화에 의해 좌우되고 있는 것이다. 그런데, 이러한 직관은 심층화되어 있다가 의식 및 무의식이 상호 연상 작용과 순환 작용을 통해 순간순간 밖으로 표출하게 된다. 그러므로, 「소설가 구보씨의 일일」은 이렇게 표출된 구보의 자의식이 외적 및 내적인 환경 변화에 의해 의식과 무의식이 상호 순환을 하며 변모하여 나타난

---

60) 이종호 역, Leon Edel, 앞의 책, p. 231.
61) 설영환 역, C. G. Jung, 앞의 책, p. 51.

경우이다. 그런데, 이 작품엔 '문득'과 '갑자기' 라는 단어가 아주 빈번하게 사용되고 있는데, 이는 구보의 자의식이 과잉되어 의식과 무의식의 순환 과정에서 나타나는 용어이다. 즉, 구보가 무의식적으로 떠오른 생각을 하다가 자신을 의식할 때 갖게 되는 생각의 시작으로 이 용어가 자주 쓰이고 있는 것이다. 이는 무의식적으로 갖게 된 생각들이 순환의 과정을 통해 의식화될 때, 비로소 지금까지의 생각이 자신이 의도한 것이 아니라는 사실을 깨닫고, 문득 혹은 갑자기 의식적인 생각으로 돌아옴을 의미하는 것이다.

　이로 볼 때, 「소설가 구보씨의 일일」은 자의식의 과잉과 의식뿐만 아니라 무의식의 세계도 심층적으로 다루고 있음을 알 수 있다. 즉, 이 작품은 자의식의 과잉 및 변모를 통해 무의식의 표출이나, 인간 내면세계에 잠재해 있는 의식과 무의식의 상호 순환작용을 심층적으로 묘사하고 있는 것이다. 그런데 이 작품에 등장하는 주인공 구보의 자의식은 여러 가지 요소들로 인해 심층화되어 자기 탐구의 과정을 거친 후, 자아실현(self-actualization)의 단계에 까지 도달한 성숙한 일면을 보여 주고 있는 것이 특징이다.

▎ 가야대학교 강사

▌참고문헌

1. 기본 자료

『여성』 1936. 6, 12, 1938. 2, 3, 1939. 5, 1940. 7.
『조광』 1937.6.
『소설가 구보씨의 일일』, 문장사, 1938.
『이상 소설 전작집』1, 갑실출판사, 1937.
『조선 중앙일보』 1934. 12. 8.

2. 단행본

강진호 외, 『박태원 소설 연구』, 깊은샘, 1995.
고 은, 『이상평전』, 민음사, 1974.
구인환, 『한국 근대소설 연구』, 삼영사, 1977.
김용성, 『한국 현대소설 비판』, 일지사, 1981.
김윤식, 『이상 소설 연구』, 문학과 비평사, 1988.
______·정호웅, 『한국소설사』, 예하출판사, 1993.
박선경, 『현대 심리소설의 정신 분석』, 계명문화사, 1996.
백 철, 『조선 신문학 사조사』, 백양당, 1949.
서준섭, 『한국 모더니즘문학 연구』, 일지사, 1991.
이강언, 『한국 현대소설의 전개』, 형설출판사, 1992.
정현숙, 『박태원 문학 연구』, 국학자료원, 1993.
최혜실, 『한국 모더니즘소설 연구』, 민지사, 1990.

3. 논문 및 논평

강영안, 「자크 라깡 : 언어와 욕망」, 『포스트 모더니즘과 포스트 구조주의』, 현암사, 1996.
이주형, 「1930년대 한국 장편소설 연구」, 서울대 대학원 박사 학위 논문, 1983.
임 화, 「창작계의 일련」, 『조광』, 1939.12.
조병무, 「날개의 두 표상」, 『현대문학』, 1963.1.
최재서, 「단층파의 심리주의 경향」, 『문학과 지성』, 인문사, 1938.
최혜실, 「1930년대 한국 심리소설 연구」, 『현대문학 연구』제 68집, 서울대 현대문학 연구,
    1968.

4. 국외 논저

권택영 역, Jaques Lacan, 『욕망 이론』, 문예출판사, 1994.

김종건 역, James Joyce, 『율리시즈』, 정음사, 1972.

백상창 역, Calvin S. Hall, 『프로이드 심리학』, 문예출판사, 1994.

설영환 역, C. G. Jung, 『존재와 상징』, 동천사, 1984.

＿＿＿＿역, A. Adler & H. Ogler, 『아들러 심리학 해설』, 선영사, 1987.

손정수 역, Sigmund Freud, 『정신분석 입문』, 배제서관, 1992.

송영대·김현옥 역, Karen Horney, 『정신 분석의 새로운 이해』, 중앙적성출판사, 1991.

이종호 역, Leon Edel, 『현대 심리소설 연구』, 형설출판사, 1983.

이태동 역, Jolande Jacoby, 『칼 융의 심리학』, 성문각, 1978.

이훈구 역, C. A. 젤리 & D. J. 지글러, 『성격심리학』, 범문사, 1983.

천승걸 역, Robert Humphrey, 『현대소설과 의식의 흐름』, 삼성미술문화재단, 1984.

Sigmund Freud, Some Elementary lesson in Psychoanalysis, In Collected Paper, V. London, 1950.

일인칭 서술상황과 신변 체험소설

— 안회남소설의 서사법 —

이 강 언

I. 머리말

1930년대 문학의 변화는 '구인회'(1933)로부터 시작된다. 잘 알다시피 구인회가 대두하기 이전 우리의 문학은 계급주의의 목적문학이 주류를 형성했던 바, 대내외 정세의 변화로 이때부터 정당한 세계인식이 불가능하게 되었던 것이다.1) 따라서 우리의 문학은 어느덧 목적문학권으로부터 벗어나 순수문학의 다양한 형태로 나타나기 시작한다. 소설의 경우, 동반자작가들의 전향과 구인회 활동을 정점으로 하여, 집단적 사회적 이념적 편내용적 경향에서 벗어나 개인적 주정적 심미적 장인의식적 경향으로2) 한국의 문학사를 변화시키는 계기가 된 것이다. 이태준, 이상, 박태원, 이효석, 김유정 등 구인회 작가들은 이때부터 새로운 소설

---

1) 가령 1933년 12월 한 조사 보고에 의하면, 1년간 46인의 작가가 총 76편의 단편을 창작했는데, "카프에 속하는 사람은 불과 5, 6인이요 나머지 40명이 카프와 연이 먼 사람"이었고, "카프 조직의 영향이 이같이 소위 문단에 있어서 작용함이 적었던 일이란 1928년 이후로 5, 6년 동안의 기간 중에서 처음 보는 일"이라 개탄하기까지 했다. 김기진, 「1933년도 단편창작 76편」, 『신동아』, 제26호, 1933, 12월호 참조.
2) 오세영, 「30년대의 문학적 상황과 순수문학의 대두」, 조동일외, 『한국문학연구입문』, 지식산업사, 1982, 596쪽.

을 모색함으로써 사회주의자들이 '계급'이라는 관념을 자신의 이데올로기 위에 얹어놓고 있었던 것처럼 이들은 '예술'이라는 관념을 공통적인 문학 이념으로 설정하고, 과거의 문학적 기초를 토대로 새로운 문학세계를 건설하는데 목표를 두었다.3)

따라서 1934년 카프 제2차 맹원이 피검되고 이듬해 해산계를 제출함으로써 1930년대 중반부터는 명맥만을 유지해 오던 계급문학이 더욱 약화되고 새로운 경향이 형성되지 않은 혼란기,4) 또는 정신적 구조 일반의 공백지대를 형성하고 새로운 구조탐색의 비평이 등장하는 전형기5)에 돌입하게 된다. 요컨대 1930년대 소설은 표면적으로 '예술'이란 관념을 내세운 순수문학이 지배하고, 상대적으로 주조의 상실6)이란 결과를 낳게 되었던 것이다.

1930년대 문학의 이러한 변화 속에서 우리의 소설은 결국 현실을 총체적으로 파악하기가 어려워지고 부분화되거나 혹은 파편화되면서 동시에 다양한 소설 장르의 출현을 목격하게 된다.7) 그러나 구인회 동인들의 서정소설(이태준·이효석), 심리소설(이상·박태원), 농민소설(김유정·이무영) 등을 비롯해, 구인회의 옆자리에서 구인회의 감각과 흡사하게 자의식에 편중된 소설을 발표했던 일군의 작가들도 세계에 대한 인식지평을 더 이상 확산시키지 못하고 주로 작가 자신의 협소한 일상을 비서사적으로 엮어간 것이다.

---

3) 김시태, 「구인회연구」, 김열규외편, 『국문학논문선』제10권, 1977, 482쪽.
4) 강진호, 『한국 근대문학 작가연구』, 깊은샘, 1996, 29쪽.
5) 최혜실, 「모더니즘 소설의 등장과 전개」, 문학과학교육연구소편, 『한국현대소설사』, 삼지원, 1999, 201쪽.
6) 백철, 「신문학사조사」, 『백철문학전집』 4권, 신구문화사, 1968, 472쪽.
7) 1930년대 소설의 다양한 장르의 분포는 신동욱, 『1930년대 한국소설 연구』, 한샘, 1996에서 단적으로 보여주고 있다. 여기서 신동욱은 6개의 장르에 따라 1930년대에 활약한 주요 작가들의 작품을 면밀하게 검토하고 있는데, 이 외에도 이 시기에 널리 일컬어진 사소설, 심경소설, 신변소설, 시정소설, 전향소설, 지식인소설 등에 대한 장르별 위상과 변별성까지 심도있게 정리해야 할 필요성을 느낀다.

본고는 이러한 시대적 배경에서 탄생한 작가 가운데 일관되게 신변소설이란 특이한 작품을 전개했던 안회남 소설에 주목하고자 한다. 그는 처음 사회주의 사상과는 무관하게 순수문학에만 전념하다가 8·15후 시대적 분위기 때문에 진보적 색채를 보인 문인 가운데 한 사람으로서[8] 1948년 월북을 선택하기까지 80여 편의 만만치 않은 소설을 발표했지만, 지금까지 그에 대한 연구는 현실에 대한 의식의 정당성 여부를 묻는 데 그치고 있을 뿐 그의 신변소설이 갖는 의미에 대하여 거의 외면해 왔기 때문이다.

II. 일인칭 서술 상황과 신변소설

소설에서 일인칭 서술 양식이 갖는 이점은 따로 있다. 가령 일인칭 서술은 다른 서술 양식보다 친밀감을 주는 것이 사실이지만, 한 개인의 한정된 경험과 관찰에 의한 서술이기 때문에 지식·판단·기억 등에 있어서의 한계는 늘 비신빙성의 가능성을 잠재할 수밖에 없다.[9] 말하자면 사건의 현장을 직접 바라보는 듯한 사실감이나 박진감 있는 호소력은 독자로 하여금 그 허구적 세계로 몰입하게 할 뿐 아니라, 인물의 심리 내부를 그대로 들여다보는 듯한 친밀감 때문에 쉽게 호감을 살 수 있다. 그러나 이러한 양식도 사건을 바라보는 시야가 좁다든가, 작가의 논평이 개입할 자리가 없다는 부자유스러움 때문에 폭넓은 소설적 효과를 기대하기 어려운 약점 또한 없지 않다. 요컨대 이 양식은 일인칭 서술자 '나'에 의해 사건이 전개되기 때문에 자연스럽게 나의 내밀한 심리를 강한

---

8) 임헌영, 「납북작가를 재고한다」, 『신동아』, 1985, 11월호 참조.
9) 이수정, 「믿을 수 없는 일인칭 서술」, 한국소설학회편, 『현대소설 시점의 시학』, 새문사, 1996, 171쪽.

자기 고백욕으로 드러내거나, 나의 사소한 일상의 주변을 나의 눈으로 그려내기가 쉽다. 따라서 삼인칭 소설에 비해 자아에 대한 인식이 세계에 대한 인식보다 앞서게 되는 것은 물론이다.

서구에서 사소설 형식에 해당되는 자전적 소설이 처음 발생한 것은 낭만주의의 강한 자기 고백욕이 작용하여 형성되었지만, 일본에서는 낭만주의보다 자연주의 소설이 성숙하였을 때 사소설은 강한 폭로성을 특징으로 대두되어 일본 근대문학의 독특한 전통으로 이어져 왔다.

> 사소설이란 "작가가 자기 실생활을 가지고 바로 문학화한 것으로, 이 경우 작가의 자세가 그 생명을 쥐고 있는 것"으로 규정되고 있는데, 이 규정의 핵심은 〈작가의 자세〉에 놓여있어 보인다. 따라서 형식상 일인칭 시점으로 씌어지는 이른바 1인칭소설과는 구별되어진다. 작가가 자기의 실생활을 그 사건과 함께 서술하는 것이라면 3인칭으로도 가능하기 때문이다.…뿐만 아니라 이 사소설은 자전소설 혹은 교양소설처럼 주인공의 체험을 발전적으로 파악하여 인간형성의 단계를 그리는 방법과도 다르다. 사소설은 결국 작가가 실생활에서 체득한 것을 자기의 체험으로 말하되, 그것의 성실성이 문제되는 것에 귀착되는 것 같다. 여기서 성실성이란 일종의 구도정신을 의미한다. 성실히 자기 인생의 진실을 파악함으로써 어떠한 사태에 처하더라도 흔들리지 않는 구도정신으로서의 문학의 도를 탐구하는 이 사소설의 형성은 명치 이래 일본 지식인의 존재방식과 깊이 관련되어 있다.10)

일본 사소설의 성격을 비교적 자세하게 말하고 있는데, 여기서 빼놓을 수 없는 것은 일본인의 성실성과 치밀성이 복합적으로 작용하여 나타난 형식이었다는 점이다. 그리고 사소설은 인식의 방향과 범위에 따라 두 개의 양식을 낳게 되는데, 그 하나는 심경소설이고 다른 하나는 신변소설이라 할 수 있다.

---

10) 김윤식, 『우리문학의 넓이와 깊이』, 서래헌, 1979, 189쪽.

"작가자신의 생활과 그 심리적인 세계를 주로 탐구하는 소설로서 화자와 작가가 동일인으로 설정된 1인칭 형식이거나 그렇게 되어있지 않아도 대체로 동일인으로 인식될 수 있는 형식"11)이 심경소설이라면, 이는 일차적으로 일인칭 서술자 '나'의 내밀한 심리를 드러내는데 주력한 소설이다. 반면에 신변소설이란 "소시민적인 자기중심의 사소한 일들을 그리는 것"이라 규정할 때, 심경소설이 지향하는 심정고백적인 것과는 다르다. 신변소설은 '나'의 심정적인 면을 도외시할 수는 없지만 보다 더 많은 관심을 두는 것은 '나'의 일상에서 경험하는 사사로운 생활에 있는 것이다. 나와 부모, 나와 아내, 나와 자식들에서 기껏해야 나의 친구들과 나의 이웃들의 범위를 넘어서지 못하고 있다.

이것을 시점의 유형에 맞추어 정리해 보면, 내적 초점화 '나'가 등장하는 일인칭 시점은 신변기술적 서술자와 자기분석적 서술자로 분류된다. 이 두 서술자의 태도는 사소설이 일반적으로 유지하고 있는 기본 틀이라 할 수 있는 것이다.

> 작품내적 서술자가 자신의 체험을 서술해 나아갈 경우 단순히 서사적 사건을 그대로 서술할 수도 있고 그 반대로 그것을 상세히 서술하면서 그 의미나 의도를 분석해 나갈 수도 있다. 이때 전자는 자기자신인 초점 대상을 단지 보여주기만 할 뿐이나, 후자는 그것의 의미나 본질까지를 드러내 준다. 이렇게 초점대상, 즉 작품내적 서술자 자신의 행위나 말을 객관적으로 보여주기만 하는 서술자를 신변기술적 서술자라 한다. 반면 작품내적 서술자가 자신의 본질적 모습을 드러내려고 자신을 분석하고 비판하기까지 하는 서술자를 자기 분석적 서술자라 칭한다.12)

---

11) 서준섭, 「한국문학에서의 모더니즘」, 김윤식·정호웅편, 『한국문학의 리얼리즘과 모더니즘』, 민음사, 1989, 44쪽.

12) 최병우, 「소설에 있어 시점의 유형」, 문학과문학교육연구소편, 『한국현대문학의 이론과 지향』, 국학자료원, 1997, 397쪽.

한국 근대소설의 발전 단계에서 볼 때, 1인칭 서술 형식의 소설이 일시적으로 나타난 것은 1920년을 전후한 시기와 1930년대 중반 이후로 나누어 볼 수 있다.

전자는 1910년대의 현상윤과 이광수의 단편에서 이 형식이 모색되다가, 1920년대 초에 김동인·현진건·염상섭·나도향 등의 초기 단편에서 주로 일인칭 서술 양식을 확보함으로써 본격적인 근대소설이 자리잡게 된 것이다.

이것은 1919년 3·1운동의 좌절 직후, 습작기를 벗어나지 못한 일련의 일본 유학생 작가들이 당시(대정기) 유행하던 일본 사소설을 서술 유형으로 채택했기 때문이다.

> 창조파 이후, 한국 근대문학 초기의 소설들이 그 제재를 자기의 신변적인 이야기로 이끌어간 사소설 형식을 취하고 있음은 일본의 자연주의 소설에서 받은 형식적 차용이 아닌가 하는 점이다. 즉 김동인의 「마음이 옅은자여」·「배따라기」, 전영택의 「흰닭」·「화수분」, 현진건의 「빈처」·「술 권하는 사회」·「타락자」, 염상섭의 「표본실의 청개구리」·「조그만 일」 등과 같은 일련의 작품들은 이러한 자기 신변의 이야기로 되어있는 것이다.13)

그러나 이 무렵 주로 자기가 자신의 이야기를 하는 일인칭 서술 유형은 일본 사소설의 절대적인 영향도 무시할 수 없지만, 우리 고대문학에 내재해 있는 일기, 기행, 내간 등에서 '余'의 형식적 수용이나 서구 일인칭 소설의 간접적 영향 등 복합적 작용들이 가미하여 형성되었다고 보아야 할 것이다. 그리하여 일인칭 서술상황은 1920년을 전후하여 한국 근대 단편소설이 정착되어 갈 때, 하나의 주된 기본 유형으로 자리잡게 된 것이다.14) 1920년대 전반기 문학에서 우리가 주목해 볼 수 있는 것은

---

13) 김학동, 『한국문학의 비교문학적 연구』, 일조각, 1972, 124쪽.

현실을 인식하는 방법의 문제다. 잘 알다시피 이 시기의 문학은 현실을 객관적으로 인식하지 못하고 다분히 주관적 정서에만 함몰됨으로써 감정의 과다노출 현상이 지배하게 된 것이다. 이 무렵 '백조'파 중심의 시에 나타난 여성지향성이나, '창조'파 소설에 있어서의 자기고백조의 서술형태는 모두 이것을 드러내 보인 예들이다. 그러므로 소설을 포함한 이 시기의 모든 문학은 '시적 정서'에 가로놓인 '시장르의 편향성'15)으로 설명될 수 있는 것이다. 따라서 이때의 소설은 일본 사소설의 형식적 차용은 성립될지 몰라도, 프랑스 자연주의의 영향으로 개발된 일본 자연주의의 특색이라 할 '적나라하고 대담한 참회록'이라는 평가를 받으며 고백문학의 길을 열어놓았던, 작가의 주관적 감개의 모놀로그가 주조가 된 '사소설의 세계'16)와는 그 성격이 다른 것으로 규정되지 않을 수 없다.

소설은 일차적으로 대상의 전체상을 총체적으로 형상화하는 이야기이다. 그럼에도 불구하고 이 시기를 대표하는 작가들이 한결같이 현실의 전체상을 객관적으로 또는 총체적으로 인식하지 못하고 전적으로 일인칭 서술 형식이란 협소한 방식을 채택한 이유는 무엇인가. 이들은 전술한 바와 같이 현실에 대한 좌절감을 외부로 더 이상 확산시킬 수 없게 되자, 그 반동으로 자기 자신의 심경이나 신변문제를 시적 정서로 드러내는데 주력했던 것이다.

그러나 이러한 소설 유형은 그 뒤 1925년을 고비로 하여 일차 소멸되고 반면 현실에 대한 인식지평이 확산되면서 대상의 전체상을 총체적으로 다루어 나가기 시작했다. 1927년 카프 제1차 방향전환 이후 본격적으로 대두된 계급 이데올로기의 작품은 모두 이것을 말해주고 있다.

두 번째 일인칭 서술상황이 지배한 소설은 전술한 바와 같이 계급문

---

14) 김용재, 「한국근대소설과 일인칭 서술상황」, 김상태편 『한국현대소설론』, 학연사, 1993, 124쪽.
15) 김윤식, 『한국근대문학의 이해』, 일지사, 1973, 185쪽.
16) 조진기, 『한국근대리얼리즘소설연구』, 새문사, 1989, 181쪽.

학이 퇴조한 자리에 구인회를 중심으로 한 순수문학이 확산되면서 나타났다. 시·공간축을 망라하고 다양한 장르가 대두되기 시작했는데, 일본 사소설과 유사한 형식을 지니면서 나타난 신변소설이나 심경소설은 모두 이때 등장한 것이다. 요컨대 이 시기의 문학적 현상은 관심의 다원화, 또는 관심의 원근법 현상으로 드러내었던 바, 지지적·수평적 관심과 상승하강적·수직적 관심의 확산 등은 모두 이것을 말해주고 있다.17) 가령 이 무렵에 대두된 농촌·농민소설과 도시소설은 전자의 예라면 역사소설과 가족사소설은 후자의 적절한 예가 될 것이다.

그렇다면 여기서 우리가 주목하고자 하는 신변소설은 무엇인가. 지지적인 양상으로 볼 때 신변소설은 농촌과 도시를 모두 그리고 있을 뿐 아니라, 시간대도 과거와 현재에 걸쳐 폭넓게 취재하고 있다. 안회남이 선택한 신변소설 또한 전술한 바와 같이 소시민적인 자기중심의 사소하면서도 사적인 일들을 '나'와의 관계 속에서 맺어진 여러 인물군을 통해 표출하고 있는 것이다.

구인회 이후, 더 정확히 말하자면 1935년을 고비로 하여 나타난 일련의 자의식 소설 역시 그 정도의 차이는 있지만 모두 이러한 자신의 신변적인 이야기에 매달려 있었던 것을 우리는 알고 있다. 이 무렵 문단에서는 이상과 박태원을 비롯해 안회남에 이르기까지 일본문단에서 유행하고 있던 모던한 기풍인 신흥예술파에 경도되고 있었던 것은 이것을 말해주고 있다.

국내의 기성문단에 반기를 들면서 이들은 거의 공통적으로 일본 문단에서 계승되고 있던 사소설을 포함하여 서구 문학의 '나' 소설(Ich Roman)에 해당되는 것에 한결같이 매료되고 있었던 것이다. 어느 쪽이든 이런 소설은 일인칭 서술상황이 지배하는 것으로서 플롯의 기능이 현저히 약화되거나 소멸되어 서사문학이 추구하는 삶의 총체성을 형상화하는 단

---

17) 이재선, 『한국현대소설사』, 홍성사, 1979, 313-314쪽 참조.

계와는 크게 배치되는 것이다. 따라서 김윤식은 이러한 일련의 것을 '소설의 수필화' 현상으로 보고 그 이유를 다음과 같이 피력했던 것이다.

> 30년대 중반기 이후 문단에서 소설의 수필화 문제가 표면화된 바 있음을 읽어낼 수 있다. 이런 경향은 두 가지 이유로 분석될 수 있다. 그 하나는 프로문학의 과도한 교조주의에 대한 반발이며 다른 하나는 일본 문단의 사소설적인 것의 영향으로 볼 수 있다. 후자의 측면은 伊藤整의 명징한 분석에 기대면 작가가 사회 속에서 스스로를 고립무원 상태에로 몰아넣음으로써 달성되는 '예'의 추구로 규정된다.18)

소설과 수필은 이야기의 소통구조부터 매우 다르다. 소설은 먼저 이야기가 있고 이 이야기는 서술자를 거쳐 독자에게 전달되는 것이다. 이야기를 가운데 놓고 그 이야기의 전말을 알고 있는 서술자를 통해 이야기를 듣거나 읽는 구조인 것이다. 그러나 수필은 작가에게서 독자에게로 바로 전달된다. 소설에서 중요한 자리를 차지하는 이야기에 수필은 작자의 정서나 체험 등을 서술자를 거치지 않고 바로 독자에게 전달되는 것이다. 따라서 수필은 소설보다 작자의 생각을 훨씬 더 직접적으로 전달되는 것이다. 또 이야기의 성격도 소설은 현실에서 있을 수 있는 이야기를 꾸며내는 것이다. 실제로 있었던 일을 쓰더라도 그것은 작가에 의해 재창조된 것으로 보기 때문에 허구적이고 상상적인 것이다. 그러나 수필의 이야기는 작자 자신의 내면을 진실하게 내보이면서 교훈을 주거나 고상한 맛과 운치를 준다. 이 점에서 보면 실제적이고 고백적이다. 따라서 일상적인 생활상, 즉 부딪치는 경험, 사물, 인물, 환경 등 사소한 것들이 모두 이야기로 흡수되는 것이다.

작가와 서술자가 거의 동일인으로 나타나는 일인칭 서술상황이 지배하는 사소설은 우리가 통상적으로 알고있는 수필 양식과 흡사한 것이다.

---

18) 김윤식, 『한국근대문학사상비판』, 일지사, 1978, 75쪽.

일정한 사건을 서사적으로 드라마틱하게 엮어가는 소설 본래적인 형태와는 달리 본대로 느낀대로를 단편적으로 이끌어 나가기 때문에 비서사적인 것이 수필의 특징이기 때문이다. 이상을 비롯하여 박태원·안회남 등의 소설에서 공통적으로 찾아볼 수 있는 것은 바로 이와 같은 수필화 현상, 말하자면 다분히 수필 형식으로 변형된 소설인 것이다. 이상의 「날개」로부터 「실화」, 「동해」, 「종생기」 등과 박태원의 「소설가 구보씨의 일일」이나 안회남의 일련의 소설 등은 모두 이런 범주에 내재하고 있는 것이다.

거듭 말하거니와 1930년대 일인칭 서술 상황이 지배한 소설은 결국 소설의 수필화 현상을 드러낸 것을 말한다. '나'의 사적인 이야기를 그리되 일상의 바깥쪽보다 내밀한 자신의 심리를 그리는데 치중하거나, 그 반대로 자신의 심리를 표출하기보다 일상의 자기 신변사를 그리고자 한다면 당연히 수필과 흡사한 꼴이 되기 마련인 것이다. 다만 두 소설은 모두 자기자신을 문제 삼았지만 한쪽은 자신의 심리 쪽을, 다른 한쪽은 자신과 관계를 맺게 된 모든 사소한 사람들의 이야기에 관심을 두고자 했던 것이다. 일찍이 박태원은 이러한 소설이 주는 효과를 인식하고 이 방법을 적극 수용할 것을 소신있게 말하기도 했다.

> 이른바 신변소설이라는 것은 그 세계야 좁은 것임은 틀림없으나, 그 대신에 그곳에는 '깊이'라는 것이 있는 것이 아닌가? 어떠한 걸출한 작가에게 있어서라도 그가 참말 자신을 가져 쓸 수 있는 것은 구경, 평소에 자기가 익히 보고, 익히 느끼고 한, 그러한 세계에 한할 것이다. 특히 한 작가가, 창작에 있어서의 '심리해부'의 수련을 위하여서는, 가히 심경소설 제작을 꾀함보다 더 나은 자 없을 것이다. 혹 어떠한 이들은, 사소설이란 그렇게도 용이히 제작되는거나 같이 생각하려드는 경향이 있으나, 그것은 얼핏 그러한 듯하면서도, 크게 옳지 않다. 자기의 일을, 자기가 관여한 일을 쓰기란, 결코 그렇게 용이한 것이 아니다.19)

이렇게 스스로 사소설 형식으로 쓰여지는 신변소설과 심경소설은 다루는 세계는 좁으나 작가에게 친숙한 세계를 담을 수 있고, '심리해부'와 그 '수련'에 적합한 양식이기 때문에 쉽게 쓰여질 수 있을 것 같지만 결코 그렇지 않다고 역설한다. 안회남 역시 소설과 수필의 상호 침윤관계를 현대소설의 중요한 성격으로 규정하고 있다.

> 어떠한 작품이 그 형식으로 보아 소설에도 가까웁고 수필에도 근사하여 소설이라고도 수필이라고도 분간하여 말할 수 없는 경우가 있더라도 우리는 이것을 좀더 넓은 범위로 창작이라 부를 수 있을 것이다. … 현대소설의 성격이 이러하거늘 케케묵은 고전적 척도를 가지고 금일의 풍부하고 다단한 하류경계에 도달하여 있는 문학을 재려고 하는 것은 스스로 비평가의 총명을 포기하는 짓이요 분류를 거슬러 올라가려는 무모한 행동이다.[20]

지금까지 살펴본 바에 의하면, 우리 근대 소설사에서 일인칭 서술 상황이 지배하는 소설은 1920년을 전후한 시기와 1935년을 전후한 시기에 많이 등장했는데, 이것은 모두 어떤 형태로든 현실과의 교섭이 자유롭지 못한 상황에서 나타난 것으로 확인된다. 그러나 전자는 세계쪽보다 자아의 내면을 고백하고자 하는 의욕이 강렬했던데 비해, 후자는 이러한 의식의 바탕에서 다시 일상의 신변사를 토로하는 쪽으로 전이되었던 것이다. 이러한 결과 1930년대의 일인칭 서술 상황이 지배한 '수필식 소설'은 그 나름의 다양한 기법의 세련을 쌓아가면서 '예'에 근거한 '현대성'을 드러내는데 접근해 갔던 것이다.

구인회 일파로부터 비롯된 1930년대 소설의 변화된 모습은 이처럼 좋든 싫든 종래의 근대적 속성에서 현대적 속성으로 뒤바꾸어 놓는 계기

---

19) 박태원, 「표현·묘사·기교」, 『조선중앙일보』, 1934. 12. 28일자.
20) 안회남, 「현대소설의 성격」, 『조선중앙일보』, 1936. 8. 21자.

가 되었다. 따라서 안회남 신변소설 또한 이 시대의 새로운 소설의 방법을 보여주는 예 가운데 하나가 되고 있는 것이다.

Ⅲ. 안회남 신변소설의 전개

1. 초기 신변소설

안회남 소설의 변모는 논자에 따라 몇 단계로 나누어 고찰되고 있다. 대개 1931년 등단부터 8·15까지 일관되게 신변의 사사에 매달리는 작품을 쓰다가 해방과 더불어 일변하여 현실에 대한 고발과 비판을 계급의식으로 그려나갔다고 보는 견해와 등단하고부터 1937년까지는 '나'를 중심으로 한 가족관계에서 1938년 「그날 밤에 생긴 일」부터 어느 정도 현실에 대한 비판과 저항을 보여주다가 1945년 8·15 이후 사회주의 세계관으로 변모되는 단계로 보는 견해가 그것이다. 또 후자와 같이 3단계의 변모를 말하고 있지만, 그 시기를 제1기 「모자」(1930. 5)~「탁류를 헤치고」(1940. 5), 제2기 「어둠 속에서」(1940. 7)~「풍속」(1943. 12~1944. 2), 제3기 「오욕의 거리」(1945. 11)~「농민의 비애」(1948. 4)[21] 로 나누어 보는 견해도 있다.

본고는 안회남 신변소설의 성격을 파악해 보는데 주안점을 두고 등단 이후부터 8·15 이전까지 그의 신변소설이 변모되어간 모습을 초기와 후기로 나누어 살펴보고자 한다.

안회남은 스스로 신변소설로 출발했고 또 신변소설로 일관했다고 강변한 적이 있다. 말하자면 그는 신변소설이 세계를 반영하는데 일정한

---

21) 곽근, 『한국 현대문학의 어제와 오늘』, 국학자료원, 1998. 326쪽.

한계를 두고 있다는 것을 인식하면서도 이것을 쓰게 된 것을 수치스럽게 생각했다거나 잘 못된 판단에서 쓰여진 것으로 보지 않았다는 점이다.

> 신변적 사실이 더군다나 사회의 표면에 부다쳐 나가지도 못하고 내성적으로 심경에 흐르고 말 때 그것이 우리가 문학에서 보고 느끼고 싶어 하는 거대한 사실의 세계를 반영하지 못하는 것은 빤한 일입니다. 그렇기 때문에 작가는 모름지기 신변소설에서 떠나서 본격적인 문학에로 지향해야 할 것입니다. 그럼에도 불구하고 나는 이 조그마한 고루를 지키기에 제딴엔 정성을 다하였습니다. 생각하면 딱한 일이고 하치않은 일이고 외로운 일이기도 하였습니다.22)

이어서 그는 자신의 초기 소설이 대부분 가족을 중심으로 엮은 신변소설이었음을 다음과 같이 밝히고 있다.

> 「연기」에서 「명상」에 이르기까지 나는 나의 연애 이야기를 하고 가난한 이야기를 하고 결혼 이야기를 하고 안해 이야기를 하고 생남하는 이야기를 하고 동무를 이야기 하고 돌아가신 나의 선친 이야기를 했습니다. 작품별로 꼽아보면 상기 두 작품 외에 「화원」, 「처녀」, 「모자」, 「향기」, 「상자」, 「장미」, 「악마」, 「우울」 「고향」, 「겸허」 등 10여 편입니다. 나는 이 속에서 나의 아버님과 어머님과 동무들과 안해와 아이의 모양을 떠들어 볼 수 있습니다. 이것만은 무한 즐겁고 행복스럽게 느껴집니다.23)

이러한 고백조의 글에서 우리가 알 수 있는 것은 자신은 자신의 신변에서 일어나는 이야기에 매달려 있었다는 것을 밝히고 있다. 그의 연보를 보면24) 안회남은 1931년 조선일보 신춘현상문예에 「발(髮)」이 3등

---

22) 안회남, 「자기응시 10년」, 『문장』, 1939. 2월호, 14쪽.
23) 안회남, 위의 글, 14쪽.
24) 권영민, 『한국근대문인대사전』, 아세아문화사, 1990, 648~655쪽 참조.

으로 입선되고부터 여느 작가보다 의욕적으로 작품을 발표하고 있는 것을 목격할 수 있다. 그는 1932년 '제일선'지에 평론 「문단시야비야론」을 필두로 하여 창작에 못지않게 상당량의 비평문을 발표함으로써 이미 문단에 대한 관심뿐 아니라 문학에 대한 이론적 뒷받침까지 끊임없이 쌓아 나갔던 것이다. 특히 이무렵 발표한 이론 가운데, 일본문단의 신흥예술파에 대한 것이거나(「일본문단 신흥예술파론고」, 신동아, 1932. 12월) 일본문예에서 유행하고 있는 신흥예술파에 대한 대표적인 이론(「일본문예 신흥예술파의 대표적 이론」, 신동아, 1933. 1월)을 소개함으로써 스스로 기성문단에 대한 비판과 더불어 각성을 촉구하기도 했다.

위의 두 논거에서 안회남이 주시한 것은 일본문단에서도 수많은 마르크시즘의 오류가 지적되고 그 오류로부터 발아하여 출현한 것이 신흥예술파라는 것을 역설하고 있다.25) 따라서 안회남은 일본문단에서 마르크시즘이 그 기세를 잃어가고 있는 것을 목격하고, 우리 문단에서도 상황은 비슷하게 전개될 것을 예견했던 것이다. 가령 그가 처음부터 발표한 어느 소설에서도 전통적 방법의 리얼리즘 작품에서 흔히 발견되는 문제적 인물은 찾아볼 수 없고, 대부분 자신의 가족 구성원을 중심으로 한 일신상의 신변체험적 이야기에 국한하고 있는 것은 모두 이것을 말해주는 것이다.

안회남 초기작품은 일차적으로 시점 분류를 해 볼 때, 일인칭 시점의 「안해의 탄식」, 「상자」, 「악마」, 「우울」, 「연기」, 「고향」, 「장미」, 「명상」, 「나와 옥녀」, 「겸허」 등과 삼인칭 시점의 「차용증서」, 「병든 소녀」, 「황혼」,

---

25) 이때 일본 신흥예술파의 특징을 안회남은 기성파와의 동이점으로 다음과 같이 적시해 보이고 있다. "·공통적으로 맑스주의 문학에 대한 불만 ·예술관으로는 예술지상주의 내용을 소홀히 하고 형식에 치중하며 심히 기교적인 것 ·창작과정에 있어서 세상의 진실보다 예술상의 진실을 중요시하는 것 ·재래의 것에 비하여 참신한 맛이 있음 ·작품의 성질이 이지적인 것 ·문예상의 '이즘'운동으로 보면 막연 조잡하고 비체계적인 것 ·각각 작가가 신형 구형 및 기타 각색의 입장과 유파에 갈리워져 있는 것" 안회남, 「일본문예 신흥예술파의 대표적 이론」, 『신동아』, 1933. 1월호, 134쪽.

「소년과 기생」, 「남풍」, 「그들 부부」 등으로 대별된다. 일인칭 서술 양식은 작품내적 서술자가 중심이 되는데, 여기에는 내적 초점화와 외적 초점화로 구분된다. 이것은 '나'가 주인물(주인공) 또는 부인물로 등장함에 따라 나타나는 차이가 아니라, '나'의 심경 변화에 치중하느냐 아니면 '나'의 생활 체험에 치중하느냐에 따라 결정되는 문제이다.

가령 「연기」(1933)를 보면 '나'가 친구인 그와 장질부사로 입원해 있는 그의 아내를 나의 애인과 둘이서 돌보아주는 과정에서 일어난 이야기를 엮은 것이다. 공장 일때문에 아내의 병간호가 어려워지게 된 그의 딱한 사정을 안 나와 애인은 희생적으로 간호를 해주지만, 병세는 호전되지 않자 그는 오히려 병간호를 소홀히 하는 것으로 오해한다. 나의 애인도 착잡한 심정에서 앓고 있는데 간호한 보람도 없이 그의 아내는 죽고 화장장을 향한다. 나는 화장장에서 품어나오는 연기를 보면서 다음과 같이 생각한다.

> 하늘까지 높다란 연돌구멍으로 뭉게뭉게 검은 연기가 쏟아져 나올 때 저것이 나의 아내로구나 생각을 하였음이겠지, 동무의 눈에서는 두 줄기 눈물이 죽 흘렀다. 그것을 바라보고 나도 그들 부부가 기어코 외쪽이 되고 말았구나 생각되어 가슴이 답답한데다가 집에 두고온 나의 사랑하는 사람을 생각하고 근심을 하매 그의 병 역시 무서운 장질부사이고 보면 저렇게 검은 연기가 되어 세상을 떠날테고 그렇게만 된다면 나는 도저히 혼자 남아 있을 수 없게되며 지성껏 그의 병을 간호하다가 나 역시 무서운 전염병에 걸리어 죽고 말테고 나중에는 지금 옆에서 울고있는 동무도 안해를 없애고 서로 경애하던 동무와 아주머니까지 잃어버렸으니 그 역시 우리의 뒤를 따라 죽어야 하면 우리네 사람이 모두 저렇게 연기가 되지나 않을까 걷잡을 수 없는 '센티멘탈'한 생각이 뒤를 치받쳐 뭉게뭉게 오르는 시커먼 연기를 바라보고 있는 두 눈이 어느덧 부옇게 흐려졌다.26)

---

26) 안회남, 「연기」, 『조선문학』, 1933. 10월호.

이러한 방법은 「상자」(1935)에서도 그대로 이어진다. 작중 화자인 '나'는 농문을 열고 아내가 감추어둔 보석상자에서 순금 비녀와 가락지를 꺼내어 전당포에 맡겨 일금 일백십원을 장만한다. 나는 곧 이 돈으로 ①빠로 가서 시원한 맥주 한 잔을 들이키고, ②버릇처럼 티룸으로 가고, ③박군에게 빈 칠십원을 갚고, ④본정 이군과 함께 다시 빠로 가서 ⑤양품점에서 넥타이를 사고 ⑥박군과 희락관에서 구경을 하고 ⑦일한서방에서 탐정소설 「흑사관살인사건」을 사고나니 돈을 낭비한 생각으로 우울해진다. 다시 ⑧금은상에 가서 도금한 비녀·가락지를 사서 ⑨저녁에 신문사의 김군을 만나 빠로 갔다가 ⑩늘 하는 버릇대로 얼음과 딸기를 사가지고 집으로 들어간다.

이것은 마치 박태원의 「소설가 구보씨의 일일」에서 한 무력한 지식인이 도시 경성을 배회하는 이른바 산책자 유형과 흡사한 것이다. 1930년대 모더니즘 소설이 지니고 있는 특성 가운데 룸펜 지식인의 산책자 유형을 안회남 소설에서도 만날 수 있는 예라 할 수 있다.

반면에 같은 일인칭 서술 형태를 지니고 있지만 「안해의 탄식」(1933)은 화자가 아내로 전도되어 있다. 아내인 '나'는 하루도 빠짐없이 밤늦게까지 술을 먹고 들어오는 남편을 못마땅해 한다. 그러나 남편을 통해 매일 밤 술을 먹지 않고 배길 수 없는 사회의 모순상을 보여주면서 은근히 남편의 처지를 이해한다는 것이 이 소설의 주제다. 일인칭 서술자 '나'를 통해 작가자신의 허구적 인물 남편에 대한 고민의 일단을 이해하도록 배려한 것이다. 따라서 위의 「연기」와 비교해 볼 때, 전자는 '나'의 자기분석적 요소가 강한데 비해 후자는 '나'에 대한 분석적 요소보다 남편에 대한 관찰적 요소가 더 큰 비중을 차지하고 있는 것이다.

1936년에 나란히 발표된 「악마」·「우울」·「고향」과 「명상」(1937)은 연작형태를 띤 자전적 소설이다. 세 편 모두 소시민인 '나'를 가운데 놓고 살아가는 가족관계와 교우관계를 기술하고 있다.

「악마」는 독실한 기독교 신자인 어머니와 히스테리 증상의 아내, 그리고 여섯 살 난 아들을 데리고 살아가는 주정뱅이 '나'의 가족간의 불신과 갈등을 그리고 있으며, 「우울」은 '나'가 어느 회사에 취직을 하자, 가족들로부터 그리고 가난한 소설가 김군과 광주로 시집간 누이동생으로부터 돈을 변통해 달라는 말을 듣고 고리대금업자에게 50원을 차용해서 다 털어버린다는 이야기다. 그리고 「고향」은 '나'가 떠나온 고향을 16년만에 다시 찾아갔을 때, 같이 놀던 친구들(수만·홍식·운남)의 아름답던 옛 모습은 찾아볼 수 없고 변해버린 농촌의 현실 앞에서 마냥 쓸쓸해 한다는 내용이다.

「명상」은 '나'가 아들 병휘를 낳고 기뻐하는 마음을 그 옛날 아버지(안국선)가 나를 낳고 기르면서 사랑하고 기뻐하던 모습들을 회상 형식으로 기술한 것이다. 아버지는 '정치운동'을 하다가 진도로 귀양을 가서 거기서 결혼을 하고 3년만에 귀경하여 금후동에서 나를 낳았던 것이다. 이때 아버지는 금광과 미두를 하다가 가산을 탕진하고 기독교에 귀의하여 다시 고향으로 내려가 낚시로써 나의 반찬거리를 마련하던 눈물겨운 부성애를 통해 세월이 바뀐 지금은 아버지가 내게 그랬던 것처럼 내가 아들 병휘를 헌신적으로 사랑하면서 살아간다는 인생의 무상을 이야기한 것이다.

> "이놈 병휘야" "이놈 병휘야"
> 소리를 쳐 보았다. 순간 나는 내 자신이라는 것보다 흡사 전의 아버님인양 하여 마음이 어쩔줄을 몰랐다. 돌아가신 아버님의 백골은 땅속에 잠기어 무상하지마는 그분의 영혼은 아들의 몸에 옮기어 깃들이고 있는 것인가. 이렇게 가만히 생각하면 인생이란 쓸데없이 죽기만 하는 것이 아니라 영원히 살고있는 거룩한 보람과 위대한 빛을 지니고 있는 것 같다.27)

---

27) 안회남, 「명상」, 『조광』, 1937. 1월호. 339쪽.

이렇게 보면 안회남의 일인칭 소설은 모두 음주벽자 '나'를 둘러싼 아버지, 어머니, 아내, 아들의 가족 이야기를 신변기술적으로 토로하는데 주력한 것으로 나타나 있다. 요컨대 안회남의 이러한 작품에서 우리는 도시 경성을 살아가는 여러 소시민 지식인들의 무의지적이며 분편화된 삶의 양태를 보여주는 이상·박태원 등의 모더니티한 세계와 크게 다르지 않다는 것을 알 수 있다.

2. 후기 신변소설

1938년 『조광』에 발표한 「그날 밤에 생긴 일」은 '나'가 가족간의 인정기미의 이야기를 넘어서서 현실과의 치열한 관계를 다룸으로써 그의 작품이 하나의 전기를 맞이하게 된다.

한일제면소에서 직공으로 일하고 있는 '나'는 간악하고 교활한 지배인 김용욱의 머리를 몽둥이로 구타한 죄로 경찰관 앞에서 자초지종의 경위를 이야기하는 내용이다. '나'는 열 다섯 살 때 시골에서 홀어머니를 모시고 상경하여 서대문통의 포목상조합을 지켜주고 일변 잔심부름을 해주면서 그 행랑채에서 생활을 시작하게 된다. 그때 김용욱은 남편있는 행랑어멈을 꼬여 첩을 삼는가 하면 남의 자본을 이용해 한일제면소를 설립하고 지금의 지배인이 된 것이다. '나'는 김용욱의 제면소에서 일을 하는데 동맹파업이 일어난다. 최저 임금을 보장하는 조건으로 일단락되었지만 김용욱의 기세는 더욱 거세어만 간다. 같이 일하는 금순이와는 장래를 약속한 사이였는데, 김용욱은 나와의 관계를 알면서도 금순이를 끌고 가 옛날 행랑어멈을 겁탈하듯이 괴롭히는 것을 본 나는 그만 눈이 뒤집혀 몽둥이로 김용욱을 갈긴 것이다. 일찍이 김남천은 이 작품을 안회남의 새로운 세계의 개척을 위하여 한때의 침체기에서 벗어난 것으로 보고 다음과 같이 언급했다.

이번 「그날 밤에 생긴 일」을 보면 씨는 확실히 사소설과 신변소설에서 새 문학세계의 문을 두드리고 있다. 그러나 씨가 완전히 딴 세계에 작가의 눈을 돌린대도 불구하고 의연히 씨의 붓이 일인칭을 놓지 못하는 것은 어인 일인가? 역시 이들의 생활을 꿰뚫고 들어갈 만한 기백이나 패기가 준비되어 있지 않은 때문일까.28)

사실 안회남은 이 무렵 「망량」(1937), 「기계」·「투계」(1939) 등 일련의 제면공장을 제재로 한 작품에서 어느 정도 현실과의 대결의식을 다루어 나가기 시작했던 것이다. 이것은 사소설 또는 신변소설이란 말이 듣기 싫어서 어느 제면소에서 얼마동안 직접 수업한 일29)까지 있었다는 사실을 놓고 본다면, 그 자신 한때는 신변소설에 대한 긍지와 자부심을 토로하기까지 했던 것이 이즈음에 이르러 심히 못마땅했던 것이다. 따라서 그는 협소한 자아에 대한 사사를 접어두고 현실에 대한 비판의식으로 대치하면서 새로운 세계의 문을 두드리고자 했던 것이다. 안회남은 이러한 심경을 직접 다음과 같이 실토하면서 자신의 변모를 암시하기까지 했다.

「그날밤에 생긴 일」 「기계」 「투계」 등은 내가 리얼리즘을 가지고 본격적 소설도에 올라 거창한 현실세계를 요리해 나갈 수 있는 것을 약간 암시하여 비관하지 않게 하는 작품입니다. 신변소설 및 그것에 의류하여 생기는 심경소설에서 완전히 손을 떼고 앞으로는 오로지 이 방향으로 돌아서서 정진해 보려고 합니다.30)

「기계」·「투계」(1939) 2부작은 「망량」(1937)과 함께 모두 제면공장을 배경으로 한 작품이다. 따라서 이들은 감독과 직공 사이의 갈등을 첨

---

28) 김남천, 「세태풍속묘사·기타」, 『비판』, 1938. 5월호, 119쪽.
29) 이원조, 「안회남의 인상」, 『인문평론』, 1941. 1월호. 101쪽.
30) 안회남, 「자기응시 10년」, 전게서, 15쪽.

예하게 노출시키면서 철저히 착취자를 응징하는 것으로 일관하고 있다.

경구의 아버지 심가는 옛날 박서방과 힘을 모아 단간방에 세들어 어렵게 제면공장을 차려 경영하다가 돌연 박서방이 폐를 앓다 돌아가자 대신 김성배가 들어와 심가는 지배인으로 전락하고 다시 얼마 안되어 힘없는 직공으로 떨어진다. 심가는 이때부터 매일 술주정을 부리며 돌아다니자 김성배의 심복 찬수가 감독으로 들어앉으면서 평소에 못마땅해 하던 심가와 경구 부자뿐 아니라, 경구와 장래를 약속한 순이까지 못살게 군다. 드디어 경구는 감독 찬수를 넘어뜨리고 뛰쳐 나온다.

> 경구는 응뎅이를 들석 억개위로 올라온 찬수의 몸을 그대로 솜먼지가 썩어서 흡사히 시퍼런 연못인 양 한 가운데로 내꼰져 버린다.
> (인제는 아버지를 보나 내일로 보나 공장엔 있을 수 없고 순이도 없고-)
> 마침 점심시간이 되어 직공들이 우하고 쏟아져 나오는지라 경구는 그들을 피하여 저편 뜰로 가며 생각한다. 기계소리가 나고 동무들의 농담이 들리고 순이의 이뿐 얼굴이 보이고 하던 공장이 전에는 마음에 반갑더니 지금에는 (싫다 싫다)
> 경구는 머리를 흔들며 인제는 두 번 다시 공장에도 발을 안디려놓고 오늘밤부터는 집으로도 아니가겠다 결심한다.[31]

그리고 「투계」는 제면공장에서 매일같이 바지가랭이에다 솜뭉치를 훔쳐내 술을 먹다가 쫓겨난 심가가 여전히 술에 빠져 집안에서 뒹굴며 지낸다. 그러던 어느날 밖에 나가 놀던 막내둥이가 술집 산옥이가 기르는 싸움닭에게 쫓겨 울며 들어온다. 심가는 불편한 심사를 가누지 못하고 있는데, 아내가 어저께 경구가 주고간 5원을 내놓는다. 심가는 곧장 갈보 산옥이의 대폿집으로 달려간다. 그러나 거기에는 정회비 수금원 최서방이 대낮부터 도화와 얼려 노닥거리는 것을 보고 심가는 밖으로 나와

---

31) 안회남, 「기계」, 『안회남단편집』, 학예사, 1939, 151쪽.

분풀이로 산옥이의 싸움닭을 잡아 목을 비튼다.

> 닭은 놀래어 구석으로 파들며 움쭈린다. 그러나 소용없다. 심가는 이
> 를테면 사람의 멱살을 잡은 셈으로 싸움닭의 길다란 모가지를 덤석 웅켜
> 쥔다.
> "보아하니 이놈아 닭이라도 너는 나히깨나 먹은 놈이 아니냐"
> "그래 어린 아이하구 싸움을 해?"
> 닭이 푸덕거릴 때 벼란간 뒤에서 술집 여편네의 떠드는 소리가난다.
> 그리고 어느 틈에 노랫가락에 정신이 없던 도화가 나와서
> "아 심주사 왜 그러세요, 우리 아버님께서 또 취하셨어"
> 하며 심가의 팔목을 잡아다린다. 동내 아이들도 한패가 와서 디려다보
> 며 구경을 하구—.32)

「기계」에서 심가와 경구를 탄압하던 감독 찬수를 때려눕히는 것과 「투
계」에서 싸움닭이 어린 망내둥이를 헤친데 대하여 심가가 싸움닭을 잡
아 목을 비트는 것은 모두 강자에 대한 항거의 표시인 것이다.

안회남은 이러한 현실 비판적 작품을 「탁류를 헤치고」 「어둠 속에서」
(1940) 등에 이르기까지 지속해 갔지만 완전히 새로운 세계로 방향을 잡
지 못하고, 여전히 「에레나의 나상」(1938), 「수심」·「겸허」·「번민하는
잔룩씨」(1939) 등 '나'의 음주벽 이야기 또는 카페·걸과의 기구한 사랑
과 이별의 이야기를 발표해 나갔다. 그러나 이때의 신변소설은 초기의
가정 안에서 국한된 가족 이야기를 벗어나 있다는 점이 다를 뿐이다.

「에레나의 나상」은 소시민 화가 '나'가 카페의 여급 에레나와의 로맨
스를 다룬 이야기다. 나는 예쁜 에레나를 모델로 걸출한 한 폭의 나상을
그리는 게 소원이다. 어느날 에레나가 나에게 영화구경을 가자고 제의하
기에 쾌히 승낙하고 에레나와 약속한 장소에서 기다렸으나 나타나지 않

---

32) 안회남, 「투계」, 『문장』, 1939, 287쪽.

는다. 뒤에 알고보니 그때 에레나는 나와의 약속을 어기고 온천장으로 갔다는 것이다. 그 뒤 그녀는 그때의 사정을 변명하면서 용서를 구하는 것이다. 자신은 밤에는 돈을 벌고 낮에는 공부하여 산파가 되고, 다시 학교에 나가 열심히 공부하여 여의사가 되는 것이 꿈이라 한다. 나는 아직도 에레나의 나상을 그리지 못하고 있지만, 마음으로는 변함없이 아름다운 에레나를 사랑하고 있는 것이다.

「수심」과 「겸허」 역시 술로써 친구들과 교유하는 이야기며, 「번민하는 '쟌룩'씨」는 아내 임순이가 다방을 경영하여 먹고 사는 '나'는 심한 의처증을 앓고 있다. 그(김영식)는 언제나 새까만 넥타이를 매고 아내의 다방을 드나드는데 언제나 '세 에후 라뮤즈'의 소설 '번민하는 쟌룩'을 들고 다닌다. 아버지는 내가 5, 6세 때 수하로 있는 아저씨에게 어머니를 빼앗겼고, 이제 나는 그에게 아내 임순이를 빼앗기려 한다. 소설 속의 쟌룩씨 또한 애인을 빼앗겼으니 아버지와 나, 그리고 쟌룩씨는 모두 아내를 남에게 도둑맞은 가련한 사람들이라고 독백하는 것이다.

이로써 안회남의 일인칭 서술 상황이 지배하는 후기 신변소설을 살펴보았다. 그는 「그날 밤에 생긴 일」부터 강한 의욕으로 현실비판적인 내용을 삼인칭 서술 상황으로 확대하면서 모색하려 했으나, 결국 초기의 그것과 다를바 없는 신변 사사의 문제에 맴돌고 말았던 것이다.

그러나 해방 직전 강제징용으로 북구주 탄광으로 끌려 갔다가 1년만에 풀려나기까지의 체험적인 이야기는 단편집 『불』(1947)에 수록되어 있는바, 이 또한 대부분 일인칭 서술 상황이 지배하는 소설로 엮으져 있다. 그가 사소설가란 말이 듣기 싫어서 한때 제면소에서 일하면서까지 새로운 작품을 모색하고자 했던 것과는 달리 삶과 죽음의 세계를 넘나들며 직접 체험한 극한적 이야기는 충분히 서사성을 확보할 수 있는 것이다. 따라서 초기 신변소설이 '나'의 심경변화이거나 가족간의 사사를 일인칭 서술시점으로 확보한 것과는 다르게 이 무렵에는 일인칭화자 시점과 관찰자 시점을 합친 경우33)로 변모한 것이다. 이것은 자신의 신변에 관한 것보다 현실에 대한 여러 가지 사건들을 폭넓게 이야기하고자 할 때 필연적으로 나타난 형태인 것이다. 그리고 이것은 해방공간에 나타난 소설로서의 형식결여거나 형식해체에 해당되는 변종 양식임을 알 수 있는 것이다.

IV. 맺음말

지금까지 안회남 소설에서 일인칭 서술상황이 지배하는 신변소설을 초기와 후기로 나누어 살펴보았다. 이것을 한번 더 요약하면, 초기 소설은 모두 이렇다 할 사건도 없이 그저 '나'의 협소한 사사문제를 가족과 친구들 사이를 오가면서 일어난 이야기를 기술한 것이라면, 후기에 이르면 스스로 몇 차례에 걸쳐 준열한 현실 비판적 이야기를 찾아보려 했지만 결과는 초기의 한계를 벗어나지 못했다는 것이 밝혀지고 있다. 따라서 전후기에 걸쳐 안회남이 보여준 이러한 소설은 아래와 같은 지적처럼 역사의식보다 향락주의에 빠진 모습 이상 아무것도 아니었던 것이다.

안회남이 보여주는 이러한 소시민적 향락성이 KAPF 붕괴를 전후하여 시작되는 30년대의 이념적 무산현상과 무관치 않음은 물론이다. 당시 작가들의 딜레탕트화는 이른바 '구인회'라는 모임을 낳기도 하였거니와, 소설은 세태묘사와 내성의 방향으로 흘러갔던 것이다. 작가의 시선이 사적 삶의 테두리를 넘어서지 못하고 그나마 주관 속으로 움츠려들 때, 가능했던 것은 조잡한 형태의 사소설—신변물이었다.34)

---

33) 김윤식, 『한국현대문학사』, 일지사, 1976, 142쪽.
34) 신형기, 「신변소설에서 사회소설까지」, 권영민편저, 『월북문인연구』, 문학사상사, 1989, 150쪽.

그러나 이것은 자본주의가 안고 있는 인간소외의 문제, 곧 인간의 본질을 사회적 정치적 존재로 파악하는 현실주의와는 달리 오로지 고립무원의 혼자 있음에다 둔 모더니즘의 세계관에서 빚어낸 결과라 할 수 있다.

결국 안회남소설은 전반적으로 볼 때 역사의식은 물론 그 어떤 현실적 국면을 다룬 문제적 인물은 만날 수 없지만, 그 나름으로 구사된 소설은 '구인회' 일파로부터 나타난 삶의 개별화 또는 파편화된 모더니즘의 세계관과 멀리 떨어져 있었던 것은 아니었다. 따라서 우리 소설사에서 1920년대 초에 일시적으로 나타난 시적 정서에 함몰된 소설과 1930년대의 수필식으로 쓰여진 소설은 모두 소설 본질로부터 이탈된 변형태임은 더 말할 필요가 없다. 염상섭·나도향·현진건 등 '폐허' 및 '백조' 동인들이 허무의식을 영탄과 감개의 정조로 일관한 것이나, 이상·박태원·안회남 등이 자신의 심경이나 신변의 사사를 담담하게 기술한 것은 소설 본래의 자리인 부정과 비판정신을 떠나 '시와 같은 소설' 또는 '수필과 흡사한 소설'로 나타난 것이었다. 소설이 소설 본래의 모습에서 이탈하여 시에 기대거나 수필에 기대는 것은 모두 어떤 형태로든 현실에 대한 정당한 비판이 이루어질 수 없는 상황에 처할 때 필연적으로 나타나는 현상이었음을 기억해야 할 것이다.

▌ 대구대학교 국어교육과 교수

▌참고문헌

강진호, 『한국근대문학작가연구』, 깊은샘, 1996.

공종구, 『한국현대소설론』, 국학자료원, 1994.

곽　근, 『한국현대문학의 어제와 오늘』, 국학자료원, 1998.

권영민, 『월북문인연구』, 문학사상사, 1989.

＿＿＿, 『한국근대문인대사전』, 아세아문화사, 1990.

김상태, 『한국현대소설론』, 학연사, 1993.

김열규외, 『국문학논문선』(제10권), 민중서관, 1977.

김윤식, 『우리문학의 넓이와 깊이』, 서래헌, 1979.

＿＿＿, 『한국근대문학사상비판』, 일지사, 1978.

＿＿＿, 『한국근대문학의 이해』, 일지사, 1973.

＿＿＿, 『한국현대문학사』, 일지사, 1976.

김윤식·정호웅, 『한국문학의 리얼리즘과 모더니즘』, 민음사, 1989.

김학동, 『한국문학의 비교문학적 연구』, 일조각, 1972.

문학과문학교육연구소, 『한국현대문학의 이론과 지향』, 국학자료원, 1997.

문학과학교육연구소, 『한국현대소설사』, 삼지원, 1999.

박신헌, 『상상력과 비평』, 형설출판사, 1998.

백　철, 『신문학사조사』(전집 4권), 신구문화사, 1968.

이재선, 『한국현대소설사』, 홍성사, 1979.

조동일외, 『한국문학연구입문』, 지식산업사, 1982.

조진기, 『한국근대리얼리즘소설연구』, 새문사, 1989.

한국소설학회편, 『현대소설 시점시학』, 새문사, 1996.

한설야 소설의 갈등의 성격과 의미

이 재 춘

I. 서 론

본고에서는 KAPF의 대표적인 이론가로서 많은 작품을 남기고 왕성한 문학 활동을 한 한설야의 소설을 대상으로 그의 작품 세계를 살펴보려 한다. 일제 강점기 때 KAPF의 중심 인물로서 많은 작품 활동을 했으나 해방 후 월북했고 북에서는 고위직을 지내다가 숙청당함으로써 남·북한 양쪽에서 실종되어 버린 그의 문학에 대한 체계적인 연구는 한국문학사의 올바른 정립과 이해를 위해서도 필요불가결한 작업으로 본다.

지금까지 이루어진 한설야 연구는 대체로 작가의 전기적 사실을 다룬 연구1)나 일부 작품을 대상으로 한 작품론적 연구2)에 그친 감이 있는데, 본고에서는 지금까지 아무도 깊이 있게 관심 두지 아니한 한설야의 소설에 나타난 갈등3)의 성격과 의미에다 초점을 맞춰 그의 작품을 고찰

---

1) 대표적인 것으로는 서경석, 한설야 문학연구, 서울대 대학원 박사학위논문, 1992 등이 있다.
2) 대표적인 것으로는 김윤식, 한국현대 현실주의소설 연구, 문학과지성사, 1990 등이 있다.
3) 갈등이란 사회학적 측면에서 보면 개인이나 집단 사이에 목표나 이해 관계가 서로 달라 적대시하거나 불화를 일으키는 상태이며, 심리학적 측면에서 보면 마음속에 두 가지 욕구 등이 동시에 일어나 갈피를 못 잡고 괴로워하는 상태이며, 문예학적 측면에서 보면 소설이나 극에서 등장인물 사이의 대립, 또는 인물과 운명·환경 사이의 충돌이라고 정의할 수 있다.

해 보기로 한다.

KAPF의 대표적인 작가요 이론가인 한설야의 소설은 프롤레타리아 문학(프로문학)의 속성 그대로 무산계급의 생활을 제재로 하여, 그들의 계급적 자각에 의한 계급 대립의 현실을 사회주의 리얼리즘의 입장에서 표현하고 있다. 이렇듯 무산계급 해방을 위한 적극적 투쟁수단으로서의 문학이다 보니 가난한 계급에 대한 동정과 사회제도에 대한 비분이 그의 작품에 두드러지게 나타난다. 이를테면 여타의 프로소설처럼 빈과 부의 갈등구조가 나타나면서 빈자(프롤레타리아 계급)→ 선, 부자(부르주아 계급)→ 악의 갈등 양상을 드러낸다.

문학의 정치화로 치닫던 제1차 KAPF 방향 전환기의 주요한 이론 투쟁가였고 동시에 문학 창작자였던 한설야는 프로문학론을 제창하는 이론가로만 머물지 않고 이론과 실천의 합치를 추구하면서 실제 작품에다 그러한 사회주의 문학론을 반영시켜 소설로 형상화했는데, 특히 노동자와 자본가 간의 투쟁과 노사갈등, 농민(소작인)과 지주(또는 마름) 간의 대립과 소작갈등을 중점적으로 그림으로써 이기영과 함께 1930년대 사회주의 리얼리즘을 대표하는 작가로 자리 잡게 된다.

그의 생애를 소년기·청년기·중년기·노년기로 편의상 나누어 본다면, 소년기는 출생 후 성장 및 수학과정 기간, 청년기는 등단 후 유물론적 경향소설을 발표한 시기, 중년기는 출옥 후 신변적인 전향소설을 발표한 시기, 노년기는 월북 후 계급성의 분학 문학을 주도한 시기로 볼 수 있다. 그가 소위 '월북 작가'인 데다 미해금 작가라고 해서 그의 해방 전의 작품만을 대상으로 해서 작품을 논한다는 것은 문제가 있다고 보고 해방 후의 작품까지 대상에 넣어, 해방 전의 작품은 경향성이 뚜렷이 나타나는 작품인 「과도기」를 기준으로 하여 그 이전의 시기를 제1기〔습작성의 초기 단편〕, 「과도기」 이후를 제2기〔유물론적 경향소설〕, 경향성

김민수 외 3인 편, 국어대사전, 금성출판사, 1991, p. 52 참조.

이 약화되었거나 전향을 다룬 작품을 제3기[신변적인 전향소설], 해방 후 월북해서 발표한 작품을 제4기로 보고 작품의 전개 양상을 살펴볼 수 있다.

　　인간의 삶을 다룬 소설은 갈등에서 시작한다고 볼 수 있으므로, 이러한 갈등 구조의 연구는 소설 작품을 제대로 이해하는 데 빼놓을 수 없는 것이다. 따라서 본고에서는 한설야 소설에 두드러지게 나타나는 갈등의 양상을 몇 가지 유형으로 나누어 그 의미를 고찰하고 나서, 한설야 소설의 특성을 구명하고, 아울러 그의 문학이 한국현대 문학사에서 어떤 위상을 차지하는지를 파악하려 한다.

II. 갈등의 양상과 의미

　　한설야 소설에 가장 두드러지게 나타나는 갈등의 양상으로는 노동계급의 투쟁과 자본가와의 갈등, 소작인의 궁핍과 지주와의 갈등, 세대 간의 신구대립과 부자갈등, 전향자의 내면심리와 아내와의 갈등, 남녀 간의 삼각관계와 애정갈등 등이 있는데. 이제부터 이러한 다섯 가지 유형의 갈등의 양상과 의미를 보다 체계적으로 깊이 있게 고찰해 보려 한다.

1. 노동계급의 투쟁과 노사갈등

　　한설야의 소설 가운데 공장 노동자들의 생활과 투쟁 및 자본가와의 갈등을 다룬 작품으로는 「황혼」(조선일보, 1936. 2. 5.~10. 28.)과 「합숙소의 밤」(『조선지광』75, 1928. 1.)·「공장지대」(『조선지광』96, 1931. 5.)·「삼백육십오일」(『문학건설』1, 1932. 12.)·「교차선」(조선일보, 1933. 4. 27.~5. 2.)

등이 있다.

노동계급의 투쟁과 노사갈등은 「황혼」을 중심으로 살펴보면, 이 작품에는 자본가와 노동자 간의 노사갈등, 노동자 간의 노노갈등, 중간계급의 내적 갈등, 남녀 간의 애정갈등이 나타나는데, 작품에서 비중이 크게 나타나는 것은 아무래도 노사갈등과 애정갈등이다.

자본가(경영자)와 노동자(근로자) 간에 일어나는 노사갈등은 계급갈등의 성격을 띤 채 집단갈등으로 발전한다. 안 사장과 그의 하수인들인 공장 주임·감독 등이 이루는 자본가 집단과, 노동자 대표인 준식과 그를 따르는 직공들이 이루는 노동자 집단 사이의 대립에서 오는 갈등이다.

이제부터 이 작품에서 가장 두드러진 노사갈등의 성격을 권력갈등·계급갈등·선악갈등의 측면에서 그 의미를 고찰해 보기로 한다.

(1) 권력갈등

먼저 자본가와 노동자의 대립을 다룬 노동소설에서 두 계급의 대립을 권력갈등의 측면에서 볼 수 있다.

기업주에겐 권력이 집중되어 있어 그들이 경영을 독단하고 따라서 군림통제형인 데 비해, 근로자는 욕구불만형으로 권력의 분산과 경영에의 일부 참여를 원하고 있다. 기업주는 기업은 당연히 기업주의 것이므로 경영이나 그 이윤까지도 제 몫으로 생각하며, 근로자들이란 시키는 대로 일이나 열심히 하고 급료만 받으면 된다고 보기에 경영이나 자산에 대하여 관여하지 말라는 것이다. 이러한 기업의 사유화 개념, 즉 기업의 주인은 오직 기업주라는 기업의 개인 소유관념이, 근로자들에겐 그들의 생존과 직결될 때는 거부되는 데서 문제가 발생하는 것이다. 근로자들은 그 기업이 아무리 기업주의 자본이나 노력으로 세워졌다 하더라도, 그 기업은 당신만의 기업 〔私財〕이 아닌 우리 모두의 기업 〔公財〕이란 생각인 것이다.

　Y방적회사의 사장 안중서는, 공장 직공들이 회사 측의 공장 신축과 새 기계 도입계획을 알고서 그 뒤에 닥칠 인원 감축을 우려하던 중 건강 진단을 계기로 작업중 부상자의 치료비 부담을 위시해서 야엽 수당·휴식 시간·공장 시설·대우 개선·위생 시설 등에 관한 아홉 가지 요구사항을 내세우며 회사에 최후 통첩을 하자, 그는 극도로 흥분하여 그들을 모조리 해고해 버리려는 충동까지 느낀다.

　또한 그는 회사가 자기 소유인데 이에 대해 누가 관여하는 것은 돼먹지 않았다고 생각한다.

　　　그러나 그러는 순간,'천만 놈이 뭐라든 이것은 내 회사다!' 하는 뿌리
　　깊은 소유의식이 함께 왔다.
　　　"이놈들! 대체 누가 하는 회산데 이래라 마라 해!"
　　　사장은 심술 사나운 소리로 이렇게 배알고는 이어 좌중을 돌아보며,
　　　"더 얘기 할 것 없소."
　　하고 외쳤다.
　　　더 구구히 이러니 저러니 중언부언하는 것은 자기의 회사 – 자기의 소
　　유에 힘을 내는 것 같아서 사장은 좋거니 궂거니 더 말을 꺼내지 못하게
　　하려 하였다. 그것은 강한 소리 같지만 사실 사장은 이 불의의 일에 이
　　만큼 졸지에 피곤과 쇠약을 느꼈던 것이다.4)

　이에 비해 이 작품에서 근로자들은 자기들의 생존이 달린 인사 문제, 즉 새 기계 도입으로 하여 있을 인원 감축에 대하여는 함께 연대하여 막으려 하며, 처우와 복지 문제, 이를테면 작업 중 부상자의 치료비의 회사 부담·작업 시간·급료·야엽 수당·휴식 시간·공장 시설·대우 개선·위생 시설 등에 관해서는 당연히 회사 경영자인 사장의 관리 및 경영권을 인정하지만, 모든 것을 사장이나 관리자(간부) 등이 제 마음대로

---

4)『한설야선집』 I , 황혼, 풀빛, 1989, pp. 442~443.

할 수 없다면서 이에 일부 관여함으로써 그들의 생존권을 보장받으려 하는 것이다. 그들은 이런 문제의 해결을 보기 위해 함께 몰려와서는 최고 책임자인 사장과 직접 담판 지으려 한다.

이처럼 이 작품에서는 노사 간의 대립이 회사의 경영을 둘러싼 헤게모니 쟁탈, 즉 권력갈등의 형태와 성격을 띠고 있다.

(2) 계급갈등

다음으로 자본가와 노동자와의 대립을 계급갈등의 측면에서 볼 수 있다.

소득이나 부, 고용·피고용 등 주로 경제적 측면에서 단순히 어떤 계급에 속해 있다는 막연한 계급의식 혹은 어떤 층이나 어떤 집단에 속해 있다는 소속의식을 사람들은 누구나 갖게 되는데, 이런 경우 같은 계급의 사람에겐 연대적인 동지의식을 갖게 되고, 상대적인 다른 계급의 사람에겐 배타적인 대립의식을 가질 수 있다.

자본가와 근로자들 사이의 대립과 갈등도 이러한 계급갈등의 측면에서 설명될 수 있다. 특히 조선조 시대부터 내려오는 반상의 제도와 사농공상의 계급의식 속에 오랜 세월동안 길들여진 자본가 계급은 자기 공장에서 일하는 근로자들을 인간적으로 무시하기 일쑤이고, 근로자들은 이에 대해 한편으론 굴종하면서도 또 한편으로 반발하기도 한다.

또한 사장은 공장 근로자들을 '하찮은 놈들'·'무지막지한 놈들'이라면서 인간적으로 무시하고 있으며, 그들이 자기에게 반발하는 것은 "키우던 강아지에게 발뒤꿈치를 물린 것 같이" 분노와 증오마저 느낀다.

안중서의 딸 현옥은 자기와 약혼한 김경재가 그집 가정교사로 있다가 Y방적회사 비서로 취직한 박려순과 가까이 지내는 것을 일개 여사무원 따위와 상대한다고 못마땅해 한다.

"글쎄 저도 잘 아는 것이지만 아무리 한들 일개 여사무원에게……." 하고 현옥은 말끝을 흐려 버린다.5)

"경재씨와도 말할 테예요. 체면 사나운 줄도 모르고 일개 여급사와……. 그리고 자기 집에서 얻어먹은 여자 아니예요."6)

이에 비해 공장 근로자들은 동류의식 아래 한데 뭉쳐 서로 돕기도 하고 회사의 사장이나 중견 간부의 횡포에는 함께 맞서나가는 것이다. 정님이란 여직공을 두고 삼각관계였던 공장 주임 털보가 학수가 작업 중 여직공과 말을 주고받은 것을 가지고 규칙 위반이라며 시말서를 받으려 하자, 준식은 남의 일이 아닌 근로자 모두의 일이라며 학수 대신 공장 주임의 횡포에 대해 항변한다.

이처럼 이 작품에서는 노사 간의 대립이 자본가 계급과 노동자 계급 간의 계급갈등의 측면에서 설명될 수 있다.

(3) 선악갈등

끝으로 자본가와 노동자의 대립을 다룬 노동소설에서 두 계급의 대립을 선악갈등의 측면에서 볼 수 있다.

작품 속에서의 선악은 작가의 판단에 따라 결정되므로, 작가가 긍정적으로 생각하는 것은 선이고, 작가가 부정적으로 생각하는 것은 악이다. 선악의 개념은 시대와 사회와 개인에 따라서 다를 것이므로 절대적이 아니고 상대적이다.

노동소설에서 자본가와 노동자의 이미지나 상은 매우 상대적이며, 그들 간의 관계는 매우 적대적으로 나타난다. 대체로 자본가는 악, 노동자

---

5) 상게서, p. 60.
6) 상게서, p. 98.

는 선으로 나타나는데, 이는 작가가 기업가들의 경영 방식이나 도덕성에 회의와 비판의식을 갖고 있는 데 비해, 약자인 노동자들의 고통과 열악한 삶에 대해서는 동정과 연민의 감정을 갖고 있기 때문으로 보인다.

이 작품에서도 자본가 계급인 안중서나 김재당은 권력·물질·여색 등에 탐닉하는 악덕하고 부정적인 인물로 나타나고 있다.

> 나이를 먹었어도 여자를 좋아하는 타고 난 버릇은 늙지 않았다. 아니 노욕(老慾)이라고 할까. 갈수록 나이 보람 없이 되려 자심해지는 듯도 하였다. 그는 지금도 소실이 둘이나 있다. 하나는 신여성이요 하나는 기생이다. 돈을 모은 후 빛다른 것이라고 적지 않은 돈을 써가며 소위 신여성을 맞아 왔으나 어느새 한때의 흥미에 지나지 않았다. 어느새 아기자기한 맛이 없는 한 개의 인형이 되고 말았다. 기생도 번가는 그 무렵뿐이지 들여앉히고 보면 화병에서 시들어 가는 한 떨기 꽃이 되고 만다. 이러한 심리는 그로 하여금 밖에서 향락을 찾게 하였다.7)

이처럼 그는 가정에서는 호화로운 주택에서 호의호식하고 살면서 물질과 여색에나 탐닉하고, 회사에서는 이윤의 극대화와 회사의 성장만을 추구하면서 노동자들의 열악한 작업 환경이나 처우 등엔 관심이 없이 그들을 착취하기만 한다. 김재당 역시 부유한 생활을 해 오다 경영하던 회사가 전무후무한 불경기의 여파로 파산하게 되자 아들 경재와 안중서의 딸 현옥을 결혼시키려 하는데 경재가 려순을 좋아하자 결혼에 장애가 되는 려순에게 돈 봉투를 내밀어 회유하려 드는 속물적이면서 철저한 배금주의자이다.

또한 그는 세상은 돈만 있으면 된다는 철저한 황금만능주의자로서, 아들이 부유한 안중서의 딸을 두고 가난한 박려순을 사랑하는 것을 못마땅해 하는 등 결혼에서도 애정이나 성격의 조화보다 돈이나 배경을 더

---

7) 상게서, p. 73.

중시하고 있다.

안중서는 생산 인원을 감축하기 위해 건강진단을 실시하고 여름철 생산고를 높이기 위해 하기 경품제를 실시하여 노동자를 혹사하고 착취하며, 노동자들의 조직을 파괴하고 분열시키려 시도한다.

이에 비해 노동자들은 열악한 작업환경과 중노동 및 저임금에 시달리면서도 평소에는 자신들의 권리와 지위 등도 제대로 누리지 못한 채 노동력만 착취당하는 착한 희생자로서 그려져 있다. 그들은 대개 착하고 성실한 성격에다 우정과 의리마저 갖춘 인물들로 나타나고 있다.

이처럼 이 작품에서는 노사 간의 대립이 자본가 계급은 악, 노동자 계급은 선이라는 선악갈등의 측면에서 설명될 수 있다.

이와 같이 이 작품에서는 노사 간의 대립이 권력갈등·계급갈등·선악갈등의 측면에서 설명될 수 있는데, 이러한 분석 결과는 여타의 다른 노동소설에도 그대로 적용될 수 있으리라 보며, 따라서 지금까지 노동소설을 일률적으로 그저 단순히 노사 간의 대립으로 파악하는 것은 너무 피상적인 고찰로서 문제가 있다고 본다.

노동자들의 생활과 투쟁 및 노사갈등을 다룬 작품을 한설야가 많이 쓴 것은 1927년의 카프의 신강령 채택과 연관이 있음을 다음의 글에서 알 수 있다.

> "카프 작가들은 1927년 카프 신강령을 채택한 이후, 보다 많이 공장에서 노동자의 생활을 주제로 한 작품을 쓰게 되어서 우리들은 누구나 공장지대로 갈 것과 노동자들과 접촉할 것을 생각하였고 의식적으로 그런 기회를 가지랴고 노력하였다."[8]

그는 노동자들의 생활 체험과 그들의 심리상태를 생생하게 보여 주면

---

8) 한설야, 정열의 시인 포석 조명희, 포석 조명희 선집, 소련과학원 동방출판사, 1959, p. 547.

서 동시에 불균형과 불평등의 존재하는 노사관계로 인한 노사갈등을 생생하게 작품 속에 그리고 있다. 개인의 사유 재산권을 인정하는 자본주의 사회를 사회주의나 공산주의의 관점에서 보거나 자유와 평등을 기초로 하는 민주주의의 시각에서 보면 많은 문제점이 있음을 알 수 있다. 작가는 평소에 자본가들의 기업 경영방식과 도덕에 회의를 지니고 노동자들의 고통과 열악한 삶에 동정을 갖고서 이런 작품들을 창작한 것 같다.

2. 농민들의 참상과 소작갈등

한설야의 소설 가운데서 농민들의 생활과 투쟁을 반영한 작품으로는 3부작을 이룬 단편 「홍수」(『조선문학』속간Ⅰ, 1936. 5.)·「부역」(『조선문학』 속간Ⅱ, 1937. 6.)·「산촌」(『조광』37, 1938. 11.)을 비롯하여 「사방공사」 (『신계단』2, 1932. 11.)·「추수 후」(『신계단』9, 1933. 6.) 및 「씨름」(『조선지광』86, 1929. 8.) 등이 있고 해방 후에는 단편 「자라는 마을」(1949. 8.) 과 장편 「설봉산」(1951) 등이 있다.

「홍수」·「부역」·「산촌」은 「탁류」 3부작이라 하는데, 소작인의 궁핍과 지주와의 갈등 및 식민지 지배로 인한 농민의 몰락 과정을 그렸다.

이제부터 소작갈등이 가장 두드러지게 나타나는 「탁류」 3부작을 대상으로 하여 갈등의 양상에다 초점을 맞춰 작품을 분석해 보려 한다. 연작의 형태를 띠고 있는 이 작품들은 식민지 지배로 인한 농민의 몰락과정을 그렸는데, 특히 소작인의 궁핍과 지주와의 갈등이 잘 드러나고 있는 작품이다.

「탁류」 3부작을 보면 소작인들과 종걸이동 측의 대립, 방축 부역을 둘러싼 노소갈등, 새 지주와 기존 소작인 간의 갈등이 나타난다.

이제부터 농민들의 참상과 소작갈등의 성격과 의미를 소작농민의 궁핍상, 지주의 수탈과 횡포, 농민층의 분해 몰락 등의 측면에서 고찰해 보려 한다.

(1) 소작 농민의 궁핍상

먼저 소작갈등의 성격을 소작농민의 궁핍상이란 측면에서 살피기로 한다.

일본은 1906년 통감부를 설치하고 식민화의 절차를 밟기 시작한 뒤부터는 경제적으로도 통감부의 조정에 의한 조직적인 침략을 감행하고 있었다. 그들은 금융공황을 일으켜 한국 경제를 파멸시킨 후 그들의 식민 경제를 수립해 갔는데 금융공황이 아니더라도 이 때의 화폐 개혁으로 농촌의 자연경제는 더욱 분해되어 농민은 농토에서 축출당하고 있었다. 특히 1908년 12월에 동경에서 창립된 동양척식주식회사는 이듬해 1월부터 한국의 토지 매수에 착수하면서 대자본가의 토지 투자 및 그들의 농업이민 지망자의 한국 투입이 이루어졌다.

농업에 있어서 반봉건적 생산관계가 확립된 이후 농업에 대한 지주와 일제 독점자본의 착취와 수탈은 농민의 궁핍을 촉진시켰고, 그 결과 소작농민들은 소작료와 수세 등 각종 세금과 빚에 시달리고 초근목피로 연명하는 경우가 많았다.

「홍수」에서는 김갑산동 작인들이 그 아래 새로이 쌓은 종걸이동 때문에 홍수가 나서 둑이 터지려 하자 새 동을 터놓으려 한다. 십 여년 전 일제의 식량정책으로 산지의 밭들까지 논으로 만드는 개답 작업이 한창일 때 함경도 H읍에 건설된 김갑산동에 딸린 논을 부치는 소작인들은 최근에 생긴 종걸이동이 물길을 막아 배수가 안 돼 웬만한 대수롭지 않은 비에도 걱정을 하게 되었다.

김갑산동의 작인들은 막상 홍수로 들판이 물에 잠기고 그해 농사가 엉망이 되자 먹고 살아갈 일을 걱정한다.

그러나 그 보다도 무얼 먹고 사나? 하는 것이 맨 큰 걱정이었다. 도지는 어찌하며 빗은 어찌할까? 거름값은 누가 물며 이자는 누가 치르나? 삼동설한은 어떻게 지나며 다음해 춘경은 어떻게 해대나? 아니 저 방축 터지기는 누구의 손으로 꾸어맬 것일까?

홍수는 산떼미 같은 설음과 걱정을 가뜩이나 지친 그들의 등어리에 처 엎여 놓은 것이다.9)

또한 「산촌」에서도 소작인들이 봄철에 초근목피로 연명하는 참상을 다음과 같이 서술하고 있다.

봄이 다시 돌아왔다. 작인들의 생활은 더욱 말 아니었다. 여윈 손으로 새여내던 낱알도 인제는 바닥이 났다. 황조미(만주속)도 떠러졌다.

봄이 얼마간 다정하다면 그것은 몇가지 풀뿌리와 나무껍질과 나물잎을 그들에게 주는 그것 뿐이었다. 안악들은 그 근처 담방술밭으로 매일 같이 찾아 다녔다. 풀과 나물을 캐고 소나무 껍질을 베꼈다. 솔잎을 따서 요기해 가며…….

개중에도 소나무 껍질은 가장 좋은'진미'일 수 있었다. 그것을 말려서 방아에서 찌어 가루를 만들어 가지고 거게다가 약간의 좁쌀 가루나 초석을 섞어서 떡을 만들면 이런 별미는 다시 없는 것이다. 한 번 먹어 놓면 그 어느 음식보다도 오래도록 주림을 잊을 수 있다.

그러나 그도 오라지는 못했다. 삼림간수에게 들켜서 몇 사람은 함하터면 삼림령 위반에 걸려들 번하였다.10)

이처럼 「탁류」 3부작에서는 소작료와 수세 등 각종 세금과 빚에 쪼달리고 초근목피로 연명하는 소작 농민들의 참상이 잘 나타나 있다.

---

9) 『한설야 단편선집』I, pp. 289~290.
10) 『한설야단편선집』2, p. 31.

(2) 지주의 수탈과 횡포

다음으로 소작갈등의 성격을 지주의 수탈과 횡포라는 측면에서 살피기로 한다.

일제는 토지조사사업을 통하여 약탈한 국유지에서 혹은 일본인 농장에서 한국인 소작민을 최대한 착취했으며, 파산 위기에 놓인 한국인의 토지를 헐값으로 배정하여 한국인의 소작인 수는 해를 거듭할수록 증가하여 갔다. 이렇듯 토지의 지주 수중으로의 집중과 영세농 경영의 확대 등은 방대한 농촌 과잉 인구의 토대 위에서 농민에 대한 일제 및 지주의 착취를 가능하게 했다.

「홍수」에서는 홍수로 해서 방축이 무너지려 하자 부재 지주는 무관심한데도 소작 농민들이 자발적으로 삶의 터전을 지키기 위해 노심초사하고 있다.

> 방축으로 나가니 벌서 사람들이 모여서서 수군거리고 있다. 안악들과 어린것들도 섞여 있다. 죽으나 사나 이 방축과 같이 밤을 새랴는 침통한 생각이 누구에게나 더위잡혀 있다. C읍에 사는 지주 김갑산은 금광이다 뭐다 모다 여의치 못해서 그런지 또는 자기 집에 이십년 가까히 머슴으로 있든 박영감에게 통 맡겨놔서 그런지 작년 추수 때에 다녀가고는 아직 한 번도 머리를 내민 일이 없으니 지금이라고 달려와서 위험을 구해 줄리 없는 것이다. 그러니 잘되나 못되나 작인들끼리 설치는 수밖에.[11]

「부역」에서는 막상 홍수로 방축이 무너지자 소작 농민들이 무너진 방축을 자발적으로 복구하는데, 지주로부터 공사비 한 푼 받지 못하고 점심조차 스스로 해결하면서 일하는 공짜 부역을 한다. 바로 지주의 자의에 의한 무상 부역에 혹사당한 예이다.

---

11) 『한설야 단편선집』1, p. 285.

그러나 공짜 부역까지 하며 고생한 보람도 없이, 김갑산 농장은 일본인 사사끼 교장에게로 넘어가고 그 농장은 일본에서 건너온 모범농민과 T교 졸업생에서 가려 뽑은 모범 경작생들에게 경작을 맡긴다는 말을 듣게 된다. 지주의 일방적 의지에 의해 소작 기간이나 소작인이 변동되는 상황에 처하게 된 것이다.

이처럼 「탁류」 3부작에서는 과중한 지세와 지주의 자의에 의한 무상부역과 소작기간 등의 변동에 의한 지주의 수탈과 횡포가 잘 나타나 있다.

(3) 농민층의 분해 몰락

끝으로 이 작품에서 갈등의 성격을 농민층의 분해 몰락의 측면에서 살피기로 한다.

일제는 토지점탈을 통하여 지주계층을 형성하여 한국 농민을 소작인으로 한 식민성 농업경영을 감행했고, 그 식민성 농업경영으로 얻은 치부를 재투자하여 다시 토지 매수와 약탈을 감행하여 일제의 지주적 위치는 점점 확대되고 강화되어 갔던 것이다. 그런 반면에 "한국의 농민은 자작농이 감소되고 소작농이 해마다 증가하여 1920년대 말에는 자소작 합쳐서 소작농이 81.6%(自小作 31.4%, 순소작 50.2%)에 이르게 되었다. 그러므로 일제하의 농민운동은 소작쟁의가 주류를 이룰 수밖에 없었던 것이다.[12] 이렇듯 일제하의 농민은 그 8할이 소작 농민이었기 때문에 일제하 농민운동의 주류는 소작쟁의로 나타났다. 그 당시에 일어났던 소작쟁의를 보면 소작권 박탈 또는 이동에서 일어난 것이 가장 많고 다음이 소작료 문제였다.

「산촌」에서 김갑산동이 일인 사사끼의 농장에 합병되자 소작 농민들은 소작권을 존속하기 위해 소청도 하고 소극적·방어적 저항도 하다가

---

12) 조동걸, 전게서, p. 108.

이것이 지주와 소작인 사이에 소작권을 둘러싼 투쟁으로 발전하는데, 이는 김갑산동을 인수한 새 지주인 사사끼가 종전의 소작인들의 소작권을 인정하지 않고 내지에서 모범농민을 데려오고 T학교 졸업생 중에서 모범 청년을 뽑아 모범 경작을 시도하려 한 데서 원인을 찾을 수 있다. 그러나 농민들의 소작권을 지속하기 위한 투쟁은 법과 경찰의 비호를 받는 지주 앞에 무력하여 결국 농장에서 소작권을 빼앗기고 산지사방으로 흩어지고 만다.

> 그러나 마침내 그 통에 기술이와 몇사람은 태양이 없는 우리 안으로 가고 말았다. 그리하여 충돌은 끝이 났다. 오곡이 무르익는 한여름이 다 지나가도록 기술이들은 그대로 있었다. 추수 뒤에 겨우 놓여났을 때에는 작인들의 절반이상이 산지사방 떠가고 말았었다. 복녜네도 어디로 가버렸다. 기술이 아버지는 겨우 사방공사장에서 노동해서 그날 그날을 풀칠해 가고 있었다. 그러나 그나마도 일터는 좁고 사람은 꾀여처서 닷새에 이틀은 그 일도 얻어 만나지 못하는 형편이다.
> ……(중략)……
> 복녜네 집은 이 공사가 시작되는 것을 보지 못하고 고향인 S군으로 갔다고도 하고 또는 간도로 갔다고도 하여 그 종적을 바루 알 길이 없었다. 13)

농민들은 생계를 이어가기 위해 지주 또는 부농의 일고 인부가 되든가 아니면 가장 비참한 각종의 부업에 종사했다. 그래도 생계가 어려워서 초근목피로써 간신히 생명을 부지했는데 그렇지 않으면 노동할 곳을 찾아 농촌을 떠나지 않을 수 없었다. 몰락한 소작농 중 일부는 화전민으로 전락하기도 했다.14) 농촌의 방대한 과잉 인구의 일부는 도시로 또는 일본·중국·만주·시베리아 등 해외로 유출되었다. 「탁류」 3부작에는

---

13) 『한설야 단편선집』 II, p. 280.
14) 전석담·최윤규 외, 『조선근대사회경제사』, 이성과현실, 1987, p. 32.

바로 이러한 농민층의 분해 몰락이 잘 나타나 있다.

결국 일제하의 조선농민은 부농·중농·빈농·농업노동자로 분해 내지 분해하고 있으며, 이들은 전층적으로 소수의 식민지적 대지주 계급에 의해 지배되고 있는 분해의 양상을 나타내고 있었다. 부농은 자작형 부농·소작형 부농·지주형 부농으로 나눌 수 있고, 중농은 극소수는 부농 내지 지주로 상승했으나 대다수는 빈농 내지 농업 노동자·실업자로 몰락해 갔으며, 빈농은 일반적으로 토지를 임차하여 경작했으며, 농업 노동자는 주로 자신의 노동력을 판매함에 의해 생활하는 존재이다.15) 본국에서 견디다 못해 정든 고국을 등지고 해외로 이주한 한국 농민들은 그곳에서도 대부분 참혹한 생활을 하였다.

농민들의 비참한 생활상과 지주에 대한 투쟁을 그린 작품을 한설야가 쓴 의도가 붕괴된 농촌의 현실을 있는 그대로 보여 주려 한 데 있음을 「산촌」에 관한 그의 글에서 알 수 있다.

"이 작은 산지대 개간지의 정형을 그려 보랴는데 그 창작적 의도가 있었던 것이다. … (중략) … 즉 다시 말하면 첫재 평지대의 농촌과 다른 산간 개간지를 그리랴는 것, 둘재 그것을 그리는 데는 작일의 그것이 아니고 오늘의 그것으로 그리랴 한 것 … 여기에 기본 관심이 있었던 것이다. … (중략) …

여기서 소작의 이동이 토지 매매에 의하여 행하여지지 않고 금일적인 시류에 의하여 행하여지는 것을 보인 데에 이 작의 특수성이 있지 않을가 그리고 거게 이 시류에 처한 작인 曲折多端한 동향이라던가, 또 천연적인 재해의 이면에 禍不單行格으로 뙇다니는 인위적인 사흌이라던가 육이 되어 있는데……16)

---

15) 장시원, 1985, 일제하 농민층 분해의 양상과 그 성격, 차기벽 엮음, 『일제의 한국식민통치』, 서울, 정음사, pp. 222~226 참조.
16) 한설야, 자화자찬, 『조광』45, 1939. 7.

지주와 소작인 간에 계급적 대립과 경작을 둘러싼 소작갈등이 심화되면서 생활 터전에서 쫓겨나는 농촌 빈민들의 참상을 보여 줌으로써 지주의 횡포를 고발하고 소작농들의 권익을 옹호하려는 작가의 의지가 반영되어 있다.

이는 일차적으로 농촌의 현실을 개혁하려는 목적의식이기도 하지만 궁극적으로는 사회주의 이념의 실천으로 볼 수도 있다.

3. 세대 간의 신구대립과 부자갈등

한설야의 소설 가운데 「귀향」(『야담』 38~43, 1939. 2.~7.)과 「그 전후」(『조선지광』 67, 1927. 5.)·「부역」(『조선문학』 속간 Ⅱ, 1937. 6.)과 「탑」(매일신보, 1940. 8. 1.~41. 2. 14.) 등은 부자 간의 갈등 양상이 두드러지게 나타나고 있는 작품이다.

세대 간의 신구대립과 부자갈등은 「귀향」을 중심으로 살펴보면, 갈등의 원인이 진로 선택 및 문학에 대한 인식 차이, 본처와의 이혼과 외간 작첩, 직업 및 사회주의에 대한 인식 차이, 누이의 약혼 반대와 동반가출에 있는데, 부자갈등의 성격을 부자관계와 효, 사회변화와 신구대립, 청년기의 대인갈등으로 나누어 그 의미를 살펴보기로 한다.

(1) 부자관계와 효

이 작품에서 부자 간의 대립과 갈등을 부자관계와 효의 측면에서 그 성격과 의미를 살필 수 있다. 부모와 자식 간의 관계는 부의 생·육의 은혜로 인한 자의 효의 의무가 있다. 효도란 부모에 대한 효성·존경·감사·희생·순종 등인데, 이것이 가족의 전통적 가치관에서는 자녀의 미덕으로 생각되었다. 부모에게 효도하는 것은 자식 된 사람의 도리이며, 부모의 은혜로 자식이 존재한다고 보아 효도를 사람의 도리로 보았던 것이다.

　「귀향」에서 아버지는 아들이 법률을 공부해서 장차 벼슬하기를 희망하였으나 아들은 법률 공부를 집어치우고 문학 작품을 읽는 등으로 아버지의 희망과 기대를 저버린 데서 부자 간의 대립과 갈등이 필연적일 수밖에 없었다. 아버지에게 아들이 누이의 약혼을 반대하다가 나중에 누이를 빼돌려 혼담을 깨어지게 한 행위는 가문의 명예나 자기의 체면을 생각해 볼 때 도저히 묵과할 수 없는 불효인 것이다.

　　　그러다가 그 뒤미처 이러난 제 누이의 약혼 문제를 기덕이가 극력 반대하든 끝에 결국 누이를 빼돌려서 서울로 피신시켜 혼담이 깨어지게 되여 양반의 가문을 더럽히고 점잖은 체면을 허트렸다 하야 아버지는 마지막 선고를 아들에게 내리는 단호한 태도에 나왔다. "너는 내 자식이 아니다. 나를 애비로 생각할 거 없다."17)

　이 작품에서 아버지는 전래의 효에 대한 관념에 철저히 젖어 있는 인물이다 보니 자녀의 결혼이나 진로는 부모 마음대로 할 수 있다고 보았으며 자기 명령을 따르지 않는 아들을 불효자로 보고 의절까지 하게 되는 것이다.

(2) 사회변화와 신구대립

　이 작품에서 부자 간의 대립과 갈등을 사회변화와 신구대립의 측면에서 살펴볼 수도 있다. 세대별로 보면 부모보다 자식들이 더 근대화되어 있는 것이 보통이기 때문에 비교적 전통적인 부모와 비교적 현대적인 자식 간에 사고의 간격이 생기기 마련이다. 거기다가 서구 문화가 도입되면서부터는 배우자나 직업의 선택에 있어서도 자녀들이 자기들의 권리

---

17) 상게서, p. 41.

를 주장하고 실천하려고 하며, 부모의 권위를 종전처럼 절대적인 것으로 인정하지 않으려는 경향이 생기게 되었다.

> 하나 아들은 아버지의 희망을 꺾어버렸을 뿐만 아니라 무슨 모임이나 무슨 회이니라는 데루나 쏘다니고 게다가 죄없는 안해까지 칼춤을 추다 싶이 지독히 굴어서 마츰내 내쫓고 말았다. 아버지의 말을 빌면 외간작첩까지 하였다. 아버지는 일체 단체에서 몸을 뺄 것과 활냥년을 버리고 정숙한 안해를 불러드릴 것을 강박한 남어지에 갖은 꾸중과 욕설을 아들에게 내리었다.
> "제 먹을 버리도 못하는 놈이 그래 밖에 나가서 계집질이나 하고 댕겨! 엥 조상을 더럽히는 놈 이놈 네가 애비 얼굴에 똥칠하는 놈 아니면 뭐냐! 그따위 주젤 하랴거든 이 집을 나가거라 나가."18)

또한 아들이 진보적인 사회주의지기 되어 회까지 조직해서 사회주의 운동을 한 것이 관료 출신으로서 완고한 보수주의자인 아버지의 노여움을 삼으로써 부자 간에 심각한 대립과 갈등을 일으키게 되는 것이다. 또한 나이 먹고 무지한 구식 아내를 일방적으로 버리고 젊고 배운 신식 아내와 부모의 허락 없이 재혼한 것도 부자 간의 갈등을 심화시켰던 것이다.

(3) 청년기의 대인갈등

이 작품에서 부자 간의 대립과 갈등을 청년기의 대인갈등의 측면에서 살펴볼 수도 있다. 보통 청년기는 심리적·정서적으로 불안하고 사회적으로 독립성을 추구하며 기존의 가치체계를 부정하는 경향이 있다. 태어나면서부터 부모의 정신적·물질적 보호 아래 양육 받으면서 성장해 오다가 청년이 되면서 부모와 가정으로부터 벗어나려고 하여 자연히 부모와 마찰과 갈등을 일으키기 쉽다. 청년기엔 부모의 간섭을 싫어하고 제

---

18) 상게서, p. 40.

의사대로 모든 것을 하려는 데 비해, 부모는 계속 자녀를 어린애로 보고 통제와 간섭을 하려는 경향이 있다.

「귀향」에서 의절한 지 9년 만에 돌아온 아들을 늙어버린 아버지는 아주 반기면서 부자 간에 감정을 상할 만한 말은 않으려 하며, 아들이 임의대로 재혼한 며느리에 대해서도 다시 문제 삼지 않으려 함으로써 더 이상의 갈등을 야기하지 않으려 한다.

> 기덕이가 돌아옴으로 해서 아버지의 불안은 어느 정도까지 개벼워졌다. 자식에게 대한 지나간 일의 자기의 소행을 뉘우치는 마음도 물론 났다. 이제부터는 어떠한 경우에든지 부자간 감정을 상할 만한 일은 하지 않으리라고도 생각하였다. 이러한 심경은 아들에게 대한 사랑과 포용성을 깊이 하는 심경이기도 하다.[19]

이 작품에서 주인공 기덕의 귀향으로 부자 간에 화해가 되는 데는 아버지의 태도도 중요한 요소이다. 아버지는 자기가 생각한 대로 말하면 아들이 다시 가출해 버릴 것이고, 따라서 또 부자 간에 파탄이 올 것이 뻔하다고 보고 아무 말도 안 하고 간섭도 하지 않으려 한다.

세대 간의 신구대립과 부자갈등이 그의 작품에서 많이 나타나는 것은 어려서부터 봉건적인 아버지와 늘상 대립했던 데서 기인한 것으로 보인다. 한설야는 아버지에 대해 이렇게 말하고 있다.

> "나의 아버지는 韓末의 退職官吏로 官吏따운 딱딱한 머리를 가진 사람이어서 그랬는지 나의 文學工夫를 甚히 反對하였다. 그러나 文學은 나에게 있어서 한 개의 熱病……生命의 燃燒였으니 아버지의 反對쯤으로 退治될 택이 없었다."[20]

---

19) 상게서, p. 72.
20) 한설야, 나의 생명의 연소, 『문장』13, 1940. 2.

몰락하는 토착지주로서 완고한 가부장적 사고를 지닌 아버지 밑에서 어린 시절을 보낸 그는 전통적인 가족제도나 가정의 규범에도 많은 불만을 가졌던 것 같으며, 학교의 입학과 진학 및 전공 선택에서도 아버지의 의사가 크게 작용했던 것으로 보인다. 특히 법전을 나와 관리가 되기를 바라는 아버지의 뜻을 거역하고 결국은 문학 쪽을 택해 작가의 길을 간 것이라든지 시회주의 운동을 한 데서 부자 간의 대립과 갈등을 심화시켰고, 이런 상황들이 작품 속에 그대로 표현된 것 같다. 이러한 가정적인 환경 이외에도 개화기라는 시대적 상황 또한 세대 간의 신구 대립을 조장하고 격화시키는 데 일익을 담당했을 것이다.

한설야의 「귀향」만큼 부자 간의 갈등이 심각한 작품을 여타 프로 작가의 작품에서는 찾아보기가 어렵다. 이는 한설야처럼 어려서부터 가치관의 차이로 하여 부자갈등을 심각하게 겪은 작가를 찾기 어렵다는 뜻이기도 하다. 그는 「귀향」 외에도 「탑」·「그 전후」 등에서 부자 간의 심각한 대립과 갈등을 형상화하였다.

4. 전향자의 내면심리와 부부갈등

'전향소설'21)은 일반적으로 "전향한 작가의 작품 중에서 전향 문제를 다룬 작품 또는 전향 문제를 주요 제작 동기로 한 소설"22)이라고 규정할 수 있는데, 우리 나라의 전향소설들은 대개 전향 문제에 대한 사상적 갈등과 고민을 진지하게 그려내기보다는 오히려 감옥 생활에 대한 개인

---

21) 넓은 의미에 있어서 전향이란 어떤 사람이 하나의 사상을 포기하고 다른 사상으로 옮겨 가는 것을 가리키지만, 관례화된 의미로는 공산주의자가 공산주의를 포기한 것에 한정된다. 한국 문학에 있어서 전향소설은 1930년대 계급혁명을 위한 수단으로서의 문학의 역할을 강조하던 프롤레타리아 문학가들이 자신들의 마르크스주의 문학관을 포기한 후 씌어진 일련의 소설을 가리킨다.
한용환, 『소설학사전』, 고려원, 1992,, pp. 379~381 참조.
22) 김동환, 1930년대 한국전향소설 연구, 서울대 대학원 현대문학연구회,1987, p. 4.

적인 체험의 토로나 전향 후의 소시민적 삶의 모습을 매우 소박한 수준에서 그려 보여 주고 있다.23)

그의 작품 중에서는 「임금」(『신동아』53, 1936. 3.) · 「태양」(『조광』4, 1936. 2.) · 「딸」(『조광』6, 1936. 4.) · 「철로 교차점」(『조광』8, 1936. 6.) · 「이녕」(『문장』4, 1939. 5.) · 「모색」(『인문평론』6, 1940. 3.) · 「숙명」(『조광』61, 1940. 11.) · 「파도」(『신세기』, 1940. 11.) 등을 전향소설로 분류하고 있다.

한설야 역시 KAPF 2차 검거 때 투옥되었다가 전향하여 풀려난 작가로서 전향자가 주인공으로 등장하는 많은 작품을 남겼다.

여기에서 한설야의 단편 「임금」을 대상으로 하되 갈등의 양상에다 초점을 맞춰 작품을 분석해 보려 한다. 「임금」은 그의 전향소설 중에서도 대표적인 작품으로서 전향자의 내면심리와 가족과의 갈등이 잘 드러나고 있는 작품인데, 그 요인으로는 크게 보아 가정에 대한 무책임, 남편의 음주와 외도, 아이들에 대한 몰인정 등을 들 수 있다.

(1) 가정에 대한 무책임

먼저 이 작품에서 부부 간의 대립과 갈등의 성격과 의미를 가정에 대한 무책임에서 보기로 한다.

가정 생활을 유지해 나가는 데는 금전 수입이 있어야 하는데 가정의 생계를 책임져야 할 남편(남자)이 직업이나 직장을 갖지 않고 가족이야 굶든 굶어 죽든 관여하지 않고 있으니 아내(여자)로서 불만이 없을 수 없고 그래서 남편에게 바가지라도 긁으면, 남편은 적반하장격으로 "너는 왜 입이 없느냐 손발이 없느냐!" 하면서 짜증을 내고 나가 버리고는 진종일 안 들어오는 것이다. 심지어는 "웨 요새는 뜰에 오만가지 풀이 나

____

23) 한용환, 전게서, p. 381.

겠다. 어찌 그거라두 가서 캐오지 못하냐. 발에 조개바람이 나냐."24) 하면서 툭 튀어 나가 버리기도 한다. 밥짓고 빨래하고 청소하고 아이 돌보는 일 등 부녀자의 일상적인 할 일 외에도 가족의 생계까지 멀쩡한 남편이 있는 데도 신경 쓰고 책임져야 했으니 아내의 고통과 그로 인한 불만이 컸을 것이다.

> 안해도 무리는 아니다. 뼈대가 성하고 남 가지는 힘도 있는 멀정한 사람이 아무 하는 일 없이 빈둥빈둥 놀고만 있으니 어찌 가난한 안해의 심사가 편하랴. 그나마 그럭저럭 살어갈 수나 있으면 또 모르겠지만 남편이 벌지 않으면 안해와 수탄 어린 것들이 배를 곯를 수밖에 없는 그들의 처지니 어찌 그저 보고 있으랴!
> "웨 나만 가지구 이러는 거냐 너는 웨 입이 있겠다 손이 있겠다 발이 있겠다. 웨 좀 못 버러드리냐."
> 하고 남편은 짜징을 내고 툭 튀여 나가버리면 안 들어오고 때로는 모두 잠이 든 틈에 살작 들어와서 궁둥이 쪽에서 꼬부리고 잔다.25)

이렇듯 남편이 가정과 가족에 대해 무관심하고 무책임하니 아내의 불만이 없을 수 없고 그로 인해 부부 간의 갈등을 야기하게 된다.

(2) 남편의 음주와 외도

다음으로 남편의 음주와 외도란 측면에서 갈등의 의미를 살피기로 한다.

한때 사회주의 운동을 하던 '주의자'가 감옥에서 나온 후로 의지와 기력을 잃고 무력하게 방황하면서, 좌절감과 패배의식 속에서 타락해 가면서, 탈출구로서 찾게 된 것이 주로 술과 여자였다고 볼 수 있다. 일제 치하의 식민지 세상에서 많은 애국적 지식인들이 어쩔 수 없는 절망적 상

---

24) 상게서, p. 242.
25) 상게서, pp. 241~242.

황 속에서 술을 벗삼고 지내는 주정꾼으로 전락하기도 했는데, 이 작품의 주인공도 목표 상실과 패배의식에서 오는 좌절로 술과 여자에 탐닉한 것으로 보인다.

아내가 볼 때는 전에는 무슨 모임에 나가고 강연이나 하고 다녔으나, 이제는 고급 룸펜으로 거리의 방랑자가 되어 술이나 마시고 매음부나 찾는 남편을 "한데 요새는 또 깔본지 칠본지 하는 오도개비 같은 화냥년한데 미쳐서 둥둥 동떠 다닌다."26) 하며 못마땅해 하는데, 이에 대해 남편은 매음부를 "우리와 같은 처지에 있는 사람이다." 하면서 자기의 외도를 합리화하려고 해서 한바탕 싸우기까지 한다.

> 옛날에는 그래도 무슨 회니 무슨 모임이니 강연이니 대회니 허고 소대니노라고 허파에 바람이 든 허튼 작난은 하지 않았다. 하던 것이 웬 영문인지 그도 인제는 없어지고 모두들 거리의 방랑자로 술이나 마시고 신문지국 같은 데 모여 앉아서 허튼 말이나 하고 턱을 쳐들고 넘어가는 해를 기다리거나 한다. 룸펜! 이리하여 남편은 가장 아름답지 못한 이 무리에 떨어지고 말았다. 방향을 찾지 못하고 어둠에 헤매기 시작한 남편은 스스로 또 어둠을 찾았다. 매음부에게로 갔다.
> "우리와 같은 처지에 있는 사람이다!"
> 남편은 자기의 추태를 이런 말로 합리화(合理化)하려고 들었다.27)

이렇듯 남편이 음주에다 외도를 하고 있으니 아내의 불만이 없을 수 없고 그로 인해 부부 간에 갈등을 야기하게 된다.

(3) 아이들에 대한 몰인정

끝으로 아이들에 대한 몰인정이란 측면에서 갈등의 의미를 살피기로

---

26) 상게서, p. 242.
27) 상게서, pp. 245~246.

한다.

부모의 자식에 대한 사랑은 주로 부모의 희생이 바탕이 된 헌신적인 사랑이다. 부모애는 자녀에 대한 보살핌과 자녀의 행복과 성장에 대한 책임감을 나타내며, 또한 부모가 자녀의 일생은 자신의 일생과 마찬가지라고 생각하는 것이다. 부모는 자녀를 돌보는 것을 자신의 책임인 것으로 생각하고 자기의 인생이 그런 식으로 충족되는 것을 바라보면서 행복을 느낀다. 부모는 자녀를 보호하며 책임감을 갖고서 성장과 장차의 행복에까지 관심을 갖게 된다.

그런데 이 작품에서 경수는 아이가 감기에 걸려도 방치해 두었다가 결국 폐염이 되어 죽게 되었는데도 관심조차 없으며 "가만 내버려두면 살아나는 수 있어.", "죽으면 천만복망지괘지." 하며 인정머리 없이 부모로서 무책임한 말을 내뱉는다.

> "웨 그래!"
> "아이가 다 죽어가요."
> "가만 내버려두면 살아나는 수 있어."
> "내버려둬요? 죽어 버려도……."
> "죽으면 천만복망(千萬伏望)지 꽤(掛)지."
> 남편은 이렇게 말하였다. 그렇게 영악한 안해이지만 이 호랑이 새끼보다도 더 인정머리 없는 남편을 어찌하랴! 28)

이렇듯 남편이 부모로서의 부양 책임도 다하지 못하면서 아이들에게 몰인정하기조차 하니 아내의 불만이 없을 수 없고 그로 인해 부부 간의 갈등을 야기하게 된다

KAPF 요원에 대한 1차 및 2차 검거 사건을 거쳐 오면서 사회주의 운동 노선을 포기하고 많은 사람들이 전향하였는데, 그 전향의 이유로는

---

28) 상게서, p. 245.

① 近親愛 기타 가정관계로, ② 구금에 따른 후회로, ③ 국민적 자각으로 인해, ④ 건강 혹은 성격 등 신상관계로, ⑤ 공산주의 이론의 청산관계로, ⑥ 신앙으로, ⑦ 기타 등으로 다양하게 나타나고 있다.29)

한설야 역시 KAPF 2차 검거 때 투옥되었다가 전향하여 풀려난 작가로서 전향자가 주인공으로 등장하는 많은 작품을 남겼다.

그는 1934년의 전주사건으로 기소되었다가 1935년 12월 집행유예로 석방된 직후 함흥으로 귀향하면서 자신의 심경을 이기영에게 편지 형식으로 다음과 같이 토로하고 있다.

"물론 이번 귀향도 어떤 의미에서 나에게 기쁨을 주고 또 한편 환멸을 느끼게 하였던 것은 사실입니다. 그러나 그것은 그 전에 느끼던 그 어느 것과도 판이한 것을 나는 깨달았읍니다.

그것은 급을 부하다가 돌아오는 학생시대의 치기에 찬 기쁨과도 다른 것이며 청운의지를 천리에 두고 향관을 등졌다가 아무 이름 없이 무료히 돌아오던 때의 비육의 탄과도 다른 것입니다. 2년의 영어 생활에서 해방되는 자유감에서 오는 기쁨만도 빈폐해 가는 고향을 바라보는 몰락감에서 오는 감개만도 아니었읍니다.

나는 좀 더 심각히 내 주위를 응시하고 싶고 좀 더 내 아래를 샅샅이 파보고 싶읍니다. 그러고 보니 평범한 고향도 하찮은 내 생활도 마치 이제부터 새로 허치어 보고 손수 씨를 뿌려볼 가장 좋은 보금자리인 듯한 느낌을 줍니다. 나는 이 좋은 처녀지를 얼마나 잊고 있었던지 알 수 없읍니다. 이 잊었던 경역을 새로 발견하는 기쁨과 놀라움과 강개를 나는 함께 느끼고 있읍니다."30)

전주 사건으로 일년여의 옥살이(감옥체험)를 하고 풀려난 그는 출감한 사상범을 주인공으로 삼고서 그들이 현실 대응을 어떻게 하는가를 보여

---

29) 배성찬, 『식민지시대 사회운동론 연구』, 서울, 돌베개, 1987, p. 423.
30) 한설야, 문예시감 – 고향에 돌아와서, 『조선문학』 8, 1936. 8.

주는 많은 자전적인 작품들을 발표하게 된다. 그들은 사회주의자로서 사상운동을 하다 사상을 포기하는 '전향'을 강요당한 만큼 출옥 후 내면적으로 심리적 갈등이 없을 수 없고 가정적으로도 가장의 역할 불능으로 가족 특히 부부 간의 갈등을 야기하게 된다. 한설야의 소설 가운데 전향자의 내면심리와 부부갈등을 다룬 작품이 많은 것은 바로 이러한 상황 때문이다.

5. 남녀 간의 삼각관계와 애정갈등

한설야의 소설중 남녀 간의 삼각관계로 인한 애정갈등이 특히 두드러지게 나타나는 작품으로는 「청춘기」(동아일보, 1937. 7. 20.~11. 29.)·「황혼」(조선일보, 1936. 2. 5.~10. 28.)·「그날 밤」(『조선문단』4, 1925. 1.) 등이 있다.

「청춘기」는 주인공 태호와 은희의 연애 사건을 중심으로 한 애정갈등과 양심적인 소시민 지식인이 겪는 갈등과 현실 모색 및 현실변혁운동에 참여하는 과정을 그린 작품이다. 동경에서 유학하고 귀국하여 신문 기자로 일하는 태호는 여의사 은희와 사랑하게 되고 여기에 의사 홍명학과 그의 누이 명순이 끼어들어 삼각연애 관계로 인한 애정갈등이 벌어진다.

이 작품에서 태호와 은희의 순수한 연애관계를 방해하려는 인물들에 의해 갈등이 조성되는데, 그러한 인물들로는 박용과 명순 외에 홍명학과 Y신문사 사장이 있다. 박용은 여동생 은희의 배우자로서의 태호를 거부하며, 명순은 태호의 사랑을 얻기 위해 계략을 꾸미나, 은희가 부정적 현실에 끌려가지 않고 태호를 선택함으로써 갈등이 해소되게 된다.

(1) 박용의 거부

먼저 박용의 거부가 이 작품의 애정갈등에서 어떤 의미를 지니는지 보기로 한다.

은희의 오빠 박용은 홍명학의 도움으로 잡지사를 경영하는데 아주 경박하고 속물적인 인물로 나타나고 있다.

박용은 누이인 은희가 백만장자의 외아들이요 곧 박사 학위를 가질 의사 홍명학과 결혼하면 자기에게 돌아올 금전적 도움부터 생각하는 인물이다.

그는 태호를 인간적으로나 사상적으로는 훌륭한 인물이고 친구로서 사귀는 데는 나무랄 게 없다고 생각하나 은희의 상대자로서는 부족하고 자격이 없다고 생각하고 그들의 결합을 거부하고 훼방을 놓는다.

> 태호는 인간적으로 보든지 사상적으로 보든지 물론 취할만한 청년이나 은희의 상대자로 보는 때에는 부족함이 너무 컸다.
> 어느 점이라고 꼭 짚어 말하기는 어려우나 은희를 그에게 맡기기를 맘이 허락하지 않는 것이다.
> '은희의 상대자?'
> 하고 저울을 들고 볼 때 태호는 너무 가벼웠다. 무슨 조건, 무슨 조건하고 일일이 들 수는 없으나 은희의 상대자는 태호보다 훨씬 근량이 무거워야 한다고 박용은 생각하였다.31)

이렇듯 은희의 배다른 오빠 박용의 태호에 대한 거부가 은희와 태호의 사랑과 결합에 장애요인으로 작용하여 갈등을 유발하게 되는 것이다.

(2) 명순의 계략

다음으로 명순의 계략이 이 작품의 애정갈등에서 어떤 의미를 지니는지 보기로 한다.

홍명학의 누이로서 동경음악학교 출신인 명순은 단순하고 솔직한 성격의 소유자로 그려져 있다.

---

31) 『한설야선집』 2, 청춘기, 풀빛, 1989, p. 278.

그런 명순이 태호의 텁텁하고 야성적인 성격에 끌리고 혼수 상태에 있던 태호를 침대에 드러눕히면서 느낀 촉감과 체취로 해서 그를 연모하게 된다.

> 그러나 태호와 은희의 관계를 알고 나서는 먼저 자기를 위해 태호와 은희를 갈라 놓으려 하고 오빠와 은희를 결합시키려 한다. 은희를 빼돌리는 것이 필요하였다. 그리하여 명순은 은희를 오빠 명학에게로 그리고 오빠를 은희에게로 접근시킬 필요를 느끼게 되었다. 명학의 아내 정경이가 죽을 것은 달력의 숫자를 읽는 것같이 명확한 사실, 오빠가 다시 장가들 것도 태양을 보는 것 같은 사실……그런데 그렇다면 은희만한 사람이 어디 있을 것인가.
> 그러나 지금 어물어물하다가는 은희를 채울 수 없다. 명순은 오빠와 은희와의 사이를 남에게 선전하는 것이 필요하다고 생각하였다. 특히 태호에게 그것을 알릴 필요가 있었다.[32]

그러나 명순은 모든 것이 뜻대로 되지 않자 태호를 골려 주기 위해 Y신문사 사장에게 중상모략해서 파멸시킬 계략을 꾸밈으로써, 얼마 뒤 태호는 신문사에서 부당하게 해직되고 또한 주변의 인물들의 계략에 의해 은희로부터 실연당했다는 오해를 하게 되며, 마침내 자신이 항상 동경하던 친구 철수를 만나 함께 지하활동을 하다 붙잡히게 된다.

(3) 은희의 선택

그녀는 홍명학이 비록 사려있고 신중한 사람이나 두루뭉수리한 그의 성격에 환멸을 느꼈고, 태호는 관점이 선 양심적인 사람으로서 훌륭한 일을 할 사람이라는 확신 아래 홍명학과 태호 가운데서 태호를 선택하기로 한다.

---

32) 상게서, p. 253.

　　은희는 사람으로 보아서 태호를 취하는 것이 확실히 자기의 행복으로
되리라고 믿었다. 명학은 주어진 행복 위에 평안히 앉은 사람이나, 태호
는 주어진 불행 속에서 그것과 싸우고 있는 사람이다. 싸우는 사람은 언
제든지 승리하는 법이다. 은희는 태호를 도와서 무서운 세상의 갖은 물
결을 헤치면서 힘있게 믿음직하게 살아가는 단단하고 값있는 생활을 머
리에 그리고 있었다. 33)

　　그녀가 태호를 사랑하고 반려자로 선택하려 함으로써 갈등을 유발하
고 박용의 거부와 명순의 계략 등이 있게 된다. 그녀는 태호를 사랑하면
서도 주위의 방해를 물리치지 못하다가, 태호가 해외에서 돌아온 철수와
만나 지하활동을 하다 붙잡히게 되자 자신의 의지대로 살아가겠다는 결
심을 굳히고 태호의 고향인 원산의 요양원으로 떠나 태호의 출옥을 기다
리기로 한다.

　　이렇듯 「청춘기」는 1930년대 후반을 살아가는 한 양심적인 지식인인
태호가 소시민적 환경에서 살아가다가 직접 현실변혁운동에 뛰어드는
과정을 그린 작품인데, 주인공 태호와 은희의 연애 사건을 중심으로 남
녀 간의 삼각관계로 인한 애정갈등과 양심적인 소시민 지식인이 겪는 갈
등을 다루고 있다.

　　한설야는 남녀 간의 대립과 애정갈등을 다룬 작품들을 쓴 동기를 다
음과 같이 밝히고 있다.

　　　"나는 생각한다. 우리에게는 우리의 계급적 윤리관이 있으며 이러한
　　것을 취급한 작품이 나와야 한다는 나의 신념은 해방 전이나 해방 후이
　　나 다름이 없다.
　　　우리의 사랑은 확실히 부르주아적 연애 유희나 또는 연애 함정이 되어
　　서는 안 될 것이요 반드시 인간성의 제고와 악과 모순을 불태우는 인간
　　심리와 정신의 연소여야 한다고 생각한다. 만일 계급이나 인류의 향상이

---

33) 상게서, p. 321.

나 문명이나 선과 진리와 진실의 발양과 무연한 것이라면 그것은 우리의 새로운 윤리에 속하는 것으로는 될 수 없다.

　나는 생각만은 이런 높은 데 두고 처음으로 작품에서 연애를 전면적으로 취급해 보았다. …(중략)… 그리고 또 한 가지 더 말하고 싶은 것은 나는 당시의 우리 프롤레타리아 문학에 있어서 연애를 취급할 필요성을 느낀 데서 이 작품을 썼다는 것이다."34)

프롤레타리아 작가로서 연애를 취급할 필요성을 느꼈고, 프롤레타리아는 인간 중에서 가장 아름다운 심리의 소유자인 만큼 그러한 사람에게 남녀의 사랑이 없을 수 없다는 데서, 남녀 간의 삼각관계와 애정갈등을 다룬 연애소설을 썼다고 본다. 그리고 작품 속의 사랑도 대체로 계급갈등의 성격을 띠고서 전개되고 결말도 노동자나 농민 또는 사회주의 지식인의 승리로 귀결되는 특징을 지닌다.

Ⅲ. 한설야 소설의 특성과 문학사적 위상

먼저 한설야의 소설에 나타나는 등장인물의 직업이나 신분 또는 성향을 보면, 노동자와 농민들이 두드러지게 나타나고, 사회주의 성향의 지식인도 많은 게 특징이다.

한설야는 노동자나 농민, 도시농민, 사회주의 성향의 지식인이나 그 밖의 지식계급 등을 작품에 등장시켜 당대 사회에서 고통 받는 계층들의 삶을 보여 주거나, 또는 사회주의자들의 전향 후의 삶을 보여 줌으로써 당대 사회의 모순과 비리를 고발하고 나아가 사회개량을 염두에 둔 것으로 보인다.

---

34) 한설야, 1957. 4. 24., 「청춘기」 후기, 『한설야선집』 2, 『청춘기』, 서울, 풀빛, 1989, pp. 398~399.

다음으로 한설야의 소설에서 다룬 내용이나 주제를 보면, 노동자나 농민들의 생활이나 투쟁을 보여 주는 작품이 특히 많고, 전향한 사회주의자나 그 밖의 지식인의 삶을 보여 주는 작품의 많은 게 특징이다.

한 작가의 문학적 업적 및 그에 대한 평가는 한국 문학사의 거대한 흐름 속에서 조망되어질 때 그 객관성을 확보할 수 있으므로, 한설야의 문학이 한국현대문학사에서 어떤 위상을 차지하는가를 객관적으로 파악할 필요가 있다.

한설야는 일제 강점기 하에서 민족의 해방과 계급 모순의 극복이라는 엄청난 과제를 놓고 문학을 통하여 고민하고, 그에 맞서려 했던 계급문학 운동의 중심인물 중의 하나이다. 그러기에 그의 문학에 대한 올바른 이해와 평가는 역으로 한국 경향문학의 본질과 흐름을 올바로 파악할 수 있는 하나의 척도가 되어주기도 할 것이다.

그는 프롤레타리아 문학론을 제창하는 이론가에 머물지 않고, 이론과 실천의 합치를 모색하며 실제 작품에 그러한 문학관을 반영시켜 소설로 형상화했다는 점에서 그의 문학 작품을 검토하고 또한 그의 문학사적 위상을 살펴야 할 것이다.

한국 근대 문학을 논하면서 경향문학을 배제할 수 없고, 1920년대에서부터 1930년에 걸쳐 소설문학을 논하면서 한설야의 경향소설을 빼놓을 수 없다.

한설야는 문학의 정치화로 치닫던 제1차 카프 방향전환기의 주요한 이론 투쟁가였고 동시에 문학창작 담당자였으므로 그의 경향문학이 이루어 놓은 리얼리즘의 공과는 가벼이 취급할 수 없다는 데서 그의 소설문학이 우리 근대문학사에서 차지하는 위상을 알 수 있다.

어쨌든 그의 문학이 사회적 모순에 희생되는 인물 집단, 즉 도시빈민·노동자·농민 등과 사회주의자 지식인 등을 주요 등장인물로 하고 계급·빈부등의 사회현실 문제를 다룸으로써 한국 프로소설의 수준을 한 단계 올려 놓았다고 볼 수 있으므로, 이기영과 쌍벽을 이루는 당대 최고의 경향소설 작가로 자리매김하는 게 당연하다고 하겠다.

V. 결 론

　지금까지 이루어진 한설야 연구는 대체로 작가의 전기적 사실을 다룬 연구나 특정 작품을 대상으로 한 작품론적 연구에 그친 감이 있는데, 본고에서는 지금까지 아무도 깊이 있게 관심두지 아니한 한설야의 소설에 나타난 갈등의 양상에다 초점을 맞춰 그의 작품을 분석해 보았다.

　작품에 두드러지게 나타나는 갈등의 양상을 크게 노동계급의 투쟁과 노사 갈등, 농민들의 참상과 소작갈등, 세대 간의 신구 대립과 부자갈등, 전향자의 내면심리와 부부갈등, 남녀 간의 삼각관계와 애정갈등으로 나누어 살펴보았다.

　1. 노동계급의 투쟁과 노사갈등은 「황혼」을 중심으로 살핀 결과, 이 작품에는 자본가와 노동자 간의 갈등, 남녀 간의 애정갈등, 노동자 간의 갈등, 중간계급의 내적 갈등이 나타나는데, 그 중에서 가장 두드러진 자본가와 노동자 간의 노사갈등은 보다 확대하여 권력갈등·계급갈등·선악갈등의 성격으로 나누어 그 의미를 살폈다.

　2. 농민들의 참상과 소작갈등은 「탁류」 3부작 「홍수」·「부역」·「산촌」을 중심으로 살핀 결과, 이 작품이 새 지주와 기존 소작인 간의 소작갈등을 중심으로 하여 식민지 지배로 인한 농민의 몰락 과정을 그린 작품인데, 소작갈등의 성격을 소작 농민의 궁핍상, 지주의 수탈과 횡포, 농민층의 분해 몰락으로 나누어 그 의미를 살폈다.

　3. 세대 간의 신구 대립과 부자갈등은 「귀향」을 중심으로 살핀 결과,

갈등의 원인이 진로 선택 및 문학에 대한 인식 차이, 본처와의 이혼과 외간작첩, 직업 및 사회주의에 대한 인식 차이, 누이의 약혼 반대와 동반가출에 있는데, 부자갈등의 성격을 부자관계와 효, 사회변화와 신구대립, 청년기의 대인갈등으로 나누어 그 의미를 살폈다.

4. 전향자의 내면 심리와 부부갈등은 「임금」을 중심으로 살핀 결과, 이 작품에는 전향자의 내면 갈등 및 아내와의 갈등이 나타나는데, 부부갈등의 요인을 가정에 대한 무책임, 남편의 음주와 외도, 아이들에 대한 몰인정으로 나누어 그 의미를 살폈다.

5. 남녀 간의 삼각관계와 애정갈등은 「청춘기」를 중심으로 살핀 결과, 태호와 은희의 애정관계를 중심으로 은희 – 태호 – 명순, 태호 – 은희 – 명학, 정경 – 명학 – 은희의 삼각관계로 이루어져 있는데, 애정갈등의 요인을 박용의 거부와 명순의 계략 및 은희의 태호 선택으로 나누어 그 의미를 살폈다.

한설야 소설의 특성은, 첫째로 등장인물의 직업이나 신분 또는 성향을 보면 노동자나 농민 및 사회주의 성향의 지식인이 특히 많다는 것이고, 둘째로는 내용이나 주제를 보면 노동자나 농민 등의 생활이나 투쟁을 위시해서 전향한 사회주의자나 그 밖의 지식인의 삶을 보여 주는 작품이 아주 많다는 것이다. 아무튼 그의 문학이 1920년에서부터 1930년대에 걸쳐 한국사회에 나타난 하층민의 삶의 실상을 사회주의 리얼리즘의 수준에서 심화 발전시켰고, 사회적 모순에 희생하는 인물집단, 즉 도시빈민 · 노동자 · 농민 등과 사회주의자 지식인 등을 주요 등장인물로 하고 계급 · 빈부 등의 사회현실 문제를 직접 다룸으로써 한국 프롤레타리아 소설의 수준을 한 단계 올려 놓았다고 볼 수 있다.

▌대구대학교 국어국문학과 강사

▌참고문헌

『한설야 단편선집』〈전 3권〉, 서울, 태학사, 1989.

『한설야선집』〈전 8권〉, 서울, 풀빛, 1989.

권영민, 한설야론 – 노동문학의 가능성, 『문학사상』189호 별책 부록, 서울, 문학사상사, 1988. 8.

김동환, 『1930년대 한국전향소설연구』, 서울대 대학원 현대문학연구회, 1987.

김윤식, 『한국현대현실주의 소설연구』, 서울, 문학과지성사, 1990.

배성찬, 『식민지시대 사회운동론 연구』, 서울, 돌베개, 1988.

서경석, 「한설야론」 – 한국 경향소설과 '귀향'의 의미, 『한국학보』48, 『한국근대 리얼리즘 작가연구』, 서울, 문학과지성사, 1987. 가을.

______, 「한설야 문학 연구」, 서울대 대학원 박사학위논문, 1992.

송 복, 『한국사회의 갈등구조』, 서울, 현대문학, 1990.

이용남, 『이해조와 그의 작품세계』, 서울, 동성사, 1986.

이재춘, 「한국 소설에 나타난 갈등의 양상 연구(1)」 – 한설야의 「황혼」을 중심으로, 『대구어문론총』10집, 대구, 대구어문학회, 1992.

______, 「한설야 소설에 나타난 갈등의 양상 연구」 – 「귀향」을 중심으로, 『대구어문론총』11집, 대구, 대구어문학회, 1993.

______, 「한설야의 「임금」 연구」, 『대구어문론총』12집, 대구, 대구어문학회, 1994.

______, 「한설야의 「탁류」 3부작 연구」, 『대구어문론총』13집, 대구, 대구어문학회, 1995.

장성수, 「1930년대 후반의 한국 전향소설 연구」, 『한국언어문학』28집, 한국언어문학회, 1990. 5.

장시원, 「일제하 농민층 분해의 양상과 그 성격」, 차기벽 엮음, 『일제의 한국식민통치』, 서울, 정음사, 1985.

전석담·최운규 외, 『조선 근대 사회경제사』, 서울, 이성과현실, 1989.

조남현, 『한국소설과 갈등』, 서울, 문학과 비평사, 1990.

조동걸, 『일제하 한국농민운동사』, 서울, 한길사, 1983.

한용환, 『소설학사전』, 서울, 고려원, 1992.

이문구 초기작 연구

이 철 환

1. 머리말

전쟁의 폐허가 복구되던 1950년대는 미국의 무상원조에 의존한 '산업화 없는 근대화' 과정이었으며 극단적 반공이데올로기의 시대였고 무능한 정치권력의 전횡으로 사회적 모순은 극대화되었다. 이에 민중의 저항적 표출을 봉쇄하려는 일단의 권위가 제동을 걸고 있었다. 이러한 불안정한 사회적 지반이 깨지는 것이 60년 모두에 벌어졌던 자유와 민주주의 갈망을 담은 4·19였다. 4·19는 부패한 권력과 극단적 반공주의가 짓누르고 있던 사회전반의 일체의 억압에 자유의 이름으로 저항하여 '미완'의 성취를 이루었다. 즉 6·25와 폐허와 가난과 고통, 부패권력의 독재와 사상적 경직, 이로 인한 폐쇄적 정신풍토는 4·19를 거치면서 새로운 도약을 맞이했다. 이 사건을 계기로 작가들을 비롯한 지식인들의 현실비판과 참여는 폭발적으로 고양되었고 이와 함께 금기의 논의 대상이던 민족문제, 통일논의가 통일운동 등으로 이어지는 급진전을 보였다. 비록 5·16으로 4·19공간은 부정되었지만 이후 역사적 사실의 전개[1]

---

1) 구체적으로 1964년 한일회담 반대투쟁, 1969년 삼선개헌 반대 투쟁 등과 1963년에 본격화된 문학의 순수·참여 논쟁을 비롯한 내포적 공업화론, 중산층논쟁, 민족주의 담론 등의 지식인 근대화 논쟁은 4·19의 연장선에 놓인다는 것이다. 홍석률, 「1960년대 지

를 조망할 때 전자가 후자를 흡수하는 것으로 볼 수 있다.

이러한 창조적 공간과 해방적 전망을 열어줬던 4·19와 직결되는 작품으로 알려진 것이 바로 최인훈의『광장』(1960)이다.『광장』은 4·19의 성과물이라는 등식과 함께 했다. 즉 4·19의 이념이라고 할 수 있는 '자유정신'의 발현이 그것이었다. 이 자유정신을 발판으로 민족의 비극과 부패한 정치권력을 비롯해 정권의 정치적 선전(宣傳), 미국문화의 잔영과 그 영향 하에 놓인 일상적 사고, 반공이데올로기 등의 현실에 존재하는 허위적 정신, 다시 말해 이데올로기적 허위의식을 집중적으로 비판했다는 것2)이다.

이에 반해 4·19정신의 역동적 반영일 수 있는 '자유정신'이 '정신의 자유'에 머물러 버리는 관념성으로 인해 '순전히 개인적인 자아에의 집념이나 그에 따른 무절제한 관념유희에 흔히 빠지는 결함'3)과 '제도의 역사성이나 필연성, 바로 그 현실 자체의 운동에 대한 인식, 그리고 그 억압 이데올로기의 변혁 역시 새로운 제도의 획득에 의해 이루어진다는 인식이 불가능했다는 한계'4) 또한 보였다. 그러나『광장』은 소시민적인 관념성의 한계를 지니고 있었음에도 불구하고 4·19와 5·16의 틈새에서 이전 문학의 창조적인 부정 지점이었고 60년대 문학의 새로운 출구를 제시했다.

1960년대 근간을 이루는 작가군5)들 중 최인훈은 정신 혹은 관념으

세계의 동향」,『1960년대 사회변화연구:1963-1970』, 한국정신문화연구원 편, 백산서당, 1999.

2) 서경석, 「60년대 소설 개관」,『1960년대 문학연구』, 문학사와 비평 연구회, 예하, 1993, 33쪽.

3) 백낙청, 「시민문학론」,『민족문학과 세계문학 I』, 창작과 비평사, 1978, 64쪽.

4) 서경석, 「60년대 소설 개관」,『1960년대 문학연구』, 36쪽.

5) 윤병로에 의하면 60년대 등장하는 소설가로 김승옥, 이청준, 최인호, 신상웅, 이문구, 방영웅, 정을병 등을, 김현에 따르면 김승옥, 이청준, 서정인, 박태순, 박상륭, 홍성원, 김원일, 김용성, 이제하, 이문구 등이다. 윤병로, 「새세대의 충격과 60년대 소설」,『한국현대문학사』, 김윤식 외, 현대문학, 1989, 392쪽./ 김현, 「60년대 문학의 배경과 성과」,『분

로 허위의식을 꿰뚫는 것을 발견했고, 이어서 이것을 '환상'으로 연장하는 작가는 김승옥이다. 그는 4·19의 좌절감과 산업화의 득세 앞에서 내면적 자유에 집착하여 환상적 방랑의식을 감수성의 날카로움으로 그려내 보인다. 그러나 차츰 관념성에서 벗어나지 못한 소시민의식의 한계를 드러낸다. 백낙청에 의하면 특히 『서울, 1964년 겨울』(1966)은 '소시민의식의 한계를 한계로서 제시하는데 어느 정도 성공한 문학'이다. 하지만 이 자의식 과잉이라는 소시민의식의 한계를 스스로 극복하지 못해 추후 작품이 리얼리즘의 성과에 미치지 못하게 되었다. 왜냐하면 김승옥 소설이 보여주는 단순한 감수성의 기록은 그것이 신선함은 주는 동안에도 부지중에 현실의 문제들을 흐려놓기 쉽거니와 그것을 되풀이 하면 신선감마저 없어지기 때문이다.[6]

그러나 김승옥의 소설은 전 시대 작가군과는 달리 시대상황을 통찰한 면이 있다. 즉 자기의 상황을 수동적인 것으로 받아들이지 않고, 오히려 그것을 수락함으로써 그것을 극복하려는, 자기의 상황이 주는 억압을 받고 그래도 부서져버리지는 않겠다는 의지를 가진 인간상을 제시한다. 바로 이러한 인간이 '자기 세계를 가진 사람'인 것이다. 의식 내부의 섬세한 조작을 거쳐 지니게 되는 자기 세계를 가진 사람들은 무의식적으로 세계를 살아가거나, 아니면 가상의 관념 세계 속에서 허우적대는 재래의 인간형에 대한 날카로운 도전에 해당된다.[7] 김승옥의 소설은 4·19의 창조적 해방적 공간이 5·16에 의해 삽시간 잠식당하고, 근대화의 현실적 흐름을 수긍하지 못하여 환상적 방랑의식을 일삼는 의식을 반영한 것이다. 그의 혼돈, 불투명과 불완전, 허무의 혼융은 전쟁에서 산업화의 현실체와의 대면에서 어긋나 버린 부산물이다. 즉 그는 관념성과 자의식

석과 해석/보이는 심연과 안 보이는 역사 전망』, 문학과지성사, 1992, 239쪽~247쪽.
6) 백낙청, 「시민문학론」, 『민족문학과 세계문학 I』, 65쪽.
7) 김현, 「구원의 문학과 개인주의」, 『현대 한국 문학의 이론/사회와 윤리』, 김현 문학 전집 2권, 문학과지성사, 1991, 384쪽~386쪽.

과잉이라는 결함에도 불구하고 60년대를 일정 정직하게 반영했다. 이는 고도의 지적 조작을 바탕으로 현실로부터 소외되거나 현실 부적응의 특별하고 기괴한 주인공을 드러내는 이청준으로 이어졌다.

　지금까지 개괄적으로 살펴본 바와 같이 60년대 문학지형은 전쟁과 폐허의 절망을 반영한 실존적 허무주의와 전통적 문학조류를 동시에 극복하는 과정이었고, 사회적 물적 토대의 변동에 민감하게 반응하여 성립되었다. 윤병로는 이 시기의 문학의 일반적 특징이 '새로운 관념의 형성'이며 비록 그것이 어떤 경향이든 새로운 세대의 특성을 일반적으로 지칭하는 새세대의식으로서 대부분의 작가가 기존 현실에 대한 부정적 관념에 뿌리를 내리고 있다는 것을 지적했다.[8] 이전의 전후세대가 전쟁이라는 원체험에 매달려 전쟁의 충격, 피해의식, 공포의식을 실존주의적인 태도로 그리거나 전쟁 이전부터의 전통적 서정주의만을 고집한 전세대의 포섭력에서 벗어났다는 것이다. 즉 신세대라 칭해지는 4·19세대 작가군은 "역사의 본질이라 생각했던 것들에 대한 집중적인 탐구와 좌절, 잃어버린 환상과 적응할 수 없는 현실 사이의 험난한 갈등과 허무의식, 그로부터 오는 현란한 자학적 감수성, 다시 그 환상을, 본질을, 부여잡고 영원히 자유롭고 싶은 욕망의 지적 표출"[9]을 소시민의식이나 관념성에 기대어 드러냈다. 다시 말해 새로운 작가군은 전쟁과 폐허, 4·19, 5·16과 근대화의 물결에서 소외되는 인간집단과 산업화로 더욱 가중되는 인간 소외 등 사회제반 갈등을 통찰하고 각각의 고유한 방법으로 작품을 형상화했다. 이 시기 문학의 발흥 자체가 본격적으로 다음 시대를 예비하고 있었던 것이다.[10]

---

8) 윤병로, 「새세대의 충격과 60년대 소설」, 『한국현대문학사』, 402쪽~403쪽.

9) 서경석, 「60년대 소설 개관」, 『1960년대 문학연구』, 45쪽.

10) "씨앗이 움트기 위해서는, 70년대의 토양이 필요했다는 점, 그리고 그 토양이 저절로 된 것이 아니고, 씨앗이 토양을 만들도록 재촉했을 뿐 아니라 씨앗이 곧 토양이었다는 사실, 이렇게 보아올 때 60년대란 무엇이겠는가. 씨앗이었다." 김윤식, 「60년대의 감수성」,

　이와 더불어 60년대 문학은 4 · 19와 마주서는 5 · 16의 현실적 파장에 문학적 대응이 요구되었으며 이는 다각적으로 이뤄졌다. 여기서 맞선 현실은 근대화 전략의 등가인 산업화이다. 즉 이 경제제일주의 정책은 5 · 16 정권의 정비가 끝난 후부터 탄력을 받기 시작하는데11) 도시 중심적인 수출지향적 산업화 정책으로 말미암아 농촌인구가 대규모로 이동, 과잉도시화, 불균등 도시성장으로 이어지고 공업화로 인한 각종 노동문제의 발생 등 산업화의 부작용이 강화된다. 여전히 존재했던 반공이데올로기의 횡포와 더불어 이 산업화의 폭력이 60년대 현실의 단면을 이루고 있는 것이다. 60년대 문학이 이러한 현실을 발견하고 이를 반영하여 형상화하는 작업은 필연적 과정이었다. 백낙청에 따르면 대중의 소외와 타락이 심한 사회일수록 소수 지식인의 슬기와 양심에 모든 것이 달리게 되는 것인데 이 시기 우리 문학이 그 사회기능을 되찾고 문학인이 사회의 엘리뜨로 복귀하여 '작업을 새로 시작하는 새로운 지성인'이 되었다.12) 이렇게 60년대 문학은 '새로운 사회적 관점'을 획득했다. 분단과 그 고통에 매몰되어 실존적 번민과 자의식 과잉에서 벗어나 김승옥의 경우처럼 자기세계의 인식이 분명한 개인을 발견했으며, 극단적 이데

『한국문학의 근대성과 이데올로기 비판』, 서울대학교출판부, 1987, 235쪽.

11) "박정희 정부의 등장에 앞서 4 · 19 직후 제2공화국 정부의 중심시책 방향은 이미 경제발전으로 잡히면서 경제제일주의, 근대화(경제발전) 민족주의의 기조가 등장하였다. (…)윤보선은 이렇게 말했다. "정부의 시책은 무엇보다도 경제제일주의로 나가야겠고 현명한 국민에게는 내핍과 절제, 그리고 창의와 노력이 요청되는 바입니다." 박명림, 「근대화 프로젝트와 한국 민족주의」, 『한국의 '근대'와 '근대성' 비판』, 역사문제연구소, 역사비평사, 1996, 329쪽~330쪽./ 또한 김낙년에 따르면 박정희 정권은 이전과는 달리 경제개발을 우선적인 목표를 설정하고 이를 실행했는데 특징으로 첫째, 정치 및 관료기구를 개편하여 행정부 우위의 체제를 만들고 이를 기반으로 경제개발계획을 추진했다는 점. 둘째, 역시 행정력을 동원하여 강력한 수출지원정책을 지원했다는 점. 셋째, 정부가 금융기구를 장악하여 자금의 동원과 배분에 개입할 수 있는 통제수단을 갖게 되었다는 점을 들 수 있다. 김낙년, 「1960년대 한국의 공업화와 그 특징」, 『1960년대 한국의 공업화와 경제구조』, 정신문화연구원 편, 백산서당, 1999, 44쪽~47쪽.

12) 백낙청, 『민족문학과 세계문학 I 』, 360쪽~361쪽.

올로기 독재에서 순수·참여논쟁이 진행되기도 했다. 그리고 현실 속에서 현실의 문제를 해결하기 위한 '새로운 관점'을 획득한 '새로운 지성'이 복귀했다. 이 시기 문학은 분단과 이데올로기와 정치적 독재, 산업화의 폭력과 인간소외, 도시빈민과 농촌사회의 부정적 현실, 자본과 노동의 갈등 등을 전 시대와는 다른 새로운 관점으로 반영하는 작업을 했다. 그래서 앞에서 지적했듯 이 시기는 70년대와 직결된다. 구체적 현실의 문제를 고발·폭로하고 전망을 제시하여 감싸안으려는 이 작업이 70년대와 궤를 함께 한다. 한국문학의 리얼리즘적 성과의 현장이 되는 셈이다.

2. 이문구의 등단작 : 고향상실에 따른 가족해체

이문구의 등단작인 「다갈라불망비(不忘碑)」(1965)의 줄거리는 열살 때 고아가 된 '나'가 '연묘'라는 비구니의 환속(還俗)을 관찰하는 것이다. 이후 그의 작품과 비교해서 주제에서 많이 어긋나 있는 점을 볼 때 추천 초회한 김동리의 영향을 받은 작품이라고 볼 수 있다. 단지 그 시기 소설공부를 위해 해인사의 원암사에서 보냈다는 작가의 전기적 사실의 정황과 일치하는 점을 확인할 수 있다.13) 뒤이은 추천완료작인 「백결(百結)」(1966)과 「야훼의 무곡(舞曲)」(1967), 「생존허가원」(生存許可願)(1967), 「부동행(不動行)」(1967), 「지혈(地血)」(1967) 등은 가족이 해체 당하거나 고향을 상실하여 떠돌아다니는 삶의 물적·의식적 근거를 잃은 사람들의 세계를 그려내 보이고 있다.

「백결」의 주인공 '조춘달'영감은 젊은 시절 부두노동자로 일하다 사고로 인해 생식능력을 상실하여 가족을 구성하지 못하고 혼자 살아온 인물

---

13) 「젊음을 밑천으로」, 『나는 남에게 누구인가』, 엔터, 1997, 38쪽~40쪽.

이다. 외로움을 달래기 위해 "왜정 말엽에 일본 여자가 조선 사람과 살다 낳은"14) '옥화'를 양녀로 삼아 키웠으나 장성한 후로는 집에 들어오지 않는다. 그러던 중 미군 부대 근처에서 '옥화'의 아들인 사실을 모른 채 흑인 혼혈아 '종우'를 데려다 양육한다. 한편 '옥화'를 겁탈하여 양공주로 만든 '최덕수'는 영감과 종우의 생부인 '제임스 모건' 사이에서 양육비조의 경비를 가로채려는 계획을 세우고 영감을 유인하고 '종우'를 유괴한다. 그러나 계획을 실현하려다 '옥화'의 친구 '화열'에게 발각되어 도망치다가 결국 교통사고로 아이만 죽게 된다. 그리고 아이의 엄마인 '미리'가 '옥화'였음이 밝혀진다. 이 작품에서 인물들은 외부적 조건들이 모두 상실되었거나 변질된 채로 혹은 파괴되거나 해체되는 과정으로 나타난다. 주인공의 생식능력은 이미 상실되었고, 이로 인해 가족을 구성하겠다는 욕구는 성취되지 않는다. 양녀인 '옥화'도 태생적으로 일본인 어머니라는 역사의 질곡을 안고 있었으며 성장 후 양공주가 되어 흑인병사 사이에서 '종우'를 생산하고는 급기야 미국으로 떠난다. '최덕수'는 야간대학까지 마치고 번역일을 하지만 윤락을 알선하거나 천박한 거간을 일삼는 등 인간적 양심을 찾아볼 수 없다. 즉 '돈'으로 모든 것을 환산하는 자본주의적 속물이라 볼 수 있다.

　범죄자의 세계를 배경으로 한 「야훼의 무곡」은 가족이 파탄하여 불우하게 성장할 수밖에 없었던 '김장선'과 '김주선', '김미선' 삼남매를 주축으로 한 이야기이다. 아버지는 첩과 새 살림을 차리고 어머니는 아버지에게서 양육비를 비롯한 위자료를 챙겨 곧 이혼하여 두 형제를 천막학교에 밀어 넣는다. 이어 '미선'을 어느 자식없는 집에 양녀로 들여보내고 개가해 버린다. 두 형제는 고아원과 소년원을 전전하다 의붓아버지의 집으로 들어가서는 적응하지 못하고 "돈 될 것 한 보따리를 훔쳐 들고 나왔"15)으나 어머니의 신고로 교도소 생활까지 하게 된다. '김장선'형제는

---

14) 「백결」, 『다갈라 불망비』 전집1, 솔, 1996, 36쪽.

어머니를 그리워 하지만 병든 어머니는 여전히 야멸차게 대한다. 이에 '김장선'은 '불순'의 임신 사실을 알고는 "그녀더러 어머니가 되어보라고 한다. 어머니다운 어머니가 되어달라고 한다."16) 그러나 그들의 거칠고 탈선적인 행위의 귀결은 제목처럼 음산하고 암울하다. 동생 '김주선'과 '오도영'은 강도죄로 경찰서에 잡혀가고 '김장선'은 '불순(김효순)'을 유혹하는 '홍사필'의 배신에 격분, 싸움을 벌이며 칼을 던졌으나 빗나간 칼은 자신의 아이를 가진 '불순'에게 꽂히고 만다. 「야훼의 무곡」은 혈연으로 이뤄진 가족마저 해체되는 과정을 적나라하게 보여준다고 할 수 있다. 인간관계의 본원을 가족이라 볼 때 이 작품에서 드러낸 혈연간 불신과 완전한 해체는 인물들이 가족을 벗어난 공간에서는 더 이상 온전하고 정상적인 형태의 관계를 맺지 못하는 가장 중요한 원인으로 작용한다. 그래서 '김장선'의 가족구성에 대한 의지가 자신의 가족의 파탄과 함께 양심, 윤리를 저버린 범죄의 원죄에 묶여 실현될 수 없는 비극적인 것으로 나타났다고 볼 수 있다.

「생존허가원」의 '김우길'은 의대생으로 군대에서 먼저 제대하는 '최말식'에게 애인 '양임'을 빼앗기고 한쪽 다리마저 잃는 불운을 당한다. 그는 의족에 기대어 절며 일수놀이를 하는 고리대금업자로 시장의 영세상인들에게 이잣돈을 챙기며 인정사정 통하지 않는 인간으로 살아가던 중 '최'와 만나게 된다. '최'와 그의 처는 두 딸을 두고 있는데 한 아이가 홍역합병증을 앓고 있어 부득이 '김'의 이잣돈을 빌려 쓰게 된다. 이후 딸의 증세는 악화되어 계속 돈을 빌리게 되는데, 마침 돈 갚을 능력을 상실하고 딸의 목숨도 위태로운 어느 날 밤 '최'는 '김'을 묶고는 목에 칼을 들이댄다. 이미 딸은 죽었고 '최'의 분노도 극에 달해 살인직전의 상황이지만 '김'은 오히려 삶에 대한 미련을 전혀 가지지 않는 섬뜩한 허무적

---

15) 「야훼의 무곡」, 『다갈라 불망비』 전집1, 66쪽.
16) 「야훼의 무곡」, 『다갈라 불망비』 전집1, 73쪽.

태도를 보인다. 여기서 '김'이 죽은 딸의 출생신고와 사망신고 수속을 맡기로 하고 극적인 타협을 이루며 이야기는 결말난다. 하지만 이들이 벌인 행각은 정상적인 인간의 삶에서는 찾아보기 어려운 것들이다. 동료의 애인을 손쉽게 가로챈다거나 자신의 육체적 상해나 분노를 이용해 돈을 강탈하는 것에서부터 이익과 보복에 눈이 멀어 아이의 목숨은 전혀 생각지 않는 점이 그것이다. 이 작품에서 보인 극단적 생존투쟁과 인간의 야만적 태도의 세계는 정상적이라 볼 수 없는 것이다. 「부동행」은 공장 수위 자리를 잃고 천막을 쳐 넝마를 줍고 근근이 살아가는 '너'라는 어느 청년의 이야기로, 청년의 행동경위를 잘 아는 전지적 인물이 청년을 '너'라고 지칭하며 서술이 일관성이 있게 진행되는 특이한 형식을 지니고 있다. "먹다 흘린 과자나 빵 조각을 찾기에 혈안이 되어 있었"고 "그만큼 배고픈 게 원수던"[17) 청년은 성욕을 채우기 위해 양심이나 도덕의 문제를 전혀 의식하지 못하고 '실성한 소녀'를 상습적으로 겁탈한다. 또한 그녀가 임신을 하고 자가해산을 하여 핏덩어리 아기를 안고 있는 것을 보고도 외면한다. 그러던 중 '최용준', '김말석'과 강도질을 모의하여 뱃놀이 나온 연인의 돈을 강탈하려하다 실패하여 물에 빠진다. 천신만고 끝에 물에서 빠져나왔으나 청소국 분뇨차에 치어 죽는데 '실성한 소녀'가 도로에 아기를 버리는 것을 보고 뛰어들었던 것이다. 이 이야기에서도 생명을 연명하기 급급한 밑바닥 인생들이 강도와 절도, 강간을 일삼는다. 그들에겐 삶의 기본적 방향성도 없을 뿐더러 양심의 가책이나 윤리의 문제도 마찬가지다. 오로지 생존을 해결하기 위한 탈인간적 행위들로 가득 차 있으며, 이 생존투쟁의 논리만이 다른 모든 것을 정당화해준다. 역시 변두리 삶의 극단적 반영이 되는 셈이다.

「지혈」 역시 인간의 기본적 윤리와 양심의 문제가 생존투쟁의 논리에 의해 무화되는 것을 드러내 보였다. 미군 보급 부대의 주차장 포장 공사

---

17) 「부동행」, 『다갈라 불망비』 전집1, 111쪽, 116쪽.

장의 일용직 노동자인 '김찬섭'은 '핫발이 십장'에 불과하지만 기실은 군
제대후 등록금을 마련하지 못해 대학에 복학하지 못한 착실한 청년이다.
그러나 "벙어리도 석 달만 뒹굴면 입이 튼다는", "노가다란 인간 쓰레기
장"18)이란 곳에서 '김춘희'와 관계를 맺고 그녀의 빚을 청산해주기 위해
미군 군수품을 빼돌리기에 이른다. '찬섭'이 절도하는 과정에서 '어떤 해
방감'을 느끼는 장면은 인간의 본모습에 대한 혼돈을 제기한 것이라 볼
수 있다. 절도를 비롯한 성매매, 성폭력 등의 비인간적 것들은 생존투쟁
의 논리에 잠식된다. 따라서 일반적 가치관, 윤리적 통념, 인간적인 것
의 기본적 관념이 뒤바뀐 세계인 것이다.

「두더지」(1968)는 절도와 사기 행각에 이력이 난 인물들이 야바위통
을 벌이는 이야기이다. 고궁에 소풍나온 학생들과 학부형들에게 보물찾
기 딱지를 판다든지 담임교사에게 촌지를 마련하기 위해 취전하여 착복
하기, 쇼핑 나온 외국인 선원의 안내를 맡아 바가지 요금을 씌우는 등의
치졸한 행각을 일삼는다. 이 작품에 나타난 세계는 물론 건전한 상식의
그것이 아니다.

「김탁보전」(1968)은 '술고래 탁보', '김삼식'의 가난에 찌들인 고단한
일상을 보여주는 작품이다. 아내인 '역말댁'은 염전에서 소금을 사서 장
에다 되파는 일을 하며 근근히 연명해나간다. 그는 가난과 무자식의 운
명을 잊기 위해 술을 즐기는데 "술만 들어가면 마누라를 두들겨 잡는 것
이 탁보의 해장 방법이었다."19) 술에 취해 잠든 어느날 밤 폭우로 집이
무너지고, 다음날 다시 술을 찾는 모습은 가난을 여유롭게 머금는 듯 보이
지만, 이 역시 인간적 삶에 미치지 않는 극도의 부박함을 보여줄 뿐이다.

이와 아울러 「담배한대」(1968), 「이삭」(1968), 「가을소리」(1968), 「몽
금포타령」(1969) 등에 나타난 세계도 뿌리뽑히고 상처입은 황폐한 삶을

---

18) 「지혈」, 『다갈라 불망비』 전집1, 124쪽.
19) 「김탁보전」, 『다갈라 불망비』 전집1, 181쪽.

그리고 있다. 전쟁이 그들의 물적 기반을 삭제시켰고, 정신적 상흔이라 할 수 있는 인간의 보편적 가치관의 상실은 상식과 통념을 벗어나 있다. 이러한 60년대 중·후반 작품들에 그려진 세계는 작가의 전기적 사실에서 확인했듯 이문구의 원체험에서 비롯되므로 각 작품이 근친성을 지니고 있음도 알 수 있다. 일련의 작품의 공간적 배경이 대부분 극빈자들이 생명을 겨우 유지할 수 있는 영세시장, 공사장, 노숙천막, 황폐한 농촌 마을 등임을 보면 알 수 있고. 특히 이곳은 인간성 파괴지점이고 범죄 현장이다. 인물들은 생존투쟁을 위해 살인, 사기, 절도, 강간 등 파렴치 들이거나 양심의 문제에서 벗어나 어두운 세계로 진입하는 것을 당연히 받아들인다. 이곳은 어쩌면 이들에게 해방감까지 느끼게 한다. 이러한 인간으로서의 생존불가 공간은 전쟁과 근대화·산업화에 기인하는 것이고 고향상실과 가족해체는 정서적, 심리적, 윤리적 가치의 부재 상황을 만들었다. 그리고 일상적 가치관과 전통적 도덕 규준의 단절 및 진공상 태는 근본적으로 인간적인 것과 그렇지 않은 것들 간의 변별되지 않는 탈인간화로 내몰았다. 이상의 작품들에서 보여진 인간적인 것은 「다갈라불 망비」와 「백결」에서 잠깐 비쳤던 인내와 순리적 삶도 있지만, 결국 생존 투쟁에서 살아남기 위한 몸부림으로 볼 수 있다.

60년대 이문구의 작품에서 보여진 전쟁과 폐허, 근대화가 양산한 것은 삶의 모짐과 가파로움과 인간됨의 캄캄한 어둠을 다루고 있는 음달의 세계이며 대체로 뿌리뽑힌 채 농촌을 떠난 고향상실자들의 객지 경험이 처리돼 있고, 그것은 산업화의 파괴적 영향력이 흉한 몰골을 드러낸 훼손된 고향의 잔해를 배경으로 하고 있다.[20] 그리고 70년대 들어서서도 인간 삶의 조건이 파괴되거나 결여된 세계가 그려진다. 각박하고 황폐한 삶의 세계를 견디지 못하고 죽음의 세계마저 그리워하는 극단의 지경에 이르는 단면도 반영된다.

---

20) 유종호, 「농촌 최후의 시인-그 언어와 문체」, 『다갈라 불망비』 전집1, 336쪽~337쪽.

3. 이문구 초기작 : 탈향과 인간성 상실

자본주의적 세계관의 현실적 확립으로 일컬을 수 있는 근대화·산업화·도시화의 요구는 한국사회 체제를 재편하는데 그것은 바로 농촌공동체의 해체와 직결된다. 이러한 근대화 과정에서 농촌공동체를 이탈하여 도시변두리를 배회하는 삶과 농촌인 고향에 머무는 삶, 이 양자 모두에게 가중된 것은 가난이다. 즉 전자에겐 상대적 박탈감을 후자에겐 절대적 박탈감을 안겨줬지만 양자 모두는 '뿌리를 뽑혀버린 삶'이다. 탈향자는 안착할 수 없어 유랑하는 삶으로, 고향에 머무는 자는 자본주의적 질서가 외삽됨으로써 전통적인 가치관과 유대감이 상실되었기 때문에 본래적 고향을 거세당했다. 이 시기 이문구의 작품세계는 어디에 있던 황량하고 누추한 삶의 근저에 농어촌 고향의 상실이 자리잡고 있다는 것을 발견할 수 있다. 「암소」(1970), 「추야장」(1972), 「금모래빛」(1972)이 이에 해당된다.

먼저 「암소」는 근대화와 관 주도형 정책 논리의 폐해를 '돈(암소)'을 둘러싼 '황구만'과 '박선출'의 갈등으로 드러냈다. '박선출'은 '황구만'의 머슴생활로 모은 돈을 그에게 맡기고 입대한다. '황구만'은 이 돈으로 직조틀을 마련하고 수입을 올리지만 곧 '카시밀론'의 물결에 밀려 시설비도 챙기지 못하고 문을 닫고 만다. 그리고 '박선출'과의 계약을 지키기 위해 암소를 사서 키운다. 이 무렵 '신실'과 탈향하여 상경을 꿈꾸며 귀향한 '박선출'은 돈을 날려버리고 암소마저 새끼를 낳으면 주겠다면서 '황구만'과 갈등을 일으킨다. '황구만'은 '농어촌 고리채 정리'를 내세워 빚을 갚지 않아도 되나 정리(情理)를 생각해서 암소를 주겠다고 한다. 결국 둘의 희망이었던 새끼 밴 소가 술 지게미와 술 한 동을 먹고 죽으면서 작품의 이야기는 결말을 맺는다. 이 작품은 산업화의 논리인 생산력주의에 포섭되어 돈만을 좇는 몰인정한 세태로 변화하는 농촌사회와 더불어 결국 영세농민의 빚을 탕감하겠다던 정책인 '농어촌 고리채 정리'가 가난한 '박선출'을 좌절시키는 점을 희화적으로 부각시켜 비판한다.

「추야장」의 '박윤만'은 소금밭 일꾼으로 가족을 부양할 장남의 처지이기도 하다. 그와 함께 살 것을 기대하는 '옹애'는 그에게 고향을 떠나거나 아니면 방 하나라도 구해서 살림을 살 것을 종용한다. 그리고 임신을 한 '옹애'는 중절수술을 해야 하지만 무일푼의 처지이다. 이에 지친 그녀는 '박윤만'을 포기하고 "서울, 유산, 취직, 새 남자…… 그런 낯선 것들"21)을 상상하며 고향을 뜰 것을 결심하고 돈을 모은다. 그녀가 떠나는 그날 새벽에 '박윤만'은 "입때껏 간직해온 양심이니 진정이니 하는 것들을 간단하게 물리치고"22) 소금 가마니를 훔친다. 이처럼 근대화가 급속히 진행되던 이 시기 농어촌 사람들의 가난은 생명부지의 차원을 넘어서서 가족 해체와 농촌공동체의 존속을 어렵게 했다고 할 수 있다. 혈연관계도 용인치 않는 무차별적인 생존투쟁의 단면을 반영한 것이다.

다음으로 「금모래빛」에서는 생의 절망적인 극에 달한 밑바닥 인생들의 어둡고 고달픈 삶이 제시된다. "실향민으로 처져버린 이래 어느 경우에서건 사람대우를 받아본 적이 없는 (…) 중학교를 졸업한 지 세이레만에 무작정 상경파"23)였던 떠돌이 '서만성'은 잡부들과 전례가 없는 장마로 인해 일손을 놓고 강변 합숙소에서 며칠씩 굶으며 목숨을 연명한다. 합숙소에서 대피하라는 명령이 왔건만 그들은 어디로도 갈 수 없는 무기력한 존재들이다. 동료 인부 중 하나는 '도둑질이라도 해서 목숨을 연명해야 한다'고 하면서 주인집 쉰 김치를 훔쳐먹을 지경이다. '만성'을 비롯한 이들에게 현실은 삶의 조건이 아니라 단지 살아있기 때문에 살아

---

21) 「추야장」, 『만고강산』 전집4, 솔, 1998, 44쪽.
22) 「추야장」, 『만고강산』 전집4, 45쪽.
23) 「금모래빛」, 『만고강산』 전집4, 156쪽, 159쪽.

야 하는 처절한 몸부림에 불과하다.

> 이 사회에선 타고난 가치를 눈금으로 밝혀볼 수 없는 미미한 존재였으며, (…) 어두운 세월의 미아였던 것이다. 의식주의 제 몫을 요구하지 못해 노상 비열한 구걸과 목숨이 축나는 노동을 제공해 근근히 빌어 먹어온, 뿐더러 그를 에워싼 모든 것—그가 오관으로 부딪쳐 내부에서 굳어 진 사물이며 의식의 부피는 한결같이 아픔이었다. 언제나 정착할 곳 없어 떠돈 행려 환자임을 그는 진작부터 제 분수로 알고 있었다.24)

> 만성은 (…) 살아야 한다는 자신의 목숨이 새삼 짐스러워지기 시작한 거였다. 그러나 어쩌랴. 한참 동안이나 누운 자세로 머리 속을 캐어대도 저 흙탕물에 유실되고 있는 모래톱이 금모래빛으로 다시 반짝거릴 때까지 견뎌야 할 뿐이란 올가미에서 벗어날 수 없는 현실인 것을.25)

> 어쩌다 만성은 더 이상 비를 맞으며 선 자리에서 머물러 있어야 할 만한 아무런 이유도 없음을 깨우쳤다. 그는 서둘러 하늘과 땅을 가름 않는 어두운 시간으로부터, 갈피 없던 정신을 움직여보기 시작했다.26)

이상과 같이 70년대 초반의 이문구 문학은 근대화·산업화·도시화의 논리와 질서에 편입되지 못한 소외된 변두리 삶의 절망과 저주를 음산하고 허무적인 어조로 그리고 있음을 볼 수 있다. 또한 자본주의적 삶의 질서에도 귀속되지 못한 채 전통적 농촌공동체의 파괴를 지켜보면서 갈등을 일으키거나 탈향하는 삶들의 어둡고 절망적인 세계를 드러내 보였다. 이 시기 여전히 이문구 문학은 생존투쟁에 집착한 인물들이 전통적 가치관으로 말해지는 인정주의와 생명·윤리의식을 저버리는 형상으로 표현된다. 번성하는 도시의 삶이나 피폐해지는 농어촌의 삶은 동시에

---

24) 「금모래빛」, 『만고강산』 전집4, 156쪽~157쪽.
25) 「금모래빛」, 『만고강산』 전집4, 178쪽.
26) 「금모래빛」, 『만고강산』 전집4, 179쪽.

정서적인 근원의 뿌리를 잃어버린 형상이라 할 것이다.

60년대 후반 정부의 강제적 산업화 정책의 시행은 이문구가 반영한 작품에서 충분히 읽을 수 있다. 즉 '뿌리 뽑힌 삶'의 가난과 생의 환멸은 사회적 모순을 내포하고 있는 것이다. 그러나 "떠돌이 노동자들을 짓누르는 가난의 배경에 착취와 수탈의 구조가 깔려 있다는 것에 둔감한 것은 아니지만 그의 작품에서 어떤 가난의 사회학을 만나기는 어렵다. 그에게 있어서 떠돌이 노동자들은 모순된 사회적 현실의 제물이라는 점에서보다는 역경과 싸우는 강인한 의지와 활력의 화신이라는 점에서 더욱 중요한 것처럼 보인다."27) 이것은 이문구의 체험에서 설명할 수 있을 것이다. 앞서 말한 바와 같이 이문구의 성장기는 이문구의 삶과 문학의 원형상태에 해당된다. 유년기 그가 조부로 표징되는 농경공동체의 행복한 세계와 반면 전쟁과 가족해체라는 공포와 고통의 세계를 체험했다라면, 또 체험이 한 인간의 지식체계 속에 깊게 침투함으로써 세계관과 삶에 중대한 영향을 미치는 것이라 할 수 있을 만한 외부세계로부터 받은 것임을 고려할 때,28) 청년기 이문구의 어두운 세계의 체험에서 획득한 성격이 작품세계를 구성하는 인물의 성격이 된 것이라 할 수 있다. 그래서 체험의 직접성29)이 그의 초기작을 잠정적으로 규정했다는 것이 된다. 그러나 초기 단편의 일면적 파악으로 판단할 수 없는 것이며, 이에 따라 이문구의 현실인식의 반영이 문학적으로 어떻게 형상화되는 지는 장편 『장한몽』에서 고찰해보기로 한다.

---

27) 황종연, 「도시화·산업화시대의 이방인」, 61쪽.

28) 김윤식, 「모란꽃 무늬와 물빛 무늬」, 『한국문학』, 2000년 여름, 153쪽~154쪽.

29) "직접적인 상태를 버리고 극복해야 하며, 모든 주관적 체험을—체험의 내용만 아니라 형식도—사회현실에 비추어 측정하고 평가해야 할 뿐 아니라, 현실을 깊히 연구해야 한다.(…)중요한 리얼리스트는 객관적 현실의 합법칙성에 도달하기 위하여, 그리고 깊숙히 감춰진 채 매개되어 있어 직접적으로 자각할 수 없는 사회현실의 제반 연관 관계에 도달하기 위하여 추상기법을 써서까지도 자신의 체험내용을 가공(…), 그러한 연관관계를 사상적으로 발견하고 예술적으로 형상화하여 보여주는 일이다." 게오르그 루카치(홍승용), 『문제는 리얼리즘이다』, 84쪽~85쪽.

4. 맺음말

이문구 초기작에서 당대 '뿌리 뽑히고 떠도는 삶'의 어두운 단면을 여실히 보여주는 완결판은 장편 『장한몽』(1970-1971)이다. 이 작품은 등단초엽 그가 공동묘지 이장 일을 할 때의 체험을 5년이 지난 후 재구성해 작품화한 것으로 역시 자신의 실제적 삶이 짙게 배어 있는 이야기이다.[30] 60년대의 중·단편에서도 보여졌던 바 전쟁의 상흔과 가난의 굴레를 벗어나지 못하고 고향을 등지고 대도시에 정착, 변두리를 전전하며 생존투쟁을 벌이는 '벼랑에 선 인생'들의 고단한 일상을 자신의 '체험의 눈'으로 엮은 이야기형식의 작품이다.

『장한몽』에 등장하는 인물들은 5·60년대 전쟁과 폐허, 개발의 논리에 소외되어 목숨을 부지하기 위해 갖은 일을 일삼을 수밖에 없는 '모가지에 찬바람이 이는 막된' 최하층민들이지만, 그들의 행동을 규정해주는 이면에는 공통적으로 역사의 질곡인 전쟁과 시대적 모순인 소외와 가난이 근원적으로 자리하고 있다. 작품의 초점화자인 '김상배'는 이장공사의 총책임자이지만 '들 식은 송장'이라는 그의 별명이 말해주듯 우유부단한 성격의 소유자이며 문제가 있을 때마다 회피하려고 하는 무력감과 패배감에 젖어 있다. 이러한 현재 성격의 근저에는 6·25로 인한 참혹한 가정파탄과 부역자 가족의 핏줄이라는 깊은 불행의 뿌리에서 연유한 것이다. 그의 부친은 전쟁 중 멋모르고 만세를 부르다 경찰에 총맞아 죽고

---

30) 이 작품은 1970년 겨울부터 『창작과 비평』에 4회분으로 이듬해까지 연재된 것이다. 작가가 현재 서울 연희동 주한외국인학교 터에 있었던 공동묘지 이장공사 일을 하면서 유골 2000-3000기를 옮기는 순전한 현장 체험을 5년 후 기억력에 기대어 되살린 것이다. 그리고 원래 이 작품의 분량은 원고지 200매 정도였는데 500매로 개작하여 연재를 진행하면서 분량이 계속 늘어나 3000매 정도에 이르렀다고 한다. 이점에 대해서는 「창비의 보릿고개와 보리밥」, 『나는 남에게 누구인가』, 67쪽~69쪽./ 송희복, 「말투의 복원, 청감(聽感)의 시학」, 『이 풍진 세상을』 전집3, 24쪽~25쪽.

그의 큰형은 이를 보복하기 위해 '내무서원'이 되지만 수복 후 가혹한 고문으로 목숨을 잃고 만다. 그 충격으로 모친이 세상을 떠나고 그는 '빨갱이 동생'으로 낙인 찍혀 항상 주눅들린 삶을 살게 된다. 감독인 '마길식'은 고등학교 토목과를 중퇴하고 이를 밑천으로 파월 기술자로 나갔다가 밀주사건으로 강제 귀국당해 공사판을 전전하지만 '눈썰미와 손속이 남다르다.' '구본칠'은 일제 때부터 형사였던 그의 부친을 처형한 '황승로'를 개인적으로 살해(생매장)한 죄책감에서 벗어나지 못하고 자학과 자포자기의 삶을 살아가고 있다. '마길식'의 소개로 공사장에 나타난 '이상필'은 동회임시직원으로 일했던 경험을 되살려 사사건건 '김상배'에 대립하려 들고 노사분쟁을 일으키려 혈안이 되었다가 급기야 '마길식'을 때려 중태에 빠뜨린다. 또한 '유한득' 형제는 백정의 자식으로 동생들과 월남하여 시장에서 닭털을 뽑는 일로 생계를 꾸려 살다가 결국 덜 부패한 시체의 살을 발라내는 일을 하기 위해 선발되어 공사장으로 오게 된다. 그의 이복 누이인 '초순'은 이발소 면도사로 일하다 손님의 돈을 훔치다 쫓겨나 이 공사장에서 떡장수를 하고 있으며, 그녀를 짝사랑하는 '왕순평'이는 해방둥이로 유년기를 불우하게 보내고 전쟁의 후유증으로 어긋난 성격을 지니게 됐지만 야시장에 자리를 잡고 온갖 행상일과 야바위를 저지른다. 이어 사랑에 실패하고 '하면주의자'의 용기를 발휘, 다시 이장 공사판까지 왔지만 '초순'의 사랑을 얻지 못한다. '모일만'은 '인생공부'를 하기 위해 입산 출가했으나 강간미수사건을 저지르고 얻을 게 없다는 결론으로 하산하여 간이 화장터를 만들어 돈을 번다. '최미실'은 삼대독자의 맏딸로 태어났으나 남동생들의 죽음이 그녀 때문이라는 부모의 원망 속에서 마침내 서류상 사망자로 처리되고 자신의 모양을 본뜬 제웅을 묻고 가상 장례식을 치뤘는데, 이 묘지에서 그 나무 인형을 찾고 있는 중이다. 이밖에 '홍호영'은 어릴 적 가난 때문에 속내의를 입지 못해 체육시간에 수모를 당했던 기억을 아픈 상처로 간직한 채 모멸감에서 벗어나지 못한다. 마지막으로 '박원달' 영감은 자유당 시절 선거를 돕겠다며 '모래 내 하설준설권'을 따내 모래를 팔아먹다가 협박으로 그 이권을 빼앗기고 '기관원'을 사칭 '반공·방첩'표어를 팔아먹은 전력을 지니고 있다.

이들은 모두가 당대의 거친 삶을 극단적으로 상징하듯 양심과 윤리의 문제에서 완전히 벗어난 행동을 자연스러운 것으로 여기고 있는 사람들이다. "시름 다 겪고 날릴 것 다 날려 목구멍만 남은 인간들만 모"[31]인 것인데 이들은 '상배'의 시선을 피해 시신의 숫자를 늘리기 위해 뼈를 분해하고 묘지의 묻힌 부장품이나 금·은붙이를 빼돌려 팔 궁리를 한다. 심지어 간질병으로 쓰겠다는 사람에게 뜨물에 간장을 친 가짜 시즙(屍汁)을 만들어 판다든지 가발장사에게 팔기 위해 시체의 머리카락을 자르고 어린애 묘의 부장품인 저금통을 깨어 동전을 꺼내 챙기기까지 한다. 이런 점에서 초기작의 인물들에서 보여졌던 기괴하고 음습한 주조는 연장되었고 인간의 파행은 극단의 형상으로 드러난다. '상배'의 큰형이 좌익혐의로 고문당할 때의 잔인성과 참혹함, '구본칠' 일가를 둘러싼 아귀지옥같은 복수극, 작품 결말에 이르러 간질병 환자가 시체에서 간을 꺼내먹는 장면은 온전한 인간의 삶의 그것이 아니라 심각한 병리적 현상으로 볼 수밖에 없다. 그래서 『장한몽』은 초기작의 연속선상에 있으며 근대화 논리에서 이탈되거나 배제된 삶의 이면을 노골적이고 적나라하게 드러냈다고 할 수 있다.

작가가 이들의 끈질기고 악착같은 생명력을 중점적으로 제시하고 이러한 인물들을 부각시켜 그 타당성에 비중을 두는 것은 현실의 문제를 갈파하려는 의도를 지니고 있었기 때문이라 생각된다. 작중 인물의 대부분이 살벌한 살인적 보복이나 파행적 삶을 살았고 현실에 대처하는 방식은 악착같은 생존투쟁이다. 즉 이들은 시대의 냉혹한 시련을 거치고 패배와 좌절을 모두 겪어 악조건의 현실을 몸으로 체화된 상태이며, 또 생

---

31) 『장한몽1』, 책세상, 1987, 25쪽.

을 유지하고 불리한 현실극복의 방법이란 끈질기고 악착같은 생존투쟁일 뿐이다. 이 자동적으로 혹은 맹목적으로 추구되는 생존을 위한 진리는 인간의 문명적 행동이나 이성조차도 상쇄시킨다. 또한 자본주의적 질서와 근대화의 논리 속으로 자동적으로 편입되는 허위의식의 일면이 될수도 있다. 그러나 작가는 작품에서 이를 부각시켜 보여줄 뿐 부정성을 드러내지 않고 있다. 단지 상실한 농촌고향의 풍요로움과 인정주의를 상상하여 돌이켜 보게 하거나 이 근대적 병리현상의 원인이 인간적 근원부재 즉 고향상실에 있음을 지적할 뿐이다.

> 그는 자기뿐 아니라 모든 사람들의 고향은 농촌일 거라는 생각도 했다. 사회적인 높고 낮음이나 가진 것의 많고 적음 따위와 관계없이, 모든 사람이 마음놓고 쉴 수 있는 곳이 고향이라면 그들의 고향은 역시 농촌일 것 같기만 했다.[32]

물론 이러한 소외와 배제에서 발생한 병리적 현상이 자기분리나 자기의미 상실임을, 또한 고향은 루카치가 말하는 영혼과 자체가 세계 사이에서 혹은 그 차체와 객체들 사이에서 어떠한 분리도 의식되지 않았던, 완전한 총체성을 이루고 있는 조화의 세계[33]에서 이탈된 상태임을 인식한 것이라면 이제 작가는 '김상배'와 '최미실'의 자기발견이라는 의미찾기를 드러내 보인다. 악착만이 '뿌리뽑힌 삶'이 아니라 과거의 기억에서 벗어나지 못하는 '관념'이며 공포의식에 매달려 무기력하고 우유부단하게 살아온 주인공 '김상배'가 공사를 마무리하면서 자기의 현실을 회피하지 않고 정직하게 대면하려고 하는 각성에서 엿볼 수 있다.

---

32) 『장한몽2』, 책세상, 1987, 429쪽.
33) "이때는 내면성이라는 것도 아직 존재하지 않는데, 왜냐하면 이때는 아직 일체의 외부적 세계라는 것도 존재하지 않을 뿐만 아니라 영혼에 대립되는 타자(他者)도 전혀 존재하지 않기 때문이다." 게오르그 루카치(반성완 역), 『소설의 이론』, 31쪽.

　　"방황한다고 찾아질 리도 없고……자기 자신을 새로 만들어 보는
것……그렇게 해보려는 노력……그것이 뜻 있는 일이 아닐까 해요. 물론
어려운 일이지만……."(…)

　　"저 보통사람들이 하는 일에 뛰어들어 관계를 하다보면, 스스로 보통
사람들이 앞으로 해나갈 일을 미리 알 수 있게 될 거요. 그때마다 나는
옛날에 강제로 도둑맞은 내 자신을 조금씩 발견하게 될 겁니다. (…) 결
국은 싸워야 할 겁니다. 이 세상 사람들과 싸워야 한다 그거요. 저 사람
들이 늘 돼먹지 않은 수작만 해온 것을 자기를 도둑맞은 사람은 자연 알
게 되니까요, 보통사람이 되기 위해서, 또한 보통사람에게 뺏긴 자기를
도로 찾아내기 위해서 그래야 할 겁니다. 용기가 있으면 다시는 자기를
뺏기지 않고 자기가 가질 수 있는 모든 권리를 지켜야 할 것 같아요."[34]

　　이처럼 고통스런 체험과 공포의식에 묶여 패배적이고 무기력한 삶을
살아온 '김상배'가 자기각성을 이루는 공간은 악착같은 생명력이 생존투
쟁을 벌이는 밑바닥 인생의 삶 한 복판에서이다. 그가 근대화와 고향상
실의 비극성의 전형인 '뿌리뽑힌 삶'과 대면하여 얻은 각성이란 "빈민들
의 생활의 내용을 이루는 원시적인 충동과 악착같은 투쟁이야말로 사람
사는 현실의 적나라한 실상이며, 그들의 충일한 야성 속에는 어떤 주체
적인 삶의 에너지가 약동하고 있는 것이다."[35] 그의 발견이란 결국 자
신의 재발견에 해당되기도 한다. 이 강인한 야생적 삶과의 대면에서 취
해진 것은 고향상실에서 기인한 자기의식의 부재를 자각하고 현실과 관
계를 맺고 대결을 벌일 새로운 주체로 거듭난 점이다. 하지만 이문구는
양면적으로 근본적 인간적인 삶이 지니는 가치의 상실과 윤리의 부재를
인물들의 야만에 가까운 파행적 행동으로 극단화시키고 제시함을 통해
인간 본연의 선량한 인성을 갈구하고 있는 것이라 생각할 수 있다. 그리
고 근대화의 그늘에서 인간의 삶이 온전함을 잃고 황폐화되고 있다는

---

34) 『장한몽2』, 616쪽~617쪽.
35) 황종연, 「도시화·산업화시대의 이방인」, 『작가세계』, 1992년 겨울, 61쪽.

것, 곧 인성을 회복해야하고 지향해야 하면서도 반대로 삶의 온전성을 상실하고 있다는 부조리를 지닌 현실의 병폐와 인간소외를 문제화시키고 있다고 할 수 있다. 이문구가 초기작과 『장한몽』에서 제시한 세계는 역사의 질곡과 시대적 모순이 빚은 비극적 삶의 현장이며 전쟁과 산업화로 인한 고향상실의 비극적 상황에 갇힌 삶이라 할 수 있다. 아울러 이는 작가에게 응고되어 있는 강한 체험이 종용하고 있는 것이라 할 수 있다.36)

▌ **대구대학교 국어국문학과 박사과정**

---

36) "내가 소설을 통해 가장 힘들여 그린 사람은 대개가 자기 나름이 있어 시골을 아주 떠나 도시로 진출했으나 제대로 정착할 수가 없어 뿌리를 뽑힌 인간상이었습니다. 그들은 거의가 시골생활이 어렵고 답답하며 지겨워진 이농민(離農民), 탈향민(脫鄕民), 무작정 상경(上京)파, 그리고 때로는 약간의 겉멋, 건달끼와 바람기가 있는 인간들이었습니다. 그들이 서울 생활을 하면서 먼저 깨달은 것은 시골과 도시가 크게 다르지 않다는 점이었습니다." 「뿌리 뽑힌 人間」, 『아픈사랑이야기』, 42쪽.

▌참고문헌

1. 기본 자료

1) 소설
　장한몽1・2. 책세상. 1987.
　다갈라불망미. 전집1. 솔. 1996.
　이 풍진 세상을. 전집3. 솔. 1997.
　만고강산. 전집4, 솔, 1998.
2) 산문
　아픈 사랑이야기. 진문출판사. 1977.
　나는 남에게 누구인가. 엔터. 1997.

2. 참고자료

김　현, 「60년대 문학의 배경과 성과」, 『분석과 해석/보이는 심연과 안 보이는 역사 전망』, 문학
　　　과지성사, 1992.
김윤식, 「모란꽃 무늬와 물빛 무늬」, 『한국문학』, 2000년 여름. 한국문학사. 2000.
박명림, 「근대화 프로젝트와 한국 민족주의」, 『한국의 ‘근대’와 ‘근대성’ 비판』, 역사문제연구소,
　　　역사비평사.
백낙청, 「시민문학론」, 『민족문학과 세계문학 I』, 창작과 비평사, 1978.
서경석, 「60년대 소설 개관」, 『1960년대 문학연구』, 문학사와 비평 연구회, 예하, 1993.
윤병로, 「새세대의 충격과 60년대 소설」, 『한국현대문학사』, 김윤식 외, 현대문학, 1989.
홍석률, 「1960년대 지성계의 동향」, 『1960년대 사회변화연구:1963-1970』, 한국정신문화연
　　　구원 편, 백산서당, 1999.
황종연, 「도시화・산업화시대의 이방인」, 『작가세계』, 1992년 겨울, 세계사. 1992.
게오르그 루카치(반성완 역), 『소설의 이론』, 심설당. 1985.

한국 현대문학의 미학

인 쇄   2005년 8월 20일
발 행   2005년 8월 27일
저 자   김영철·이강언 외 지음
펴낸이   이대현
편 집   이태곤·권분옥·박윤정·김보라·김민희
제 작   안현진
펴낸곳   도서출판 **역락** / 서울 성동구 성수2가 3동 301-80
        (주)지시코 별관 3층(우133-835)
전 화   3409-2058(대표) 3409-2060(편집부) FAX 3409-2059
이메일   yk3888@kornet.net / youkrack@hanmail.net
홈페이지   www.youkrack.com
등 록   1999년 4월 19일 제2-2803호

정 가   35,000원
ISBN   89-5556-412-0-93810